LES LUNES DE TERRA

1. La trahison d'un père

DU MÊME AUTEUR

Aux éditions *Syndrome de la Plume*

Syndrome Mantis, 2020

Cyle *Les Lunes de Terra*
    1. *La trahison d'un père,* 2020
    2. *De surprise en surprise,* 2020

Albéric MONNIER

LES LUNES DE TERRA

1. La trahison d'un père

Syndrome de la Plume

www.syndromedelaplume.fr

Couverture : Albéric MONNIER

ISBN : 978-2-9567643-2-8

PROLOGUE

Je m'appelle Béroc. Béroc d'Émeraude. Je vais vous raconter une histoire. L'histoire d'un monde, Terra. Mais une histoire qui est aussi mienne. Elle n'est pas un conte, alors ne vous attendez pas à une histoire de héros, car ce sont de simples hommes qui l'ont faite. Des hommes et des femmes avec leurs forces et leurs faiblesses, des hommes faits de chair et de sang, des hommes vulnérables à l'épée, mais à la volonté de fer, poussés et portés par un espoir. Si nos faiblesses ont failli causer la perte de notre monde, laissez-moi vous conter ce récit, afin que vous preniez conscience de vos actes, pour ne pas répéter les mêmes erreurs que j'ai faites. Voici l'Histoire des Lunes de Terra...

Chapitre 1

Terra est un monde à part, aux contrées singulières, paysages singuliers et habitants remarquables : une beauté aux multiples facettes. Mais elle est aussi et avant tout la Terre aux Cinq Lunes. Aux reflets de la Nature, drapée d'or ou de pourpre, aux couleurs chatoyantes de l'eau ou de la nuit, chaque Lune est unique. Et chacune résonne avec un continent, un peuple ; ces derniers puisant leur énergie pour vivre dans les rayons lunaires de celles appelées Lune d'Émeraude, caressant de sa lumière verte le puissant peuple des Ours ; Lune d'Éther, fierté rouge du peuple des Aigles ; Lune d'Aigue-Marine, aux reflets aussi clairs que l'eau turquoise des Sauriens ; Lune des Sables, à la lumière d'un jaune aussi profond que la carapace des Scorpions dans le désert ; et Lune de Nuit, rayonnant pour le peuple Loup, aussi sombre et damnée que les ténèbres les plus noires qui entourent cette lie.

L'équilibre entre tous est fragile, mais existe. Il perdurerait si l'harmonie régnait, si un évènement des plus sinistres ne revenait pas, cyclique, mettre l'existence même de Terra en danger.

Chapitre 2

Le Siège

L'homme terrifié ne comprenait pas. Il courait à perdre haleine, veillant à faire le moins de bruit possible sur les pavés de ces couloirs souterrains. L'individu était décharné, aux membres tordus. Maintenant, la souffrance résonnait dans tout son corps. Mais il vivait. Il dépassa l'avant-dernière porte, évita les derniers geôliers dans ce dédale de couloirs et retint sa respiration. Il glissa un œil vers la salle des gardes qui se trouvait devant lui. Elle était vide. Il retint un cri de victoire et s'y précipita. Il la traversa en flèche et monta les escaliers quatre à quatre, silencieusement, claudiquant sur ses chevilles aux angles anormalement pointus. Il arriva à une porte en bois, épaisse et solide.

L'homme attendit un bref instant, résistant à la tentation de l'ouvrir tout de suite, guettant chaque bruit, chaque craquement qui arrivait jusqu'à lui. À peine une minute plus tard, il conclut que tout était normal. Mais il fallait qu'il fasse vite. Il prit une profonde respiration. D'une main tremblante, le fugitif posa la main sur la poignée en fer forgé. Il appuya doucement et poussa l'épais panneau de bois de ses doigts aux phalanges déformées.

Une chance pareille ne se représenterait jamais. Il devait la saisir à tout prix. Il n'avait plus de larmes pour pleurer, plus de voix pour crier, seulement du sang à offrir, celui qui coulait encore un peu dans les veines de ce corps famélique.

L'homme poussa un peu plus la porte, toujours prudemment. Et fut aussitôt ébloui par une lumière trop vive, crue. Elle lui fit mal aux yeux, brûlant sa rétine. Il y avait si longtemps qu'il ne l'avait pas vue. Qu'importe ! Il plongerait sous sa douce morsure, il sentirait les rayons du soleil caresser sa peau pâle, striée de cicatrices. Il attendit encore quelques instants, aux aguets, prêtant toujours une oreille attentive aux bruits dans ce couloir pourtant désert. Tremblant d'une excitation retenue mêlée d'une peur viscérale, il sortit, voûté, à quatre pattes, comme un animal.

Il regarda tout autour de lui, perdu. Tous ses repères basculaient, perdaient leurs sens. Il était totalement désorienté et ne put s'empêcher de divaguer une seconde, enivré par le parfum de la liberté. La situation était critique, sa liberté encore plus : il voulait en profiter pour chaque instant qu'il passerait dehors.

L'homme fit un pas. Il se regarda, surpris, en équilibre sur ses jambes difformes malgré son apparente faiblesse. Comment pouvait-il tenir debout ? Le fugitif secoua sa tête, s'efforçant de chasser ces pensées parasites qui l'habitaient. Il devait se concentrer et se gourmanda. Cesse de réfléchir ! Et avance ! Pars ! L'homme regarda autour de lui, plus attentivement cette fois. Des couloirs aux pierres grises, bordés de quelques torches noircies ; des fenêtres de taille moyenne qui laissaient filtrer la lumière de la liberté, rien de plus. Aucun bruit. Toujours voûté, il s'approcha doucement, craintivement d'une de ces fenêtres, prenant mille précautions pour ne pas se faire voir ni entendre. Il se colla au mur froid et prit une inspiration. Il se redressa légèrement. Sa respiration s'accéléra et tendit le cou pour regarder le spectacle que lui offrait l'extérieur. Il en eut le souffle coupé.

Non pas que ce qu'il voyait était d'une beauté fascinante, mais il voyait *de la vie. Des gens.* Des personnes joyeuses, tristes, colériques, rieuses, qui défilaient devant lui sans le voir, sans même se douter de sa présence. Ces gens marchaient, couraient, criaient, riaient, bavardaient avec d'autres gens. Certains étaient des marchands qui amenaient leurs marchandises, des vivres qui nourriraient les habitants de ce lieu. D'autres se dirigeaient vers un point que le prisonnier ne voyait pas, serrant précieusement un papier dans leurs mains. Le fugitif se forçait à regarder plus attentivement tout ce qui se déroulait sous ses yeux. Son cerveau essayait d'assimiler toutes ces nouvelles informations, plus abondantes que cette lumière torrentielle qui baignait la scène.

Il s'évertua à la concentration et s'obligea à observer tout ce qui entourait ces gens. Il regarda vers le sol, puis vers le ciel. Il se trouvait au rez-de-chaussée. La fenêtre derrière laquelle il était donnait directement sur une cour. De hautes murailles l'entouraient, avec de hautes tours, surveillant les environs, reliées par un chemin de ronde. Cette cour était fermée. Nerveux, le fugitif eut un grognement de dépit. S'il ne se dépêchait pas, les gardes ne tarderaient pas à retrouver sa cellule vide.

Il s'astreignit à la patience. Pas de précipitation. Il se força à observer, son regard saisissant de nouveaux détails qui, jusque-là, lui avaient échappé.

Parmi toutes ces gens qui s'agitaient, d'autres attirèrent son regard : des hommes, mais des hommes armés, portant un uniforme. Le même que celui porté par les gardiens de son cachot : un tissu bleu orné d'une étoile blanche aux cinq branches enflammées et cousue sur la tunique. *Des gardes.* Ils circulaient, attentifs et sûrs d'eux, saluant d'un signe de tête une connaissance, vérifiant les chariots de marchandises qui entraient par… *la porte monumentale.* Sa sortie ! Tellement grande qu'il ne l'avait pas vue, là, sur sa gauche. Le prisonnier s'excita, trépigna presque.

À l'opposé de la porte, des gens entraient et sortaient d'un bâtiment qui semblait faire une séparation entre cette cour basse et une haute cour, cachée, mais d'où émergeaient tours et donjons élancés vers le ciel, d'une splendeur que le fugitif ne comprenait pas, ni n'avait déjà vue. Il abandonna cette vision et concentra son attention sur ce qu'il se passait devant lui. En face, de l'autre côté de la cour, les écuries accueillaient les chevaux fatigués revenant de voyages harassants, où des palefreniers les nourrissaient avec du foin fraîchement coupé, tandis que des chevaux fringants saluaient leurs congénères par de brefs, mais chaleureux hennissements. Des chiens jappaient, tenant compagnie à leurs grands compagnons, qui les poussaient gentiment du museau. Tout ceci créait un joyeux tapage qui n'atteignait pas le fugitif. Il ne voyait que cette grande Porte, son salut.

L'homme n'arrivait plus à réfléchir, il ne pouvait pas. L'appel de la liberté était trop fort. Il inondait tout son être, le grisant comme un alcool trop fort. Il avait trop rêvé de ce moment-là. Il se concentra dans cet unique but. Il puiserait dans ses ultimes réserves d'énergie pour le faire. Il abandonna la fenêtre et s'adossa au mur. Il sentit ce picotement familier parcourir ses membres. L'homme ne put réprimer un frisson de plaisir, s'enivrant déjà de sa future liberté. Il sentit ses jambes s'étirer, se transformer lentement, trop lentement. L'inactivité prolongée et les souffrances lui avaient fait perdre ces sensations. Il ne l'avait jamais fait ici. Il avait toujours préservé ses forces pour rester en vie, les gardant secrètement pour une occasion comme celle-là. Il respira à fond. Il devait retrouver ses points de repère, y aller doucement. Son corps se mit à le torturer sans qu'il n'eût le choix de cette souffrance. Les craquements de ses articulations abîmées lui arrachèrent une grimace de douleur. Il devait la tenir éloignée de lui : c'était son unique moyen de s'échapper d'ici.

Enfin, la douleur cessa. Il était couvert de sueur, tremblant, mais satisfait. Il regarda ses jambes. Elles avaient pris une forme allongée, terminées par de puissantes pattes de Loup, mais tordues ; aux griffes un peu longues, mais cassantes ; et aux coussinets confortables, s'ils n'avaient été aussi usés et abîmés. Cette transformation le comblait. L'animal en lui se réveillait, revenait à la vie. Tous deux sentiraient encore une fois la terre sous leurs pattes, leurs griffes accrocher l'herbe et la roche pour mieux bondir vers l'avant. Des touffes de poils disparates, grisâtres, s'échappant des croûtes de saleté et de sa chair pourrissante, parsemaient ses jambes maigres et torses. Sa belle fourrure n'était plus qu'un souvenir. Mais il n'en avait que faire. Il y avait plus important. Il devait se frayer un chemin jusqu'à la sortie, et puis de là, partir. Fuir. Loin. Très loin. Ou bien mourir. Mais comment allait-il s'échapper ? Il devait être discret, il devait être…

« Eh ! Toi ! »

L'exclamation de surprise interrompit le fugitif dans ses pensées. Il tourna la tête vers le cri et vit, debout au milieu du couloir, un soldat ventripotent, au regard interloqué, qui venait de surgir d'un angle. Ses poils se hérissèrent sur son échine, tandis qu'un étau lui serrait la poitrine. Mirck. Une brute odieuse maniant aussi habilement la pince à broyer que les scalpels et le charbon ardent.

L'homme aux pieds de Loup regarda le garde avec affolement. Il était découvert, compromettant par là même ses chances d'évasion. Une peur irraisonnée s'empara de lui. Il n'avait plus le choix. La discrétion n'était plus de mise. Ne lui restaient plus que la terreur et la fuite. Rien d'autre. Il cessa de réfléchir. Il fléchit ses pattes. Le fugitif sentit ses muscles grincer de ne pas avoir servi depuis longtemps. Mais quelque part dans son esprit, un sentiment d'excitation étincela : la Bête en lui le soutenait, tout aussi impatiente que lui. Il fuyait, et il redevenait enfin ce qu'il était : un Loup Sentinelle de Saphir. Une décharge d'énergie nouvelle électrisa ses muscles et il bondit en avant.

Dans cette cour basse, les soldats, les marchands, les palefreniers, les servantes, les valets, les nobles et tous ceux qui passaient dans un brouhaha général levèrent la tête avec surprise. Dans un fracas de verre brisé, le fugitif atterrit devant toutes ces bonnes gens, accompagné par la musique aigrelette du verre tombant sur le pavé. Sur les visages se reflétèrent d'abord l'incrédulité d'entendre un fracas si près d'eux, avant de céder la place à une stupeur effrayée, puis à une peur sans nom. Ils voyaient *un Loup* ! Cette race damnée presque proche de la légende ou de l'histoire pour enfant avait pris vie *devant eux !*

Le cri d'une servante épouvantée perça l'air et lança les hostilités. Sans perdre un instant, les soldats présents dans la cour dégainèrent leur épée et accoururent vers le tumulte, essayant de se faufiler comme ils le pouvaient à travers la cohue générale. Tâchant dans un premier temps de comprendre cette brusque panique ; puis, dans un second temps, de s'approcher – prudemment – du fugitif, les soldats ne se sentirent guère pressés de s'en prendre à cette créature répugnante et perdue qui se dressait devant eux : maudite, elle portait malheur, et le malheur n'était guère chose enviée. L'homme-Loup ne demandait pas mieux et partit ventre à terre.

Profitant de la confusion qu'elle avait déclenchée, la Sentinelle de Saphir ne se le fit pas dire deux fois et s'élança vers la porte monumentale de la citadelle. Évitant agilement les marchands bedonnants, effrayant les chevaux, il se fraya un chemin, lui-même guidé par la peur, agissant avec son instinct, laissant le Loup en lui s'emparer de ses sens et de ses membres. Son cœur battait à tout rompre, propulsant le sang à une vitesse irréelle dans son corps et ses extrémités. Il sentit ses mains le picoter. Il en aurait hurlé de joie si la situation l'avait permise : il avait suffisamment d'énergie pour mener sa Transformation à son terme !

L'homme ne put s'empêcher de jeter un bref coup d'œil vers ses mains déformées. Ses phalanges se tordaient, et s'allongeaient, des griffes naissaient à la base de ses ongles, les mêmes poils gris et disparates commençaient à recouvrir ses mains ainsi que ses poignets crasseux et encroûtés. Il manqua plusieurs fois de perdre l'équilibre, mais continua de fuir toujours plus vite, noyant la souffrance dans sa course. Des éclairs de douleurs envahirent sa tête, l'aveuglèrent. Luttant pour ne pas succomber à la faiblesse de son corps, la Sentinelle percuta un chariot, rebondit. Il ne sentit rien, juste cette douleur qui continuait. Il essayait seulement de garder un œil sur son trajet qui le rapprochait toujours un peu plus de sa liberté. Un dernier craquement résonna dans toute sa chair et ses os, et la Transformation s'acheva dans ce qui lui sembla être un temps record. Ses mains étaient douloureuses, il bougeait avec peine ses nouvelles pattes, aux longues griffes tranchantes, cassées par endroits, mais il ressentait de nouveau le plaisir de les planter dans la pierre pour mieux s'agripper et se propulser en avant. Il était une Sentinelle, un coureur. Il bondit.

Ses yeux endoloris s'étaient maintenant habitués à la nouvelle lumière du jour, et il put se concentrer pleinement sur sa trajectoire. Il voyait la porte se rapprocher à chaque foulée, à chaque nouvelle respiration douloureuse. Il dut zigzaguer entre les chariots encombrant la cour, éviter les chevaux qui cherchaient à l'écraser sous leurs sabots, et fuir les hommes qui voulaient l'abattre.

« Abaissez la herse ! »

Une voix féminine, furieuse, avait retenti. *La herse*. Non, cela ne pouvait pas se finir comme ça ! L'homme-Loup leva la tête vers la porte. La grille était encore immobile. Il ne lui restait que peu de temps. La Sentinelle jeta un regard derrière lui. Les soldats étaient distancés, ils le poursuivaient avec difficulté, gênés par l'encombrement des lieux. Mirck avait disparu. La Liberté lui tendait les mains. Le Loup dépassa en trombe l'entrée de la forteresse.

Il ne put s'empêcher de ressentir un frisson d'excitation. La grille n'avait pas bougé, les soldats n'avaient pas entendu l'ordre ou n'avaient pas eu le temps de l'exécuter ! Il était libre ! La chaleur du soleil lui picota agréablement la peau. Le fugitif ferma les yeux un bref instant pour se laisser bercer par la douce musique de la liberté. Avant de secouer sa tête comme un loup pour revenir à la raison et de rouvrir les yeux. Ce qu'il vit faillit l'arrêter net dans sa course. Un horizon s'étalait autour de lui, loin devant lui. La ville qu'il venait de quitter était en fait une citadelle perchée au sommet d'une montagne. Un souvenir d'enfance se superposa devant ses yeux, d'une telle précision, qu'il eut du mal à y croire : *il se trouvait au Siège* ! Des paroles de gardiens surprises dans une de ses semi-consciences lui revinrent à l'esprit. Jamais il n'avait osé les croire. Mais l'évidence était maintenant là, devant lui. Il n'avait jamais vu ce continent. Il en avait seulement entendu parler dans les vieux contes et récits que les Anciens racontaient le soir, auprès d'un maigre feu. *Le Siège*.

Ce continent d'autrefois était donc réel ! D'autres souvenirs le traversèrent comme un éclair. Le Siège, le continent central de Terra, le continent du Pouvoir, la Terre d'Équilibre entre les cinq peuples. Autrefois du moins. L'homme-Loup sentit des sueurs froides couler le long de son échine décharnée. Il n'avait jamais vu le Siège auparavant, et n'aurait jamais pensé le voir. Il en avait entendu parler, c'était tout. Les pensées tourbillonnaient dans sa tête, il n'arrivait plus à enchaîner deux pensées cohérentes. Une part de lui-même savait ce qu'il en était réellement, mais le voir et encaisser la nouvelle était autre chose. Il se trouvait au cœur de la gangrène, au sein même de cet abcès putride qu'il avait toujours rejeté, toujours appris à combattre. Le sec impact d'une pointe de fer sur la roche le fit sursauter. La flèche l'avait manqué de quelques centimètres, déviée par un courant d'air de la montagne. Reprenant ses esprits, il relança sa course de plus belle.

Le Loup en lui le poussait toujours plus en avant dans sa fuite. Sa volonté de vivre et la terreur que lui inspirait maintenant cet endroit étaient ses seules motivations. Tous les deux faisaient corps. Ils bondirent sur un bas-côté, sautant de rocher en rocher, au risque de se rompre le cou. Érigé sur un à-pic rocheux, le Siège se trouvait sur une montagne, moins haute que les cimes d'Éther, mais suffisamment élevée pour soutenir de longues batailles. Des faubourgs avaient pris place au pied de cette montagne, et là se trouvait le salut de l'homme-Loup, le seul endroit suffisamment grand et dédaléen pour se cacher.

Une route large et sinueuse menait à ces banlieues du Siège, systématiquement encombrée de marchands venus vendre leurs produits frais, de nobles venus trancher un litige ou quémander une faveur au Grand-Prêtre, ou bien encore de simples hommes ou femmes venus demander conseil durant les journées de doléances qu'accordait le Grand-Prêtre au peuple. Tout ceci faisait que la route était d'un désordre sans nom, malgré les efforts ininterrompus du Siège pour en faire un espace dégagé de circulation.

Brièvement, le fugitif jeta un regard en arrière. Il aperçut avec affolement des cavaliers franchir l'immense porte, poussant des cris pour obliger les hommes et leurs charrettes à libérer la route. Ces derniers s'exécutaient bon an mal an, en bougonnant. Qu'à cela ne tienne, les chevaux poussaient de leur puissant poitrail les bonnes gens et les marchandises qui ne se rangeaient pas assez vite. Sans faire de blessés, heureusement. Mirck s'était également joint à la poursuite, sa silhouette grasse et rustaude se détachant sans peine des autres soldats, plus athlétiques. Mais ce que vit surtout le Loup-Sentinelle, ce fut une chevelure noire comme le jais, attachée en queue de cheval guerrière, et flottant au vent. *Daïna.*

L'homme-Loup ne l'avait jamais vue, mais il avait entendu nombre de récits sur cette guerrière d'Éther, au caractère aussi trempé que la plus solide des épées. Elle était Hiérarque du Siège, chef de toutes les armées du Grand-Prêtre, au Siège et dans les garnisons présentes sur le continent. Toutes ces histoires qu'il avait surprises par bribes s'accordaient à dire qu'elle était une femme féroce, implacable, que sa haine pour les Loups de Saphir n'avait d'égale que sa beauté. Nombre d'hommes qui parlaient d'elle la craignaient tout autant qu'ils l'admiraient, non pas pour son courage sur le champ de bataille, mais pour son charme de glace. Car tous s'accordaient à dire qu'elle n'avait pas de cœur, et que la pitié n'était qu'un vain mot devant elle.

Cette terrifiante image de l'ennemi flotta un bref instant devant ses yeux. Il secoua la tête, chassant une vision vite balayée par la crainte de se retrouver aux mains des cavaliers. Il redoubla d'efforts, accentuant encore la pression sur ses muscles gémissants, allongeant encore ses foulées pour fuir plus vite, plus loin encore ! La voix de Daïna cingla derrière lui comme un coup de fouet :

« Laissez passer ! Laissez passer ! »

Sa panique monta d'un cran. L'homme laissa un contrôle presque total au Loup, à sa partie animale. Son instinct de survie et ses réflexes étaient plus forts que les siens. Le Loup se faufilait sans crainte à des endroits où l'homme aurait hésité à sauter, à passer, à se couler. Mais tout ceci suffirait-il pour s'échapper du carcan de l'ennemi ? Il préféra oublier cette question. Les poursuivants gagnaient du terrain, et ses muscles endoloris par ces trop longs moments d'inactivité criaient leur souffrance. Ses os commençaient aussi à lui faire mal, chaque impact de ses foulées sur son squelette lui rappelait les souffrances qu'il avait dû supporter, ces os brisés, mal ressoudés, donnant à sa course un rythme trébuchant. Tout son corps n'était plus qu'une plaie, mais il s'accrochait à la vie. Il ne voulait pas tomber. Il poussa un grognement de rage impuissante. Un chariot trop chargé, trop haut, trop large s'était renversé et bloquait la route. Les chevaux étaient nerveux et les marchands ne faisaient rien d'autre que de se disputer sans faire attention à ce qui se passait tout autour d'eux.

La Sentinelle embrassa la situation d'un regard, laissant libre cours au Loup. La fuite par le bas n'était maintenant plus possible, les rochers étaient abrupts et coupants : une chute ne pardonnerait pas. Sauter sur le chariot lui faisait craindre une chute, la marchandise paraissait trop inconstante pour soutenir son corps pourtant efflanqué. Tant pis, il devrait se découvrir, quitter l'abri que lui offraient involontairement les chariots et offrir son flan aux flèches. Il passerait donc vers le haut et redescendrait un peu plus loin. L'homme-Loup bondit sous les cris surpris et effrayés, prit son appui sur un chariot, poussa de toutes ses forces sur ses jambes et sauta de nouveau sur les rochers en surplomb. Ses griffes accrochèrent la roche et il repartit sans perdre un instant. Il se retrouvait maintenant au-dessus des hommes. Il se faufila sur les rochers moins abrupts de ce côté de la route, sans jeter un regard en arrière, concentré sur ses appuis et les pierres friables par endroits qui défilaient sous ses yeux.

Daïna poussa un juron. Non seulement elle n'avait jamais vu ce prisonnier – la marque au fer rouge sur son épaule ne trompait pas –, mais en outre, celui-ci avait le culot de s'évader en plein jour, au vu et au su de tout le monde. Tout à l'heure, dans la cour, quand elle s'était apprêtée à rendre les papiers qu'elle venait de signer pour une livraison d'épées et de flèches, elle s'était figée, alertée par les cris de Mirck. Sa vision sans défaut de l'Aigle avait repéré un élément inhabituel. Ses pupilles s'étaient étrécies : à dix mètres devant elle, un homme essuyait de sa bouche le jus de la viande qui lui coulait dans le cou en suivant le sillon de ses rides ; à trente mètres, le ventre d'une souris laissait échapper les viscères qu'un chat venait consciencieusement d'extraire sous un chariot ; et à quatre-vingts mètres, elle vit ces jambes déformées, une allure étrange, des ongles anormalement longs. L'homme avait plongé derrière un chariot et disparu de sa vue. Mais pas assez vite pour apercevoir la peau brûlée de son épaule. À cet instant, elle ne fut pas certaine de ce qu'elle avait réellement entrevu. Elle avait surtout compris que cet imbécile de geôlier avait failli à son devoir, et qu'elle ne pouvait permettre que cela arrive.

« Reprenez ça ! »

Elle avait lancé un regard furibond au comptable dans sa tunique vert pomme, qui s'était empressé de reprendre ses documents. Elle connaissait la cause profonde de son énervement et le savoir ne l'apaisa pas plus. Mirck. La Hiérarque le connaissait de réputation : c'était une brute sans cervelle, dont le seul plaisir résidait dans la brutalité et le sadisme. Elle en avait la preuve avec cette marque sur l'épaule du prisonnier, une étoile imprimée dans la chair qui marquait autrefois le statut de prisonnier, abandonnée depuis plusieurs générations maintenant, car jugée trop dégradante et humiliante. Ce manque de respect des lois et des règles l'énervait au plus haut point, et le fait qu'un prisonnier – même inconnu –

s'évade du Siège, qui plus est sous ses yeux, lui était intolérable. Se précipitant dehors, elle s'était promis un tête-à-tête mémorable avec cette brute épaisse, se jurant qu'elle l'enverrait passer quelques jours avec ses victimes.

Hélant Limane, son bras droit, elle avait couru d'une traite vers les écuries où des chevaux attendaient, toujours prêts en cas d'urgence.

« Six hommes avec moi ! Un prisonnier s'évade ! »

L'ordre avait claqué comme un coup de tonnerre au milieu du désordre. Six gardes s'étaient précipités à sa suite. Daïna avait sauté avec légèreté sur sa monture, enfilant prestement l'arc et le carquois accrochés à la selle, puis piqué son cheval au flanc. Avec aisance malgré son âge et ses cheveux blancs, Limane avait prestement enfourché la sienne dans le même temps.

Les chevaux s'étaient lancés à la suite du fugitif, leurs sabots chargés de menace claquant sur les pavés de la cour. Daïna avait vu avec mauvaise humeur que Mirck avait lui aussi enfourché un cheval sans autorisation et s'était élancé sans crier gare à la poursuite du prisonnier, la devançant de quelques mètres. Elle réprima un geste de colère. Il n'avait aucune permission de monter à cheval, et son mépris pour les ordres ne faisait que s'ajouter à la liste de réprimandes à son égard.

Les cavaliers avaient dépassé la grille en trombe, évitant tant bien que mal hommes et chariots qui ne cessaient de s'accumuler le long de la route. Daïna maugréa. Bien sûr, aucun de ses soldats n'avait eu la présence d'esprit de fermer la herse du Siège. Hors de la citadelle, le Loup détalait sans demander son reste, un cavalier à ses trousses. La jeune femme vit avec fureur et inquiétude le chemin que faisait emprunter Mirck à sa monture. Non content de transgresser les ordres, il la frappait et la battait pour aller encore plus vite, se frayant un passage tant entre les rochers qu'entre les chariots et les hommes. Le pauvre cheval manqua de tomber plusieurs fois, brutalement rattrapé par son cavalier à coups de poing furieux donnés sur sa croupe et son cou. Quant aux nombreux visiteurs venant au Siège, ils s'écartaient vivement de leur passage avec des cris indignés, pour ne pas prendre un violent coup de sabot. Sans prononcer un mot, Daïna et Limane se lancèrent de concert à la suite du geôlier, suivis des six autres soldats.

Regagnant une nouvelle fois la route après avoir dépassé un chariot par le bas-côté bordant le vide, Mirck frappa une nouvelle fois sa monture au flanc de sa main calleuse pour l'obliger à accélérer encore. L'homme eut un rictus de satisfaction, découvrant des dents pointues, à l'hygiène inexistante. Il voyait que sa victime faiblissait, qu'elle ne tiendrait pas longtemps à une telle allure. Il la vit bondir au-dessus de la route, se mettant à courir sur les rochers. Mirck ramena son attention devant lui. Un chariot renversé bloquait la route. Il enfonça brutalement ses talons dans les flancs du cheval, lui arrachant un hennissement de douleur, aussitôt réprimé par une nouvelle brutalité. Les deux coups successifs agirent comme un coup de fouet : l'animal eut un sursaut et bondit en avant vers le chariot. Il sauta, planant un instant au-dessus de la voiture renversée, sous les regards terrifiés des conducteurs, et atterrit sur la route dans un claquement sonore de sabots. La bête trébucha, cahota, et rétablit son équilibre de justesse. La poursuite reprit de plus belle.

Le cerveau noyé dans la peur, le fugitif entendait vaguement le bruit des sabots qui se rapprochaient. Ses jambes le brûlaient, ses muscles hurlaient de douleur à chaque nouvelle foulée, sa respiration se faisait sifflante. Il cherchait vainement de l'air pour apaiser la souffrance de ses membres. Une nouvelle douleur lui vrillait maintenant les côtés. Il faiblissait, il le sentait, mais il ne voulait pas s'avouer vaincu. Pas encore. Jetant un nouveau regard affolé derrière lui, il vit Mirck un peu en contrebas, longeant les chariots de marchandises, cravachant sa monture sans pitié. Il vit un sourire étirer les lèvres de son tourmenteur. Il savait. Il savait que la course était bientôt finie pour lui. L'homme-Loup ne pouvait s'y résoudre. Il éliminerait tous ses poursuivants, un par un. Tous. Et il serait libre. Car sa volonté s'appelait Liberté. Avec un hurlement, il bondit, prenant le bourreau à contre-pied, par surprise. Au loin, Daïna saisit aussitôt le danger.

« Attention ! »

Son cri d'avertissement arriva trop tard. Pris au dépourvu, Mirck n'eut pas le temps d'engager une manœuvre d'esquive. Il vit avec surprise le fugitif bondir vers lui. Il s'était attendu à tout sauf à ça. La Sentinelle de Saphir avait puisé dans ces dernières forces pour faire ce saut. Toutes griffes dehors, il atterrit comme il l'espérait : sur l'encolure du cheval. Ses griffes postérieures se plantèrent sans vergogne dans la bête, qui se cabra dans un hennissement de douleur. Maintenant son équilibre, il poussa un rugissement de joie sauvage quand il frappa la gorge du geôlier impuissant.

Ses longues griffes s'abattirent une fois, deux fois, déchiquetèrent les chairs tendres du cou avec une facilité déconcertante. Il vit un éclair d'incrédulité passer dans les yeux de l'homme. Un léger gargouillis monta de sa gorge quand il essaya de protester. L'homme-Loup frappa encore de rage et de soulagement, laissant couler en lui la fureur et les sévices oppressants qu'on lui avait infligés. Il s'acharna, oubliant la poursuite qu'il livrait à peine quelques secondes plus tôt. Il frappait encore, sans ménagement, ce qui n'était plus qu'un cadavre depuis longtemps. Ce ne fut que lorsqu'il sentit le cheval s'effondrer sous ses jambes, qu'il reprit conscience du monde qui l'entourait.

L'homme-Loup se redressa. Il vit les regards horrifiés, terrifiés de ces voyageurs qui se rendaient au Siège. Tout à coup, il se sentit perdu. Il leva ses mains griffues, pleines de ce sang qu'il avait fait couler. Il regarda le cadavre égorgé, la tête à peine retenue par quelques lambeaux de peau. Il offrait le spectacle de la démence et de la cruauté, il offrait l'image d'un Loup sauvage savourant le sang versé. Des enfants pleurèrent, des femmes s'évanouirent, des hommes vomirent. Un cri strident perça cette atmosphère de terreur. Sonnant comme un signal de retraite, tous ces spectateurs involontaires se dispersèrent, fuyant cette bête cruelle sans demander leur reste.

L'homme de Saphir regarda cette cohue, hagard. Il contemplait toujours cette scène irréelle qui se déroulait tout autour de lui, quand il tourna la tête. Ce qu'il vit agit sur lui comme un fer chauffé à blanc posé sur son ventre : les cavaliers n'avaient pas abandonné la poursuite et avaient même dangereusement gagné du terrain. Trop occupé à tuer Mirck, son action de vengeance leur avait même fait gagner un temps précieux, puisque cela leur avait aussi donné le temps de dégager un passage entre les chariots renversés pour faire passer les chevaux. Et il y avait toujours cette femme à la chevelure de jais. Son cœur se glaça. Elle regardait dans sa direction, son cheval maintenant lancé au galop. Elle n'était plus qu'à quelques mètres à présent. Il sauta de la monture qu'il avait terrassée et qui s'effondra définitivement sous ses griffes. Le Loup bondit de nouveau vers les rochers, reprenant sa course en surplomb de la route. Il fuyait à nouveau.

Maudissant la désobéissance et la bêtise de l'homme, Daïna étouffa un cri de dépit. Elle n'avait plus le choix. Elle aurait aimé soumettre le Loup à la question, mais elle devait l'abattre avant qu'il ne fasse d'autres victimes. Même si sa présence au Siège était déjà une preuve en elle-même, elle ne pouvait mettre au second plan la sécurité des habitants du Siège et de Terra. Elle enroula les rênes autour du pommeau de sa selle, ne dirigeant plus son cheval qu'avec les jambes. Avec l'habitude de ces gestes maintes fois répétés à l'entraînement, elle prit son arc passé autour de ses épaules de sa main droite, et sa main gauche se tendit vers les flèches empennées, logées dans leur carquois. Elle encocha rapidement un trait et visa.

L'homme-Loup sentit un picotement derrière la nuque. Un frisson parcourut sa colonne vertébrale, malgré sa course douloureuse et haletante, malgré la chaleur du soleil sur sa peau. Ses jambes tremblaient, menaçant à chaque foulée claudicante de se dérober sous le poids pourtant négligeable de son corps. Le picotement persistait, s'amplifia. La Sentinelle ne put s'empêcher de jeter un bref coup d'œil derrière elle. Le frisson de peur se mua en terreur glacée.

Un peu en retrait, la femme le fixait de son regard implacable, et la pointe de sa flèche pointée sur lui paraissait vivre pour le transpercer. Le fugitif paniqua, la peur menaçant de lui couper les jambes. Le Loup en lui se sentit gagné par son effroi, malgré toute sa volonté tendue vers un unique but : rester dehors, continuer à voir le soleil dont il avait été privé pendant si longtemps, ne jamais retourner dans cette obscurité angoissante.

L'homme-Loup manqua de trébucher. Il se rattrapa *in extremis* et reprit sa course désespérée. Mais il ne put s'empêcher de percevoir le regard de cette femme. Il sentait presque le souffle de sa monture sur ses omoplates, la flèche pointée sur son cou qui s'apprêtait déjà à pénétrer sa chair blafarde. Il ne pouvait plus attendre. Il fallait qu'il attaque, autant pour se débarrasser de l'ennemi, que pour se rassurer, se libérer de cette angoisse qui l'empêchait de respirer et de courir vers sa liberté. Il ralentit un peu l'allure et tourna la tête pour fixer sa cible, entre peur et résolution. Daïna gagnait irrémédiablement du terrain sur le fugitif. Le boitillement de sa course s'était accentué. Le Loup fatiguait, paniquait. Il avait attaqué. Il se savait acculé. Mais il avait perdu du temps à tuer le bourreau. Le sacrifice involontaire du geôlier avait permis à la Hiérarque de se rapprocher. Sa course était à présent plus saccadée, trahissant des douleurs dans les membres. Il ne tiendrait plus très longtemps.

La jeune femme garda sa flèche prête, encochée. Son cheval continuait sa course, uniquement guidée par la pression de ses genoux sur ses flancs. Aux aguets, elle repéra un brusque changement de rythme dans la course de l'Homme-Loup. Il ralentissait. Il tourna la tête vers elle. Elle surprit son regard de panique, mais de détermination aussi. Il allait attaquer. Aussitôt, elle banda son arc, tirant sans effort sur la corde, la flèche s'étirant comme le prolongement de son bras.

Sans crier gare, la Sentinelle de Saphir bondit vers elle. Son dernier saut était celui du désespoir et de la dernière chance. Trop éreinté pour mettre au point un nouveau plan, le Loup choisissait la tactique qui avait déjà fait ses preuves. Daïna tira un peu plus sur la corde de son arc. Puis, ses doigts lâchèrent doucement le filin. La flèche fila, vive dans le ciel. Dans un même mouvement fluide, elle dégagea son pied gauche de l'étrier et se laissa glisser du côté droit de sa monture, s'accrochant avec légèreté au pommeau de sa selle. Elle avait fait mouche, elle le savait.

L'homme-Loup ne comprit pas. L'instant d'avant, elle était là. Puis elle avait glissé sur le flanc de son cheval, en équilibre sur son étrier, se protégeant à la manière des cavaliers et l'esquivant. Il sentit au même moment une brusque douleur à la gorge. La Sentinelle voulut crier, mais ne put sortir qu'un faible borborygme, noyé dans un sang noir. La flèche avait atteint son but, le traversant de part en part. Il n'avait pas prévu ça. D'un seul coup, il se sentit vidé de ses forces. Un choc le secoua, presque indolore. Sous son nez, une odeur de poussière. Il était part terre. Tandis que le liquide de vie s'écoulait maintenant sans discontinuer de sa blessure, une immense lassitude l'envahit, entre tristesse et soulagement. La poursuite s'arrêtait là. Finalement, mourir serait sa fin. Et sa délivrance. Au fond de lui, le Loup courut vers lui et se jeta dans ses bras. L'homme s'assit, et le Loup vint se blottir contre lui, lui donnant de joyeux coups de museau. L'homme l'enserra dans ses bras, caressant sa fourrure tiède. Une nouvelle vie les attendait, plus heureuse il l'espérait. La lumière qui brillait dans les yeux de l'homme-Loup s'éteignit. Sa souffrance avec.

Le corps du fugitif avait roulé par terre. Il s'agita dans un dernier soubresaut, puis s'immobilisa. Daïna tira doucement sur les rênes de sa monture et lui fit faire demi-tour, contemplant calmement son œuvre, détachée. Ses hommes étaient déjà arrivés près du cadavre et avaient mis pied à terre. Ils observaient le corps avec curiosité, entre répugnance et fascination. Déjà la tache d'un pourpre très sombre s'étalait sous la gorge de cet homme venu d'ailleurs, difficilement absorbée par le sol tassé, piétiné par les voyageurs. Les commentaires incongrus de ses hommes allaient bon train, parvenant à ses oreilles, allant de l'inquiétude à la jubilation morbide :

« Il est vraiment mort ?

– Un Loup, un vrai ! Quand je vais raconter ça aux copains… ! »

Daïna réprima un mouvement d'humeur. Cela aurait dû les inquiéter de voir un Loup ici, pas les réjouir ! Elle descendit de cheval à son tour. Les marchands et autres spectateurs involontaires de la poursuite s'avançaient déjà avec précaution, la curiosité l'emportant sur la crainte. La Hiérarque en personne avait arrêté un dangereux fugitif avec une habileté et une maîtrise incroyables. Mais quel était donc cet agresseur ? Sa façon de courir était pour le moins étrange…

« Dégagez la place ! ordonna la Hiérarque à ses soldats. Faites un cercle autour du corps, je ne veux voir personne s'approcher ! »

Les soldats maugréèrent, se reculant à contrecœur, avant d'obéir avec empressement devant le regard noir de leur supérieure. Daïna s'approcha, fronçant le nez sous l'odeur pestilentielle que dégageait le corps, s'attachant à observer la dernière preuve que le Loup était bien mort. Ses yeux se posèrent sur les larges pattes antérieures pourvues de griffes. Ces dernières diminuaient lentement, laissant peu à peu la place à des ongles d'homme. Les phalanges s'étrécirent pour former une main humaine, sale, aux os déformés. Les touffes de poils disparurent, et la patte devint un avant-bras. Elle jeta un bref coup d'œil aux autres membres. Ce qui avait été Transformé avait repris son aspect initial. L'homme-Loup était entièrement redevenu humain. Cachée sous un masque impassible, Daïna eut une grimace de rancœur et de colère froide. *Ils sont revenus…* Cette pensée résonna dans sa tête comme un glas.

Elle se releva et embrassa d'un coup d'œil ce qui se passait autour d'elle. Les badauds n'osaient plus avancer, mais se tordaient le cou par-dessus l'épaule des soldats pour tenter de saisir le moindre détail croustillant. Toutefois, l'air patibulaire et dissuasif qu'arboraient les soldats anéantissait toute velléité de pousser plus loin l'examen du cadavre.

Près d'elle, Limane observait lui aussi le Loup, en attendant les ordres de la Hiérarque. Leurs regards se croisèrent. Un étrange sentiment apparut brièvement dans ses yeux, avant de disparaître aussitôt. Non pas de la colère ou de la peur comme elle aurait dû s'y attendre, mais de la consternation. Daïna balaya cette pensée d'un hochement de tête : elle devait se concentrer sur le travail à accomplir. Il fallait agir, et vite. Elle dégrafa sa cape et, d'un ample mouvement, en recouvrit le corps encore tiède. Le cacher à la vue de tous rendrait les gens moins curieux et plus faciles à disperser. Elle désigna deux hommes :

« Vous deux ! Chargez les corps de Mirck et du prisonnier sur un cheval et rentrez au Siège ! Prenez les dispositions pour conserver les cadavres dans une cave du Siège. Entrée interdite à tous : je veillerai personnellement à votre sort s'il leur arrive la moindre chose ! »

Avant d'ajouter :

« Je pars tout de suite avertir le Grand-Prêtre, vous me ferez votre rapport en rentrant ! Exécution ! »

Avec un hochement de tête, les deux gardes désignés s'exécutèrent prestement. Ils gardèrent la cape en guise de linceul sur le corps et la tête du Loup, et jetèrent le tout comme un vulgaire sac de blé sur le cheval de Mirck, blessé à l'encolure, mais encore un brin vaillant pour rentrer à l'écurie. Ils rebroussèrent chemin, écartant d'un ton sec les badauds qui ne se poussaient pas assez vite. Ils s'arrêtèrent quelques dizaines de mètres plus loin, et, surmontant leur dégoût, exécutèrent la même manœuvre avec le geôlier, rassemblant tête et corps sur la même bête. Quelques minutes plus tard, ils franchissaient de nouveau la foule et se dirigeaient rapidement vers le Siège, invectivant au passage les marchands pour qu'ils libèrent le passage du chariot toujours renversé en travers de la route. Ce qui fut fait prestement.

La petite foule se dispersa, lentement puis plus rapidement. Le spectacle était terminé. Daïna reporta son attention sur Limane. Elle lui fit signe de s'approcher. Le vieux soldat fut immédiatement auprès d'elle. Il était le seul en qui elle avait réellement confiance. La Hiérarque observa le vieil homme. Âgé d'une soixantaine de printemps, il avait les cheveux blancs et une barbe assortie, taillée avec soin. Les rides qui creusaient son visage encadraient des yeux noirs, vifs et alertes, dans lesquels brillait une sagesse infinie. Il l'avait formée aux armes et au commandement, puis s'était placé sous ses ordres dès sa nomination au poste d'Hiérarque. Il n'avait jamais voulu quitter l'armée, ou du moins prendre un poste moins contraignant, comme conseiller par exemple. Il avait refusé. Il était un homme de terrain et il le resterait. Pour cela, il veillait à sa robustesse, s'entraînait à la course, à l'arc, et battait encore régulièrement les jeunes recrues à l'épée. Leur infliger une correction lui plaisait tout particulièrement et faisait pétiller ses yeux d'une joie presque enfantine, taquine : « Grand-père, peut-être, mais pas gâteux ! ».

L'autre qualité de cet homme qu'appréciait tout particulièrement la Hiérarque était son réseau de contacts. Un réseau inestimable, cultivé avec soin pendant des années, dans des milieux aussi divers et variés que les conseils de notables, les garnisons de soldats ou les bas-fonds du Siège, sans compter les bars les plus malfamés des ports environnants. Elle préférait fermer les yeux sur les trafics auxquels s'adonnaient ces fameux contacts – s'ils n'étaient pas facteurs de désordre et parce que l'Équilibre avait un prix –, car elle avait besoin de ces informateurs. Mais ces derniers ne faisaient confiance qu'à Limane. Et à lui seul. Elle avait bien essayé un jour de l'accompagner, et un autre jour de le faire parler. Mais il s'était obstinément tu avec un sourire, se bornant à lui dire que des hommes lui devaient des services, et que ceux-ci le payaient en informations. Daïna avait dû ravaler sa fierté et sa curiosité, préférant la réflexion au conflit. Elle avait finalement considéré que la loyauté d'un ami était plus précieuse que tous ses secrets. Elle en avait ainsi pris son parti pour se contenter des informations – toujours exactes – que lui transmettait son subordonné.

« Hiérarque ? »

Limane avait levé un sourcil interrogateur. Daïna réprima un tressaillement de surprise, se rendant compte qu'elle le fixait depuis un moment déjà, perdue dans ses souvenirs et ses pensées. Elle baissa la voix, et le vieux soldat dut se pencher vers elle pour mieux l'entendre et l'écouter avec attention.

« Limane, je vais avoir besoin de tes contacts… Je voudrais que tu éclaircisses certains points pour moi… »

Limane la regarda d'un air grave. Il avait compris l'allusion. Apparemment, la situation de ce fugitif le préoccupait tout autant qu'elle. Elle ne savait pas si cela était bon signe. Il lui répondit sur le même ton :

« Je vous écoute... »

CHAPITRE 3

La main posée sur la poignée de la porte menant à la salle d'audience, le jeune page – quatorze ans, une cicatrice au menton et l'assurance des jeunes années – prit une grande inspiration. Il n'était jamais aisé d'annoncer un message au Grand-Prêtre Prodotès. Il avait été choisi par le Chambellan pour mener à bien cette mission et il s'en acquitterait avec toute la conscience et le zèle nécessaires.

Pesant sur la lourde poignée en bronze sculpté, il entra sans s'annoncer. Comme d'habitude, il fut frappé par la magnificence des lieux. Ceux-ci se trouvaient dans la haute cour du Siège, au rez-de-chaussée, et c'était ici même que le Grand-Prêtre recevait une fois par semaine les petites gens pour écouter leurs problèmes et leurs conflits. Il leur prodiguait des conseils bienveillants ou rendait un jugement impartial, applicable dans l'instant même.

Tous se précipitaient pour avoir un avis éclairé sur sa situation. Sa sagesse était reconnue de tous, et son influence était telle qu'hommes et femmes venaient des quatre coins de Terra pour essayer de rencontrer le Grand-Prêtre et avoir son oreille. C'était la fameuse journée des doléances. Toutefois, aux fins d'avoir une chance d'être reçus par Prodotès lui-même, les plaignants devaient s'astreindre à la rédaction d'une lettre exposant leur situation et leurs problèmes, lettre qui était ensuite lue par un premier juriste. Si la situation ou la plainte exposée était jugée recevable, la lettre était transmise à un juge, qui pouvait rendre sa décision en lieu et place du Grand-Prêtre. L'innombrable quantité de lettres était ainsi triée selon les cas, analysée – ou jetée quand l'écriture était illisible – et ventilée dans les bureaux des différents juges nommés par Prodotès. Seuls les courriers considérés comme étant les plus intéressants étaient transmis au Grand-Prêtre pour préparer la journée des doléances. Cette journée principalement symbolique devait surtout signifier le rapprochement, la proximité entre la plus éminente puissance de Terra et le peuple.

Ceux qui avaient la chance d'être reçus par le Grand-Prêtre en personne étaient conduits dans cette salle immense, qui faisait également office de salle de réception pour les grands évènements officiels au Siège. Le jeune page ne pouvait s'empêcher de se sentir privilégié, héros marchant sur ses ennemis, à qui tout souriait. Comme il s'y attendait, la somptueuse salle était pour l'heure déserte. Le jeune homme avait déjà eu l'occasion d'y venir plusieurs fois, en tant que page et fils de dignitaire. Et chaque fois, il avait été frappé par tant de beauté, lorsqu'il embrassait du regard les immenses tapisseries retraçant l'histoire de Terra. Les peintures étaient monumentales, aux couleurs vives, à peine passées par les ans. Les figures s'organisaient autour d'animaux fantastiques, à la croisée des mythes et de la réalité, s'entremêlant dans des conflits et des alliances dont les enjeux s'étaient perdus avec les âges. Les traits torturés d'un personnage dans la souffrance d'une guerre, de la perte d'un être cher ; l'extase d'un autre, ses lèvres sensuelles caressées par la douceur d'un baiser, son corps empli d'un désir ardent de vivre ; tout, dans ces peintures, donnait une impression de forte réalité, qui paraissait vouloir se soumettre sans réserve aux regards des visiteurs, comme un spectacle de vie.

Le page s'arracha à contrecœur à la contemplation des peintures et se dirigea d'un pas qui lui sembla volontaire. Il devait aller à l'autre bout de la salle, là où siégeait le Grand-Prêtre. Son cœur était empli d'excitation et battait la chamade. Non pas qu'il craignait Prodotès – un peu quand même, c'était un homme intimidant –, il était surtout figé d'admiration devant ce grand homme, n'arrivant plus à parler ou à s'exprimer que par des borborygmes aussi embarrassants que dénués d'élégance. Il devait à chaque fois faire d'énormes efforts sur lui-même pour réussir à délivrer un message qui, finalement, tenait en deux ou trois courtes phrases.

Le jeune garçon se ressaisit, faisant le clair dans son esprit, et avança vaillamment vers une silhouette au fond de la salle. « Non, deux » rectifia-t-il mentalement en voyant celle d'un homme courbé, quelque peu dissimulée par un imposant fauteuil, dans ce petit coin en retrait du trône, aménagé de manière intime, où le Grand-Prêtre aimait à recevoir quelques très proches connaissances qu'il appréciait plus particulièrement. Le jeune garçon s'approcha encore, s'arrangeant pour entrevoir – même brièvement – cet éminent personnage qui avait la chance de compter dans le cercle intime du Grand-Prêtre. Ses yeux s'écarquillèrent :

il remarqua avec surprise, que l'homme n'était pas courbé, mais qu'il se tenait bien debout, diminué par la grosse bosse qui émergeait de son dos.

Le page s'arrêta à une vingtaine de pas du Grand-Prêtre comme l'exigeait le protocole, et attendit. Son maître était très clair là-dessus : le protocole était le protocole. Quiconque l'enfreignait s'exposait à de graves sanctions, qu'il soit noble, chambellan ou paysan. Il se devait d'être impeccable : ses aspirations dépassaient de loin la charge de garçon d'écurie et le nettoyage du crottin, ce qu'il adviendrait de lui s'il échouait à respecter les saintes règles protocolaires. Aussi, mal à l'aise, mais vaillant, il s'apprêta à combattre farouchement la timidité qui l'envahissait déjà et puisa dans ses réserves d'assurance, déjà presque à sec. Il se concentra sur sa mission de messager et regarda courageusement vers le Grand-Prêtre de Terra.

Le Grand-Prêtre était reconnaissable entre tous, revêtu de son aube blanche, ornée de la fameuse étoile blanche enflammée à cinq branches, symbole de sa charge au Siège, mais aussi symbole de l'unité de Terra : chaque branche de l'étoile représentait un des cinq peuples de Terra unis autour du Siège. Prodotès, quant à lui, était un homme mince, au visage émacié, peu commode. Ses cheveux étaient noirs et dénués de cheveux blancs ; son nez droit bien planté entre ses pommettes lui donnait un air d'autorité naturelle, accentué par un regard bleu, perçant les âmes de ses interlocuteurs. Ses yeux brillaient comme s'ils voulaient élucider tous les secrets du monde qui l'entourait. Considéré comme bel homme par toutes ces dames de la cour, Prodotès dédaignait pourtant les plaisirs de la chair, préférant se consacrer au travail et à la gestion du Siège, pour veiller sans faillir sur l'Équilibre des peuples de Terra. Même si quelques mauvaises langues lui reprochaient ses prises de position frisant parfois l'ingérence dans les affaires locales des peuples – ainsi qu'une liaison torride avec la Grande-Prêtresse Miarah –, c'était avant tout par jalousie de ses succès jamais égalés : il avait relevé Terra du dernier Bouleversement, condamné Saphir, et avait su préserver depuis lors un équilibre entre les peuples comme jamais il n'y en avait eu auparavant. Tous les habitants se sentaient liés à lui et redevables d'une vie stable et prospère, dénuée de guerres meurtrières. C'était l'homme fort et incontournable de Terra, l'autorité incarnée.

Tandis que les souvenirs de son enseignement remontaient à la surface, l'admiration du jeune homme ne fit que s'accroître, frisant la vénération et le confinant à l'ébahissement. Sans qu'il sût comment, il se rappela subitement le protocole et referma sans tarder la bouche qu'il s'aperçut tenir grande ouverte. Ouf ! Le Grand-Prêtre n'avait rien vu ! Il s'efforça de reprendre une attitude qu'il considérait comme impassible et coula un nouveau regard dans sa direction. Quelques mots glissèrent jusqu'à lui.

« Accomplis cette tâche rapidement. L'échéance approche…

– Oui, Maître… Il en sera fait ainsi… »

L'homme déformé répondait servilement, craintivement. Puis celui-ci disparut rapidement par une porte dérobée, dans un silence déroutant si l'on pensait une silhouette courtaude et trapue bien incapable d'un tel exploit.

« Jeune homme ? »

La voix du Grand-Prêtre ramena brutalement le page dans la salle d'audience. Il sentit une vague de chaleur submerger tout son corps et un rouge brûlant envahir ses joues. Le Grand-Prêtre lui parlait ! Il riva son attention sur cet homme de respect qui s'approchait de lui et articula tant bien que mal un message qui lui sembla soudainement récalcitrant à dépasser ses lèvres :

« Euh…je… Éminence… je… »

Pense aux écuries ! La voix du chambellan surgit dans sa tête, déconcertante, et s'imprima au fer rouge dans son esprit.

« Éminence, la Hiérarque Daïna souhaite vous entretenir de toute urgence. »

Le ton raffermi de sa voix et la délivrance sans hésitation de ce message emplit le page de fierté : il était d'une confiance à toute épreuve et les écuries se passeraient bien de lui pour cette fois !

« Bien. Dites-lui que je la recevrai dans mon bureau. »

Une légère courbette et le page tourna les talons pour délivrer ce nouveau message, tout emprunt de sa propre importance. Il n'avait pas fait deux pas que la voix du Grand-Prêtre résonna de nouveau dans son dos, le stoppant net dans son élan :

« Et la prochaine fois, fermez la bouche : une feuille de salade n'est pas vue réjouissante… »

Le jeune page se retourna brusquement. Le Grand-Prêtre lui adressa un petit sourire narquois, tandis qu'une chape de métal en fusion tomba sur ses joues. Il s'enfuit sans demander son reste.

Prodotès regarda par la fenêtre. Il regarda sans voir cet horizon qui s'étalait devant lui, plongé dans ses pensées. Son bureau était un des seuls lieux de cette forteresse où il se sentait à peu près chez lui et un peu moins mélancolique. La pièce était de bonne taille, principalement meublée d'une belle table de bois rouge ouvragé et doré à l'or blanc, provenant de l'ébénisterie la plus réputée d'Émeraude. Si ce bureau lui avait coûté une petite fortune, il n'en était absolument pas mécontent, et il en concevait même une certaine fierté : le meuble était fait d'un bois si dur, que même une scie traditionnelle ne l'entamerait qu'avec une grande peine. Quant à ses quatre tiroirs, ils étaient fermés par des serrures si complexes – ouvrage du meilleur forgeron d'Éther – qu'aucun voleur digne de ce nom ne pouvait l'ouvrir sans actionner l'un des pièges et se blesser – s'estropier – à coup sûr. Sur l'un des murs, une immense carte détaillée de Terra était déployée. Des annotations manuscrites avaient été reportées sur chaque continent concernant tel ou tel peuple, telle ou telle tribu, les nombreux villages recensés et les villes maritimes en plein essor.

Plusieurs étagères de livres meublaient ses appartements de belle façon, avec raffinement, dispensant une légère odeur d'ancien papier, que venaient atténuer les bâtonnets d'encens, au parfum léger, que faisait parfois brûler le Grand-Prêtre. Ses ouvrages, livres anciens d'une érudition précieuse, traitaient pour la plupart des différentes politiques, mœurs et coutumes de chacun des peuples au fil du temps. Prodotès mettait un point d'honneur à connaître chacun dans les moindres détails : parce que l'Équilibre reposait sur ces détails que d'autres auraient tendance à dédaigner. Car si l'un d'eux venait à être négligé ou mal interprété, les conséquences qui en découlaient pouvaient se solder par un conflit diplomatique dans le meilleur des cas, ou si l'erreur était trop grave, par une guerre. Son bureau se constituait ainsi en une pièce où toutes les cultures se rencontraient et s'apprivoisaient, sous la vigilance bienveillante du Grand-Prêtre. Son bureau au cœur du Siège représentait l'Équilibre de Terra.

Prodotès se détourna de la grande fenêtre. La lumière pénétrait à flots dans la pièce et commençait à l'incommoder. Pourtant, elle le rendait vivant, faisant de cet endroit un lieu éclairé, autant pour les yeux que pour l'esprit. Le ciel splendide donnait une impression de plénitude, d'harmonie. Quelques coups secs retentirent à la porte de son bureau. Prodotès soupira. Cette harmonie allait être brisée incessamment sous peu, d'une manière ou d'une autre. Sans attendre une réponse, un des battants s'écarta pour laisser passer le Chambellan, un homme maigre, efflanqué, qui connaissait le protocole sur le bout des ongles et toutes les manières de la cour.

« La Hiérarque, Éminence. »

Sur un signe de tête du Grand-Prêtre, la Hiérarque Daïna fut introduite dans le bureau de Prodotès. Le Chambellan se retira aussitôt, les laissant seuls. La jeune femme s'inclina respectueusement, avec tous les usages dus au rang de son illustre interlocuteur.

Prodotès observa attentivement Daïna, la jaugeant avec attention. Elle était une femme très belle, sans conteste. Son visage fin, dans lequel brillaient deux yeux noirs incandescents, respirait la détermination et une volonté de fer. Sa peau blanche, presque diaphane, lui donnait l'air altier propre au peuple des Aigles, qui s'enorgueillissait de pouvoir tutoyer les cieux comme nul autre pareil. Son corps athlétique était un condensé de force et de puissance, longuement entraîné dès son plus jeune âge, mais qui n'avait pas non plus entamé sa silhouette de femme, son uniforme rouge dissimulant à peine ses formes, des hanches fines, des jambes galbées et des seins menus, mais harmonieux. Daïna subit l'examen de Prodotès sans sourciller. La plupart des hommes la dévisageaient avec une expression de concupiscence et de désir inassouvi. Prodotès, non. Il la regardait avec attention et respect, veillant sur elle comme un père. Enfin, il se décida à parler :

« Hiérarque… Ces nouvelles urgentes justifient-elles le report des doléances publiques ? »

Le ton ennuyé était chargé d'un léger reproche. Le Grand-Prêtre n'aimait guère déroger à cette obligation particulière, pour rendre justice ou prodiguer son conseil aux habitants de Terra, qui lui faisaient part de leurs soucis ou des conflits qui les opposaient. La journée des doléances publiques était une tradition ancestrale, à laquelle ses prédécesseurs ne s'étaient jamais dérobés. Elle devait rappeler au Grand-Prêtre qu'il était au service du peuple, et non l'inverse. Tout manquement à cette obligation était mal vu, aussi Prodotès s'y attelait-il avec – semblait-il à Daïna – une certaine résignation. Des affaires urgentes nécessitaient toujours son attention, sur des points où des influences souvent contradictoires requéraient son arbitrage neutre. Mais le peuple pouvait être imprévisible, il n'y avait pas besoin de le dresser contre le Siège pour envenimer des situations qui n'avaient pas besoin de l'être : il avait déjà assez de problèmes à gérer les conflits entre les autres nations peuplant Terra.

Daïna avait ainsi hoché la tête à sa question, gravement :

« Je vous présente mes excuses, Éminence. Mais les nouvelles sont en effet mauvaises… Un Loup Sentinelle vient d'être tué, il y a peu et ici même. Il semble qu'*Ils* soient de retour…

– Les Loups ? »

Prodotès haussa les sourcils d'un air étonné.

« Voilà qui est préoccupant… Je ne mets pas votre parole en doute, Hiérarque, mais si ce que vous dites est vérifié…

– Ça l'est, Éminence, assura Daïna d'une voix ferme. C'est pour cette raison que j'ai estimé la situation suffisamment grave pour vous en faire part dès aujourd'hui.

– Et vous avez bien fait, Hiérarque. Cette situation est pour le moins extrêmement fâcheuse. Les Loups auraient-ils trouvé le moyen de se relever depuis le dernier Bouleversement ? »

Le Grand-Prêtre avait marmonné cette dernière phrase, à peine audible. Toutefois, comme Daïna s'y était attendue, il avait accueilli la remarque avec son flegme habituel. Pas de bond, pas d'éclat de voix, juste ce ton songeur qui en déstabilisait plus d'un quand son interlocuteur le voyait pour la première fois. Prodotès se dirigea pensivement vers un petit meuble à liqueurs qui prenait place dans un angle de la pièce, face à son bureau, en sortit deux verres à pied gravés de l'étoile enflammée du Siège et, parmi diverses bouteilles aux contenus chatoyants, choisit un liquide ambré, qu'il versa doucement dans les deux verres. Le Grand-Prêtre parla doucement.

« Et la situation est encore plus embarrassante, puisque théoriquement – nous pouvons maintenant le dire – *Ils* ne devraient pas pouvoir reparaître sur le continent… »

Le regard du Grand-Prêtre sombra dans une intense réflexion.

« Ces Loups auraient-ils trouvé une parade ? »

Prodotès se retourna vers la Hiérarque. Daïna savait les options limitées, mais elle devait se tenir prête à toutes les éventualités. Le Grand-Prêtre revint vers elle et lui tendit un verre. Bien qu'elle ne buvait jamais, elle ne pouvait refuser un privilège pour lequel d'autres auraient vendu père et mère pour l'obtenir. Elle saisit délicatement le verre de cristal et se contenta de le garder dans la main, faisant tournoyer doucement le liquide dans le ballon. Une question lui brûlait les lèvres. Comme le Grand-Prêtre gardait le silence en portant la liqueur à ses lèvres, elle se décida à le briser :

« Que faut-il donc faire, Éminence, pour empêcher un nouveau Bouleversement ? Que devons-nous faire pour assurer la sécurité du Siège et de Terra ? »

L'évocation du Bouleversement auquel le Grand-Prêtre avait fait allusion réveillait dans l'imaginaire collectif les pires cauchemars de chacun, une ère de destruction, de misère, où tristesse et malheurs étaient les seules choses qui pouvaient vivre. Il n'y avait dans ce monde aucune place pour l'espoir, seulement meurtre et mensonge, guerre et sang. Les seules règles du Bouleversement étaient celles de la peur et de la souffrance. Et le Bouleversement était cyclique, immuable. Il partait pour mieux revenir, surgir sans crier gare, et s'abattre comme un fléau sur Terra et ses habitants. Nul ne savait ce qu'il était réellement, hormis le Grand-Prêtre Prodotès et la Grande-Prêtresse Miarah, mais tous s'accordaient à dire cette fois-ci qu'il anéantirait Terra au prochain alignement des cinq Lunes. Daïna se souvenait encore des longues soirées d'hiver, où, près du feu, les enfants s'amusaient à se faire peur en se racontant des histoires terrifiantes, et le Bouleversement en était bien souvent la cause et la clef. À présent, elle sentait l'imminence d'un danger, d'une menace encore mal définie, mais bien tangible.

À sa question, Prodotès avait plongé ses yeux bleus dans les siens. Son ton froid tomba comme un couperet, une sentence irrévocable :

« Mais ce qu'il aurait fallu faire depuis le début, Hiérarque… Détruire cette engeance. Qu'elle cesse enfin de faire vivre ce monde dans la peur… ! »

Daïna perçut une haine latente dans la voix du Grand-Prêtre, une haine immémoriale. Elle ne put s'empêcher d'approuver cette décision d'un hochement de tête. Prodotès posa brusquement son verre sur son bureau. Le liquide ambré en jaillit avec force, mais retomba dans le verre sans faire de dégâts. Daïna connaissait cette colère. Elle la partageait. Dans les anciens récits, le Bouleversement était un passage obligé pour purifier Terra et retrouver l'Équilibre entre les peuples. À chaque alignement des cinq Lunes, une puissance phénoménale se déchaînait pour tenter de faire sombrer Terra. Mais le Bouleversement pouvait être combattu grâce aux Aïrétions – les Élus – héros sélectionnés pour leur force et leur courage, et Gardiens de cet Équilibre. Depuis toujours ils avaient réussi à repousser le Bouleversement. Depuis toujours ils avaient réussi à faire vivre Terra. Jusqu'au dernier Bouleversement. Quelque chose de terrible s'était passé. Nul ne savait exactement quoi, mais il en découla que le peuple des Loups fut condamné à vivre sur Saphir dans une obscurité perpétuelle.

Le regard de Daïna se durcit. Elle aussi nourrissait une haine sans nom à l'égard de ces Loups, qui avaient cherché la perte de Terra en voulant installer le Bouleversement. Mais sa haine se dirigeait également contre les Aïrétions. Car ceux-ci avaient été incapables de sauver Terra. Ils avaient failli à leur mission. Ils avaient mis en danger tous ceux qui y vivaient. Pire, ils avaient été corrompus ! Ils avaient vendu leur âme à la destruction. Plus personne ne devait ni ne pouvait leur faire confiance.

« J'informerai le Conseil de ces faits à notre prochaine réunion, ajouta Prodotès. Il saura sûrement prendre la bonne décision. »

Daïna approuva. C'était la meilleure décision. Elle ne s'en était pas moins attendue de lui. En pratique, le Conseil se composait en un nombre fixe de représentants de chaque peuple – excepté Saphir, bien entendu – avec soixante-cinq membres chacun, choisis parmi les notables ou tout volontaire qui voulaient participer à la vie politique du Siège. Ils avaient pour rôle de soutenir le Grand-Prêtre et de le tenir au fait des évènements qui se déroulaient sur leur continent respectif. Et le cas échéant, de le mettre en garde contre ses décisions qui pouvaient nuire à l'Équilibre entre les différents peuples.

Quant à Prodotès, il tenait informé le Conseil de ses actes, plus par souci de leur donner un os à ronger que par véritable empathie pour cette assemblée souvent ignorante des véritables enjeux politiques et économiques, qui, au final, apparaissait clairement consultative. Pour cette raison, il n'était guère inquiété, le Conseil avait toujours suivi ses avis : le Grand-Prêtre tenait simplement à ne pas mésestimer le pouvoir des opinions. Daïna comprenait cela. Tout comme elle ne sous-estimait pas le magnétisme de Prodotès : son autorité s'établissait à l'instant même où il entrait dans une pièce, ou dès qu'il se mettait à parler. Il avait le don de subjuguer les foules, le don de plaire. Il savait manier la menace aussi bien que la promesse et dirigeait le Conseil dans le sens où il voulait qu'il aille. C'était un homme qui obtenait toujours ce qu'il voulait, mais toujours pour le bien de Terra. Daïna redressa la tête. Elle était fière de servir un homme comme lui.

« La Prophétie va bientôt s'accomplir, reprit Prodotès. Les astronomes me l'ont confirmé : l'alignement se met en place, aussi sûrement que le temps qui passe. »

Daïna opina. La Prophétie faisait office de texte sacré sur Terra. On disait que cette Prophétie était l'unique témoignage de cette époque troublée, hormis le Grand-Prêtre bien sûr. Il vivait depuis des générations, sans que nul ne sache comment ni pourquoi. Et nul ne s'en plaignait : sa sagesse était infiniment trop précieuse. Tout comme sa connaissance de l'homme. Au fil du temps, cette longévité était devenue le gage d'une stabilité : peu importaient les raisons d'une existence aussi longue, l'Équilibre n'avait pas de prix. Un seul hic demeurait : malgré ses recherches, le Grand-Prêtre lui-même ignorait les origines de la Prophétie. Et par conséquent, il ignorait s'il lui fallait prêter une quelconque importance. Car si, pour Daïna, elle n'était qu'une fable, le grand homme lui accordait cependant suffisamment de crédit pour la prendre au sérieux parce qu'elle ravivait l'espoir. Un espoir qui avait sérieusement chancelé lors du dernier Bouleversement. La pression sur les épaules du Grand-Prêtre s'accroissait chaque jour un peu plus à la nouvelle approche de ce sinistre évènement et, brusquement, pendant qu'il parlait d'un ton fatigué, Daïna aperçut des cernes noirs sous ses yeux bleus, couleur incongrue qu'elle n'avait jamais vue auparavant sur sa peau blanche :

« En tout état de cause et puisque Prophétie il y a, je dois vous confier une mission qui revêt une importance toute particulière, pour ne pas dire capitale… Du moins, si la Prophétie s'avère véridique… »
Daïna avança d'un pas volontaire, s'inclina, animée par le dévouement sans faille qu'elle portait au Grand-Prêtre :

« Je vous écoute, Éminence. Vous savez que vous pouvez compter sur moi.

— Et vous m'en voyez comblé, Hiérarque, apprécia Prodotès. Car si les nouvelles que vous annoncez sont tout à fait fondées – ce dont je ne peux douter – le peuple des Damnés prépare son retour. »
Prodotès reprit son verre, regarda pensivement l'alcool. Reposa le verre.

« Et je ne peux laisser cette chose arriver…

— Une réponse appropriée doit être envisagée, acquiesça Daïna le visage dur, son regard fixé sur le chef du Siège.

— C'est exact. »
D'un pas lent et mesuré, le Grand-Prêtre se dirigea vers son bureau verni. Daïna ne le quittait pas des yeux, suspendue à ses lèvres. La haine des Loups pulsait dans tout son corps. Cette engeance devait mourir, c'était aussi simple que ça, et il n'y avait pas d'alternative. La seule réponse ap-

propriée était la guerre. Le Conseil comprendrait. Plus de Loups, plus de Bouleversement. Cette approche semblait un brin réductrice, mais les faits étaient là. Faire couler le sang d'un homme était une chose, faire couler le sang d'un Loup en était une autre. L'avenir de Terra dépendait de l'un et de l'autre, mais l'issue en serait tout aussi différente que son survivant.

Prodotès se pencha vers l'un des tiroirs de son bureau. Le tiroir inférieur, comprit la jeune femme. Le Grand-Prêtre sortit un petit trousseau de son vêtement duquel il tira une clef aux motifs compliqués. Il l'inséra sans hésitation dans la serrure et fit jouer le mécanisme. Après quelques cliquetis, le piège fut désamorcé. Prodotès ouvrit le tiroir, en ôta le contenu et le posa sur la table. Il tenait entre ses mains un petit coffret, simple, sans fioritures ni prétentions, fait du même bois rouge et solide que celui de son bureau.

L'Éminence de Terra sortit du même trousseau une nouvelle clef aux motifs très similaires à la précédente, qui tournoyait, jetant des éclats dorés de lumière dans la pièce. La serrure était complexe, le contenu que recelait cet écrin devait certainement être inestimable. Prodotès répéta les mêmes mouvements avec des gestes sûrs et fluides. Le mécanisme joua sans encombre et un déclic retentit distinctement dans le silence de son bureau.

Le Grand-Prêtre se redressa, rangea la clef dans son aube immaculée et reporta son regard sur la jeune femme. Ses deux mains se posèrent sur le coffret, le maintenant fermé tel un gardien veillant sur un trésor oublié. Il n'était pas encore l'heure de l'ouvrir. Intriguée, Daïna ne dit mot et attendit. Le Grand-Prêtre avait sorti le coffret d'un tiroir sécurisé, devant elle et l'avait ouvert. Partant, il avait probablement l'intention de lui en montrer le contenu.

« Avant de vous donner plus de détails sur votre mission, commença Prodotès, j'aimerais que vous me rappeliez ce que vos précepteurs vous ont enseigné au sujet de la Prophétie. »

Daïna était surprise. Depuis quand Prodotès se souciait-il de son instruction ?

« Certainement. Son sens est très obscur, mais Terra entière la connaît.

– Rafraîchissez ma mémoire, je vous prie… »

La Hiérarque s'exécuta docilement. Elle n'avait même pas besoin de rassembler ses souvenirs, les mots étaient gravés dans sa mémoire :

« Quand le Loup reviendra, révélé par la Lune Argentée,
L'Ordre sera renversé et la Lune de Nuit brillera.
Le Chaos sera révélé. Dans cette nouvelle nuit,
Les Cinq reviendront et Un enflammera Terra. »

Les deux interlocuteurs restèrent quelque temps silencieux, s'imprégnant des vers récités d'une voix claire. Daïna entreprit d'y réfléchir, comme elle ne l'avait pas fait depuis longtemps. Ces vers étaient pour elle peu énigmatiques, exceptée cette expression particulière : « la Lune Argentée ». Elle y avait déjà réfléchi, pensé et retourné la question dans sa tête à de nombreuses reprises, sans réponse. Terra possédait cinq Lunes, chacune reliée à un peuple : La Lune d'Éther, rouge, résonnait avec le peuple des Aigles ; la Lune des Sables, jaune, répondait aux Scorpions ; la Lune de l'Eau, turquoise, était le reflet du peuple des Sauriens d'Aigue-Marine ; et la Lune d'Émeraude, verte, renvoyait au peuple des Forêts, les Ours. Quant à la Lune de Saphir, aux couleurs de la Nuit, elle avait disparu lors du dernier Bouleversement, avec la défaite de ses représentants. Une bonne chose puisqu'elle avait enfin cessé d'exercer son influence néfaste sur ce monde béni. Si cela avait pu durer… Mais non, la Lune de Nuit était réapparue il y avait peu, en un très mince croissant d'un bleu profond, presque noir. Les astronomes les plus réputés de Terra s'étaient frottés à la question, et tous avaient dû s'avouer vaincus. Cette Lune était réapparue sans raison, si ce n'était comme le mauvais présage annonçant que le Bouleversement reviendrait menacer Terra comme jadis. Et les Loups seraient ses soldats. Comme jadis.

Le Grand-Prêtre l'observait sans mot dire. Le visage de Daïna ne reflétait aucune expression. Sa respiration était lente, contrôlée. Seuls ses yeux brillaient d'une intensité haineuse, reflet d'une énergie bouillonnante circulant dans ses veines. Il connaissait son aversion pour les Loups. Et cette aversion brûlait comme une braise sur l'herbe, prête à se déchaîner au moindre vent en un terrifiant incendie. Gardant ses mains posées sur le coffret, Prodotès se mit à analyser les quelques pieds énoncés :

« Les premiers vers sont sans équivoque : le Bouleversement est proche. Pour notre malheur, nous en avons déjà la preuve par la présence de la Lune de Nuit dans notre ciel. Et tout aussi clairement, la Prophétie nous annonce que le Loup se fera le principal artisan de la destruction. »

Sa voix s'imprimait profondément dans le cerveau de la Hiérarque, mais Daïna ne cillait point, écoutait.

« Quant aux derniers vers de cette Prophétie, ils sont très clairs : la corruption a contaminé le Loup. Mais dans le dernier vers, celui-ci n'est pas explicitement mentionné. Ce qui m'amènerait à penser que le Bouleversement ne viendrait pas directement par lui, mais par sa corruption qui aurait contaminé les autres Aïrétions. Nous pouvons donc raisonnablement supposer que tous ces Élus sont en fait susceptibles de devenir comme le Loup : corrompus et malfaisants, tout aussi prompts à porter la Destruction. En conséquence, nous ne pouvons aucunement leur faire confiance... »

Toute l'attention de Daïna était tendue vers le Grand-Prêtre. Elle ne pouvait qu'adhérer à ce que le Grand-Prêtre disait :

« Mais heureusement pour nous, la Lune de Saphir nous annonce elle-même son identité, tout comme elle le fit jadis. Car la Lune de Nuit était la dernière à s'élever quand le Loup décida de rompre L'Équilibre. J'en fus témoin. »

Prodotès se détourna brièvement vers la fenêtre, levant les yeux vers le ciel bleu immaculé, une lueur de tristesse dans le regard, entremêlée de profonds regrets :

« Cette catastrophe aurait dû être évitée il y a tellement longtemps... »

Daïna ne put s'empêcher d'éprouver de la compassion pour le Grand-Prêtre. Bien qu'il n'en parlât jamais, sa souffrance avait dû être sans limites... Comme tous sur Terra, elle avait lu l'histoire de Prodotès dans les livres, dont certains écrits de sa propre main. Et toujours la même tristesse, l'espoir brisé, des croyances qui s'effondraient et la peur de perdre Terra. Des thèmes qui revenaient sans cesse, qui ne faisaient que s'étoffer et prendre une réelle dimension depuis l'apparition de la Lune de Nuit. Le Grand-Prêtre avait vécu cela, l'avait vu de ses propres yeux. Sa longévité exceptionnelle était le cadeau de grâce de Terra : Elle l'avait fait témoin de ce passé et avait tout simplement confié son avenir entre les mains du seul homme qui ne l'eût jamais sauvée ! Parce qu'il avait tué le Loup Renégat de ses propres mains, lui un simple humain, sans capacité de Transformation. Un véritable exploit ! Avec simplement son courage et sa volonté. Daïna brûlait d'admiration pour ce héros de Terra. Toutefois, il n'avait pu accomplir cet exploit seul. Et en cela, il avait été aidé par une femme, la Grande-Prêtresse Miarah.

Tout comme Prodotès, elle bénéficiait elle aussi d'une longévité exceptionnelle. Miarah l'avait soutenu, s'était sacrifiée pour lui donner cet ultime moment qui lui avait permis de terrasser l'Ennemi. Elle en portait encore, paraît-il, les marques sur son corps. Mais personne n'avait pu le confirmer. Ou l'infirmer. Elle s'en était sortie avec, à la clef, cette longue vie aux côtés de Prodotès. Mais ce changement pour Miarah s'était fait non sans un profond traumatisme, se répercutant comme un tremblement de terre jusqu'aux tréfonds de son être.

Du moins, c'était ce que croyait savoir Daïna. La Grande-Prêtresse ne sortait que rarement, parlait peu, se contentant d'écouter, de répondre par un simple de signe de tête. Quand sa voix résonnait, un silence pesant dont elle ne paraissait pas avoir conscience s'abattait sur son auditoire, qui se figeait comme paralysé. Mais ce qui mettait surtout mal à l'aise la Hiérarque, c'était son regard. Un regard glacé, dénué d'émotions, qui semblait fouiller, voir et passer au crible les moindres de vos pensées, y compris celles tapies dans les recoins les plus reculés de l'âme, gelant l'esprit et engourdissant le corps aussi sûrement que le blizzard le plus glacial. Il semblait que tout sentiment avait déserté son âme, qu'un vent polaire soufflait sur les plaines arides de son cœur. Miarah paraissait ne plus rien avoir d'humain. Daïna frissonna intérieurement. Avec une pointe de tristesse, elle songea que le dernier combat avait dû ouvrir des plaies béantes, qui ne se refermeraient probablement jamais. Un combat de cette intensité ne devait pas laisser indemne.

La jeune femme reporta son attention sur Prodotès. Elle remarqua que celui-ci l'observait, attendant patiemment qu'elle terminât sa réflexion. Une lueur traversa ses yeux, fugitive, trop éphémère pour comprendre ce que c'était. Du désir ? Rien n'était moins sûr, personne ne lui connaissait de femmes, à part les affabulateurs – et affabulatrices –, et ses détracteurs, bien sûr.

« Comme vous le savez, reprit Prodotès, la Malédiction que les Loups voulaient faire s'abattre sur nous fut repoussée grâce à l'effort conjugué des peuples trahis. Mieux : elle fut retournée contre eux et les Loups furent repoussés sur Saphir. Toutefois, ce retournement de situation n'aurait pu se faire sans l'intervention de la Grande-Prêtresse Miarah…

– Votre contribution n'a pas été des moindres », fit remarquer Daïna.

Les lèvres de Prodotès s'étirèrent en ce qui devait ressembler à un sourire.

« Vous me flattez, Hiérarque. Bien que les livres d'histoire ne me tarissent pas d'éloges, je n'aurais pu lutter seul contre le Loup Renégat sans l'aide des peuples de Terra. Ce sont eux les véritables héros. En revanche, ce que les livres ne disent pas, c'est que le Bouleversement a aussi été repoussé grâce aux Pierres de Lunes... »

Daïna regarda l'Éminence de Terra avec surprise. Les Pierres de Lunes ? C'était bien la première fois qu'elle en entendait parler. Et comme l'avait très justement souligné le Grand-Prêtre, aucune mention de ces Pierres n'était faite dans les livres. Prodotès se chargea d'éclairer sa lanterne. Il n'avait toujours pas bougé les mains de son petit coffret verni.

« En vérité, très peu de personnes connaissent leur existence. Pour ne pas dire aucune, hormis la Grande-Prêtresse et moi-même. En fait, les Pierres de Lunes sont la clef de tout, puisque ce sont elles qui choisissent leurs porteurs. Mais vous l'avez vu aussi bien que moi, elles sont tout aussi faillibles. Lorsque l'Aïrétion de Saphir tua les autres Élus, elles furent quand même recueillies sur leurs défunts hôtes. D'une manière que je ne m'explique toujours pas après toutes ces années, je peux seulement vous affirmer qu'elles ont en partie contribué à faire triompher Terra. Approchez. »

Subjuguée, Daïna obéit et fixa l'écrin avec curiosité, protégé par les mains fines de Prodotès. De quoi avaient l'air ces fameuses Pierres de Lunes ? Est-ce que ces... artefacts pouvaient réellement avoir une aussi grande influence ? Sans qu'elle sache pourquoi, Daïna eut l'impression persistante que le Grand-Prêtre l'observait avec insistance. Ça n'était qu'une sensation, mais une sensation inconfortable. Elle la repoussa sans y prêter plus d'attention. Pour le moment et sans vouloir se l'avouer, une petite pointe de curiosité s'était éveillée en elle. Non pas la curiosité malsaine que l'on éprouve à vouloir écouter les ragots ou les bruits de couloirs, mais une curiosité qui ravivait au fond d'elle cette flamme brûlant pour Terra. Et cette flamme ne demandait qu'à s'épanouir : Terra était un bien infiniment précieux qu'elle s'était juré de protéger envers et contre tout. Et surtout contre les Loups. Elle s'approcha encore de Prodotès et de son trésor.

Solennellement, le Grand-Prêtre ouvrit l'écrin. À l'intérieur, reposant sur un coussin de velours noir, deux Pierres translucides contemplaient Daïna. L'une était verte, d'un vert terne. Rien ne paraissait pouvoir la distinguer de l'émeraude. Après un petit moment, Daïna la trouva même moins belle, d'un vert passé, moins brillant, semblable à la mousse séchant sous un soleil trop agressif. Puis son attention se porta sur la seconde Pierre. Une Pierre rouge, terne elle aussi, s'apparentant au sang resté trop longtemps à l'air libre, foncée. Comme sa voisine, elle n'avait rien à envier au rubis et ressemblait davantage à une pierre quelconque. Un voile blanc traversa son regard et se dissipa aussi vite qu'il était apparu. Entièrement focalisée sur les instruments qui avaient traversé le Bouleversement, elle n'y prêta même pas attention, la sensation noyée par la vague de dégoût qui la parcourut. C'était donc ces objets qui avaient failli provoquer l'anéantissement de Terra. Même si, selon les dires du Grand-Prêtre, ces Pierres avaient été utiles à la destruction du Bouleversement. Mais à quel prix ! Elles avaient au final causé plus de morts que sauvé de vies. On ne pouvait compter sur ces cailloux, conclut Daïna. Surtout si l'on devait les considérer comme des réceptacles possibles de la Corruption. En fait, si cela n'avait tenu qu'à elle, ces Pierres auraient été aussitôt détruites. Point n'était besoin de conserver des armes d'autodestruction : cela revenait à allumer soi-même un incendie dans la forêt et rester à côté du foyer. Mais, pour le Grand-Prêtre, il semblait qu'il en allait autrement : il considérait peut-être ces Pierres comme étant le seul outil capable de vaincre le Bouleversement. Du moins au début. Il savait sûrement ce qu'il faisait.

Un léger éblouissement brouilla sa vue l'espace d'un instant, fugacement. Daïna ne s'inquiéta pas outre mesure, les derniers jours n'avaient pas été de tout repos. Rien qu'une faiblesse passagère comme il lui en était déjà arrivé après un entraînement éreintant. Daïna regardait Prodotès. Le Grand-Prêtre désignait les Pierres. Il expliquait calmement quelque chose. Daïna se ressaisit rapidement pour écouter ses propos. Sa vue s'éclaircit et tout redevint normal.

« Les Pierres de Lunes sont en fait la cristallisation d'une puissante énergie captée dans les rayons lunaires de chacune des Lunes qui gravitent autour de Terra. Elles permettent en fait aux Aïrétions de catalyser leur pouvoir. Cette énergie est invisible, mais baigne chacun d'entre nous, pierres et plantes, humains et animaux. C'est elle qui donne aux hommes et femmes de Terra les Capacités de Transformation. »
Nouveau voile devant les yeux de la Hiérarque. Celui-ci dura un peu plus longtemps que les précédents. Elle sentit une vague de chaleur lui brûler les joues et son corps se faire mou, comme si toute énergie la désertait. Daïna campa solidement sur ses jambes. Ces symptômes commençaient à l'inquiéter : sans tomber dans l'hypocondrie, elle était toutefois à l'écoute de son corps. Elle ne le négligeait jamais : c'était son

outil de militaire et sa meilleure arme. Un corps faible affaiblissait l'esprit, lui faisait perdre son acuité et son tranchant à prendre les décisions les plus difficiles. Prodotès ne s'était toujours pas aperçu de son trouble et poursuivait son exposé :

« C'est dans cette énergie que réside le plus grand des dangers. Elle peut être déviée et corrompue, mais ne peut être cessée et, bonne ou mauvaise, continuera à nous baigner. Des entités comme les Aïrétions y sont très sensibles puisque la Pierre fait office de réceptacle et amplifie leurs Capacités de manière extrêmement importante. Nous ne pouvons donc prendre le risque que ce pouvoir corrompe de nouveau les Aïrétions : ils deviendraient des ennemis difficiles à battre et rien ne nous dit que nous arriverions cette fois-ci à les vaincre… Les Pierres se sont affaiblies et nous n'avons aucune certitude sur le fait qu'elles résisteront ou non au nouveau Bouleversement qui se prépare. Aussi ai-je pris une décision… »

L'éblouissement s'était de nouveau dissipé. Daïna se retrouva enfin maîtresse de toutes ses facultés. Elle fit un signe d'assentiment au Grand-Prêtre pour lui signifier qu'elle avait compris. Les mains du vieil homme étaient crispées sur le coffret, la jointure de ses articulations était devenue blanche sous la pression que ses muscles exerçaient. Il paraissait souffrir de la décision à prendre, mais aussi grand que fût ce sacrifice, il était prêt à s'y soumettre. Sa charge de Grand-Prêtre pesait lourdement sur ses épaules. Daïna s'en rendait douloureusement compte et, malgré ses propres troubles, était elle aussi prête à se démener pour le soulager de son fardeau. Les décisions qu'il prenait quotidiennement affectaient Terra tout entière, et cette responsabilité, il l'endurait depuis bien trop longtemps. Pourtant, sans hésiter, Prodotès trancha :

« Les Aïrétions doivent mourir. Nous devrons tuer les Élus sans la moindre hésitation. La moindre erreur nous serait fatale. »

Prodotès prit une grande inspiration.

« Votre mission est simple à énoncer, mais difficile à réaliser : trouvez les Aïrétions et ramenez-les au Siège afin de vérifier ce qu'ils sont. S'il s'avère qu'ils sont choisis par les Pierres, ils seront exécutés. Toutes les précautions nécessaires seront prises pour utiliser les Pierres de Lunes comme armes contre le Bouleversement. Si nous le pouvons. Nous ne pouvons courir le risque d'une autre corruption, et encore moins de perdre Terra…

– Je le ferai, Éminence. Pour le bien de Terra. »

Il remettait tout l'espoir entre ses mains, elle, Hiérarque et simple femme de Terra. La marque de confiance qu'il lui prodiguait était incommensurable. Le ton ferme et assuré de Daïna parut rasséréner le Grand-Prêtre. Mais cette assurance affichée était durement mise à mal. Une vague de troubles s'était emparée d'elle comme une vague furieuse. Elle tenait bon sur ses jambes, mais au prix d'un immense effort. Elle s'efforça de l'ignorer et rassembla toute sa volonté pour poser la question qui butait sur ses lèvres. Mais quelle question ? Celle-ci s'évanouissait dès qu'elle essayait de la formuler. Elle parvint cependant à articuler ce qui lui sembla être quelque chose d'à peine intelligible.

« Mais… Existe-t-il… une Pierre de Nuit… ? »
Le Grand-Prêtre parut apprécier la question. Elle parlait donc encore correctement malgré son malaise.

« Non. Celle-ci a été détruite en même temps que le Loup Renégat. Nous ne pouvions courir le risque de conserver une Pierre corrompue, et… »
Le Grand-Prêtre parut soudainement prendre conscience du trouble de Daïna. Elle avait subitement pâli. Ses jambes s'étaient transformées en coton. Elle s'appuya lourdement sur le bureau de Prodotès pour ne pas tomber. La jeune femme ne comprenait plus rien. Le paysage devant elle se prit à danser, vague et inconstant. Elle se mit à grelotter, tandis que sa chemise se collait à ses épaules, trempée par une sueur soudaine. La fièvre. Elle avait attrapé la fièvre. Juste au moment où le Grand-Prêtre lui confiait une mission capitale pour la sauvegarde de Terra. Entre deux voiles blancs, elle vit le Grand-Prêtre la regarder avec inquiétude.

« Vous vous sentez bien ? »
Elle essaya vainement d'articuler une réponse. Mais subitement ses bras l'abandonnèrent, vidés de toute force. La Hiérarque bascula. Prodotès se précipita vers elle pour la rattraper. Il parvint à la saisir juste avant qu'elle ne touche le sol : les yeux révulsés, Daïna avait sombré dans l'inconscience.

CHAPITRE 4

L'endroit baignait dans une demi-obscurité. La lumière du jour pénétrait par les deux grandes vitres de sa fenêtre, mais dont les lourds rideaux bleus brodés aux armes du Siège recouvraient la surface polie par les meilleurs verriers des Sables. Le jour. Comme elle aurait aimé plonger vers le soleil, sentir la chaleur chauffer ses plumes et réchauffer son corps ! Avec dépit et mauvaise humeur, Daïna abandonna la contemplation de sa fenêtre et promena son regard sur le reste de sa chambre.

Cette dernière était de taille moyenne, confortable, le mobilier se réduisant à quelques meubles richement décorés – une commode, une armoire, un bureau, quelques chaises. Le strict nécessaire. Deux ou trois tableaux de guerre retraçant l'épopée du Grand-Prêtre et un tapis assorti aux rideaux complétaient la décoration de la chambre. Dans un angle, une petite porte s'ouvrait sur une salle d'eau pour les ablutions quotidiennes de son occupant. Un privilège que Daïna goûtait particulièrement. Et c'était bien la seule chose : lors de sa nomination au poste d'Hiérarque, elle avait dû troquer sa chambre de caserne dans les parties communes contre une chambre de fonction dans les appartements du Siège, trop grande, trop décorée, trop meublée, avec trop de serviteurs obséquieux. Si, au début, elle avait apprécié cet espace personnel qui la changeait radicalement des douches communes qu'elle partageait avec les servantes, elle avait vite trouvé cette salle d'eau trop blanche, trop parfaite, qui, au final, l'empêchait de jouir des moments d'intimité dont elle avait parfois besoin pour réfléchir. Au grand dam du Chambellan et au mépris du protocole et de ses nouvelles fonctions, elle avait décidé de déménager pour cette chambre aux dimensions plus modestes, non loin des parties communes et des soldats qu'elle commandait. Les mauvaises langues et détracteurs de Daïna – hommes vexés de ne pas avoir été promus ou courtisanes jalouses de sa beauté et de son succès – s'en étaient donné à cœur joie avec force sous-entendus scabreux, arguant le besoin de la Hiérarque d'être à proximité des hommes pour y assouvir son sens du commandement. Le Grand-Prêtre n'y avait rien trouvé à redire, s'amusant plutôt de la petite révolution menée par sa propre protégée. Non pas qu'elle se sentît ici comme chez elle dans sa nouvelle chambre, mais au moins, elle ne se sentait pas oppressée par l'immensité de sa précédente demeure et ses pesantes richesses : dorures, moulures, tableaux et tapisseries à foison avaient le don de la rendre nerveuse. Rien ne valait l'austérité militaire pour la clarté de l'esprit, loin des turpitudes et des intrigues de la cour. En cela, sa modeste chambre remplissait parfaitement les fonctions de calme et de tranquillité dont elle avait besoin.

Assise dans son lit, elle se renfonça mollement dans les oreillers placés dans son dos. Un simple drap la recouvrait, sans rien cacher de sa poitrine dénudée. Elle n'avait pas froid, la saison printanière était clémente. Elle réprima un soupir. Cela faisait deux semaines qu'elle gardait le lit sur l'injonction de Prodotès. Contre son gré, bien sûr. Elle avait de temps à autre pour seule et unique compagnie l'apothicaire – yeux de chouette et moustache au vent – qui lui prescrivait avec son air revêche habituel nombre de potions reconstituantes malodorantes. Dont Daïna jetait consciencieusement le contenu dès qu'il avait le dos tourné, dans la plante verte non loin de son lit. La plante ne s'était jamais portée aussi bien. Tout comme elle, d'ailleurs. Certes, elle était fatiguée, le rythme de la vie militaire était parfois difficile, mais elle doutait que son brusque malaise soit dû à cette fatigue. La preuve, elle s'était tout de suite sentie mieux dès qu'elle avait regagné sa chambre.

Mais c'était la première fois qu'elle s'évanouissait avec des signes avant-coureurs si particuliers. Des éblouissements, des vertiges, qui avaient disparu aussi vite qu'ils étaient apparus. La jeune femme était perplexe. Elle s'était pourtant sentie en pleine forme lorsqu'elle s'était présentée au Grand-Prêtre. Certes fatiguée par son voyage, admit-elle, mais tout de même robuste. Puis son état s'était dégradé, subitement, sans raison apparente. La jeune femme avait eu beau réfléchir, elle ne voyait absolument pas ce qui avait pu causer ce trouble, hormis une chute de tension. Elle avait donc dû garder le lit sur ordre du Grand-Prêtre, à ronger son frein, jusqu'à ce qu'il décidât à changer d'avis, mais sans qu'elle ne le vît une seule fois. Depuis, elle faisait quelques exercices d'assouplissement pour étirer ses muscles ankylosés et garder une bonne condition physique, broyait du noir, sortait prendre l'air sur le balcon, soupirait et repensait souvent à la mission qu'avait voulu lui confier Prodotès. La perspective d'une chasse à l'homme ne l'excitait pas plus que ça. Mais pour Terra, elle ferait une exception. La Hiérarque releva la tête, aux aguets. Quelques coups venaient d'être sèchement frappés à la porte de sa chambre.

« Entrez ! »

Daïna avait bougonné son invitation, s'apprêtant déjà à voir l'apothicaire franchir le seuil de sa porte avec ses infâmes potions sous le bras ; à l'entendre faire sa morale sur les bienfaits de ses mixtures et à tempêter contre son obstination à les refuser, « Tout Hiérarque que vous soyez ! » se plaisait-il à répéter. Elle vit non sans surprise le Grand-Prêtre passer la porte d'un pas feutré. Ses yeux inquisiteurs la regardaient déjà, jaugeant son état, s'arrêtant un bref un instant sur la plante verdoyante tout près d'elle. Ses lèvres s'étirèrent, dessinant quelque chose ressemblant vaguement à un sourire.

« Ma venue ne semble guère vous réjouir, Hiérarque, fit remarquer Prodotès.

– Je ne m'attendais pas à votre visite, Éminence, le salua la jeune femme, entre mauvaise grâce et soulagement. J'attendais plutôt celle de l'apothicaire et de ses sermons, ajouta-t-elle.

– Il a beau avoir son caractère, c'est l'apothicaire le plus capable que je connaisse. Ses potions sont ignobles, c'est vrai, mais le résultat est toujours à la hauteur de sa réputation… »

Prodotès désigna la plante verte qui ornait sa chambre d'un petit mouvement de tête, mi-figue mi-raisin.

« La plante en est la plus belle preuve : les jardiniers seront contents d'apprendre qu'il existe un nouvel engrais ! »

Daïna ne put s'empêcher de faire la moue, comme un enfant pris sur le fait. On ne pouvait décidément rien lui cacher. Prodotès fit mine de n'avoir rien remarqué. Il se dirigea vers la fenêtre, écarta le rideau et fit coulisser le panneau de verre, laissant passer un petit courant d'air. Daïna sentit l'air frais de l'extérieur caresser son front. Une odeur de pollen printanier, à laquelle se mêla quelques fragrances iodées de la mer lointaine et un infime parfum de ragoût provenant tout droit des cuisines, remplacèrent avec légèreté l'air vicié de sa chambre. Le Grand-Prêtre se tourna vers elle.

« Et sinon, comment allez-vous ce matin ? interrogea-t-il.

– Très bien, Éminence. Je vous remercie. »

Prodotès hocha la tête. Daïna l'observait. Depuis qu'il était entré, la Hiérarque réfléchissait à toute vitesse sur la raison de cette visite. C'était sa première depuis qu'elle avait été consignée dans sa chambre. Les motifs défilaient dans sa tête, la faisant osciller entre espoir de sortir de cette fichue chambre et terreur de devoir rester alitée une journée de plus.

« Pourquoi tenez-vous tant à me voir garder le lit ? » demanda-t-elle à brûle-pourpoint.

Le Grand-Prêtre eut un petit sourire fatigué, sans joie. Daïna était son meilleur élément : elle avait toujours obéi, même quand elle désapprouvait. Ce qui en faisait un bon soldat. Et cette protestation de sa part était non pas légitime, mais tout à fait prévisible. Elle était une femme de terrain, l'inaction lui pesait. Il pouvait comprendre ça.

« Et la mission que vous m'aviez confiée ? »

Voyant qu'elle n'obtenait pas de réponse immédiate du Grand-Prêtre, Daïna l'avait relancé, sans vergogne, impatiemment, impertinemment. Encore une infraction à l'étiquette ! Quiconque parlait avec le Grand-Prêtre devait attendre que celui-ci parlât d'abord ou qu'il l'invitât à parler. Il représentait l'autorité suprême du Siège et était l'égal des Rois et Reines de Terra. Quiconque ne respectait pas ces règles strictes de bienséance pouvait craindre de perdre sa charge et ses titres. Mais Daïna n'en avait cure. Elle faisait partie des très rares personnes privilégiées à parler d'égal à égal – ou presque – avec Prodotès, sans craindre les foudres de celui-ci. Parler sur un pied d'égalité n'impliquait pas non plus un manque de respect. Et la jeune femme le savait. Elle avait été recueillie par le Grand-Prêtre et s'était accommodée au protocole d'une certaine manière – son maître de bienséance s'en était arraché les cheveux –, mais toujours avec déférence, veillant à ne jamais mettre Prodotès en porte à faux vis-à-vis de ses collaborateurs ou invités. Et Prodotès ne lui en avait jamais tenu rigueur.

Le Grand-Prêtre s'approcha du lit, s'arrêtant à son extrémité, faisant face à Daïna. Comme à son habitude, il la regardait sans ciller. Daïna avait beau le connaître depuis des années, l'esprit de Prodotès lui restait toujours impénétrable. Il lui était impossible de savoir ce qu'il pensait. Ce qui n'était pas sans contrarier son bouillonnant caractère.

« C'est justement l'objet de ma visite. »

Une lueur d'espoir passa dans les yeux de la jeune femme.

« Cela fait vingt jours que j'ai envoyé une délégation en terre des Ours, à la ville de Béryl. »

Daïna eut du mal à réprimer un mouvement de surprise, peinant à cacher sa déception.

« Une délégation ? Mais vous aviez dit que cette mission était délicate...

– Rassurez-vous, les hommes que j'ai envoyés sont triés sur le volet. Ils savent qu'ils sont partis dans un cadre diplomatique. Mais il est difficile de cacher au roi des Ours la raison pour laquelle je veux que vous les rejoigniez : la diplomatie a certaines contraintes et trouver l'Aïrétion d'Émeraude fait partie des sujets qu'il n'est pas possible de passer sous silence... »

Daïna ressentit une douce chaleur l'envahir. Aucun doute, elle allait quitter son lit. Enfin ! Elle cacha son agréable trouble. Prodotès ne fut pas dupe, mais n'en montra rien. Le regard de la Hiérarque avait changé. Une petite flamme s'était allumée, brûlant avec force. La jeune femme était prête.

« Cela veut donc dire que ma convalescence est terminée ? hasarda Daïna.

– Ce sont les paroles mêmes de l'apothicaire, approuva l'Éminence du Siège. Et c'est pourquoi je suis là. D'après lui, vous étiez dans un état de fatigue extrême, due à votre suractivité. Votre malaise était un signal. »

Ce fut au tour de Daïna de se montrer sceptique, mais elle se tut. Tout ce qui comptait était qu'elle devait sortir d'un lit devenu inhospitalier à la longue. Autant mettre toutes ses chances de son côté.

« Je ferai attention », promit-elle.

Prodotès parut s'en satisfaire. Il quitta le pied du lit pour venir se planter à côté d'elle. Sa main droite se mit à caresser son menton, pensivement :

« Bien. Je vais vous mettre alors en garde contre une situation diplomatique assez particulière qui s'est créée là-bas sur Émeraude, il y a de ça quelques mois... »

Daïna hocha la tête. La diplomatie, ça, elle comprenait. Il fallait ménager les susceptibilités des uns et des autres. Elle avait déjà eu plusieurs fois l'occasion de se rendre en terre des Ours. Et le moindre qu'on puisse dire, c'est qu'ils avaient la querelle facile. Sinon, c'était un peuple accueillant.

« Là où la mission est délicate, continuait Prodotès, c'est qu'il vous faudra faire vous-même les recherches, sans froisser le souverain d'Émeraude, le roi Élithios, afin de ne pas compromettre le Siège diplomatiquement. Je vous le répète, cette mission est on ne peut plus singulière. C'est pour cette raison que je veux vous confier cette délicate entreprise. D'une personne de confiance dépendra son succès. »

Prodotès riva son regard dans les beaux yeux sombres de Daïna. Cette dernière le soutint sans sourciller, pleine d'une tranquille assurance.

« Je vous ordonne donc de partir. »

La sentence était enfin tombée. La petite flamme dans les yeux de Daïna devint incendie.

« Et quand dois-je partir ?

– Dès que possible. »

La jeune femme ne dit pas un mot. Elle sortit du lit, nue. Prodotès se détourna pudiquement, même si cette question ne semblait guère perturber la principale intéressée. Il l'avait pour ainsi dire élevée et elle ne comptait plus le nombre de fois qu'il l'avait vue nue, à tout âge.

La Hiérarque se dirigea vers la chaise sur laquelle reposaient ses effets : une tunique, un pantalon et une chemise propres de la couleur rouge qui seyait à son rang, et son épais ceinturon auquel était fixée une petite aumônière contenant quelques piécettes d'argent pour son usage personnel. Une rapière fine et élégante complétait son équipement. Forgée dans le meilleur acier, elle était légère et solide à la fois, d'un équilibre parfait, qui reflétait admirablement ce que devait être une épée : le prolongement du bras et du corps. Non pas qu'elle en eût réellement le besoin, ni l'envie de s'encombrer d'une arme, mais l'étoile blanche enflammée du Siège, fixée sur les quillons de la garde et montant plus haut sur la lame, était l'insigne de son autorité. L'étoile en argent ciselé était rehaussée d'un magnifique rubis, qui dominait le fourreau lorsque l'épée était rangée. Celle-ci symbolisait de fait son pouvoir et sa charge, et était transmise lors de la passation de pouvoir qui promouvait le nouvel Hiérarque.

En pratique, Daïna ne se servait jamais de l'épée, hormis pour les cérémonies officielles. Toutefois, partant en tant qu'Ambassadrice du Siège à la rencontre du roi d'Émeraude, le pommeau de cette épée – sinon sa lame – pouvait être un argument de plus pour faire peser l'importance de sa fonction et de sa mission.

Sitôt ses vêtements enfilés, Daïna fixa le fourreau et l'épée dans son dos. Elle fit quelques gestes amples des bras et approuva : la lanière était correctement fixée et suffisamment serrée pour que l'épée ne la gênât pas dans ses mouvements.

Pendant qu'elle effectuait ces mouvements familiers – seule, elle avait en horreur les servantes qui étaient censées l'aider à s'habiller –, elle écouta scrupuleusement les explications de son mentor, complétant ses connaissances, intégrant à sa mémoire les nouvelles données qui lui étaient apportées sur le peuple des Ours. Elle avait bien sûr étudié tous les peuples de Terra et se tenait systématiquement prête à bouger sur l'un ou l'autre de ses continents si le Grand-Prêtre le lui demandait. Daïna avait consciencieusement appris les us et coutumes de tous – diplomatie oblige – afin de se fondre dans le protocole de chaque royaume. Mais la terre d'Émeraude était un des continents qu'elle connaissait le moins. Les seules fois où elle s'y était rendue étaient pour des raisons simples : accompagner Prodotès dans ses déplacements en tant qu'escorte et veiller à sa sécurité personnelle. Non, sa principale activité était bien au Siège : veiller également à la protection des conseillers, à la sécurité des ports et des faubourgs alentours, des habitants du Siège, réprimer la contrebande, gérer les soldats, s'occuper de la logistique des approvisionnements… Bref, ses journées étaient bien remplies et elle ne s'ennuyait pas. Être envoyée comme diplomate chargée d'une mission très précise pour le Grand-Prêtre était une autre affaire :

« Le peuple des Forêts est structuré de manière clanique, mais uni sous un roi. Et les guerres intestines demeurent latentes entre les nombreux clans. D'où le danger : depuis les premiers cycles de Lunes, ils organisent eux-mêmes des épreuves pour déterminer l'Aïrétion. Ils les ont érigées en tradition, en même temps qu'une période de festivités. Là où le bât blessera certainement, ce sera lors de la désignation du vainqueur. Avoir un Aïrétion au sein de son clan, de sa famille, est synonyme de très grand prestige. Vous comprendrez que le vainqueur d'un clan mécontentera forcément un autre clan. Le risque d'un conflit est à ne pas mésestimer. »

Terminant de chausser une botte, Daïna leva la tête vers le Grand-Prêtre, se remémorant un détail :

« Je croyais que c'était la Pierre qui choisissait l'Élu…

– C'est en effet le cas, soupira Prodotès. Et je suppose que cela doit toujours être le cas. Mais autrefois, avant le dernier Bouleversement, ces épreuves plus ou moins sportives étaient avant tout organisées en l'honneur de l'Aïrétion, non pas pour le désigner. Ces journées étaient une occasion de réunir une foule pour que la Pierre puisse désigner celui qui la porterait. De manière tout à fait empirique, soit dit en passant. Mais il est en effet arrivé plusieurs fois que l'Aïrétion soit découvert par hasard durant ces épreuves. Sur Émeraude, tous ont trouvé qu'il était plus simple – et surtout plus convivial – d'organiser ces jeux plutôt que d'attendre le bon vouloir de la Pierre. Et cette tradition a perduré.

– Ce sont en fait les fameux Jeux d'Émeraude, remarqua Daïna.

– Exact, approuva le Grand-Prêtre. L'institution de ces jeux remonte à une époque très lointaine, bien avant moi. Mais la coutume a été maintenue parce que les rois qui se sont succédé ont constaté qu'ils avaient la faculté d'aplanir certaines querelles et de retrouver une unité autour de ce genre de manifestation. Si on excepte bien sûr les divergences que vous rencontrerez probablement à Béryl… À commencer par le roi lui-même.

– Je comprends.

– Vous devrez lui demander de consulter les registres de naissances. Ils vous seront d'une aide précieuse pour vous guider vers l'Aïrétion. Si mes souvenirs sont bons, ils sont conservés à Émeraude, la capitale. Mais pour cela, vous aurez besoin de son autorisation pour y accéder…

– Si je me fie à la réputation du roi Élithios, ce ne sera pas chose aisée…, fit observer Daïna avec une moue désapprobatrice.

– Comprenez-vous pourquoi je fais appel à vous plutôt qu'à un de mes diplomates habituels ? » demanda Prodotès, le visage grave.
Daïna inclina la tête en signe d'assentiment. Assurément, cette mission n'était pas un cadeau. Mais le défi lui plaisait et le Grand-Prêtre pouvait compter sur sa capacité à prendre les gens à contre-pied pour mieux les déstabiliser et obtenir les renseignements qu'elle voulait. Qu'il en soit ainsi. La Hiérarque écouta Prodotès donner ses dernières consignes :

« Vous partirez à Béryl en vous servant de vos Capacités d'Élite. En modérant vos efforts, vous y serez en huit jours, en même temps que l'expédition. Vous aurez également besoin de ceci… »
D'une poche cachée dans son aube immaculée, Prodotès en sortit une petite bourse de cuir neuve, aux flancs arrondis. Daïna pencha la tête, intriguée. Malgré la présence de la bourse, elle ne pensait pas que ce soit là de l'argent. Le Grand-Prêtre veillait toujours à lui en donner suffisamment pour subvenir à ses besoins et à ceux de ses hommes. Non, c'était autre chose. La plus haute autorité du Siège lui fit un signe. Elle s'approcha lentement, jusqu'à être en face du Grand-Prêtre et sentir son léger parfum, le même depuis qu'elle était une enfant : un mélange fleuri, discret, qui mettait en confiance quand on le respirait. Prodotès laissa tomber la petite bourse dans sa main gantée. Daïna la soupesa. Le poids était négligeable ; la forme, plutôt ronde ou ovale.

« Ouvrez-la, je vous prie. »

La Hiérarque obéit. Elle dénoua habilement le cordon et laissa retomber le cuir sur son contenu. La Pierre de Lune d'Émeraude lui apparut, terne. Elle resta hypnotisée un bref instant. Même si ce n'était qu'avec des gants, c'était la première fois qu'elle la touchait. L'avoir à présent dans ses mains était une expérience unique. La Pierre semblait dégager une sorte de magnétisme, analysant celui qui la tenait. Puis la sensation se dissipa. Daïna s'arracha à sa contemplation. S'attachant à garder un masque sans émotion, elle tira sur les cordons de la bourse pour la refermer et lia solidement les cordelettes à sa ceinture, de manière à ce que celles-ci ne puissent être tranchées par un tire-laine sans qu'elle s'en aperçoive. Prodotès désigna la bourse du doigt, lui prodiguant ses ultimes conseils :

« D'après les livres et de ce que je m'en souviens, la Pierre de Lune reconnaît d'elle-même son possesseur en étincelant ou en provoquant chez lui une réaction visible. C'est vague, mais ce sont les seuls éléments dont je dispose. Pour ce qui est de la distance, une dizaine de toises peuvent séparer la Pierre de son futur porteur. À vous d'interpréter la réaction de la Pierre ou du Porteur comme telle, et de réagir en conséquence… » Daïna opina du chef, en fronçant les sourcils. Cela ne serait pas facile. Une soudaine et dernière question lui fit redresser la tête. Le Grand-Prêtre s'en aperçut et la devança avec un léger sourire.

« Ne vous en faites pas trop pour ça : les sources s'accordent toutes à évoquer une lumière qui transcenderait la matière en présence de l'Élu. Nous pouvons supposer qu'elle devrait briller même à travers le cuir… Un simple coup d'œil de temps en temps suffira à vous en assurer.

– À vos ordres. »

Daïna était aussi rassurée qu'elle pouvait l'être pour ce genre de mission. Elle jeta un coup d'œil circulaire à sa chambre, s'assurant qu'elle n'avait rien oublié. Quand elle se souvint qu'il lui restait une dernière chose à régler avant de partir, un élément qu'elle aurait voulu traiter beaucoup plus tôt :

« Et pour la Sentinelle de Saphir ? Qu'en est-il ? Avez-vous pu l'examiner ? »

Prodotès secoua la tête, navré.

« Le corps présentait des signes avancés de maladies, avec la présence de bubons aux aisselles et de pustules suppurantes à certains endroits du corps. Sans compter la vermine. Afin de prévenir toute épidémie, j'ai ordonné de brûler la dépouille et votre manteau.

– Ah… »

L'air déçu de Daïna n'échappa point au Grand-Prêtre. Ce n'était pas la perte du manteau qui la traumatisait, loin de là, elle en avait d'autres. Non, ce qui la gênait, c'était la destruction du cadavre sans qu'elle ait pu l'examiner un court instant.

« C'était la plus sage décision, dit-il d'une voix douce. Même si ce n'était pas l'envie qui me manquait d'examiner plus avant le corps. » La Hiérarque eut du mal à cacher sa déception. Elle l'avait vu, gisant par terre et baignant dans son sang, mais cela avait été trop rapide pour qu'elle réalisât précisément tout ce qui s'était passé. Non pas qu'elle eût voulu à tout prix l'examiner pour s'assurer qu'il était bien mort, mais elle aurait pu de toute évidence recueillir de précieux indices qui auraient pu l'aider à mieux comprendre d'où le Loup venait et comment est-ce qu'il avait fait pour passer inaperçu depuis tout ce temps. Elle avait encore du mal à croire qu'une Sentinelle de Saphir ait pu s'infiltrer au Siège, sous son nez. Rien que d'y penser, cette éventualité la mettait hors d'elle.

Daïna ne put s'empêcher de ressentir une certaine frustration de le voir s'échapper une nouvelle fois. Pourtant, le Grand-Prêtre avait pris une décision avisée, c'était indéniable : certes, cette engeance allait faire naître le Bouleversement, mais il ne fallait quand même pas non plus que Terra meure rongée par les maladies de cette même engeance. Le résultat serait peut-être identique, néanmoins il serait beaucoup plus contrariant de mourir de ces maux et de leur laisser le champ libre sans pouvoir prêter un seul combat et vendre chèrement sa peau.

La Hiérarque soupira. Il était maintenant temps de partir. Ses bottes étaient enfilées ; ses gants préférés, en cuir mince d'un brun foncé et collant bien à sa peau, étaient mis. Elle était fin prête. Elle se dirigea vers le balcon de sa chambre et ouvrit complètement le rideau, avant de faire de même avec sa fenêtre. La lumière pénétra à flots dans la petite pièce et l'air pur, tiède, finit de balayer l'odeur de renfermé. Le temps était radieux. Pas de nuage et un soleil tout aussi parfait. Les courants ascendants seraient parfaits et la porteraient vite à destination, sans effort.

Alors, doucement, elle focalisa son attention sur l'Aigle. Celui-ci réagit aussitôt, se déployant en elle, heureux de sortir à l'air libre. La jeune femme sentit tout d'abord cette première et étrange sensation de ses vêtements qui se fondaient à sa nouvelle peau. Des picotements agréables fourmillèrent dans tout son corps, tandis que de petites plumes commençaient à faire leur apparition, puis à grandir sur ses jambes, ses cuisses, son ventre, sa poitrine, ses épaules et, enfin, son visage et ses cheveux. Dans son dos, des ailes commencèrent à pousser, émergeant des omoplates, s'allongeant et s'accroissant jusqu'à s'épanouir pleinement de toute leur envergure. Ses ailes immenses emplirent presque tout l'espace de sa chambre. Puis Daïna sentit son torse s'étirer et ses jambes s'étrécirent, tandis que de ses orteils, là où encore quelques instants plus tôt il y avait encore des pieds et des bottes, apparurent des serres coupantes comme des rasoirs. Sa boîte crânienne se resserra quelque peu et soudain sa vision devint plus nette. Elle pouvait à présent distinguer les minuscules insectes qui bourdonnaient autour des chevaux, là, tout en bas dans la cour, se posant et s'envolant aussitôt, chassés par un mouvement de tête de l'animal. Enfin, sa mâchoire se resserra et se mit à pousser en avant. C'était la partie de la Transformation qu'elle aimait le moins. L'Aigle le savait et procédait avec douceur. Daïna se détendit et laissa la métamorphose poursuivre son cours. Ses dents se fondirent en un bec acéré, dur comme de l'acier, capable de broyer un os et de découper avec une parfaite précision le cuir le plus robuste. La Transformation s'acheva par la croissance des ailes rectrices dans le bas de son dos, indispensables à la navigation aérienne pour orienter son vol.

L'opération s'était parfaitement déroulée. Il en résultait à présent un Aigle magnifique, plus grand que Prodotès d'au moins une tête, majestueux, aux plumes noires, mais dont les extrémités étaient aussi blanches que l'était sa tête, couleur de cette neige pure que l'on ne trouvait que sur les sommets des plus hautes montagnes d'Éther. Le cuir souple de sa ceinture s'était étiré sans peine : la bourse restait ainsi accrochée autour de sa taille, toujours à sa vue ; et son épée était bien calée dans son dos. Elle replia prudemment ses ailes, avec précaution, prenant garde à ne pas heurter le Grand-Prêtre qui s'était écarté pour la laisser accomplir pleinement sa Transformation, ni à renverser toutes ses affaires dans la chambre. Elle pouvait maintenant prendre son envol. Daïna s'avança avec précaution vers le balcon, veillant à garder intacts le tapis et le sol de sa chambre sous ses serres. Elle se tourna vers le Grand-Prêtre, qui la salua d'un signe de tête.

« Prenez garde. Terra compte sur vous. »

Juste quelques mots qui n'en pesaient pas moins très lourd sur ses épaules. La tête de l'Aigle Daïna s'inclina, saluant le Grand-Prêtre avec déférence. Puis, se détournant de Prodotès, regardant vers le ciel, elle déploya légèrement ses ailes et bascula dans le vide. Elle sentit l'air caresser ses plumes, s'emparer d'elle. Elle s'y adonna avec le bonheur habituel. Ses soucis s'envolèrent en même temps qu'elle et, brusquement, il n'y avait plus que le ciel et elle. Elle se permit une seconde d'enivrement. Le vol était la seule chose qui la grisait vraiment.

Daïna déploya ses ailes de toute leur envergure pour freiner sa chute. L'air s'y engouffra et elle glissa avec élégance dans le ciel du Siège. Elle appuya sur ses ailes et prit aussitôt de l'altitude. Elle recommença, repérant rapidement un courant d'air chaud. Gardant ses ailes largement déployées, le courant ascendant la tira avec lui pour la faire monter haut dans le ciel. Et peu à peu, elle gagna des hauteurs désertées par le restant des oiseaux.

Le Siège ne devint plus pour l'œil d'un humain qu'un point noir sur la terre. De ses yeux d'aigle, elle voyait encore pourtant chaque détail dans la cour de la forteresse : des commis qui apportaient les provisions aux cuisines ; à l'enfant essayant d'attraper le lézard qui se chauffait au soleil ; en passant par cette mouche bleue qui suçait allègrement le sang d'un os que rongeait un chien pelé ; jusqu'au soldat qui bâillait à se décrocher la mâchoire pendant son tour de garde. Elle lui vit même une dent cariée. La Hiérarque chercha Prodotès dans sa chambre, mais ne le trouva point. Il était retourné se consacrer à sa charge. D'un puissant coup d'aile, elle s'éleva encore et partit en direction de la terre d'Émeraude, au nord-ouest du Siège. Destination Béryl.

Prodotès s'était légèrement reculé, pour la voir partir sans avoir le soleil dans les yeux. Daïna était loin à présent. D'aigle immense, elle était devenue un petit point dans le ciel bleu de Terra, s'éloignant rapidement du Siège. De l'autre côté de la chambre, il entendit le frottement d'une étoffe contre une autre étoffe. Il savait qu'elle était là. Depuis le début. Il la sentait. Le Grand-Prêtre se retourna vers elle.

La silhouette de Miarah s'esquissait dans l'embrasure de la porte, à l'entrée de la chambre. Elle fit un pas en avant, se dévoilant un peu plus dans l'ombre légèrement teintée de lumière. Prodotès admira sa beauté. Les âges qui avaient passé n'avaient pas altéré son éclat. Une peau diaphane, de longs cheveux noirs, de hautes pommettes, de fines lèvres légèrement ourlées, c'était un portrait de grâce. Mais cette grâce ne pouvait s'épanouir. Le visage de Miarah n'offrait que peu d'expression. Des sourcils légèrement froncés au-dessus de ses yeux glacés et c'était le portrait d'une femme sévère, froide que les gens voyaient. Une beauté polaire, qui dissuadait rapidement les hommes de lui faire quelque avance et terrifiait les femmes. Elle parlait peu, et presque exclusivement au Grand-Prêtre. Celui-ci soutint son regard sans broncher.

« Qu'en pensez-vous, Prodotès ? »

Sa voix résonna, grave. Prodotès avait fait retomber le rideau, ramenant la chambre à une pénombre bienfaisante. Un éclat traversa ses yeux.

« Le moment approche, chère Miarah. Le moment approche… »

Sur ces quelques mots, Grand-Prêtre et Grande-Prêtresse se séparèrent pour vaquer à leurs occupations respectives. Le silence retomba dans la chambre de la Hiérarque.

Chapitre 5

Le continent Émeraude

La terre d'Émeraude devait son nom à la couleur que lui donnait la Grande Forêt vue du ciel. Les premiers Aigles voyageurs eurent en effet l'impression de survoler une pierre précieuse tant la couleur verte était aussi profonde et brillante que le joyau, tandis que le soleil qui se reflétait sur la rosée des feuilles donnait nombre de nuances à cette couleur. Le nom s'imposa de lui-même et resta. Et ce fut avec fierté que le peuple qui l'habitait appela leur terre comme telle.

Berceau de mille richesses, la Grande Forêt était un lieu de plénitude, réputée autant pour son calme et ses herbes médicinales, que pour ses plantes vénéneuses et ses bêtes sauvages. À ses somptueux paysages vallonnés par endroits et où sinuaient des rivières cristallines, se mêlait le danger tapi dans l'ombre des arbres, invisible, mais pourtant bien présent, prêt à se dresser contre celui ou celle qui perturberait son repos. Ses contrées étaient recouvertes par les forêts, dans lesquelles des arbres de toutes espèces croissaient au milieu d'une végétation aussi luxuriante que variée. Il y faisait généralement chaud, parfois humide selon les saisons, abritant des espèces animales uniques en leur genre, telles que le lièvre des bois, reconnaissable à ses longues oreilles et réputé pour sa chair savoureuse aux vertus aphrodisiaques. Le gibier à cornes, à bois ou à crocs y était abondant, mais n'empêchait nullement les querelles que les clans ne manquaient pas de déclencher pour s'approprier la venaison du voisin.

Il y avait de cela bien longtemps, avant que n'apparaissent les hommes, les Ours peuplaient cette terre qui leur avait été offerte par les dieux. Puis, les hommes étaient arrivés, et ces nouveaux habitants d'Émeraude avaient essayé de dompter la Grande Forêt et ses premiers habitants, coupant ses arbres, chassant à outrance, construisant en pierre et détruisant les arbres centenaires pour en faire des navires. Mais la

Forêt s'était rebellée, réveillant le danger tapi en elle pour se défendre. Des nuées de bêtes sauvages avaient ravagé les cultures, d'autres avaient égorgé le bétail, pourchassant les envahisseurs jusque dans leurs chaumières ou les assiégeant dans leurs demeures de pierre jusqu'à ce qu'ils rendent leur dernier souffle. La famine s'était installée, les maladies avaient prospéré et fait moisson d'hommes, de femmes et d'enfants. Pire, la Grande Forêt avait lancé ses Ours contre ces petites créatures destructrices, qui la faisaient souffrir.

Et les hommes avaient souffert encore davantage. Car les Ours étaient ses premiers habitants. Personne ne pouvait les chasser, *ils étaient La Forêt*. Celle-ci les avait dotés d'une force prodigieuse, capable de faire tomber un arbre d'un seul coup de patte ; d'une fourrure épaisse qui ne leur faisait pas craindre les rigueurs de l'hiver et les protégeait contre les petites pointes que leurs inventeurs appelaient flèches ; et de griffes si aiguisées qu'une seule d'entre elles perçait l'armure de cuir comme elle tranchait la cire qui protégeait le miel. Les batailles avaient été féroces, entrecoupées de temps de paix. Peu à peu, des liens s'étaient tissés, d'abord incertains au départ, mais qui s'étaient ensuite consolidés. Ours et hommes avaient appris à se connaître et en étaient venus à cohabiter, malgré leurs divergences, leurs différences. La Grande Forêt avait accepté cette entente et avait observé l'acclimatation du peuple des humains au premier peuple des Ours. Les hommes laissèrent les Ours en paix et ceux-ci se retirèrent au cœur de la Forêt, dans le havre de tranquillité qui leur était réservé. Les rencontres entre les deux peuples étaient rares. Mais quand elles se produisaient, les hommes témoignaient le respect qui était dû aux Ours par le biais d'offrandes, en remerciement de les avoir acceptés sur leur terre. Ils en firent un culte et leur symbole, qui devaient ainsi témoigner leur reconnaissance pour la protection et la bienveillance de la Grande Forêt et du puissant peuple des Ours.

Tandis que les Ours se retiraient au centre d'Émeraude, la Grande Forêt continua d'observer avec curiosité l'opiniâtreté de ces humains, qui cherchaient non plus à la dompter, mais à s'accoutumer à elle. Certains avaient trouvé refuge dans la forêt, au cœur même de ce que d'autres considéraient autrefois comme une source de malheurs. Ces hommes avaient redécouvert le sens des plantes, avaient appris à choisir les simples pour guérir les maladies, et non plus pour tuer ; le gibier était revenu et les bêtes sauvages s'étaient retirées des habitations pour regagner la forêt. Petit à petit, la Grande Forêt fut apprivoisée. Les hommes avaient arrêté de construire en pierre, choisissant ses arbres comme refuge. Les nuées de sauterelles et les attaques de carnivores dans les villages avaient laissé la place à une nature moins hostile, bienveillante même. Les hurlements et autres rugissements qui résonnaient à la tombée du jour et terrorisaient les humains avaient laissé la place à d'autres sonorités, plus douces, plus amicales, qui auguraient d'une nuit paisible. La Grande Forêt bruissait dorénavant de mille petits bruits qui la faisaient vivre pareille à une ruche bourdonnante, où chaque espèce vivait à son rythme et vaquait à ses occupations propres. Tous pouvaient ainsi l'entendre murmurer – ronronner – son contentement. Plantes et arbres plusieurs fois centenaires, Ours et Hommes, elle veillerait sur tous. Car l'Équilibre était revenu. Et sur cet Équilibre, elle continuait depuis de veiller.

Sur Émeraude, il y avait peu de villes qui soient étendues : les Ours étaient un peuple de solitaires. Néanmoins, deux grandes cités se détachaient du reste du continent, par leur grandeur, leur splendeur et leur majesté, ainsi que leur histoire. La première de ces cités était Émeraude, capitale éponyme se situant sur la côte ouest du continent. Autrefois petit port de pêche sans grand intérêt et rebaptisé depuis, la ville avait pris son essor de manière spectaculaire en devenant la destination incontournable des marchands de bois. Dotée d'une rade naturelle profonde, Émeraude était devenue un port d'envergure qui avait fait sa réussite dans le négoce – notamment dans le bois et la médecine –, mais aussi dans la construction de bateaux et le transport maritime. La ville s'était considérablement développée, devenant une cité commerçante majeure dans le paysage de Terra, ainsi qu'un centre culturel qui avait attiré savants et intellectuels, poètes et musiciens. La cité portuaire devint aussi un lieu de pouvoir, quand les rois d'Émeraude établirent la tradition d'y exercer leur souveraineté. Aussi avaient-ils fait bâtir pour leur peuple – et pour eux-mêmes – un grand nombre de bâtiments tout autant destinés à la culture intellectuelle qu'à celle des plantes médicinales dont regorgeait la Grande Forêt, et qui faisaient tout autant la réputation de la ville que ses bois. De nombreuses serres côtoyaient ainsi le palais de marbre des rois et la Grande Bibliothèque, haut lieu de savoir.

La seconde ville se prénommait Béryl. Plus petite qu'Émeraude, elle concentrait le prestige de l'Histoire. Située au cœur de la Grande Forêt, elle était une cité forestière au sens propre du terme : les habitants vivaient pour la majeure partie dans les arbres, se mettant au service de la nature, prenant soin d'elle et la protégeant. Celle-ci le leur rendait bien, leur fournissant abri et fraîcheur, les nourrissant simplement des fruits de la terre et de ce que la forêt leur prodiguait. Cette très ancienne cité était la première du continent d'Émeraude et avait pendant longtemps été le fief des rois, avant d'être dépassée par Émeraude en termes de population, de richesses et d'influences, politique comme culturelle. Elle n'en resta pas moins un lieu de villégiature privilégié par les souverains qui s'étaient succédé sur le trône des Ours.

Quant au peuple d'Émeraude, s'il fallait quelques mots pour les décrire, "haut en couleurs" serait l'expression la plus à même de rendre justice à ce peuple unique, tant pour sa culture de la dispute que pour sa convivialité bonhomme et réputée. Les habitants étaient regroupés en clans de différentes tailles disséminés à travers le continent. Les femmes et hommes d'Émeraude vivaient pour la plupart dans les arbres, en petits groupes quand ils étaient en forêt ; ou à terre dans des villages ou petites villes regroupant quelques centaines d'individus, exceptionnellement quelques milliers, à l'exemple des deux capitales. De ces clans se distinguaient quatre groupes principaux, par leur taille, leurs revenus, leur ascendance et leur façon de vivre : le clan des Ours-Ocres établi dans le nord-ouest d'Émeraude ; le clan des Ours-Sombres qui avait pris possession du territoire au sud-est ; le clan des Ours-Griffes vivant au sud-ouest, et le clan des Ours-Crocs demeurant dans le nord-est d'Émeraude. À côté de ceux-là cohabitait une multitude d'autres clans de moindre, voire de très moindre importance. Tous ces derniers petits groupes étaient affiliés aux plus grands, formant ainsi leurs ban et arrière-ban. Et quel que soit leur taille ou leurs caractéristiques, tous ces clans – petits et grands confondus – étaient bien entendu en rivalité, les grands se battant entre eux, les petits se battant entre eux au nom des grands, et les grands se battant sans vergogne contre les petits pour essayer d'asseoir une autorité toujours contestée.

Tout cela évidemment sans parler des disputes qui éclataient régulièrement au sein d'un même clan, souvent pour des histoires futiles où la sobriété n'avait déjà plus sa place à cette heure avancée de la nuit, ou pour des promesses non tenues après des séances de beuveries, car finalement guère conciliantes. Par conséquent, il résultait sur Émeraude d'une fourmilière de querelles, qui se mêlaient au bruissement des insectes de la forêt et au son cristallin de l'eau qui s'écoule, esquissant un orchestre forestier aux tonalités uniques. Dans les faits, ces petits conten-tieux n'étaient jamais très graves et les Ours se réconciliaient volontiers devant une chope d'hydromel, en admettant bien sûr que celle-ci ne fut pas trop fermentée et n'engage ses buveurs à de nouvelles représailles. Les Ours n'en étaient pas moins chaleureux et accueillants, et les étran-gers n'avaient pas de crainte à avoir lors de leurs voyages sur le continent vert, l'hospitalité d'Émeraude étant connue et reconnue de tous, hydro-mel oblige.

Mais qu'en était-il de l'organisation et du fonctionnement des clans à proprement parler ? Si de prime abord le premier point paraissait des plus hasardeux à cause des fréquentes querelles de territoires, la Grande Forêt était dans la pratique divisée en secteurs, lesquels étaient alloués aux quatre grands clans et leurs vassaux. Cette division avait été initiée par la Coutume, première grande Loi décidée par le premier Roi d'Émeraude. Conservateurs, les rois successifs – autant que leurs habi-tants – conservèrent cette partition. S'il était blasphématoire de remettre en cause ce grand principe et vestige de l'Histoire d'Émeraude, les clans en faisaient très peu de cas s'ils pouvaient mettre le clan voisin dans l'em-barras. Partant, pour faire valoir leurs droits, tous avançaient des argu-ments que chacun estimait de poids, mais qui paraissaient bien risibles au voyageur non averti : qui de montrer une fourrure d'un noir luisant estimant avoir la plus soyeuse, mais de n'avoir jamais connu le savon ; qui de présenter une griffe polie, brillante, sensée être plus tranchante qu'un rasoir, mais à peine bonne à couper correctement la tige d'une plante médicinale ; qui d'exhiber une superbe fourrure brune, couleur de chêne, bien qu'un peu mitée ; qui de dévoiler des incisives d'une lon-gueur à en faire pâlir le dentiste tellement l'haleine en était insoutenable. Bref, c'était à celui qui possédait le plus bel attribut, au détriment de ses pairs, chacun se bardant de mérites – bien souvent imaginaires – et sur-tout sans effet probant sur leur(s) interlocuteur(s).

De la bonne qualité de l'hydromel et de la sagesse des Anciens dépendait ainsi la résolution des conflits. Car chaque clan était dirigé par des Anciens, désignés à ce rang en fonction de leur âge et de leurs qua-lités, ce point restant néanmoins à discuter, les critères de nomination dépendant principalement du nombre de querelles résolues – les moyens demeurant libres : persuasion, duperie… – ou encore de la faculté à avan-tager son clan dans la négociation et la vente de marchandises de tous horizons, le plus grand prestige s'obtenant dans le commerce des barriques d'hydromel, qui, les voyageurs non avertis l'auront compris, était le facteur déterminant dans les relations entre clans et le ciment des amitiés. Toutefois, le nombre d'Anciens par clan restait fixe et proportionnel, évitant du même coup un déséquilibre politique et diplomatique qui ne ferait qu'envenimer les conflits.

Si les Anciens étaient l'autorité locale sur Émeraude, ils étaient eux-mêmes sous l'autorité d'un roi élu par le peuple d'Émeraude, pour un mandat de dix ans – avec à leur tête à cette époque le roi Élithios, surnommé le Présomptueux. Ce roi n'était jamais choisi parmi les Anciens, afin de prévenir les conflits d'intérêts, bien que cet aspect soit régulièrement remis en cause dans des affaires de népotisme. Le rôle du roi d'Émeraude était principalement représentatif, et consistait surtout à rester continuellement en relation avec le Siège, par l'échange régulier d'ambassades, afin de maintenir la paix et l'Équilibre sur Terra. Cette peur du déséquilibre, craint par tous les clans, en faisait paradoxalement le plus puissant facteur de stabilité. Cette stabilité vacillait légèrement de temps à autre, lorsque les Anciens de clans différents se disputaient. Seul le roi était alors habilité à trancher les litiges les opposant si les tribunaux locaux n'avaient su résoudre le problème. Et en les temps qui couraient, les conflits allaient croissant : le Bouleversement se rapprochait et un Aïrétion d'Émeraude devait être trouvé. Peu importaient les moyens et les arguments.

Le roi Élithios soupira. C'était un homme petit, en bonne santé, mais chétif : sans carrure ni charisme. Sa longue moustache tombante et ses longs cheveux faisaient sa fierté : personne sur Terra n'avait une aussi belle et brillante chevelure noire que la sienne. En même temps, aucune personne de sa cour n'avait osé lui faire remarquer que le brillant capillaire pouvait s'obtenir autrement que par la surabondance de sébum, et l'absence de soins, en y apportant simplement du savon.

Fils d'un négociant en spiritueux, Élithios faisait la fierté de son père, qui ne tarissait pas d'éloges sur ce fils surdoué, beau, intelligent, clairvoyant, si bien qu'il en avait fait un homme surtout très imbu de lui-même. Comme ses parents ne juraient que par et pour lui, Élithios avait développé un ego aux proportions inconvenantes, jugeant qu'Émeraude – mieux, Terra ! – ne pouvait se passer de lui et de ses qualités exceptionnelles (sinon, imaginaires).

Son élection à la tête d'Émeraude n'avait contribué qu'à le conforter dans sa haute estime de lui-même, persuadé que ses plaidoiries enflammées avaient déchaîné les foules, que les hommes ne juraient que par son courage, que les femmes tombaient en pâmoison à sa seule vue et que les gens en liesse avaient massivement voté pour cet être charismatique. Malheureusement, la réalité était tout autre, et nul doute que le roi l'eut rejetée, si elle avait eu l'indécence de se présenter devant lui.

D'un naturel colérique, il se laissait volontiers aller à des rages aussi promptes qu'injustifiées, qui plongeaient servantes et serviteurs dans l'effroi. Les motifs de s'emporter étaient tout aussi futiles qu'ils étaient légion, si bien que seulement deux semaines après son élection, tous redoutaient déjà de le croiser dans les couloirs du palais et de tous lieux où il se rendait. Tant et si bien que ce qui avait été autrefois un privilège de servir le roi ne fut bientôt plus qu'une corvée, et même une punition pour les plus malchanceux. Un sentiment qui se partageait bien sûr à l'insu du roi, persuadé de sa magnanimité et de son intégrité, mais surtout trop obnubilé par ses « devoirs » de souverain, qui ne consistaient dans les faits qu'à tyranniser ses conseillers et ceux qui l'entouraient.

Et ces conseillers avaient fort à faire pour empêcher le roi de prendre une – trop – mauvaise décision, devant déployer des trésors de diplomatie pour amener leur souverain à choisir ce que, eux, lui proposaient pour le bien du pays et pour sa postérité. Ce dernier argument faisant généralement mouche pour le convaincre. La persuasion tout comme la flatterie furent ainsi élevées au rang d'art.

La question qui se posait alors était la suivante : comment Élithios avait-il fait pour être élu roi ? Sur le conseil de son père et à la veille des élections, celui-ci avait fait la promesse de créer une fête nationale de l'hydromel. La décision avait fait fureur et persuadé Élithios que le destin d'Émeraude ne pouvait se passer de lui. Cette promesse d'ivrogne fut appliquée le jour même des élections. Mais dès le lendemain, et la migraine aidant, l'enthousiasme retomba aussitôt. Élithios fut donc le premier souverain d'Émeraude à avoir été le plus populaire du continent, élu à l'unanimité, et à avoir eu sa cote de popularité réduite à néant en moins de deux jours. Une exception à lui seul. Depuis, Émeraude était gouvernée bon an mal an par les conseillers. Une tâche qui leur revenait finalement souvent, à cause de – ou grâce – aux absences répétées d'un roi capricieux qui s'ennuyait. La nouvelle venue de l'Aïrétion avait tout de même relancé son intérêt pour la « politique », mais il en avait vite vu les limites.

Car cette course à l'Aïrétion n'en finissait pas. Il était pratiquement sûr que tous les Anciens du royaume étaient venus à sa cour pour lui demander de reconnaître l'Aïrétion dans sa fille, son fils, son neveu, sa nièce, ses cousins, quand ça n'était tout simplement pas eux-mêmes. « L'arrogance et la prétention n'ont pas de limites ! », s'indignait Élithios haut et fort auprès de ses conseillers. Ces derniers écoutaient sagement ces plaintes, n'osant faire remarquer au roi que ces vices étaient tout aussi royaux.

En ce qui concernait le choix de l'Élu, le roi ne savait plus quoi faire. Car il savait que cela n'était aucun d'entre eux, puisque l'Aïrétion n'était autre que son fils ! Il fallait voir cette force de la Nature arracher des troncs à mains nues ! Mais à force de l'imaginer, cet espoir avait profondément pris racine. Élithios songeait déjà à tout le prestige qui rejaillirait sur sa famille et l'immense pensée qu'il laisserait derrière lui. Les livres d'histoire associeraient son nom à la postérité : lui, Élithios, roi éclairé d'Émeraude, père de Karès, Aïrétion d'Émeraude et sauveur de Terra. Foi de souverain, cela sonnait vraiment très bien ! Terra entière connaîtrait son nom et le rôle qu'il aurait joué pour le salut de leur terre. Les yeux brillants, le roi se rêvait en héros couvert de blessures, résistant vaillamment à la douleur, terrassant seul d'innombrables vagues ennemies qu'il repoussait dans le néant. Élithios ne cessait de penser à cet héroïsme onirique durant ses rares moments de loisir, entre deux obligations qu'imposait sa lourde charge de souverain. C'est-à-dire très souvent s'il eût fallu prendre en compte le point de vue d'un conseiller exaspéré par les nombreuses absences du roi.

En attendant que ses rêves de grandeurs et de postérité se réalisassent, Élithios jeta un morne coup d'œil à ce qui se passait devant lui. Depuis quelque temps déjà, il avait remarqué que les récentes disputes n'avaient que pour seul et unique objet l'Aïrétion. Ainsi, nombre d'Anciens d'Émeraude se présentaient à lui, roi, seul capable de prendre une décision et de trancher un conflit de cette envergure : tous les Anciens qui représentaient son autorité au niveau local s'étaient dessaisis de la question. D'une part, parce qu'ils se jugeaient incompétents pour prendre une telle décision ; d'autre part, parce qu'ils voyaient en l'Aïrétion une aubaine et un prétexte pour aller à Émeraude – ou Béryl, en l'occurrence – plaider leur propre cause, leur propre version de l'Élu, voire même leur propre candidature.

Le roi Élithios soupira une nouvelle fois. Il ne pouvait se sous-traire à son devoir de souverain : le pouvoir avait ses contraintes et un grand roi ne pouvait se défiler devant ses obligations, dussent-elles lui coûter la vie. Et depuis ce matin, le flot d'Anciens ne se tarissait point. Des Anciens, des Anciens et encore des Anciens. Et toujours la même chose. L'Aïrétion. Il rendait systématiquement la même sentence : non, le membre de votre famille ou vous-même n'étiez pas l'Élu. Invariable-ment sur les visages, il voyait la surprise, puis la colère et enfin la décep-tion. Il était roi, sa parole ne pouvait être mise en doute. Leurs espoirs brisés, tous repartaient en traînant les pieds. Et Élithios de s'inquiéter pour le dallage en marbre ainsi traité, ne sachant trop s'il résisterait à un tel traitement ou s'il fallait qu'il s'attendît à voir petit à petit un sillon se creuser dans la pierre sous les pas des espoirs déçus.

Au bas de la volée de marches qui menait au trône du roi d'Éme-raude, deux Anciens se chamaillaient bruyamment pour une raison dont il avait pour l'heure oublié la cause. Élithios abhorrait ce genre de mani-festation bruyante : il avait les oreilles fragiles et se sentait d'humeur exé-crable. Voyant la querelle s'éterniser, le souverain eut tôt fait de les abandonner et promena distraitement son regard dans la salle.

La pièce aux grandes dalles de marbre vert était éclairée par des fenêtres de taille moyenne percées dans les murailles. Il y faisait assez sombre, mais la lumière du jour entrant, reflétée par un système de mi-roirs, était si vive que les yeux se reposaient volontiers de l'agressivité lumineuse dans cette pénombre plus clémente. Des étendards décoraient la pièce, frappés aux armes du roi : sur fond vert, deux majestueuses griffes d'Ours couronnées. Des tapisseries, des armes, des trophées dé-coraient les murs ; des chandeliers étaient posés sur des tables de bois polies et sculptées, cadeaux des meilleurs artisans de Béryl à ses prédé-cesseurs, et sur lesquelles le souverain et ses convives négociaient et par-tageaient leurs exploits autour de somptueux festins. Quant au trône du roi, il était le chef d'œuvre de la salle et ne pouvait en aucun cas être ignoré : massif, taillé dans un beau bois sombre aussi dur que solide, il résistait au feu. Les accoudoirs, tout en dorure, étaient sculptés de têtes d'Ours aux mâchoires ouvertes et féroces, scrutant l'interlocuteur du roi d'un air autoritaire. Ce trône chargé d'Histoire était un des symboles de Béryl et de l'unité des Ours : au sommet de son immense dossier étaient sculptés en bas-reliefs les quatre symboles rehaussés d'or des quatre grands clans d'Émeraude, et qui encadraient une imposante tête d'Ours toisant les visiteurs. Le tout était baigné par une lumière savamment orchestrée, qui tombait exactement sur cet ensemble d'autorité. Cette mise en scène du pouvoir était si bien conçue que les yeux se posaient sur eux dès l'entrée dans la salle, alors même que le trône se situait pourtant tout au fond de cette immense pièce. Et le visiteur, qui rentrait par une majestueuse et monumentale porte en bois surveillée par quatre gardes, suivait cette lumière et devait traverser toute cette assemblée pour aller la contempler de plus près. Et saluer le souverain par la même occasion. Mais aujourd'hui, Élithios s'en serait bien passé.

Le roi maugréa. Il n'y avait pas grand monde. Évidemment. Juste trois ou quatre obséquieux que l'irascibilité royale n'avait pas découragés pour quémander quelque faveur. Et ses conseillers qui avaient déserté le champ de bataille, le laissant seul dans l'adversité. Il était vraiment entouré d'une belle bande de fainéants ! Tous étaient certainement en train de se presser à l'évènement qui avait lieu en ce moment même. Car aujourd'hui se déroulaient les épreuves pour déterminer l'Aïrétion d'Émeraude.

À son grand dam, et malgré de belles colères, Élithios n'avait pu annuler cette journée de doléances hebdomadaire. Une ancienne chronique faisait état de cette obligation, depuis qu'un précédent souverain l'avait imprudemment abolie et déclenché la colère de la populace, illustrant bien malgré lui l'attachement des habitants d'Émeraude à la tradition. Cette journée devait ainsi être présidée par le roi ou, à défaut, un conseiller. Mais tous ces derniers s'étaient défilés sous des prétextes dérisoires, voire ne s'étaient même pas présentés du tout à la cour. Quels sans-gêne ! Et le sens du devoir ? En maintenant sept ans de pouvoir, il n'avait jamais vu ça ! En se lamentant à qui voulait l'entendre et en traînant des pieds, il s'était présenté devant ses sujets pour la troisième fois de son auguste règne. La première fois, seule la curiosité l'avait fait venir devant eux et il en avait ressenti un indéniable sentiment de supériorité. La deuxième fois, la semaine suivante, il s'était endormi, lassé d'entendre les petites gens toujours en train de se plaindre et de geindre sur leur misère et leurs déboires, choses dont il n'avait cure, trop préoccupé par les nouvelles taxes qu'il souhaitait imposer dans le pays et le menu de son déjeuner. Depuis, et jusqu'à ce moment, il s'était débrouillé pour que ce soit un conseiller qui s'occupât de cette corvée. Ce qui, finalement, fut fort profitable à Émeraude : en dédaignant le peuple, Élithios laissait faire des conseillers beaucoup plus capables que lui, et surtout beaucoup plus soucieux que lui de maintenir une stabilité et une paix relatives sur le continent. Bref, cette troisième journée de doléances en sept ans de règne était un record que nombre de ses détracteurs s'empressaient de souligner en diverses moqueries et ballades fort peu flatteuses. Le roi Élithios soupira.

« …n'ai-je donc pas raison, Majesté ? »

Le roi sursauta et porta son regard vers les deux Anciens bedonnants, qui le regardaient avec espoir. C'était donc ça le bourdonnement incessant qui l'empêchait de dormir ! Les deux vieux qui se disputaient ! Mais à propos de quoi déjà ? Il se gratta la tête dans un geste de réflexion. Ah oui ! Du gibier. Ça lui revenait maintenant. Et ça lui changeait de l'Aï-rétion. Il les regarda tour à tour. L'un des Anciens était vêtu d'une toge d'apparat défraîchie, ressortie pour l'occasion, avec pour emblème une fourrure brune, dessinée par des contours marron, stylisée et brodée, symbolisant les lignes enchevêtrées d'une toison aux couleurs autrefois brillantes. Son rival, quant à lui, arborait une toge tout aussi fanée, mitée par endroits, mais dont l'emblème était une mâchoire, ouverte, aux longues incisives menaçantes, rehaussées d'un argent maintenant terni, qui naguère devait être du plus bel effet. C'était ce dernier qui avait parlé et l'avait réveillé. Il reprit la parole :

« Majesté, vous savez que, par la Coutume, tout gibier sortant de notre territoire et tué sur un territoire voisin, nous appartient de droit…

– Mais la Coutume n'a jamais dit ça, l'interrompit l'autre Ancien, offusqué. Ce gibier a été tué sur notre sol, et la Coutume précise bien qu'il nous appartient au titre qu'il fût chassé sur notre territoire !

– Non ! Vous êtes allé le chercher chez nous pour le ramener chez vous ! C'est un cas typique de vol différé…

– Ce n'est pas un vol différé, mais dans votre cas, il s'agit par contre d'un vol simple caractérisé ! répliqua son interlocuteur outré. Demandez à notre sage roi d'Émeraude : le gibier appartient à celui qui l'a tué, non au territoire qui l'a nourri !

– Et ainsi, vous détruisez nos forêts et asséchez nos rivières ! Cela ne peut plus durer ! Sire, je m'en remets à votre clémence… »

Et la dispute reprit. Tour à tour, les tons se faisaient implorants, colériques, menaçants, plaintifs, tous les moyens étant bons pour avoir l'oreille du roi. Accoudé, le souverain les observait avec lassitude. Un mouvement perçu du coin de l'œil le tira de sa rêverie. Un serviteur, jeune et craintif, encore imberbe, s'approcha timidement de lui. Le roi Élithios le laissa venir entre mécontentement et interrogation. Le jeune messager se pencha vers le roi, réprimant un sursaut de dégoût : les odeurs corporelles du roi étaient vraiment nauséabondes. Il se fit violence pour annoncer son message d'une seule traite, sans respirer :

« Sire… euh… les audiences prennent du retard et le jury vous attend pour commencer les épreuves… »

Le messager se recula doucement, toujours en apnée. Quand il jugea que la distance entre son odorat et le roi fut acceptable sans que celui-ci se sentît pour autant offensé, il reprit sa respiration à petites bouffées. Avant d'étouffer lorsqu'Élithios se pencha vers lui pour lui donner sa réponse sur un ton de conspirateur :

« Bien. Dites-leur que j'arrive. Je tranche avant tout cette épineuse affaire, qui demande tact et délicatesse… Je…

– Aïe ! »

Un cri de douleur les interrompit. Les deux hommes virent avec surprise que les Anciens s'étaient mis à se tirer les cheveux et la barbe, essayant vainement de taper l'autre pour l'obliger à reconnaître ses torts. Le roi se frotta les yeux avec deux doigts, l'air fatigué, et reporta son attention sur les deux partis. Le messager vit avec bonheur que le roi s'était reculé pour mieux les surveiller : son odorat serait sauf pour cette fois !

« Filez, ordonna le roi d'Émeraude au jeune serviteur en le congédiant d'un geste. J'arrive tout de suite… ! »

S'empressant d'obéir avec reconnaissance, le porteur du message s'esquiva aussitôt vers des fragrances plus clémentes. Le roi inspira : il s'apprêtait à faire respecter son autorité d'une main de fer. Élithios se leva subitement et se mit à tempêter et vitupérer, apostrophant violemment ses tumultueux interlocuteurs :

« Ça suffit, les vieux barbons ! Le gibier ira à la Couronne en réparation des ennuis que vous m'avez causés ! Gardes ! Saisissez ces vieillards séniles et mettez-les au cachot : trois jours de pénitence chacun pour m'avoir personnellement dérangé ! »

Les deux Anciens eurent un hoquet de surprise, s'étranglant de cette insolence envers leur grand âge et il ne s'en fallut de peu qu'ils tombassent à la renverse. Quant au roi, tout empreint de son importance et fier d'avoir sorti une tirade aussi longue qu'une superbe sentence, il toisa d'un air supérieur ses concitoyens, laissant planer un petit silence qui se voulait solennel.

« J'ai parlé. »

Puis, drapé dans sa majesté, le roi tourna les talons et disparut par la porte cachée derrière son trône, laissant les deux Anciens pantois et mortifiés :

« Non, mais as-tu vu comment… !

– Ce jeune freluquet… »

Les deux Anciens furent interrompus dans leurs confidences : quatre gardes peu amènes les entourèrent pour les mener tambour battant vers les cachots humides de Béryl.

Une affaire promptement menée, traitée avec un tact et une délicatesse toute royale.

*
*   *

Avec une joie non dissimulée de quitter ces ennuyeuses doléances publiques, Élithios se dirigea prestement vers l'extérieur de Béryl et l'orée de la Grande Forêt. Il avait expédié cette dernière affaire avec maestria. Les deux gardes qui le suivaient jour et nuit trottinaient derrière lui, un bon pas en arrière, fronçant malgré tout le nez sous les effluves laissés dans le sillage du roi. Élithios n'avait pas déjeuné, mais ce n'était pas un problème : on lui apporterait de quoi se sustenter durant les épreuves qui allaient bientôt commencer. Il y avait personnellement veillé.

Traditionnellement, les "épreuves" étaient autrefois utilisées sur Émeraude comme épreuve de départage, et non pas seulement pour des occasions aussi spéciales que la sélection de l'Aïrétion. Jadis, elles étaient ainsi organisées pour régler tout litige ou désaccord sans gravité, pour des affaires qui ne requéraient pas l'intervention des tribunaux royaux. Mais ces épreuves étaient également considérées comme un moyen plus ou moins pacifique d'arriver à ses fins, pour des prétextes aussi divers et variés qu'insolites : conquérir un terrain giboyeux, conquérir la femme ou le mari de l'autre, décider de qui sera le premier servi à la taverne, etc. Mais c'était aussi une opportunité pour faire la fête et réconcilier les querelles quand elles n'en créaient pas d'autres. Cette tradition perdura longtemps, puis fut peu à peu supplantée par les tribunaux locaux d'Anciens, avant d'être enterrée définitivement par le pouvoir royal, qui jugeait le résultat de ces épreuves par trop aléatoire : les plus riches se servaient volontiers de leur argent ou de mercenaires pour bafouer sans vergogne les droits des plus pauvres, et les plus forts s'en prenaient volontiers aux plus faibles pour asseoir leurs volontés. À présent, les épreuves n'étaient plus qu'une manifestation festive, périodique et sans enjeux, plus connues sous le terme de *Jeux d'Émeraude*.

Dans ces épreuves remises au goût du jour pour désigner l'Aïrétion, divers candidats s'affrontaient, tous prétendants à ce titre qui apporterait gloire, richesse et renommée. Les aspects primordiaux que devaient être le devoir et la protection de Terra passaient volontiers au second plan, voire aux oubliettes, dès que les combattants entraient dans l'arène. Le seul désir de combattre écrasait tous les autres sentiments. Élithios en était l'exemple typique : il était lui-même trop aveuglé par son propre désir de notoriété et l'envie de voir son fils être désigné Élu d'Émeraude pour se préoccuper du but originel des Jeux.

Après avoir traversé l'immense esplanade devant le château de Béryl, des chevaux avaient été apportés sur ordre du roi – il détestait les exercices physiques – et en moins de quelques minutes, à un galop effréné, Élithios et ses gardes du corps arrivèrent à destination devant le lieu des épreuves, l'arène. En réalité, celle-ci n'en était pas vraiment une. Il s'agissait d'un espace dégagé, surplombé par d'immenses arbres que certains disaient les plus vieux d'Émeraude. S'élevant majestueusement vers les cieux azur de Béryl, ces arbres possédaient un tronc et une ramure d'une incroyable circonférence, si bien que cet endroit était toujours à l'ombre, lorsque le soleil brillait au-dessus des arbres, et restait toujours sec quand il bruinait. La température y restait douce même en hiver et les lieux étaient très prisés lorsqu'il s'agissait de faire des promenades pendant les grandes chaleurs de l'été. L'immense espace naturel dégagé entre les arbres était par conséquent l'endroit parfait pour accueillir ces fameuses épreuves.

Pour cette remarquable occasion, des gradins formant un demi-cercle avaient été construits tout autour de ce vaste espace ombragé. Tous les charpentiers de Béryl et un grand nombre d'autres des alentours s'étaient réunis et concertés pour mener à bien cette titanesque entreprise décidée par le roi. Durant plusieurs semaines, des échafaudages s'étaient dressés : poutrelles et madriers, cordages et poulies avaient envahi l'endroit pour former comme une pelote d'épingles à l'enchevêtrement complexe. Peu à peu, les poutres dressées furent assemblées, couvertes et aménagées de planches de bois, lesquelles formèrent des bancs un peu larges, prêts à recevoir une foule nombreuse et hurlante venue des quatre coins d'Émeraude. En face, les arbres millénaires refermaient le cercle. Des barrières avaient néanmoins été érigées devant les gradins comme périmètre de sécurité, afin d'empêcher les curieux qui réussiraient à se faufiler de s'approcher des lieux de combat. La loge royale avait quant à elle été dressée au centre des tribunes, spécialement aménagée avec toutes les commodités : petite cuisine, petite chambre, petit salon et grand casse-tête pour les architectes qui avaient reçu l'ordre d'en faire un endroit aussi accueillant que le palais. L'ensemble prenait l'apparence d'une arène partagée, mais gigantesque, décorée de mille fleurs et guirlandes, les banderoles royales s'affichant magnifiquement de part et d'autre de l'espace central. Autour de celui-ci avait pris place des vendeurs de boissons fraîches, friandises et autres curiosités des bois destinées aux touristes et à tous ceux qui voulaient rapporter un souvenir de cette manifestation tout à fait extraordinaire.

Dans l'arène résonnaient déjà les cris des spectateurs. Le roi se dirigea vers sa loge, et bientôt une nouvelle escorte de gardes vint en renfort de la première, prenant place autour de lui. Cette garde rapprochée, immenses Élites patibulaires dont le pourpoint de cuir était brodé aux armes du roi, se mit à écarter avec plus ou moins de rudesse et de frayeur les curieux un peu trop insistants pour frayer un large passage au roi. Les badauds bousculés ne se faisaient pas prier pour laisser le champ libre à leur souverain, peu réputé pour sa complaisance et sa patience. Les gardes royaux, quant à eux, n'encourageaient pas à la plaisanterie : triés sur le volet, ils faisaient partie des hommes et femmes aux Capacités de Transformation très évoluées, et qui avaient subi un entraînement particulièrement intensif et éprouvant, tout comme leurs homologues du Siège. Bref, ce fut sans encombre ni incident qu'Élithios gagna l'entrée de sa loge royale, à laquelle n'avaient accès qu'un nombre très restreint de personnes : serviteurs, cuisinier et quelques conseillers parmi les plus proches du roi. Ou du moins les plus téméraires.

Le roi monta en pestant contre les trop nombreux degrés menant dans la partie supérieure de la loge, passa sans un regard devant sa suite qui s'inclina respectueusement devant leur souverain, et déboucha à l'air libre sur la petite terrasse donnant sur l'espace central. Il s'assit confortablement dans son fauteuil préféré, monté spécialement pour l'occasion et, d'un claquement de doigts sonore, attendit – exigea – que l'on exécutât ses ordres. Sept serviteurs se précipitèrent en toute hâte vers lui : les deux premiers se positionnèrent de part et d'autre du roi et se mirent à lui faire de l'air à l'aide de grands éventails de plumes chamarrées ; le troisième lui servit un grand verre de son vin favori ; le quatrième lui proposa un assortiment de diverses friandises sucrées à base de miel et de fruits confits, tandis que le cinquième lui présentait une volaille rôtie, chaude et dorée à point, délicieusement assaisonnée aux baies rouges. Élithios se jeta voracement sur cette dernière, arracha une cuisse bien dodue et y mordit à pleines dents. Les deux derniers serviteurs se tinrent un peu en retrait, guettant les ordres du roi et son bon vouloir. Le souverain d'Émeraude les ignora et concentra son attention sur ce qui se passait dans l'arène, qui fourmillait d'activités et d'animations en attendant le lancement de jeux.

L'espace encadré par les gradins était pour l'heure transformé en camp d'entraînement, mais avec des airs de fêtes, où, près des degrés, s'étaient postés maints artistes divertissant la foule en attendant le début des épreuves. Ainsi, de petits groupes de troubadours déclamaient des vers ou fanfaronnades plus ou moins drôles et osés ; des saltimbanques exhibaient leurs talents de cracheurs de feu ou exécutaient avec agilité de périlleuses acrobaties ; et des jongleurs faisaient la part belle à la bouffonnerie en même temps qu'ils projetaient et rattrapaient avec désinvolture des quilles de toutes les couleurs.

Quant aux combattants, d'après ce que put en juger Élithios, il y avait bien là deux centaines de prétendants Aïrétions, arborant tous la marque distincte de leur clan tatouée sur leur corps, en différents endroits selon les guerriers et les guerrières : l'épaule, la cuisse, l'omoplate, le pectoral, le dos…, mais toujours exhibée avec fierté. Ces hommes et femmes étaient petits ou grands, trapus ou plus élancés, barbus ou imberbes, le corps garni de cicatrices ou totalement vierge de marques. Ils venaient de tous horizons, bourgeois, soldats, bûcherons ou paysans, et avaient tous pour point commun la même envie de se distinguer. Certains frappaient des sacs de sables qui sursautaient à chaque impact furieux, d'autres soulevaient d'énormes haltères de bois lourd, pendant que certains s'échauffaient en trottinant ou en répétant de petits enchaînements guerriers, en prenant garde à ne pas révéler leurs bottes secrètes.

Les peaux luisaient de sueur sous l'effort, les muscles se tendaient et se détendaient en des mouvements tout à la fois souples et puissants. Sur les visages se lisait la concentration, ou bien le mépris quand des combattants regardaient leurs adversaires faire ce qu'il leur semblait être une maladresse. La peur ou l'appréhension traversait parfois un regard le temps d'un éclair, quand un guerrier intimidant brisait une poutre à mains nues. L'atmosphère n'était pas chargée de tension comme aurait pu l'être un combat à mort. Cependant régnait une agitation dans les esprits qui prenait non seulement les combattants, mais aussi le public : une excitation qui trouvait son explication dans la rareté de l'évènement qui ne s'était pas produit – pour mémoire d'hommes – depuis plus de dix générations ! Une excitation entretenue à la vue des guerriers hors normes venus se battre pour le prestige d'Émeraude, et tout cela, gratuitement ! Il est vrai que l'aspect destructeur du Bouleversement était relativement occulté, car beaucoup moins festif.

Le roi le chercha des yeux, mais ne le vit point. Son fils. Il en était tellement fier. Une force de la nature. Ses yeux se posèrent sur tous les guerriers, mais ne le trouvèrent pas. Il devait sûrement se préparer et se concentrer sur sa victoire. Le roi termina de ronger son os, le brisa, aspira la moelle et le jeta par-dessus son épaule, rattrapé au vol par un serviteur aguerri. Élithios essuya ensuite consciencieusement ses doigts recouverts de sauce et de graisse sur une serviette présentée par un serviteur, avant de terminer de les essuyer discrètement dans les plis de son habit quand il vit qu'il en restait encore sous ses ongles. Personne ne fut dupe.

Le roi repensa brièvement aux tests organisés pour l'Aïrétion. Des épreuves éliminatoires avaient déjà eu lieu le matin, regroupant quelques exercices subsidiaires, permettant de tester la réflexion, la force, mais aussi le courage et la bravoure. Elles n'étaient guère intéressantes en soi, mais restaient nécessaires : l'Aïrétion d'Émeraude ne pouvait être un ignorant et un ahuri. Il devait avoir une certaine intelligence et une certaine culture pour composer avec les évènements auxquels il était censé se confronter. Toutefois, son fils avait passé ces exercices préliminaires avec succès. Il y avait veillé personnellement : un petit tête-à-tête avec les juges, une menace à peine voilée et le tour était joué ! Être roi avait bien des avantages. Cet après-midi ne devaient donc se dérouler que les combats singuliers. Avec son fils en première ligne.

Il restait à présent deux cents concurrents. Tous terminaient de s'échauffer lorsque retentit une trompette. Celle-ci sonnait la fin des préparations et le début des hostilités. Les troubadours et autres amuseurs publics quittèrent l'arène dans une dernière pitrerie, tandis que des serviteurs déménagèrent l'arène de tout le matériel d'échauffement pour faire place nette. D'autres vinrent ensuite avec des fanions et du sable coloré pour délimiter les carrés où se battraient les adversaires, traçant méticuleusement des surfaces de taille égale de trois pas sur six. Les combattants allaient maintenant s'affronter à un contre un, en suivant le tableau de tirage au sort. Ils s'affronteraient tous en même temps, en cent paires, sans limite de temps, dans les carrés fraîchement délimités de l'arène, de manière à ce que tous les spectateurs puissent profiter des combats. Une fois la première manche terminée, tous les vainqueurs s'affronteraient de nouveau après une brève pause pour la deuxième manche, et ainsi de suite, jusqu'à ne conserver qu'un seul vainqueur. Cette épreuve des combats était très difficile et surtout décisive. Elle alliait puissance et force, endurance et ténacité. Elle était tout aussi ardue physiquement que mentalement. Celui qui la réussirait serait dès lors sans conteste le nouvel Élu d'Émeraude.

La seconde particularité de ces combats était l'autorisation de faire appel aux Capacités de Transformation. D'habitude interdites en combat singulier, car trop dangereuses, elles étaient exceptionnellement autorisées dans ce contexte si particulier qu'était la sélection de l'Aïrétion. Chaque homme avait ainsi la possibilité de métamorphoser tout ou partie de son corps, pour décupler sa force et sa puissance. Mais personne n'était égal : certains avaient uniquement la faculté de transformer les membres inférieurs et supérieurs, quand d'autres pouvaient acquérir la pleine puissance de l'Ours par une Transformation complète. Ces dons n'en étaient pas pour autant illimités et inépuisables. La Transformation demandait des efforts de concentration croissants, et vidait progressivement le corps de toute énergie. Le guerrier devait donc gérer ses efforts et penser à la manière la plus stratégique d'utiliser ses Capacités pour vaincre les adversaires les plus coriaces. En cela, l'épreuve était extrêmement laborieuse et, généralement, seuls des combattants aguerris participaient à ce tournoi. Pour le plus grand plaisir de la foule. Car il n'était pas non plus rare que la mort s'invitât elle aussi à ces festivités.

La trompette sonna une fois, brièvement. Les surfaces de combat étaient maintenant prêtes. Elle sonna de nouveau, à trois longues reprises. Les guerriers se dirigèrent vers leur carré respectif, adjugé par le tirage, et prirent place dans la partie qui leur avait été assignée, en face de leur adversaire. Un juge arbitrait par carré, d'un clan différent de celui des combattants afin d'éviter tout favoritisme. Un nouveau coup de trompette résonna dans l'air. Les combats commencèrent. Sans pitié.

Élithios, roi d'Émeraude, souriait. Il avait les yeux rivés sur son fils. Il l'avait aperçu peu de temps avant le début des épreuves. Son fils ! Le prince Karès ! Il faisait la fierté de son père. Voilà deux heures qu'il combattait, maintenant. Et un à un, tour après tour, il avait passé tous ses adversaires sans le moindre problème. Le tatouage qu'il portait avec fierté sur le cœur – deux griffes d'Ours entrecroisées et couronnées – était sec, sa peau cuivrée ne transpirait même pas. On aurait même dit qu'il s'ennuyait. Il écrasait littéralement tout le monde sur son passage. Karès était une force de la nature, un colosse. Mesurant bien deux têtes de plus que la plupart des autres hommes d'Émeraude, il était aussi fort qu'un bœuf et un ours réunis. Il pouvait soulever des morceaux de roc, quand il fallait bien trois hommes en temps normal pour accomplir le même travail. Ses longs cheveux bruns attachés en queue de cheval et sa barbe taillée avec soin le faisaient ressembler aux guerriers des légendes. Sous ses sourcils bien dessinés brillaient deux yeux noirs, dans lesquels brûlait la volonté de dominer. Si son père Élithios était réputé pour son incompétence, sa bêtise et sa paresse, le prince Karès était pour sa part reconnu pour sa brutalité et sa cruauté. Il ne faisait pas de concessions, lui seul était apte à juger ce qui était bon – surtout pour lui – ou mauvais. Et si quelqu'un contestait ce point, il se chargeait de le faire changer d'avis à coups de rossées – dans le meilleur des cas – sinon en lui brisant les os un par un, en commençant par les phalanges. Tous le craignaient, d'autant plus qu'il agissait avec impunité, sous couvert de la bienveillance de son roi de père qui ne lui refusait rien.

« Ras le bol ! »
Karès marmonnait dans sa barbe. Voilà deux heures qu'il cognait des imbéciles qui revendiquaient le titre de l'Aïrétion. À se demander comment ils avaient fait pour réussir à passer les éliminatoires. Les combats se déroulaient rapidement, laissant à peine le temps aux concurrents de reprendre leur souffle. Lui se sentait frais. Depuis le premier tour, il avait toujours fini le premier les combats, se contentant d'écraser des nez, de fracturer des mâchoires ou de briser des côtes, le plus souvent en une ou deux fois, son poing s'abattant comme un marteau destructeur sur les os de ses ennemis, hommes ou femmes, peu importait. Tout cela, sans prendre un seul coup, bien sûr. Un de ses adversaires les plus coriaces avait

été un grand et gros bûcheron qui, avec son allonge, avait presque failli le toucher au visage. Mécontent d'être pris en défaut, il avait riposté et l'avait terrassé en quatre frappes : un crochet du gauche au visage ; il avait fléchi sur ses appuis, un direct du droit dans les côtes flottantes, il sentit un craquement en même temps que l'homme gémissait ; un uppercut du droit à l'estomac qui lui coupa la respiration ; et pour terminer, une frappe marteau des deux mains sur le crâne. Il l'assomma littéralement. Le tout en quelques secondes. Bref, toutes ses manches avaient été passablement ennuyeuses. Il ne transpirait même pas, se contentant de boire du vin. Le seul point positif était l'enthousiasme de la foule : chaque fois qu'il se levait de son banc pour aller démolir son adversaire, une ovation l'accompagnait. Il savait aussi que son père l'observait. Mais il n'en avait cure : seul comptait le titre de l'Aïrétion.

Une trompette le tira de ses pensées et son nom fut crié. La dernière manche allait bientôt démarrer. Enfin. Un intermède avait été donné aux deux derniers finalistes. Karès s'était contenté de grogner, contrarié. Attendre, attendre, encore attendre ! Qu'on en finisse ! Mais le règlement et les arbitres étaient clairs : une pause était obligatoire pour les derniers prétendants. Pour donner le meilleur spectacle possible, avait deviné Karès. Des tripes et du sang, voilà ce que demandait la foule ! Qu'à cela ne tienne, ils en auraient, du spectacle ! Le prince regarda le sable qui avait été étendu sur le sol pour l'occasion. Des taches pourpres pointaient ici et là, guère nombreuses à son goût. Les combats avaient été violents, chaque adversaire s'était donné à fond. Sauf lui, et c'est ce qu'il trouvait de plus jouissif. Il était le meilleur. Il était l'Élu ! Ses manches expédiées lui avaient laissé le temps d'observer à loisir les autres combattants, leurs techniques, leurs points forts et leurs faiblesses.

Dès le premier tour, certains combattants avaient partiellement eu recours à leurs Capacités pour gagner en force et en puissance. Karès en aurait quitté les épreuves de dépit, si elles n'avaient pas été aussi importantes. Des amateurs. La remarque était pleine de dédain. De mépris, aussi. Il avait le flair pour ça. C'étaient souvent les Sentinelles qui avaient ce comportement si prévisible et, quand il les évoquait, il pensait tout d'abord à ces paysans ou vauriens sans technique qui se contentait de frapper bêtement, plus fort, pensant que leur adversaire resterait aussi sage que le sac de sable sur lequel ils s'entraînaient. Les Capacités des Sentinelles étaient limitées : seuls se transformaient les membres inférieurs et supérieurs. Leurs mains et avant-bras se développaient, devenant des pattes d'Ours aux longues griffes coupantes, d'une taille dépassant largement une main humaine, voire deux pour Karès. Il en était de même pour les pieds, qui devenaient massifs et puissants, donnant la possibilité à ces Sentinelles de grimper aux arbres en toute tranquillité, là où les hommes sans Capacité étaient incapables d'escalader plus de deux mètres d'affilée sur un tronc lisse. Et c'était aussi en ça que résidait leur faiblesse. Ces hommes et ces femmes n'étaient pas faits pour le combat, mais pour la surveillance, le guet, la transmission de messages. Ils n'avaient pas leur place dans l'arène. Ces types donnaient tout ce qu'ils avaient dès le début du premier tour, en ne pensant qu'à remporter le combat présent, sans s'imaginer qu'ils devraient encore tenir une deuxième ou une troisième manche pour les plus chanceux, mais contre un adversaire encore plus fort. Leur seul problème ensuite était qu'ils n'avaient plus d'atouts pour le prochain combat et ne bénéficiaient plus non plus de l'effet de surprise. Sans compter évidemment la fatigue : la Transformation drainait les énergies vitales beaucoup plus rapidement qu'une longue course. Si des combattants aux Capacités avérées de Sentinelle battaient aisément un adversaire trop sûr de lui ou trop imprudent, les suivants n'étaient pas dupes.

Pour ce que Karès put en juger, tous les combattants de la classe Sentinelle avaient été éliminés – cassés, éventrés, embrochés –, tous les moyens avaient été bons. Curieusement, ces adversaires qui les avaient évincés du tournoi s'étaient également transformés en Sentinelle. À la différence des premiers, Karès les voyait moins fatigués, plus sûrs d'eux, plus expérimentés aussi. Ses doutes s'étaient confirmés dans les manches suivantes. Certains étaient des combattants de classe Garde.

Les Gardes étaient supérieurs aux Sentinelles. Aux Capacités de cette dernière classe s'ajoutait l'aptitude d'une force plus grande ; leur corps se développait en taille et en carrure, se couvrant d'une fourrure plus épaisse que celle des Sentinelles. Ses capacités olfactives se développaient considérablement, lui permettant de détecter d'infimes odeurs, là où un chien ne sentait plus rien. Par contre, leur vue ne bougeait pas, restant identique à celle d'un homme. Mais surtout, des oreilles velues émergeaient de leur tête et leur chevelure gagnait en pilosité pour devenir fourrure ; leur mâchoire s'allongeait en museau, dans lequel des dents redoutables émergeaient, prêtes à happer l'adversaire. La tête de l'Ours. Voilà quelle était la Capacité supplémentaire d'un Garde : sentir la puissance de l'Ours par sa mâchoire, broyer les os entre ses dents par la seule force de ses maxillaires, étreindre la chair dans une morsure fatale. Ce type d'adversaire était dangereux et celui qui avait le rang de Garde occupait essentiellement des postes de sécurité au palais. Il y en avait eu quelques-uns – et même quelques-unes –, mais Karès avait senti encore autre chose chez certains combattants. Ces Gardes étaient rompus à l'art du combat, ils pouvaient espérer gagner quelques combats de plus – excepté contre lui, évidemment. Ceux-là, Karès les avait soupçonnés de faire partie de la classe la plus redoutable d'Émeraude : les Élites. Il avait observé, et de nouveau, il ne s'était pas trompé.

Une fourrure épaisse et fournie sur tout le corps, de la puissance à l'état brut dans leurs veines et dans leurs griffes, et une mâchoire qui hurlait ce qu'ils étaient : l'élite d'Émeraude. Les combats suivants avaient montré, non plus des hommes et des femmes, mais des colosses, entièrement métamorphosés en l'animal le plus puissant de Terra. Les coups portés avaient résonné sur les corps, démembrant les êtres trop faibles, qui avaient eu l'impudence de se présenter devant eux. Ils étaient peu nombreux, mais extrêmement dangereux. Le prince Karès sourit. Du moins théoriquement. Ces prétendus Élites ne lui arrivaient pas à la cheville. Il savait à qui il avait affaire, il connaissait tous leurs secrets maintenant. Il avait observé en guerrier. En guerrier, il vaincrait. Les combats s'étaient accélérés pour ne laisser finalement la place qu'à lui. Karès d'Émeraude, le futur Aïrétion. Personne ne savait à quoi s'attendre. Jusqu'à présent, il avait été le seul à vaincre tous ses adversaires à mains nues. À mains nues ! Sentinelles, Gardes, Élites, tous y étaient passés. Et ils les avaient vaincus sous l'apparence d'un homme et de la même façon : sans pitié.

La foule avait trépigné et hurlé son nom quand elle avait vu ça dans son avant-dernier combat : lui, de ses mains d'humains, avait mis un Élite à genoux qui hurlait sa douleur. Karès lui avait brisé les pattes par sa seule force. L'Élite avait crié et tenté de bondir pour lui infliger une morsure à la gorge, la mâchoire claquant à quelques centimètres de sa carotide. Le prince avait esquivé avec dédain cette pathétique tentative. Il avait juste saisi cette occasion vraiment trop facile pour s'emparer des maxillaires de son adversaire. Et là, il avait maintenu l'Ours agenouillé, pendant qu'au-dessus de lui, il écartait lentement les mâchoires. La foule hurlait son nom, elle n'avait jamais vu ça. L'Ours ne pouvait rien faire de ses poignets estropiés ; ses griffes pendaient lamentablement, inertes. Et lui, Karès, avait continué, avec un plaisir non dissimulé. Il avait senti les fibres musculaires résister, puis s'étirer, céder une à une, déchirant muscles et ligaments. Et l'Élite qui continuait à hurler de douleur, comme une fillette, la gueule grande ouverte. La mâchoire inférieure avait cédé dans un craquement écœurant d'articulations brisées, se disloquant de la mâchoire supérieure, pour pendre pitoyablement, désormais inutile. L'Ours s'était évanoui dans un gargouillement grotesque. Karès avait soupiré. Quel gâchis ! Et dire que son adversaire s'était prétendu de classe supérieure ! Elle avait bon dos, l'élite ! Il avait laissé tomber son adversaire sans autre forme de procès et était retourné s'asseoir sur son banc, indifférent aux acclamations de la foule qui scandait son nom.

Pendant que le Prince vainqueur regagnait sa place, quatre hommes évacuaient le corps de l'incapable, redevenu un homme sans intérêt, à la mâchoire déchirée et maintenant superflue. Karès transpirait à peine, plus à cause de la chaleur que de son combat. Son adversaire ne lui avait vraiment servi à rien. Si ce n'était peut-être à renforcer sa gloire. Et encore ! Il espérait vraiment que son dernier adversaire serait un peu plus à la hauteur, sinon il allait finir par prendre froid à force de rester assis sur son banc.

Nouvelle trompette. Pas trop tôt ! Karès se leva lentement, presque paresseusement, avec la certitude de gagner. Il respirait l'assurance. Il respirait la rage de vaincre. Il s'avança vers le centre de l'arène, sous l'ombrage des arbres et les applaudissements des spectateurs déchaînés. Pour le dernier combat, tous les carrés avaient été effacés et un nouveau avait été dessiné au centre de l'arène, mais de dimensions différentes, quatre fois plus grand, d'une taille à présent de dix-huit pas sur vingt-quatre. Karès désapprouvait d'aussi grandes proportions : il n'avait pas envie de se fatiguer à courir après un adversaire qui fuyait sans cesse. Toutefois, il ne penserait pas que cela serait le cas. Il avait vu son dernier adversaire. Un combattant habile pour ce qu'il avait pu en juger, souple et rapide. Mais il ne serait pas de taille. Tout simplement.

L'arbitre était au milieu du nouveau carré et attendait les combattants. La foule encourageait ses favoris de manière si virulente, que le juge des combats dut attendre une accalmie pour faire les présentations. Enfin, tous se turent. Le silence devint presque surnaturel. L'arbitre ne bougea pas, attendant le silence complet, à peine perturbé par le vent soufflant dans les arbres. Quand il le jugea satisfaisant, il étendit sa main gauche, désignant l'adversaire de Karès, immobile, attendant sans manifester la moindre émotion :

« À ma droite, Derode ! Combattant de classe Élite, ancien militaire de l'armée du Siège ! »

Aux acclamations se mélangèrent les sifflets, chaque partisan tenant à encourager son favori à sa manière. Le grondement des pieds frappant les bancs en bois résonna comme le roulement du tonnerre. Quand ils eurent cessé, l'arbitre étendit sa main droite, vers Karès, qui regardait son adversaire avec un sourire glacé :

« À ma gauche, Son Altesse le Prince Karès, héritier de notre bien-aimé roi d'Émeraude Élithios ! Combattant de classe Élite ! »

À l'évocation de son fils et de son nom, le monarque bien nommé se rengorgea. Il avait rendez-vous avec l'Histoire ! De nouveau, sifflets et acclamations retentirent, les premiers de plus faible intensité, tous craignant les représailles princières – l'état sérieusement dégradé du dernier combattant donnait à réfléchir – et royales, au vu des regards noirs et peu amènes que lançait le souverain vers les agitateurs. Le silence se rétablit une dernière fois et l'arbitre se tourna vers la loge royale, vers son suzerain, aussitôt imité par les deux combattants. Tous les regards pointèrent vers le roi Élithios. Celui-ci bomba fièrement le torse, c'est-à-dire bien peu de choses.

Lentement, mesurant ses effets, Élithios se leva doucement, tout emprunt de sa propre majesté, gonflé d'orgueil, dans une attitude qui se voulait souveraine, mais qui évoquait plus volontiers un petit coq. Non seulement son fils était là, en finale, à peine fatigué, mais lui était au centre de toutes les attentions. Il était le centre d'Émeraude. Il toussota discrètement pour éclaircir sa voix. Il avait rêvé ces instants des dizaines de fois, ça n'était pas le moment de les gâcher ! Il leva les bras, s'adressant à tous les spectateurs de l'arène qui le regardaient et l'admiraient. Il les toisa d'un air supérieur. L'autorité était fondamentale.

« Peuple d'Émeraude ! » Ça, c'était bien.

« Voici le moment que tous attendent ! » Superbement dit.

« Que la Griffe de Vérité nous montre l'Aïrétion d'Émeraude ! » Magnifique.

Persuadée que le discours de leur souverain était terminé, la foule applaudit avec un enthousiasme débordant, faisant trembler l'arène en bois. Élithios attendit quelques instants, se repaissant de ces ovations. Il déchaînait les passions, nul doute à cela. Quel charisme il avait ! Une nouvelle fois, il étendit les bras pour réclamer le silence. Après quelques instants, le brouhaha n'était plus qu'un murmure ponctué d'une ou deux protestations signifiant au roi qu'il devait se taire et les combattants se battre enfin. Elles cessèrent rapidement : les gardes d'Émeraude n'étaient pas forcément réputés pour leur patience et leur aptitude à dialoguer, tout aussi prompts à l'arrestation pour quiconque manquait de respect au roi. Élithios, satisfait de son autorité, et la foule, échaudée par la présence des uniformes aux quatre coins de l'arène, se toisèrent. Le roi pointa pompeusement un doigt vers les finalistes, Karès et cet autre homme marqué du tatouage du Clan des Crocs.

« Que le duel… » Attention, suspens…

« COMMENCE ! » Conclusion magistrale !

Le roi n'en était pas peu fier.

Dans les gradins, quelques spectateurs se regardèrent d'un air étonné.

« Qu'est-ce qu'il a dit ? demanda une matrone rougeaude, suante et soufflante comme un ouragan, essuyant son front dégoulinant à l'aide d'un mouchoir déjà détrempé.

– Je ne sais pas, je n'ai rien entendu…, répondit son voisin, au rang inférieur, un gaillard maigrelet. Et pourtant, on est à côté !

– De toute façon, ce n'est pas ce nabot qu'on est venu voir ! rétorqua celui au-dessus d'elle, en frappant bruyamment dans ses mains.

– Allez Karès ! » approuva le dernier.

Fin du discours. Les conseillers, qui avaient craint un discours dithyrambique à sa propre gloire, avaient discrètement poussé un soupir de soulagement et avaient applaudi à tout rompre, aussitôt imités par une foule qui avait parfaitement compris le signal.

Élithios avait regardé la foule l'acclamer d'un regard satisfait, comme un marchand recevant son dû. Vraiment, il avait l'étoffe d'un roi. Les livres d'histoire se souviendraient de lui, indéniablement, et ne manqueraient pas de souligner son indéfectible popularité. Repu de reconnaissance publique et de pâtisseries aux amandes, soupirant d'aise, il avait bruyamment éructé, sous les regards consternés de ses ministres. Il n'en avait cure, il était surtout en train de repenser au discours qu'il venait de prononcer, marquant sans aucun doute les esprits et la postérité de son incroyable rhétorique. Le roi se rassit, pleinement satisfait de lui-même, et fixa ardemment la scène, toute son attention concentrée sur son fils. Les applaudissements et les acclamations continuèrent encore un peu avant de s'apaiser. Tous étaient à son honneur. Et à celui de Karès, bien sûr. D'un geste maniéré et ridicule, il fit signe à l'arbitre de donner le signal du combat, se rassit et mordit à pleines dents dans un gâteau fourré au miel, son préféré. L'arbitre abaissa son bras entre les deux adversaires et le combat commença.

Chapitre 6

Quelque part dans la Grande Forêt

Le soleil brillait sans discontinuer, dans un ciel déserté par les nuages. La température montait doucement sous les frondaisons, une agréable moiteur envahissait l'air. La forêt verdoyait elle aussi, sans jamais cesser d'exhaler ses fleurs odorantes. Les arbres faisaient briller leurs feuilles d'un vert éclatant, et plus que jamais, Émeraude méritait son nom. Les craquements de branches qui tombaient ou témoignaient du passage d'un animal, les piaillements des oiseaux, les vrombissements des insectes, tout contribuait à faire vivre l'étendue boisée. Y compris le bruit retentissant d'une joue violemment giflée.

Kleptos se frotta vigoureusement la joue. De petite taille, trapu, cheveux et barbe hirsutes, un anneau d'or à l'oreille gauche, Kleptos ronchonna. Il frotta sa main contre sa tunique verte, nuancée et agrémentée de taches en tous genres : sueur, reliefs de repas ou poussière agglomérée. Un cadavre d'insecte avec beaucoup trop de pattes vint enrichir le décor. Avec dégoût, Kleptos le repoussa pour le jeter à terre et se retourna vers son compagnon. Il ronchonna une nouvelle fois. C'était une seconde nature chez lui. Du moins, c'était ce que n'arrêtait pas de lui répéter Ektos, qui le regardait d'un air moqueur, s'esclaffant même. Ektos était son opposé en tous points. Grand et mince, son visage émacié était encadré par de longs cheveux noirs, le plus souvent attachés en queue de cheval. Dans ses yeux noirs brillait en permanence une lueur moqueuse, parfois teintée de cruauté. Il ne perdait jamais une occasion de railler Kleptos, qui le lui rendait bien dès qu'il en avait l'occasion.

« Arrête de rire ! lui lança Kleptos, vexé.

– Que veux-tu ! Tu es appétissant pour ces petites bestioles ! rétorqua son ami. La prochaine fois, utilise ton coupe-choux ! »

Pour toute réponse, le petit homme lui retourna un regard noir. Il n'appréciait pas la plaisanterie. Ektos faisait allusion à l'épée courbe et dentée, qui pendait dans son dos et dont il ne se séparait jamais. Encore moins quand il était en mission dans des endroits qu'il ne connaissait pas et estimait primitifs. Il avait tenu à la prendre, on ne savait jamais ce qui pouvait se passer dans ces contrées hostiles. Il n'aimait pas la forêt, ça non ! Il était né au Siège, lui, dans un lieu civilisé ! Il était rentré dans l'armée du Grand-Prêtre, suite à sa rencontre avec Ektos, déjà soldat. Et bien qu'il ne fasse partie de cet ordre que de façon purement formelle, il devait parfois en accepter de porter l'uniforme. Ce qu'il faisait à contrecœur, tâchant toutefois de l'éviter autant que possible et dès qu'il le pouvait. C'était un voleur repenti, il avait ses principes, et jamais il ne les trahirait. Et comme Ektos était son supérieur hiérarchique, il n'avait jamais eu trop de soucis à s'en épargner la corvée de le porter. Ektos l'avait bien compris et avait préféré s'en faire un allié débraillé plutôt qu'un ennemi tiré à quatre épingles. Ses dons de voleur pouvaient toujours s'avérer utiles.

Ektos, lui, portait son uniforme avec fierté, mais en tenue arrangée. Il avait laissé tomber le pantalon bleu pour jeter son dévolu sur un autre marron, renforcé de cuir, plus pratique pour les exercices tels que les marches forcées en pleine forêt. Son équipement était complété par une solide paire de bottes, également renforcées de jambières. Le seul élément qui rappelait son appartenance à l'armée du siège était son surcot bleu, à l'étoile de flammes argentée. Deux épées battant ses cuisses parachevaient sa tenue.

Voilà presque vingt-huit jours qu'ils étaient partis – Kleptos, une dizaine d'hommes et lui – et ils n'étaient toujours pas arrivés. Ils avaient embarqué du Siège, et rallié le continent d'Émeraude en bateau. Arrivant dans un port commun du continent, ils avaient été rejoints par des guides du pays, spécialement mandatés par le Grand-Prêtre : pour une mission diplomatique, il tenait vraiment à ce qu'ils arrivent à destination ! Ils étaient repartis après avoir fait le plein de provisions, et depuis, ils marchaient. Ils marchaient dans la boue, les tourbières, les déjections animales, les feuilles mortes dissimulant des nids de fourmis ou de serpents, tout ça parmi des branches qui leur fouettaient le visage et leur égratignaient la peau sans arrêt, sans compter les ronces, les herbes folles et, bien sûr, tout un tas de bestioles qui s'invitaient entre les vêtements et dont ils faisaient les frais le matin, l'après-midi, le soir et la nuit, dans les narines, les bottes, les couvertures, la nourriture et les gourdes si on n'avait vraiment pas de chance. Tout compte fait, Ektos s'estima heureux : sans savoir pourquoi, il avait été un peu plus épargné que ses compagnons et il était bien un des seuls à ne pas constamment servir de pâture à ces monstres assoiffés de sang. Une tirade virulente de Kleptos le tira de ses pensées.

« J'en ai marre de ce pays, Ektos ! Qu'est-ce qui t'est passé par la tête d'accepter cette mission ? Le soleil t'a trop tapé sur le casque ou quoi ?! » Le petit homme s'était mis à gesticuler en tout sens, autant pour essayer de chasser les moustiques qu'il attirait comme un aimant, que pour exprimer son mécontentement, s'attirant au passage les moqueries discrètes des guides qui s'amusaient de cette gestuelle aussi ridicule qu'inutile. Kleptos n'en avait cure et continuait, exaspéré et excédé :

« J'en ai marre de ce pays ! Marre de cette forêt, marre de l'autre dragon qui nous a envoyés dans cette fange, marre de cette couleur verte insupportable, marre de bouffer des insectes et de leur servir de banquet, marre de…

– Du courage, compagnon ! coupa son chef. La lisière de la forêt n'est plus très loin !

– Tu m'as dit ça il y a deux jours ! Je l'attends toujours ta lisière ! » Kleptos maugréa, marmonnant dans sa barbe :

« À se demander si on l'atteindra un jour…

– Et pour répondre à ta question, j'en ai marre d'obéir aux ordres, et particulièrement de notre Hiérarque préférée ! Alors, pour une fois qu'on me donne l'occasion de partir et d'en donner… !

– À ce rythme-là, tu vas devenir comme elle !

– Oui, mais avec l'avantage de pouvoir rester où je veux, de partir où je veux, de t'envoyer où je veux !

– Despote ! »

Kleptos frotta sa joue en grognant, autant endolorie par la gifle que par la morsure de l'insecte. Ektos sourit de la mauvaise humeur de son compagnon. Kleptos était un râleur né. Bon prince, il lui montra le sol, légèrement en pente ascendante.

« Regarde ça : nous sommes en train de monter. Le guide m'avait averti que nous prendrions une route plus rapide, mais moins fréquentée à cause du relief. »

Ektos eut un sourire goguenard :

« Enfin, pour le côté moins fréquenté, tu as dû t'en apercevoir : nous n'avons vu personne hormis tes petits compagnons à huit ou dix-huit pattes. »

Kleptos le fusilla du regard. Ektos n'en tint aucunement compte et désigna la forêt devant lui et qui, selon l'avis de Kleptos, s'obstinait à ne pas vouloir finir.

« Pour le côté plus rapide, nous arrivons en droite ligne sur Béryl, qui se trouve au creux d'une montagne : nous aurions quand même mis huit jours de plus si nous avions dû emprunter les routes commerciales et contourné ces montagnes…

– Mouais, de toute façon, ça fait quand même trop longtemps qu'on patauge dans ce bourbier… », fit Kleptos en haussant les épaules.

Résigné, il continua d'avancer en soupirant parmi les ronces et les fougères. Il n'y avait pas trente-six possibilités : il était dans cette forêt jusqu'au cou, il n'avait plus d'autre choix que d'en sortir s'il voulait revoir un jour la civilisation avec de vrais hommes, et surtout de vraies femmes, et de la vraie bière.

Ektos scruta l'horizon vert, essayant d'apercevoir à travers les arbres une improbable lueur qui leur indiquerait la sortie de la forêt. Il ne faisait pas confiance aux guides, non pas parce qu'ils connaissaient la région, mais parce qu'il était d'un naturel méfiant, et qu'il refusait de s'en remettre à des autochtones qui passaient leur temps à siffloter, sans paraître dérangés par ces abominables bestioles suceuses de sang dont lui aussi faisait – un peu moins – les frais ! C'en était indécent, au vu de ce qu'ils enduraient. Et puis, on ne savait jamais ce qu'ils pouvaient comploter ou voler. En tout état de cause, il avait lui-même étudié le trajet pour aller à Béryl, et il faisait en sorte de régulièrement vérifier leur position, ou tout du moins de savoir dans quelle direction ils allaient. Enfin, quand il réussissait à voir le soleil ou les étoiles à travers les épaisses ramures des grands arbres. Quand le Grand-Prêtre Prodotès avait insisté pour que les guides les accompagnassent, il avait essayé de protester – un peu, il n'est pas bon de s'opposer ouvertement au Grand-Prêtre. Ce dernier avait fait la sourde oreille et était resté inflexible :

« Diplomatiquement, il faut que ce soit le peuple d'Émeraude qui nous ouvre la route : nous ne sommes pas des envahisseurs. »

Ektos grimaça. La diplomatie, quelle plaie ! Bon gré, mal gré, il s'y était résigné. D'accord, ils les accompagneraient, mais à sa manière. Dès leur arrivée sur Émeraude, Ektos les avait mis en fin de cortège malgré leurs protestations. Une pièce d'or – prélevée sur le trésor du Siège – lui assura leur silence et la paix. Finalement, les négociations diplomatiques n'étaient pas si difficiles, en avait-il conclu.

Le soldat se retourna vers Kleptos, essayant de dérider son compagnon à l'humeur sombre et massacrante. Il ne pouvait s'empêcher de le taquiner : ça faisait passer les journées tellement plus vite !

« Au fait, tu as des griefs personnels contre la chef ?

– Ouais ! Je te parie ma solde que ce malaise n'était qu'un prétexte pour se prélasser dans la couche de notre Grand-Prêtre bien-aimé ! » s'emporta aussitôt Kleptos.

Au moins, il n'avait pas perdu sa langue et son enthousiasme, s'amusa son compagnon.

« Il faut bien un remède à tout mal ! » lui lança-t-il avec un clin d'œil égrillard.

Ektos fit mouche. Leurs rires résonnèrent sous les frondaisons des arbres, s'amplifièrent sous cette voûte végétale et se dispersèrent dans le murmure incessant de la Forêt. Après quelques brefs instants, ils se calmèrent, et Ektos relança la marche, secoué par un dernier spasme de rire, tout content de sa propre plaisanterie. La forêt ne lui avait pas enlevé son humour, semblait-il. Le commandant du groupe sourit. Bizarrement, la mauvaise humeur perpétuelle de Kleptos avait le don de le mettre de bonne humeur. Enfin, quand il n'était pas lui-même de mauvaise humeur.

Kleptos et lui-même détestaient cordialement la Hiérarque Daïna. D'une part, parce qu'elle était Hiérarque, poste que convoitait Ektos depuis bien longtemps et dont il estimait lui revenir de droit ; et d'autre part, parce que tous deux la trouvaient suffisante et inhumaine. Elle les considérait comme du menu fretin, de simples soldats, se plaisant à porter des responsabilités qui, il en était sûr, la dépassaient. Ektos avait pourtant passé de nombreuses années dans l'armée du Siège, moins qu'elle certes, mais il le servait avec tout autant de compétences et certainement plus de zèle. Il en avait donc déduit qu'elle avait amadoué le Grand-Prêtre à sa façon pour gagner son grade et sa promotion. Idée qui le mettait hors de lui. Kleptos, pour sa part, avait trouvé une ressemblance frappante entre Daïna et un iceberg, ces hautes montagnes de glace que l'on trouvait dans les terres gelées du Grand Nord. Pas d'émotions, pas de sentiments, juste le devoir et uniquement le devoir. Glaçant.

Ils n'avaient pas fait plus d'une dizaine de pas, qu'un long sifflement naquit, loin devant eux. Ektos s'arrêta et ordonna aux autres membres du groupe de faire de même, leur intimant le silence d'un geste. Il connaissait ce son. Un sifflement aigu, presque inaudible au début, qui s'intensifiait jusqu'à se changer en un vrombissement et se rapprochait de plus en plus distinctement. Dans leur direction. Les autres hommes du convoi s'étaient figés, aux aguets. Eux aussi avaient maintenant entendu. Une succession rapide de craquements secs leur parvint, des branches qui se brisaient, des feuilles arrachées et déchirées par un projectile lancé à grande vitesse, broyant tout ce qui se trouvait sur son passage, sans même être ralenti. Seul Kleptos avait continué d'avancer sans écouter ni entendre les ordres de son supérieur et le sifflement qui semblait traverser la forêt de part en part, comme une flèche sonique, bien trop préoccupé à chasser un nouveau monstre à douze pattes qui voletait devant son nez.

Sans cesser de gesticuler avec une énergie toujours renouvelée, il sentit son pied gauche s'enfoncer dans un corps tiède, humide et spongieux. Il baissa la tête avec appréhension, pour s'apercevoir avec un dégoût indicible qu'il avait marché avec enthousiasme dans une déjection odorante aux proportions remarquables, résidu d'un animal aux dimensions certainement plus remarquables encore. Dégoûté, il souleva son pied enfoncé jusqu'à la cheville dans cet amas indéfinissable, qui avait été le fruit de ce qui n'avait pu être digéré :

« C'est pas vrai ! J'ai encore marché dans une bouse de…

– Bouge-toi ! À terre, vous autres ! »

L'ordre d'Ektos claqua dans l'air, impérieux. Kleptos n'eut même pas le temps de relever la tête : il fut brutalement poussé de côté par un Ektos affolé. Sans comprendre ce qu'il lui arrivait, Kleptos perdit l'équilibre et s'écroula par terre, évitant de justesse la fameuse bouse. Le sifflement strident s'interrompit dans un violent craquement. Des nuées d'oiseaux s'envolèrent dans de bruyants battements d'ailes effarouchés, tandis que, tout autour d'eux, les petites créatures des bois s'éparpillaient en bonds effrayés. Ektos avait par réflexe baissé la tête, fléchissant sur ses jambes pour n'offrir qu'une cible limitée et la plus petite possible. Derrière eux, le reste des soldats et les guides apeurés avaient fait de même, obéissant aveuglément à Ektos, se baissant pour éviter ce projectile invisible qu'ils avaient tous entendu, mais vu nulle part.

Ektos attendit quelques instants, puis se releva prudemment. Il y avait quelque chose d'étrange. Quelque chose ne cadrait pas avec ce qu'il venait de se passer. La Forêt était étonnamment silencieuse. Un silence de mort était tombé et pesait, à peine perturbé par le sifflement du vent dans les arbres. Une absence de bruits angoissante, laissant présager le pire. Puis lentement, la Forêt reprit vie. Les oiseaux se remirent à chanter, les craquements familiers du bois retentirent sous l'activité de griffes, crocs, mandibules ou de tout autre appendice qui pouvaient gratter ou creuser l'écorce en produisant ce bruit qui résonnait à présent familièrement depuis qu'ils étaient arrivés sur Émeraude. Le danger était passé.

Les hommes effrayés se relevèrent, regardant craintivement autour d'eux, cherchant la cause qui avait déclenché cette soudaine frayeur. Le projectile avait été clairement dirigé contre eux, mais, paradoxalement, il ne semblait pas leur avoir été réellement destiné. Celui-ci leur était d'ailleurs passé bien au-dessus de leur tête, et avait l'air de s'être planté dans un arbre tout proche d'eux. Ektos inspecta les environs, un peu au-dessus de lui, et son regard se posa sur un arbre au tronc épais, qu'ils venaient juste de dépasser. Le projectile s'était fiché dans l'arbre, et l'écorce avait même éclaté sous l'impact, dénudant le tronc pour révéler un bois d'aspect laiteux. Le soldat se figea.

« Eh ! Pourquoi tu m'as poussé ?! »
Kleptos se redressait laborieusement sur ses jambes, vitupérant contre Ektos et la forêt, maudissant le sort qui l'avait amené en ce lieu de périls et qui, décidément, voulait avoir sa peau : dans sa chute, il avait roulé un peu en contrebas de la pente qu'il venait de gravir et avait été stoppé net dans un massif de plantes sauvages. Ektos ne lui prêta aucune attention. Il continuait de fixer la direction d'où avait surgi le projectile, s'attendant presque à en voir surgir un second. Crispé, il n'écoutait plus les atermoiements du voleur repenti. Ni ses reproches d'ailleurs. Nouveau regard vers le point d'impact. Ce qui n'était au départ qu'un soupçon devint une certitude.

« Tu pourrais faire attention ! Tu te rends compte de ce que tu m'as fait ?…, hurlait Kleptos cramoisi.

– Elle est là…, murmura-t-il.

– Mais de quoi tu parles ?

– Ce n'était qu'un avertissement. Il faut qu'on se dépêche ! »
Sans prendre le temps de lui répondre, Ektos héla le reste du convoi qui était resté un peu en arrière et leur ordonna de se hâter :

« En avant vous autres ! On doit être sorti de la forêt avant midi !

– Mais de quoi tu parles, à la fin ! Et comment veux-tu qu'on en soit sorti aussi tôt, comme ça, de la forêt ? Ça fait plus de dix jours qu'on doit en sortir de cette verdure ! » grogna Kleptos, dépité de voir ses plaintes ignorées.

Ektos se retourna vers lui, exaspéré à son tour. Et ne put retenir un hoquet de surprise en voyant son compagnon. Celui-ci avait le visage rouge et complètement boursouflé, défiguré, et ses mains avaient doublé de volume. Ses yeux avaient pratiquement disparu sous des bourrelets de chair et ses oreilles étaient devenues deux morceaux roses, semblables à deux autres bourrelets qu'on lui aurait collés sur chaque côté de la tête, telle une grossière sculpture en argile sur laquelle le potier n'aurait pas encore eu le temps de travailler. Cheveux et barbe peinaient à recouvrir ce nouvel amas de chair naissant, coiffant son possesseur de manière fort peu académique. Quant à son nez, l'appeler "groin" n'eut guère été déplacé. Bref, Kleptos était devenu une véritable boursouflure ambulante rosâtre, agrémentée de sillons rougeâtres : le voleur se grattait la peau comme un damné, comme s'il voulait en faire sortir quelque chose, essayant vainement de lutter contre une brûlure dévorante qui paraissait le ronger de l'intérieur, sous la peau. Ektos poussa un long sifflement, dans lequel se mélangeaient surprise et admiration.

« Ah oui, quand même…

– C'est de ta faute ! hurla son compagnon en se grattant de plus belle. Tu m'as fait tomber dans des plantes urticantes ! »

Ektos pencha la tête et regarda son subalterne, intrigué et un brin moqueur : le spectacle valait son pesant d'or.

« Tu sais quoi ? Tu me fais penser à ce gros poisson visqueux affreusement laid qui se cache dans la vase pour surprendre ses proies… !

– Merci pour la comparaison !

– Pourquoi tu ne les as pas évitées, au fait ?

– Pourquoi tu m'as poussé, aussi ? Ça va finir par être de ma faute en plus… !

– Ben oui : regarde où tu marches ! »

Kleptos faillit en avaler sa barbe. Cette mauvaise foi ! Exaspéré, il chercha en vain un argument bien senti pour rembarrer Ektos.

« Comment oses-tu…

– Arrête tes jérémiades et regarde ! » l'interrompit calmement son supérieur.

Ektos lui désigna le tronc qui avait été frappé de plein fouet par le projectile. Kleptos en aurait avalé sa barbe une deuxième fois, si celle-ci n'avait pas été mise hors de portée par la chair gonflée. Fichée dans l'arbre, une plume d'aigle grande et fine avait profondément pénétré le bois. La plume était entièrement noire. Si Ektos avait pu la retirer du tronc, il aurait parié que sa pointe était d'un blanc éclatant. Détail plus inquiétant encore, si le bois avait grandement souffert, la plume semblait neuve, comme si la force de l'impact ne l'avait nullement affectée. Elle se tenait droite et fière, aussi souple que le vent et plus solide que le meilleur acier. Kleptos déglutit. Oui, aucun doute, *Elle* était ici. Le petit homme se retourna vers son chef, en se grattant encore plus furieusement les joues, et essaya de se rassurer :

« Tu crois que c'est…

– Oui. Je reconnais ses plumes. Ce sont bien celles de notre Hiérarque.

– Et tu crois qu'elle nous a entendus ? »

Ektos haussa les épaules en signe d'ignorance.

« Aucune idée. Je ne connais pas l'ouïe des Aigles, mais mieux vaut partir du principe que oui. »

Kleptos soupira. En voilà une nouvelle ! Certes, il ne portait pas Daïna dans son cœur, mais l'insubordination pouvait lui coûter le cachot. Et sa dernière expérience n'avait guère été réjouissante. Les soldats insubordonnés étaient peu nourris et, pour pallier ce manque, Kleptos avait un jour réussi à attraper un gros rat de cachot bien dodu. C'était plutôt nutritif, mais le goût laissait un peu à désirer. C'est pourquoi il n'avait pas forcément envie de renouveler l'expérience : on ne savait jamais ce qu'avaient mangé ces bestioles. Toutefois, et à son humble avis, leur nourriture ne devait pas être très fraîche…

Il en était arrivé à ce stade de sa réflexion, quand son oreille perçut un frottement. Il se retourna brusquement vers ce nouveau bruit, la main sur son épée dentelée. Pour tomber nez à nez avec un des guides de leur convoi qui s'avançait vers lui, amusé. Le guide leva les bras pour montrer ses intentions pacifiques.

« Holà, mon bon mon sire, il faut vous détendre…

– Avec une forêt au-dessus de la tête, pas évident…, grommela Kleptos. Qu'est-ce que vous voulez ?

– *Urtica dioica Venenia*, pointa du doigt le guide en désignant les gonflements de Kleptos.

– Soyez poli ! l'avertit le petit homme menaçant.

– Des gonflements caractéristiques, des cloques qui commencent à apparaître dans les premières minutes, une belle teinte rouge, qui va ensuite virer au mauve flamboyant, avant de finir par une superbe couleur violacée. *Urtica dioica Venenia*. C'est dans cette plante que vous êtes tombé. »

Kleptos haussa – tenta de hausser – les sourcils de perplexité et observa son interlocuteur avec une méfiance non dissimulée.

« *Uritica*-quoi ?

– *Urtica dioica Venenia*. Une plante urticante, quoi !

– Et ?

– Et si vous le désirez, j'ai un baume pour apaiser vos démangeaisons… »

Le visage gonflé et rubicond de Kleptos s'épanouit de reconnaissance. Il est vrai qu'une cucurbitacée douée de parole avait de quoi prêter à plaisanterie. Et la voir sourire était spectacle particulièrement surréaliste. Quelques brefs instants et deux couches d'onguents plus tard, les boursouflures de Kleptos avaient déjà amplement diminué de volume. Les démangeaisons s'étaient apaisées et le guide lui avait même fait cadeau d'une petite fiole de pommade contre cinq pièces de bronze. Le guide la lui avait donnée avec un clin d'œil :

« J'en ai toujours sur moi : les voyageurs étrangers s'empoisonnent régulièrement avec cette plante… »

Ses emplettes conclues et après avoir remercié le guide qui s'était frotté les mains de satisfaction à cette bonne affaire, Kleptos s'était précipité à la suite d'Ektos, en évitant soigneusement les nouveaux massifs de plantes urticantes qui égrenaient la piste. Son supérieur avait poursuivi son chemin sans l'attendre, soudainement pressé d'arriver à destination :

« Holà, compagnon ! Te voici bien pressé d'arriver au terme de notre périple !

– Et depuis quand n'es-tu pas pressé d'arriver ? maugréa Ektos. Tu n'as eu de cesse de geindre durant tout le voyage !

– Bon d'accord, on arrive dans combien de temps ? grommela le voleur refroidi par le ton cassant de son ami.

– Rapidement, je suppose, puisque la Hiérarque vient de nous souhaiter la bienvenue, répliqua sèchement le chef de l'escorte. Si elle a pu nous prévenir de son arrivée avec une de ses damnées plumes, c'est qu'elle doit être toute proche ! »

Ektos allongea encore le pas. La perspective de rencontrer Daïna, et surtout d'être placé sous ses ordres, ne l'enchantait pas du tout. Que Daïna puisse l'entendre lui était égal. Au moins, elle saurait que ça ne lui plaisait pas qu'elle reprenne le commandement. Mais de ça, elle devait déjà s'en douter. Ektos accéléra une nouvelle fois son rythme, ordonnant au convoi de faire de même, lequel se contenta de l'imiter vaguement sans pour autant fournir davantage d'efforts : ils étaient déjà presque arrivés, alors pourquoi se fatiguer davantage ?

Suant et soufflant, Kleptos suivait avec difficulté le rythme de son supérieur. Il ne savait pas ce qu'il détestait le plus : rester dans la forêt avec ses *Uritica*-quelque chose ou avoir affaire à Daïna et ses grands airs. Tout un dilemme.

Ils marchèrent encore un petit moment, qui sembla infiniment long à Kleptos. La pente était de plus en plus déclive et les efforts de plus en plus intenses. Bien que le chemin ne soit pas très long, la végétation restait toujours affreusement dense. Au grand dam du voleur. Une nouvelle fois, il regretta d'être parti, marmonnant des imprécations dans sa barbe à propos de forêts à brûler. Enfin, petit à petit, celle-ci commença à décroître. Puis, malgré sa mauvaise humeur, Ektos se retourna avec un léger sourire soulagé, pointant du doigt une vive lumière devant lui qui perçait à travers les frondaisons.

« Ça y est ! On est arrivé ! »

Kleptos eut l'impression qu'un immense poids lui était ôté des épaules. Avant qu'une immense chape de plomb ne lui retombe sur les reins :

« Et la Hiérarque nous attend ! »

Ektos observa au loin. Ils arrivaient à la lisière de la Grande Forêt et la vue se dégageait nettement devant lui, vierge de grande végétation. Il distingua en haut de la pente, quelques pas avant la falaise, une petite silhouette. Il plissa les yeux. C'était bien elle. Il ne voyait pas nettement son visage, mais tout dans son attitude indiquait que la Hiérarque les attendait de pied ferme.

« Tu es sûr que c'est bien elle ? hasarda vainement Kleptos, le souffle court.

– Oh que oui ! Et elle semble plutôt pressée ! »

Kleptos soupira. La première partie du voyage n'avait pas été un plaisir. La seconde partie risquait d'être un calvaire. Il en avait le pressentiment.

CHAPITRE 7

Continent d'Émeraude, ville de Béryl.

Le Château des Rois était un monument d'architecture. Plus qu'un symbole de pouvoir et de culture, il était aussi le lieu des Origines, le lieu où la Grande Forêt, les Ours et les hommes s'étaient réconciliés, le lieu où l'Entente avait commencé et perduré, au pied des Grandes Falaises. Le Château avait été construit en souvenir de ce moment, et tous les souverains avaient entretenu cette tradition de la mémoire, honorant ancêtres des uns et des autres, ciment de la cohésion entre les différents peuples – Ours et Hommes –, mais aussi de toutes les différentes tribus pourtant rivales, qui, au fil du temps, avaient fini par former le peuple d'Émeraude. Les rois venaient ainsi régulièrement à Béryl en villégiature, dans un souci de faire vivre le Château afin qu'il ne sombrât point dans l'oubli, et son Histoire avec lui. Mais il fallait bien avouer que c'était aussi pour profiter de la fraîcheur et de l'ombrage de la forêt durant les chaudes périodes de l'été. Et si la ville prenait essentiellement place autour de ce monument, particulièrement dans les arbres, le Château était quant à lui une monumentale sculpture de pierre. C'était un paradoxe à lui tout seul.

À première vue, il ressemblait à un ours pataud. Il prenait place dans une gigantesque falaise de pierre dure, aux nombreuses nuances de gris, et avait été creusé à même la roche, nécessitant le travail et la collaboration de tailleurs et de sculpteurs de pierre, ainsi qu'une nuée d'architectes. Leur collaboration s'étala sur environ quatre générations et livra un résultat unique. Le Château était beaucoup moins grand que la citadelle du Siège, ou que tout autre château sur les autres continents : un voyageur d'un autre monde le verrait même plutôt petit. Mais il ne pouvait qu'être envahi par l'admiration quand il voyait de plus près cette prodigieuse sculpture, chef-d'œuvre d'un autre temps, sans précédent dans toute l'histoire de Terra. Surtout au vu des conditions de réalisation qui avaient fait toute sa notoriété.

En effet, les tailleurs avaient entamé la pierre par couches successives et avaient dégagé peu à peu un ensemble robuste et massif, dont l'accès se faisait par de larges degrés. Ils avaient continué à tailler d'arrache-pied, et des colonnes tout aussi massives étaient nées sous leurs ciseaux, formant une entrée monumentale, brute, qui soutenaient l'imposant monument et émergeaient comme pour soutenir un ourson maladroit, pataud et encore peu sûr de sa démarche. Cette impression avait été rendue encore plus saisissante lorsqu'une colossale tête d'Ours avait surgi de la roche sous la falaise, au sommet du Château. Le meilleur sculpteur d'Émeraude fut chargé de faire vivre cette tête et ce fut un Ours puissant qui sortit de la pierre, ses deux pattes s'appuyant sur les deux colonnes de l'entrée. Un gardien était né pour veiller sur le nouveau symbole d'Émeraude. Quand il fallut trouver un nom à l'Ours et au Château, l'ensemble fut baptisé Béryl à l'unanimité, du nom du premier Ours à sortir de la Grande Forêt pour proposer une paix durable aux Hommes. Ceux-ci, exténués par les combats et les famines, acceptèrent avec reconnaissance la paix et les conditions proposées. L'Ours Béryl ne fut jamais oublié et devint le symbole de l'alliance entre les deux peuples.

Continuant de creuser avec prudence, les tailleurs avaient avancé dans et sur les côtés de la falaise, dégageant de la matière ce qui devait lentement devenir un Château de roche dans la roche. De très nombreuses années furent nécessaires pour évider la falaise et créer les pièces de la nouvelle demeure royale – salle du trône, cuisines, caves, escaliers, chambres, et cheminées avec évacuation des fumées par des conduits naturels –, tandis que les gravats excavés furent acheminés sur les côtes d'Émeraude pour créer des digues et paver les grandes routes. Ils servirent également à remplacer la rampe d'accès en bois et à constituer les degrés qui permettaient d'accéder au château. L'énorme chantier avait vu le jour dans l'enthousiasme, il s'acheva dans la liesse. L'ourson qui naquit dans la caverne devint adulte et le protecteur de sa propre famille. Blotti dans son écrin de pierre, le Château des Rois était né.

À cette fameuse demeure royale, d'abord brut d'aspect, les sculpteurs donnèrent vie à l'œuvre faite d'une matière réputée froide et insensible, de couleur triste, pour en faire le joyau d'Émeraude. D'ailleurs, quand le voyageur curieux s'aventurait sur les terres vertes de ce continent, et qu'il voyait de loin ce qu'il pensait être une demeure troglodyte, pesante, avec peu de charme, il était surpris de voir qu'à sa seconde impression – et non des moindres – une insaisissable beauté sylvestre émanait de ce château, le transformant en cet Ours vigoureux, solide, magnifié par des sculptures monumentales du seigneur des forêts.

Ainsi, pendant que les tailleurs finissaient de creuser l'intérieur du Château, les sculpteurs furent à leur tour sollicités durant les trois dernières décennies pour recréer l'histoire de ce monument tout à la gloire des peuples d'Émeraude. De nombreuses fresques naquirent sur sa façade : en bas des murs, des bas-reliefs enchanteurs exaltèrent la forêt et donnèrent toute leur gloire à des peuples réputés aussi farouches que courageux. En hauteur, de hauts-reliefs d'illustres personnages immortalisèrent Ours et Hommes qui avaient sauvegardé la paix sur Émeraude pour les nombreuses générations qui suivirent, ainsi que les Aïrétions successifs qui sauvèrent Terra des Cycles du Bouleversement. Il avait toutefois été fait une exception pour le dernier Aïrétion : son socle était demeuré vide, puisqu'il avait été vaincu. À sa place se dressaient Prodotès et Miarah, impériaux dans leur aube, et le regard bienveillant porté sur le fier peuple des forêts. Une exception parmi toutes ces figures natives des forêts.

De part et d'autre des marches qui menaient au Château, deux rangées de colosses intimidants mettaient en garde le visiteur étranger sur ses véritables intentions. Des Ours terrifiants montraient griffes et crocs au téméraire qui osait s'aventurer dans ces contrées ; des héros d'Émeraude terrassaient des créatures fantastiques de Terra, dragons écailleux et autres griffons à tête d'aigle et corps de fauve ; et pour terminer, sur les plus hautes marches, les rois de Béryl les plus célèbres exhibaient fièrement au visiteur impressionné leurs attributs royaux, l'un portant le château de Béryl dans ses mains, l'autre brandissant une épée belliqueuse devant des ennemis invisibles.

Les souverains avaient en outre apporté un soin tout particulier à l'achèvement et à l'entretien du berceau de leur alliance avec la Grande Forêt : les Rois et leur peuple s'accordant à le conserver jalousement et précieusement, le Château de Béryl avait ainsi pu échapper aux querelles des clans et aux nombreuses tempêtes qui avaient émaillé sa vie, parce qu'il était resté le symbole que tous respectaient. Le seul changement notable qui avait été opéré, avait été l'installation d'un ingénieux système de miroirs à l'intérieur de la grotte.

Le Château des origines, très sombre, était percé de fenêtres qui s'ouvraient sur la grotte nouvellement creusée, essentiellement pour permettre la circulation et le renouvellement de l'air ambiant, et venaient en complément des cheminées naturelles. Mais si l'inconvénient n'était pas les fragrances de gibiers en venaison ou les parfums capiteux des courtisanes, c'était la lumière. En effet, le château paraissait constamment baigner dans l'obscurité : les grands feux allumés dans les cheminées et les lanternes de verre disséminées dans toutes les pièces ne suffisaient pas à éclairer les différentes places du château, que tous les visiteurs – officiels ou non, administratifs ou courtisans – finissaient par trouver lugubre, refusant immanquablement d'y retourner pour un second séjour. Déterminé à sauver ce monument hors du commun qui rayonnait sur la terre des Ours, un des rois d'Émeraude, un lointain prédécesseur d'Élithios, mais ô combien plus réfléchi, avait eu une idée de génie. Afin de ressusciter le lieu des Origines, il avait décidé de faire appel aux talents des verriers des Sables pour concevoir un système d'éclairage qui ramènerait à lui tous les grands d'Émeraude et, pourquoi pas, de Terra. Après moult réflexions, débats et migraines, les verriers avaient eu l'idée de tapisser la caverne de miroirs, sur lesquels viendraient se refléter les rayons du soleil, eux-mêmes captés et reflétés par d'autres miroirs, astucieusement disposés et camouflés dans les arbres. Des miroirs furent ainsi savamment étudiés et conçus pour la grotte, afin d'éclairer l'intérieur du Château, sans toutefois créer une lumière éblouissante pour les visiteurs qui regardaient le monument de l'esplanade. Pour parachever le travail, des verres polis, opaques, furent également posés à l'intérieur du Château : la diffraction des rayons lumineux sur ces nouveaux verres apporta dans toutes les pièces une lumière des plus pures et sans équivalents, à l'égal du jour. Les torches furent quant à elles remisées aux placards.

Quand les travaux furent terminés, le résultat avait largement dépassé les espérances du roi novateur. Il en résultait un chef-d'œuvre surprenant qui avait rapidement fait la renommée de Béryl et du continent d'Émeraude : au zénith du soleil, le Château des Rois semblait reposer dans un écrin de lumière, paraissant complètement détaché de la pierre de laquelle il était issu. Nombreux furent ceux qui vinrent de tous les horizons de Terra pour admirer ce spectacle fantastique et unique en son genre. Les poètes ne manquèrent pas non plus de décliner quelques vers élogieux pour évoquer ce qui devint «le joyau de Béryl». Quant aux verriers des Sables, leur réputation n'en fut que plus prestigieuse encore, et leurs commandes ne firent que s'accroître, venant de tous les continents.

Le roi d'Émeraude gagna son pari : sitôt les travaux finis, Béryl redevint un lieu de cour, accueillant même d'importantes réunions diplomatiques, avec – cerise sur le gâteau – la visite d'un Grand-Prêtre de l'époque ! Béryl n'en resta pas moins une ville traditionnelle, plus culturelle que politique, profondément attachée aux valeurs de la Grande Forêt et, qui, aujourd'hui encore, se voulait un lieu incontournable d'Émeraude. Avec succès.

Quand Élithios parvint au pouvoir, il avait avidement pris ses quartiers dans cette merveille de l'histoire d'Émeraude, persuadé qu'en s'installant là-bas et en y organisant les jeux d'Émeraude, il laisserait une marque indélébile dans la longue lignée des rois qui l'avait précédé. Dans les faits, et quoique le critère culturel fut très secondaire dans les priorités du nouveau roi, il avait surtout eu l'intelligence, du moins la présence d'esprit, d'écouter les recommandations de ses conseillers, conscients de la marque symbolique du lieu. Ceux-ci l'encouragèrent à choisir Béryl pour en faire le lieu des épreuves qui devaient décider de l'Aïrétion, tout en espérant sauver une réputation royale guère embellie par les caprices et l'incompétence de leur souverain. Élithios avait maugréé, mais y avait finalement consenti. Aujourd'hui, sa mauvaise humeur avait fait place à une excitation sans bornes, puisque se terminaient des épreuves d'autant plus glorificatrices que son fils était en finale et que la dernière manche venait de commencer.

Karès, le colosse, faisait face à son adversaire, plus petit d'au moins une tête, arrivant avec peine à l'épaule du géant. L'arbitre l'avait appelé Derode. Les cheveux blonds, il regardait le Prince sans peur. Ses yeux bleus étaient francs, son nez droit lui donnait un air décidé : il était prêt à affronter sans crainte son adversaire. Karès apprécia. Peut-être que la finale serait plus intéressante que le reste des épreuves.

Derode sentait ses muscles souples rouler sous sa peau. Les Crocs tatoués dans son dos ondoyèrent et la mâchoire sembla claquer sur sa peau. Comme l'avait si aimablement rappelé l'arbitre, Derode était effectivement un ancien militaire de l'armée du Siège. Il était originaire d'Émeraude, avait été militaire dans l'armée du prédécesseur d'Élithios, et ses aptitudes de Transformation l'avaient rapidement propulsé au Siège, pour servir dans la garde rapprochée du Grand-Prêtre. Il y avait appris l'art de manier les armes, l'art de transformer son corps et l'art de tuer. Ce dernier point lui avait bien servi, mais était aussi la cause qui l'avait poussé à quitter l'armée du Siège, dix ans auparavant. Un homme ivre, des esprits un peu échauffés, une rixe dans une taverne, un cadavre, voilà à peu près tout ce qui s'était passé. Une soirée et une nuit ordinaire en somme. Sauf que la victime qui l'avait provoqué n'était autre que le fils d'un riche marchand, principal armateur du Siège et principal pourvoyeur de denrées rares en tous genres pour les notables et puissants du continent. Cet homme s'était forgé une solide réputation depuis qu'il s'était spécialisé dans l'art de satisfaire les caprices ou autres petites passions légalement répréhensibles des notables de la Grande Assemblée : la connaissance des abjects petits secrets de chacun lui avait permis d'asseoir son emprise, et le chantage n'était pas chose à dédaigner lorsqu'il lui permettait de servir ses intérêts, peu importe que son fils fût le pire des ivrognes et le client le plus dépravé de toutes les maisons closes du Siège. Bref, ce marchand, fou de rage et de douleur, avait tiré quelques ficelles et organisé un guet-apens pour capturer le coupable afin de satisfaire sa vengeance personnelle de la manière la plus odieuse qui soit. Derode n'y avait échappé que de justesse, usant de ses Capacités et de ses talents acquis durant son entraînement, tuant plusieurs hommes de main et blessant grièvement le père. Le militaire avait fui, mais sa tête avait rapidement été mise à prix : soit il mourrait des mains de ses détracteurs, soit il était condamné à porter la Pourpre pour les meurtres qu'il avait commis sur le fils et les autres sbires. Et dans le second cas, les premiers le tueraient tout aussi certainement, puisque la prime courait sur sa tête jusqu'à ce qu'il trépasse. Il avait quitté le Siège, déserté l'armée, et s'était fait mercenaire pour le compte de marchands Scorpions sur les Sables, en attendant que les choses se tassent. Se tenant régulièrement informé, Derode n'avait pu regagner Émeraude à cause de la non-prescription de son crime. Quand il avait appris que des épreuves devaient se dérouler à Béryl pour élire l'Aïrétion, il avait sauté sur l'occasion pour rentrer dans son pays natal sous un faux nom. En remportant le tournoi, il espérait lever rapidement le contrat qui était sur sa tête avant qu'on ne le reconnaisse, et démarrer cette nouvelle vie à laquelle il aspirait. Le reste était secondaire, mais il ne le dédaignerait certainement pas. Jusque-là, personne n'avait deviné sa véritable identité, et il avait gagné tous ses combats. Jusque-là. Jusqu'au combat contre le prince Karès.

Derode prit une profonde inspiration. Il sentait l'énergie courir dans ses veines, palpitante. Il était en pleine possession de ses moyens.

Il savait que le combat qui s'annonçait serait difficile. Bien qu'il se sentît en forme, il savait aussi qu'il avait accumulé plus de fatigue que son adversaire. Il n'avait pas commencé à puiser dans ses réserves d'endurance, mais il avait déjà dévoilé ses Capacités. Il ne s'était pas transformé en Élite, mais Karès l'avait observé. Il pouvait en être certain. Ses adversaires avaient été trop lents, comptant trop sur la force brute, et pas assez sur d'autres qualités telles que la vitesse et l'endurance, des aptitudes qu'on lui avait apprises à développer contre des adversaires trop sûrs d'eux, trompés par la démarche volontairement maladroite de l'Ours.

Mais Karès était un guerrier à part. Il n'avait jamais vu un combattant comme lui. Être capable de battre à mains d'hommes des combattants de classe Élite était un exploit. Pour le fils du roi Élithios, cela semblait naturel. Et c'était d'autant plus terrifiant. Peut-être que Karès était l'Aïrétion, peut-être que non. En tout cas, Derode ferait tout pour le battre : il ne pouvait supporter l'arrogance et la suffisance de son imbécile de père. Il n'était pas rentré sur Émeraude pour courber l'échine sous un nouveau joug, pour un roi dont il n'avait aucune estime et qui n'avait jamais levé le moindre petit doigt pour lui, malgré ses nombreuses demandes de grâce. Élithios lui avait seulement fait comprendre qu'il lui accorderait son pardon moyennant le paiement d'une somme qui dépassait largement les moyens d'un modeste mercenaire. Désabusé, Derode avait fait une croix sur la possibilité d'effacer un passé malheureux, et avait dû supporter un exil forcé que la rancœur avait rendu plus douloureux encore.

Quant au Prince, il lui paraissait tout aussi orgueilleux que son Père, mais avait en plus la force et la puissance d'un véritable Ours, et une intelligence de combat qui faisait froid dans le dos. Le guerrier aux yeux bleus leva la tête et planta farouchement son regard dans celui de Karès. Derode serait l'Élu, et il comptait le faire savoir à cet adversaire qui le toisait, un sourire glacé plaqué sur ses lèvres. Mais, dans les braises du colosse, il ne vit pour toute réponse qu'un puits de haine sans fond. Il enfouit sa peur au plus profond de lui et se mit en garde pour son destin.

Un rictus se dessina sur les lèvres de Karès. Il avait vu la peur passer en un éclair dans les yeux limpides de l'homme. Un éclair qui serait passé inaperçu pour un autre homme. Excepté pour un guerrier comme lui. Il passa lentement la langue sur ses lèvres. Il sentait presque sa saveur humecter ses papilles. Quel parfum réjouissant ! Il n'allait pas battre son adversaire. Non. Il allait l'écraser. Son sourire s'élargit. Ça allait être jouissif ! Et tous ces imbéciles qui les regardaient comprendraient ce qu'était l'Aïrétion ! Karès se mit en garde, presque paresseusement. Impassible, son adversaire l'avait devancé. À l'extrémité de l'arène, un homme frappa un gigantesque gong en bronze doré, au centre admirablement gravé à l'effigie d'une monstrueuse tête d'ours. Le gong résonna longtemps et puissamment sous les ramures, à peine dissipé par l'atmosphère chargée des hurlements d'une foule encourageant ses champions. Les deux hommes s'élancèrent l'un contre l'autre avec une violence inouïe.

Derode lança les hostilités avec une série de coups de poing, alternée d'une série de manchettes, toutes bloquées par son adversaire. Derode grimaça : Karès se contentait de parer, sans riposter. Il voulait faire durer le plaisir. L'ancien militaire reconnaissait la supériorité physique du Prince, plus jeune et tout aussi entraîné que lui, mais celui-ci ne bénéficiait pas de son expérience. Cette insolence que le Prince affichait vis-à-vis de lui, qui avait servi Émeraude et le Siège, le mettait hors de lui. Karès n'était qu'un nanti. Il lui montrerait que se battre contre un ancien soldat du Siège ne serait pas le divertissement qu'il attendait. S'il ne pouvait rivaliser en force, il userait son adversaire grâce à sa vitesse.

À pas chassés, il se mit à tourner autour du Prince, variant les rythmes et les feintes, déclenchant des rafales de coups, esquivant ceux du colosse, parant, virevoltant, faisant tout pour déstabiliser un adversaire solide comme un roc. Mais chaque fois, il sentait un rempart de muscles et d'os sous ses phalanges, ses coups rebondissaient comme s'ils ricochaient contre une carapace ou sur une fourrure trop épaisse. Ses frappes étaient systématiquement déviées et quand il arrivait à le toucher au corps, le Prince encaissait les coups sans broncher. Derode rassembla son courage et frappa plus fort encore, plus vite, accélérant sa cadence jusqu'à tenir un rythme infernal. Il ne devait pas laisser l'appréhension semer le doute en lui. Il était un guerrier de classe Élite, qui avait fait la plus grande armée de Terra.

Pourtant, sans vouloir le reconnaître, alors qu'il frappait continuellement le Prince, il prenait conscience d'un sentiment pervers, qui s'insinuait lentement mais sûrement en lui. La peur. Elle envahissait peu à peu les pores de sa peau pour libérer une sueur glacée malgré ses efforts brûlants, prendre son ventre dans un étau alors même qu'il respirait de plus en plus vite, cherchant l'air qui lui manquait pour essayer d'apaiser son cerveau bouillonnant. Mais, inexorablement, quelque chose le troublait. Ce combat était… différent. Son adversaire se contentait de bloquer, d'esquiver, de riposter mollement, presque avec nonchalance. Avec ennui. C'était cela qui était terrifiant. Derode le réalisa soudainement. De toute la force de sa volonté, il repoussa les tentacules de cette peur effroyable et se concentra sur le combat. Et frappa encore. Plus fort. Plus vite.

Effectivement, Karès s'ennuyait. Son adversaire se battait plutôt bien et aurait aisément eu le dessus sur un autre adversaire que lui. Si cela avait été une bagarre d'ivrognes. Il lisait ses mouvements comme dans un livre ouvert. Tiens ! Il avait adopté une stratégie de harcèlement, se déplaçant et frappant autour de lui. Le géant ricana : cette tactique avait un inconvénient, il ne s'en fatiguerait que plus vite et ses coups perdraient de la puissance. Il n'aurait plus qu'à le cueillir comme une fleur au printemps. Ou une bête blessée, selon son humeur. Il devait toutefois reconnaître que Derode se déplaçait vite. Il avait travaillé sa vitesse pour se battre contre des colosses comme lui, les user en les frappant sans cesse pour qu'ils tombent d'épuisement, assaillis de coups. Ce qu'il ignorait en revanche, c'est que Karès avait fait de même, avec les meilleurs professeurs de Terra. Les deniers de son père avaient été bien employés. Et à son adversaire, il lui réservait une sacrée surprise. Pour l'instant, le Prince préférait s'amuser à mesurer l'inconscience de cet adversaire qui avait tenu à se dresser contre lui.

« L'orgueil est un vilain défaut, prends des adversaires à ta taille ! » Il aurait aimé lui cracher ça à la figure. Mais cet homme aux cheveux blonds ne comprendrait jamais qu'il lui manquait une chose essentielle pour vaincre. Karès l'avait vu dès le début. Et il le voyait encore quand il croisait ses yeux bleus : ce n'était pas un regard farouche et plein de haine, mais juste l'envie de vaincre et d'être reconnu. Cela ne suffisait pas. Il lui manquait l'envie de tuer. Sans ça, il ne vaincrait pas. Ses minces lèvres s'étirèrent. Tant mieux pour lui.

Son adversaire souriait ! Il osait ! Derode n'en croyait pas ses yeux. Il le harcelait depuis plusieurs minutes déjà, variant et redoublant ses frappes, sans que ses coups n'aient eu pour l'instant un quelconque résultat. Le Prince se contentait d'observer la même posture stoïque, parant ou ripostant seulement de manière à ne pas être mis en défaut. L'ancien soldat cherchait vainement une ouverture dans la garde de ce combattant hors pair, mais elle restait ferme, hermétique. Puis, soudain, Derode vit le bras droit de son adversaire s'abaisser et reculer, le poing serré. Il armait son bras pour frapper ! Mais le Prince avait fait une erreur : il baissait sa garde ! L'ancien militaire fléchit sur ses appuis, préparant son poing gauche, et s'apprêta à porter un coup décisif au menton. À son tour, Karès fléchit sur ses appuis, et recula encore son poing pour frapper avec plus de force encore. Derode sauta aussitôt sur l'occasion et, vif comme l'éclair, bondit pour lui asséner un crochet du gauche à toute volée.

Avec un rugissement de joie sauvage, Karès bloqua le coup de son adversaire avec son même bras droit. Le soldat était tombé dans son piège tête baissée ! Le Prince avait vu l'épaule gauche de son adversaire bouger. Il avait lu son mouvement avant même qu'il ne pense à l'exécuter. Le bras s'était détendu pour le frapper, et Karès avait bloqué sans mal la frappe qui l'attendait, doublant son ennemi sur son propre terrain, la vitesse. Il jubila : à son tour de lui infliger une correction ! La foule hurlait son nom ! Elle voulait du spectacle ? Elle allait en avoir ! Et il frappa. Une fois, deux fois. Il sentait son poing cogner la paroi des muscles abdominaux. Son adversaire encaissa le coup, surpris, mais toujours sur ses gardes : le poing de Karès ne dépassa pas la solide barrière de son ventre. Par contre, Derode ne vit pas le second coup arriver, se frayant un chemin et pénétrant son corps en profondeur, lui coupant violemment le souffle. Il en cracha un jet de salive et baissa momentanément sa garde de douleur. Le Prince était rapide ! Karès lâcha le bras de son adversaire et se précipita dans cette nouvelle ouverture. La troisième frappe du Prince percuta son plexus solaire, irradiant son torse de douleur, tandis qu'un magma de feu se déversait dans toute sa cage thoracique. Il sentit ses os craquer et résonner dans son crâne. Sans qu'il sache comment, ils résistèrent à l'impact. Il fut projeté en arrière de quatre ou cinq pas. Trébuchant, il parvint néanmoins à garder son équilibre et se remit tout de suite en garde, levant les bras, rentrant la tête dans les épaules, s'attendant à recevoir une salve de coups. Mais il n'en fut rien. Il releva la tête et aperçut le colosse en train de le regarder en riant, les poings sur les hanches.

Derode ne comprit pas : un autre combattant aurait sauté sur l'occasion et en aurait profité pour le rouer de coups. Mais non, lui le regardait ! Et riait ! Un bruit sourd parvint à ses oreilles, roulant dans l'air. Il mit quelques secondes à l'identifier. Puis il comprit. La foule acclamait le Prince Karès. Il essaya de mettre à profit ces quelques secondes de répit, et s'efforça de détendre ses muscles. Il se redressa avec difficulté. Chaque respiration lui faisait mal et déversait en lui des rivières de souffrance. Son torse était si douloureux. Il aurait voulu empêcher ses poumons de se remplir d'air, mais poussés par la nécessité primaire de respirer, ils se gonflaient, et ses côtes s'écartaient : Derode avait l'impression qu'un chevalet se chargeait d'exécuter ce travail de force et lui arrachait les os un par un. L'homme du clan des Crocs se força au calme, essayant de respirer à fond et d'ignorer la douleur lancinante qui lui vrillait les côtes. La douleur s'estompa peu à peu, à son grand soulagement. Sa vue se fit plus nette. Il affermit sa posture de garde, guettant la prochaine attaque du colosse. Chaque coup de poing qu'il avait reçu avait suffisamment de puissance pour transformer un tronc en brindilles. Il était encore étonné de ne pas avoir eu le ventre perforé.

« Abandonne ! »

L'ordre claqua dans l'air comme un coup de fouet. Les yeux bleus brillèrent de surprise, aussitôt remplacée par la colère. Derode ne répondit rien, mais sa volonté ne faillissait pas. Il n'abandonnerait pas. Ses yeux cherchèrent ceux de Karès et lui lancèrent un défi silencieux. Il puiserait dans ses dernières forces pour rabattre le caquet de ce prince arrogant. Non seulement parce que son rire lui était insupportable, mais parce que sa défaite lui était tout simplement inenvisageable : il venait sur Émeraude restaurer son honneur, non mourir. L'ancien mercenaire jeta un dernier coup d'œil à Karès. Il ne tiendrait jamais à ce rythme-là. Le Prince ne lui donnait plus le choix. S'il voulait gagner, il devait tout donner. Maintenant.

Karès regardait l'homme se relever avec intérêt. Finalement, il n'était pas si mauvais, comparé au bûcheron de tout à l'heure. Il avait bien encaissé les coups et restait encore suffisamment solide sur ses jambes pour le défier du regard. Il apprécierait presque cette vaine tentative. Quoiqu'elle le fasse surtout rire : il avait vu cette lueur fugace briller dans son regard. La colère. C'était déjà mieux, mais cela restait très insuffisant pour le battre. Le sourire qui ne l'avait jamais quitté s'étira encore un peu plus sur ses lèvres : la foule l'acclamait, son père était roi, il était le plus puissant guerrier d'Émeraude et le futur Aïrétion. Il ne lui restait plus qu'une chose à faire : vaincre cet ultime adversaire pour légitimer son rang. Une formalité. Et il ne voyait pas de meilleur moyen que de répandre le sang de cet ancien soldat. Il l'observa. Le blondinet ne paniquait pas. Un nouveau rire de contentement s'échappa de sa gorge. Il avait compris. Il vit la peau de son adversaire se foncer, pour se couvrir en fait de fourrure. Bien que tout soit joué d'avance, son adversaire avait décidé de mener ce combat jusqu'au bout. Cet affrontement était finalement moins ennuyeux que prévu et pourrait même devenir intéressant…

Derode se concentra et la Transformation commença. Le colosse avait continué à le regarder. Il avait même ri. Karès l'imita nonchalamment et débuta la Transformation à son tour. L'ancien militaire devait garder la tête froide. Le Prince était vraiment un combattant redoutable. Il sentit des démangeaisons parcourir tout son corps, courir sous son épiderme. Des poils, d'abord minces, apparurent, puis se mirent à pousser de façon plus drue, en même temps que ses os grandissaient et que ses muscles s'allongeaient, se développaient, pour pouvoir s'abattre avec plus de force sur son adversaire. Sa cage thoracique s'élargit, ses côtes craquèrent, ses os grandirent encore et bientôt il dépassa d'une tête son adversaire. Il sentit une petite queue pousser et prolonger son coccyx, tandis qu'une épaisse fourrure au chatoiement doré terminait de le recouvrir rapidement. Elle le protègerait ou, du moins, amortirait les coups de son adversaire. La taille de ses pieds et de ses mains s'accrut pour donner naissance à des pattes épaisses, surmontées de longues griffes coupantes. Enfin, il sentit sa tête se déformer, devenir plus épaisse ; ses oreilles fondirent, tandis que d'autres, rondes et velues, apparaissaient un peu plus haut sur son crâne ; sa mâchoire s'allongea, son nez devint une truffe et mille parfums envahirent son odorat, pendant que sa vue diminuait. De longues incisives poussèrent dans sa bouche, garnissant une gueule qui devenait une nouvelle arme meurtrière. L'Ours en lui s'était réveillé, se redressant de toute sa hauteur, libéré. Derode fit jouer ses muscles sous la fourrure, éprouva le tranchant de ses griffes et en ressentit une profonde satisfaction. La Transformation avait été à peine douloureuse, comme d'habitude. Au fil du temps, elle en était même devenue agréable. L'Ours et lui étaient maintenant de vieux amis.

L'ancien soldat avait gagné en force et en puissance, il pourrait terrasser son adversaire plus vite, plus durement. Mais il n'oubliait pas de garder à l'esprit que l'inverse pouvait être tout aussi vrai. Ce serait un quitte ou double. Le nouveau Derode repoussa toutes ces pensées qui parasitaient sa concentration et tendit toute sa volonté sur la deuxième phase du combat. Rien ne l'arrêterait plus.

Karès serra le poing, sentit les longues griffes non rétractiles sur les coussinets de ses énormes pattes. Sa Transformation s'était à son tour achevée, à peine plus longue que celle de Derode, mais ô combien plus terrifiante. Homme, Karès était un colosse. Ours, il était tout simplement effrayant, deux à trois fois plus gros que les autres Élites. Sa fourrure avait le noir du corbeau, mais ses yeux, le rouge de la braise. Il sourit de sa mâchoire d'Ours et découvrit une rangée de dents pointues, blanches, accompagnées de canines dont la longueur faisait frémir. On les imaginait aisément se planter dans un bras ou une jambe et arracher un morceau de chair des plus conséquents. Le Prince inspira et poussa un rugissement assourdissant en direction de son ennemi. Son cri résonna dans toute l'arène et fut aussitôt salué par la clameur des spectateurs, tandis que d'autres hurlaient leur désapprobation et leur soutien à son adversaire par de vives huées et de longs sifflements. Karès se tourna vers eux et les regarda d'un air méprisant. Ils pensaient l'énerver ? Oh non ! Ça le mettait en joie ! Oui, en joie de leur montrer que leur héros allait être mis en pièces ! Cet attachement à l'ennemi serait encore plus savoureux quand il verrait les larmes couler sur les visages lorsqu'il mettrait à mort leur parangon !

À cet instant, furtivement, il surprit un mouvement du coin de l'œil. Ça y était ! L'ennemi attaquait. Avec délectation, il se redressa de toute sa hauteur. En cela, il mesurait bien deux hommes de bonne taille. Massif, il donnait l'image d'un chêne, bien enraciné dans le sol, que rien ne pouvait faire bouger. L'Ours doré frappa Karès. Tout aussi rapide malgré sa corpulence, celui-ci esquiva, semblant presque s'amuser dans un combat où la mort était la seule issue. L'adversaire du Prince frappa, frappa, encore et encore.

Derode était fatigué. La Transformation ne se faisait pas sans contrepartie. Et celle-ci demandait une énergie dévorante. Il s'était entraîné durant de longues années, avait repoussé ses limites aussi loin que pouvait le supporter son corps, mais peine perdue ! Si lui se fatiguait, son adversaire était encore frais comme un gardon : il se contentait encore d'esquiver ou de parer de ses larges pattes, mais sans frapper. Il voyait la lueur dans son regard : il s'amusait. Et ne paraissait nullement incommodé par la fatigue de la Transformation. Le guerrier redoubla d'ardeur, diminua un peu la force de ses frappes, pour gagner en accélération. Mais Karès ne s'y fia pas, il poursuivit ses esquives juste un peu plus rapidement. Puis, soudainement, l'Ours doré vit une ouverture, là, à l'épaule. Toutes griffes dehors, sa patte gauche frappa de toute sa puissance.

Karès ricana. C'était vraiment trop simple ! Un leurre, et son ennemi s'y précipitait tête baissée : à se demander s'il le faisait exprès ! Son ricanement s'arrêta net. L'ouverture qu'il avait laissée était en train de se retourner contre lui ! L'attaque était fulgurante : il esquiva à peine assez tôt et ne put empêcher les griffes de l'adversaire d'arracher une touffe de poils, faisant un trou dans sa fourrure. Karès ne s'en préoccupa pas, il vit l'autre patte de son adversaire venir vers sa gorge, les griffes en avant pour s'enfoncer dans sa trachée. Par réflexe, Karès recula la tête. Les griffes passèrent à côté, mais son adversaire était maintenant tout contre lui. La patte de droite qui avait raté la gorge revint pour saisir Karès à la nuque, mais fut brutalement écartée par Karès, qui lui saisit l'avant-bras, plantant ses griffes tranchantes dans la chair pour mieux affermir sa prise.

L'Ours doré poussa un hurlement de douleur, mais la blessure ne fit que renforcer sa détermination. Immobilisé à droite, il lui restait encore sa patte gauche. Il la ramena vers lui et tenta de frapper et de percer Karès sous les côtes. Il sentit de nouveau la patte de Karès bloquer son attaque et ses griffes traverser son avant-bras. Secoué par la douleur, il voyait à peine, cherchant à son tour à dégager ses chairs cuisantes de la prise du Prince. Ses bras le faisaient horriblement souffrir : au mépris de son épaisse fourrure, Karès avait planté ses griffes profondément dans sa peau et s'agrippait à ses os, sous la chair. Il avait commencé à les serrer, et Derode les sentait en train de se briser. Il hurlait toute la souffrance qu'il ressentait. La douleur en était devenue tellement intolérable qu'elle l'aveuglait. Il fallait qu'il se dégage ! Dans un ultime éclair de lucidité, il planta alors ses crocs de toutes ses forces dans l'épaule de son adversaire. Ses canines se frayèrent un chemin à travers la fourrure et transpercèrent la peau, pénétrant violemment les chairs. Il sentit le sang jaillir dans sa bouche, chaud et ferreux. Karès sursauta sous la surprise et la douleur, et hurla.

« Fumier ! Il a osé ! »

Ce furent les premiers mots qui éclatèrent dans le cerveau du Prince. Plus que la douleur, c'était une colère sans limites qui le dominait. Karès écumait littéralement de rage. Ce minable petit soldat avait osé l'attaquer et le mordre ! Le blesser ! Lui, le Prince d'Émeraude ! L'Aïrétion des Ours ! Il relâcha les avant-bras de son adversaire et Derode sentit la douleur baisser instantanément d'un cran. Libéré, il n'en relâcha pas pour autant sa prise sur l'épaule du géant. Karès saisit brutalement son adversaire à la mâchoire et d'une violente torsion de poignet, l'arracha à sa morsure. D'un bras et sans ménagement, il repoussa au loin l'Ours qui s'effondra lamentablement dans la poussière. Gardant un œil sur son rival qui essayait déjà de se relever, le fils d'Élithios jeta brièvement un coup d'œil à son épaule, faisant jouer ses muscles. C'était quelque peu douloureux, mais il n'y avait rien d'insurmontable. La blessure était finalement superficielle. Son épaisse fourrure l'avait protégé et les canines de son adversaire n'avaient fait que pénétrer partiellement la peau et les chairs : il était déjà trop affaibli pour pouvoir lui faire plus de dégâts. Il avait davantage agi dans un réflexe de défense, non comme une attaque soigneusement préparée. Le saignement avait déjà presque cessé, et la douleur s'estompait dès à présent. À présent, il était simplement en colère. Son ennemi avait porté la main sur lui ! Plus que son corps, son ennemi avait blessé son orgueil. Il ne lui ferait aucune grâce. Il prépara ses griffes et avança lentement vers l'Ours doré.

Derode haletait. La douleur dans ses bras était lancinante. Il avait failli s'évanouir, mais il luttait, se raccrochant à sa conscience vacillante. Sa fourrure était poisseuse de sang. D'un sang épais, qui coagulait déjà, tachant de pourpre l'or de sa fourrure. Il fit un intense effort de concentration, forçant sa vue trouble à redevenir nette. Puis il regarda vers Karès. Son ennemi était vraiment d'une tout autre trempe. Pourtant il devait gagner. À tout prix. Il n'était pas revenu sur Émeraude pour y mourir. Lentement, le mercenaire se releva, chancelant, mais assurant ses appuis au fur et à mesure qu'il se redressait de toute sa taille. Les griffes de ses pattes postérieures s'enfoncèrent dans la terre, profondément, s'agrippant désespérément pour l'empêcher de tomber. Enfin, il fut debout. Et le Prince n'avait pas attaqué.

L'ancien mercenaire coula un nouveau regard vers Karès. Celui-ci lui avait laissé le temps de se redresser sans encombre, mais son regard était empli d'une haine farouche. Il regarda la morsure à l'épaule. Une mince victoire, comparée à ce que le fils d'Élithios lui avait infligé. La plaie du Prince saignait à peine. Il avait surtout blessé sa fierté, une blessure d'autant plus douloureuse pour lui. Et s'il l'avait laissé se relever, ce serait pour mieux le terrasser, pour mieux lui faire payer son outrage. Il en était persuadé. Son attaque devait être la dernière, ou il mourrait. Alors, lentement, Derode se prépara. Il remua les griffes de ses pattes antérieures. Une nouvelle vague de douleur emplit son cerveau. Vaillamment, il la repoussa. Les os n'étaient pas cassés, il pouvait les bouger, mais à quel prix ! Il devait être fort. Il devait se servir de cette douleur pour vaincre. De nouveau, il les fit bouger. La douleur revint, moindre. Il reprenait le dessus. Bien. Le guerrier décala légèrement ses pieds. Il était stable, tout autant prêt à accueillir une attaque de son adversaire qu'à jeter ses dernières forces dans son ultime frappe. Il attendit, campé le plus fermement possible sur ses pattes encore légèrement défaillantes. Voyant qu'il ne bougerait plus, Karès se décida à avancer, d'abord lentement, puis plus rapidement.

Le Prince avait regardé l'Ours se lever lamentablement. Il n'avait pour lui que colère et mépris, alors qu'une partie de la foule l'encourageait, reconnaissant son courage. Certains spectateurs lui demandaient même d'abandonner : il avait fait ses preuves, non en tant qu'Aïrétion, mais en tant que guerrier. Il avait blessé le Prince, réputé intouchable, s'était battu avec toute la force de ses griffes et de son âme. En cela, il était déjà un héros. La foule avait vu un homme blessé faire face, avec dignité, prêt à affronter la mort avec la fierté d'un Ours.

Ou bien avec orgueil, tout dépendait du point de vue : l'autre partie de la foule demandait le sang, demandait toujours plus de sang. Karès s'adressa à eux, levant sa patte griffue, tachée de sang, dans laquelle se refléta la lumière du soleil. Une petite brise se leva, soufflant doucement, écartant avec délicatesse les feuilles et les branches des arbres centenaires. Des gradins, il semblait qu'ainsi, il caressait un faisceau de lumière, un des seuls qui arrivait à se frayer un chemin du ciel jusqu'à la terre des Ours. Les cinq griffes de Karès étincelèrent.

Découvrant ses crocs dans un rictus de mépris, le Prince se mit à avancer à quatre pattes vers son adversaire qui tenait péniblement debout. Le guerrier mettait toute son énergie dans la Transformation, essayant de la maintenir à tout prix. En faisant cela, il gaspillait ses dernières forces à rester en vie. Mais il avait aussi compris qu'il n'y avait que de cette manière qu'il pouvait l'atteindre. Ce serait sa dernière attaque. Pathétique. Karès avança un peu plus vite, trottinant légèrement sur ses pattes, malgré son poids et sa carrure. Ses griffes étaient impatientes de s'abreuver de sang. Il chargea.

Derode avait beau s'y attendre, il vit l'énorme masse du Prince se précipiter vers lui dans un rugissement effroyable. Surmontant sa peur et maîtrisant son tremblement, il attendit, guettant le moment opportun pour contre-attaquer. Karès stoppa brusquement sa course à quelques pas de lui et se redressa de toute sa taille. Le guerrier comprit sa manœuvre en un éclair et maudit sa bêtise : en s'arrêtant trop loin, il ne pouvait le toucher ; en revanche, Karès, plus grand, avait plus d'allonge et pouvait aisément l'atteindre. L'ancien soldat n'avait pas le choix. Il devait passer sous sa garde. Fléchissant ses genoux, il se prépara à plonger vers l'avant. Le bras droit de Karès se détendit vers sa tête. L'Ours doré n'attendait que cela. Il lança sa patte gauche, écartant en même temps le bras agressif du Prince pour plonger vers la poitrine de son ennemi. Et vit un voile blanc passer devant ses yeux tandis que la douleur explosait dans son crâne et dans son bras. Dans un réflexe, il frappa de sa patte droite, toutes griffes dehors, cherchant à tâtons le cœur de son ennemi – si du moins il en y avait un. La vague de douleur explosa une seconde fois, noyant sauvagement la première. Il hurla à s'en déchirer la gorge. C'était insoutenable. Il essaya de bouger, mais sans succès. Il ne voyait rien, encore trop aveuglé par cette soudaine souffrance, continuant de hurler comme pour essayer de l'extirper de son corps. Puis lentement, le voile devant ses yeux se dissipa. Et ce qu'il vit le glaça d'effroi. Sa patte gauche était transpercée par les griffes de Karès, traversant son coude de part en part. Elles s'étaient faufilées dans son articulation, broyant os et ligaments, déchiquetant muscles et veines. Karès avait donc stoppé son attaque et il n'avait rien vu venir. Le colosse faisait preuve d'une rapidité peu commune pour sa corpulence, avec laquelle lui-même n'arrivait même pas à rivaliser. Quant à son bras droit, Karès avait frappé par en dessous, pour relever sa main et protéger son cœur. Les griffes aiguisées avaient transpercé son poignet et le propre élan de sa frappe avait contribué à déchirer les muscles de l'avant-bras, rendant sa patte antérieure inutilisable. Il avait beau essayer de la bouger, elle refusait de répondre à ses efforts. Il était vaincu. Cette évidence s'imposait à lui, un choc plus rude encore que les coups qui avaient causé ses nombreuses blessures.

Karès regarda son œuvre. Son adversaire avait bien réagi, mais ça n'était pas lui qui le mettrait hors de combat. Il avait sectionné ses tendons, rendant futiles les membres de son adversaire. La vue et surtout l'odeur de ce sang qui s'échappait par les ouvertures qu'il avait pratiquées le rendaient ivre de sa propre puissance. Et la chaleur de ce liquide sur ses pattes lui était tout simplement merveilleuse. Mais sa victoire n'était pas encore terminée. Il irait jusqu'au bout. Pour montrer qu'il avait le pouvoir de vie et de mort. Et parce que tous ne pourraient contempler sa puissance que dans la mort !

Un rire rauque monta dans sa gorge, malsain, cruel. Trop faible pour maintenir sa Transformation, Derode reprenait lentement forme humaine, rapetissant. Pieds et jambes redevinrent ceux d'un homme. Dans son dos et sur son ventre, la fourrure céda progressivement la place à une peau glabre, couverte de sueur et de poussière. Sur ses bras, elle disparut pour laisser apparaître ses membres disloqués et pantelants, tenus en hauteur par le Prince. Et plus la différence de taille s'accentuait au fur et à mesure qu'il redevenait un homme, plus Derode luttait pour ne pas s'évanouir, assailli par des vertiges de plus en plus nombreux, vacillant sur ses jambes qui touchaient à peine le sol, prêt à s'écrouler d'un instant à l'autre. Des nausées convulsives s'emparaient de son estomac, mais refusaient de sortir, accentuant cette sensation d'angoisse qui le tenaillait de ne pouvoir respirer. L'issue de la rencontre ne laissant à présent plus de doute, l'arbitre, un petit Ancien maigre comme une brindille et aux cheveux disparates, s'avança pour signaler la fin du duel et la victoire de Karès :

« Prince, vous pouvez…

– Dégage ! »

Le ton furieux de Karès coupa soudainement l'arbitre, qui hoqueta de surprise. Il regarda le Prince d'Émeraude avec des yeux étonnés. Le spectre de la peur se profila dans ses yeux. Malgré tout, il protesta faiblement. En tant que juge de combat, il était dans son rôle et son devoir que chaque combat ne se solde pas par un massacre :

« Mais… Mais, Majesté, le… le combat est fini… Vous avez gagné…, bégaya vaillamment l'Ancien.

– Si tu tiens à ta vie et à celle de ta famille, fiche le camp ! »
L'arbitre recula d'un pas. Les babines de Karès suintaient d'une salive transparente et inondaient ses crocs menaçants. Des postillons s'échappèrent de cette sinistre face et volèrent jusqu'à s'abattre sur le visage de l'Ancien. Le Prince vit la terreur balayer les yeux du petit homme chétif. La bouche tremblante, vaincu par la hargne belliqueuse de Karès, le pauvre arbitre battit prestement en retraite, son regard effrayé rivé sur Derode et le Prince lui-même. Il avala sa salive avec difficulté. Il n'était pas bon de s'opposer au roi, encore moins au Prince. Sa vie avait beau valoir peu de chose, elle valait tout de même plus cher que celle du malheureux vaincu.

Enfin laissés tranquilles par l'insecte qui l'importunait, Karès retrouva son combat avec délectation. Il arracha ses griffes du poignet gauche de l'ancien soldat avec satisfaction. Derode ne put retenir un gémissement de douleur en les sentant brutalement ôtées de sa chair. Celui qui avait été un Ours à la fourrure d'or était à présent entièrement redevenu homme. Mais un homme qui pouvait à peine tenir debout, seulement maintenu éveillé par la douleur. Le Prince avait laissé sa patte gauche profondément plantée dans le bras droit de son adversaire, remuant sans ménagement les griffes dans sa plaie s'il menaçait de s'effondrer par terre. L'ancien soldat saignait abondamment de ses blessures et voyait son corps se vider lentement de son précieux liquide. Son cerveau essayait vainement de donner des ordres à ses membres mutilés, mais aucun d'eux ne répondait : les terminaisons nerveuses avaient été sectionnées et les messages électriques se perdaient dans les chairs sanguinolentes. Savourant ce moment insondable que représentait l'ivresse du pouvoir de mort, Karès se tourna vers la foule et présenta son rival du bout des griffes. Lentement, il exécuta un tour sur lui-même, montrant avec délectation la défaite d'un adversaire trébuchant, et recueillit indifféremment applaudissements et huées du public.

*

*   *

Pendant que Karès se transformait, découvrant ses Capacités d'Élite sous les yeux émerveillés de son roi de père, un messager boutonneux s'approcha d'Élithios dans la tribune royale, visiblement très embêté d'ennuyer un roi d'excellente humeur. Transpirant à grosses gouttes de la course effrénée qu'il avait dû livrer pour le compte d'une importante personne, il sentait sa gorge se dessécher au fur et à mesure qu'il approchait de son souverain, serrant contre lui le petit objet qui lui avait été confié. Il y avait des jours, il haïssait vraiment son métier et ne tarissait pas de reproches celui qui avait eu la mauvaise idée de le faire rentrer au service du roi d'Émeraude : son père, qui n'avait voulu que son bien, mais qui devait sans doute totalement ignorer le caractère lunatique de son suzerain à ce moment-là. Il était en effet toujours très délicat d'annoncer de mauvaises nouvelles au roi Élithios et le temps ne tarderait guère à tourner à l'orage au vu de la missive qu'il était chargé de lui porter.

Prenant son courage à deux mains, le jeune messager s'avança encore un peu, dépassa les conseillers qui siégeaient en retrait, fronça le nez devant les odeurs indélicates qui émanaient du roi – le mélange habituel de sueur, vin, charcuterie, miel, plus quelques autres odeurs indéfinissables et à l'origine plus que douteuse, le tout recouvert d'un parfum capiteux théoriquement destiné à cacher l'ensemble – chassa une mouche impertinente, et s'approcha de l'oreille du roi qui lui semblait, au premier abord, un peu moins négligée que le reste. Il parla doucement pour ne pas brusquer l'auguste personne :

« Sire, un message pour vous… »

Le roi n'accorda même pas une once de sa royale attention pour sa modeste personne, trop occupé à suivre le duel passionnant qui se déroulait sous yeux. Retenant son souffle pour ne pas respirer les fragrances inconvenantes, le jeune garçon s'approcha encore, insista.

« Sire, j'ai un message pour…

– Je ne suis pas sourd ! »

Élithios s'était retourné, sourcils froncés, mécontent d'être interrompu. Il toisa l'insolent messager qui s'était vivement reculé d'un pas sous la surprise et l'haleine avinée de son souverain. Comme il l'avait prévu, l'humeur radieuse du roi avait déjà viré à la tempête. Le jeune garçon déglutit péniblement. Cela commençait mal. Élithios lui faisait peur, certes, mais il était encore plus terrifié par cette personne même qui lui avait confié ce message d'une importance capitale. À choisir entre deux maux, il opta pour le moindre. Il parla d'une traite :

« Sire, une ambassade du Siège désire vous entretenir. Son Ambassadrice, la Hiérarque Daïna, dit que c'est de première importance…

– Eh bien, qu'elle attende ! grogna Élithios. Je la recevrai tout de suite après la victoire de mon fils !

– L'Ambassadrice a insisté pour vous voir maintenant…, s'excusa le messager, livide de voir le roi résister à l'invitation de son hôte.

– J'ai dit : "à la fin du combat" ! »

Coupant court à la discussion, il se retourna d'un bloc pour replonger dans les cris de la foule qui encourageait son fils et reporta toute sa concentration sur les combattants. Le messager hésita, décomposé, ne sachant plus quoi faire. S'il insistait, le roi le ferait certainement jeter au cachot. Rien que de repenser aux histoires terrifiantes que lui racontait son grand-père, il en eut la chair de poule. Sans crier gare, le visage glacé de la Hiérarque s'imposa à lui. Elle, elle le tuerait. Sans la moindre hésitation. Il toussota discrètement pour attirer l'attention du roi. Voyant que celui-ci ne réagissait pas, il opta pour un raclement de gorge en bonne et due forme.

« Mais allez-vous donc cesser de faire du bruit ?! »

Le roi avait viré au rouge brique, assurément énervé. Mais au moins, maintenant, le garçon avait-il toute son attention.

« Gardes ! Saisissez l'importun ! »

Et même sacrément bien. Il vit des Ours-Garde s'approcher, pas commodes, patibulaires et claquant les mâchoires. Le jeune messager n'avait plus le choix. Il n'avait pas voulu en arriver là, mais le Roi n'avait rien voulu savoir. La Hiérarque l'avait prévenu :

« Ne l'utilisez qu'en dernier recours ! »

Tremblant comme une feuille, il desserra précipitamment ses doigts et, juste avant que les Gardes ne l'attrapassent, brandit à bout de bras devant Élithios le petit objet qui se balançait au bout d'une mince chaînette :

« Attendez ! Dans le cas où vous refuseriez de la recevoir, elle m'a chargé de vous remettre ceci ! »

Le garçon avait parlé à toute vitesse. Faisant cela et croyant sa dernière heure venue, il ferma les yeux, attendant que s'abattent sur lui le courroux royal et les griffes de ses bourreaux. Comme rien ne venait et que seul le silence résonnait dans la loge royale, le messager rouvrit timidement un œil. Il faillit en perdre l'équilibre. Devant lui, au point de le toucher, le roi éberlué s'était penché pour regarder de plus près ce qui s'apparentait d'abord à une médaille. Ses yeux se posèrent sur le petit objet, puis revinrent au jeune messager, avant de les reposer une nouvelle fois sur l'objet de sa stupéfaction que lui tendait le garçon toujours tremblant, mais tenant toujours aussi fermement la chaînette, comme si sa vie en dépendait.

Au bout de cette petite chaîne se balançait un sceau rouge, d'une belle couleur pourpre. En son centre était gravée la représentation d'un homme, tenant un cœur humain dans sa main gauche et un orbe dans sa main droite. Cinq autres petits orbes, situés près de la bordure du sceau, entouraient l'homme, à équidistance les uns des autres. Le messager crut que le roi allait en avaler sa moustache, avec tout ce qui la parsemait.

« Nom d'un ours édenté ! L'orbe de… »

Les premiers conseillers autour du roi, qui s'étaient rapprochés pour mieux voir et mieux comprendre ce qui avait provoqué l'ire de leur souverain, s'étaient figés. La loge royale fut brusquement envahie d'une myriade de chuchotements étonnés lorsque tous reconnurent le symbole redouté. Le garçon s'était incliné en signe de déférence, attendant un signe, une réaction de son souverain, en priant tous les dieux dont il se souvenait pour que celui-ci ne le fasse pas empaler sur-le-champ. Mais Élithios ne fit aucunement attention à lui, tout autant paralysé que le jeune homme, mais pour d'autres raisons. Si son ignorance était un fait avéré partout sur Émeraude, il y avait bien une chose que le roi connaissait presque mieux que personne : l'Orbe de Pourpre. Également appelé Orbe de Sang, ou encore Orbe du Sacrifice.

Autant de noms pour désigner ce petit sceau qui semblait fait de cire, mais parcouru de bien curieux reflets lorsqu'il était présenté à la lumière du jour. Il s'agissait en fait d'un artefact de grande puissance, fabriqué des mains mêmes du Grand-Prêtre et utilisé exclusivement par lui. Si quelqu'un était porteur d'un Sceau de Pourpre, cela signifiait qu'il était directement mandaté par le Grand-Prêtre à l'exécution d'une tâche de très haute importance, qui impliquait de se "sacrifier" pour exaucer les vœux de son porteur, c'est-à-dire de l'ambassadeur personnel de Prodotès. Quiconque refusait d'obéir encourait la mort et mille terribles souffrances. Le sang du roi se glaça dans ses veines. Des récits terrifiants revenaient à sa mémoire quant à l'orbe et à ses autres usages : le sujet l'avait autrefois passionné, car il représentait le pouvoir ultime, l'ordre qui devait être obéi, et il avait investi énormément de temps pour en fabriquer lui-même. Des expériences qui avaient tourné court, et qu'il avait finalement abandonnées, trop dépité par ses échecs successifs.

Toutefois, à cet instant, Élithios aurait refusé d'en entendre ne serait-ce que l'évocation. Car c'était la première fois qu'il en voyait un, pleinement réel, et jamais il n'aurait imaginé un jour tomber sous le coup d'un Sceau de Pourpre. Il était terrifié, mais il devait obéissance. Il cligna encore une fois des yeux pour essayer de faire disparaître cette vision devant lui, mais l'image persista. L'orbe se balançait tout doucement au bout de sa chaîne, le narguant presque.

Après un bref instant, il secoua la tête, sembla s'éveiller d'un rêve, ou plutôt d'un cauchemar. À la stupéfaction du roi s'était mêlée la peur, et il faisait maintenant tout pour ne pas céder à la panique et perdre la face devant son public. Il fallait agir, et vite. Il releva la tête et regarda autour de lui. La cour qui l'entourait l'observait silencieusement, entre appréhension et curiosité. Elle avait presque de la compassion pour lui. Qu'allait donc faire le roi ? Ni une, ni deux, Élithios prit une décision comme jamais il n'en avait prit une auparavant. Arrachant la chaîne et le Sceau de Pourpre des mains du messager, il partit en courant vers le fond de sa loge en hurlant :

« Où est l'Ambassadrice ?!

– Elle vous attend dans la salle du trône, Sire ! »

Le messager avait crié, mais Élithios dévalait déjà les marches quatre à quatre au risque de se rompre le cou, d'une manière qui convenait fort peu à son rang. Bousculant ses Gardes qui ne dégageaient pas assez vite la sortie de sa loge, il débaula dehors en trombe, surprenant au passage les curieux ou promeneurs qui n'avaient pu accéder à l'arène de combat. Inutile de préciser que le protocole royal en fut tout marri. Il chercha une monture des yeux, mais celle-ci brillait par son absence. S'élançant alors au pas de charge, il se dirigea droit sur le château de Béryl, qui se détachait au loin, suivi de près par deux Gardes affolés de voir le roi partir sans protection rapprochée, au mépris de toutes les règles de sécurité. De mémoire d'homme, jamais souverain des Ours n'avait couru aussi vite.

Chapitre 8

La journée tirait à sa fin. Une petite brise agitait la forêt, tandis que les rayons du soleil caressaient les feuilles vertes des arbres pendant les dernières heures de lumière. L'astre encore vaillant faisait jouer les ombres dans les frondaisons, apportant une touche de couleur, rouge, bleue, orange ou jaune lorsque ses rais touchaient malicieusement la carapace d'un insecte rampant sur l'écorce.

Mais la fin de journée marquait aussi le soulagement de certains voyageurs et le terme d'un voyage que certains qualifiaient sans difficulté d'éprouvant : Ektos et Kleptos étaient enfin arrivés à destination et allaient enfin pouvoir prendre une pause bien méritée. Ils étaient sortis soulagés de la Grande Forêt, mais ce fut toutefois pour s'apercevoir – avec une grimace contrariée – qu'il leur fallait encore faire la montée d'une côte relativement pentue, qui se révélait être en fait la falaise qui surplombait le château de Béryl. Et en haut de cette falaise les avait attendus Daïna. Qui n'avait pas fait un geste pour les rejoindre, attendant patiemment que les deux larrons arrivassent, haletant comme des soufflets de forge activés à plein régime, le teint rouge comme l'uniforme de leur supérieur et les cuisses rendues brûlantes sous l'effort de leur ascension forcée. Elle toisa les deux compères :

« La discrétion ne semble guère faire partie de vos prérogatives, leur assena-t-elle froidement en guise de réconfort. La Grande Forêt mériterait un peu plus de respect de votre part. »
Les deux soldats ne dirent mot, déglutirent avec quelque difficulté et attendirent que l'orage passe, en priant bien sûr pour que celui-ci ne se déchaînât pas au-dessus de leur tête.

Daïna les laissa mariner un peu dans cette position inconfortable du flagrant délit, se contentant de les fixer d'un regard noir : les deux hommes se prirent d'un soudain intérêt pour la composition minérale de la roche sous leurs pieds. Ils savaient que l'insubordination pouvait leur valoir la cour martiale, avec la perte de leur grade qui les ferait redevenir de simples soldats, s'ils n'étaient pas tout simplement exclus de l'armée. Quoi qu'il en soit, Daïna n'était pas là pour les punir, même si ça n'était pas l'envie qui lui manquait. Elle passa outre et tendit le bras vers le sol, vers le château sous leurs pieds.

« Je me rends de ce pas à Béryl, voir le Roi. Vous irez dresser le campement au bas de la falaise, mais à l'extérieur de la ville, à l'orée de la forêt. Interdiction d'aller inspecter les bordels de la ville : je veux voir les hommes sur le qui-vive et prêts à repartir à mon premier signal. Ai-je été claire ? »

Elle les fixa durement du regard, guettant leur assentiment. Au garde-à-vous, Kleptos hocha vigoureusement la tête, prêt à tout pourvu qu'il n'aille pas en geôle.

« Oui M'dame ! Bien M'dame !

– Encore une fois "Madame", et c'est le cachot !

– À vos ordres, M'dam… Hiérarque ! »

Daïna soupira intérieurement. Kleptos était vraiment indécrottable. Ce voyage venait tout juste de commencer pour elle, et elle n'en voyait déjà pas la fin. Elle allait vraiment trouver le temps long si ces deux-là n'en faisaient qu'à leur tête. Elle se tourna vers Ektos, qui dut lire sur son visage un certain mécontentement. Il opta pour un salut des plus réglementaires et approuva à son tour.

« À vos ordres, Hiérarque !

– Exécution ! »

Les deux hommes tournèrent prestement les talons et partirent précipitamment vers le convoi qui sortait à peine de la forêt pour distribuer les ordres avec le nouvel enthousiasme de la mauvaise humeur.

Daïna les observa brièvement et, après quelques instants, reporta son attention sur la falaise. Après trois jours de voyage et dès en arrivant, elle avait pu observer du ciel ce relief si caractéristique qui faisait tout le charme et la splendeur de Béryl. Ces petites montagnes verdoyantes qui ondulaient avec le modelé du terrain donnaient l'impression d'une mer verte, aux vagues inégales, agitées par le vent, et dont l'écume de feuilles offrait un festival de couleurs bigarrées à l'automne : les arbres perdant leurs feuilles inondaient le ciel de rouge, jaune ou orangé et se mêlaient au vert profond des conifères résistant aux froides saisons d'hiver.

La Hiérarque se pencha au bord de la falaise pour contempler une nouvelle fois le panorama qui s'étendait sous ses yeux, curieusement dénué d'arbres. Ceux-ci s'arrêtaient à la périphérie du château et les plus longues branches n'atteignaient en rien la falaise, tout juste en couvraient-elles un tiers de sa surface. L'herbe, soigneusement entretenue et nettoyée de ses buissons d'épines d'origine, laissait un espace largement dégagé, formant la grande esplanade où le peuple d'Émeraude avait eu l'habitude d'écouter les rois d'antan venus s'exprimer devant eux, pour leur annoncer les grandes nouvelles et les grandes décisions qui avaient émaillé l'histoire de Béryl : naissances, mariages, guerres, paix, jeux… autant d'occasions de s'adresser à ses sujets.

Daïna ne pouvait donc trouver meilleur endroit pour descendre rapidement et planer sans problème jusqu'au pied du Château des Rois. Une fois en bas, elle trouverait certainement un messager à envoyer au roi Élithios. C'était la partie facile. Les négociations avec le roi allaient certainement être plus âpres et beaucoup moins plaisantes que le paysage de Béryl. Elle jeta un coup d'œil derrière elle. Ektos et Kleptos lui avaient obéi – sans manifester d'ardeur, mais ils obéissaient – et dirigeaient à présent le convoi vers un chemin déclinant et longeant la Grande Forêt. Rassurée sur ce point, Daïna vérifia que la bourse contenant la Pierre d'Émeraude était toujours à sa place, à sa ceinture. L'instant d'après, ses ailes se déployèrent dans son dos, majestueusement, et la Hiérarque plongeait dans le vide.

Ektos coula un bref regard derrière lui. Il vit Daïna sauter de la falaise et, dès qu'elle eut disparu de son champ de vision, laissa tomber par terre le paquetage qu'il portait, délesté peu de temps auparavant auprès d'un soldat pour que lui-même puisse faire bonne figure de son activité et de son dynamisme devant la Hiérarque. Il était à présent grand temps qu'il s'accordât un petit moment de détente bien mérité.

« Enfin tranquilles ! grogna-t-il à voix basse.

– Tu veux te faire mettre aux arrêts ? »

Ektos se tourna vers Kleptos. Il désigna la falaise d'un mouvement de tête, plein de dédain.

« J'ai commis une erreur tout à l'heure et cela ne se reproduira pas. Pour l'heure, elle doit déjà être en bas de cette fichue montagne et, avec tous les courants d'air, aucune chance que les sons d'ici l'atteignent.

– Mouais… Si tu le dis…, fit Kleptos dubitatif. N'empêche, avec cette teigne, je me méfierais…

– Toi non plus, tu n'as pas peur, on dirait », gloussa son compagnon. Quand il réalisa la remarque acerbe qu'il venait de proférer à l'encontre de sa supérieure, l'ancien voleur mit ses deux mains sur sa bouche désobligeante, tandis que ses yeux scrutèrent les alentours, affolés. Ektos éclata de rire.

« Eh bien, j'espère qu'au moins nous serons tous les deux dans la même cellule ! »

Le petit homme se renfrogna.

« Rigole ! Ça se voit que t'as pas goûté la bouffe dégueulasse de ce qu'ils servent en bas !

– C'est toujours mieux que la Hiérarque qu'on nous a servie, rétorqua son ami. Moi, à sa place, je peux t'assurer qu'il en irait autrement avec les ordres ! Allez, on y va ! »

Et ce fut suivi d'un Kleptos traînant la patte qu'Ektos, d'un geste impérieux, fit repartir le convoi. Celui-ci s'ébranla avec soulagement, emmené par les guides pressés d'arriver à destination : eux aussi touchaient au but, et eux non plus n'étaient pas mécontents d'arriver, las d'entendre les soldats se plaindre, Ektos en tête. Non que le voyage eût été particulièrement éreintant, mais la forêt était un environnement que les soldats du Siège prisaient bien peu, et leur humeur s'en ressentait. Ils étaient habitués au confort d'une caserne et de la ville qui l'entourait avec toutes ses commodités.

Tout en marchant, Ektos saisit une petite outre de cuir qu'il avait gardée accrochée à sa ceinture et but quelques rasades d'eau. Bon prince, il se retourna vers Kleptos pour lui proposer le rafraîchissement et s'aperçut que celui-ci avait disparu. Le cherchant du regard, il le vit en arrière, s'approchant prudemment du rebord de la falaise.

Ektos secoua la tête, en soupirant. Kleptos n'avait cure des ordres. Bien que soldat, il préférait se consacrer à l'art du jeu et de la boisson, pourtant guère compatibles avec ses prérogatives de militaire. Il s'en accommodait pourtant fort bien et avec maestria. Kleptos avait vu se préparer ce voyage sur Émeraude avec appréhension, et l'avait regardé d'un œil plus méfiant encore quand il avait su qu'Ektos en avait reçu le commandement : Ektos était un excellent compère quand il s'agissait d'écumer les tavernes, mais un chef au caractère exécrable. Si Kleptos était bien un des seuls qui ne le craignait pas, c'était parce qu'il était trop bonhomme pour s'offusquer des frasques et caprices de son supérieur. Mais lorsque le voleur avait appris qu'il faisait lui-même partie de l'expédition, il avait failli s'étouffer avec sa bière. Il avait essayé de protester entre deux râles d'agonie et trois toux, mais les ordres étaient les ordres. La mort dans l'âme, Kleptos avait dû se résigner à préparer son paquetage et faire ses adieux à ses compagnons de beuverie, persuadé qu'il partait pour un aller sans retour. Et maintenant, il était là. Voilà pourquoi le voleur repenti n'aimait pas les ordres : parce qu'il était obligé d'y obéir ! Et cela avait failli lui coûter la vie dans cette forêt de malheur ! En s'approchant du bord de la falaise, l'idée qu'il se faisait de la hiérarchie militaire le conforta dans ses pensées et maudit une nouvelle fois cette expédition : il vit avec répugnance des arbres à perte de vue, et avec consternation des hommes et des femmes habiter dans cette forêt, glisser entre les troncs tels des insectes.

« Alors, ça ne te fait pas envie ? »
Ektos s'était approché et observait avec amusement le dégoût se peindre sur les traits de son ami.

« Quelle horreur… Et ils vivent dans cette verdure toute l'année ? Je les plaindrais presque…

– Ne t'inquiète pas pour eux : les Ours sont durs au mal ! »
Kleptos se tourna vers son compagnon, soupçonneux.

« Qu'est-ce que tu en sais ? Tu n'as jamais vécu avec ces sauvages !

– Je te rappelle que ces sauvages t'ont sauvé la vie pas plus tard qu'aujourd'hui…

– Parce qu'ils ont reconnu en moi un homme civilisé, et que les hommes civilisés ont la peau sensible ! protesta le petit homme.

– Oui… C'est une assez jolie manière de dire que tu les apitoyais, répliqua Ektos taquin.

– Oh, ça va ! J'aurais voulu t'y voir, moi, à brouter cette cochonnerie ! »
Son supérieur lui administra une grande tape sur l'épaule, avec un large sourire.

« Allez, viens donc ! Dès que les autres auront dressé le campement, on ira se rafraîchir le gosier avec une de ces petites bières locales ! »
Le voleur regarda son ami d'un air aussi enthousiaste qu'un condamné regardant son bourreau.

« Bof… Ch'uis pas un fanatique du jus de compost…

– Et un bon gibier ? »
Une étincelle s'alluma dans le regard du petit homme. Un sourire se dessina lentement sur ses lèvres cachées par la broussaille qui lui servait de barbe.

« Mais pourquoi n'as-tu donc pas commencé par là ? »
Ektos répondit avec un clin d'œil.

« Mais pour mieux vous surprendre mon ami ! »

Guillerets, les deux compères s'éloignèrent en papotant gaiement, sentant déjà le fumet d'un délicieux lièvre des bois rôtir sur le feu de camp, et le goût onctueux de la viande fraîche et tendre éveiller leurs papilles.

*
*　　*

Daïna atterrit en douceur sur le sol de Béryl, ses deux ailes se déployant de toute leur envergure, freinant sa chute sans effort. Sitôt le pied posé sur la terre ferme, elle les refermait déjà et les faisait disparaître, se fondant dans sa tunique et ses omoplates avec la grâce et la légèreté d'un nuage dissipé par un souffle de vent. D'un pas assuré, elle prit la direction du Château des Rois, dédaignant même de tourner la tête vers les bruits et les acclamations qui retentissaient dans cette arène que l'on voyait au loin.

Pour le reste, l'esplanade était déserte, à peine troublée par quelque habitant ou serviteur qui se dirigeait en hâte vers le château, pressé par une commission quelconque. La Hiérarque monta les larges degrés de pierre qui menaient à la porte principale, jetant à peine un coup d'œil distrait à l'architecture si singulière du Château et au système de miroirs qui faisaient la réputation et le charme de cette œuvre monumentale. Elle n'était pas là pour visiter, mais pour faire son devoir. Son œil d'Aigle repéra rapidement les cachettes d'où l'on surveillait les allées et venues de tous les visiteurs, pourtant soigneusement dissimulées dans le décor des sculptures. Le cas échéant, celles-ci pouvaient être agrandies et servir de meurtrières ou de mâchicoulis défensifs en cas de siège, chose qui n'était pas arrivée depuis quelques centaines de cycles. Et tout le monde espérait que ce temps n'arrivât jamais.

Au pied du château, un peloton de quatre gardes défendait la porte voûtée et surmontée d'une herse d'acier qui menaçait de tomber à tout moment. L'ennui se lisait sur leur visage. Daïna nota aussitôt des négligences pour lesquelles plus d'un soldat du Siège s'était retrouvé de corvée de patates ou de tour de garde pendant plus d'un mois : des armes qui ne brillaient point par leur entretien, avec taches de rouille sur l'une et de graisse sur l'autre ; des uniformes quelque peu crasseux, et qui n'avaient certainement pas dû connaître le savon depuis un bon moment : le blanc ne l'était plus guère, et le vert clair de l'uniforme s'apparentait présentement à la couleur trop verte de l'herbe en décomposition. À leur décharge, la Hiérarque nota au moins qu'ils étaient propres sur eux, cheveux lavés de frais et rasés de près. Un moindre mal. Des soldats à elle devraient au moins en prendre exemple sur ce point-là. Pour sa part, elle estimait qu'un soldat, tous grades confondus et à commencer par elle-même, était un représentant de son pays et que l'image qu'il véhiculait était le reflet de l'autorité qu'il représentait. Ainsi, un soldat négligé faisait passer son supérieur pour négligent, lui-même faisant passer son roi ou sa reine pour laxiste et peu enclin à l'autorité. Le début de la décadence en somme. Puis il y avait bien sûr les incorrigibles. Ceux-là, elle finissait par les laisser à l'entretien du château, à moins qu'ils n'aient fait leurs preuves sur le terrain, à l'exemple de Kleptos, paresseux, mais dont la connaissance des bas-fonds pouvait être précieuse. Elle n'ignorait rien du compagnon d'Ektos.

« Halte-là ! »

Un garde un peu plus imposant que ses compagnons lui barra la route de sa hallebarde. Sans méchanceté ni plaisir. Il faisait simplement son devoir de garde. Du coin de l'œil, elle vit les compères du premier garde lui venir tranquillement en soutien, lançant au passage des regards grivois sur ses atouts féminins, se croyant – comme tous les hommes – d'une discrétion à toute épreuve. Daïna les ignora. Elle avait plus important à faire. Elle reporta son attention sur le premier garde qui venait de l'interroger :

« Votre identité s'il vous plaît, et énoncez les raisons qui vous amènent au Château de Béryl. »

Le ton était ennuyé, mais ferme. Elle apprécia et répondit sans hésiter :

« Je suis Daïna, Hiérarque du Siège et Ambassadrice du Grand-Prêtre Prodotès. Je dois parler d'urgence à votre roi, Élithios d'Émeraude. »

Le garde leva un sourcil étonné devant l'assurance de la Hiérarque, et parut décontenancé par cette pléthore de titres auquel il ne s'était visiblement pas attendu. En temps normal, les ambassades étaient annoncées longtemps à l'avance pour les recevoir comme il se devait. Derrière lui, ses compères se figèrent et s'empressèrent de remettre de l'ordre dans leurs vêtements le plus discrètement possible, se cachant avec plus ou moins de succès derrière leur massif compagnon : un mauvais rapport de la Hiérarque à leur roi était l'équivalent pour eux d'un aller simple pour le cachot. Le premier garde fit un salut réglementaire devant l'Ambassadrice, aussitôt imité par ses collègues, répondant d'un ton hasardeux, ne sachant trop sur quel pied danser :

« Euh, Madame… Pardon, Hiérarque… Nous n'avons pas été prévenus de votre arrivée…

– Je sais, répondit patiemment Daïna. Mais ma mission m'obligeait à certaines discrétions. Voici mon sauf-conduit. »

Sortant un rouleau de parchemin cacheté de sa tunique, la Hiérarque leur tendit le document officiel. Le sauf-conduit était utilisé pour les cas d'exceptionnelle urgence et donnait à son porteur – officiel et mentionné – certains pouvoirs, comme celui d'aplanir toutes les difficultés administratives qui pouvaient lui barrer la route et être reçu directement par le suzerain du lieu.

Le garde écarquilla les yeux quand elle lui présenta ce laissez-passer avec le sceau du Siège et celui, personnel, de Prodotès. Après avoir confié sa hallebarde à un de ses subordonnées, il s'en saisit avec autant de prudence que de délicatesse. Il n'était pas habitué à manipuler ce type de document, bien trop rare pour espérer en voir un une seule fois dans sa vie. Car assurément, c'était la première fois qu'il en voyait un, signé du Siège qui plus est. Ce bout de papier devait revêtir pour lui un caractère presque sacré. Le garde le déplia délicatement avec deux doigts et arrêta aussitôt son geste. Il regarda Daïna, peu rassuré. Celle-ci hocha la tête. Sur cet assentiment, le planton détacha le sceau sans le briser et ouvrit la missive avec moult précautions. Avec un effort visible de lecture et de concentration, il en parcourut les quelques lignes tracées par la main nerveuse de Prodotès. Quand il eût fini et compris l'objet du sauf-conduit, il replia avec la même attention le document officiel et le rendit à Daïna, mal à l'aise. Reprenant prestement sa hallebarde, le garde l'invita à pénétrer dans le château.

« Si vous voulez vous donner la peine d'entrer… Je vais faire prévenir le roi de votre arrivée…

– Je vous remercie, mais ne prenez pas cette peine, refusa poliment Daïna. Envoyez-moi un émissaire : je lui remettrai personnellement un message.

– Euh… je…, essaya de protester le garde.

– Ce sera ainsi…

– B… Bien… »

Sans insister davantage – il ne fallait pas non plus se mettre en mauvais termes avec les grands de ce monde – et avec un salut tout aussi réglementaire que le premier, le factionnaire la pria maladroitement d'entrer sans plus tarder. La Hiérarque le remercia d'un signe de tête et pénétra dans l'antichambre du palais suivie de son premier interlocuteur. Les autres gardes reprirent leur faction sans plus tarder. Dès qu'elle eut le dos tourné, ils se mirent aussitôt à commenter cette arrivée pour le moins inhabituelle.

Si Daïna pensait trouver un endroit sombre, lot habituel des habitations troglodytes, elle en fut pour ses frais. Grâce au système de miroirs qu'elle avait pu découvrir à l'extérieur, la lumière du soleil pénétrait à flots par de grandes fenêtres aux vitraux clairs et colorés, donnant l'impression de marcher sur une lumière translucide et mouvante qui s'éteignait doucement avec la venue de la nuit.

À l'intérieur, la Hiérarque découvrit un espace majestueux, dont la roche avait été polie, le sol dallé de marbre vert, et les murs agrémentés de haches, fléaux, épées et armes de toutes sortes ; de trophées fantastiques, ramures plus grandes qu'un homme, hures aux mâchoires garnies de crocs redoutables, ou encore crânes cornus des bêtes d'autrefois aujourd'hui disparues. Mais, nota Daïna, aucun trophée d'Ours : le peuple d'Émeraude respectait les Ours Gardiens, et nul ne pouvait s'enorgueillir de brandir un de ces ornements sans manquer de respect aux protecteurs d'Émeraude et d'encourir au mieux la Pourpre, au pire, la destruction de ce monde par ses propres Gardiens. Des tapisseries venant de toutes les contrées de Terra complétaient avantageusement l'ornementation de la salle, en évoquant des scènes de chasse ou bien de délicieuses rêveries au bord d'un cours d'eau, auquel venait s'abreuver des animaux et hybrides fantastiques issus de la mythologie d'Émeraude.

Tous ces ornements étaient pour la plupart le produit de chasses épiques, de souvenirs guerriers ou bien des cadeaux offerts par des invités venus passer quelques jours pour négocier des accords commerciaux ou se reposer à l'ombre des arbres et écouter le murmure du vent. À présent, nombre de ces cadeaux diplomatiques étaient en la ville d'Émeraude, et seul le grand hall d'entrée du château avait été laissé décoré pour le prestige. Toutes les chambres, salles à manger, salons, bureaux, grandes salles avaient été dépossédés de leurs trésors pour regarnir les murs du palais royal d'Émeraude. Les pièces du Château des Rois étaient maintenant dénudées ou agrémentées de peintures et de tapisseries locales, plus champêtres, moins riches, voire pauvres aux dires de certaines mauvaises langues. Et Élithios n'était pas le dernier à penser de la sorte : un roi ne saurait être un roi sans faste, ni richesses :

la ville d'Émeraude était le centre névralgique du continent et devait ainsi faire preuve de magnificence et de prospérité. Il n'était donc resté au château de Béryl que quelques meubles suffisamment luxueux pour satisfaire les désirs des souverains en visite dans ce lieu. Au besoin, d'autres meubles étaient apportés à dos de mules. Quant à Élithios, il ne venait que pour la symbolique du Château et par obligation, non pour l'agrément : il détestait quitter la ville et son confort citadin.

En cet instant, l'immense hall du Château était presque désert, seulement occupé par quelques vieilles servantes aussi âgées que les lieux, s'employant à laver les sols et à dépoussiérer à l'aide de longues perches toutes sortes de toiles qui se trouvaient accrochées aux murs. Daïna aperçut plusieurs portes sur les côtés, donnant sur des escaliers menant vers les étages, chambres d'hôtes ou petits salons intimes ; ou bien vers les cuisines et les caves où devait sûrement vieillir dans ces tonneaux de bois riche en tannin ce vin qui faisait la réputation de Béryl.

Devant la Hiérarque, au milieu de ces petites portes, se dressait un autre huis, monumental, à doubles battants. À hauteur d'homme étaient fixés de gros heurtoirs en bronze prenant la forme de tête d'Ours, qui tenaient dans leur mâchoire un lourd anneau représentant une patte et une main d'homme entrecroisées. Une couronne en or était sertie dans le bois de la porte, divisée en deux parties égales, formant une couronne entière lorsque la porte était fermée.

Deux autres plantons gardaient ce nouvel accès. Le premier garde qui avait accueilli Daïna la devançait de deux pas. Faisant de grands moulinets de ses bras, il fit signe à ses collègues d'ouvrir un des battants de l'immense porte. Ceux-ci s'exécutèrent aussitôt, et le garde qui accompagnait Daïna l'introduisit dans la salle du trône, déserte pour l'instant, mais tout aussi richement décorée que la salle d'entrée. La Hiérarque se retourna vers son guide et le congédia d'un mot. Celui-ci s'en alla tout en courbettes et s'éclipsa avec une légèreté surprenante pour sa corpulence. La porte ne fut pas refermée, permettant aux gardes de surveiller la salle. Au moindre écart, ils donneraient l'alerte. Daïna s'éloigna un peu vers l'intérieur, sans se soustraire à leurs regards : elle était dans une position diplomatique qui demandait une certaine délicatesse. Il était inutile de les affoler et de leur donner un prétexte pour la jeter dehors, tout Hiérarque qu'elle était. Des diplomates un peu joueurs s'étaient fait exécuter pour moins que ça. Intérieurement, elle salua la vigilance de ces hommes. Non, vraiment, hormis la tenue, les Gardes d'Émeraude méritaient leur réputation d'excellence. Et encore, elle ne comptait même pas les espions dissimulés dans les murs qui l'observaient depuis son entrée dans la salle, et qui rapporteraient ses moindres faits et gestes au Roi d'Émeraude.

Un léger frottement lui fit tourner la tête. Maîtrisant le réflexe de prendre son épée ou de sortir une aile protectrice – elle n'était pas en territoire ennemi –, elle vit un jeune homme longiligne et boutonneux passer la porte et s'avancer timidement vers elle.

« Bor m'a dit que vous aviez besoin de mes services… Hiérarque, dit-il en s'empressant d'ajouter son titre.

– Bor ? répéta Daïna en levant un sourcil interrogateur.

– C'est le garde à l'entrée, se justifia précipitamment le jeune homme.

– Bien. J'ai en effet un message à remettre au Roi Élithios de toute urgence. Je compte sur ta diligence. »

Elle lui confia en quelques mots son message que le garçon retint craintivement. Il s'apprêtait déjà à partir pour accomplir avec zèle la mission que cette ambassadrice intimidante lui avait confiée, quand Daïna le retint d'un geste.

« Attends ! »

Le garçon stoppa net.

« J'ai ouï dire que le roi Élithios était de caractère plutôt difficile… »

La jeune femme entrouvrit l'aumônière qu'elle portait sur le côté et en sortit un étrange sceau rouge foncé. Elle le présenta au messager, qui le saisit d'un air étonné, regardant l'objet entre suspicion et incompréhension, ignorant manifestement ce que c'était. Daïna ne lui donna pas plus d'explications.

« Si ton Roi fait des difficultés pour se présenter à celle mandatée par le Grand-Prêtre lui-même, fais-lui voir ce sceau. Il comprendra. »

Sans un mot, le jeune homme acquiesça, se demandant visiblement comment un si petit objet pourrait avoir une influence aussi considérable sur le roi. Il partit en courant, serrant contre lui le médaillon de la Hiérarque. Daïna se contenta d'attendre en faisant les cent pas, ignorant les regards curieux que lui lançaient les gardes et autres courtisans qui passaient devant la grande porte, se préparant mentalement à l'entretien qui allait suivre. Son attente fut de courte durée.

*   *

Le roi Élithios arriva comme un ouragan dans le hall d'entrée en cherchant sa victime des yeux, une lueur sauvage dans le regard. Les gardes s'étaient instantanément écartés et mis au garde-à-vous en retenant leur respiration. Non pour tenter de survivre aux odeurs fétides que dégageait leur souverain, mais pour essayer d'esquiver et d'échapper à la colère de leur roi, aussi soudaine que violente. Geste tout à fait futile et désespéré, mais ô combien rassurant. À leur grand soulagement, Élithios ne se préoccupa nullement d'eux, sa furie tout entière dirigée contre la personne qui avait eu l'affront, l'audace et le culot de le menacer. Et devant ses gens qui plus est !

« Où est-il ?! » hurla le roi à pleins poumons.

Le cri résonna comme un coup de tonnerre sous la voûte rocheuse. Un garde lui montra timidement le chemin vers la salle du trône, dans laquelle le roi entra en trombe, toute fureur non contenue. Aussitôt repéré l'objet de son courroux, Élithios marcha lourdement vers Daïna, laissant libre cours à sa furie, l'invectivant et agitant au-dessus de sa tête comme un fléau d'armes le Sceau de Pourpre qu'il tenait toujours à la main. Il apostropha brutalement la Hiérarque :

« Qui que vous soyez, j'espère que la raison pour laquelle vous m'avez dérangé était valable, sinon je vous écharpe de mes propres griffes ! »

Daïna le regarda arriver vers elle, glacée. Élithios n'avait aucune Capacité, et il ne devait avoir combattu personne d'autre que son propre reflet dans le miroir. Ce petit homme était vraiment aussi ridicule que son orgueil était grand. C'était la première fois qu'elle le rencontrait et elle se rendit compte que sa connaissance ne lui avait franchement pas manqué jusqu'à cet instant. Elle dissimula une grimace de dégoût en voyant ses cheveux luisants de gras capillaire et se concentra sur leur conversation. Elle voulait expédier cette entrevue au plus vite pour se concentrer sur la suite de son voyage, c'est-à-dire consulter les registres de naissances d'Émeraude. Mais le roi Élithios se donnerait sans doute un malin plaisir à lui mettre des bâtons dans les roues. Ravalant son orgueil, elle se plia aux exigences de la politesse :

« Votre Altesse… »

Daïna s'inclina légèrement, avant de reprendre :

« Vous me voyez navrée d'avoir troublé vos Jeux, mais j'ai à vous entretenir de questions des plus urgentes et…

– Et vous feriez mieux de me dire tout de suite ce qui vous amène avant que je vous fasse jeter aux fers ! »

Daïna vit rouge. Non seulement ce roi prétentieux lui coupait la parole, mais osait en plus menacer une ambassade du Siège ! La Hiérarque se retint de lui aplatir l'appendice nasal d'un coup de botte bien senti pour lui faire ravaler son insulte. De glacée, la jeune femme devint polaire. Son ton en aurait donné des sueurs froides à plus d'un, s'il avait eu seulement une once de lucidité :

« Peut-être ne m'a-t-on pas présenté : je me nomme Daïna, Hiérarque de l'Armée du Siège et mandatée par le Grand-Prêtre en tant qu'Ambassadrice du Siège pour une mission des plus capitales.

– Alors, dites-moi de quoi retourne cette mission, nom d'un Ours ! rétorqua furieusement Élithios. J'ai un spectacle à terminer, moi ! »
Daïna respira lentement, se forçant au calme.

« Avec votre aide que vous nous offrirez gracieusement je l'espère, ma mission est de trouver l'Aïrétion d'Émeraude pour… »
Le roi d'Émeraude éclata de rire, interrompant une nouvelle fois la Hiérarque, qui se mit à bouillir intérieurement. Il regarda la Hiérarque avec un air de triomphe.

« Dans ce cas, ne vous donnez plus la peine de chercher : car je l'ai trouvé pour vous !

– …sauver Terra. »
Daïna ne fit pas un geste, mais termina sa phrase le plus stoïquement qu'elle pût. Ses yeux dardaient des poignards de glace qui eussent terrassé tout autre personne qui aurait eu un tant soit peu conscience de sa colère. Ce dont Élithios, totalement dépourvu de cette sagacité, ne se rendit nullement compte.

Le roi d'Émeraude la regardait avec la concupiscence de quelqu'un qui voyait en elle le moyen d'arriver à ses propres fins. Daïna abhorrait ce genre d'homme opportuniste, égoïste, qui ne voyait pas plus loin que ses propres intérêts. Elle le dévisageait à présent avec un dégoût non dissimulé, sarcastique :

« Vraiment ?

– Oui ! reprit Élithios avec enthousiasme. Mon fils est là et va gagner le tournoi ! Vous ne pouviez pas mieux tomber ! Notez dans votre rapport que le prince Karès, fils d'Élithios le Clairvoyant, a vaillamment triomphé de toutes les épreuves qui lui étaient imposées ! Et que par conséquent, il s'en retournera au Siège avec vous et tous les honneurs qui lui sont dus !

– Ça, j'aimerais en être seul juge, rétorqua Daïna froidement. Je ne rentrerais au Siège que lorsque j'aurais la certitude d'avoir trouvé celui qui sera l'Aïrétion ! Et pour cela, je voudrais avoir votre autorisation pour accéder à la Bibliothèque d'Émeraude et consulter les registres des naissances qui ont eu lieu lors de la pleine lune Verte.

– Vous n'en avez plus l'utilité, vous dis-je ! Mon fils est l'Élu ! Vous feriez mieux de comprendre cela, toute ambassadrice que vous êtes ! » conclut insolemment le roi.

Daïna fut à deux doigts de lui casser des dents de son poing ganté. La colère bouillonnait en elle, et ça n'était pas l'envie qui la démangeait de lui faire ravaler ses prétentions et sa royale insolence. Cet homme ne voyait rien d'autre que sa réputation, son envie de briller, de sortir de sa médiocrité et de son anonymat dans lequel il s'était lui-même plongé. De roi, il n'avait que le titre et l'orgueil. Méprisant et méprisable, il n'était qu'un moins que rien, élu par erreur par une bande d'imbéciles alcooliques ! Voilà ce qu'il était ! Toutes ces pensées, Daïna aurait voulu lui jeter à la figure, lui écraser le nez dans une immondice qui s'appelait réalité pour lui faire prendre conscience de son inutilité sur Émeraude et dans ce monde. Mais elle ne dit rien. Elle était en mission et elle ferait son devoir. Son ton calme la surprit elle-même :

« Ce sera vérifié en son temps. Pour l'instant, je vous prierais de me fournir ce sauf-conduit. »

À ces dernières paroles, Élithios haussa un sourcil mécontent. Il n'admettait pas que l'on mette en doute ses propos. Et encore moins qu'on lui donne des ordres, surtout de la part d'une simple messagère, peu importe qu'elle soit envoyée par le Grand-Prêtre ou un autre. Il n'avait pour ainsi dire pas l'habitude que l'on discutât sa pensée. Son rang supérieur devait être traité avec tous les égards, non seulement parce que cette envoyée du Siège n'était que Hiérarque, c'est-à-dire à ses yeux un simple soldat un peu gradé, seulement bon à exécuter des ordres ; mais aussi parce qu'elle n'était qu'une arrogante petite femelle. Il décida d'opter pour un ton plus sec, hostile et qu'il voulait sans réplique :

« Et moi, je vous prierais de surveiller vos paroles ! Je n'ai qu'un mot à dire pour vous mettre dehors, avec ou sans les manières, toute femme que vous êtes ! Rentrez et dites au Grand-Prêtre que l'Aïrétion d'Émeraude est Karès, le fils d'Élithios, roi d'Émeraude. J'ai parlé ! »

Daïna n'en crut pas ses oreilles. Ce roi la prenait pour une simple servante bonne à accomplir ses quatre volontés ! Elle fit un nouvel effort pour se maîtriser, toute sa volonté tendue vers la mission du Grand-Prêtre et sa bonne réalisation. Et pour ne pas laisser éclater sa rage et répandre les tripes du Roi sur le marbre tout juste lavé.

« Si tel est cas, les registres me le confirmeront : les Aïrétions d'Émeraude sont nécessairement nés lors de la pleine lune Verte, au moment où son influence est à son apogée… »

Daïna répétait mot pour mot les paroles de Prodotès. Ce qu'elle venait de dire valait aussi pour les autres lunes et les autres Aïrétions. Mais surtout, elle sentit que ces mots l'apaisaient, percevant presque le Grand-Prêtre lui dicter ces paroles par-dessus son épaule. Elle se laissa pénétrer de leur calme autorité, les laissa couler dans sa bouche pour mieux se les approprier. Elle n'espérait pas que cet argument fasse changer le roi d'avis sur le fait que son fils n'était pas l'Élu, mais elle devait à tout prix obtenir ce sauf-conduit. Au moins, il lui permettait de se sentir plus calme. Peine perdue. Élithios la toisa avec encore plus de condescendance et de jubilation, prenant l'argument de la Hiérarque pour le faire sien :

« Si ce n'est que cela… Mon fils est né une nuit de pleine lune Verte et a déjà gagné le tournoi à l'heure qu'il est… Aussi, je vous le répète, ne cherchez plus… »

Daïna soupira. Elle se sentit soudainement lasse de cet entêtement déplacé. Et dire que la réussite de cette mission dépendait des ordres de cet imbécile. Elle avait vraiment envie de pleurer. Mais les pleurs ne la feraient avancer à rien et ce n'était absolument pas son style. Non. Elle préférait la menace. Elle donnait souvent plus de résultats probants. Tant pis pour les bonnes manières et le protocole…

Vive comme l'éclair, elle se saisit du Sceau de Pourpre, avec lequel le roi jouait négligemment, tout à sa victoire, ayant déjà oublié ce qu'il tenait dans sa main. Daïna s'était avancée d'un pas, se tenant à présent tout près de lui. Elle lui mit le Sceau de Pourpre sous le nez. Le Roi tenta de se débattre et de récupérer sa main, emprisonnée dans la lanière du Sceau. Non seulement la jeune femme était bien plus forte que lui – et son orgueil d'homme en fut rudement blessé –, mais Daïna lui avait soulevé le bras et lui coupait la circulation du sang dans ses phalanges. Ses doigts comprimés par le fil prenaient déjà une jolie teinte violacée, mais elle n'en avait cure. Ce qui comptait, c'était qu'Élithios était maintenant paralysé par la douleur et la vue de ce petit instrument redoutable. Il louchait, s'efforçant d'éloigner le Sceau par la seule force de sa pensée. Mais Daïna continuait de se pencher vers lui, approchant toujours davantage le médaillon un peu plus près du roi. À présent, seul l'Orbe de Pourpre séparait leurs deux visages.

La Hiérarque pouvait sentir la puanteur du roi, mêlée à une nouvelle odeur de sueur rance qui trempait maintenant tout le corps tremblant d'Élithios. Mais elle ne s'en préoccupa aucunement. Aussi flamboyant que glacé de colère, le regard noir de Daïna plongea dans les yeux du roi et la Hiérarque parla à voix basse, lentement, pesant chacun de ses mots. La menace sourde vrombit doucement dans l'air, s'insinua lentement dans l'oreille du roi, le pénétrant insidieusement jusqu'à son cerveau. De ses froids tentacules, elle se mit à tâtonner et s'infiltra dans le cerveau reptilien, semant son poison de paralysie et de peur. Le roi avala difficilement sa salive. Il n'arrivait pas détacher son regard de cette chose qui se balançait devant ses yeux comme un pendule. Le Sceau. Pas le Sceau. Elle ne pouvait pas... Mais ses yeux... Les yeux de cette femme... Et le Sceau...

« Le Sceau de Pourpre, Majesté... S'il n'est lui-même un bon argument... »

Daïna se rapprocha encore un peu. Le roi ne bougeait pas, totalement paralysé. Il était impuissant. Un comble pour un Roi !

« Peut-être que Sa malédiction saura davantage vous convaincre... » Devant Élithios, le Sceau poursuivait sa danse, tournoyant sur lui-même. La couleur rouge lui brûla la rétine. Elle embrasa son nerf optique et raviva encore les braises de ses souvenirs. Cette fois, les souvenirs se firent vivaces, et dans sa mémoire, les terribles récits prirent vie dans leurs détails les plus sanglants. Réalité ou imagination ? Il ne voulait plus le savoir. Il avait trop peur. D'autres détails – réels, ceux-là – lui revinrent. Ce sceau n'était pas comme les autres, ne servait pas à cacheter. Il contenait une goutte du propre sang du Grand-Prêtre. Un sang pur. Un sang de Héros. Un sang qui purifiait celui qui était châtié. Habituellement, le nom de celui qui était condamné était gravé sur son envers. Tous les souverains de Terra, y compris Élithios, avaient déjà eu recours au Sceau pour punir ceux qui avaient enfreint la loi pour des crimes de sang. Mais celui qui était condamné l'était tout d'abord par le Grand-Prêtre.

Car, à l'origine, Prodotès préparait lui-même les Sceaux de Pourpre et condamnait lui-même les hommes et les femmes pour les crimes les plus graves, comme le meurtre ou le viol qui s'étaient perpétrés sur le continent du Siège. Le Sceau avait été d'une efficacité redoutable. Voyant qu'il était un parfait instrument de régulation des crimes, les souverains avaient petit à petit demandé à bénéficier du Sceau comme instrument de justice, puis à en élargir les "compétences". Le Grand-Prêtre avait accepté. Il avait délégué partie de ses pouvoirs de juge aux souverains et permis l'utilisation de la Pourpre sur un plus grand spectre de crimes et de délits.

Les souverains avaient observé deux choses. La première fut la baisse drastique des meurtres et autres délits tels que le vol ou la bastonnade. La seconde chose fut la baisse marquante de la fréquentation des prisons, provoquant ainsi la baisse des maladies et de la présence des vermines dans les villes, facteurs responsables d'une grande mortalité à cause de l'hygiène déplorable des prisons et de la trop grande promiscuité d'un nombre toujours croissant de détenus. Enthousiastes face à ces résultats encourageants, les souverains de tous les continents de Terra adoptèrent le Sceau et en firent un usage aussi modéré qu'efficace, un instrument de dissuasion. Car la Malédiction de la Pourpre était aussi terrible que douloureuse. L'opprobre était jeté sur le proscrit déchu de son rang social et exilé, se voyant condamner à errer sur les routes en quémandant sa nourriture et l'absolution de ses péchés, tandis qu'une marque pourpre l'affectait sur le corps, image de sa faute qu'il portait comme un fardeau.

Les souvenirs brûlaient Élithios comme un fer rouge sur sa peau. Il avait blêmi de rage impuissante autant que de peur devant la menace. Mais ce qui l'exaspérait encore davantage était cette femme qui osait le menacer, lui, le roi d'Émeraude. Et le pire était qu'il ne pouvait rien faire, sinon obéir au Grand-Prêtre. Il essaya de se ressaisir, d'avaler sa salive pour se lancer dans une tirade salvatrice, mais sa bouche était sèche. Il sentait la sueur couvrir son front en une mince pellicule, tandis qu'elle ruisselait sous ses aisselles. Il avait sa fierté. Sa fierté de roi. Il ne pouvait se laisser faire par cette ambassadrice effrontée, sans réagir. Il rassembla tout ce qu'il lui restait de courage – ou d'inconscience – et fit face, relevant la tête dans une attitude de défi, essayant d'oublier la douleur dans ses doigts et sa terreur. Il se mit à parler d'une voix mal assurée, qu'il essaya de raffermir au fur et à mesure que ses paroles coulaient. Mais sans quitter des yeux le Sceau qui dansait devant lui :

« Vous… Vous ne le feriez pas ! Le Grand… Le Grand-Prêtre ne peut pas…

– Le Grand-Prêtre m'en a donné l'ordre si cela était nécessaire ! le coupa violemment Daïna. Obéissez ! »

L'assurance du roi s'évapora sans laisser de traces. Le spectre de la Malédiction se profila dans les yeux de la Hiérarque. Élithios se résolut à
prendre une grave décision. La seule qu'il n'avait pas prise tout seul depuis bien longtemps. Si ce n'était la seule qu'il ait jamais prise : il devait
capituler. Cette pensée qui, quelques minutes plus tôt lui semblait indé-
cente, s'imposa comme son seul moyen d'échapper à la condamnation
publique. Il avait trop à perdre pour désobéir ouvertement au Grand-
Prêtre. Qu'à cela ne tienne, il aurait sa revanche plus tard. Il faisait maintenant des concessions, mais cette Hiérarque orgueilleuse et trop sûre
d'elle le lui rendrait au centuple. Il avait perdu une bataille, mais pas la
guerre. Rasséréné par ces pensées réconfortantes et se félicitant de ce
plan qu'il trouvait machiavélique, Élithios se retourna vers la grande
porte d'entrée et ordonna à un garde d'aller chercher de quoi écrire.

« Et n'oubliez pas d'apposer votre sceau », lui rappela doucement
Daïna.

Mécontent que sa brillante ruse ait été déjouée, le roi lança un nouvel
ordre à contrecœur, et un second garde partit précipitamment pour quérir la pièce manquante. La Hiérarque relâcha sa prise tout en gardant le
Sceau, et le Roi reprit derechef ses doigts violets, se mettant à souffler
dessus pour en soulager la douleur et réactiver la circulation du sang.

Daïna soupira intérieurement. Ce roi avait les réactions et les caprices d'un enfant… Elle pria pour que les dernières formalités ne prennent que quelques instants : elle avait hâte de quitter cet endroit pourtant
magnifique et de laisser derrière elle ce souverain aussi indélicat.

Chapitre 9

Kleptos soupira d'aise. Un délicieux parfum de viande grillée lui chatouillait agréablement les narines. Un nectar tiré d'une vieille bouteille lui tenait plaisamment compagnie en attendant la cuisson à point du gibier. Que demander de plus ? Dans des moments pareils, peu de choses, assurément. Il regarda autour de lui et se sentit presque tranquille. Presque. La journée tirait à sa fin, le soleil disparaissait lentement entre les arbres. Les chaleurs de la journée fraîchissaient, on respirait mieux et l'agitation du jour laissait place au calme de la soirée : les pépiements des oiseaux diurnes diminuaient, s'éteignaient, remplacés par le profond hululement des nocturnes. Les étoiles pointaient doucement leur pâle lueur dans le ciel, tandis que le mince croissant de la Lune de Nuit cisaillait le ciel de son bleu profond. Les faisceaux colorés des autres Lunes éclairaient de leur lumière les paysages de Béryl, projetant sur la Grande Forêt un arc-en-ciel de lumières pâles. Il en résultait un curieux mélange de couleurs qui faisait penser aux fonds marins de l'océan, dans lesquels l'eau foncée des profondeurs jouait avec les derniers rayons du soleil sur les algues vertes de la mer parsemée de coquillages rouges ou jaunes, peignant des tableaux aux couleurs insolites, tout à fait somptueuses et apaisantes.

Mais c'était aussi au crépuscule que les moustiques revenaient à la charge. Qu'ils viennent ! Kleptos les attendait de pied ferme : il avait préparé tout un assortiment de répulsifs sur les bons conseils de ses guides, qui s'étaient fait une joie de lui vendre un savant mélange de pommades odorantes – puantes d'après lui – tout en lui jurant leurs grands dieux qu'il ne le regretterait pas. Hormis sa bourse, bien entendu. En tout cas, il se tenait fermement disposé à rembourser cet investissement et à se servir de ce nouvel arsenal pour gagner une bataille qu'il tenait tout particulièrement à cœur, et sur un terrain bien connu de lui-même : sa peau. Mais ça n'était pas cet inconvénient qui le dérangeait et le tenait éveillé. Non, c'était autre chose. Un autre petit tourment, qui avait pour nom Ektos.

Le camp avait été dressé en dehors de Béryl, à la lisière de la Grande Forêt et au bas des falaises. Ces dernières étaient un relief récurrent du continent d'Émeraude, creusées de grottes où le Premier Peuple s'endormait durant les froidures de l'hiver pour se réveiller au printemps renaissant. Quand les premiers hommes avaient commencé à habiter ce continent vert, ces falaises et les arbres avaient été leur première demeure : ils s'étaient faits troglodytes, cohabitant l'hiver avec les Ours qui s'y abritaient pour hiverner. La cohabitation parfois difficile ne dura qu'un temps, et les hommes quittèrent les grottes pour les forêts où ils construisirent leurs premières maisons. Le Château des Rois tenait en cela son originalité, du fait qu'il ait été le seul monument à avoir été construit dans une caverne. Une demeure de rois à la majesté et à l'image du seigneur des forêts, mais arrangée par l'homme, pour la représentation de l'union des deux peuples. Le groupe armé de Daïna avait prudemment descendu ces fameuses falaises par quelque chemin escarpé, connu des seuls guides. Pour le coup, Ektos les avait laissés reprendre la tête de l'escorte : après tout, ils étaient arrivés, et le bon sens diplomatique lui imposait d'être guidé par des natifs d'Émeraude et non de se présenter en conquérant. Surtout, Ektos ne connaissait pas ces chemins tortueux et il n'avait nullement l'intention de se rompre le cou sous prétexte que son ego n'avait pas voulu céder la place au bon sens.

La descente s'était faite sans inconvénient, à un rythme lent – beaucoup trop lent – qui avait mis les nerfs d'Ektos à fleur de peau, impatient d'arriver. Il avait beau eu presser les guides, ceux-ci avaient fait la sourde oreille à ses supplications et avaient continué au même rythme. Voire à ralentir, Ektos l'aurait juré, juste pour le contrarier. Une petite vengeance en somme, s'était amusé à penser Kleptos, qui, à son tour, n'avait pas perdu une occasion de railler gentiment son camarade aigri par le voyage. Et il était bien le seul à pouvoir le faire : un autre que lui se serait immédiatement retrouvé aux fers pour insubordination. Raison de plus pour profiter de ce précieux privilège, qui avait le don d'excéder son compagnon.

Sitôt arrivés au terme de leur descente aux abords de Béryl, Ektos avait congédié avec un plaisir évident leurs guides qui n'avaient pas demandé mieux. Puis le militaire, en tant que chef de l'escorte, avait ordonné de dresser le camp, en retrait de la ville sylvestre, tout près de la forêt et à l'abri des arbres, suivant à contrecœur les instructions de Daïna.

Il avait expressément interdit à ses hommes de quitter le campement, se rappelant avec humeur les directives de la Hiérarque. S'il ne s'en tenait pas à ce qu'elle avait ordonné, elle était capable de le dégrader. Il était prêt à en mettre sa main à couper. Et il tenait trop au peu de pouvoir qu'il avait : imaginez qu'il se fasse commander par des soldats qu'il avait lui-même tyrannisés et brimés pendant toutes ces années ! Il n'y survivrait pas. Donc, pas de bières, pas de femmes : rien qui puisse les réconforter de cet éreintant voyage ne leur serait autorisé. Une plaie ! Mais ainsi en avait-il décidé. Il ne manquerait plus qu'ils aillent s'amuser sans lui et qu'un de ses soldats rentrât au camp en très galante compagnie, une bière à la main et essaye d'embrasser la Hiérarque.

Alors, grommelant et maugréant sur leur triste sort, les hommes s'étaient contentés d'allumer deux feux, l'un pour Ektos et Kleptos, l'autre pour eux, un peu plus loin : le commandant ne se sentait pas d'humeur à se mêler à la piétaille. Les soldats en avaient pris leur parti, tout de même heureux de ne pas avoir à subir la mauvaise humeur de leur chef, et s'étaient rassemblés en cercle autour de la flambée, certains fourbissant leurs armes, d'autres mettant à profit le temps qu'ils avaient pour faire un petit somme ou se rassasier d'un misérable reste de jambon sec et d'un croûton de pain encore plus sec.

Quant à Kleptos, il avait opportunément croisé la route d'un chasseur et avait tout de suite proposé à l'autochtone de lui acheter le produit de sa chasse. Aux frais du Siège, s'entend, mais ça, la Hiérarque n'était pas obligée de l'apprendre. Le chasseur ne s'était pas fait prier, surtout lorsqu'il avait vu briller deux pièces d'argent dans la paume du petit homme. Sans hésiter, il avait empoché cette somme rondelette et s'était aussitôt mis en route vers la taverne la plus proche pour fêter cette excellente affaire.

Lorsque les soldats avaient vu l'ancien voleur sortir du bois avec ce volumineux gibier sur l'épaule, presque aussi gros et grand que lui, ils s'étaient approchés avec gourmandise et avaient offert leurs services, une lueur d'envie dans les yeux. Kleptos s'était laissé convaincre moyennant quelques pièces de monnaie, données par des militaires ronchonnant – extorquées disaient certains. Mais au vu des provisions emmenées qui n'étaient plus guère appétissantes, voire immangeables à la lumière des moisissures vertes germant sur la viande et les nids de charançons qui habitaient le pain, les soldats avaient peu hésité et vite décidé qu'un petit changement dans leur ordinaire ne leur déplairait pas, fût-il à un prix qu'ils trouvaient révoltant. Au final, Kleptos s'était vu remettre un joli pécule – à peu près le double de ce qu'il avait investi – et qui avait naturellement fini, non pas dans le trésor du Siège, mais dans ses fontes. Un voleur repenti n'en reste pas moins un voleur dans l'âme.

En un tournemain, le feu avait été nourri jusqu'à atteindre la taille d'un beau brasier, tandis que Kleptos s'était attelé à préparer le gibier avec la maestria d'un vieux braconnier chevronné, le dépouillant, puis le vidant. Il avait gardé le foie, le cœur et les rognons, ordonnant d'enterrer les entrailles et la fourrure dans les bois. Après avoir nettoyé les abats, il demanda deux pierres à peu près plates, qu'il plaça dans le foyer du feu, directement sur les braises. Il mit la carcasse en broche sur une longue branche de bois vert écorcée, et la suspendit au-dessus des flammes sur deux piquets plantés en terre préparés par les soldats impatients. Au bout de quelques minutes seulement, le lièvre des bois rôtissait déjà délicatement, sa viande régulièrement arrosée par quelques rasades de bon vin pour lui donner goût et fondant. Quand les pierres furent chaudes, Kleptos les retira des braises à l'aide des deux épées qu'il avait fait glisser au-dessous. Il déposa soigneusement dessus les abats précédemment ôtés, et la viande se mit aussitôt à grésiller sur les pierres brûlantes. Il redéposa les pierres sur la bordure du feu de la même manière, tout en veillant à arroser régulièrement les morceaux et en les retournant pour ne pas qu'ils brûlent. Bref, la viande cuisait de la meilleure façon, les soldats en avaient l'eau à la bouche et c'était lui, Kleptos, qui avait l'entier contrôle des opérations et le privilège de goûter la viande pour s'assurer du bon déroulement de la cuisson. Donc tout allait au mieux pour le voleur, si ce n'était ce léger tourment qui le tarabustait depuis tout à l'heure.

Il avait sans mal identifié cette contrariété avant même qu'il ne s'enduise de pommades contre les suceurs de sang et ne commence à préparer le lièvre : l'humeur massacrante d'Ektos était comme une tempête sur le point d'éclater. Son chef n'avait pas dit un mot, se contentant d'aboyer les ordres pour la forme, et n'avait pas arrêté de tourner en rond en faisant les cent pas pour faire passer une attente qui s'éternisait, comme un chien affamé au bout de sa laisse guettant sa pitance. Habitué aux sautes d'humeur de son compère, Kleptos n'y avait guère prêté d'attention, mais ne pouvait s'empêcher d'éprouver une pointe d'agacement : en le voyant d'humeur aussi peu réjouie, cela gâchait son plaisir de déguster pleinement cette viande et cet hydromel – une spécialité locale débusquée en même temps que le chasseur.

« On dirait qu'elle a décidé de nous faire prendre racine, la bougresse ! Nom d'un sac à vin, j'en ai marre de jouer les laquais ! »

Kleptos soupira. Ektos n'avait cessé de fulminer, accablant Daïna de tous les sobriquets désobligeants qu'il trouvait, et des pires malédictions qu'il connaissait. Pourquoi ne comprenait-il pas que c'était sans importance ? Il y avait tant de choses plus intéressantes à faire, comme réussir la cuisson du gibier, art ô combien méconnu et délicat ! Il tenta de lui remonter le moral :

« Vois le bon côté de la chose, Ektos ! Sans elle, nous ne pourrions pas déguster ce fameux lièvre des bois, si grandement loué par les bardes dans les ballades d'Émeraude !

– Et depuis quand tu t'y connais en littérature de campagne, toi ?

– Depuis que tu m'as obligé à faire ce voyage dans les marécages et à brouter de l'herbe en guise de salade ! » repartit son ami, vexé.

Avec un grognement, Ektos se détourna du voleur. Il détestait l'attente et l'inaction. Deux choses que lui imposait Daïna en ce moment même. Et qui le mettait hors de lui. Depuis qu'elle les avait quittés pour aller s'entretenir avec le roi d'Émeraude, il se sentait d'humeur détestable, avec la sensation d'être traité comme un laissé-pour-compte qu'on utilise, puis qu'on jette. Il avait plus ou moins laissé son compagnon diriger les opérations pour le bivouac, se contentant de surveiller les évènements d'un œil morne, sans lever le petit doigt.

À présent, il en était là, à ressasser ces sombres pensées et à écouter Kleptos déblatérer sur les bienfaits de la cuisson en forêt et la célébrité du lièvre des bois à la table des plus grands souverains de Terra – faits entièrement de son cru. Quand il releva la tête, intrigué. Un bruit discret avait percé à travers les feuillages de la forêt et paraissait se rapprocher vers eux à grande allure. Ektos reconnut rapidement le claquement étouffé des sabots d'un cheval sur de la terre meuble et les craquements de branches brisées contre son poitrail, se frayant un chemin en force. Il galopait. Et vite.

« Kleptos ! Tu entends… ?

– Hum ? »

Trop occupé à découper un morceau de bonne taille, cuit juste à point et dégoulinant de graisse, Kleptos n'accorda qu'une très vague attention à la nouvelle agitation de son supérieur. Avec succès et devant les yeux envieux de ses hommes, il détacha la viande tant convoitée, lécha consciencieusement la lame de son coutelas et la rangea délicatement dans sa botte, tandis qu'Ektos resta dressé, aux aguets et sur ses gardes.

Le galop se rapprocha encore, rapide, frénétique. Ektos en était maintenant sûr. Le cheval venait de descendre la falaise au risque de se rompre le cou et se dirigeait droit sur eux. Mais lorsqu'il comprit que la bête ne ralentirait pas, ses réflexes de soldat prirent le dessus. Il dégaina promptement ses épées. Le cheval sortit de la forêt sans crier gare.

« Kleptos ! Attention ! »

L'ordre claqua dans l'air comme un coup de fouet. Les hommes autour du voleur sursautèrent, brusquement réveillés par cette soudaine agitation. Ils firent un bond en arrière, s'arrachant à regret de la viande appétissante, et s'égayèrent avec célérité de chaque côté du feu.

Plongé dans une béate contemplation de sa viande, Kleptos s'arracha à sa vision enchanteresse non sans mal. Il ne prit même pas la peine de comprendre ce qu'il se passait, ni même ne prit le temps de lâcher sa viande : dans un surprenant réflexe de survie appris dans les bas-fonds de la ville et au cours de ses innombrables bagarres, Kleptos plongea sans réfléchir sur le côté en entendant l'avertissement de son ami. Il roula sur le flanc et se rétablit avec une souplesse surprenante pour sa carrure trapue, fermement campé sur ses jambes, prêt à défendre chèrement sa vie et son cuissot de viande à peine sorti du brasier.

Le cheval jaillit des frondaisons dans un fracas de sabots et de branches brisées. Surpris d'arriver au beau milieu d'un bivouac, le cavalier encapuchonné tira promptement sur les rênes. Ni l'un ni l'autre ne s'était attendu à émerger de la forêt pour se retrouver au milieu d'hommes, et surtout de soldats du Siège. La monture, effrayée par les flammes crépitantes devant elle, hennit de terreur et se cabra, fouettant l'air de ses sabots.

Kleptos jugea plus prudent de faire un pas en arrière, tenant fermement son gigot dans une main et son épée dentée dans l'autre. Au grand dam et à la grande frayeur du voleur, le cheval retomba juste à côté de la broche et, d'un brusque mouvement de son large poitrail, l'envoya rouler par terre. Et le gibier cuisiné avec tant de délicatesse et d'attention se retrouva assaisonné de feuilles mortes, de terre et de petites brindilles. Kleptos vit rouge. Il brandit son épée et agita son cuissot avec fureur, beuglant avec force jurons à l'attention du maladroit :

« Éh, toi, le cavalier ! Si tu ne retiens pas ta monture immédiatement, c'est elle qui remplacera notre dîner ! »

Le cavalier ne prêta aucunement attention à l'importun, trop occupé à calmer sa monture récalcitrante. Ektos l'observait avec attention, cherchant à déterminer les intentions du nouveau venu. Celui-ci était seul et ne semblait pas menaçant au premier abord. Il garda néanmoins ses épées à la main : ses yeux entraînés avaient repéré le fourreau d'une arme battant la cuisse de l'homme, en partie caché sous son long manteau. À n'en pas douter, celui-ci était un guerrier. Et un cavalier expérimenté : il avait maîtrisé sa monture avec beaucoup de sang-froid, l'écartant du feu redouté, la calmant du geste et du verbe. Ektos dressa l'oreille. La voix lui était familière, mais il n'arrivait pas à mettre un visage sur son propriétaire, émaillé de feuilles et de brindilles. Une capuche recouvrant sa tête dissimulait ses traits. Seul son pantalon, d'un bleu qui devait être autrefois lumineux, était sali, taché par la verdure des feuilles arrachées aux arbres, par la terre et la boue qui avaient jailli sous les sabots de sa monture lorsqu'elle était passée dans les tourbières. L'animal avait pour sa part la bouche écumante, des filets d'une épaisse bave blanche coulaient aux commissures de ses lèvres. Sa robe brune, presque noire dans le soir, était brillante d'une sueur luisante. Assurément, les deux avaient dû livrer une longue course tout aussi épuisante que leur propre marche.

Prenant bien soin de montrer ses épées, lames au clair, Ektos ne laissa guère planer de doutes sur ses intentions en cas de mauvaise réponse, lorsqu'il prévint d'un ton hargneux :

« Gare ! Nous sommes membres de la mission diplomatique mandatée par le Grand-Prêtre ! Passez votre chemin ou vous le regretterez ! »

Ce cavalier tombait finalement à point, lui faisant presque oublier sa mauvaise humeur. Un peu d'action lui ferait le plus grand bien et ses lames avaient grand besoin de se dégourdir. Kleptos, lui, approuva énergiquement la décision de son chef, la bouche pleine de viande, brandissant lui aussi son épée devant lui avec vigueur. Il avait déjà attaqué sa viande à pleines dents, de peur qu'un possible combat ne lui enlevât définitivement le plaisir de manger. Avec un temps de retard, les autres soldats s'étaient précipités vers eux, en renfort, s'armant à la hâte d'une épée ou d'une lance pour former un cercle menaçant autour du cavalier. Si celui-ci voulait fuir, il n'avait que la forêt comme issue.

« Attendez ! Je suis des vôtres ! »

Trop occupé à terminer de maîtriser sa monture, le cavalier eut juste le temps d'articuler cette réponse, avant qu'Ektos ne mît sa menace à exécution. Il leva une main dans une attitude pacifique, l'autre tenant les rênes serrées pour empêcher son cheval de s'emballer à nouveau. Les gardes se rapprochèrent, le cercle de piques prenant en étau le nouveau venu. Le cheval piaffa, frappant nerveusement le sol de ses sabots, inquiété par toute cette agitation et ces longues armes pointées sur lui. Sous la poigne de fer de son cavalier, l'animal renâcla, puis, doucement, se calma. Le cavalier pût enfin ôter sa capuche et, à la grande surprise d'Ektos, apparut un visage tout à fait connu des soldats :

« C'est moi, Limane ! Second de la Hiérarque Daïna, de la Garde du Siège ! »

Ektos le regarda attentivement. C'était bien lui. Toutefois, il avait les traits tirés, des cernes soulignaient ses yeux et sa barbe d'habitude impeccablement taillée était négligée, des petites feuilles se mêlant à ses poils blancs parsemés de pollen jaune. Ses rides s'étaient creusées, donnant à son visage l'aspect d'un parchemin craquelé, marqué par les cycles et les intempéries du temps. Son voyage avait dû être harassant, sans halte ni repos. Cette longue chevauchée l'avait vieilli, mais il se tenait encore vaillamment à cheval, s'exprimant avec cette autorité naturelle qu'Ektos détestait. Celui-ci rengaina ses armes. Cette venue ne l'enthousiasmait nullement et sa mauvaise humeur reprit rapidement le dessus. Il regrettait presque de ne pas avoir attaqué le cavalier pendant qu'il en avait eu l'occasion.

« C'est bon, les gars ! Baissez vos armes et allez dîner ! grogna Ektos.

– Vous avez entendu le patron ? Allons dîner ! » renchérit Kleptos avec sourire ravi. Il croqua une nouvelle fois dans son gigot, avec un air aussi gourmand qu'affamé.

Irrité, Ektos se retourna vers Limane, avec un ton de reproche :

« La prochaine fois, faites attention : vous auriez pu vous faire tuer !

– Rassurez-vous, je sais très bien veiller sur ma propre sécurité, répliqua Limane tranquillement. En revanche, pour votre dîner, je crains que celui-ci ne doive être reporté… »

Ektos se tourna vers les soldats qui venaient d'entendre les derniers mots du cavalier. Leur chef leur fit signe de s'éloigner d'un geste, comme s'il chassait des insectes inopportuns. Les soldats ne se firent pas prier et regagnèrent leur feu un peu plus loin, jetant quelques regards curieux à Limane, essayant de saisir au vol quelques mots de leur conversation. Ektos reporta son attention sur le vieil homme avec son air désagréable, d'autant plus qu'il n'était pas descendu de cheval : il se sentait traité en inférieur et sa fierté avait du mal à l'admettre. Sa mauvaise humeur s'accrut.

« Et je peux savoir pourquoi ?

– Bien sûr : j'ai un message à remettre à la Hiérarque en tant qu'Ambassadrice du Grand-Prêtre…

– Eh bien, donnez-le…

– En main propre », précisa posément le second de Daïna.

Ektos retint le juron qui lui brûlait la langue. Le vieux bougre ne lâcherait pas le morceau.

« Comme vous voudrez, grinça le soldat. Elle doit être en ce moment au château de Béryl. Vous la trouverez certainement là-bas.

– Parfait ! En ce cas, je vous saurai gré de me montrer le chemin ! » conclut Limane.

Ektos retint un dernier soupir de mauvaise grâce. Il allait donc jouer les laquais jusqu'au bout. Le voyage promettait d'être long, très long.

« Un instant, je vous prie… Kleptos ! »

Le voleur tourna la tête vers son compagnon, en train de mastiquer un morceau de viande qu'il peinait visiblement à faire tenir dans sa bouche. Pendant que ses supérieurs discutaient, il avait redressé et nettoyé le gibier tombé de sa broche, en profitant sans scrupule de continuer sa bombance. Le voleur regarda Ektos d'un air interrogateur, s'arrêtant de mâcher. N'arrivant même plus à parler, il attendit la question. L'aspect joufflu de Kleptos ne fit même pas rire Ektos.

« On s'en va ! On escorte Limane au Château de Béryl ! »

Le regard interrogateur de Kleptos se fit incrédule, puis suppliant. Inflexible, Ektos fit non de la tête et lui tourna le dos. Se dépêchant d'avaler sans trop s'étouffer, Kleptos retrouva une bouche à peu près libérée, mais ne réussit qu'à articuler un borborygme incompréhensible. Ektos se retourna à nouveau, et fixa son ami d'un air sévère :

« J'ai dit non, Kleptos ! Obéis aux ordres !

– Mais, mais, mais, mais et le dîner ? articula enfin péniblement le voleur en retrouvant sa voix.

– Tu ne crois tout de même pas que tu vas te prélasser pendant que je trime, non plus ! Tu viens !

– Mais, mais, mais… »

Kleptos n'eut pas le temps de trouver une réponse adéquate à la délicate situation dans laquelle il se trouvait. Ektos avait déjà tourné les talons et rejoignait Limane, qui attendait impatiemment. Il regarda d'un air attristé la viande qui rôtissait sur le feu, puis Ektos, puis la viande. Avec un soupir à fendre l'âme, il opta pour son supérieur. Non sans garder à la main son morceau de viande déjà bien entamé.

« T'inquiète pas, Kleptos ! On prendra soin de lui ! »

Le petit homme se retourna vers le soldat qui avait parlé. Avec ses compagnons, ils le regardaient avec amusement. Le lièvre des bois ne serait pas perdu pour tout le monde, au moins.

« Gardez-m'en un bout, bande de rapaces ! Ou je vous fais mettre au cachot ! »

Sa menace n'eut pas vraiment l'effet escompté et les fit éclater de rire. Kleptos se dirigea en traînant des pieds vers Ektos qui s'impatientait à son tour.

« J'arrive, j'arrive ! Je voulais juste m'assurer que le campement était sous bonne garde !

– La prochaine fois, fais plus vite ! », maugréa son supérieur, absolument pas dupe.

Le voleur ignora la remarque, reportant toute sa concentration sur le seul morceau de gibier qu'il avait pu sauver.

« Et dire que j'aurais dû t'abandonner… Heureusement que suis là pour… »

Sans crier gare, une fiente tomba du ciel, arrosant copieusement la viande du fin gourmet. Kleptos crut qu'une malédiction se déchaînait sur lui. Il releva la tête et aperçut un oiseau de nuit, yeux jaunes et brillants, qui paraissait le regarder d'un air quelque peu étonné. L'oiseau cligna des yeux et hulula brièvement. Kleptos eut la très désagréable impression que le nocturne se moquait de lui. Une nuée d'imprécations, ainsi qu'une bordée de jurons très colorés évoquant un sort bien peu enviable sur une nouvelle broche s'éleva dans la nuit calme, en même temps que le voleur lançait rageusement sa viande en direction de l'indélicat. Celui-ci s'envola paresseusement avec un gloussement ressemblant furieusement à un petit rire.

Un sourire étira les lèvres d'Ektos, amusé :

« On dirait que ton devoir passe avant tout… ! »

Vexé et dépité, Kleptos ne répondit rien et emboîta le pas de son compagnon sans un mot et de bien mauvaise grâce. Quant à Ektos, la déconfiture de son compagnon l'avait déridé : finalement, la soirée aurait pu s'annoncer bien pire pour lui ! Limane ne dit mot, se contentant d'éperonner doucement les flancs de sa monture, qui se mit au pas. Le petit groupe s'éloigna du camp et prit la direction du Château de Béryl, illuminé au loin de torches et feux flamboyants, décoré de lanternes de couleurs qui lui donnaient un air de fête, bien loin de l'humeur noire de certains.

Peu de temps après, lorsque les trois hommes arrivèrent en vue du Château des rois en cette heure tardive, ils furent surpris de se trouver en présence d'une troupe de jeunes gens qui s'avançaient en braillant vers la demeure royale. La plupart étaient éméchés et semblaient fêter une victoire qui avait eu lieu un peu plus tôt dans l'après-midi. Ils grimpèrent l'escalier en chantant un hymne à la gloire du Prince Karès et disparurent dans l'embrasure de l'immense porte.

« Au moins, y'en a qui savent s'amuser… », bougonna le voleur avec un regard d'envie.

Perplexe, Limane haussa les épaules et poursuivit. Il était venu quémander la Hiérarque, pas étudier le résultat des joutes sportives. Sans un mot, il descendit de sa monture et, abandonnant son cheval à Kleptos, se dirigea droit vers les gardes qui avaient arrêté Daïna quelques heures auparavant. Ektos accéléra le pas, laissant derrière lui un Kleptos fort marri, qui, hanté par le souvenir du lièvre désormais hors de portée, s'épanchait auprès de son nouveau compagnon à quatre pattes et de leurs difficultés respectives.

Limane s'apprêtait à gravir les premières marches, lorsqu'il suspendit son geste : un des battants monumentaux s'ouvrit violemment et Daïna apparut, furieuse, quittant le château à grandes enjambées. Elle était suivie par un chambellan, un homme d'un âge moyen, reconnaissable à son long bâton de fonction en bois blanc – dont le pommeau avait la forme d'une remarquable tête d'ours sculptée – et à sa toge verte traversée verticalement d'une bande d'étoffe blanche. Il trottinait derrière Daïna et semblait visiblement très embêté de la colère de la Hiérarque. Les gardes se tinrent coi et ne pipèrent mot quand ils passèrent devant eux pour descendre rapidement les marches.

Ce ne fut qu'à la moitié du chemin que Limane put saisir les premiers mots du chambellan, qui plaidait non sans difficultés la cause du roi, puisque Daïna refusait d'écouter :

« Je vous en supplie, Hiérarque ! Reconsidérez votre position ! Portez sa cause devant le Grand-Prêtre ! Vous savez que cela est très important pour le Roi !

« – Hors de question ! Et Terra, il en fait quoi ? Je n'ai que faire de ses caprices et je ne peux, ni ne veux satisfaire un ego qui mettrait en péril le destin de son propre monde !

– Mais Hiérarque, comprenez… »

Daïna fit volte-face, surprenant le chambellan, qui faillit la heurter :

« Il suffit ! Le Grand-Prêtre m'a expressément confié cette mission pour que je puisse la mener à son terme ! Et non pas pour perdre mon temps en lamentations et gamineries !

– Mais comprenez tout de même que son fils a remporté le tournoi, comme l'ont fait les autres Aïrétions mentionnés dans les livres, insista le chambellan.

– Et j'ai la certitude que le prince Karès n'est pas l'Élu d'Émeraude, que cela vous plaise ou non ! rétorqua Daïna. Et l'avis du Roi ou la victoire du Prince ne pourra y changer quelque chose », conclut la Hiérarque en reprenant la descente des marches.

Le chambellan hésita un instant. La Hiérarque campait fermement sur ses positions. Il ne savait que faire. S'il ramenait une réponse négative au roi, il pouvait faire un trait sur sa carrière de chambellan qu'il venait tout juste d'entamer une semaine auparavant – le précédent avait fait une dépression, depuis qu'Élithios avait décidé de condamner à mort toutes les puces qui infestaient son lit et se servaient de lui comme d'un garde-manger. Il avait ainsi voulu manifester sa toute-puissance royale, procès à l'appui : le pauvre prédécesseur avait ainsi dû attraper les puces une par une, s'était fait piquer, avait dû les nommer – une condamnation ne se faisait pas anonymement – et exécuter lui-même les indélicates. Une tâche sans fin au vu de l'ampleur des dégâts et de la vitesse de reproduction de ces petites bêtes. La gorge serrée, le nouveau chambellan décida de tenter sa chance une dernière fois pour sauver son poste, mais sous un autre angle, plus insidieux. Il se racla la gorge, se mettant à parler d'un ton qui se voulait impérieux :

« Puis-je avoir connaissance de ce moyen, Hiérarque ? Le roi sera certainement très intéressé de savoir ce qui a motivé votre décision… »

Daïna vit rouge. Après Élithios, c'était le chambellan qui avait le culot de remettre en doute sa décision ! Elle venait d'arriver au bas des marches. Elle se retourna de nouveau, si soudainement que l'homme grassouillet eut un mouvement de recul et son pied trébucha sur le degré qu'il venait de descendre. Il perdit l'équilibre et bascula en arrière. Daïna ne fit pas un geste pour le retenir. Le chambellan atterrit brutalement sur son postérieur abondamment fourni et ne put s'empêcher de reculer encore la tête quand elle se pencha vers lui. Il vit dans ses yeux noirs une colère grondante, brûlante, mais – et cela lui fit froid dans le dos – tout à fait maîtrisée. Elle lui faisait peur. Une peur terrifiante, qui lui rappelait les pires frayeurs de son enfance. Il n'osait imaginer ce qui allait lui arriver si elle décidait de donner libre cours à son courroux. Il déglutit une salive sèche, pénible à avaler. Si pénible qu'il faillit s'en étouffer. Daïna s'approcha encore. La tête du chambellan heurta la pierre de la marche. Il ne pouvait plus reculer.

« Vous êtes méprisable… »

Trois mots. Trois mots chuchotés, encore plus menaçants que la hache du bourreau posée sur sa nuque, ou même la colère la plus noire du roi Élithios. Daïna se détourna avec la légèreté d'un Aigle qui choisit de laisser sa proie terrifiée vivre encore pour quelques précieux instants. Le chambellan s'affaissa comme une poupée de chiffons. Il sentit un liquide chaud inonder son entrejambe. Ses sphincters s'étaient relâchés, incapables de supporter plus de pression. Tout honteux, il se détourna de la délégation du Siège et gravit les marches précipitamment, aussi vite que lui permettait son pas maladroit et sa longue toge, essayant de cacher aux gardes la preuve de son effroi dans les replis de son vêtement. Le soir même, il démissionnait et partait sur-le-champ rejoindre l'entreprise familiale d'apiculture et d'hydromel, bien loin de Béryl. Car, décidément, la vie de cour n'était pas faite pour lui.

Kleptos regardait s'éloigner le chambellan en ricanant. Décidément, cette Hiérarque en intimidait plus d'un !

« Kleptos ! »

Ektos l'appela d'un air impatient, tandis que Daïna et Limane repartaient d'un pas rapide en direction du campement.

« Quoi ?

– Arrête de bayer aux corneilles ! »

Pour toute réponse, Kleptos n'eut qu'un haussement d'épaules effronté. Ça y était ! La Hiérarque était là, donc son supérieur adoré allait de nouveau passer sa mauvaise humeur sur le dos de ses pauvres subordonnées. Charmant… Le voleur se hâta pourtant de rejoindre les trois autres en tenant fermement les rênes du cheval confié par Limane et se mit à écouter la discussion d'une oreille plus ou moins distraite, préférant lorgner du côté d'une jolie jeune femme qui passait en portant un appétissant plateau de pâtisseries. Entre ces deux derniers, il ne sut lequel choisir.

« …Nous quitterons Béryl à l'aube ! annonça Daïna.

– Euh… Et pour où ? hasarda Ektos.

– Émeraude ! Nous avons à faire là-bas. Veillez à ce que les hommes soient prêts, et… Ektos ! Trouvez deux chevaux ! Celui de Limane est fatigué et je n'en ai pas ! Kleptos vous accompagnera…

– Bien, Hiérarque, répondit Ektos de mauvaise grâce. À vos ordres. Kleptos ?

– J'arrive, très cher ! J'ai entendu ! On en profitera pour…

– Et interdiction d'aller dans les tavernes », coupa Daïna, qui avait vu le regard gourmand de l'ancien voleur s'embraser.
Douché, l'embrasement s'éteignit. Et Kleptos rejoignit son compagnon en traînant les pieds. Tous deux disparurent dans la nuit tombante, vers les écuries royales, en tenant le cheval de Limane qui suivait à présent sans broncher.

Daïna les regarda s'éloigner et reprit son chemin. Elle revit la conversation qu'elle avait eue avec le roi Élithios. Et ne put s'empêcher un mouvement d'humeur :

« Élithios est un imbécile.

– C'est un fait acquis depuis longtemps », sourit Limane.
Cette petite pique eut le mérite de dérider quelque peu la Hiérarque. Elle regarda son subordonné et vit la fatigue qui avait envahi ses traits. Malgré cela, il avait encore la vivacité d'esprit qui lui faisait actuellement défaut à cause de sa colère. Elle essaya de se détendre : ils arrivaient au camp.

« Nous sommes au moins d'accord sur ce point, admit-elle. Mis à part ce fâcheux évènement, que fais-tu ici ? Tu sembles avoir fait un long et fatigant voyage…

– C'est exact, Hiérarque. J'ai fait le chemin aussi vite que j'ai pu. J'ai les informations que vous m'aviez demandées.

– Mmm. Très bien. Mais étant donné que nous sommes coincés sur Émeraude pour un moment, il sera certainement plus judicieux d'attendre que nous soyons partis de Béryl : vu mon entretien avec Élithios, je ne serais pas étonnée de finir aux fers au premier prétexte qu'il trouvera. L'espionnage ou la conspiration peut aisément en être une.

– Je dois reconnaître que vous avez raison, concéda son second non sans une pointe de déception.

– Il y a toutefois un point que je ne comprends pas : pourquoi ne pas m'en avoir fait part alors que j'étais encore au Siège il y a quatre jours ? »
Limane accusa le coup, surpris :

« Pour la raison que j'ignorais que vous étiez encore là-bas ! Le Grand-Prêtre m'avait simplement dit que vous aviez dû vous absenter sur les Terres d'Émeraude.

– C'était vrai. Mais j'ai été retenu plus longtemps que prévu et je ne suis partie qu'il y a quelques jours…

– Étonnant : personne ne m'a fait part de ce détail. Et voilà dix-huit jours que je chevauche sans interruption pour venir vous trouver… »
Limane soupira. Il se serait bien volontiers épargné cet éreintant voyage.

« Je suis désolée que tu aies fait tout ce chemin pour venir me voir, Limane. En ce cas, va te reposer : tu es épuisé, ordonna doucement Daïna.

– À vos ordres, Hiérarque, soupira Limane quelque peu contrarié. Bonne nuit. »

Daïna s'éloigna. Sa colère s'était en partie apaisée. Même si l'arrivée de Limane avait été inattendue, elle était tout de même contente d'avoir quelqu'un de confiance à ses côtés. Elle refusa poliment la collation que lui tendait un soldat. Elle transmit ses derniers ordres et alla se coucher un peu à l'écart, dans une simple couverture, avec pour oreiller son seul manteau.

Limane rejoignit les autres soldats et échangea avec eux quelques rapides commentaires sur Béryl. Ektos et Kleptos revinrent peu de temps après avec deux montures fraîches. Ils en donnèrent la charge à deux autres soldats qui les attachèrent à un tronc et les deux chevaux s'employèrent aussitôt à manger toutes les feuilles qui passaient à leur portée. Quant à Kleptos, il se précipita vers la broche et constata avec satisfaction qu'il lui restait encore quelques tendres morceaux, sitôt découpés, sitôt avalés. Bientôt, les voix se turent, et les soldats s'étendirent à leur tour, laissant deux gardes en faction pour le premier quart. Une autre journée de marche les attendait demain à la première heure.

Daïna avait du mal à trouver le sommeil. Elle ne pouvait s'empêcher de repasser dans sa tête les derniers évènements de la journée. Le Grand-Prêtre avait raison : cette quête de l'Aïrétion ne serait pas de tout repos. Le roi Élithios avait cherché par tous les moyens de se soustraire et d'échapper à l'écriture de cette missive qu'elle portait maintenant précieusement contre sa poitrine. Il avait geint, supplié, pleuré, menacé, hurlé, larmoyé, tempêté pour fuir la volonté de Daïna. Celle-ci était restée inflexible. Le roi avait dû l'écrire, mot par mot, s'arrêtant à chaque lettre pour protester, et chaque fois, sans un mot, la Hiérarque avait brandi le Sceau de Pourpre devant lui. Daïna avait fait preuve d'une patience dont elle ne se soupçonnait même pas. Et pourtant, ça n'était pas l'envie qui lui manquait de se servir de cette Pourpre ! Lorsque le roi avait apposé son sceau dans un dernier gémissement et un dernier grognement, elle avait cru que son calvaire terminé. Mais à cet instant précis, un messager était venu annoncer la victoire du prince Karès aux épreuves de l'Aïrétion. Et le cirque avait recommencé. Le roi l'avait invectivée, tancée, abreuvée de menaces, toutes plus fantaisistes les unes que les autres. Saluant le souverain sans un mot, elle avait quitté la salle du trône dans laquelle le roi avait œuvré sur la missive et s'était éclipsée en lui tournant proprement le dos. Tant pis pour le protocole !

Juste avant de passer la porte monumentale qui la mènerait dans le hall, des acclamations avaient retenti. Elle avait fait signe aux gardes de lui ouvrir et elle s'était retrouvée face à une véritable manifestation de joie publique. Des dizaines de jeunes gens acclamaient un autre homme au milieu, qui se distinguait clairement de tous, une véritable montagne de muscles, un sourire arrogant plaqué sur ses lèvres. Daïna comprit tout de suite qu'elle voyait le prince Karès. Il méritait grandement sa réputation de colosse, mais sa condescendance sur ses sujets et le regard cruel qu'il promenait sur eux n'étaient pas démérités non plus. Elle s'était faufilée, jouant des coudes, écoutant aussi. Elle n'avait guère eu de mal à avoir tous les détails.

Apparemment, Karès avait juste été légèrement blessé à l'épaule, mais son adversaire, un certain Derode, avait succombé à ses blessures. « Non, avait-elle mentalement rectifié en entendant un jeune homme décrire avec verve le combat à des servantes tout émoustillées, il l'a tué de sang-froid ». Le peu du récit qu'elle avait entendu en passant à côté d'eux lui avait donné la nausée et n'avait fait que renforcer son dégoût pour cette violence gratuite. Le Prince avait estropié les bras de son adversaire qui n'avait pu tenir debout uniquement parce que Karès le soutenait par la douleur. Puis, le fils d'Élithios avait planté ses griffes dans la poitrine du malheureux. Passant sous les côtes, il était allé chercher le cœur du perdant et l'avait arraché pour le brandir encore palpitant à la vue de la foule. Celle-ci avait hurlé sa joie lorsqu'elle avait vu le trou béant dans la poitrine du mourant. Karès avait lâché son adversaire et, d'une seule main, dans un grand rire, avait broyé l'organe dans un giclement de sang qui l'avait copieusement arrosé. Derode avait chu à terre. Il n'avait pas eu le temps de voir le triste sort de son cœur : il rendit son dernier soupir, avec pour seule et dernière pensée la satisfaction de mourir sur sa terre natale.

Et dire qu'Élithios voulait que Daïna reconnaisse ce sanguinaire comme Aïrétion ! Si les Aïrétions avaient tous ce goût du sang, ils n'en méritaient que plus toute sa haine. Cependant, par acquis de conscience, Daïna l'avait discrètement observé du coin de l'œil. Il ne lui avait paru aucunement troublé. Elle avait jeté un coup d'œil à sa ceinture. La Pierre de Lune était toujours à sa place dans sa bourse, mais ni lueur ni chaleur, ou quoi que ce soit d'autre ne l'avait distinguée de sa couleur terne habituelle. Avec un haussement d'épaules, elle avait repris son chemin vers la sortie, impatiente de se retrouver à l'air libre.

Elle était presque arrivée à son but, quand elle avait entendu qu'on l'appelait. Elle s'était retournée de mauvaise grâce, s'attendant à voir le roi se précipiter vers elle dans une ultime tentative pour la convaincre. Elle avait levé un sourcil, entre étonnement et agacement : le chambellan, maintenant ! Sans même prendre le temps de l'attendre, elle était sortie du palais sans encombre, seulement suivie par cet importun. Elle croisa encore de jeunes gens qui se pressaient au Château pour aller satisfaire l'ego du Prince. Puis, elle avait vu avec surprise l'arrivée de Limane, guidé par Ektos et Kleptos. C'était presque la bonne nouvelle de la journée.

À présent, elle sentait le sommeil s'emparer doucement d'elle, quand une dernière pensée vint lui arracher un sourire intérieur. La duperie du Grand-Prêtre avait marché à merveille : il savait pertinemment qu'Élithios refuserait de donner son autorisation à Daïna pour accéder à la Bibliothèque. Il avait alors imaginé un fin stratagème qui s'était avéré payant. Élithios était un ignorant. Et Prodotès avait profité de cette lacune fort dommageable pour un souverain, pour créer un Sceau de Pourpre falsifié. Si celui-ci existait réellement et était parfaitement en vigueur sur Terra, une vieille loi édictée par ses soins avait interdit l'utilisation de la Pourpre sur le souverain légitime d'un peuple. Cette loi avait été proposée par les représentants des quatre peuples pour éviter une ingérence du Siège dans les affaires des autres royaumes. Prodotès s'était soumis de bonne grâce à cette loi, et bien que celle-ci fût peu à peu oubliée de tous, il l'avait toujours scrupuleusement respectée, afin de garder l'Équilibre entre les forces composant Terra. Si Élithios ignorait ce détail, Daïna n'avait aucunement eu l'intention de le lui apprendre. Satisfaite, elle se laissa emporter par le sommeil, bercée par le vent soufflant doucement dans les hautes branches des arbres.

Chapitre 10

Le continent Émeraude. Ville d'Émeraude.

Théïa soupira, écoutant distraitement l'Ancien faire son cours. Elle regarda par la fenêtre le petit morceau de ciel bleu qui se découpait dans l'encadrement. Des mouettes volaient paresseusement dans le ciel, flottant au-dessus des monuments les plus réputés d'Émeraude, le Palais royal et la Grande Bibliothèque. Malgré ses efforts, elle ne voyait pas l'élément qui l'aurait le plus soulagé : la mer, cachée derrière quelque haut bâtiment. Elle laissa dériver ses pensées sous la voûte céleste, vagabondant au gré des courants de son esprit.

Elle pensa à son père, fatigué par le dernier long voyage qu'ils avaient fait. Sitôt arrivés à Émeraude à peine quatre semaines auparavant, il l'avait inscrite dans cette très bonne école où se côtoyaient filles et fils de bonne famille. Et chaque fois qu'ils changeaient de ville et de continent, il n'hésitait pas à sacrifier ses économies pour lui dispenser la meilleure éducation qui soit. Quant à savoir d'où venait l'argent que son père avait déboursé pour la faire entrer dans cet établissement, elle n'en avait aucune idée. Docilement, elle suivait les cours et faisait tout son possible pour ne pas le décevoir. Elle ne voulait pas le blesser. Alors, pour l'instant, elle était assise là, à écouter parler un professeur, dans une classe, dans une école, dans une ville, qu'elle ne connaîtrait que quelques mois ou, si tout se passait bien, deux ou trois années. Finalement, Théïa enviait les mouettes de leur liberté.

Revenant dans cette classe anonyme, Théïa promena un regard morne autour d'elle. Dans cet enseignement, les étudiants étaient au nombre d'une trentaine et avaient pris place dans une pièce aux murs décorés de cadres pesants, dont le bois massif et doré contrastait avec leurs peintures marines aux couleurs sombres, où l'eau d'un bleu sinistre en était presque inquiétante : des bateaux y faisaient naufrage, des marins se noyaient pendant que des créatures marines nées de l'imagination de l'artiste se repaissaient de cette fraîche pâture. Tout tendait à indiquer que la mer n'était pas élément facile à dompter, en admettant qu'elle pût seulement l'être.

La légère odeur de renfermé, qui planait dans cette pièce, venait accentuer cette impression de bâtiment désuet qui n'aurait su attirer que des savants surannés, dépassés par leur propre monde. La présence nouvelle de jeunes étudiants offrait à cette école une seconde jeunesse, mais qui ne réussissait finalement à s'extirper de ce passé qu'avec peine : l'atmosphère de la salle y était morose, ponctuée de bâillements réguliers d'élèves indifférents et que la perspective d'étudier ennuyait profondément. Seule Théïa y trouvait un certain charme fantastique, qu'elle saisissait sans peine : cette atmosphère chargée d'histoire était tout aussi profonde que cette mer qui les entourait et qui ne se domptait pas, mais s'apprivoisait avec patience. Hormis les savants et les artistes, elle était bien la seule dans cette classe à y trouver un quelconque intérêt.

Tous les étudiants siégeaient à des tables individuelles, gravées de fins décors floraux du plus bel effet, vestiges en bois précieux issus d'un autre temps, et témoignages d'une réputation artistique qui avait elle aussi fait son temps. Le bureau de leur professeur était dans le même ton, mais plus imposant, stylisé, aux pieds et tiroirs sculptés rappelant toujours la majesté de l'Ours. Le plan était recouvert d'un repose-mains en cuir brun, assorti aux mêmes motifs que les bureaux des élèves, mais dont la dorure avait résisté aux amas de notes posés par les professeurs et intervenants successifs.

Devant ce meuble somptueux, un Ancien à la tête couronnée de cheveux blancs, mais à la barbe rasée de près – phénomène assez rare pour être signalé – faisait l'aller et retour entre ce fameux bureau et le tableau, plongé dans ses explications sur le monde de Terra. Il compulsait par moment la somme de ses réflexions posée sur ce bien, cherchant le détail qui fuyait par moment sa mémoire défaillante.

Pour sa part, Théïa s'était mise d'office au fond de la classe et suivait de loin les enseignements que dispensaient ces professeurs réputés. Du moins, c'était ce que disait son géniteur. Cela faisait déjà trois semaines qu'elle était là, et aucun des cours auxquels elle avait assisté ne lui avait appris quelque chose qu'elle ne sache déjà. La faute à une très bonne éducation de son père, elle s'en rendait compte maintenant. Elle reporta son attention sur l'Ancien, qui continuait son monologue devant les étudiants ennuyés regardant autour d'eux. Vers elle, aussi. Jolie, elle attirait le regard. Un visage fin, une chevelure d'un blond lumineux, elle était élancée, mais gracile, et donnait une impression de fragilité malgré ses vingt printemps. En revanche, ce qui frappait le plus chez elle, c'était ses yeux d'un vert étonnant, aussi pur que l'émeraude. Toutefois, cet éclat était terni par une tristesse indéfinissable, que rien ne semblait pouvoir consoler.

Si on lui avait demandé la raison de cette tristesse, elle aurait été pourtant incapable de répondre : elle ne savait d'où venait cette mélancolie, ce mal-être, mais c'était là, et cela lui rongeait l'esprit. C'était une brume qui recouvrait perpétuellement son ciel, l'empêchant de trouver un soleil salvateur. Seule la présence de son père l'apaisait. Et il était absent pour le moment. Malgré les nombreux voyages qu'il lui imposait, elle ne lui en voulait pas de la laisser là, dans cette solitude. Car il ne cessait de veiller sur elle et de s'inquiéter. Il s'imposait des sacrifices, pour qu'elle puisse vivre au mieux. Et cela impliquait cette école : qu'elle puisse plus tard s'intégrer parfaitement dans la société, avec la connaissance des us et coutumes de chaque peuple. Elle comprenait cela, mais ne comprenait pas pourquoi il l'obligeait à se retrouver dans ce genre de classe. Elle n'y trouvait pas à sa place.

La jeune fille se sentait éloignée de ces jeunes gens blasés, sûrs d'eux, à l'avenir tout tracé et qui, en outre, essayaient vainement de lui faire des avances. Théïa les repoussait sans un mot, ignorant les clins d'œil égrillards qu'ils n'avaient pas manqué de lui lancer à son arrivée. Échaudés par la timidité et l'ennui qui se peignaient sur son visage dès qu'ils s'approchaient d'elle, ils l'abandonnèrent très vite à sa solitude. Souvent, la jeune fille les regardait sans comprendre, se demandant ce qui pouvait bien la lier à eux. En écoutant seulement quelques bribes de leurs conversations qu'elle saisissait lorsqu'elle passait parfois auprès d'eux, elle s'aperçut qu'il n'était toujours question que d'eux, se vantant de leurs exploits libidineux, ou de la plus grande quantité d'hydromel qu'ils avaient ingurgitée au cours d'une soirée. Il en était de même pour les jeunes filles de son âge. Leurs préoccupations étaient plus ou moins similaires à leurs homologues masculins, l'hypocrisie et les minauderies en plus. Quand elles avaient vu cette nouvelle venue arriver sans un mot, elles l'avaient évaluée d'un œil mauvais, mesuré toute sa beauté, grimacé devant les réponses systématiquement correctes aux questions posées par les professeurs, et jalousé cette fleur innocente qui attirait tous les jeunes hommes. Les pimbêches avaient compris qu'elles ne pourraient rivaliser et s'étaient préparées à livrer une guerre sans merci contre cette nouvelle rivale. Presque à leur plus grand désappointement, Théïa avait éconduit les futurs partis et s'était contentée de rester seule dans son coin. Le danger écarté, les jeunes donzelles n'en avaient pas moins continué à la déconsidérer, prenant comme une humiliation supplémentaire le fait d'avoir été ignorées dans leur juste croisade et que la jeune fille ne s'était même pas intéressée à elles. Théïa en déduisit qu'elle n'avait vraiment aucun point en commun avec les gens de son âge. Elle se sentait vraiment à part. Devant l'indifférence de Théïa, la vie estudiantine avait repris son cours au bout de quelques jours. Et Théïa avait continué d'écouter d'une oreille distraite les commentaires de ses professeurs qui se succédaient comme les heures, inlassablement.

L'Ancien observait du coin de l'œil le fond de la classe, et plus particulièrement cette étudiante pour le moins curieuse. Il voyait bien que cette jeune fille aux longs cheveux blonds ne paraissait guère intéressée par ce qu'il racontait. Mais à la différence de la jeunesse dorée d'Émeraude qui le regardait avec mépris et ennui – et pour laquelle il n'avait d'ailleurs aucune estime –, cette étudiante possédait une connaissance de Terra qui dépassait de loin celle qu'on inculquait habituellement à ses jeunes camarades. Quand il l'avait vue pour la première fois, il l'avait tout de suite repérée, non pour sa beauté, mais pour ce côté sauvage, timide, qui contrastait tellement avec la bêtise et l'orgueil des jeunes gens auxquels il était habitué et confronté. Même si pour lui, elle n'était qu'une étudiante comme une autre qu'il avait d'ailleurs rapidement cataloguée dans la catégorie "élève moyenne" : elle s'était placée au fond de la classe, il l'avait testée comme à son habitude et comme il l'avait fait avec tous les autres. À sa grande surprise, elle avait répondu juste à toutes ses questions – même aux plus complexes – balayant du même coup toutes les idées qu'il s'était faites face à cette jeune fille mélancolique.

Au fil des jours, il l'avait interrogée plusieurs fois et, malgré son air distrait – il était persuadé qu'elle ne l'écoutait pas – il s'était aperçu que ses connaissances étaient très vastes et ne provenaient quasiment pas de lui : il prenait toujours soin de jauger le savoir de ses étudiants pour orienter son enseignement en fonction de leurs connaissances. Et avant que n'arrive cette… Théïa, il était toujours effaré lorsqu'il contemplait l'abîme d'ignorance dans lequel s'enfonçaient – non, se vautraient et se complaisaient – ceux qui se faisaient appeler étudiants. Le Professeur poursuivait à présent ses cours avec la curiosité du jeune chercheur qu'il avait été, essayant vainement de comprendre et d'apprivoiser cette jeune fille peu loquace. Mais il en était pour ses frais : celle-ci ne se laissait pas facilement approcher. Alors, il se mettait à enseigner avec l'espoir d'en savoir un peu plus sur elle.

Aujourd'hui, il avait choisi d'étudier les principales caractéristiques des semi-hommes, physiques, physiologiques, mais aussi leur avenir : ils étaient souvent destinés à des carrières militaires, mais ce qu'ignoraient beaucoup de personnes – et à commencer par ses étudiants –, c'était qu'ils représentaient aussi une force diplomatique à divers degrés. Tournant le sablier d'une main lasse, les grains jaunes de la nouvelle heure commencèrent à s'égrener lentement, et l'Ancien commença :

« Les semi-hommes constituent environ entre un tiers et la moitié de la population de Terra et sont par essence des combattants, des guerriers. L'autre partie de la population est comme vous et moi : sans Capacité de Transformation. Outre leurs aptitudes physiques, les semi-hommes se distinguent par ce qu'ils appellent eux-mêmes improprement un double animal. En fait, lors de la Transformation, leur instinct animal s'épanouit jusqu'à presque devenir leur seconde nature d'un point de vue psychique, au point qu'ils croient à une dissociation de leur conscience humaine d'avec une conscience animale propre. Ils peuvent ainsi compter sur des réflexes et des réactions d'autodéfense animaux que n'aurait pas leur conscience humaine en temps normal, des réactions que n'a et ne peut avoir un homme ordinaire. Par exemple, s'il est attaqué, un Ours aura d'abord le réflexe de mordre pour se défendre ; et s'il chute, un Aigle aura le réflexe d'ouvrir les ailes. Leur instinct de survie s'en trouve démultiplié. »

Un étudiant un peu plus intéressé que les autres leva une main hésitante :

« Mais quand savons-nous que nous possédons des Capacités ? »

La question déclencha une petite vague de rire moqueur.

« Pourquoi ? Tu manques d'outils pour appâter la pécore ? »

La nouvelle vague de rire se fit un peu plus forte, et l'étudiant se renfrogna. Les sourcils froncés, l'Ancien se tourna vers l'auteur de cette remarque désobligeante. Blond, les cheveux longs, sûr de lui, l'étudiant le regardait avec un sourire narquois. Le visage même de l'arrogance. Et toujours le même petit imbécile prétentieux, dont le père n'était rien d'autre que le premier conseiller du Roi. Un homme remarquable, mais dont le fils n'avait pas – hélas – hérité des qualités.

« Trêve de billevesées déplaisantes, jeune homme, le tança le Professeur. Ayez au moins la décence de poser des questions intelligentes ayant trait au cours, je vous en remercie. »

Les garçons gloussèrent, les jeunes filles pouffèrent et Théïa resta silencieuse. L'étudiant incriminé grimaça un sourire de bonne figure, entre malaise et mécontentement. Rares étaient ceux qui osaient lui donner des ordres.

« Pour en revenir à votre question, reprit l'Ancien en s'adressant au premier étudiant, j'allais y arriver. Ces hommes et femmes doués de Capacités ont connaissance de leurs aptitudes à la période juvénile et commencent à les développer dès que ces Capacités sont pleinement avérées. À cette fin, une instruction spécifique, appelée "Initiation", est nécessaire afin que leurs talents puissent pleinement s'épanouir et servir au mieux Terra… »

À l'aide d'une fine baguette de bois, le Professeur pointa l'une après l'autre les silhouettes dessinées sur un immense papier brunâtre suspendu à un trépied, et sur lequel étaient représentés des hommes transformés en Ours, aux différents stades de leurs Capacités :

« Voici donc les trois classes de ces semi-hommes d'Émeraude avec, par ordre croissant de compétences, la Sentinelle, le Garde et l'Élite. Étant à peu près tous originaires de ce continent, vous connaissez déjà les fondamentaux et les caractéristiques des Ours, je ne m'étendrai donc pas sur le sujet… Notez simplement que l'Ours est la classe la plus puissante de Terra d'un point de vue purement physique. »

Il fit basculer le premier papier en arrière pour en découvrir un second, sur lequel étaient représentés les trois autres peuples de Terra, avec pour chacun d'eux, la déclinaison des trois classes. Le Professeur arrêta sa baguette sur une première catégorie :

« Nous retrouvons dans cette colonne les trois stades de Transformation pour les Aigles d'Éther. Observez la présence d'ailes dans le dos des Sentinelles, auxquelles viennent s'ajouter la transformation de la tête et les serres pour le Garde. L'Élite est bien entendu un Aigle complètement métamorphosé. Il en va de même pour le Saurien et le Scorpion lors de ce stade supérieur. Les Aigles sont particulièrement considérés quand il s'agit d'effectuer des missions de reconnaissance en terrain accidenté ou de porter des messages sur de longues distances. Ils sont sans conteste les protecteurs du ciel. »

Le Professeur tapota les deux autres colonnes de son tableau.

« Pour ce que sont les deux premières catégories chez le Saurien, la Sentinelle développera essentiellement des capacités physiologiques, mais j'y reviendrai. Pour les transformations physiques, elle aura les pieds et les mains palmés. Quant au Garde, il bénéficiera d'une longue et puissante queue plate, écailleuse, lui permettant de progresser rapidement et silencieusement dans les milieux aquatiques, ainsi que d'une tête de saurien : son long museau allongé est redoutable, capable de broyer les os et d'estropier un humain ordinaire. Le Garde est en outre protégé d'une épaisse armure dorsale faite d'écailles. Ils sont de fait tout désignés pour les questions marines. Des questions ? »

Le Professeur promena son regard sur la salle. Pas de réponse, pas plus de réactions que d'habitude. Il continua, désignant de sa baguette la dernière catégorie :

« Chez le Scorpion-Sentinelle, vous pouvez noter l'apparition d'un dard et de pinces à la place des bras. Le dard est équipé d'une réserve de poison, paralysant chez la Sentinelle et essentiellement fait d'acide corrosif chez le Garde. Leurs pinces peuvent aussi bien attraper que trancher ou œuvrer pour leur défense. Le Garde, quant à lui, comportera en outre une carapace qui couvrira son corps plus sûrement et plus durement qu'une armure conventionnelle. Il n'est pas aussi puissant que l'Ours, mais sa résistance est hors norme. »

L'Ancien s'interrompit.

« Tout le monde suit ? »

Une étudiante leva timidement la main.

« Oui ?

– Et qu'en est-il pour le Loup ? »

Tous les regards se braquèrent sur l'Ancien. Dès qu'il était question d'un sujet interdit, il était absolument certain d'avoir l'attention de tous. Il soupira intérieurement.

« Nous ne l'aborderons pas, répondit fermement l'Ancien. Saphir ne nous intéresse pas et n'a aucune raison de le faire puisque son peuple s'est révélé égoïste et a failli nous mener à notre perte », se justifia-t-il devant la moue de l'étudiante.

Il se tourna vers le reste de son auditoire, qui avait aussitôt replongé dans son marasme.

« Pour en revenir à notre cours : si les caractéristiques physiques de chacun de ces peuples sont les plus évidentes, il y a d'autres caractéristiques physiologiques qui leurs sont propres. Pouvez-vous me dire lesquelles ? »

Comme il s'y attendait, les regards se firent fuyants, plongeant dans un examen attentif de leur bureau ou d'un plafond devenu inexplicablement fascinant. À sa grande surprise, l'arrogant fils de conseiller leva hardiment la main, osant s'avancer à découvert sur le territoire de la science :

« Puisque vous évoquez les transformations sous toutes ses formes, pourriez-vous transformer votre cours en heure de liberté ? Ma physiologie s'est également transformée et brûle d'impatience de rencontrer la gent féminine… ! »

L'Ancien en fut pour ses frais. La classe pouffa de rire, commentant allègrement et à voix basse cette sortie pour le moins inattendue. Le Professeur soupira. Ce n'était pas l'envie qui lui manquait de mettre cet impertinent à la porte, tout fils de politicien qu'il fut.

« Mais bien sûr, jeune insolent… Mais uniquement quand vous serez capable d'une tout autre métamorphose : celle de transformer votre bêtise en intelligence. Car en admettant que cela puisse arriver un jour, c'est une chose qui vous prendra assurément beaucoup de temps… Car vous possédez beaucoup de la première, et bien peu de la seconde… »

La répartie fit mouche. La salle éclata de rire. Humilié, l'étudiant apostropha son interlocuteur avec véhémence :

« Comment pouvez-vous vous permettre de…

– Je peux ! le coupa brusquement l'Ancien. Je le peux parce que je suis votre professeur et que vous n'êtes qu'étudiant, en admettant que ce mot signifie quelque chose pour vous. Alors, si vous souhaitez enrichir le cours de vos remarques pertinentes, je suis tout ouïe, sinon je vous prie de bien vouloir vous taire et de laisser les autres travailler. Me suis-je bien fait comprendre ? »

Vaincu, l'étudiant récalcitrant plongea la tête dans son bureau, martelant le bois de ses doigts, mécontent. Il ne savait même plus ce qui l'énervait le plus, la pique de son professeur ou les rires mêlés de quolibets de ses collègues. S'il avait été là, son père n'aurait pas laissé passer ça. La classe se calma et un nouvel intérêt s'éveilla pour le cours de l'Ancien.

« Toujours pas de réponse ? »

Le Professeur guetta une réaction, mais personne n'intervint. Et juste au moment où il allait donner la réponse, une petite voix, timide, mais aussi teintée d'ennui, résonna dans la pièce. L'Ancien tendit l'oreille pour mieux entendre :

« Le Saurien dispose de capacités respiratoires supérieures pour l'apnée dynamique et statique : cette capacité augmente suivant la classe du combattant. Le Scorpion développe une extrême résistance physique, notamment contre les maladies, la faim, les chaleurs extrêmes ou les blessures ; et l'Aigle, outre sa vision exceptionnelle de rapace, est le plus capable en termes de vitesse. »

Le regard du Professeur se porta sur cette nouvelle étudiante. Théïa. Les mots avaient traversé l'air de la classe, flottant légèrement telle une évidence imprégnant l'atmosphère. Tout le monde se tourna vers la jeune fille, mais celle-ci avait déjà replongé dans la contemplation du ciel bleu, oubliant déjà ses contemporains, professeur compris. Ce dernier était tout aussi décontenancé qu'émerveillé. Il regarda Théïa et s'aperçut bientôt que les étudiants le regardaient, lui, avec amusement. Ils voyaient son trouble et s'en amusaient, attendant la suite de son discours.

« Euh…Hum… Bon… Très bien, bredouilla-t-il. Excellente réponse… Et prenez-en de la graine vous autres ! » termina l'Ancien en gourmandant les sourires hilares de certains jeunes gens – les moins attentifs, bien entendu.

Vraiment, cette jeune fille l'étonnait : ses connaissances étaient stupéfiantes. Le Professeur se racla discrètement la gorge, autant pour s'éclaircir la voix que pour reprendre de l'assurance.

« Voyons maintenant leurs fonctions… »

Et la classe replongea dans une atmosphère studieuse, ponctuée par les seuls soupirs d'ennui de l'étudiant sermonné, et par la voix chaude de l'Ancien qui expliquait avec passion :

« Les Sentinelles suivent une formation habituellement militaire, mais il arrive aussi que certaines préfèrent la voie civile et créent leur propre entreprise de convois ou choisissent tout simplement de reprendre le métier familial. Dans l'armée, elles sont essentiellement assignées à des missions de surveillance, de messagers ou d'éclaireurs en cas de conflit, et forment les soldats. Elles sont généralement recrutées par les armées du royaume où elles vivent, au Siège, ou bien encore par les marchands, comme guides ou mêmes négociateurs. »

L'Ancien regarda attentivement sa classe, en scrutant les visages, pesant bien sûr ses mots :

« Et je vous prierai de prêter une attention toute particulière à ce dernier point : vous-mêmes, en tant que fils et filles de marchands, serez appelés à traiter avec eux. Ne les prenez pas de haut, traitez-les d'égal à égal, car ils sont assez chatouilleux sur le respect. Certains de vos pairs ont perdu la vie pour une erreur de jugement. »

Le Professeur vit des regards d'incrédulité. Il fit mine de ne pas y faire attention et continua, satisfait de son petit effet.

« Les Gardes, maintenant. Sur le même modèle que les Sentinelles, les Gardes optent le plus souvent pour une carrière militaire, où leur talent est apprécié à leur juste valeur. On peut leur confier des postes de plus ou moins haut commandement, et ils sont le rempart des villes. Ce sont eux qui forment les Sentinelles. Et c'est aussi à eux que sont souvent confiées la garde et la défense des cités. Ils savent gérer une garnison, le ravitaillement, et sont tout à fait aptes à prendre une décision en cas d'absence de commandement. Ceux qui choisissent la voie civile restent le plus souvent dans le même domaine et s'occupent d'administrer les demeures des plus aisés. Quant à une minorité, ils préfèrent le domaine mieux rémunéré, mais plus dangereux de la garde rapprochée. »

Nouveau coup d'œil de l'enseignant aux élèves. Apparemment, cette partie du cours paraissait les intéresser un peu plus que l'Histoire d'Émeraude. Tant mieux, au moins, il n'aurait pas tout perdu. Un bref regard au sablier qui trônait sur son bureau : le sable n'était pas encore totalement écoulé. Il continua avec entrain.

« Terminons par la classe des Élites. C'est la classe guerrière la plus puissante de Terra. À eux, leur sont réservés les hauts commandements et tout ce qui concerne les défenses de palais. Les meilleurs d'entre eux peuvent être sélectionnés pour aider à la défense du Siège, et mettre leurs compétences au service de notre Grand-Prêtre. Contrairement aux classes précédentes, ils reçoivent une solide formation en diplomatie et constituent de ce fait le fer de lance des souverains dans les échanges intercontinentaux. Beaucoup terminent leur carrière dans l'instruction et la formation de leurs successeurs, ou bien en tant que consultants auprès de notables, du fait de leurs connaissances étendues sur les relations entre pays. Une seule armée d'Élites plurielle existe et elle se trouve au Siège, sous l'autorité du Grand-Prêtre Prodotès et de la Grande-Prêtresse Miarah, non en tant que force de frappe, mais en tant que symbole d'union et d'équilibre des quatre peuples. »

Nouveau regard au sablier. Le sable avait fini de s'écouler. L'Ancien regarda sa petite assemblée. Bon, il avait au moins réussi à les intéresser à quelque chose.

« Bien. Si vous n'avez pas de questions, mon cours est terminé. »
Raclements de chaises déplacées et cohue suivirent aussitôt ses derniers
mots. Tandis qu'ils quittaient la salle, le Professeur soupira. Et fut aussitôt saisi d'un doute : quand il avait été étudiant, avait-il déjà été aussi in-
discipliné ? Avant que le doute ne devienne certitude, l'Ancien préféra
balayer d'un haussement d'épaules cette embarrassante question.

Théïa fut la dernière à sortir. Les étudiants s'égaillèrent comme
une nuée d'oiseaux effarouchés et elle se retrouva bien vite seule. Non
pas que le cours avait été plus ennuyeux que d'habitude – le Professeur
expliquait bien –, mais elle se sentait étrangère dans ce monde clos que
son père voulait qu'elle côtoie. Elle avait écouté d'une oreille distraite,
vagabondant dans ses pensées, et n'avait éprouvé nul attachement à ce
microcosme estudiantin. Non, décidément, elle ne se sentait pas chez
elle. Elle assura sa prise sur la liasse de parchemins grossiers qu'elle avait
emportés pour prendre des notes et les coinça contre sa poitrine. Nul besoin d'attendre que l'encre sèche : elle n'avait rien écrit. Elle n'en avait jamais vraiment eu besoin.

La jeune fille fit quelques pas, sortant de l'ombre du vieux mais
beau bâtiment qui était son école. L'ancienne et vaste demeure de pierres
avait autrefois été une école de marine et se distinguait par des armoiries
au-dessus de l'entrée principale, des ancres entrelacées, aux chaînes tour-
billonnantes et surmontées de deux griffes entrecroisées. Berceau des
meilleurs capitaines d'Émeraude, elle avait ensuite été rachetée par de
riches commerçants pour en faire un lieu de culture et de négoce, ainsi
que le nouveau fleuron de la marine marchande. Théïa soupira. C'était
un lieu qui, à son humble avis, avait beaucoup perdu avec sa nouvelle
étiquette. Sa classe n'en était que le plus bel exemple.

Théïa avança encore un peu et sentit les rayons du soleil caresser
la peau de ses jambes sous sa robe bleue sans prétention, ainsi que ses
pieds, chaussés de simples mais solides sandales de cuir. Continuant
d'avancer, elle frissonna sous la légère morsure de la chaleur. Elle aimait
se chauffer au soleil, tranquillement, se laisser bercer par le bruit des
vagues qui ronronnaient dans leur incessant va-et-vient sur la plage.
Théïa leva la tête vers le ciel, cet immense espace bleu qui s'étalait enfin
sous ses yeux dans toute sa splendeur, réplique exacte de l'océan par sa
couleur et sa profondeur, regarda distraitement les Lunes qui pares-

saient, et remarqua le très mince croissant bleu nuit, qu'elle avait déjà aperçu quelques jours auparavant. Elle s'en désintéressa rapidement, respirant à fond l'air marin, goûtant l'iode de la mer porté par le vent sur ses lèvres, une douceur toute saline qu'elle ne cessait de savourer avec plaisir. Puis son regard se promena vaguement sur le grand palais royal, qui bourdonnait continuellement comme une ruche. Théïa n'arrivait pas à comprendre comment on pouvait préférer vivre dans cette immense bâtisse, certes jolie, mais tellement bruyante, avec tellement de gens qui se marchaient sur les pieds, couraient en tout sens, affolés par d'autres gens pressés qui donnaient des ordres sans queue ni tête. Ce monde n'était décidément pas fait pour elle.

Elle vit un peu plus loin l'immense Bibliothèque, réputée sur tous les continents de Terra comme un joyau de savoirs. Elle n'avait jamais eu l'occasion d'y aller. En avait-elle déjà seulement eu envie ? Elle ne croyait pas. Elle étoufferait dans cet espace clos, sûrement poussiéreux, occupé par des personnes constamment irritées d'entendre le craquement d'une chaise qui n'avait pas eu la sagesse d'esprit de craquer en silence ; de sentir cette odeur de renfermé et de vieux papier, peut-être suffocante, mais sûrement irritante pour les yeux et les bronches. Théïa s'en détourna. Un léger courant d'air la fit frissonner, à peine tiède. Elle se mit à marcher pour se réchauffer.

Tournant le dos aux bâtiments royaux orientés vers l'ouest et le soleil couchant, elle se dirigea vers l'est. Elle quitta les beaux quartiers de la capitale, longea la fontaine de la place centrale et partit vers les quartiers plus populaires, plus marchands, là où son père avait élu domicile pour cette étape à Émeraude. Elle marcha à travers les quartiers résidentiels souvent imaginés par les plus grands architectes du pays, aux grandes maisons de pierres blanches accompagnées de jardins arborés et fleuris, dont certaines possédaient même leurs propres écuries et dépendances. Les exhalaisons des fleurs printanières emplissaient et embaumaient l'air, inondant les allées de leurs innombrables parfums entremêlés, des saveurs quelquefois légères, un peu amères, quelques fois plus suaves, plus sucrées.

Théïa quitta rapidement ces endroits trop grands et trop odorants qui lui faisaient tourner la tête pour s'enfoncer dans les faubourgs qui bordaient le centre-ville. Elle fronça le nez, aussitôt assaillie par les parfums d'épices et les odeurs de nourritures qui garnissaient les échoppes, se mélangeaient dans l'atmosphère en une masse d'intenses senteurs de tous horizons : poivres, baies, herbes aromatiques, piments et condiments se mêlaient aux effluves de viandes, poissons, légumes, bouillis, crus, assaisonnés, cuisinés, mijotés pendant quelques brèves minutes ou des heures durant, prenant des couleurs blanches, jaunes, brunes, rouges, orangées, vertes ou rosées. Tous ces arômes étourdissaient les sens et affolaient les papilles. Les restaurants se confondaient aux étals et formaient tous ensemble une agglomération de couleurs, de saveurs, de fragrances, d'accents toniques ou plus monocordes, qui en faisaient un lieu cosmopolite et exotique. Du pas de leur porte, les uns vantaient la très bonne friture accompagnée de son hydromel frais et rafraîchissant pour des tarifs extrêmement raisonnables, tandis que d'autres brandissaient avec force d'arguments ici une volaille bien portante bien qu'un peu atone, là, un rongeur replet, mais pelé qui s'attaquait énergiquement aux barreaux de sa cage ; d'autres commerçants encore faisaient humer au client des épices aux odeurs poivrées, chargées de promesses envoûtantes pour lesquels des marmitons se seraient volontiers laissés emporter ; des marchands au teint hâlé exhibaient des colliers de verre, de coquillages, mais aussi d'autres bijoux d'origine plus ou moins douteuse, aux couleurs chatoyantes et séduisantes, qui faisaient briller de bonheur les yeux de ces dames quand leur mari ou amant accrochait l'objet de leur convoitise à leurs cou et poignets ; ou bien montraient avec des gestes précieux des tissus, soieries et laines multicolores, plus ou moins éclatants, plus ou moins lumineux, mais qui formaient une mosaïque de coloris aux nuances variées, propres à faire pâlir d'envie bien des couturières de Terra.

Théïa évita avec soin les uns et les autres, esquivant avec la grâce d'une anguille celui ou celle qui voulait absolument lui faire essayer un châle ou un pendentif, ou plissant le nez devant les odeurs écœurantes d'une viande un peu trop faisandée ou épicée. Accompagnant ses refus d'un triste sourire et d'un geste ferme de la main, elle se hâta de dépasser sans un mot ce quartier trop bruyant, afin de gagner une nouvelle tranche de rues, plus calmes cette fois-ci. Les habitations y étaient de pierres et de bois, plus hautes, moins bien entretenues aussi. Les boutiques qui bordaient la rue au rez-de-chaussée arboraient une pauvre devanture, bien peu d'étalage, et la mine revêche de leur propriétaire dissuadait les quelques rares clients déjà peu enclins à faire des affaires à s'attarder dans ce quartier.

L'habitat était quant à lui dans les étages, peuplé par les plus pauvres, souvent dans une unique pièce, et dans laquelle s'entassaient des familles s'étalant sur deux ou trois générations. Les rues étaient néanmoins propres et la saleté subsistait principalement sur les façades des maisons, sur lesquelles des traînées noires ou grisâtres affectaient les rebords des fenêtres, là où l'eau de pluie s'écoule et ne peut sécher à cause d'un soleil absent, trop souvent éclipsé par des murs construits trop rapprochés. L'ensemble était triste, contrastant nettement avec les demeures et les riches bâtiments que la jeune fille avait vus dans le centre de la ville. Mais Théïa préférait cet endroit, moins voyant, plus discret, loin de cette agitation qui la mettait mal à l'aise. Son seul regret était qu'ils étaient trop loin de la mer.

Elle poursuivit son chemin, traversant des rues qui se suivaient et se ressemblaient, et arriva enfin à destination. La porte d'une petite maison que rien ne distinguait de ses voisines lui procura une sensation de soulagement et de tranquillité. Elle était enfin arrivée chez elle. Théïa actionna la poignée et poussa la porte. Elle s'ouvrit sans encombre. Il faisait sombre à l'intérieur. Les rideaux étaient tirés et elle dut attendre un léger moment pour que ses yeux s'habituassent à l'obscurité. Elle vit néanmoins tout de suite la silhouette large et massive de son père, assis sur le lit, les coudes posés sur les genoux, ses doigts joints entre eux. Il venait de se réveiller. Un sourire un peu plus lumineux effleura les lèvres de Théïa :

« Bonjour, Père... »

Béroc leva la tête. Une barbe noire, fournie, mais sans être longue, des cheveux bruns un peu longs et coiffés en arrière cachaient un visage à l'expression souvent triste. Ses yeux d'un beau brun foncé, dissimulés par des sourcils broussailleux, dévisageaient sa fille dans le contre-jour de la porte. Les rayons de lumière encadraient ses cheveux blonds et paraissaient l'auréoler de lumière. Il sourit lui aussi, tristement. Il avait inscrit Théïa dans la meilleure école de la ville et puis s'était mis en quête d'un logement discret et éloigné du centre d'Émeraude, mais pas non plus dans un quartier malfamé.

Il avait réussi ce tour de force en trouvant une ruelle grise mais paisible, garnie de petites maisons accolées les unes aux autres, mais surtout désertée des mendiants et de la populace habituelle de tire-laine et de filles de joie. Et parmi ces maisons, Béroc en dénicha une qu'un propriétaire éploré avait besoin de louer pour payer ses trop nombreuses dettes de jeux. Trop fainéant pour travailler, il n'avait trouvé comme seul moyen de rembourser ses créanciers que de mettre son bien à louer, au prix le plus indécent qui soit, cela allait de soi. La maison était bien loin d'être un modèle de confort, même si le propriétaire lui avait vanté le contraire. Béroc n'avait pas voulu payer avant de voir le logement. Quand il était entré pour vérifier la salubrité du lieu et visiter ce qui deviendrait leur demeure, il s'était attendu à pire. Le mobilier était réduit à son strict minimum : une épaisse table tâchée par endroits, polie par les années et les frottements des coudes sur le bois ; des billots en guise de chaises ; et un lit dur, qui ressemblait à un cercueil trop grand. Dans un coin, un simple morceau de toile séparait le reste de la chambre pour en faire le coin des ablutions, avec une bassine et un pot de chambre, tous deux d'une propreté discutable. Une autre porte s'ouvrait derrière, donnant sur une petite cour avec un puits. Au final, la pièce était certes petite et sombre, mais au moins elle était sèche et propre, ne portait pas de traces d'humidité, et ne semblait pas habitée par les rats : l'absence de déjections, les murs intègres et non abîmés par leurs griffes, tout cela était autant de signes que cette habitation était saine, si l'on exceptait l'épaisse couche de poussière qui garnissait le mobilier. Le propriétaire passait vraisemblablement toutes ses nuits et journées dans les tripots de la ville. Mais Béroc ne demandait pas mieux : un toit, c'était tout ce qui comptait. Il avait quand même négocié le prix de location au rabais : le propriétaire endetté en avait d'abord voulu trente piécettes de bronze la semaine – bien au-dessus des moyens de Béroc. Pour toute réponse, celui-ci lui avait tourné le dos et avait fait mine de s'en aller. L'escroc en fut tout affolé à l'idée de voir partir sa source potentielle de revenus et avait commencé à revoir ses exigences à la baisse. Béroc n'avait dit mot, l'avait juste fixé d'un regard sévère, croisant ses larges bras sur sa poitrine qui l'était tout autant. Sans un mot, il avait pris l'ascendant sur son interlocuteur intimidé, qui s'était fait suppliant. Béroc avait soudainement conclu le marché pour dix piécettes et avait remercié le propriétaire d'un grand sourire. Déstabilisé par ce soudain changement d'attitude, l'aigrefin avait accepté sans comprendre, s'était retrouvé avec son dû dans la main sans pouvoir articuler un mot, avant d'être gentiment chassé par son nouveau locataire. Le battant avait claqué et le bailleur s'était vu en quelques minutes à la porte de sa propre maison.

Profitant de l'absence de Théïa, Béroc avait inspecté une dernière fois la maison dans les moindres recoins. Il n'avait rien trouvé et était parti en quête d'un emploi, sur le port. On avait toujours besoin de main-d'œuvre pour décharger les cargaisons des navires et il comptait bien sur son physique pour convaincre les recruteurs, comme il l'avait déjà fait des dizaines de fois. Béroc était un colosse – mais non un géant –, trapu, aux épaules larges, et doué d'une force exceptionnelle, qu'il entretenait soigneusement pour mieux protéger sa fille. Et malgré son apparente cinquantaine, il imposait le respect quand il s'agissait de hisser les uns sur les autres les tonneaux pleins de salaisons ou de vin pour qu'ils prennent moins de place dans les entrepôts. Il avait déjà en outre travaillé de nombreuses fois avec les marins, et savait quel parti prendre pour gagner suffisamment d'argent et assurer le loyer et la nourriture.

Trois semaines s'étaient ainsi écoulées. Puis les bateaux étaient repartis, et, à la fin de la nuit, il s'était de nouveau retrouvé sans emploi. Juste avant qu'il ne se remette à chercher – il avait déjà son idée –, il avait dormi. Tous les soirs, il avait terminé son travail tard dans la nuit. Le chargement des cargaisons s'était fait pour beaucoup à la lumière de torches suite à des retards de livraisons terrestres, afin que les navires puissent appareiller dès le lendemain matin avec la marée haute. Il rentrait ainsi aux aurores, épuisé. Béroc voyait sa fille se réveiller pour s'assurer que c'était bien lui et se rendormait un peu plus paisiblement, un peu plus sereinement. Il l'embrassait avec douceur sur le front, puis se couchait par terre. Ce n'était qu'au départ de sa fille qu'il prenait le lit, finalement à peine plus confortable. Et comme d'habitude, son sommeil était sans rêve, triste, réparateur pour le corps, mais non pour l'esprit. Théïa rentrait aux alentours de midi et repartait un peu plus tard. À peine quelques mots étaient échangés, beaucoup de regards dans lesquels se lisait l'affection d'un père pour sa fille, ou bien la tendresse d'une fille pour son père. Tout était tellement plus explicite que des mots. Et maintenant, il l'observait dans l'encadrement de la porte. Il savait qu'elle n'était pas heureuse dans ce lieu d'instruction. Cela lui était douloureux, mais il avait voulu qu'elle suive ces enseignements pour qu'elle puisse un jour tenir le rang et la charge qui lui étaient destinés.

« Bonjour, ma chérie… »
Il était las, arrivait à peine à sourire, et regrettait de ne pouvoir mettre plus d'enthousiasme dans sa voix. Des cernes noirs marquaient les yeux de Béroc. La fatigue se lisait littéralement sur son visage. Théïa entra dans la pièce un peu obscure. Elle s'approcha de son père et se mit à ge-

noux pour planter son regard dans le sien, dirigé vers le sol.

« Ça va ? » demanda-t-elle inquiète.

La barbe de Béroc s'étira, laissant apparaître deux lèvres minces qui souriaient.

« Oui, ne t'inquiète pas… »

Béroc lui caressa la joue, et Théïa blottit sa tête dans la large main calleuse. Le contraste surprenait toujours entre sa douceur et son apparence herculéenne.

« Je suis juste un peu fatigué. J'ai terminé tard cette nuit. Et toi ? Les cours étaient intéressants ? »

Théïa fit la moue, et se releva.

« Je m'ennuie, Père. Tout ce que le professeur enseigne, je le connais déjà ! Vous m'avez déjà tout appris… !

– Je suis si bon professeur que ça ? » rit doucement Béroc.

La petite plaisanterie arracha un sourire à sa fille, la rendant encore plus charmante. Béroc s'y attarda un instant. Inutile de lui dire – à lui, son père – qu'un tas de bellâtres devaient lui tourner autour. Mais il savait tout aussi sûrement qu'ils repartaient bien vite la queue entre les jambes, échaudés par une Théïa distante, aussi timide que réservée. Et cela contrastait pourtant avec sa grande maturité. C'était peut-être cela qui la rendait si différente. Elle réfléchissait beaucoup, avait des raisonnements pertinents, et des réflexions étonnamment sages, que certains hommes et femmes n'auraient probablement pas une seule fois dans leur vie. Sans doute parce que, contrairement à elle, ces derniers n'avaient pas cette sensation de malaise qui durait, qui la faisait douter et réveillait en elle la crainte d'être à la mauvaise place, la poussant ainsi à se remettre en question pour tenter de trouver une nouvelle réponse, qui ne la satisferait peut-être même pas…

Théïa se servit un verre d'eau, versant dans un récipient de bois un liquide qu'elle tenait pour des plus précieux. Elle en avala une gorgée, laissant l'eau inonder son palais, toute sa bouche. Sa fraîcheur lui fit du bien, même si elle avait un atroce goût de tannin. Elle se retourna vers son père, son verre à la main et s'appuyant contre la table.

« Père, pourquoi avons-nous dû partir des côtes de la Mer Méridionale ? Pourquoi voyageons-nous tant ?… »

Béroc regarda sa fille, sans dire mot. Toujours les mêmes questions. Et lui avait toujours les mêmes réponses, les mêmes doutes, les mêmes peurs aussi.

« Je n'avais plus d'emploi pour subvenir à nos besoins… Nous devions partir… »

Théïa ne dit rien. Elle s'était attendue à cette réponse. La Mer Méridionale était, comme son nom l'indiquait, plein Sud, et plus exactement au Sud du Siège, bordant le continent d'Éther sur son côté est, et le continent des Sables sur son côté ouest. La mer y était d'un beau bleu foncé, transparente, chaude et accueillante. Sa douceur saline était sans nul autre pareil. Quand son père n'avait plus trouvé de travail sur Éther, ils étaient revenus sur le continent d'Émeraude, bordé à l'ouest par l'Océan, aux eaux profondes et froides, et au nord par la Mer Septentrionale, une mer qui oscillait entre le vert les beaux jours et le marron les jours de gros temps, et tellement froide qu'elle en était devenue le refuge des glaces. Beaucoup de légendes rapportaient que c'était à cause de l'influence maléfique du continent des Loups, qui bordait cette mer à l'est et qui tuait tout ce qui s'en approchait. Béroc soupira, entre fatigue et abattement.

« Je sais que c'est dur, Théïa… Mais pour l'instant, nous devrions pouvoir rester suffisamment longtemps à Émeraude. La ville est en plein essor, et j'ai toutes mes chances pour trouver un emploi à la scierie, à l'orée de la Grande Forêt. Un des marins m'a dit qu'ils cherchaient du monde là-bas. »

Théïa acquiesça en silence. Elle n'était pas dupe, mais elle ne disait rien. Une fois, elle avait essayé d'insister, mais son père s'était muré dans un silence qui lui avait fait peur. Depuis, elle ne posait plus de questions et respectait ses décisions, ou du moins, elle s'en satisfaisait. Voyant que le regard de sa fille avait replongé dans la tristesse, Béroc adoucit sa réponse.

« Nous resterons à Émeraude quelque temps, pour que tu puisses au moins parfaire tes connaissances sur ce continent. Puis, si nous le pouvons, nous repartirons vers la Mer Méridionale, peut-être aux Sables. Cela te convient-il mieux ? »

Un sourire éblouissant éclaira le visage de sa fille.

« Merci, Père ! »

Il était rare que son père lui fasse des concessions comme celle-ci. Elle n'en avait que plus de saveur. Son humeur s'éclaircit d'un coup. Elle devait retourner à ses cours cet après-midi, mais au moins, elle y retournerait l'esprit plus léger. Elle réfléchit un instant. Il faisait beau aujourd'hui et Béroc était fatigué. Le grand air lui ferait du bien.

« Et si nous allions faire un tour à l'Océan ce soir ? proposa-t-elle.

– Je te vois venir, jeune effrontée ! rit Béroc. Tu veux déjà partir ! »
Théïa rit à son tour, déjà plus guillerette.

« Bien sûr, approuva Béroc, ça nous fera le plus grand bien ! On se re-
trouve là-bas, en face de la Grande Bibliothèque.

– C'est d'accord ! »
Finalement, l'après-midi allait peut-être être moins ennuyeux que prévu.

Béroc se leva pour se préparer à partir. Il n'avait pas mangé, il
achèterait quelque chose en route, il y avait suffisamment de marchands
de denrées pour lui mettre l'eau à la bouche avant d'arriver à la scierie.
Il se leva et alla fouiller dans son sac posé au pied du lit. Il en sortit un
petit paquet enveloppé dans une grande feuille verte.

« Tiens, je t'ai acheté ça ce matin pour ton déjeuner. Une spécialité
d'Émeraude : viande au miel et aux pois. Tu m'en diras des nouvelles ! »
Théïa sourit, mais ne put s'empêcher de le gourmander gentiment.

« Vous deviez dormir toute la matinée ! J'aurais pu m'en occuper toute
seule !

– Et te voir manger de la viande faisandée comme la dernière fois ?
Non, merci, je n'ai pas envie de te voir malade ! »
Théïa lui fit une grimace :

« La viande était épicée, et je n'ai rien senti ! »
Béroc la prit dans ses bras, dans une paternelle étreinte. Le spectacle eut
prêté à rire en voyant Théïa presque entièrement cachée et blottie dans
les bras de ce géant, mais ce spectacle était aussi un moment qu'affectionnait la jeune fille pour se sentir proche de son père, entièrement protégée par ces bras si puissants. Puis, Béroc se dirigea vers le petit espace
d'ablutions, se rinça le visage dans la gamelle d'eau propre, et essuya les
gouttes restantes avec un tissu propre. Il reprit son sac qui contenait pour
unique bagage une vieille outre de cuir remplie d'eau, et se dirigea vers
la sortie avec un dernier adieu et un clin d'œil entendu :

« À ce soir sur la plage ! »
Théïa le regarda partir avec un sourire heureux. Mais dès qu'il eut franchi le seuil et que la porte se fut refermée derrière lui, son sourire redevint triste, puis disparut. Elle soupira, s'assit sur un billot et commença
à manger du bout des lèvres le déjeuner que son père lui avait apporté.
C'était délicieux, mais le goût amer de la tristesse et de la solitude en gâchait la saveur.

Chapitre 11

L'araignée termina enfin de tisser sa toile. Elle contemplait maintenant avec satisfaction son œuvre faite de fils solides et collants, piège impitoyable pour capturer ses proies et assurer sa pitance. Il n'y avait plus qu'à attendre. Elle se mit à l'affût et demeura immobile, pétrie d'une infinie patience. Elle n'eut que quelques instants à attendre. Mais l'animal qui se prit dans la toile anéantit tous ses espoirs d'un seul coup. Une espèce qu'elle n'avait jamais vue faucha son piège minutieusement préparé et s'enfuit aussitôt, sans laisser le moindre morceau de nourriture. Si elle eût été dotée d'une voix, nul doute qu'une bordée d'imprécations aurait suivi le vandale. Mais il n'en fut rien. Placidement, avec la ténacité qui la caractérisait, l'araignée se remit à tisser.

Kleptos enleva en grognant la toile d'araignée qui s'était prise dans ses cheveux. Il chassa vigoureusement les fils transparents qui couvraient sa tignasse brune et s'essuya les mains sur sa tunique déjà ravagée par les salissures. Et pour la énième fois de la journée, il se plaignit à Ektos, guère de meilleure humeur que lui.

« Dis, on sort quand de cette forêt ?! J'en ai marre de manger des insectes à longueur de journée !

– Arrête de me casser les oreilles avec tes simagrées ! Je n'en sais pas plus que toi ! Si tu veux des précisions, demande à la patronne !

– Pas la peine de me tancer, répliqua le petit homme vexé. Je voulais juste savoir si…

– T'as une araignée qui te court sur le chef ! le coupa son compagnon.

– Quoi ?! sursauta le voleur. Ektos… ! »

Mais Ektos avait déjà tourné les talons, sans attendre les nouveaux hurlements de Kleptos qui retentissaient déjà sous la voûte végétale. Celui-ci se donnait maintenant de grandes claques retentissantes, tâchant de déloger l'indélicate supposée être prisonnière de son système capillaire. Pendant qu'il se démenait et que sa peau prenait une jolie teinte rouge vif sous ses assauts répétés, un soldat intrigué rattrapa Ektos et lui demanda tout bas à l'oreille d'un air de conspirateur :

« Chef ! Mais il n'y avait pas d'araignée sur le sous-chef Kleptos... !

– Je sais bien, répondit l'intéressé, mais il apprendra au moins à se plaindre pour quelque chose. Quant à toi, dis-le lui et tu te retrouveras attaché avec le séant sur une fourmilière, vu ? »

Le soldat avala péniblement sa salive, et hocha la tête.

« Euh... vu... chef...

– Bien ! Maintenant, dégage ! »

Et Ektos continua, plantant derrière lui le soldat abasourdi et Kleptos qui continuait de vociférer en se donnant allègrement des mornifles pour chasser dans son dos des araignées qui ne galopaient que dans son imagination.

En réalité, Ektos était d'une humeur massacrante depuis qu'ils avaient quitté Béryl. Et surtout depuis que Daïna avait repris le commandement, voici maintenant vingt-deux jours. Avec elle, pas question de traîner, il fallait tout faire au pas de charge. Pas le moindre moment de détente. Juste marcher, manger, dresser le campement, marcher, manger, dresser le campement. Donner des ordres, ça, elle savait faire ! Et il avait de plus en plus de mal à supporter ce ton autoritaire et supérieur qu'elle prenait avec lui. Il était son subalterne, certes, mais ça n'était pas une raison pour lui donner perpétuellement des ordres ! De plus, elle ne restait que peu de temps avec les hommes, parlait peu, faisait toujours mine d'être préoccupée par quelque affaire dont Madame s'en gardait la teneur, et semblait partager tous ses secrets avec le vieux Limane ! À se demander ce qui se passait entre eux ! Ektos savait qu'il n'en était rien, mais il ne pouvait s'empêcher de propager des rumeurs vicieuses sur le compte de la Hiérarque. Cela l'amusait. Mais il se lassa pourtant bien vite de ce petit jeu : il y avait trop peu de réactions de la part des soldats. Tous étaient aussi amorphes les uns que les autres. Non, c'était clair : il ne supportait tout simplement pas d'être sous son autorité, à ce poste qu'il aurait dû avoir. Mais lui n'était pas le préféré du Grand-Prêtre. Il avait travaillé dur pour en arriver là où il était, mais il savait qu'il y avait des choses qui ne s'achetaient pas. Ou pour lesquelles il fallait être très patient.

Alors, il continuait de marcher sans un mot, ne cessant de ruminer un ressentiment qui lui laissait un goût de bile dans la bouche, rabrouant ses soldats dès que Daïna avait le dos tourné. Et dire que ces imbéciles en étaient venus à craindre son humeur ombrageuse. Quelle bande de pleutres ! Seul Kleptos n'avait pas peur de lui. Et lui seul ne manquait pas une occasion de se moquer de lui. Pas devant ses hommes, heureusement. Quelque part, cela l'énervait, mais d'une autre part, cela le rassurait. Pour ne pas dire que cela lui faisait presque plaisir. Il avait besoin de sentir quelqu'un en face pour lui répondre. Peut-être aussi pour se sentir moins seul. Car, il était vrai que la solitude avait été sa seule compagne pendant bien des cycles et il ne la connaissait que trop bien. Maintenant qu'il avait goûté à la compagnie du voleur, il se sentait pour ainsi dire presque en famille. Le mot était à peine exagéré.

Chassant ces sombres pensées comme il le pouvait, Ektos regarda devant lui. Les arbres se succédaient aux arbres, les plantes se succédaient aux plantes et les insectes se succédaient aux insectes. La piste qu'ils suivaient continuait d'être cette étroite bande de terre qui sinuait entre les arbres, à peine assez large pour laisser passer un petit chariot, et qui paraissait être sans fin. Daïna et Limane continuaient d'avancer en tête, ouvrant la marche quelques pas devant, le plus souvent montés sur leurs chevaux quand les hautes frondaisons des arbres le leur permettaient. Quand ils parlaient, c'était à voix basse, vraisemblablement de peur que quelqu'un surprenne ces confidences. Ce qui ne faisait qu'accroître l'énervement – la jalousie, surtout – d'Ektos. Celui-ci poussa un nouveau long soupir, entre agacement et impuissance, et se résigna à avancer encore, et encore, tandis que résonnait derrière lui le pas de ses camarades, aux esprits dénués de rêves et d'ambitions.

Daïna se laissait bercer par le pas de son cheval, restant la plupart du temps plongée dans ses pensées, n'accordant que quelques brèves minutes à donner des ordres et à vérifier l'installation du campement lorsque la nuit tombait. Elle vérifiait machinalement le bon entretien de l'équipement de ses hommes, mangeait la même nourriture qu'eux, nourrissait les chevaux et dormait à même le sol, une couverture jetée sur ses épaules et une autre roulée en boule sous sa tête. En général, elle se reposait près de son vieux mentor, Limane. Elle n'ignorait pas que cela faisait jaser, mais elle s'en moquait : sa présence la rassurait d'une certaine façon, non pas à cause de la promiscuité qu'elle pouvait avoir avec ses soldats – cela ne la dérangeait nullement –, mais pour la tranquillité de l'esprit. Elle était indépendante, prenait ses décisions seule et savait tout aussi bien se défendre. Mais la présence de Limane avait le don de l'apaiser, chose que, curieusement, elle ressentait moins en présence du Grand-

Prêtre, qui l'avait pourtant recueillie. Et en ce moment, elle avait vraiment besoin de se sentir calme : la mission que lui avait confiée Prodotès était délicate, au point qu'il lui semblait devoir rechercher une aiguille dans une botte de foin.

Limane, quant à lui, voyait bien que son ancien élève était préoccupée. Et malgré l'envie qui le tenaillait de lui parler seul à seule pour lui faire part d'un certain nombre de sujets sensibles, il s'astreignait à la patience, respectant le mutisme de celle qui était hiérarchiquement au-dessus de lui. Comme elle, il n'avait que faire des clabauderies : il était un militaire de carrière, avait le respect des soldats et, plutôt que de donner corps à ces commérages, préférait laisser courir ces bruits certes désagréables mais que tous savaient infondés. Il avait toujours été proche de Daïna, éprouvant pour cette femme au caractère bien trempé une affection toute paternelle, lui qui n'avait jamais eu d'enfants. En retour, la jeune femme le gratifiait de la même affection et d'une fidélité sans faille.

C'était avec plaisir que Limane l'avait vue être nommée Hiérarque du Siège et revêtir l'uniforme rouge foncé de sa nouvelle charge. Il avait soutenu sa promotion parce qu'elle l'avait méritée. Depuis son plus jeune âge, lorsqu'elle avait décidé de devenir Hiérarque, il l'avait formée sans la ménager, à cheval et à l'épée. Le vieil homme avait également été son précepteur dans tous les autres domaines militaires, du combat à mains nues, à la stratégie, en passant par l'architecture défensive, la cartographie, la diplomatie et la psychologie des différentes civilisations qui composaient Terra. Il l'avait vue travailler dur pour devenir cette redoutable guerrière.

Il était fier d'elle, même si elle ne s'en rendait pas vraiment compte. Il s'était senti heureux de voir cette élève brillante réussir ses missions les unes après les autres et devenir la première femme Hiérarque, mais également la plus jeune nommée à ce poste prestigieux et difficile. Les ragots et les rumeurs étaient allés bon train sur ce choix que certains avaient considéré comme indécent : c'était un poste d'homme ! Au grand amusement de Limane, et probablement du Grand-Prêtre aussi, Daïna ne s'était pas laissé marcher sur les pieds : elle avait gagné le respect de ses hommes, sachant se montrer autoritaire sans pour autant s'en trouver tyrannique, discernant rapidement le juste milieu qui lui avait permis d'avoir toute la confiance de ses soldats.

Au début, certains d'entre eux – les fortes têtes – avaient essayé de jouer les durs en voulant la braver, avec des regards salaces, des sourires insupportables aux sous-entendus sans équivoque, jouant d'une insolence toute masculine. Certains chefs militaires lui avaient suggéré avec condescendance de mettre ceux-là aux cachots pour les mater, ayant certainement dans l'idée de prendre une place qu'elle abandonnerait sitôt la première difficulté rencontrée. Ils avaient ri quand elle avait refusé ; ils avaient ravalé leur suffisance quand ils s'étaient aperçus que la Hiérarque était exceptionnelle. Pour la jeune femme, la solution de mettre aux fers les récalcitrants était un moyen trop facile pour résoudre ses problèmes : elle ne faisait que jouer sur la crainte d'un soldat, non sur le groupe, si elle considérait que les soldats étaient solidaires dans ce groupe. Non, le seul moyen de s'imposer était de s'imposer par elle-même. Elle avait rossé les insolents elle-même, leur donnant une chance de se défendre et de prendre sa place s'ils en étaient vraiment dignes. Depuis, elle avait toujours gardé sa place et son grade. Les soldats qui l'avaient imprudemment provoquée s'étaient retrouvés à l'infirmerie du Siège, souvent avec des côtes cassées et un portrait fraîchement refait. Ça, c'était pour l'avoir défiée. Puis leur séjour s'était prolongé au cachot, juste une semaine : ça, c'était le sort réservé aux soldats pour insubordination. Cette méthode l'avait rendue populaire parmi les militaires. Elle passait pour un chef dur, mais un chef loyal et de confiance, sachant punir, mais sachant aussi récompenser. C'était tout ce qu'avait voulu Daïna. Mais cette fière guerrière n'avait pas non plus oublié une chose : jamais elle ne serait arrivée à ce rang sans l'aide de Limane.

Lorsque Daïna avait été nommée Hiérarque, Limane était naturellement passé sous ses ordres, chose qui, ce jour-là, avait fait un drôle d'effet à la Hiérarque. Elle s'y était habituée avec le temps, mais elle lui avait toujours témoigné cette affection plus particulière, somme toute filiale. Bien qu'elle dût ne faire aucune différence entre ses soldats, elle en avait tacitement fait son bras droit. Elle s'était attendue et préparée à une nouvelle vague de fronde, mais avait finalement été surprise de voir leur approbation. Limane était un homme apprécié des hommes, sincère et expérimenté, et ses soldats voyaient plutôt d'un bon œil qu'il lui prodigue sagesse et conseils. Limane. Daïna soupira. Elle était Hiérarque depuis maintenant plus de deux ans et il ne l'avait jamais quittée. Et maintenant encore, il était à ses côtés pour une mission à hauts risques, pour laquelle le seul enjeu n'était rien de moins que l'avenir de Terra.
Elle observa le vieux militaire à la dérobée. Il était à cheval, le fai-

sant marcher au pas, évitant de la tête les rares branches trop basses. Il semblait réfléchir, lui aussi. Son visage était fatigué, sa barbe d'habitude blanche était salie par la poussière du voyage et présentait une teinte grisâtre. Les cernes marquaient ses yeux, mais ceux-ci, quand on les croisait, étaient vifs et rieurs, malgré cet air grave et préoccupé qu'il arborait en ce moment. Même si Limane refusait de l'admettre et que, de fait, il endurait les longs trajets bien mieux que la plupart des jeunes soldats, son âge devenait un élément qu'il lui fallait prendre de plus en plus en considération. Le vieil homme était quelque peu chatouilleux sur ce point-là, mais Daïna se promit d'y réfléchir à son retour du Siège et d'en parler avec lui. Le Siège… Elle repensa au Grand-Prêtre, et ne put s'empêcher d'éprouver un léger malaise.

Sur le balcon, juste avant qu'elle ne parte, Prodotès avait eu quelques paroles pour le moins intrigantes. Elle n'aimait pas cela, mais elle ne pouvait s'empêcher d'y repenser, comme un papillon s'approchant une bougie : il sait pertinemment qu'il se brûlera les ailes et perdra sa vie, mais il continue de tournoyer autour de la flamme, hypnotisé. Daïna s'était sentie comme ce papillon, lorsque Prodotès lui avait murmuré pour la mettre en garde, juste avant qu'elle ne parte :

« Faites attention : cette quête s'avère difficile et l'échec envisageable. Surtout, méfiez-vous de tous… Y compris de Limane… »
Ce à quoi, il avait ajouté :

« Rappelez-vous qu'on se méfie toujours de ses ennemis, mais jamais assez de ses amis… La Corruption ne fait pas de différence. »
Et sur ces dernières paroles peu rassurantes, le Grand-Prêtre l'avait laissée partir pour Émeraude. Elle avait eu beau y réfléchir durant les différentes étapes de son voyage, elle ne voyait toujours pas pour quelles raisons elle devait se méfier de Limane. Certes, il avait ses fameux contacts qu'il refusait catégoriquement de lui donner. Et bien qu'elle soupçonnât des individus obscurs et certainement peu recommandables, elle lui faisait confiance pour des raisons qu'elle ne saurait pas même s'expliquer. Peut-être parce qu'ils jouaient un rôle dans cet Équilibre qui devait absolument être assuré sur Terra. Et c'était peut-être justement contre ce rôle, que Prodotès devait qualifier d'instable et sur lequel il n'avait pas de prises, qu'il cherchait à la mettre en garde. Il ne pouvait compter sur une faction aussi incertaine pour préserver Terra et tâchait de s'en défaire pour assurer encore davantage de sécurité contre le Bouleversement. Son visage s'était fait soucieux quand il lui avait parlé de

Limane. Pourquoi devait-elle se méfier de lui ? À peine avait-elle eu le temps de commencer à réfléchir à son propos que Prodotès l'avait congédiée d'un geste avant même qu'elle ne commençât à parler. Il n'avait pas souhaité s'étendre sur la question. Quand elle avait revu le vieil homme à Béryl, elle en avait été troublée et avait opté pour le silence à l'égard de son subordonné. Elle n'avait pas voulu, ni ne voulait le blesser. Elle était justement en train de méditer sur cette pensée récurrente quand il lui sembla qu'on l'appelait.

« Hiérarque ! »

Daïna releva la tête. Plongée dans sa réflexion, elle n'avait pas entendu Limane, qui l'appelait déjà pour la quatrième fois. Et cette fois-ci, il n'avait pas hésité à élever la voix. Elle se tourna vers lui, avec un regard interrogateur.

« Qu'y a-t-il ? »

Limane plaça sa monture juste à côté de la sienne. Il arborait un visage que Daïna imaginait tout aussi préoccupé que le sien. Sur ses traits se lisait quelque chose que la jeune femme n'eut guère de mal à déchiffrer : Limane avait besoin de lui parler, le plus tôt possible. Son doute se confirma quand elle le vit se pencher vers elle pour lui parler à voix basse :

« Il y a certaines choses dont je dois absolument vous parler. En privé… »

Limane jeta un regard méfiant autour de lui, ne vit rien qui puisse l'alerter et continua sur le même ton :

« J'ai toujours les informations que vous m'aviez demandées… Et je dois vraiment vous les communiquer au plus tôt, avant d'arriver à Émeraude. Les nouvelles ne sont pas bonnes… »

Daïna hocha la tête :

« J'ai compris : pas d'oreilles indiscrètes. Attends un instant. »

Daïna tira sur les rênes de sa monture qui s'arrêta, et se tourna vers ses hommes, qui suivaient quelques pas derrière, à bonne distance des sabots. Dès qu'Ektos fut à portée de voix, elle distribua ses ordres rapidement, comme à son habitude :

« Ektos ! Prends le commandement de la marche ! Je pars en avant avec Limane ! Nous devrions bientôt arriver. Je vous attendrai à l'orée de la forêt !

– À vos ordres, grogna Ektos.

– Bien, M'dame », ajouta Kleptos, à peine guère plus aimable.

Elle les salua d'un signe de tête. Cela lui déplaisait de laisser ses hommes sous les ordres d'Ektos, mais elle ne devrait pas en avoir pour longtemps. Daïna donna un léger coup de talons sur les flancs de son cheval et partit au galop à travers les arbres, suivie de près par Limane.

« Enfin débarrassés…, persifla Ektos.

– Bon débarras, renchérit Kleptos en râlant. Marre de me faire commander ! Qu'elle aille se faire engrosser ailleurs…

– N'oublie quand même pas que tu es soldat et que les ordres sont ton pain quotidien, fit observer Ektos, pontifiant.

– Hé, bien, je n'ai plus faim pour aujourd'hui, ni pour le mois qui suit !

– Voleur avant tout, pas vrai ? Mais au moins tu as raison sur un point : on aura la paix pour quelques lieues ! »

Kleptos hocha la tête, vaguement heureux d'être soutenu pour cette fois-là. Les deux hommes reprirent la marche, avec un nouvel entrain cette fois : d'une part, ils n'auraient plus à supporter une Hiérarque déjà constamment sur leur dos ; et d'autre part, ils pourraient prendre plus facilement leurs aises avec les impératifs militaires, à savoir goûter la saveur fruitée d'un petit vin rouge de derrière les fagots, acheté en douce par le larron Ektos lors de sa mission aux écuries de Béryl. À ces réjouissantes pensées, Kleptos se permit même un petit sifflotement guilleret.

Limane se retourna pour guetter derrière lui l'éventuel murmure d'un soldat, la couleur bleue d'un uniforme du Siège ou bien le craquement d'une branche brisée par une botte. Hormis le pas tranquille des chevaux, rien ne parvint à son oreille exercée. Rassuré, il se tourna vers Daïna, à côté de lui. Ils avaient galopé assez longtemps pour mettre suffisamment de distance entre eux et leurs soldats. Limane ne voulait courir aucun risque quant aux propos qu'il allait tenir devant Daïna et voulait lui parler dans la discrétion la plus absolue. La Hiérarque gardait le silence, laissant à Limane le soin de choisir le moment qui lui semblerait le plus opportun pour se confier. Son mentor soupira.

« Ektos et Kleptos… Ces deux-là ne me disent toujours rien qui vaille… Pourquoi font-ils partie de cette ambassade ?

– Aucune idée, répondit Daïna d'un air sombre. Ils étaient déjà là quand je suis arrivée… Le Grand-Prêtre a dû les choisir pendant que je me morfondais dans cette chambre…

– Hmm… »

Limane n'était guère convaincu, mais n'en dit rien. Pas plus que Daïna, il n'avait confiance dans ces deux soldats. L'un était un bagarreur opportuniste, qui convoitait le poste de Daïna depuis bien longtemps et qui n'hésiterait pas à faire toutes les bassesses pour arriver à ses fins. L'autre était un voleur repenti, détestant l'armée, partisan du moindre effort et plus occupé à se remplir la panse qu'à tenir son rang. Limane se demandait encore comment Kleptos avait pu intégrer l'armée du Siège. Bref, ces deux gredins faisaient bien la paire, mais les avoir dans cette ambassade était comme mettre le ver dans le fruit : on pouvait être à peu près sûr que les ennuis s'inviteraient dans le voyage, à un moment ou à un autre, prêts à gangrener la mission pour on ne savait quelle sordide raison. Pour l'instant, rien de notable ne s'était passé. Mais Limane sentit le rhumatisme de son genou gauche le lancer. Il grimaça. Sa vieille blessure se réveillait et ça n'était jamais bon signe.

Le chemin qu'ils suivaient continuait en s'élargissant, serpentant entre les arbres immenses qui le bordaient. La végétation se faisait moins dense et, peu à peu, de petits arbustes commencèrent à remplacer les herbes luxuriantes, ronces, et autres plantes grimpantes et envahissantes, qui s'accrochaient aux vêtements et attiraient une foule de petits insectes qui auraient fait pousser des cris d'orfraie à Kleptos si celui-ci les avait vus faire de l'alpinisme sur ses mollets. Les deux cavaliers avançaient seuls sur ce chemin désert. Ils n'avaient toujours pas croisé âme qui vive depuis plusieurs heures, et seules quelques traces de pas à demi effacées trahissaient un passage récent d'hommes. Probablement des chasseurs ou des femmes venues ramasser du bois mort pour le feu. Rien d'inquiétant pour le moment, se rassura Limane.

Le vieux soldat vérifia pourtant une dernière fois le chemin devant et derrière lui. Tout était tranquille, ils étaient seuls pour de bon. Il prit une grande inspiration, rassemblant toutes ses pensées et se lança, à voix basse :

« Par rapport à la mission que vous m'aviez confiée, après la découverte de la Sentinelle Loup au Siège, j'ai fait des recherches… »
Daïna se fit très attentive.

« Qu'as-tu appris ?

– Aucune des personnes que j'ai interrogées n'avait l'air de savoir d'où elle venait, ni qu'elle était là. Pire, personne ne semblait seulement avoir connaissance de l'existence de cette Sentinelle… »
Daïna regarda avec attention le vieux soldat, tâchant de sonder le sentiment de son compagnon. Mais, tout autant qu'elle, il ne paraissait pas

comprendre.

« Mais tes… contacts… Savent-ils au moins comment cette Sentinelle a pu franchir la Porte Interdite ?

– Non… Et c'est bien ce qui m'inquiète… »

"Inquiétant" était un mot un peu faible, songea Daïna. "Catastrophique" eût mieux convenu. La Porte Interdite était une barrière de magie que nul Loup ne pouvait franchir. Elle avait été dressée par Miarah elle-même juste après le dernier Bouleversement, en châtiment de la trahison des Loups. Ceux-ci s'étaient vus enfermés, condamnés à rester sur Saphir, privés de la lumière du soleil. Cette barrière n'avait jamais été levée, pas plus qu'elle n'avait été franchie depuis, au bas mot, sept ou huit cents cycles. La présence de cette Sentinelle avait donc tout pour étonner. Limane reprit :

« Plusieurs autres détails me troublent : le dos de cet homme était marqué de cicatrices. Quant à sa course malhabile, elle s'expliquerait par ses mains et ses pieds anormalement déformés, comme s'ils avaient été broyés par des pinces…

– Cela confirme bien ce que j'avais vu pendant la poursuite, mais je croyais que Prodotès avait fait brûler la dépouille et que personne n'avait pu l'examiner », objecta Daïna.

Limane lui fit un sourire complice.

« Croyez-moi : je suis peut-être un vieux briscard, mais j'ai une vue qui vaut encore largement celle d'un blanc-bec ! »

Daïna lui rendit un sourire figé, repensant aux paroles du Grand-Prêtre à propos de son ami. Le doute s'insinuait en elle, la saisissait. Et elle ne pouvait rien faire contre cela : elle avait beau le repousser, il revenait, plus fort encore. Limane continua, sans s'apercevoir du trouble de sa Hiérarque :

« Mais cela aurait supposé que le Siège détenait ce prisonnier depuis fort longtemps : les plaies du Loup étaient cicatrisées et les fractures ressoudées, auquel cas il n'aurait pas pu courir comme il l'a fait… Quant à sa geôle, je ne l'ai pas retrouvée, et son gardien – je me suis renseigné – semble avoir été Mirck, sans certitude cependant… Les autres gardes ne paraissaient pas être au courant de son existence lorsque je leur ai posé la question. Ou bien ils ont prétendu ne rien savoir…

– Cela pourrait en partie expliquer la brutalité de l'attaque de la Sentinelle contre lui. Mirck était un sadique… Et s'il a été son prisonnier… Je le plaindrais presque… »

Limane acquiesça avant de continuer :

« Et puis, il y a autre chose. Dans mon jeune temps, j'ai passé beaucoup de temps à étudier les Loups, et j'ai au moins appris une chose… » Daïna était tout ouïe. Autant pour essayer de comprendre l'intérêt de Limane pour ce peuple de traîtres, que pour savoir ce que le vieux soldat avait à lui dire. Elle ne connaissait pas cet aspect du personnage. Il lui sembla presque en méditation lorsqu'il parla, réfléchissant en même temps à ses propres paroles :

« Admettons que la Sentinelle de Saphir ait réussi à passer la Porte Interdite et qu'elle ait réussi à atteindre le Siège on ne sait comment… Le Siège, Hiérarque… »

Limane regarda Daïna :

« Ne trouvez-vous pas cela étrange ? Vous êtes en fuite d'un continent honni de tous, et le seul lieu que vous trouvez pour vous réfugier est le Siège, le lieu même où vous seriez le moins en sécurité…

– Une tentative de conspiration peut-être…, objecta Daïna.

– Peut-être… Toutefois, cette piste me paraît très improbable : pour une conspiration, il faudrait être plusieurs, organisés, tenir des réunions et être doté d'un plan tout autant que de Capacités et, par conséquent, venir de Saphir. Or, si une brèche avait été avérée dans la Porte Interdite, nous l'aurions rapidement su.

– Vos contacts peuvent vous mentir.

– Et j'ai d'excellentes raisons de croire qu'ils ne le feraient pas, croyez-moi », sourit Limane.

Les chevaux poursuivaient tranquillement leur marche. Les cavaliers se laissaient guider par leurs montures. L'une d'elles se permit même de brouter quelques feuilles d'un arbre qui lui semblait particulièrement appétissant. Daïna la remit fermement sur le droit chemin.

« Cette Sentinelle…, reprit Limane après un silence, depuis l'aube des temps, les semi-hommes des différents peuples de Terra ont appris et enseigné l'Initiation pour contrôler leurs instincts et leur double animal. Que Saphir ait régressé, je veux bien l'admettre, mais il me semble malaisé de croire qu'ils aient laissé de côté cet aspect de leur vie…

– Et pourquoi pas ? Comme vous l'avez dit, ils ont régressé… Alors pourquoi pas dans ce domaine ?

– L'instinct de conservation ! »

Le vieux soldat s'animait, lancé sur ce sujet, qui, visiblement, l'enthousiasmait. Daïna le regarda avec surprise. Elle ignorait vraiment qu'il eût une telle passion pour les Loups.

« Les Loups ont un instinct de survie, peut-être aussi grand que les quatre autres peuples de Terra réunis. Et un instinct ne se renie pas ! Il s'agit ici de leur survie, de la perpétuation de leur race : contrôler les Capacités entre dans cette optique. Si des éléments incontrôlables viennent à perturber cet équilibre et à commettre des meurtres en pagaille, c'est leur survie même qui est en danger… Là réside toute leur force ! »

Certes, le raisonnement de Limane se tenait, mais Daïna ne pouvait s'empêcher d'être dubitative. Pour elle, les Loups étaient une engeance à détruire et les savoir capables de venir sur le Siège n'avait rien pour la rassurer.

« Vous avez suivi cet entraînement, Hiérarque. Et vous-même mieux que quiconque connaissez les caractéristiques des trois classes de semi-hommes et l'entraînement qu'ils ont enduré. En ce qui concerne les Sentinelles, ce sont des éclaireurs, entraînés à se dissimuler, à fuir intelligemment suivant un plan conçu à l'avance ou en composant de manière rationnelle avec les évènements imprévus. Dans le cas de notre homme, sa peur à lui était tangible : il était terrifié, sa peur était instinctive… Il a eu l'occasion de s'évader, il l'a prise, mais seulement guidé par la survie, par l'instinct du Loup terrifié, courant sans réfléchir, sans penser… »

Daïna ne répondit rien. Elle était préoccupée. Ce que lui disait Limane n'avait pas de sens pour elle. Il y avait trop de "si" et aucune certitude. Hormis celle d'avoir eu un Loup au Siège. Complot, œuvre d'un solitaire, assassinat concerté ou tentative de meurtre irréfléchie, il existait beaucoup de combinaisons et elle était bien placée pour le savoir : le Grand-Prêtre n'était pas forcément apprécié de tous et sa garde personnelle avait déjà déjoué nombre de ces problèmes. Pensive, elle attendit la conclusion du vieux soldat.

Tête baissée, Limane ressassait toutes ses informations et ses conclusions ne l'enchantaient guère. Enfin, il se décida, encouragé par le silence de Daïna :

« Je me trompe peut-être, mais…

– Bienvenue ! »

Daïna et Limane se redressèrent sur leurs chevaux, surpris par cette voix qui venait de briser la sphère de confidences qu'ils s'étaient construite. Ils s'aperçurent qu'ils étaient arrivés à l'orée de la Grande Forêt. La lumière pénétrait maintenant à flots entre les troncs et chassait l'obscurité ambiante qui avait été leur lot de ces derniers jours. Les deux cavaliers tirèrent sur les rênes de leurs montures, qui s'arrêtèrent doucement et contemplèrent avec une curiosité tout équine ce curieux personnage qui se tenait sur leur chemin.

Car devant eux se dressait un petit homme replet, bedonnant comme la plupart des Anciens d'Émeraude, vêtu d'un habit que Daïna avait l'impression d'avoir déjà vus, dans un passé qui n'était pas si lointain. Le souvenir lui revint de plein fouet. Toge verte traversée d'une bande blanche : le chambellan de Béryl ! Elle regarda le nouveau venu, qui souriait dans sa barbe grise parsemée de poils blancs et observait les nouveaux venus de ses yeux bleus presque gris. Il s'appuyait sur un luxueux bâton ouvragé blanc écru, tout en sculptures, représentant des Ours stylisés grimpant le long de la canne et entrelacés dans les feuilles d'acanthe qui leur barraient le chemin. Des pierres précieuses rehaussaient de couleurs lumineuses la couleur claire du bois poli. Le tout était surmonté d'une énième tête d'ours somptueuse de détails, gueule fermée et regard de diamants. Daïna comprit qu'elle avait devant elle le chambellan royal de la ville d'Émeraude. Si elle avait encore eu un doute sur sa fonction, celui-ci s'était dissipé : insigne de sa charge, son bâton en était la meilleure preuve.

Ne se départissant pas d'un sourire que Daïna jugea mielleux, l'homme leur fit un geste de bienvenue, écartant exagérément les bras pour leur montrer sa bienveillance et un accueil chaleureux. Limane ne dit mot, se contentant de rester un peu en retrait, laissant à Daïna le soin de prendre la parole en première, comme son grade et le protocole l'exigeaient.

« Je vous sais gré de nous accueillir, Ancien. Mais à qui ai-je l'honneur ?

– Mon nom est Wal, se présenta l'Ancien. Je suis le Chambellan d'Émeraude et vous accueille au nom du roi Élithios. Je vous attendais », ajouta Wal.

Daïna hocha la tête, polie, et fit les présentations.

« Je suis Daïna, Hiérarque du Siège, et Ambassadrice mandatée par le Grand-Prêtre Prodotès pour une mission des plus délicates. Et voici Limane, mon subordonné et mon bras droit. »

Wal inclina la tête, saluant avec politesse les nouveaux visiteurs.

« Au moins un qui connaît les règles de bienséance », songea la jeune femme en repensant au précédent chambellan sorti de son usine à liqueurs. Mais quelque chose la dérangeait, un détail.

« Qui vous a prévenu de notre arrivée ? s'enquit-elle.

– Le roi Élithios lui-même. Par l'intermédiaire d'un oiseau », répondit calmement Wal, sans se formaliser de la méfiance de la jeune femme. Daïna le regarda pensivement. Curieux. Le roi Élithios ne lui avait pourtant pas paru être dans ses meilleures dispositions pour lui faciliter la tâche. Elle ne dit rien. La situation était déjà assez difficile comme cela, elle n'allait pas non plus envenimer des relations déjà tendues. Elle n'était pas sûre que le Grand-Prêtre appréciât. Elle essaya de se détendre. Les oiseaux voyageurs étaient d'usage courant pour donner des nouvelles rapidement, quel que soit le continent.

« Je vous remercie de votre accueil, Maître Wal, se radoucit la Hiérarque. Pardonnez ma rudesse, mais le voyage a été éprouvant pour mes hommes et moi-même. Nous serons très heureux de vous avoir en maître d'hôtes. »

Wal inclina la tête, acceptant les excuses avec une humilité feinte. Personne n'était dupe, mais les apparences étaient trop précieuses pour être prises à la légère.

« Sa Majesté m'a ordonné de vous guider jusqu'à destination et de répondre à toutes vos attentes…

– Et vous m'en voyez comblée, répondit fraîchement la Hiérarque. Enfin, nous gagnerons du temps. Je ne sais si le roi Élithios vous a prévenu de l'objet de notre visite, mais je voudrais consulter les registres de naissances d'Émeraude dans les plus brefs délais. Voici mon sauf-conduit. »

Disant cela, Daïna mit pied à terre. Elle ne pouvait rester sur sa monture, garder une position supérieure à celle de Wal. Elle était ici en tant qu'invitée, il était son hôte et de fait son égal. Elle tendit le précieux document qu'elle avait sorti de sa tunique. Wal refusa poliment le papier scellé que lui tendait la Hiérarque. Il répondit tranquillement, avec un léger sourire, presque moqueur :

« Je vous remercie, Hiérarque, mais je vous fais confiance. De plus, le roi Élithios m'a expressément demandé de vous assister dans vos recherches. »

Daïna retint un mouvement d'humeur. Autrement dit, le Roi lui avait demandé de les surveiller. Charmant.

« Pour ce qui est des registres, ils sont entreposés à la Grande Bibliothèque, près du Palais royal, précisa Wal. En passant par les chantiers, nous y serons prestement et vous pourrez les consulter dès notre arrivée.

– Cela me sied parfaitement, approuva Daïna à peine soulagée. Je vous demande juste un dernier instant. »

La jeune femme se retourna vers Limane, toujours à cheval, attendant les ordres. Le vieux soldat guettait, surveillait les alentours. Il était inquiet. Il n'avait pas confiance dans ce chambellan qui leur tombait du ciel. Laisser Daïna seule avec lui n'était pas chose faite pour le rassurer. Il tendit l'oreille. Des bruits de conversations encore lointains lui parvenaient, portés par le vent. Il regarda Daïna. Elle avait entendu, elle aussi.

« Tout le monde arrive, Limane. Je pars devant avec Maître Wal. Assure-toi que tout le monde soit là et attendez-nous dans les quartiers que l'on vous indiquera. Vérifie la bonne tenue des hommes et des armes pour ce soir, je ferai une inspection. »

Limane hocha la tête, enregistrant mécaniquement les ordres. La routine de militaire.

« À vos ordres, Hiérarque… »

Limane jeta un dernier coup d'œil au chambellan. Celui-ci s'était un peu éloigné, devançant la lisière du bois. Lui-même donnait des ordres aux soldats de la garde royale qui l'avaient accompagné et l'attendaient un peu plus loin. Limane se pencha vers Daïna pour lui glisser dans un souffle quelques mots à l'oreille.

« Prenez garde, Hiérarque. Je n'ai pas confiance en lui : le miel est son poison…

– Moi non plus, Limane, répondit Daïna sur le même ton. Mais nous n'avons pas le choix… »

Elle jeta un bref coup d'œil au Chambellan qui continuait de distribuer ses ordres.

« Surtout, nous n'avons pas eu le temps de finir notre petite conversation : viens me retrouver ce soir sur la grande plage d'Émeraude pour terminer ce que tu as à me dire.

– J'y serai, Hiérarque. Comptez sur moi.

– Bien. À ce soir donc. »

Tenant son cheval par la bride, Daïna salua son compagnon d'un signe de tête et tourna les talons, rejoignant rapidement le chambellan qui l'attendait. Limane la regarda s'éloigner pensivement. Quelque chose le tracassait, mais il n'arrivait pas à mettre le doigt dessus. Il devrait y réfléchir plus tard. Pour l'heure, le reste de l'ambassade arrivait, Ektos et Kleptos en tête. Il soupira. Ça n'était pas une corvée, mais pas loin...

Limane descendit de cheval à son tour et, quand ses soldats furent à portée de voix, il leur enjoignit de le suivre sans plus de cérémonie. Les soldats n'en avaient cure : ils regardaient avec soulagement la ville et l'activité humaine qui s'étalaient devant eux. La forêt était enfin finie pour eux. De son côté, Limane n'en était pas aussi sûr, mais ne dit rien. Il regagna l'orée de la Grande Forêt, suivi de près par ses hommes heureux de surgir au grand jour et de revenir à la civilisation. En ça, Limane les comprenait, le soleil lui avait manqué à lui aussi. Au loin, Daïna avait déjà disparu dans l'immense chantier qui s'étendait sous leurs yeux. Deux gardes portant l'uniforme vert d'Émeraude s'avancèrent vers eux. Sans un mot, l'un d'eux les invita courtoisement à les suivre. L'ambassade du Siège ne se fit pas prier et, à leur tour, Limane et ses soldats se mirent en route vers la capitale, promis à quelques heures de repos bien méritées.

Daïna se laissait guider, marchant lentement, du même pas que le chambellan Wal. Elle se serait bien passée de cette visite guidée, mais il aurait été offensant pour son hôte de passer outre. Bien qu'écoutant distraitement les commentaires de son interlocuteur, elle regardait avec surprise l'immense scierie d'Émeraude. La ville avait vraiment beaucoup évolué depuis sa dernière visite, voici quelques cycles.

La cité d'Émeraude avait développé une activité d'armateurs, profitant des investissements des plus riches négociants en vins et spiritueux du pays. D'abord dans un but d'exportation, cette activité de construction s'était ensuite avérée plus lucrative que prévu : ces marchands avaient sillonné les mers de Terra, exportant leurs produits sur tous les continents du monde, et ils s'étaient finalement rendu compte que leurs navires intéressaient davantage les autochtones que leurs produits. Leurs bateaux s'avéraient en effet d'excellente qualité, plus solides, plus résistants, mieux adaptés à la navigation en haute mer et donc plus rapides que le cabotage, ce qui en faisait un avantage non négligeable quand il fallait arriver à bon port devant les concurrents pour mieux vendre sa marchandise. Les marchands de vins d'Émeraude ne s'étaient donc pas fait prier, avaient conclu de nouveaux accords de commerce et étendu leur activité à la construction de navires sur une plus grande échelle. Les meilleurs charpentiers, les meilleurs architectes et les meilleurs marins furent mis à contribution pour construire le meilleur navire, moyennant des salaires plus qu'alléchants. Voyant que l'affaire marchait bien, d'autres négociants s'étaient empressés de faire des propositions similaires dans d'autres ports, à tous les marchands qui ne possédaient pas encore leur navire fabriqué à Émeraude. L'activité s'en trouva florissante et prit un nouvel essor, développant un grand nombre d'emplois, et en particulier de bûcherons.

C'était ces derniers que Daïna voyait travailler. Des centaines d'hommes au torse luisant de sueur, les muscles tendus par l'effort sous une peau brunie par le soleil, buvant une eau fraîche coulant d'outres en peaux pour se rafraîchir et rincer les particules de sciure qui irritaient l'épiderme. Des scies et des haches de toutes tailles et de toutes formes, maniées seul ou à plusieurs, étaient sagement rangées en attendant d'être utilisées ou bien étaient en pleine action, des copeaux de bois jaillissant sous les lames, formant de petits tas aux pieds des hommes et maculant les pantalons. Les bruits de frottement du métal contre l'écorce accompagnaient le ahanement des bûcherons qui coupaient les branches à la hache ; l'impact sourd du métal tranchant percutant le bois avec force ; le grincement de l'acier affûté par les taillandiers ; les hurlements des quartiers-maîtres qui s'égosillaient sur les tâches restant à accomplir tout en surveillant du coin de l'œil ceux qui semblaient distraits par le passage de Daïna. Tout ce vacarme vrombissait, décroissait, puis croissait à nouveau, faisant résonner la forêt d'une vie bourdonnante.

La Hiérarque marchait, suivie des gardes d'Émeraude, et Wal expliquait l'organisation des chantiers avec fierté et qu'il avait, selon ses dires, supervisée. Les hommes étaient répartis dans des secteurs, eux-mêmes divisés en ateliers. Les arbres étaient abattus, élagués sur place et débités en longs tronçons. Tout ce qui ne pouvait être utilisé à la fabrication du navire – feuilles, brindilles, nœuds du bois, branches trop fines pour être exploitées – était assemblé en fagots ou entreposé dans un coin en attendant d'être revendu aux habitants comme bois pour se chauffer l'hiver, ou à des artisans qui en avaient l'usage pour leur métier, comme les forgerons qui attisaient d'énormes forges pour travailler leurs métaux. Les tronçons fraîchement coupés étaient ensuite acheminés sur des rondins et tirés par des chevaux de trait, avant d'être dispersés dans les différents ateliers où ils étaient préparés. L'écorce était enlevée, les imperfections du bois ôtées. Une partie des troncs étaient à nouveau débités dans le sens de la longueur pour la fabrication de planches, tandis qu'une autre partie était réservée à la mise en forme de madriers, poutres, poulies, mâts et tout ce qui était nécessaire à la construction d'une solide charpente de navire. Tous ces éléments étaient ensuite préparés et transportés en convois jusqu'aux chantiers navals près des quais, où s'activait la construction des nouveaux bateaux, immenses carcasses qui se dressaient fièrement, comme si elles montraient à Émeraude qu'elles aussi avaient hâte de commencer cette nouvelle vie de navigation. Les échafaudages de bois se dressaient autour d'elles, comme une gangue de protection enveloppant la nouvelle charpente qui s'élaborait patiemment, suivant les plans jalousement gardés des architectes. La membrure – le squelette – se dessinait lentement, s'élevait grâce à des allonges faites de plusieurs pièces de bois emboîtées les unes dans les autres, et rendues jointes par un système de cales, elles-mêmes décalées d'une membrure à l'autre, en quinconce, gage de solidité. Les planches venaient ensuite, fixées et clouées sur les membrures en étant étroitement accolées, avant que les jointures ne soient calfatées avec de l'étoupe, cet amas de filaments grossiers tirés de l'écorce du lin et de gomme de lentisque, une résine qui durcissait à l'air, parfaite pour combler les interstices et empêcher l'eau de s'infiltrer. Bien que cette visite guidée des chantiers par le Chambellan en personne eût comblé plus d'un visiteur, l'esprit de Daïna était ailleurs.

Elle n'arrivait pas à se concentrer sur autre chose que sa mission. Et Wal… Plus elle l'écoutait déblatérer ses commentaires, moins elle arrivait à supporter sa suffisance et le ton mielleux qu'il prenait pour s'adresser à elle et essayer d'attirer son attention sur la richesse d'Émeraude et ses propres mérites, qui faisaient, d'après lui et si on l'écoutait vraiment, vivre le continent entier. Elle ne savait pas si le Chambellan avait reçu l'ordre de l'éloigner de la Bibliothèque mais, en tout cas, il semblait tout faire pour qu'elle n'y arrivât jamais. Elle avait vu le grand bâtiment de marbre blanc se rapprocher, puis s'éloigner quand le Chambellan avait voulu lui montrer les chantiers navals. Lorsqu'il voulut lui montrer les ateliers où était tissé le lin pour la fabrication des voiles, à l'autre bout de la ville et donc totalement à l'opposé de la Grande Bibliothèque, elle prétexta la fatigue du voyage et un besoin urgent de repos. Wal essaya bien d'insister, mais Daïna campa fermement sur ses positions et le Chambellan dut se résigner à l'accompagner à ses appartements, non sans tenter une bonne douzaine de fois de l'écarter de son chemin avec des prétextes plus abscons les uns que les autres.

Quand, enfin, elle arriva dans ses appartements qui lui avaient été attribués, elle repoussa doucement mais fermement les servantes qui accouraient vers elle, et ne fit qu'un brin de toilette rapide pour se débarrasser de la poussière du voyage. Elle prit à peine le temps de changer d'uniforme, délaissa son épée devenue inutile dans cette ville, vérifia que la bourse contenant la Pierre de Lune était toujours solidement attachée à sa ceinture, et sortit une nouvelle fois à l'extérieur en prenant bien soin de ne pas alerter le Chambellan. Quand elle se retrouva enfin dehors, le soleil avait déjà passé son zénith. Heureusement, la Bibliothèque était proche du palais, et il ne lui fallut que quelques minutes pour s'y rendre d'un bon pas.

Par mesure de sécurité, la bibliothèque fermait dès la tombée du jour : les lanternes n'étaient tout simplement pas tolérées dans cet établissement du Savoir, car la peur était bien trop grande de faire brûler un des hauts lieux de la Science à cause d'une lanterne maladroitement renversée. Ce qui bien sûr ne manquait pas de mécontenter les Anciens et tous les chercheurs, surtout en hiver puisque le temps de lecture et de recherches en était considérablement réduit.

Lorsqu'elle arriva devant l'imposant bâtiment recouvert de marbre tout à la gloire de la Science et des Savoirs, elle gravit les degrés surveillés de part et d'autre par des statues représentant des hommes sages, habillés de longues robes, portant des livres ou divers instruments de mesure, tous certainement issus d'une longue lignée de savants que l'Histoire avait presque oubliés, hormis les plus érudits. Ces pieux personnages alternaient avec des Ours semi-hommes, regards féroces, muscles noueux prêts à frapper, rappelant au visiteur qu'ils pénétraient dans un lieu sacré ils en étaient les Gardiens. Puis, Daïna pénétra – enfin – dans le saint des saints.

À son grand soulagement, le bibliothécaire s'avéra moins borné que son souverain et le Chambellan d'Émeraude, et ne fit aucune difficulté quand il prit connaissance de son sauf-conduit. Il la guida à travers les hauts et longs rayonnages de livres qui s'étendaient tout autour d'elle. De fines échelles de bois permettaient d'accéder aux livres rangés dans les hauteurs, tandis qu'en bas s'alignaient des casiers contenant les rouleaux de parchemin. D'expérience, elle savait que ces derniers étaient des copies de parchemins plus anciens, les plus précieux documents étant gardés dans les immenses réserves du sous-sol, sous bonne clef et bonne garde. Quant à l'immense salle de lecture, elle n'en était pas moins déserte et sentait le vieux papier, une odeur et un lieu que Daïna aurait apprécié à sa juste valeur dans d'autres circonstances.

Le bibliothécaire la conduisit dans une petite pièce un peu à part et la pria de s'installer. Après s'être enquis de ses recherches, il s'éclipsa et revint quelques longs instants plus tard, portant avec un aide plusieurs volumes aux dimensions fort respectables, recouverts de poussière. Daïna les remercia brièvement et, avec un soupir, s'attela à la lecture fastidieuse d'une très longue suite de noms. Heureusement pour elle, les registres de naissances étaient bien conçus : plusieurs colonnes mentionnaient la date de naissance, le nom et la provenance du nouveau-né. En face de cette ligne d'identité, un petit dessin stylisé symbolisait la lune d'Émeraude et le quartier de lune durant lequel il ou elle était né.

L'astronomie de Terra était très complexe. Une année équivalait à une boucle printemps-été-automne-hiver. Un cycle, quant à lui, équivalait à une révolution complète des cinq Lunes dans leur lunaison. Les Lunes n'apparaissaient en effet pleines qu'à tour de rôle et très rarement en même temps. Les astronomes parlaient d'un cycle lunaire, ou bien d'un cycle, lorsque les cinq Lunes avaient achevé leur lunaison chacune leur tour. Cette unité temporelle n'était utilisée que pour désigner de longues durées. Quoi qu'il en soit, la disparition de la Lune de Saphir restait pour tous un mystère, et sa réapparition une énigme plus grande encore. Et nul n'avait encore trouvé d'explications plausibles. Daïna soupira. Décidément, cette quête n'allait pas en s'arrangeant. Elle ouvrit les pages consacrées aux pleines Lunes et son courage s'amenuisa encore : c'était des dizaines de pages qu'il lui faudrait recopier ! Les décès étaient notifiés, mais il lui restait encore un grand nombre de naissances à vérifier. Elle saisit la plume et l'encrier, prit quelques feuilles de papier posées à côté d'elle, et se plongea dans l'étude des registres, à la recherche de celui ou celle qui serait le traître déclaré de Terra.

Chapitre 12

Le jeune garçon d'une douzaine d'années, les cheveux roux et en bataille, tourna une dernière fois à droite et aperçut enfin son objectif. La petite cabane était dressée au milieu du chantier, proche des baraquements qui servaient de cantine aux ouvriers. Rien ne la distinguait vraiment du reste, si ce n'était un drapeau vert qui surmontait sa toiture, comme c'en était le cas pour une dizaine d'autres de ces petites habitations éparpillées sur le chantier. Ces cabanes abritaient en fait l'endroit – "bureau" eut été trop propre pour cette place souvent crasseuse et maculée de poussière – où régnaient les gardiens-maîtres qui recrutaient la main-d'œuvre, suivaient les plans et l'avancement des chantiers en cours et, le cas échéant, décidaient de la sanction disciplinaire à prendre contre l'ouvrier fautif. Le jeune garçon se précipita donc vers ce lieu d'autorité et ouvrit la porte à toute volée, sans même se donner la peine de frapper.

« Gardien-maître ! »

Le cri résonna à peine contre les maigres cloisons de mauvais bois, mais arriva très clairement aux oreilles de l'homme penché sur l'unique table de la pièce. Une chaise trônait dans un coin du bureau, oubliée, cachée par une pile de vêtements sales et à côté de laquelle une petite étagère supportait des verres et des bouteilles de différentes couleurs, ainsi que bon nombre de documents rangés en piles ordonnées. Le tout était saupoudré d'une fine couche de poussière issue de la terre et du bois, recouvrant le mobilier comme une seconde peau, et qui s'incrustait partout, sans cesse soulevée par les courants d'air lorsque quelqu'un ouvrait la porte, et dont son occupant n'arrivait jamais à se défaire, trop volatile et capricieuse.

Le Gardien-maître ne bougea pas de sa place pour autant, trop accaparé par sa tâche en cet instant. De petite taille, vêtu d'une tunique d'un brun qui avait dû être remarquable et d'un pantalon de cuir noir poussiéreux, il portait des bottes de cuir également maculées d'une fine poussière blanche. Une moustache brune très fournie, aux évolutions enhardies, ornait sa lèvre supérieure, ce qui lui avait rapidement valu le surnom simple et affectueux de "Monsieur Moustache" de la part de ses hommes. Monsieur Moustache était en train d'étudier sur la carte l'avancement des travaux et réfléchissait au réemploi des souches arrachées, quand le jeune impétueux avait fait irruption dans la cabane. Le cri lui était parvenu très nettement aux oreilles, mais il attendit qu'elles arrêtassent de siffler avant de daigner se retourner. Il n'en eut pas le temps, un second cri perça l'air.

« Monsieur Moustache ! » appela plus fort le jeune garçon.
Moustache soupira. De surcroît, cette interruption ne présageait rien de bon.

« Mons… !

– Je t'ai entendu, mon garçon, le coupa aussitôt l'intéressé pour le plus grand soulagement de ses oreilles. Qu'y a-t-il ? »
Le Gardien-maître se retourna et planta ses yeux noirs dans le regard innocent – ou presque – de son jeune interlocuteur. Ah, l'ardeur de la jeunesse ! Ses vertes années à lui étaient bien loin. Le garçon serrait encore la poignée de la porte dans la main, préférant lui parler du pas de la porte : il était bien trop épris des grands espaces et du soleil pour entrer dans cet abri à peine plus grand qu'un placard et presque tout aussi sombre. Il pointa quelque chose du pouce derrière lui, montrant vraisemblablement une direction à son supérieur.

« Le nouveau gars a un malaise ! Et apparemment, c'est sérieux ! »
Paradoxalement, la nouvelle urgente qu'il apportait n'affolait pas plus que ça le jeune garçon : un employé avait fait un malaise, comme cela arrivait régulièrement. En cause ces dernières journées qui avaient été particulièrement chaudes et le soleil qui avait cogné dur sur les crânes. Étant le plus jeune et en sa qualité de messager, il avait été envoyé par un des bûcherons quérir le gardien-maître. Toutefois, il fallait bien avouer qu'il aurait quand même préféré rester sur place pour voir ce qui se passait : il n'avait encore jamais vu quelqu'un mourir. Son désir n'était pas morbide, il était juste curieux.

Moustache fronça les sourcils et réfléchit un instant. Le nouveau gars ? Comment s'appelait-il, déjà ? Ah oui, Béroc. Il se rembrunit. Un drôle d'ours, celui-là. Il se détourna de sa carte et se dirigea vers la porte d'un pas rapide, à la suite du jeune garçon. Lui était déjà dehors, trépignant.

« Je te suis ! Montre-moi le chemin », ordonna Moustache.
L'enfant ne se le fit pas dire deux fois. Il démarra en trombe et se fondit

dans la masse d'hommes et de bois.

« Eh, doucement ! » maugréa le gardien-maître de mauvaise humeur. Ce gamin était intenable, et pourtant c'était son fils. Il ne se souvenait pas d'avoir été aussi turbulent. Il accéléra le pas en fouillant dans ses souvenirs. Voyons, où déjà avait-il assigné le nouveau ? Pas à l'écorçage… À l'abattage et l'élagage ! Il s'en souvenait à présent. Quand il avait vu se présenter devant lui ce colosse, il avait été saisi d'un pressentiment : ce gars-là connaissait le bois. Il émanait de lui une assurance tranquille, qui n'avait rien à voir avec l'arrogance. Il avait accepté de l'employer à l'essai pour la journée. Cette sensation s'était rapidement confirmée par les regards discrets, approbateurs ou réprobateurs, qu'avait jetés Béroc sur les positions et les outils utilisés par les autres bûcherons, respirant à plein nez l'odeur entêtante du bois et de la résine, comme s'il cherchait à se remémorer d'intenses souvenirs, que seuls ses sens étaient capables de lui ramener.

« Tu as déjà travaillé dans une scierie ? s'était enquis le Gardien-maître.

– Autrefois, il y a longtemps », avait laconiquement répondu le dénommé Béroc.

Moustache n'avait pas insisté et l'avait conduit à un endroit près de la Grande Forêt, où d'autres bûcherons venaient d'abattre un large tronc de bois dur, qui semblait leur avoir donné du fil à retordre. Moustache le présenta à ses nouveaux collègues et le laissa à sa guise autour du chantier, s'attelant d'abord à faire le point avec les autres sur l'avancement du travail. À la surprise de ceux qui le regardaient, Béroc n'avait même pas pris de hache, pourtant premier réflexe du bûcheron qui, quand il voyait un outil, l'inspectait sous toutes les coutures, appréciant ou non son nouvel outil de travail et son affûtage. Non, après avoir poliment décliné la scie qu'on lui tendait, Béroc s'était contenté d'approcher une épaisse branche sortant du tronc, d'une épaisseur d'environ deux paumes. Il avait passé ses mains dessus, paraissant ressentir le bois. Puis, il avait soupesé une branche coupée, passant le doigt sur la surface découpée du bois. Ayant terminé de faire le point, Moustache s'était apprêté à repartir, mais s'était vite arrêté, curieux, en voyant l'étrange manège de Béroc. Jamais il n'avait vu un bûcheron agir de la sorte. Ses hommes aussi, apparemment :

« Eh, Monsieur Moustache ! Vous l'avez trouvé où votre drôle d'oiseau ?

– Apportez-lui une hachette ! Il a envie de faire des allumettes ! se moqua un grand gaillard, les bras croisés sur la poitrine.

– Te coupe pas ! »

Les rires avaient retenti et l'un des bûcherons avait même pris son camarade au mot. Il s'était approché de Béroc pour lui présenter une hache de bonne taille, pour une prise à deux mains, avec une solide tête de fer. Ignorant les quolibets, Béroc l'avait prise, avait éprouvé le tranchant du pouce et examiné la lame dans sa finesse et son épaisseur.

« C'est ce que vous avez pris pour couper cet arbre ?

– Euh… oui », répondit l'autre surpris, qui ne s'attendait visiblement pas à cette question.

Il essaya de se rattraper devant les regards goguenards que lui lançaient ses confrères.

« C'est une bonne hache, prends-la !

– Non. Pas pour ce bois dur. L'acier de cette lame est trop tendre. Il rebondit sur le bois et ne fait que l'éclater et l'abîmer. »

Le ton tranquille de Béroc avait déconcerté son interlocuteur. Les autres bûcherons étaient tout aussi surpris et avaient suspendu leurs moqueries. Ils ne s'étaient nullement attendus à ce genre de remarque. Les railleries avaient cessé et les gars s'étaient tus. Certains s'étaient même rapprochés timidement pour observer cet homme pour le moins surprenant. Monsieur Moustache regardait le nouveau venu avec intérêt.

« Donnez-moi celle-ci ! »

Béroc avait désigné une hache plus petite d'environ un tiers, à l'acier un peu brillant, négligemment posée près d'une cabane. Un homme s'était exécuté, obéissant sans comprendre, et lui avait tendu la hache demandée. Béroc avait répété les mêmes gestes que précédemment, avant de rendre un nouveau verdict.

« C'est mieux. Pourquoi n'avez-vous pas utilisé celle-ci ? »

Il leur présenta la hache. Un des hommes avait secoué la tête et répondu en la désignant du menton :

« La longueur du manche est bonne, mais la lame est trop fine et pas assez solide, donc inutile pour un bois dur comme celui-ci.

– Et vous l'avez essayée ? »

Le bûcheron qui avait répondu fit non de la tête. Béroc s'était alors approché de la branche qu'il avait touchée quelques instants plus tôt. Il avait calmement pris ses marques sur le bois et s'était préparé.

Moustache n'en avait pas cru ses yeux quand la hache avait

frappé et pénétré cette épaisse branche sans effort. En trois coups, Béroc avait terminé son œuvre, et la branche s'était effondrée par terre avec un bruit mat, proprement coupée par le colosse. Les autres bûcherons en étaient restés bouche bée.

« Et nous, à deux, il nous a fallu plus de la moitié de la matinée pour faire la même chose…, gémit un des hommes.

– On a l'air fin… » grommela le grand gaillard, désabusé.

Béroc leur fit un sourire amusé.

« Ne vous fiez pas à la finesse de la lame, mais plutôt à son alliage. Vous obtiendrez de meilleurs résultats. »

Le Gardien-maître s'était approché sans un mot, avait observé cette coupe nette et franche, et comparé avec un air réprobateur l'œuvre des autres bûcherons, sur un tronc cisaillé, cassé, fendillé, irrégulier, bref, massacré et impropre à la consommation. Il s'était retourné vers Béroc, ravi et inspiré.

« Béroc, tu as passé ta journée d'essai avec succès, tu es embauché ! » De mémoire de bûcheron, jamais période d'essai n'avait été aussi courte. Et Monsieur Moustache était reparti à ses occupations un large sourire aux lèvres. Ça, c'était un travail de vrai bûcheron. Il comprenait maintenant mieux pourquoi il se déplaçait lui-même voir cet homme peu banal. En temps normal, il n'aurait pas bougé. Il se serait juste contenté de faire dire à l'infortuné de prendre sa journée ou, à la rigueur, d'envoyer une des équipes de secours qui travaillait sur le chantier. Non, décidément, ce Béroc était exceptionnel et possédait une rare connaissance des bois et des métaux. Le chantier avait besoin d'hommes précieux comme lui.

Le Gardien-maître en était arrivé à cette conclusion, quand il aperçut au loin un petit attroupement de curieux. Son fils était déjà arrivé et se faufilait parmi les adultes, profitant de sa petite taille pour se glisser entre les hommes agglutinés. Il arriva à son tour quelques instants plus tard et donna de la voix pour qu'on lui cède le passage.

« Dégagez le passage ! Que ceux qui ne sont pas de la zone retournent dans leur secteur, ou bien ils auront affaire à moi ! »

Le cercle de curieux s'écarta en protestant faiblement, et se referma aussitôt après le passage du Gardien-maître. L'ordre de dispersion s'évanouit dans la brise forestière, mais Moustache était déjà trop occupé par l'état de Béroc pour se fâcher. Il sévirait plus tard. Quand il franchit enfin la dernière ligne de spectateurs, il put mesurer deux choses. D'un, il avait rarement vu un homme atteindre une telle notoriété en si peu de temps, mis à part dans les cas de beuverie. Il regarda le travail des hommes et comprit pourquoi : Béroc était arrivé peu après midi, on était à présent avant la fin d'après-midi, et le tronc de bois dur avait déjà été entièrement élagué et débité en rondins. Pour faire simple, son équipe avait déjà abattu ce qu'une autre équipe mettait bien deux jours à faire. La seconde chose qu'il comprit, c'était que le savoir-faire de cet homme était vraiment, absolument inestimable.

Ensuite, il vit Béroc, adossé au tronc sur lequel il était en train de travailler, pâle et transpirant, paraissant bien mal en point. Le colosse semblait encore sous le choc d'une immense souffrance : il transpirait abondamment et ses muscles étaient crispés, aussi durs et compacts que le bois qu'il venait de travailler. C'était comme si la foudre l'avait frappé et tétanisé sur place, le transformant en un bloc de granit. Moustache s'approcha de lui doucement, tandis que les autres bûcherons maintenaient une distance respectueuse avec leur chef.

« Qu'est-ce qu'il t'arrive mon gars ? Le soleil t'a trop chauffé la caboche ? » demanda Moustache, inquiet.
Béroc leva la tête vers lui et mit quelques instants à lui répondre. Il avait l'air perturbé, égaré. Béroc se ressaisit quelque peu quand il s'aperçut que Moustache était à côté de lui et guettait chez lui un signe d'amélioration, ou non. Le colosse sourit tristement à son supérieur, pour le rassurer.

« Ça ira, Gardien-maître… Un malaise passager, c'est tout… »
Moustache ne dit rien. Il regarda Béroc se lever avec difficulté, s'aidant du tronc pour se remettre debout. Deux bûcherons s'avancèrent pour l'aider, mais Béroc refusa d'un geste, poliment mais fermement.

« Merci, ça ira… »
Il se remit enfin d'aplomb et se tourna vers le Gardien-maître, l'air rassurant. Celui-ci le regardait d'un air sceptique. Béroc semblait déjà mieux, mais restait quand même pâle. Moustache l'examina d'un œil critique, de la tête au pied. Cela l'embêtait de le laisser partir, il y avait encore beaucoup de travail. Cependant, ça le contrariait encore davantage lorsqu'il pensait possible de pouvoir perdre un homme de cette qualité.

« Mouais…

– Je m'en remettrai, ne vous inquiétez pas, Gardien-maître, insista Béroc. Merci de vous être déplacé… »
Le Gardien-maître se gratta un instant le menton, perplexe. Ce fut à contrecœur qu'il décida de le laisser partir. Mieux valait un homme va-

lide que pas d'homme du tout. Un ouvrier mort à la tâche ne servait plus à grand-chose.

« Mouais… Enfin, vu ta tête, il serait préférable que tu rentres chez toi… Tu fais du bon boulot, ajouta-t-il. Ça m'ennuierait de te voir plus longtemps sur le carreau… Alors si tu peux…

– Merci, fit Béroc reconnaissant.

– À demain, donc ! »

La grande claque dans le dos fit sursauter Béroc. Puis, Moustache regarda s'éloigner sa nouvelle recrue d'un pas encore chancelant, mais qui se raffermissait petit à petit. Béroc traversa le cercle de curieux qui s'écarta sans un mot, mais avec des petits hochements de tête d'encouragement. Béroc croisait les regards, rendant à peine les saluts, mais ne s'arrêta pas. Il disparut derrière une cabane à outils, sans un regard derrière lui. Oui, vraiment, le gardien-maître était fort contrarié de le laisser partir de la sorte. Soudain, il prit conscience que pas un bruit ne résonnait dans les parages immédiats, pas un chuintement de scie ou de hache, pas d'essoufflement ou de jurons. Il regarda autour de lui et s'aperçut que tous ses hommes regardaient partir Béroc avec regret ou curiosité, ces derniers se demandant ce qu'avait fait cet homme pour avoir réussi à attendrir le cœur de Moustache.

« Au travail, bande de fainéants ! » rugit le Gardien-maître.

La voix résonna comme un clairon sonnant la charge sur un champ de bataille, réveillant les uns, faisant sursauter les autres. Aussitôt les hommes se dispersèrent telle une nuée d'oiseaux surpris par un sauvage prédateur et chacun retourna à la tâche qu'il avait abandonnée. Même son fils disparut entre deux troncs. L'espace autour de Monsieur Moustache fut bientôt désert et la scierie se mit à résonner de nouveau de ses bruits familiers. Satisfait, le Gardien-maître repartit vers sa cabane, à l'étude de son plan. Moustache au vent.

*

*　　　*

Béroc avançait comme un somnambule. Il ne voyait rien, n'entendait rien. Toutes ses pensées étaient fixées sur un point. Il ne connaissait que trop bien cette sensation, pourtant si différente de la première fois. Elle l'avait saisi, poignardé dans tout son corps. Elle l'avait vidé de son énergie. Il avait essayé de résister contre cette vague qui l'emportait, mais c'était trop puissant. Bien trop puissant. Et il s'était effondré, assommé. Puis il l'avait sentie s'éloigner, prendre de la distance et le quitter. À ce moment-là, il avait repris connaissance… mais s'était-il seulement évanoui ?

Depuis, une pensée le rongeait, aussi sûrement que la scie coupant le bois. Il était effrayé, il ne comprenait pas. Ou peut-être trop bien, justement. Mais surtout : comment était-ce possible ? Elle ne pouvait pas être ici. Il l'avait crue perdue depuis tout ce temps. Et pourtant… Son esprit était aussi glacé que son corps. Il transpirait, mais il tremblait de froid. Il fallait qu'il se calme. Il devait respirer. Béroc inspira à fond, essaya de dissiper le malaise qui l'oppressait, avec un maigre succès. Il fallait qu'il parte d'Émeraude, avec sa fille. C'était la meilleure solution. Et il devait partir sans tarder. Aussitôt sa décision prise, il repartit vers sa maison, en titubant comme un homme ivre, en ne cessant de penser à cette chose qui le tourmentait depuis tellement longtemps. Cette chose si puissante qu'il en avait peur. Cette chose qui avait si intimement fait partie de lui, il y a bien longtemps. Il ne cessait de penser à elle, la Pierre de Lune d'Émeraude.

Chapitre 13

Daïna désespérait. Depuis qu'elle était arrivée, les bibliothécaires n'avaient cessé de lui apporter les précieux registres au fur et à mesure qu'elle empilait sur un coin de sa table les volumes consultés. Les érudits les remmenaient dans les réserves sitôt la recherche finie, en un lent ballet de robes et de pas feutrés sur le parquet. Ils lui avaient gentiment proposé une aide, mais elle avait refusé, aimablement. C'était à elle que cette tâche incombait et elle ne pouvait se permettre de la déléguer à quelqu'un d'autre. Et ses recherches devaient rester aussi discrètes que possible.

L'après-midi touchait maintenant à sa fin et elle n'avait pas eu l'impression d'avancer. Pire : il lui semblait qu'elle se perdait dans cette masse d'énormes livres poussiéreux, qui lui vomissaient des informations à n'en plus finir. À tel point qu'elle se faisait l'image d'un naufragé luttant désespérément pour ne pas finir noyé sous les flots. Elle avait noirci des pages de dates et de noms, réfléchi pour réduire au mieux son champ de recherche, mais tout cela n'avait abouti qu'à une chose : une migraine carabinée, à cause du manque de lumière et des pattes de mouche que des scribes s'étaient efforcés de rendre illisibles – du moins l'aurait-elle juré. Une concentration défaillante qu'elle passait son temps à essayer de rassembler pour empêcher les lettres de se mélanger devant ses yeux et compléter son tableau.

Au tout début de ses investigations, elle avait d'abord essayé de définir un certain nombre de critères qu'elle avait espéré judicieux afin de lui faire gagner un temps précieux. Pour limiter au mieux ses recherches et afin qu'elles soient le plus efficace possible, la Hiérarque avait fixé la limite de l'âge des Élus potentiels à environ cent années : elle n'avait connaissance d'aucun survivant au-delà de cet âge. Puis, en parcourant rapidement les premiers registres, elle s'était aperçue qu'il y avait relativement peu de naissances durant les phases de pleine lune, mais que ce nombre avait une grande tendance à augmenter depuis quelques décades. Elle essaya d'en déduire deux explications : dans un premier temps, la Lune semblait en effet avoir de réelles influences sur la grossesse des femmes, qui accouchaient en plus grand nombre, et souvent bien avant terme au moment des pleines lunes, engendrant des prématurés mort-nés. Mais depuis quelques dizaines d'années, la médecine avait considérablement progressé et amélioré les conditions d'accouchement en donnant notamment aux femmes enceintes un mélange de plantes relaxantes et euphorisantes. Les nouveau-nés étaient délivrés dans de meilleures conditions et accueillis avec de meilleurs soins. Alors certes, la courbe de naissances avait augmenté de façon positive, mais elle avait le pressentiment de quelque chose d'anormal.

Daïna avait froncé les sourcils, perplexe. Elle avait poussé un long soupir de découragement et s'était traitée d'idiote. En fait, la seconde explication lui sautait aux yeux. En face d'un grand nombre de noms, des ratures avaient été en partie gribouillées sur les dates de naissance, plus ou moins visibles, et plus ou moins adroites. En y regardant de plus près, elle avait été atterrée de constater que des dates avaient été falsifiées, de la plus grossière – un gros trait – à la plus travaillée : des chiffres avaient été maquillés, de façon à modifier légèrement la valeur initiale, transformant de manière infime la calligraphie employée habituellement. Ou bien, elle s'était aperçue par hasard qu'en passant le doigt à des endroits légèrement plus clairs du parchemin, que de légères éraflures à peine visibles accrochaient la peau. En y regardant de plus près, elle vit que le parchemin avait été gratté et réécrit par-dessus. Daïna pesta : voilà que maintenant ces maudits registres faisaient figure de palimpsestes ! Elle en aurait brûlé la Bibliothèque. Et ce qui lui plaisait encore moins dans tout ça, c'est qu'elle était pratiquement certaine que certains scribes plus intelligents – ou mieux rétribués – avaient maquillé la phase de la lune inscrite en face du nom. Si tous les parents étaient comme Élithios, certains avaient dû grassement récompenser le notable de l'enregistrement pour changer quelque peu ce fameux dessin stylisé. La fraude était indétectable : tous les dessins étaient manuels, et rien ne permettait d'affirmer que tel dessin avait été modifié et que tel autre était le fruit d'une erreur. Cette accablante pensée à l'esprit, Daïna renvoya rageusement le livre à l'autre bout de la table, s'attirant les regards noirs des lecteurs alentour, outrés par l'interruption du sacro-saint silence. Donc même les scribes n'étaient pas à l'abri de la corruption ! La Hiérarque en éprouva un profond désarroi.

« Maudit soit ce pays, grommela-t-elle intérieurement, eux et leurs damnés jeux… ! »

Si cette pensée avait été entendue, elle lui aurait valu la cour martiale et son renvoi de l'armée. Elle respira à fond, se remémora sa mission et pourquoi elle l'exécutait. Le Grand-Prêtre comptait sur elle. Et elle ne devait – ni ne voulait – le décevoir et trahir sa confiance. Pas après tout ce qu'il avait fait pour elle. Elle reprit courage et appela un des bibliothécaires qui passait à côté d'elle :

« Excusez-moi, demanda-t-elle à voix basse, auriez-vous une éphéméride à me prêter ?

– Certainement, Hiérarque, répondit le gardien des livres sur le même ton. Je vais vous chercher cela tout de suite. »

Daïna le remercia avec reconnaissance. Si les deux premiers types de falsifications étaient plus aisément reconnaissables, le second serait plus délicat à reconnaître : les dates restaient inchangées, mais elle ignorait totalement si la pleine lune représentée dans la marge était vraie. L'éphéméride lui permettrait de vérifier et de voir si les dates de naissance correspondaient véritablement à la lune telle qu'elle était représentée. De fait, après deux heures de recherches et de listes, elle put éliminer une centaine de noms devant lesquels une pleine lune avait été dessinée en lieu et place d'un simple croissant ascendant ou descendant. La Hiérarque griffonnait les noms avec colère, enrageant de voir ces fourberies qui lui faisaient perdre un temps qu'elle n'avait guère. Si un de ces faussaires s'était présenté devant elle, elle se serait fait un malin plaisir de lui faire avaler le registre jusqu'à la dernière miette de parchemin !

Quand la lumière déclina, un bibliothécaire vint l'informer que ses confrères allaient fermer l'établissement de sciences. Daïna soupira. Elle était loin d'avoir terminé, mais elle préféra se plier aux règles de l'établissement pour ne pas froisser ces érudits, qui, tout compte fait, s'étaient montrés plus que serviables. Elle regarda sa liste une dernière fois pour faire le point. Un peu plus d'une soixantaine de noms étaient inscrits sur ses feuilles, formant une liasse peu épaisse. Elle avait eu beau sélectionner, trier, déduire, et chercher tous les moyens d'écourter sa liste, elle trouvait qu'il lui restait encore beaucoup trop de patronymes. Elle soupira. Elle n'osait même pas envisager la tâche suivante : retrouver toutes ces personnes et leur faire passer le test de la Pierre. Cela lui prendrait des semaines ! Elle maudit à leur tour les astronomes qui n'avaient ni pu ni su prévoir l'apparition de la Lune de la Nuit. Sans cela, elle aurait clairement pu avancer son travail de recherche. Sans compter qu'il lui faudrait également aller sur Éther avec l'autre Pierre de Lune trouver l'Aïrétion des Airs. La tâche s'annonçait titanesque…

La Hiérarque quitta presque à regret sa table de travail quand le bibliothécaire vint une nouvelle fois la prier de quitter les lieux. Elle n'insista pas. Son éclat avec le roi Élithios ne passerait certainement pas inaperçu au Siège et elle ne tenait pas non plus à se mettre à dos tous ceux qui l'avaient accueillie à Émeraude. Diplomatie oblige. Elle se leva et emporta la petite liasse de feuilles qu'elle enfouit dans sa tunique, à l'abri des regards indiscrets. Daïna salua d'un signe de tête le personnel de la Bibliothèque royale, qui lui répondit sans animosité. Peut-être que ses exploits n'étaient pas encore venus jusqu'à eux.

Elle sortit enfin à l'air libre, passa entre les gardes royaux en faction devant les portes du majestueux édifice, tandis que derrière elle se refermaient les grandes portes d'acier menant au Savoir. La jeune femme descendit les larges escaliers blancs, regardant d'un œil distrait les colosses de pierre.

Daïna arriva au bas de la dernière marche et regarda le jour déclinant. Le soleil se coucherait bientôt, dardant de ses rayons jaunes les murs blancs de la cité. Ensuite ces murs se teinteraient d'orangé, puis de rouge, de toutes ces couleurs qui caractérisaient l'adieu de l'astre céleste à ce monde. Il était grand temps pour elle de rejoindre la grande plage située derrière le Palais d'Émeraude. Limane était sans doute déjà sur place et devait sûrement l'attendre. Aussi Daïna se dirigea-t-elle sans plus tarder dans cette direction.

Elle contourna les énormes serres qui jouxtaient la Bibliothèque et dans lesquelles croissaient un nombre incalculable de plantes. La ville d'Émeraude possédait la plus grande variété de cultures de simples, inondant les abords des serres de senteurs variées, aussi séduisantes que répugnantes. Les plantes qu'elles abritaient s'échappaient par moment d'un jardin extérieur, grimpant le long d'un mur pour narguer le passant en lui présentant des fruits hors de sa portée. Leurs couleurs bariolées affichaient pour l'ingénu les charmes les plus innocents ou, pour le botaniste aguerri, les pièges les plus raffinés.

Daïna ignora toute cette exubérance végétale et poursuivit son chemin d'un pas décidé. L'air marin lui ferait le plus grand bien. Elle tourna à gauche entre deux serres et longea une rue pavée de larges pierres blanches sur quelques centaines de pas. Au bout de cette rue, elle déboucha sur une plage de sable blanc et l'Océan se découvrit devant elle. L'immensité d'eau s'étendait à perte de vue, bordant les côtes ouest d'Émeraude et d'Éther, et s'étirait jusqu'au soleil couchant, seul astre à connaître tous les mystères de ce qu'il y avait par-delà les eaux.

La Hiérarque gagna le sable et s'enfonça dans le grain fin jusqu'aux chevilles. Elle marcha, laissant derrière elle des traces à peine visibles sur le sable souple. Elle dépassa quelques dunes et arriva enfin au bord de l'eau. La mer était d'un bleu profond, sur laquelle apparaissait fugitivement l'écume blanche de la vague venant mourir sur le rivage. La jeune femme chercha Limane des yeux, mais ne vit personne sur la plage. Avec un soupir, elle dut prendre son mal en patience et se mit finalement à profiter de ce bref moment de répit.

Doucement, elle se détendit et son esprit se perdit petit à petit dans les flots qui dansaient devant elle. Daïna se laissa bercer par le ronronnement des vagues s'échouant mollement sur la grève. La plage… C'était si loin… Au large, la mer était calme, à peine agitée par quelques moutons blancs galopant sur la crête des vagues et se dispersant dans un nuage d'écume. Le sable blanc était semé de coquillages aux formes aussi variées qu'intrigantes, épousant la mer en une longue traîne blanche et décorée. Quelques cris d'oiseaux lointains, une odeur saline qui piquait les lèvres, une brise légère qui faisait danser ses longs cheveux, tout était paisible. L'esprit de Daïna se perdit dans l'immensité bleue et ses yeux virent des formes indistinctes naître et se former sur la plage. Elles prirent doucement corps sur le sable, un peu plus loin, et Daïna se plongea dans la contemplation de ses souvenirs.

*

* *

L'après-midi touchait à sa fin. Et le cours avec. Théïa n'en était pas mécontente. Elle avait passé ses heures d'enseignement à regarder par la fenêtre, écoutant distraitement un nouveau professeur déblatérer sur les bienfaits des plantes dans l'économie d'Émeraude et de leur importance en termes de marchés à l'exportation. Tandis que ses collègues bâillaient à se décrocher la mâchoire, elle laissait ses pensées vagabonder au gré des nuages et des oiseaux qui défilaient dans le ciel, ondoyant dans l'espace céleste comme dans un océan, plongeant vers les astres, puis remontant à la surface de sa conscience pour jeter un bref coup d'œil au sablier qui s'égrenait lentement, mais sûrement. Puis, comme un dauphin, son esprit replongeait dans le ciel d'azur, laissant l'après-midi s'étirer à nouveau paresseusement.

Après un temps qui lui parut très long – infini à ses camarades de classe –, le dernier grain de sable tomba enfin dans le bocal inférieur du sablier, marquant une nouvelle ère dans le microcosme de la journée estudiantine. Le professeur quitta sans un mot la scène qu'il avait occupée et s'évapora vers son microcosme à lui : les fins fonds de la Bibliothèque Royale et la compagnie bien moins ennuyante des plantes cachées dans les serres accolées à l'admirable édifice.

Laissant ses collègues s'égailler comme une volée d'oiseaux, Théïa sortit comme à son habitude bonne dernière de la maison d'enseignement. Quand elle passa le seuil de la porte, elle vit avec étonnement que quelques étudiantes et étudiants s'étaient arrêtés à quelques pas de la sortie. Ils semblaient eux-mêmes étonnés par un élément inhabituellement présent dans ce paysage si tranquille de ce quartier d'Émeraude et parlaient à voix basse. Elle n'y prit pas garde et s'apprêta à prendre le chemin du retour.

« Théïa ! »

La jeune fille tourna la tête vers cette voix grave qui l'appelait et reconnut Béroc, qui la regardait avec un large sourire, sa barbe noire faisant ressortir ses dents blanches et, qui, elle l'aurait juré, avait une petite expression moqueuse devant sa surprise. Quand Béroc avait appelé, les jeunes gens s'étaient retournés d'un bloc vers la jeune fille, avec des expressions étonnées : comment connaissait-elle ce colosse ? Elle n'avait pas peur ? On aurait dit qu'il pouvait vous broyer la tête avec une seule main !

« Père ! »

La surprise des jeunes gens se mua en stupéfaction. Ils s'éloignèrent à petits pas, chuchotant ardemment et lançant des coups d'œil tout aussi frénétiques à ce drôle de couple. Théïa n'y prêta aucunement attention et se précipita vers son père. Elle se hissa sur la pointe des pieds et l'embrassa sur la pommette, juste au-dessus de la barbe. Béroc riait de cette joie tout enfantine et ne se fit pas prier pour prendre sa fille dans ses bras.

« Je croyais que tu t'étais endormie, la taquina-t-il.

– Mais je croyais qu'on ne devait se voir que ce soir ! s'exclama la jeune fille, sans considérer la pique.

– Finalement, j'ai pu me libérer plus tôt, répondit Béroc avec un sourire. Tu es toujours d'accord pour un petit tour sur la plage ?

– Plutôt deux fois qu'une ! » rétorqua-t-elle.

Avec un rire de doux géant, Béroc se mit en route, galvanisé par l'insouciance de sa fille. Ils s'éloignèrent tous deux bras dessus bras dessous, tandis que dans leur dos les commentaires allaient bon train. Ils s'en moquaient bien, rien d'autre ne comptait pour eux que cette promenade en famille.

Quelques instants plus tard, ils marchaient tous les deux sur la plage. Avec bonheur, Théïa sentit le sable fin glisser entre ses orteils. Elle avait enlevé ses chaussures, les gardant à la main pour profiter pleinement de la sensation de ses pieds s'enfonçant dans le grain fin, l'humidité iodée de la mer sur sa langue et la froideur des vagues léchant ses chevilles. Elle était tout simplement heureuse comme ça. Son père était à côté d'elle et la regardait.

Cependant, Béroc ne put empêcher un voile d'inquiétude draper ses pensées. La Pierre d'Émeraude. Elle était toujours présente à son esprit et cela ne le rassurait guère. Il voulait juste profiter de voir sa fille heureuse. C'était le plus important pour lui. Sa mère n'était plus là, il s'efforçait juste de faire son devoir de père du mieux qu'il pouvait. La protéger était si difficile. Il chassa ces pensées qui le tourmentaient et essaya de partager pleinement ce moment de bonheur avec elle. Ces moments étaient peu nombreux, mais ils étaient là. Il avait appris à les saisir et à en savourer les moindres instants dès qu'il le pouvait. Béroc gagna à son tour le rivage, sur lequel mouraient les vagues et s'épanouissait sa fille, et tenta de s'abandonner à une quiétude qui le fuyait.

Chapitre 14

Daïna marchait sur la plage, laissant ses souvenirs la submerger malgré elle. Elle voulut se rétracter, résister et les refouler, mais ils étaient à présent trop forts. Ils arrivaient et emportaient avec eux la petite fille qui dormait au fond d'elle. Le sable sous ses pieds. Les vagues qui la faisaient sursauter quand elles arrivaient trop vite. L'éclat de rire de sa mère devant la frimousse tout étonnée de sa fille à peine effrayée. Sa mère. Une femme grande, du moins c'était ce qui il lui semblait du haut de ses sept ans : tout le monde paraissait grand à cet âge. Les yeux noirs maternels, beaux, qui brillaient de plaisir de voir sa fille s'amuser dans les flots de l'Océan. Ces yeux. Elle avait les mêmes, elle le savait. Un souvenir d'elle qu'elle chérissait. Sa mère portait une robe longue, rouge, en bustier, faisant ressentir son teint pâle et ses cheveux d'ébène. Son sourire était la joie de Daïna, franc et rieur ; ses lèvres douces… Elle se souvenait de ces lèvres sur sa joue ou dans son cou, se posant comme un vol de papillon sur sa peau quand elle pleurait ou réclamait un câlin. Et les voici toutes les deux sur la plage. Le vent s'engouffrait dans leurs cheveux, déployant leur chevelure comme un voile de soie emporté par les courants d'air, ondoyant avec grâce et légèreté.

Daïna poursuivait sa marche sur la plage, effleurant dans sa mémoire chaque bribe de ces souvenirs parfois évanescents. Sous ses bottes, le sable crissait. Elle était une fille de l'Air, mais le contact de la terre ravivait en elle ce qu'elle n'arrivait pas à apprivoiser dans le ciel : la sensation du sable qui voletait devant elle, se posant sur ses mains ; tout comme l'écume qui s'envolait pour se déposer avec précaution sur sa peau comme un manteau de larmes. Tout ceci, elle ne pouvait l'obtenir dans le ciel. Ses souvenirs réapparaissaient de temps à autre, bien vite noyés dans la détermination de la Hiérarque qui ne voulait absolument pas être dérangée par le passé et son lot de chagrins. Mais certaines fois, quand elle était seule, le passé se faisait plus virulent, la nostalgie plus pesante, et sa carapace de soldat se fissurait devant un mal contre lequel elle n'avait aucune parade : elle-même.

« Mère ! Regardez ! »

Daïna tourna la tête vers le rivage, s'attendant à voir une enfant sauter dans les vagues sous les yeux amusés de sa mère. Mais elle ne vit qu'elle, lançant un caillou un peu plat entre deux vagues et qui rebondissait joyeusement sur l'eau, avant d'être englouti par une mer aussi joueuse qu'elle. Sa mère, quelques pas en arrière, riait.

« C'est bien, ma chérie ! »

Puis sans comprendre, sa mère hurla et tout se brouilla. Daïna n'entendit plus qu'un long cri. Si long, si intense, qu'elle ne savait plus si celui-ci appartenait clairement à son passé ou à son imagination. Elle plaqua ses mains sur ses oreilles, mais ce cri – de terreur ou d'agonie, elle ne savait plus – résonna dans sa tête, rebondissant contre les parois de sa boîte crânienne comme un prisonnier fou. Elle pria de toutes ses forces pour qu'il s'arrête, mais il continuait, puissant et grave, descendant et poignardant maintenant sa poitrine qui se soulevait douloureusement sous l'impact de sa respiration saccadée et de son estomac révulsé. Enfin, le hurlement cessa aussi brusquement qu'il avait commencé.

Daïna garda ses mains plaquées sur ses oreilles encore un instant, à l'affût du cri. Rien ne se passa. Elle prit une profonde inspiration et rouvrit les yeux, haletante, se noyant dans la lumière de cette fin d'après-midi qui appartenait au présent. À sa droite, elle vit une plage derrière un imposant bâtiment blanc, et la mer s'étendre à sa gauche. Émeraude. Elle était toujours sur la terre des Ours. Ses repères retrouvés, elle s'aperçut qu'elle fixait un point devant elle et mit quelque temps à comprendre que ce point était un homme agenouillé dans le sable, en proie à une terrible douleur qui paraissait lui brûler l'abdomen. C'était lui qui avait crié. Une autre silhouette, plus petite – une jeune femme – était elle aussi agenouillée à côté de lui, inquiète et visiblement paniquée. Daïna s'efforça au calme, apaisant d'abord ses propres démons, puis se précipita vers eux. Courir lui fit du bien et chassa ses propres peurs.

À mesure qu'elle s'approchait, elle examina la situation. Limane n'était pas encore arrivé. Personne d'autre ne marchait sur la plage, hormis ces deux personnes. Elle était donc seule. S'il fallait porter cet homme à une maladrerie ou chez un rebouteux, elle présageait un long moment d'efforts : c'était un colosse, musculeux, et qui devait bien peser deux fois son propre poids. Sans doute un bûcheron. La jeune fille, frêle, la vingtaine de printemps, affolée, ne lui serait certainement pas d'une grande aide. Daïna arriva au pas de course pour leur offrir son aide.

Béroc souffrait le martyre. Il se promenait tranquillement avec Théïa, profitant des derniers rayons du soleil couchant, quand il avait cru recevoir une lame chauffée à blanc dans l'abdomen. La brûlure s'était brutalement enflammée, le clouant sur place avec une violence inouïe. Jamais il n'avait ressenti quelque chose d'aussi effroyable.

La douleur s'enracina au niveau de son plexus, s'étalant d'abord lentement avant de se répandre rapidement dans tout son corps et de littéralement exploser dans chaque parcelle de sa chair. Il avait crié à s'en briser les cordes vocales, au point de s'écrouler dans le sable, tombant à genoux, les yeux exorbités, incapable de faire un geste, si ce n'était de ressentir cette douleur abominable le briser en deux. Ses larges mains saisirent le sable, s'agrippant avec la fureur du désespoir au seul élément qui lui paraissait suffisamment solide pour ne pas se laisser aspirer par la douleur. Sa vue se brouilla, des éclairs blancs dansèrent devant ses yeux en un ballet endiablé. Puis la douleur s'apaisa. Non. Se stabilisa. Elle avait brusquement cessé de croître, mais continuait de résonner encore dans ses muscles brûlants, se contentant de rester présente, comme un volcan menaçant sur le point de s'éveiller. La douleur pointait par moment, grondant sourdement, magma prêt à entrer en éruption.

Béroc chercha de l'air, l'aspira par petites bouffées. Sa vue s'éclaircit lentement. Dans un brouillard lumineux, à la périphérie de son champ de vision, il vit quelque chose – non, quelqu'un – s'approcher. Les formes qu'il percevait étaient floues. Il n'en était pas sûr, mais il croyait voir une femme. Une femme vêtue comme un homme, qui courait. Et plus elle s'approchait, plus la douleur devenait non pas plus intense, mais plus précise. En lents cercles concentriques, sa souffrance fut ramenée à une braise incandescente posée sur son plexus. Béroc reconnut cette sensation. Il l'aurait reconnue entre mille. Jamais il ne l'avait oubliée. Une évidence s'imposa à lui comme un coup de massue en pleine face : la sensation qui s'était déclarée sur le chantier n'avait pas été un effet de son imagination. Juste une vérité. *La* vérité. *Elle* était revenue.

Quand son père poussa ce hurlement inhumain, Théïa se retourna vers lui, figée sur place et glacée d'effroi. La souffrance de Béroc paraissait indicible, sa mâchoire était si contractée qu'elle crut que la pression qu'il exerçait sur ses propres dents allait les faire voler en éclats ; et tous ses muscles étaient crispés à un point tel, que veines et tendons saillaient et se tordaient comme des serpents qui voulaient s'échapper de son corps. Elle se précipita vers lui, s'agenouilla devant lui, le prit par les épaules, l'obligeant à la regarder, tâchant de trouver dans ses yeux hagards une étincelle de conscience perdue dans les limbes de la douleur. La jeune fille était terrifiée, appelant sans cesse son père pour le forcer à revenir à lui :

« Père ! Père ! Qu'est-ce qui se passe ?! Répondez ! »

Mais Béroc ne semblait rien voir, ne rien entendre. Il était dans un état second, isolé à l'intérieur de son propre corps.

« Père ! Réveillez-vous ! »

Théïa avait beau l'appeler, il ne réagissait guère. Elle le frappait de ses petits poings, lui prenait le visage entre ses mains, lui criait dessus, l'implorait, rien n'y faisait. Son père était devenu brûlant de fièvre en l'espace de quelques secondes ; les pores de sa peau s'étaient ouverts, laissant couler une sueur tiède, qui ruisselait sur son visage, ses tempes, ses bras. Béroc restait prostré, sans réaction. Luttant pour garder son sang-froid et ne pas céder à la panique, Théïa regarda fébrilement tout autour d'elle, cherchant sans espoir un quelconque secours sur cette immense plage déserte, quand son attention fut attirée par une mince silhouette qui se précipitait vers eux. Une jeune femme en uniforme arrivait au pas de course ! Elle sentit une brève bouffée de soulagement, avant de replonger dans la terreur.

Béroc s'était tout à coup mis à trembler, sans contrôle, tout son corps mû par une étrange pulsation. Théïa se pencha vers lui pour le rassurer, tout en essayant de retenir des larmes qui se pressaient sous ses paupières.

« Calmez-vous, Père ! Quelqu'un arrive !

– Non... »

C'est à peine si sa fille l'entendit.

« Père ! Calmez-vous ! Calmez-vous ! Je vous en prie !

– Non... Laisse-moi... Laissez-moi... »

Théïa hoqueta de surprise. Elle avait cru mal entendre. Son père était au plus mal et refusait une aide qui tombait du ciel ! Elle mit cela sur le compte de la douleur et refusa de céder à ce qu'elle prenait pour un égarement.

« Je l'ai entendu ! Que s'est-il passé ? »

Le ton ferme de la jeune femme fit sursauter Théïa. Elle se retourna, accueillant ce secours providentiel avec bonheur et regarda Daïna, paniquée.

« Je ne sais pas ! Il s'est écroulé d'un coup ! Il vient juste de reprendre connaissance, et…

– Calmez-vous, mademoiselle, la coupa la Hiérarque. Je vais vous aider.

– Je vous en supplie… »

Le ton de la jeune fille était implorant. Une larme coula le long de la joue de Théïa. Daïna n'hésita pas et se tourna vers Béroc et se concentra sur le malade, essayant de rassembler le peu de connaissances de médecine qu'elle avait. Elle écarta Théïa et s'agenouilla à son tour, prit l'homme par les épaules et le força à la regarder dans les yeux.

« Brave homme ! Vous m'entendez ? Où avez-vous mal ? »

Daïna s'efforçait de parler lentement, articulant et détachant chaque syllabe pour être comprise le mieux possible. À côté d'elle, Théïa trépignait et se maîtrisait à grand-peine pour ne pas secouer son père comme un prunier, seule méthode qu'il lui venait à l'esprit pour le faire revenir à la raison. La tête de Béroc dodelinait lentement, marquant sa transe d'un rythme que lui seul connaissait. Daïna pressa doucement les épaules du colosse, sans résultat. Elle n'arrivait pas à capter son regard vide. Elle changea de tactique et prit dans ses mains ce masque de douleur pour lui imposer sa volonté.

Quand Daïna posa ses mains sur son visage, Béroc crut qu'il allait défaillir. Son plexus qui le brûlait déjà atrocement s'embrasa une nouvelle fois. Toute sa sueur se déversa, mais n'arriva pas à refroidir et contenir cette affreuse sensation de plomb en fusion qui se déversait sur son torse. Ses lèvres se bordèrent d'une écume blanche et pâteuse, tandis que ses yeux se révulsèrent pour tenter de fuir vers une inconscience qui se refusa à lui. La douleur arrivait maintenant par vagues, de plus en plus fortes, de plus en plus aiguës. Dans sa fièvre délirante, Béroc voyait des cavaliers noirs lui percer le thorax de leurs lances de fer fondu. Et cette femme les guidait… Cette femme… Cette femme qui était à présent près de lui. Il tenta de la fuir, en vain. Que voulait-elle ? Ne voyait-elle donc pas que c'était elle son mal ? Il sentit que son corps lui échappait, qu'il avait décidé de se protéger seul puisque lui en était incapable. Tous ses muscles se contractèrent, et devinrent plus durs que la pierre. Ils devenaient sa carapace, pour essayer de le protéger de cet affreux mal. Avec un succès tellement dérisoire contre ce mal insidieux… Car c'était à présent une carapace de douleur qui le tuait à petit feu. Il sentit ses fibres musculaires se contracter encore. Il les sentit sur le point de se rompre, se craquelant doucement, mais sûrement. Il ne pourrait pas résister longtemps. Il voulait – non, il fallait – éloigner cette femme, lui dire de s'en aller. Il ne réussit à articuler que quelques mots, péniblement, dictés par sa survie.

« Allez… vous… en…

– Calmez-vous… Respirez… Dites-moi ce qui vous arrive… »

La femme avait répondu. Mais sa voix lui parvenait, lointaine, indistincte. Les vibrations se frayaient un chemin difficile à travers son cerveau embrumé de douleur. Il ne retint qu'une chose. Elle était toujours là. Cette femme refusait d'obéir. Il devait la chasser lui-même.

Danger !

L'avertissement éclata dans sa tête. Daïna se figea, les yeux grands ouverts par la surprise, totalement déconcertée. Elle regarda l'abîme de souffrance qu'elle tenait entre ses mains, vit la bave blanche s'écouler dans la barbe, des yeux blancs, aveugles qui la regardaient sans expression. Une pensée la traversa en éclair. S'éloigner ! Elle n'eut même pas le temps de penser à bouger, d'ordonner à son corps de partir loin du danger : son corps réagit avant même qu'elle ne songeât à le déplacer mus par l'impulsion de cet instinct plus puissant qu'une volonté d'airain.

La Hiérarque vit à peine ce qui se passait. Ses genoux se fléchirent légèrement. L'homme, qui était quelques instants auparavant presque mort, commença à bouger son bras dans le même temps. Ses genoux poursuivirent la flexion, prêts à bondir. Béroc arma son bras pour frapper vite et fort vers le ventre de la jeune femme. Les jambes de Daïna se détendirent brusquement. Elle sauta avec légèreté, bondissant en arrière pour esquiver l'assaut, et sembla flotter un instant dans les airs. Elle retomba légèrement sur ses appuis trois mètres plus loin et se tint tout de suite sur ses gardes. Le colosse l'avait manquée, mais de peu.

« Rapide », murmura-t-elle pour elle-même, la mâchoire crispée.

Il avait même frappé outrageusement vite, en un éclair. Sans sa prescience du danger, elle aurait certainement fini avec un hématome aux proportions très remarquables. Quelques morceaux de tissu voletèrent, tombant à terre. Un tissu de couleur rouge. Elle regarda sa tunique. Déchirée, ornée de quatre belles griffures. *Des griffes ?* Trop occupée à esquiver, voilà ce qu'elle n'avait pas vu tout de suite ! Cet homme était doué de Capacités ! Une main de simple humain se serait juste empêtrée dans sa cape ou aurait glissé dessus. Par contre, une griffe d'Ours... Ses viscères auraient tout à fait pu prendre l'air bien indépendamment de sa volonté.

La Hiérarque devait redoubler de prudence. Si la jeune fille accompagnant cet homme ne semblait guère rompue à l'art du combat, le colosse était redoutable. Elle n'avait pas en face d'elle un simple bûcheron, mais un guerrier accompli, prodigieux même : sa vitesse de Transformation était tout simplement terrifiante. Il fallait de nombreuses années pour qu'un guerrier puisse se Transformer aussi vite. Elle-même se débrouillait bien, mais les Aigles étaient plutôt réputés dans ce domaine. Lui, bien qu'à moitié mort, se situait encore un cran au-dessus. Daïna en frissonna. Qui était donc cet homme ? Pourquoi avoir tenté de la tuer ? Elle était venue pour l'aider et jamais elle ne l'avait vu auparavant ! Déterminée à éclaircir la situation, elle s'apprêta à saisir son épée dans son dos... avant de s'apercevoir qu'elle l'avait laissée au palais.

« C'est...Prodotès...qui vous envoie... n'est-ce pas ?... »
Daïna crut recevoir un coup de poing dans l'estomac. Les mots avaient flotté jusqu'à elle, portés par la brise marine. La voix était faible mais décidée, haineuse ; les phrases, hachées : elle avait presque dû tendre l'oreille pour entendre ce qu'il disait. Comment pouvait-il savoir qu'elle était en lien avec le Grand-Prêtre ? Jamais elle n'avait prononcé son nom ! Tout à coup, elle prit conscience que cet homme, cet adversaire qu'elle avait devant elle, était – sans qu'elle sache pourquoi – *vraiment* différent.

Théïa luttait pour ne pas céder à la panique. Jamais elle n'avait vu son père dans cet état. Ni cette faiblesse, ni cette lueur de haine qui brûlait maintenant dans son regard. Il n'avait jamais vu cette femme, elle en était certaine. Sur le visage de Béroc se reflétaient les affres de la souffrance, elle le voyait lutter pour ne pas s'évanouir. Quand il avait voulu frapper la jeune femme qui était venue à leur secours, elle avait cru que son père délirait, en proie à la fièvre. Elle avait essayé de le rassurer, de l'empêcher de se débattre en prononçant des paroles paisibles, mais les mots qu'il avait prononcés juste après avaient semé le doute dans son esprit. Son père était en pleine possession de ses moyens, torturé par un mal inconnu, mais tout à fait lucide. Elle le reconnaissait à peine. Cette violence qui émanait de lui... elle lui était inconnue jusqu'alors. La jeune fille avait peur, et elle voyait dans cet homme de colère, non pas celui qu'elle côtoyait tous les jours et s'occupait d'elle, mais un étranger plein de ressentiment. Et malgré cela, malgré cette nouvelle peur qu'il lui inspirait, elle s'était blottie contre lui. Il était son seul repère, quoiqu'il advienne. Elle n'avait pas d'amis, pas de famille, ne connaissait personne d'autre. Elle n'avait que lui. Théïa regarda son père, au bord des larmes, l'appelant doucement, espérant le ramener à la raison.

Livide, Béroc s'étais redressé et assis sur ses talons, dodelinant de la tête, essayant autant d'éloigner le mal qui le rongeait, que de ne pas perdre connaissance face à cette inconnue. Il sentait sa fille blottie contre lui. Il avait mal pour elle. Il ne voulait pas qu'elle souffre à cause de lui. Mais Théïa ne pouvait comprendre ce qui le rongeait. Il espérait juste en finir au plus vite. Et comprendre ce que voulait cette étrangère. Comprendre *comment* elle avait pu entrer en sa possession. La Pierre. À part Prodotès, il ne voyait personne d'autre qui aurait pu la lui donner. Il voulait savoir. Il rassembla toute son énergie dans sa concentration. Il lutta pour ne pas défaillir, marchant sur la corde raide de sa conscience. Il avait parlé péniblement, articulant avec peine. Cette femme eut l'air surprise. Mais il n'en était pas sûr, sa vue se brouillait, tandis que son plexus lui envoyait des vagues de douleur à réveiller un mort.

« Je n'ai jamais prononcé ce nom… Qui êtes-vous ? »
Elle avait parlé. Avec véhémence. Béroc n'avait pas répondu. Cela aurait été trop facile. Il n'avait pas l'intention de lui dire quoi que ce soit, ni d'éclairer sa lanterne. Mais sa remarque laissait sous-entendre autre chose. Elle paraissait plus étonnée par le fait qu'il mentionnât Prodotès, que par sa question. Il ne tiendrait pas longtemps. Il fallait qu'il se dépêche. Béroc rassembla ses forces.

« Il est… toujours en vie… Et il… les cherche… »
Théïa sentait vibrer dans les paroles de son père une haine qui lui arracha un frisson, malgré la douce chaleur qui régnait encore avec elle.

« Je ne… le laisserai… pas… »
Il semblait à Daïna que le colosse vomissait ces paroles, allant les chercher tout au fond de lui pour les lui cracher au visage. Elle ne comprenait pas ce qu'il voulait. Tout cela n'avait pas de sens pour elle. Sans vouloir se l'avouer, les paroles de ce… mourant ? …la déconcertaient. Sa méfiance monta d'un cran :

« J'ignore ce que vous voulez au Grand-Prêtre… Mais je ne vous laisserai pas partir sans explication… ! Aussi, je vous somme de vous rendre sans tarder ! », tonna la Hiérarque.

Béroc étouffa une toux. Daïna aurait juré qu'il avait ricané. Théïa restait immobile, entourant de ses bras l'immense torse de son père, recouvert d'une tunique trempée par la sueur. Son regard allait de l'un à l'autre, suivant cette confrontation surréaliste. Elle ne savait pas de quoi ils parlaient, mais s'ils devaient faire face à une ennemie, elle soutiendrait vaillamment son père du mieux qu'elle pourrait.

« Il y a… un dernier… détail… »

Béroc regarda la Hiérarque d'un air que la jeune femme crut halluciné. Le colosse fit un immense effort, lutta une nouvelle fois contre ce poing invisible qui lui broyait la cage thoracique.

« Si vous ne voulez pas… répondre… à mes questions… Alors comment êtes-vous… entrée… en possession de… ceci ? »

Dans un pénible effort, Béroc tendit son large poing vers la Hiérarque et ouvrit sa large main. Elle reconnut immédiatement ce morceau de cuir qui reposait dans sa paume. La jeune femme resta figée sur place, abasourdie.

« La Pierre ! »

Daïna retint un juron et regarda sa ceinture. L'autre moitié de la petite bourse éventrée pendait lamentablement sur sa cuisse. Et quand elle reporta le regard sur la main droite de Béroc, quelle ne fut pas sa surprise quand elle vit que la Pierre de Lune s'était animée d'une nouvelle vie, étincelant doucement dans son nouvel écrin d'une lumière palpitante !

« Et je ne connais qu'une personne qui possédait cette Pierre…, continua Béroc. Prodotès ! »

Les pensées tourbillonnèrent dans la tête de la Hiérarque, s'entrechoquant violemment entre elles : comment connaissait-il la Pierre ? Pourquoi cette haine contre le Grand-Prêtre ? Soudainement, les paroles de Prodotès lui revinrent en mémoire :

« Surveillez la Pierre, elle vous guidera. Son porteur en sera affecté d'une quelconque manière… »

Ce malaise. Un éclair de compréhension traversa son regard. La Pierre brillait, et cet homme était en proie à un violent malaise que même sa fille ne semblait avoir jamais vu. Elle aurait dû faire le lien beaucoup plus tôt ! Alors, lentement, la colère remplaça la surprise, puis bientôt la haine embrasa son cœur et son esprit. Daïna était ulcérée d'avoir perdu la Pierre. Et dévorée par la rage de s'être fait doubler par ce qu'elle détestait le plus au monde : un Aïrétion ! Ces sentiments s'amplifièrent, sur lesquels vinrent se greffer la frustration et l'impuissance.

Ce violent cocktail d'émotions ne lui fit pourtant pas perdre son sang-froid : elle ne pouvait agir précipitamment au risque de tout perdre et de faillir à sa mission ! Cet homme était certes mal en point, mais il n'avait rien perdu de ses réflexes, ni de ses Capacités, à en juger les traces de griffures sur son uniforme. Lui reprendre la Pierre ne serait pas chose aisée. Et encore moins, parce qu'elle avait devant elle l'Aïrétion d'Émeraude. Non seulement un être décadent, un être malfaisant qui causerait la perte de Terra, mais un être doué d'une puissance de combat exceptionnelle. Daïna serra les dents. Elle tiendrait coûte que coûte ce combat, en attendant que Limane arrive et prévienne les renforts. Son corps se raidit en une position de combat redoutable, jambes légèrement écartées bien en appui sur le sable et bras prêts à parer et riposter. Elle tiendrait !

Avec effroi, Théïa avait vu le changement s'opérer sur le visage de Daïna, devenir un masque grimaçant, où la pitié avait été reléguée aux oubliettes, pour n'être plus qu'un visage de rage glacée et de fanatisme terrifiant. Mais ce qui l'inquiétait encore plus, c'était Béroc. Elle ne reconnaissait plus son père. Cet homme qu'elle avait à côté d'elle avait un nouveau visage, une nouvelle voix. Là où un sourire se dessinait constamment sur ses lèvres broussailleuses, il n'y avait plus qu'un trait droit, souligné par sa mâchoire contractée, lui donnant un air dur qu'elle ne lui soupçonnait même pas. Et dans ses yeux, où elle ne voyait d'habitude que bienveillance, elle ne distinguait plus que la colère. Mais il lui semblait apercevoir autre chose aussi. Elle regarda plus attentivement. Oui, de la peur. Son père était effrayé, terrifié même.

Elle s'appuya tout contre lui, s'accrochant à son bras droit, pour essayer de le réconforter par sa présence, de lui faire sentir qu'elle était là pour lui, mais Théïa ne sentit qu'un bloc de granit. Toute l'attention du colosse était concentrée sur cette femme, qui, quelques instants plus tôt, voulait les secourir. Son environnement ne paraissait être réduit qu'à cette soldate et à cette pierre lumineuse. La jeune fille sentait son propre corps se couvrir d'une fine pellicule de sueur, et elle s'accrocha un peu plus fort au bras de son père, tentant de l'appeler doucement, le suppliant pour qu'il revienne à lui.

Béroc se sentait incapable de bouger, et encore moins de réconforter sa fille. Lentement, il digérait les évènements qui étaient en train de se dérouler. La Pierre lui brûlait la main, mais d'une chaleur différente. Son torse le faisait souffrir atrocement, mais cette Pierre verte le brûlait par la bienveillance qui émanait d'elle, sa persuasion. Elle le brûlait par son magnétisme, se propageant dans toutes ses cellules. Surtout, il comprit que sa douleur n'était que le reflet de son propre refus ; et son intensité, sa propre force qu'il mettait dans la négation à retrouver la Pierre. Il n'avait plus le choix. Il sentit quelque chose tirer sur son bras droit. Béroc glissa un regard de côté et croisa les yeux apeurés de Théïa. Il essaya de la rassurer.

« Théïa… ne t'inquiète pas…je sais ce qui m'arrive… »
Sa respiration saccadée le coupait dans son élocution. Il fit un effort, gardant son regard fixé sur l'envoyée de Prodotès.

« Fuis par le Grand Océan… Je t'expliquerai… plus tard…

– Mais pourquoi fuir ? protesta faiblement Théïa. Je ne peux pas vous abandonner comme ça ! Et pour aller où ? Je n'ai pas d'endroit où aller ! »
Les sanglots faisaient trembler sa voix, mais Béroc ne l'écoutait déjà plus. Tout son esprit était à nouveau tendu vers la Pierre. Il devait faire vite avant qu'il ne soit trop tard. Sa main droite serra fermement la Pierre contre sa paume. Il agrippa sa chemise de sa main gauche, saisissant le tissu avec force. Malmenée, la toile craqua. Il réitéra son ordre, presque mécaniquement.

« Fuis… »
Théïa l'observait, affolée, tirant sur le bras droit de son père. Elle ne voulait pas l'écouter. Elle sentait que quelque chose allait se passer. Quelque chose de *grave*. Le regard de son père était fixe, déterminé, arrêté sur une décision irrévocable. Son ordre tomba une dernière fois, comme un couperet.

« Fuis. »

La Pierre de Lune se mit soudainement à briller d'une intense lumière, répondant à un signal invisible. Avec un petit cri de frayeur, Théïa se sentit brusquement soulevée de terre et partir dans les airs sans pouvoir rien faire, prise au dépourvu. Béroc l'avait soulevée sans difficulté de son bras libre pour projeter sa fille au loin. Une fraction de seconde plus tard, la chemise de Béroc partait dans la direction opposée, réduite en lambeaux, arrachée sans ménagement par les griffes affûtées de l'Ours.

Les yeux de Daïna brillèrent de surprise et d'incompréhension. Elle s'était préparée à toute éventualité, sauf à voir ça. Le torse de Béroc, large et musclé, recouvert d'une fine pilosité noire, était barré d'une énorme cicatrice au niveau du plexus solaire. Profonde de presque deux doigts, large de quatre, la cicatrice commençait un peu au-dessous du niveau du sternum, et s'étalait un peu au-dessus. Elle était bordée par d'affreux bourrelets de chair rosâtre, presque blancs, qui tranchaient nettement avec la peau brune et tannée du bûcheron. La Hiérarque n'eut pas le temps d'observer plus en avant cette affreuse marque qu'elle se précipitait déjà vers l'homme, en poussant un juron. Elle avait compris avec un temps de retard ce qu'il voulait faire.

La bourse de cuir chuta mollement sur le sable, et la Pierre, entièrement extirpée de sa protection, brilla violemment d'une lumière verte. Mais d'un vert de la plus belle émeraude, lumineux, pur et sans défaut. La lumière de la Pierre s'intensifia encore sous le regard éberlué de Daïna, qui dut plisser les yeux pour ne pas être éblouie. La Hiérarque n'avait même pas atteint l'homme, Théïa n'avait même pas encore touché le sol, que Béroc plaqua sans hésitation la Pierre de Lune contre son torse, exactement sur le plexus, au plus profond de sa cicatrice. Une éruption de lumière jaillit de son torse.

Théïa atterrit mollement sur le sable, avec un bruit mat. Apeurée et éblouie, elle vit vaguement son père, légère tache noire au milieu d'un océan de lumière verte devenue presque blanche. Cambré, le torse présenté au ciel et vomissant de lumière, il était légèrement en apesanteur, flottant à quelques centimètres au-dessus du ciel. Il hurlait vers le ciel. Il hurlait sa souffrance qui explosait dans sa tête, les yeux révulsés. Il hurlait silencieusement, son cri noyé dans cette lumière irréelle. Et cela continuait.

« Père… »

Théïa en avait les larmes aux yeux, contemplant Béroc avec impuissance et effroi. La lumière lui brûlait les yeux à travers ses larmes, mais elle n'arrivait pas à détacher son regard de Béroc. Toute la souffrance de son père résonnait en elle.

Daïna se couvrait les yeux, serrant les dents, contrainte de détourner son regard de la source lumineuse. Puis, elle vit la mer. Cette mer d'habitude si bleue était recouverte de cette lumière verte. L'eau clapotait doucement sur le rivage en petites vaguelettes, jouait avec la lumière, s'amusant à la refléter pour lui donner toutes sortes de nuances délicates, du vert clair au vert éblouissant, en une cascade de couleurs instables et magnifiques. La Hiérarque ne comprenait pas. Ses pensées se bousculaient dans sa tête. Jamais le Grand-Prêtre ne lui avait parlé de ça. Elle redoutait la suite des évènements. Qu'allait-il ensuite se passer ? Si cet homme se relevait, lui serait-il possible de le battre ? Il serait l'Aïrétion d'Émeraude ! Un monstre aux Capacités décuplées, un Ours impitoyable et assoiffé de sang ! Tant pis : si elle ne parvenait pas à en venir à bout, elle s'en irait par les airs, prévenir elle-même le Grand-Prêtre de la menace et de son revers. Elle se sentirait profondément humiliée de cet échec, mais accueillerait sa punition avec humilité et soulagement. Sans crier gare, la lumière cessa. Le ciel redevint d'un bleu limpide, et la mer retrouva son bleu profond. Les vaguelettes continuèrent de ramper sur le sable, nullement dérangées par ce qui venait de se passer.

Béroc retomba lourdement sur le sable. Toute énergie l'avait quitté. Théïa se précipita vers lui. Elle tomba à genoux près de son père inanimé et prit sa tête dans ses bras, guettant fébrilement le moindre signe qui lui indiquerait qu'il était en vie. Rien ne bougeait chez lui. Elle vit la Pierre sur le torse de Béroc et eut un hoquet de surprise : elle s'était intégrée dans le plexus du colosse et brillait d'une légère lumière verte satinée. Théïa la toucha avec précaution. Ni la Pierre, ni Béroc ne réagirent. Tout doucement, elle saisit la Pierre entre deux doigts et tira dessus. La Pierre résista, littéralement enchâssée dans sa gangue de chair. Théïa n'y comprenait rien, mais un autre détail attira son attention.

Avec un rire nerveux de soulagement, elle vit un léger souffle soulever la poitrine de son père. Elle caressa doucement le visage transpirant et perçut avec appréhension une tension extrême sous la peau. Les bords de ses lèvres se contractèrent subitement, faisant sursauter la jeune fille. Intriguée, elle posa ses mains sur la large poitrine de son père et sentit comme une décharge électrique. La vie courait en lui, dévalait ses veines, rugissant dans ses artères, faisant palpiter nerveusement les muscles. Elle en eut le souffle coupé. Son père qu'elle avait cru mort était en fait inconscient et dégageait une vitalité volcanique, déroutante.

Théïa sécha le reste de ses larmes qui lui brouillaient la vue et scruta plus attentivement le visage de son père. Elle y décela quelque chose qui lui fit froid dans le dos. Son sommeil était anormal. Ses muscles faciaux se crispaient de manière infime, involontairement, avec une violence toute particulière ; ses yeux roulaient sous ses orbites, sa respiration s'accélérait parfois comme s'il faisait une course. *Son père se battait.* Elle regarda de nouveau la Pierre, mais celle-ci ne lui fournit aucune réponse, se contentant de continuer à palpiter. Elle ne pouvait qu'observer de loin ce féroce combat que Béroc livrait contre… contre quoi ? La Pierre ? Lui-même ? Elle n'en avait aucune idée. La jeune fille se blottit contre son père, triste et impuissante. Une chose était certaine, elle ne l'abandonnerait pas ici, ni sur cette plage, ni aux mains de cette femme qui se tenait à quelques pas d'eux, terrifiante dans son uniforme rouge sang.

Daïna contemplait froidement la scène. Cette jeune fille et cet homme… Qui étaient-ils vraiment ? Le colosse paraissait avoir sombré dans l'inconscience, et la jeune fille avait cet air décidé que rien ne pourrait la faire partir de cet endroit et quitter son père. Tant mieux, ça l'arrangeait : elle se sentait curieusement épuisée et n'avait nullement eu l'envie de lui courir après. Si toutefois elle y avait été obligée, elle se serait contentée de l'immobiliser en lui cassant une jambe. Si son père était resté conscient… elle préféra ne même pas y penser.

Daïna était encore en train de réfléchir à comment prévenir ses hommes sans quitter l'Aïrétion et sa fille – toujours utile pour exercer ultérieurement une pression sur l'homme si besoin était –, quand elle entendit une voix familière résonner dans l'air du soir.

« Hiérarque ! »

Elle se retourna et aperçut Limane qui accourait vers elle. Il avait l'air soucieux et se doutait qu'un grave évènement s'était déroulé durant son absence. Il avait vu une étrange lumière verte sur la plage et s'y était précipité, pensant à Daïna qui l'attendait là-bas. Limane arriva près de la jeune femme, légèrement essoufflé, et regarda sa supérieure d'un air interrogateur.

« Cette lumière sur la plage…, commença-t-il, inquiet.

– Tout va bien, Limane, rassure-toi. La situation est sous contrôle.

– Qu'est-ce qui s'est passé ? »

Il vit les deux corps enlacés un peu plus loin et les pointa du doigt.

« Ils sont… ?

– Vivants. »

Daïna se retourna vers son subordonné. La lumière que le vieux soldat vit dans ses yeux lui déclencha un frisson dans le dos. La répulsion et l'envie de tuer y étaient si denses qu'un poignard n'eut pas été plus meurtrier. Elle désigna du pouce les corps derrière elle.

« Notre quête vient de s'achever. Nous pouvons retourner au Siège avec ces deux prisonniers. Où sont nos hommes ?

– À la caserne, répondit Limane, intrigué. Qui sont-ils ?

– De dangereux bandits recherchés par le Siège. Va chercher nos soldats : nous les ramènerons sous bonne garde. En attendant, je reste les surveiller. Fais vite !

– À vos ordres », murmura doucement Limane.

Le ton de la Hiérarque était sans équivoque. Limane ignorait ce qui s'était passé, mais le ton péremptoire ne souffrait pas la discussion. Les questions attendraient plus tard. Pour l'heure, il lui fallait obéir. Le vieux soldat repartit.

Limane s'éloigna en trottinant, se dirigeant vers la caserne qui leur avait été attribuée au Palais royal. Tout en parcourant le chemin, il réfléchissait. Qui pouvaient bien être ces individus ? Des bandits, certes, mais susceptibles d'intéresser le Grand-Prêtre, voilà qui était curieux. Il était persuadé que Daïna avait reçu des instructions particulières de Prodotès, sans qu'il fût mis au courant. Cela se faisait très couramment dans l'armée, mais le fait que Daïna ne lui en ait pas parlé le surprenait. Il faisait partie des très rares personnes en qui elle avait confiance. Même si elle ne le lui avait jamais dit explicitement. Cette soudaine méfiance de sa part était pour le moins inhabituelle. Il n'essaierait pas de discuter, les ordres étaient les ordres. Mais sans qu'il puisse se l'expliquer, ses soupçons se portèrent rapidement sur Prodotès. Limane se morigéna et haussa les épaules. C'était stupide ! Daïna était sa supérieure, et il n'avait pas à être de toutes les conversations et de tous les secrets qu'elle pouvait avoir avec le Grand-Prêtre ! Il s'efforça d'éloigner ces pensées et hâta un peu plus le pas.

Enfin, il vit le palais d'Émeraude se détacher dans le jour déclinant. Magnifique de sobriété, celui-ci offrait un contraste étonnant avec le château de Béryl, où la sculpture était l'un des maîtres mots. Surélevé par rapport au niveau de la mer, le Palais royal était un monument sans remparts, en marbre vert, encadré de colonnes blanches et surmonté d'une tour aux quatre points cardinaux. Dômes et plafonds de verre alternaient avec statues d'Ours et de monarques, toutes à la gloire d'Émeraude. L'intérieur était divisé en plusieurs cours, pavées de blanc et agrémentées de fontaines et de petits jardins fleuris. Les bâtiments administratifs, comprenant des salles d'audience et des bureaux où séjournaient les magistrats, se trouvaient au rez-de-chaussée. Les étages supérieurs étaient des salons privés où étaient reçues les réceptions d'ambassade et toutes sortes de fêtes divertissantes qui faisaient la joie du roi. Quant aux appartements royaux, ils se trouvaient encore à l'étage supérieur et se composaient de chambres, salons, boudoirs et bureaux privés. Tous ces lieux, aussi bien ceux destinés aux souverains que ceux destinés à recevoir le peuple d'Émeraude, étaient décorés avec une forte dominante champêtre, dans laquelle la nature était mise à l'honneur.

De part et d'autre du palais, les bâtiments annexes – caserne, écuries, cuisines, latrines – étaient de taille moindre et se distinguaient à peine de la demeure royale. Sur le côté gauche, la caserne des soldats était installée avec écuries et chevaux à proximité. Elle prenait la forme d'un grand bâtiment, confortable, avec une salle où les gardes prenaient leur pause, une salle d'armes et d'entraînement, ainsi que les dortoirs. De l'autre côté du palais, à sa droite, les cuisines et les bains se côtoyaient : un système sophistiqué de chauffage souterrain alimentait les fours et les bains en chaleur, faisant la fierté de leurs ingénieurs. Chaque annexe avait sa propre cour, permettant d'éviter les encombrements permanents de chariots qui livraient toutes sortes d'armes ou de victuailles devant leurs clients respectifs. Un système que leur enviait le Siège, mais qui n'était, hélas, pas adaptable à la configuration montagneuse du continent.

Devant le Palais royal, une vaste place avait été aménagée, pavée de blanc où promeneurs et philosophes se croisaient au bord d'une fontaine d'une exceptionnelle beauté, aux statues de marbre, le blanc s'alliant au vert en un ballet de couleurs rehaussées d'or blanc ou jaune. Des parterres de fleurs apportaient une touche supplémentaire de couleurs bucoliques, agrémentées de parfums printaniers. Cette place publique servait régulièrement à des manifestations ludiques, poétiques, théâtrales, politiques ou amoureuses et ne lassaient pas les promeneurs d'écouter hommes et femmes qui déclamaient quelques vers ou pitreries sur de petites estrades de bois spécialement prévues à cet effet.

En d'autres temps, Limane aurait montré un intérêt digne des plus grands scientifiques à écouter certains orateurs évoquer les grands mystères d'Émeraude, mais son esprit était trop occupé par la capture de ces Aïrétions. Car il s'agissait probablement de cela. Les Aïrétions. Ce tournoi à Béryl, la mission du Grand-Prêtre, la préoccupation de Daïna à consulter ces registres de naissances. Tout cela lui semblait plus que plausible. Pourquoi ne lui avait-elle rien dit ? Probablement parce que le Grand-Prêtre le lui avait demandé. En tout cas, le fait de laisser Daïna seule là-bas n'était pas pour le rassurer davantage. Il hâta encore le pas, délaissant l'escalier monumental du palais et se dirigea en ligne droite vers les casernes où se détendaient ses hommes.

Installé dehors à une table, Kleptos but avec délectation et satisfaction une longue gorgée de bière. Il soupira d'aise :

« Y a pas de secret : c'est la définition même du bonheur ! »

Ektos le regarda avec mépris.

« Décidément, il ne te faut pas grand-chose, toi !

– Que veux-tu ! Je sais me satisfaire des petits plaisirs simples de la vie ! Tu veux que je te dise ?

– Non, bougonna Ektos.

– Eh bien, tu devrais faire comme moi, l'ignora Kleptos. Tu te ferais nettement moins de soucis qu'à vouloir prendre la place de notre Hiérarque !

– Tu ne comprends rien à rien, lança Ektos vexé. Ce poste me revenait de droit. J'ai plus d'expérience qu'elle, plus de maturité, plus de stratégies, plus de…

– Je comprends surtout que ça te coupe l'appétit qu'une femelle te commande, rétorqua le petit homme en désignant l'assiette à peine entamée de ragoût. Je peux finir ?

– Fais-toi plaisir ! grogna Ektos en poussant sa gamelle en fer devant lui.

– Merci ! »

Tandis que Kleptos attaquait sa troisième assiette de ce délicieux plat de viande et légumes mijotés, l'attention d'Ektos fut attirée par une silhouette qui se dirigeait vers eux en courant. Il reconnut très vite la barbe blanche du vieux Limane, tache claire dans le crépuscule naissant. Il grogna.

« Tiens, Limane revient de son rendez-vous galant au bordel…

– T'es jaloux ? fit Kleptos la bouche pleine.

– Forniquer avec un chêne a toujours été mon rêve », répliqua Ektos sarcastique.

Il observa le chef en second s'approcher. Une fine pellicule de sueur couvrait son front, visible dans les reflets de la lumière. Il courait à petites foulées tout en se faufilant prestement entre les promeneurs du soir. Les hommes se dressèrent sur leur séant, intrigués. Lorsque le vieux soldat arriva à portée de voix, il et ne prit même pas le temps de reprendre son souffle, lançant ses ordres à la cantonade :

« Tout le monde debout ! La Hiérarque a fait des prisonniers et nous devons lui prêter main-forte ! »

Les soldats se regardèrent surpris. Ils étaient en train de dîner et ne s'attendaient vraiment pas à être dérangés aussi tardivement. Limane n'en tint absolument pas compte et aspira une goulée d'air avant de poursuivre d'un ton péremptoire :

« Amenez un brancard, il y a un blessé ! Et des chaînes ! Vous avez deux minutes ! Exécution ! »

L'ordre flotta dans l'air un bref instant et, soudain, les soldats s'animèrent, se bousculant et s'arrachant de leur siège pour aller chercher armes et matériel demandé. Kleptos avala de travers une bouchée de ragoût, renversa sa gamelle sur ses genoux et invectiva le maladroit qui l'avait bousculé, tout en sautillant sur place pour essayer de faire passer la sensation de brûlure qui commençait à courir sur ses jambes. Ni une, ni deux, il attrapa une outre qui traînait par terre et en arrosa copieusement son entrejambe avec une grimace de satisfaction, qui confina à la béatitude. Sans se préoccuper du désordre ambiant qui régnait, il se dirigea tranquillement vers un des baraquements, une nouvelle bouteille de bière sous le bras pour finir calmement la soirée dans un lit de plumes.

« Kleptos ! »

Le bien nommé s'arrêta et se retourna, le sourcil perplexe. Il croisa le regard noir de Limane. Le vieux soldat ne laissa pas le temps au voleur repenti de trouver une excuse. Il lui désigna la troupe de soldats qui finissait de se rassembler :

« Les deux minutes sont passées : rassemblement !

– Mais… mais… mon uniforme…sali…, bégaya le malheureux.

– Ça vous apprendra à manger proprement. En place ! »

Limane attendit que Kleptos rejoigne le groupe en traînant des pieds et prit le commandement de la troupe. Sans s'arrêter, il vérifia que le brancard et les chaînes étaient bien là, et se mit aussitôt en route d'un pas rapide. Le petit convoi se mit en branle et prit la direction de la plage, accélérant rapidement le pas pour se maintenir à hauteur de Limane, toujours inquiet et pressé d'arriver.

Très vite, Kleptos fut relégué en queue de convoi, en compagnie d'Ektos, guère plus motivé que lui pour aller porter secours à leur Hiérarque. Ektos fronça le nez :

« Tu empestes le ragoût ! Tu aurais pu te laver avant de partir…

– Et à qui crois-tu que je doive ce réconfort olfactif ? grogna Kleptos.

– Tu n'avais qu'à manger proprement !

– Ne joue pas à Limane, tu veux ? grinça le petit homme irrité.

– Tu me connais, non ?

– Justement !

– En tout cas, je me demande bien qui sont ces fameux prisonniers…

– Pourquoi ? »

Kleptos trottinait, grimaçant en sentant son pantalon humide coller contre ses jambes. Il trouvait très désagréable cette sensation d'humidité qu'il trouvait dégradante à cause de son emplacement fort désobligeant. Et l'odeur entêtante de ragoût qui l'avait fait saliver lui retournait à présent l'estomac. Il s'appliqua à écouter les réponses de son compagnon pour ne pas penser à rendre son dîner sur les marches du palais royal. La diplomatie risquerait de s'en trouver fort ébranlée.

« Notre Hiérarque adorée est une des personnes les plus capables que je connaisse en termes de combat rapproché. Si elle avait été importunée par des ivrognes ou d'autres encore moins bien intentionnés que ça, elle n'en aurait fait qu'une bouchée et de la pâtée pour chiens.

– Évite de parler de pâté, veux-tu ? »

Kleptos sentait son estomac gémir à chaque pas qu'il faisait, bondissant de façon tout à fait improbable quand il était question de nourriture. Ektos se gratta le menton, réfléchissant encore plus profondément.

« Or, *elle veut faire des prisonniers*. Ça ne lui ressemble guère. À moins que ceux-ci aient une importance stratégique, je ne vois pas en quoi ils seraient si intéressants…

– Tu te fais des idées ! Toi, tu réfléchis trop : ça ne t'a jamais réussi…, ironisa Kleptos.

– Au moins, je réfléchis, MOI ! rétorqua Ektos vexé.

– Pour ce que ça donne, gloussa son compagnon. Tu ferais mieux de t'abstenir, quelquefois !

– Je te signale que ça me réussit : je suis chef, soldat !

– Raison de plus ! »

Kleptos éclata de rire, hilare. En grognant, Ektos se détourna du voleur pour rattraper rapidement les autres soldats qui les avaient distancés de quelques pas.

« Je perds mon temps avec toi ! Je m'en vais ! »

Kleptos essuya une larme de rire, pouffant encore un peu dans sa barbe, retint un renvoi indésirable qui n'était pas de bon augure et trottina jusqu'à son supérieur, qui fit mine de l'ignorer.

« Tu m'as mis de bonne humeur, camarade ! Ça mérite une bière… ! » Ektos ne broncha pas. Kleptos ajouta, d'un air malin :

« … et je te l'offre ! »

Ektos se retourna brusquement, un sourire carnassier aux lèvres. S'il ne pouvait mettre aux fers son compagnon pour insubordination – c'était son compagnon, tout de même ! – il se vengerait sur la bourse de son ami.

« Vendu ! »

À la pensée de s'offrir une bonne tranche de plaisir après leur devoir militaire – aux motivations certes différentes –, les deux camarades repartirent d'un pas – et d'un estomac – plus léger derrière leurs collègues. Le soleil était presque couché quand le petit convoi arriva en vue de la plage.

Limane se précipita sur la large bande de sable, inquiet, balayant la plage du regard à la recherche de Daïna. Avec soulagement, il la vit au loin qui attendait impatiemment ses hommes en faisant les cent pas, ne quittant pas des yeux les deux corps prostrés. Eux n'avaient pas bougé. Béroc était toujours sans connaissance et Théïa, qui n'avait nullement l'intention de quitter son père, se tenait à ses côtés, guettant un signe de vie qui ne venait pas. Elle ne bougea même pas la tête quand les soldats arrivèrent.

Daïna, sur ses gardes, se retourna aussitôt quand elle entendit un bruit de pas derrière elle. Elle se détendit un peu quand elle reconnut Limane. Les soldats s'approchèrent, autant par curiosité, essayant de distinguer les corps couchés par terre, que pour écouter attentivement les ordres de la Hiérarque. Elle ne répéterait pas deux fois.

« Vous avez fait vite. Bien. »

Daïna désigna Béroc et Théïa.

« Voici les prisonniers. Ils sont deux. Prenez garde à l'homme, il est dangereux et doté de Capacités. Prenez les précautions d'usage et enchaînez-les. Vous les emmènerez au palais, dans une cellule séparée, avec deux gardes devant chaque porte ! Interdiction à quiconque de s'en approcher, y compris le chambellan Wal ! Exécution ! »

Les soldats marmonnèrent un « À vos ordres » à peine audible et se dirigèrent vers les nouveaux prisonniers, formant un cercle de piques. Impossible que les prisonniers leur échappassent. Ils eurent tôt fait de maîtriser Théïa, qui se débattit à peine, ne quittant pas son père des yeux. Elle paraissait perdue, extérieure à ce qui était en train de se passer autour d'elle. Les soldats lui entravèrent les mains, enchaînèrent ses pieds, et deux soldats la tinrent sous bonne garde, tandis que les autres faisaient de même avec Béroc. Ektos distribuait les ordres à voix basse et d'un ton impérieux, exerçant son autorité avec une satisfaction mal dissimulée, pendant que Kleptos les encourageait discrètement, plus utile à brasser de l'air qu'à aider ses compagnons. Béroc fut rapidement enchaîné et hissé sur le brancard. Il resta inconscient tout au long des opérations. Un miracle, au vu du peu de douceur qu'avaient eu les soldats du Siège à le ligoter.

Daïna les regardait faire. Elle avait compris que le sommeil de Béroc n'était pas naturel. Peu de temps avant que les renforts n'arrivassent, elle avait ramassé la chemise déchirée de Béroc et l'avait jetée sans douceur sur le torse de l'homme, à l'endroit même où brillait la Pierre de Lune. Théïa avait sursauté, terrifiée, s'accrochant au corps de son père. Daïna avait ignoré sa réaction.

« Cache-la ! »

L'ordre brutal avait fait sursauter la jeune fille. Apeurée, elle s'était exécutée sans mot dire, jetant de temps à autre des regards craintifs vers la jeune femme. Daïna n'y avait pas prêté garde. Sur un autre prisonnier, elle n'aurait pas hésité à le faire elle-même. Mais un Aïrétion… Ce n'était même pas un homme. Juste une aberration de la nature. Une horreur qui aurait déjà dû cesser de vivre. Elle s'était refusée à le toucher. Ramasser sa chemise avait déjà été un geste difficile, souillant. Sa fille le ferait. Entre monstres. Le vêtement, mal fixé, glissa.

« Recommence ! »

Les gestes maladroits de la jeune fille trahissaient sa peur. Sa faiblesse. Daïna trouvait cela révulsant. Abject. Théïa finit par dissimuler la Pierre tant bien que mal, en nouant bout à bout des morceaux de la tunique. Cela ressemblait à un pansement fragile. C'était toujours mieux que rien pour le moment. Le monde devait ignorer ce qui se cachait sous ce fragment de tissu, ou bien ce serait la porte ouverte à un espoir qui mènerait le monde à sa perte. Seul Prodotès devait voir ça. Et uniquement lui. Daïna avait vérifié du bout de sa botte que le pseudo pansement était suffisamment solide, puis s'était détournée sans un mot, faisant les cent pas en attendant Limane.

Quand le vieux soldat était arrivé, elle en avait éprouvé un secret soulagement. Ces ersatz d'humains la mettaient mal à l'aise. Des vagues de répulsion toujours plus grandes l'envahissaient au rythme de la mer. Elle s'était accrochée à sa volonté de fer et n'avait pas cédé à la tentation du sang, à la tentation de répandre ce poison qui coulait dans leurs veines. Pendant que ses soldats chargeaient Béroc sur le brancard, Daïna fit un signe discret à Limane. Tant pis pour ce que dirait le Grand-Prêtre, elle devait au moins mettre Limane au courant : elle maintenait qu'il était un des seuls en qui elle pouvait avoir confiance. Limane se rapprocha et tendit l'oreille pour saisir les quelques mots que lui glissa Daïna à l'oreille :

« L'Aïrétion des Forêts a été trouvé. »

Limane ne put contenir un mouvement de recul et regarda sa supérieure avec surprise.

« Vous en êtes sûre ?! »

Le regard noir de Daïna le dispensa de réponse. Ainsi, il avait vu juste. Mais le supputer et en avoir la confirmation étaient deux choses bien différentes.

« Oui, bien sûr. C'est incroyable…, marmonna-t-il dans sa barbe blanche.

– Nous repartirons au Siège dès que possible. En attendant, je veux que tu te charges en personne de veiller sur eux. Veille à ce qu'ils ne s'échappent pas ! »

Limane inclina la tête en signe d'assentiment, les pensées se bousculant dans sa tête.

« À vos ordres, Hiérarque. »

Il releva la tête et croisa le regard de Daïna. Il en eut froid dans le dos. Un puits sans fond d'aversion et de rage froide ne laissait aucune équivoque quant aux sentiments que nourrissait la jeune femme à l'égard de ses prisonniers. Sans tarder, le vieux soldat fit un signe à ses hommes. Ils soulevèrent le brancard sur lequel reposait maintenant Béroc, poussèrent en avant Théïa qui ne quittait pas son père des yeux, et se mirent en marche vers les geôles du Palais d'Émeraude.

« La chasse a commencé. »

Les mots de la Hiérarque tombèrent comme un couperet sur le cou des condamnés.

Chapitre 15

Deux jours s'étaient écoulés. Daïna fulminait. Elle se retenait à grand-peine de houspiller les servantes qui papillonnaient tout autour d'elle, aux petits soins pour la jeune femme. Elle trouvait cela étouffant : elle était une soldate, non une courtisane ! Elle passait sa mauvaise humeur sur ses soldats, qui, très tôt, avaient compris qu'il valait mieux filer doux. L'atmosphère entre les militaires, quant à elle, s'en était trouvée délitée. Ektos était redevenu exécrable, trouvant toujours un prétexte pour chercher des noises à l'encontre de ses hommes, et passait le plus clair de son temps à frapper les mannequins de bois à l'épée pour passer ses nerfs. Kleptos restait fidèle à lui-même, relativisant sur cet immobilisme forcé en mangeant, buvant et jouant aux dés octogonaux. Limane s'acquittait de ses tâches avec son flegme habituel, fidèle au poste, triant toutes les entrées menant aux cachots de Béroc et Théïa. S'il était nerveux, il n'en montrait rien. Aucune nouvelle n'avait filtré à propos de la découverte de l'Aïrétion : Daïna avait tenu à garder cette découverte secrète. Seul Prodotès devait être mis au courant, et sûrement pas Élithios qui aurait certainement tout fait pour que la gloire rejaillisse sur lui et son fils, soit en tuant le nouvel Aïrétion pour son fils Karès, soit en s'accaparant le mérite de la capture pour sa postérité ou en faire un argument de réélection à la Couronne d'Émeraude.

Quant aux prisonniers, Daïna descendait les voir presque toutes les heures. Elle n'était pas tranquille et craignait la réaction de l'Aïrétion quand il se réveillerait. Serait-il calme ? Ou au contraire totalement fou, enragé, incontrôlable ? Elle n'aspirait qu'à une chose : remettre les prisonniers au Siège, en lieu sûr, pour que le Grand-Prêtre statue enfin sur leur sort. En ce moment, tous deux étaient sous bonne garde, mais chaque fois qu'elle descendait ou ouvrait le judas de la cellule, elle s'attendait à voir les cadavres déchiquetés de ses gardes gisant par terre et un cachot vide. Pour l'heure, Théïa se morfondait, touchait à peine à sa nourriture, tandis que Béroc n'avait toujours pas repris connaissance.

Son sommeil n'en était pas paisible pour autant, les muscles de son visage se contractaient en brusques sursauts, dessinant parfois des grimaces de douleurs ou bien lui donnant un air concentré. Il transpirait beaucoup et Daïna avait dû autoriser sa fille à lui donner à boire. Sous une cohorte de soldats, bien sûr. Mort, l'Aïrétion ne lui serait d'aucune utilité et le Grand-Prêtre lui en tiendrait certainement rigueur. Et la Hiérarque repartait, rassurée jusqu'à l'heure suivante, l'heure de sa prochaine visite.

Mais à présent, Daïna enrageait. Tout ça à cause d'un seul homme : Wal. Le chambellan d'Émeraude, aussi obséquieux que sournois, semblait tout faire pour les ralentir et lui mettre des bâtons dans les roues. Daïna avait bien évidemment été obligée de lui faire part de la capture de Béroc et Théïa, et les avait fait passer pour des criminels d'envergure intensément recherchés au Siège. Comme elle s'en doutait, Maître Wal n'en avait pas été dupe et avait tout fait pour accéder aux geôles et rencontrer les prisonniers. Il avait promis à la Hiérarque de trouver une escorte pour transférer les prisonniers vers le Siège, mais depuis ce temps-là, il avait veillé à ce que tout ne se passât pas comme prévu pour les retarder, ne transférant pas les ordres, omettant de passer les commandes de nourriture, ou bien en rendant des visites impromptues pour s'enquérir des prisonniers. Limane avait tenu bon sous ses assauts répétés et ne l'avait pas laissé approcher, arguant que les prisonniers appartenaient au Siège, non à Émeraude. Le Chambellan s'en était trouvé fort vexé et avait redoublé d'efforts pour les gêner dans leurs démarches. Finalement, au bout de ces deux jours, Daïna avait envoyé le protocole aux diables et s'était chargée elle-même de s'occuper des préparatifs. Une demi-journée plus tard, tout était prêt. Le Chambellan n'avait eu d'autre choix que de les laisser partir, visiblement à contrecœur et à son plus grand dépit.

Le jour du départ, tout le monde s'était réuni dans la cour, qui jouxtait les casernes et les écuries. Les soldats étaient au garde-à-vous, les chevaux étaient frais, les provisions prêtes et les prisonniers enfermés dans un chariot. Daïna avait trouvé celui-ci au dernier moment : Béroc était toujours inconscient et ne pouvait voyager à pied. En voyant les marchands de bestiaux décharger leurs animaux près des cuisines, la Hiérarque avait tout de suite été convaincue. Pour ce qu'ils étaient, les Aïrétions ne méritaient pas mieux que ça : un chariot de bois brut, puant l'urine d'ovins et muni de solides barreaux qui empêchaient les quelques moutons qu'il transportait de passer à travers. Le marchand avait d'abord essayé de protester quand la jeune femme lui avait proposé de racheter son chariot et avait tout de suite conclu l'affaire quand il avait vu les huit pièces d'argent briller dans sa paume. Même si elle l'avait payé deux fois sa valeur, ce moyen de transport valait son prix : il transporterait les prisonniers d'un lieu à l'autre sans souci. C'était tout ce qu'on lui demandait. Et tant pis pour les prisonniers si cela empestait la sueur rance de bélier et l'excrément fraîchement répandu.

Avec toutes les précautions nécessaires, les prisonniers avaient été chargés au dernier moment, Béroc sur une civière, Théïa à ses côtés, toujours enchaînés. Daïna observa tout autour d'elle. Ses hommes, dans l'uniforme bleu du Siège, piétinaient, ayant hâte de rentrer au Siège. Puis elle regarda les autres soldats, en uniforme vert, frappé des armes d'Émeraude. Wal avait tenu à ce que des soldats d'Émeraude les escortassent jusqu'à la limite du Siège. « Pour votre sécurité » avait-il prétexté. Une sécurité parmi laquelle devait surtout et sûrement se trouver un espion à sa solde. Elle avait accepté d'un point de vue diplomatique : cela aurait été bien impoli de sa part et très mal vu de refuser ce qui était ici un honneur. Elle y avait pourtant mis deux conditions et, face aux soldats désignés de classe Élite – première condition et son seul garde-fou contre l'Aïrétion –, elle les avait mis en garde la veille du départ en leur soumettant sa seconde condition :

« Les deux prisonniers dont j'ai la charge d'amener au Siège sont extrêmement dangereux. Si vous voulez faire partie de cette escorte, il est impératif que vous oubliiez votre rang d'officier et que vous vous soumettiez à mes ordres sans discuter. À cette seule condition, je vous accepterais. Si l'un d'entre vous refuse ou désobéit, il sera puni pour insubordination et sera mis à pied, avant de passer en cour martiale. Maître Wal, ici présent, a rédigé et approuvé les termes de ce contrat. Ai-je bien été claire ? »

Les soldats avaient approuvé, visiblement impressionnés par l'autorité de la jeune femme et sa franchise.

« Bien. Pour ceux qui veulent, présentez-vous à Maître Wal, donnez votre nom et votre rang. Une copie du transfert de commandement restera au palais d'Émeraude et sera conservée par les bons soins du Chambellan. »

Et juste avant de les quitter, Daïna s'était retournée sur le pas de la porte et avait ajouté :

« Pour ceux qui désirent nous accompagner, rendez-vous à l'aube dans la cour du palais. »
Ce qui fut fait.

L'heure était au départ. Les rayons matinaux du soleil rasaient la cime des arbres et faisaient renaître les couleurs des fleurs ; le ciel était clair, à peine quelques nuages blancs pour l'égayer. La rosée du matin ne s'était pas encore évaporée sur les feuilles des plantes et des arbres, mais déjà les oiseaux s'en donnaient à cœur joie, leurs trilles joyeux résonnant dans l'air encore frais. L'atmosphère résonnait des hennissements des chevaux qui sentaient le moment de partir approcher, des bruits de ferraille qui chuintaient lorsque qu'une épée était remise au fourreau, des pas qui martelaient le pavé blanc de la cour, s'affolant en tout sens pour que le convoi puisse partir à temps.

Daïna vérifiait les derniers ajustements, Wal collé à ses basques. Les prisonniers étaient dans leur prison roulante ; les soldats attendaient impatiemment au garde-à-vous, les hommes du Siège en tête avec les mules transportant la nourriture pour vingt jours, tandis que le renfort de douze gardes de la garnison d'Émeraude se tenait tout autour du chariot barricadé, auquel étaient attelés deux chevaux à la robe baie. Limane, quant à lui, était déjà à cheval, attendant les ordres. Un palefrenier amena le cheval de la Hiérarque. Il donna timidement la bride à la jeune femme, qui ne lui adressa pas même un regard, trop occupée par le départ imminent et pressée de se débarrasser de cet insupportable chambellan. Vint ainsi le moment des adieux et des remerciements…

« Merci de votre accueil et de votre hospitalité, Maître Wal. La maison d'Émeraude n'a rien perdu de sa splendeur, ni ses hôtes de leur chaleur. »
Ces paroles lui râpaient désagréablement la gorge. Elle avala sa salive faite d'aiguilles piquantes, avant de continuer :
« Je vous saurai gré d'envoyer un oiseau pour remercier le roi Élithios de son aimable hospitalité… Ma mission ne m'a guère laissé le temps de souscrire à mes obligations d'hôte… »
Le chambellan perçut tout à fait la réticence de la Hiérarque et prit un malin plaisir à prendre son ton le plus mielleux et le plus suave pour remercier la jeune femme :
« Vous serez toujours la bienvenue, Hiérarque. Et n'ayez crainte, je me chargerai personnellement de lui porter votre gratitude. Sachez que

le roi d'Émeraude et moi-même avons été extrêmement heureux de vous accueillir. Mais cette hospitalité n'est que bien peu de choses face à la générosité et la magnanimité du Grand-Prêtre Prodotès…

— Je ne manquerai pas de lui faire part de votre compliment », répliqua la Hiérarque d'un ton acide.

Elle en avait assez de ces ronds de jambe ! Quand est-ce que tout cela allait se terminer ? Le Chambellan inclina la tête avec une fausse déférence, les lèvres légèrement étirées par ce que Daïna aurait juré être un sourire plein d'ironie. Sa formule avait été quelque peu maladroite et elle le savait. Wal, plus au fait de tous les protocoles d'Émeraude et du Siège, s'en sortait vainqueur. Pour l'heure, elle s'en moquait. Plus rien ne lui importait d'autre que de quitter cet endroit : si elle entendait Wal ouvrir la bouche encore une fois, elle ferait sans aucun doute une crise d'urticaire à défaut de l'étrangler. Avec une vague ébauche de sourire et un léger signe de tête à l'attention de son hôte, Daïna enfourcha rapidement son cheval et partit au petit trot, longeant le petit convoi pour se diriger vers la ville, et, plus loin, la Grande Forêt. Le regard narquois de Wal lui brûlait les omoplates. Quand elle passa près de Limane, elle ne put s'empêcher de grincer silencieusement des dents :

« Tu avais raison : le miel est son poison. »

Limane acquiesça subrepticement. Daïna se tourna un bref instant vers ses soldats, examina l'ensemble d'un œil sévère pour s'assurer une dernière fois que tout était prêt, leva un bras décidé et donna le signal de départ. Alors, lentement, le convoi s'ébranla. Les roues du chariot glissèrent sur le pavé dans un craquement de bois, les bottes se mirent à marteler le sol avec un bruit mat et les sabots claquèrent avec netteté. Le convoi prenait enfin la route.

« Que les dieux vous accompagnent tout au long de votre route ! » minauda une dernière fois le chambellan, sans plus cacher un large sourire chargé de moqueries.

Daïna ne prit même pas la peine de répondre à cette dernière mesquinerie. Elle fit la sourde oreille, se persuadant elle-même qu'elle était déjà trop loin pour avoir bien entendu.

Sitôt le convoi disparu derrière les maisons, le chambellan perdit son sourire de façade. Cette garce qui se prenait pour un homme n'était décidément qu'une catin en pantalon ! Avec un grognement de mépris et de mécontentement – il détestait qu'on le prenne de haut, l'inverse lui était plus agréable –, il rebroussa chemin vers le palais, entra dans l'imposant monument sans se soucier de bousculer au passage toutes les personnes qu'il jugeait encombrer son chemin : servantes et pages empressés d'obéir aux nobles de ce lieu, ou courtisans parasites bien trop zélés à briguer ses faveurs. Mais devant la mauvaise humeur du premier représentant du roi, tous se donnèrent bien vite le mot et un espace fut rapidement dégagé autour de lui et sur sa trajectoire. Sans se préoccuper de ses misérables semblables, Wal continua de marcher d'un pas décidé et prit la direction de ses appartements, dans les luxueux étages du palais, proches de ceux du roi.

Il poussa une porte et pénétra dans une pièce déserte, un bureau richement décoré, témoignant d'un certain goût pour la dorure et les objets précieux. Mais aujourd'hui, Wal ne s'arrêta pas pour contempler d'un œil gourmand ses collections de statuettes, sculptées dans des bois précieux d'Émeraude, fondues dans les grains les plus fins des Sables, ou encore taillées dans les pierres les plus pures provenant des mines d'Éther. Un ensemble hétéroclite d'anciennes divinités aux formes fantastiques, d'animaux stylisés issus des quatre peuples de Terra – excepté les Loups, interdits – côtoyaient les entrelacements érotiques d'hommes et de femmes, ou des monstres terrifiants de détails, exhibant griffes, crocs, langue de feu ou écailles luisantes et regards féroces. Wal pouvait s'enorgueillir d'avoir la collection la plus complète de ces petites statuettes sur Terra, sculptées dans toutes sortes de matériaux et réminiscences des anciennes civilisations aujourd'hui disparues. Mais bien peu de personnes en avaient connaissance. Si cette collection eût été révélée, nombre de collectionneurs ou riches familles auraient été surpris de retrouver quelques-unes de leurs possessions qu'ils croyaient égarées depuis longtemps ou volées par les domestiques de la maison (grassement rétribués par un intermédiaire de Wal, complétant ainsi le négligeable salaire versé par des pingres). À côté de ce patrimoine miniature, des livres reliés de cuir, ouvragés et dorés de motifs compliqués, prenaient place dans de petites bibliothèques, elles aussi choisies avec la minutie d'un fin connaisseur. Quelques tableaux de valeur, chefs-d'œuvre inestimables des plus grands peintres d'Émeraude, complétaient cet ensemble, apportant une touche de couleurs chatoyantes aux murs tapissés de jaune.

Wal traversa son bureau sans s'arrêter, le visage soucieux, et se rendit directement à son bureau. Il se mit aussitôt à écrire un message, rédigé sur un morceau de papier de très petites dimensions. La plume, à la pointe taillée avec une grande finesse, glissait sur le papier, dessinant de petits caractères serrés, presque illisibles. Wal reposa la plume. L'opération n'avait duré que quelques dizaines de secondes. Il roula délicatement le minuscule papier dans un petit tube, à peine plus grand que les deux phalanges de son auriculaire, et disposa adroitement le tout dans un second tube de bois léger. Il le boucha avec un peu liège et cacheta le tout avec de la cire, imprimant délicatement son sceau dans la pâte verte encore chaude. Puis, Wal se leva de son bureau pour se rendre sur le balcon. Il ouvrit une de ses très grandes fenêtres et s'y avança, octroyant à peine un regard à la cité d'Émeraude qui s'étalait sous ses yeux.

Le chambellan se planta devant une volière de grande taille, dans laquelle patientaient deux volatiles. Leurs grands yeux jaunes fixèrent Wal d'un air intrigué lorsqu'il pénétra sur le balcon et retombèrent presque aussitôt dans leur apathie. Les deux oiseaux étaient d'une taille relativement conséquente, aussi gros qu'un torse d'homme et à l'envergure pouvant atteindre la taille d'un homme adulte. Leur ramage coloré oscillait entre le gris clair et le gris foncé, avec de légers reflets rouges, tandis que le croupion était tout blanc. Deux aigrettes, également blanches, leur donnaient un air constamment étonné. Le bec pointu de ces oiseaux, conçu pour piquer et attraper de la nourriture en brèves becquées, était cependant suffisamment solide et puissant pour percer la main d'un homme ou le cuir d'un animal. Quant à leurs serres, elles n'étaient pas aussi coupantes que celles d'un rapace, mais elles pouvaient agripper et laisser de profondes entailles sur le derme si l'oiseau avait la mauvaise idée d'attaquer ou l'envie de se défendre. Wal les regarda un instant. Le jabot d'un des oiseaux était flasque et pendant, informe bourrelet de chair famélique. Contrairement à celui de son compagnon, rebondi et gorgé de nourriture, lui faisant un cou gonflé, signe ostentatoire que nombre de provisions avaient été patiemment glanées pour un long voyage.

Wal prit le gant de cuir accroché à un petit piton planté dans le bois de la volière et l'enfila. Le cuir dur portait de nombreuses marques de griffures et était étudié pour protéger l'avant-bras ainsi que sa main et ses doigts. Quand sa dextre fut à l'abri des serres, il ouvrit la cage, présenta sa main gantée et, d'un petit sifflement modulé, appela l'oiseau au gros jabot. Après une hésitation, celui-ci fit un pas et Wal sentit les serres presser le cuir, s'agrippant à ce nouveau perchoir, déployant quelque peu ses ailes pour mieux garder son équilibre, précaire par moment. Prenant garde à ne pas effrayer l'oiseau, le chambellan saisit aussitôt la lanière de cuir épais accrochée à sa patte pour éviter qu'il ne s'échappe, prononçant en même temps quelques mots apaisants d'une voix douce. L'oiseau se calma et ne broncha plus. Ce genre de volatile avait pour lui beaucoup d'avantages et peu de défauts : il était suffisamment robuste et rapide pour résister et se défendre face à de possibles prédateurs du ciel. Et son endurance lui permettait de tenir plusieurs jours de vol, en planant et en utilisant les courants d'air chaud de manière très efficace. Leur caractère généralement placide en faisait des animaux calmes, qui assimilaient plutôt bien l'apprentissage de leur métier de messager. Son seul inconvénient résidait dans son intelligence limitée : pour lui, le chemin le plus court était la ligne droite et le volatile était vite perturbé si un obstacle imprévu lui barrait le passage. Nombre de ces oiseaux voyageurs s'étaient perdus en route ou avaient rebroussé chemin suite à un obstacle inattendu. Il restait cependant le moyen le plus rapide et le plus fiable pour transmettre des missives de grande importance d'un bout à l'autre de Terra.

Mais Wal ne fit aucunement attention à tous ces détails. Il connaissait les oiseaux, les oiseaux le connaissaient, et il s'y prenait avec suffisamment de douceur pour ne pas les effrayer : le maître fauconnier de son enfance lui avait tout appris. Il déposa l'oiseau sur un nouveau perchoir de bois, mitoyen de la volière, et attacha la lanière de sa patte au juchoir, à l'emplacement prévu à cet effet. Il inspecta ensuite minutieusement la jambe du volatile : de fines mais solides petites lanières de cuir y étaient entrelacées. Wal ôta son gant de cuir et les éprouva, soigneusement, tirant doucement sur les nœuds de cuir pour tester leur solidité. Satisfait, le chambellan sortit le petit tube de bois de sa poche. L'oiseau ne protesta nullement lorsque son maître lui saisit la patte pour lui accrocher adroitement et solidement le léger petit cylindre. Il le regarda faire avec curiosité, ouvrant ses larges ailes pour conserver son équilibre pendant que le chambellan s'affairait. Quelques instants plus tard, l'oiseau était fin prêt. Wal remit son gant, détacha les lanières de cuir qui le retenaient au perchoir et appela l'oiseau à sauter sur son gant. Celui-ci ne se fit pas prier, et d'un léger battement d'ailes, regagna sa place sur le bras de l'homme. Le représentant du roi se dirigea vers le balcon et posa pensivement son regard sur l'étendue de la ville, prolongée au loin par la masse verte de la forêt. Il inspira profondément et, d'un geste doux mais ferme, lança le messager dans les airs. L'oiseau prit son envol et en quelques battements d'ailes prit rapidement de l'altitude, gagnant les courants ascendants. Il piqua droit vers le nord-est. Vers Béryl.

« Que les vents te soient favorables, petit messager… »
Les paroles avaient été murmurées à voix basse. L'anxiété se peignait sur le visage de Wal. Désormais, sa mission était finie. Et le reste dépendait de ce seul oiseau. Il n'aimait pas laisser le destin décider à sa place. Encore moins quand il était entre les pattes d'un animal aussi stupide que cette bête à plumes. Quand l'oiseau ne fut plus qu'un point noir à l'horizon, le chambellan s'en retourna vaquer à ses occupations protocolaires, sans toutefois pouvoir se départir de cette anxiété qui le rongeait. Il jouait à un jeu dangereux.

*

*   *

L'oiseau volait sans perdre un instant. Les hommes n'aimaient pas attendre. Il volait vers Béryl, battant lentement et puissamment des ailes, économisant son énergie pour voler moins vite, mais beaucoup plus longtemps, se laissant porter par les courants d'air les plus dynamiques. D'ailleurs, dans quel lieu autre que Béryl pouvait-il bien se rendre ? Il ne connaissait que cette ville, celle que les hommes appelaient Château des Rois. Il avait été dressé pour se rendre là-bas, et uniquement là-bas. C'était tout. Il s'enorgueillissait d'être le plus rapide de son espèce. Tellement rapide qu'il en ratait sa ville d'arrivée, et parfois de si loin qu'il s'en fallut de peu qu'un jour son maître d'origine le fasse finir en broche. Un concept amusant, la « broche ». Il n'avait aucune idée de ce que c'était, mais il aimait bien la consonance.

Quelques minutes après son départ, il arrivait déjà aux confins de la ville, dépassant les derniers toits d'ardoises de la cité, survolant les différentes parties de la scierie, où certaines zones déboisées étaient mises en culture et des arbres replantés. Il remarqua à peine le convoi de Daïna, qui progressait en dessous de lui et s'apprêtait à pénétrer dans l'immensité verte s'offrant devant lui. Pourquoi aller dans la forêt ? Les airs étaient tellement plus rapides ! Décidément, il ne comprendrait jamais les hommes… Lui irait vite, très vite. Il appuya plus fort ses ailes sur l'air qui le portait. Bientôt, il serait au colombier de Béryl, par-delà la Grande Forêt. Parce que c'était sa tâche et son devoir. Sa vie.

Le crépuscule du deuxième jour tombait lorsque le messager des airs arriva enfin à la cité de Béryl. Là où Daïna avait mis neuf jours pour se rendre de Béryl à Émeraude, lui n'avait mis que deux journées. Il avait volé vite et était à peine fatigué. Se rapprochant de son point d'arrivée, il vit les lumières de la ville briller dans les arbres, allumées pour le soir et visibles par intermittence, quand le vent capricieux écartait les feuilles des arbres avant de les laisser retomber aussitôt. Plus il s'approchait du château des Rois, plus ces drôles de lucioles étaient nombreuses. Un endroit étrange, assurément.

Puis l'oiseau vit une masse plus sombre se profiler devant lui. Sa partie inférieure était illuminée par de grandes torches de poix, éclairant des blocs de pierre aux drôles de formes. Des insectes allaient et venaient vers cette étonnante fourmilière. Il eut un roucoulement d'incertitude. Il était pourtant sûr que le colombier était par là. Il y était déjà venu plus d'une fois et il avait veillé à ne pas se perdre cette fois-là ! Rabattant ses ailes, le messager perdit de l'altitude. Les arbres se rapprochèrent à grande vitesse, et puis tout devint plus clair. Ce qu'il avait pris pour des insectes était en fait des humains ! Et la masse sombre était le château entouré de ses hommes immobiles changés en pierre ! L'oiseau se rengorgea : décidément, il comprenait vite ! Il rouvrit ses ailes, l'air s'y engouffra et freina sa chute. Il avait enfin repéré le colombier, un peu à l'écart du château. Il modifia sa trajectoire et visa l'entrée de son nouvel abri, une bouche noire. Il s'y engouffra sans hésiter et la franchit avec une roucoulade de triomphe, saluant ses congénères qui ne daignèrent même pas lever la tête. Il se posa tranquillement sur l'une des perches de bois qui traversaient le colombier de part en part. Il était arrivé. Sa mission était accomplie. Il se dirigea tranquillement vers une mangeoire.

Entendant un battement d'ailes, l'apprenti leva le nez juste à temps pour voir un messager s'engouffrer dans le bâtiment des oiseaux voyageurs. Avec un soupir, il abandonna le perchoir sur lequel un jeune oiseau becquetait les petits morceaux de viande saignante qu'il lui tendait à l'aide d'une pince. Il ignora les cris plaintifs et réprobateurs du rapace et se dirigea sans plus tarder vers l'entrée du colombier. Arrivé à la porte, il prit une profonde inspiration et entra. L'air empuanti par les fientes, qu'il avait beau nettoyer quotidiennement, le saisit à la gorge avec la même intensité habituelle. Il avait vraiment du mal à s'y habituer. Essayant de respirer tout doucement pour éviter d'étouffer dans ces effluves nauséabonds, il repéra rapidement le nouveau venu au croupion blanc en train de s'abreuver près de la mangeoire. Enfilant un gant de cuir usé et troué par endroits, il s'approcha doucement de l'oiseau pour ne pas l'effrayer et lui présenta un morceau de viande pour l'appâter sur son bras. L'oiseau fit un saut bref et, adroitement, le jeune garçon emprisonna la lanière de cuir entre ses doigts de la même manière que l'avait fait Wal. Il jeta un coup d'œil sur le tube de bois attaché à sa patte et ne put réprimer un sifflement de surprise : le petit objet ne portait rien d'autre que le sceau du chambellan d'Émeraude sur le bouchon ! Rien que ça ! Rapidement et tenant avec précaution le volatile, il défit les lanières de cuir retenant le petit cylindre et s'empressa de renvoyer l'oiseau dans les hauteurs du colombier. Il regagna la sortie avec soulagement, déposa son gant et sortit enfin à l'air libre, retrouvant avec bonheur l'air pur de ce début de soirée.

Il se dirigea à petits pas pressés vers le reste des volières où le maître fauconnier et les autres novices nourrissaient le reste des oiseaux royaux. Saluant d'un petit signe de tête les connaissances qu'il croisait, il repéra la haute taille de son maître, occupé à palper l'estomac d'un chasseur malade.

« Maître fauconnier ! Un message pour le roi ! »
Un homme barbu, ventripotent, au nez aussi acéré que le bec de ses aigles, tourna la tête vers le jeune garçon. Il souleva un sourcil interrogateur et, sans un mot, tendit une main calleuse, couturée de cicatrices laissées par de nombreuses serres. Il examina à la lueur d'une lanterne le sceau de cire verte, portant les armes du roi.

« Termine ton travail. »
Le ton bourru résonna sourdement dans la volière. L'apprenti s'effaça devant son maître et celui-ci sortit, emportant le message vers le château. Le jeune garçon le regarda s'éloigner à grandes enjambées vers la demeure des rois. Le maître fauconnier avait toujours été avare de paroles, préférant les piaillements mélodieux des oiseaux au fiel de la cour. Lorsque son maître disparut derrière un baraquement, il reprit la direction des volières pour achever de nourrir les oiseaux.

Installé seul à une table dans les cuisines, le prince Karès buvait son vin en ruminant de sombres pensées. Un silence de mort régnait dans la salle où s'agitaient tous les jours commis, cuisiniers, boulangers, bouchers, pâtissiers, sauciers et autres serviteurs. Tout le monde filait doux depuis que le prince et sa mauvaise humeur étaient arrivés en ces lieux d'agitation. Chacun s'affairait à ses tâches respectives, jetant à peine quelques coups d'œil craintifs à Karès, marchant sur la pointe des pieds lorsqu'il était absolument obligé de passer devant le Prince. Tous discutaient à voix basse, s'appelant d'un discret signe de la main pour ne pas perturber le courroux de Sa Majesté et s'attirer les foudres de sa royale colère.

À peine quelques jours auparavant, il avait fêté sa victoire avec entrain. Mais son enthousiasme avait été subitement douché par son imbécile de père seulement quelques heures après son éclatante victoire. Élithios lui avait appris qu'une ambassadrice du Siège était passée à Béryl pendant qu'il se battait pour devenir l'Aïrétion. Et ce pleutre n'avait rien trouvé d'autre à faire de mieux que de donner son accord pour approfondir les recherches, le désapprouvant publiquement ! Il avait dû faire un immense effort pour ne pas frapper sauvagement le roi d'Émeraude et le laisser par terre, gémir comme l'enfant gâté qu'il était. S'il le frappait, il frappait le Roi, et, même Prince, il pouvait être passible du Sceau du Pourpre pour avoir commis un crime de lèse-majesté. Son père était intouchable, mais il ne perdait rien pour attendre. Il devait absolument patienter. Car, après cette défaite, viendrait une victoire. Il le savait. Mais en attendant ce moment, il enrageait d'impuissance et voyait cet idiot briser ses plans et son avenir. Il était l'Élu : il l'avait prouvé devant des milliers de spectateurs ! À cette pensée, il reposa brutalement sa chope de vin sur la table. Le liquide pourpre, malmené, jaillit du récipient, éclaboussant copieusement la table. Quelques instants plus tard, un violent bruit de meuble renversé et un furieux claquement de porte retentirent. Le Prince s'était levé en mettant à bas table et chope, puis avait quitté la pièce enfumée sans se retourner. Quelques sourires crispés de soulagement apparurent sur les visages. Au bout de quelques instants, des murmures, puis des paroles, enfin quelques ordres lancés à haute voix animèrent les cuisines d'une nouvelle vie.

Ni le sang, ni les filles ne le calmeraient. Karès avait les nerfs en pelote et ne savait que faire pour les détendre. L'impatience lui rongeait les sangs. Et ce message qui n'arrivait toujours pas ! Sa frustration était sur le point d'exploser, quand il aperçut le maître fauconnier se diriger vers lui. Le Prince fut pris d'une soudaine agitation, mais dans laquelle la colère n'avait plus rien à voir. Enfin ! Il arracha des mains de son messager le petit tube de bois cacheté. Karès ne lui adressa pas un mot pour le remercier et le maître fauconnier repartit comme il était arrivé : avec la discrétion et l'efficacité d'un rapace en chasse. Fébrilement, le Prince décacheta le petit tube. Il en sortit le papier enroulé et s'appliqua à déchiffrer les minuscules caractères méticuleusement écrits. Un mince sourire étira ses lèvres. Le moment tant attendu était enfin arrivé. Il réprima un soupir de satisfaction et de soulagement, puis sortit par la grande porte du château.

Une fois dehors, il traversa l'esplanade et marcha droit devant lui, se dirigeant vers la Cité des Arbres. Il n'accordait aucune attention aux badauds, citadins et notables qu'il croisait, le regard fixé sur son but, avec un air revêche qui dissuadait les courtisans de l'aborder. Tout en marchant d'un bon pas, il réfléchissait. L'homme qu'il allait voir était d'une importance vitale pour lui, et ce, malgré son aspect repoussant. Il représentait quelqu'un de haut placé qui l'avait aidé à mettre sur pied un plan aussi efficace qu'audacieux. Intérieurement, il éclata d'un rire tonitruant. La chance lui souriait enfin et il allait la saisir à pleines mains !

Il quitta les faubourgs immédiats de Béryl et s'éloigna vers l'est, plongeant dans les bois contigus. Il marcha d'un pas pressé, laissant sur sa gauche les habitations qui répandaient les délicieuses odeurs des plats préparés pour le souper. Il s'enfonça davantage et, peu à peu, l'aspect de la forêt changea. Des tourbières firent leur apparition ; là où avant il y avait de la terre, le sol prit une consistance molle et humide. Les pieds s'enfonçaient et la jolie couleur brune de la terre céda la place à un humus noir, aux lourdes fragrances de décomposition mêlées aux déchets ménagers et autres reliefs de repas directement jetés par terre. Des masures de bois guères entretenues succédèrent aux habitations propres et bien loties dans les grands arbres, se dressant les unes contre les autres, essayant d'attirer le chaland avec des couleurs autrefois criardes et exhibées sur leurs façades défraîchies. La saleté souillait le sol. Les rats pullulaient parmi les ordures, les déjections, les vomissures, les flaques d'urine ou les corps endormis – voire sans vie – de quelques soûlards, achevés par la boisson frelatée ou la lame émoussée d'un couteau rouillé.

Dans ce quartier, les hommes y étaient crasseux et fréquentaient les bars malfamés où se côtoyaient trafics en tous genres et prostitué(e)s outrageusement maquillées, chacun montrant avec force détails leurs marchandises altérées et flétries. Les infirmes – vrais ou faux – mendiaient d'une main et volaient de l'autre ; les receleurs achetaient et revendaient une marchandise minable pour en faire de fabuleux trésors, déguisés avec toutes sortes d'artifices et fourgués à prix d'or au premier naïf venu qui avait eu l'idée saugrenue de se promener avec quelques malheureuses piécettes de bronze. Ces piécettes étaient aussitôt investies en débauche, boissons, femmes ou hommes selon les préférences, jeux et paris. Ainsi, l'argent circulait de main en main, ou de main en moignon, faisant vivre et survivre les bas-fonds de Béryl, laissés pour compte par la haute société d'Émeraude, mais que ces mêmes bas-fonds ne dédaignaient pas de rejeter non plus.

Il n'était pas non plus rare de voir quelques malandrins tachés du Sceau de Pourpre. Mais eux aussi se faisaient discrets, essayant de cacher au mieux leur carnation : celui qui s'aventurait dans cette lie prenait le risque de se faire lyncher par la populace s'il venait à être découvert. Les plus chanceux et les plus véloces étaient chassés à coups de pied et de pierres. Cette malédiction faisait figure de maladie contagieuse et bannissait ses porteurs des contrées habitées. Ainsi se constituait une nouvelle classe dans la hiérarchie sociale : les bas-fonds des bas-fonds. Pour survivre, tous ici – bas-fonds et bas-fonds des bas-fonds – appliquaient un principe de survie devenu universel : rien ne se perd, rien ne se crée, tout se transforme. Énoncé par un docte mendiant, cet ancien savant quelque peu farfelu avait été mis au ban de la société depuis qu'il avait mis le feu à la chambre du roi pour observer la psychologie des puces de sa gracieuse Majesté en situation de danger réel. Élithios avait frisé l'infarctus, les puces le bûcher, et notre savant avait échappé de peu à la Pourpre quand son avocat eût plaidé la folie. Chose que son défenseur n'eut guère de mal à faire admettre aux jurés. L'homme s'était ainsi réfugié dans les bas-fonds et avait poursuivi ses recherches qu'il aimait à résumer dans cette maxime. Toutefois, ce principe lui avait été fatal lorsqu'il avait essayé de mettre ce principe en pratique en faisant fondre du plomb pour le changer en or : une goutte de plomb en fusion était tombée sur son pied et, tenant son membre outrageusement brûlé, avait sautillé à cloche-pied en soufflant sur ses orteils pour apaiser la douleur. Il avait trébuché sur son chien galeux et était tombé la tête la première dans sa petite cuve de plomb en ébullition. Inutile de dire que cette fois-ci, il avait tout perdu. Sauf sa maxime, qui était restée, et qui illustrait de fait l'activité économique des bas-fonds : ceux-ci ne créaient rien ; héritaient des déchets de la haute société ; et tout ce que ces hommes délaissés récoltaient changeait de nature, était réinvesti ailleurs, troqué, acheté, revendu. Tout cela faisait vivre ce petit monde à part.

Et c'était dans cette lie de l'humanité que s'avançait Karès. Tout le monde ici le connaissait. Et tout le monde ici le craignait autant qu'ils l'admiraient. Sa réputation de cruauté le précédait, et il n'était pas rare de le voir participer à des combats clandestins ou de boire un infâme tord-boyaux en compagnie d'une beauté encore fraîche et fort entreprenante. C'était un moyen pour lui de tromper son ennui quand il était à la cour, et de faire éclater son énergie trop longtemps retenue par les règles du protocole. Ce qui était d'abord le plaisir de braver l'interdit paternel lorsqu'il était adolescent, s'était transformé en un besoin irrépressible de se vautrer dans cette fange humaine où tous les excès étaient permis, où le meurtre d'une fripouille passait inaperçu, et où sa notoriété royale et sa cruauté en faisaient le seigneur de ces lieux. Il s'y était imposé par la force en massacrant les premiers qui avaient voulu le détrousser et le violenter : ses ravisseurs avaient cru le jeune Prince d'alors égaré et s'étaient imaginés pouvoir profiter d'une chair fraîche royale à leur guise. Karès avait trouvé son propre royaume et y régnait tout autant par la force, frappant ou tuant celui ou celle qui étaient en proie à son déplaisir. C'était son peuple à lui. Un peuple dominé par la peur et l'argent des caisses royales qu'il prodiguait volontiers. Il aimait à croire qu'on l'adorait. Les voleurs lui faisaient cadeau de leurs rapines ; les mendiants lui offraient des informations, constituant ainsi un réseau d'espionnage sans nul autre pareil sur Émeraude ; les meurtriers lui proposaient leurs services gratuitement ; les tenanciers de bars miteux lui faisaient volontiers crédit quand sa bourse était plate ; et les roulures minaudaient et se précipitaient vers lui en réclamant des faveurs toutes princières. Karès eut un sourire carnassier en y pensant. La force, le pouvoir et l'argent. Un triptyque gagnant.

Mais aujourd'hui, c'était différent. Il salua à peine les filles qui lui faisaient de grandes œillades, ignora les hommes qui le saluaient avec une feinte mais prudente déférence et poursuivit son chemin en droite ligne jusqu'à s'arrêter devant un bâtiment aussi crasseux que les autres, aussi puant que les autres et aussi malfamés que les autres. C'était une taverne miteuse qui faisait également parfois office d'hôtel miteux. Lorsqu'il pénétra dans la pièce sombre et enfumée, le tenancier lui fit un léger signe de tête pour le saluer, puis retourna servir un client déjà bien entamé par l'alcool – frelaté, naturellement. Karès circula entre les tables immondes, autant salies par les bières renversées que par les souillures des poivrots, manqua d'écraser un rat joufflu qui se repaissait des restes prédigérés d'un repas, et prit au fond de la salle l'escalier qui menait à l'étage. Les marches craquèrent quand il les écrasa une par une pour rejoindre un petit couloir au premier.

Trois portes s'alignaient, aussi grisâtres et tristes les unes que les autres. Le Prince d'Émeraude s'engagea sans hésiter dans le couloir et s'arrêta à la dernière porte. Aucun signe particulier ne la distinguait du reste. Néanmoins, Karès frappa trois coups, espacés d'un court instant, puis, après un temps plus long, un quatrième, sec et ferme. Les coups résonnèrent, se perdant dans le vide de la chambre. Après un instant, des pas lourds, traînants, se firent entendre. Un loquet joua et la porte s'entrebâilla. Un visage difforme se profila dans l'entrebâillement. Karès avait beau savoir quelle créature se terrait dans ce trou minable, il eut un mouvement de recul involontaire et une grimace de dégoût. Un front bombé, une bosse déformant son dos, un visage dont on avait l'impression que les os avaient été déformés pour en créer un masque grimaçant, des jambes arquées et tordues qui lui donnaient une démarche boiteuse, Karès avait devant lui l'être le plus laid et le plus difforme de Terra. Du moins, telle était son impression : cette horreur de la nature n'aurait pas dépareillé dans un cirque aux côtés d'un dresseur. Mais non, cette ignominie avait un nom : Khélion. Et ce Khélion était chargé de lui donner un signal. Karès ne rentra pas. Il resterait sur le palier. Il ne voulait pas respirer le même air que le bossu. Il tendit le petit message en tenant la légère enveloppe de bois du bout des doigts et lui présenta de manière à ne pas toucher l'homme déformé.

« Le message. Un oiseau l'a apporté ce matin. »
Ne prenant aucunement ombrage de ce qu'un autre aurait pris pour un affront, le bossu saisit sans un mot le petit objet et en extirpa le parchemin. Ses yeux vides de toute expression parcoururent les quelques lignes. Karès l'observait à la dérobée. Pas une émotion ne venait troubler le visage grotesque ; aucune crispation musculaire, aucune ride reflétant la surprise, la satisfaction, la colère ou la perplexité ne venait altérer son expression totalement neutre et lisse. À croire que toute âme l'avait quitté. Enfin, Khélion releva la tête pour fixer de ses yeux amorphes le visage du Prince. La voix aussi plate et monocorde que l'était le reste de son visage résonna d'une voix caverneuse.

« Bien. Ils agiront comme convenu. »
Karès ne se donna même pas la peine de répondre. Il acquiesça d'un

léger signe de tête et tourna les talons sans plus de cérémonie. Khélion referma la porte. Le Prince avait accompli sa mission et partait maintenant se rincer le gosier auprès d'une gourgandine. Qu'il profite au moins de ce voyage d'une manière qui lui plaisait un tant soit plus...

Chapitre 16

Les jours avaient passé. Daïna était à présent presque soulagée. Le voyage s'était déroulé sans incident. Elle avait imposé un rythme soutenu à ses soldats et eux-mêmes s'y étaient pliés sans rechigner. Eux aussi avaient hâte de rentrer au Siège. À ce rythme, il ne leur avait fallu que six jours de plus qu'à l'aller pour boucler le trajet. La présence du chariot dans lequel étaient enfermés Béroc et Théïa les avait obligés à emprunter les routes carrossables du continent d'Émeraude : des espaces plus larges, dégagés et vierges de toute végétation invasive, mais qui sinuaient entre les reliefs du continent et rallongeaient d'autant la distance pour rentrer. Toutefois, les routes étaient bien entretenues et ils avaient filé bon train.

Sitôt partis du Palais royal d'Émeraude, Daïna avait laissé Limane prendre la tête du convoi et était revenue un peu sur ses pas, pour se mettre à hauteur d'Ektos. Son subordonné avait vu d'un mauvais œil la Hiérarque se rapprocher, se demandant quelle corvée elle allait encore lui infliger. Sans se soucier du faux air avenant qu'avait pris son subalterne à son arrivée, Daïna l'avait arrêté brusquement :

« Ektos ! Prends Kleptos avec toi : je veux que tu partes au Siège sur-le-champ annoncer une capture décisive au Grand-Prêtre ! Il saura prendre les mesures nécessaires pour accueillir un tel prisonnier ! »
Ektos regarda sa supérieure, hébété, pas certain d'avoir compris.

« Je n'ai pas été assez claire ? s'impatienta Daïna.

– À vos ordres, Hiérarque ! Je pars tout de suite, Hiérarque ! », se hâta de répondre le soldat en faisant un salut des plus empressés.
Ektos n'en croyait pas ses oreilles : Daïna l'éloignait du convoi avec une mission précise ! Il avait mis quelques secondes à pleinement saisir le sens de sa mission et tout ce que cela impliquait. Il sentait surtout que cette mission n'était qu'un prétexte : la Hiérarque voulait être tranquille et le mettre au ban du convoi. Il était prêt à mettre sa main à couper qu'elle voulait se débarrasser de lui. Mais pour une fois, et malgré cette

déplaisante conviction, il n'arrivait pas à lui en tenir rigueur. Il était même ravi : c'était pour lui une bénédiction que de partir seul, sans avoir de supérieur acariâtre dans les bottes ! Mais dans le même temps, il n'arrivait pas à saisir l'importance de ces prisonniers. Il était parti à la tête d'une ambassade et revenait annoncer l'arrivée d'un convoi de captifs. Le tout chapeauté par la Hiérarque du Siège. Il devait y avoir quelque chose de crucial derrière tout ça. Il se promit d'éclaircir cette situation plus tard. Pour le moment, il s'empressa d'appeler Kleptos dès que Daïna eut tourné la bride pour regagner la tête de la marche.

Comme d'habitude, son compagnon répondit en maugréant. En arrière, il n'avait saisi que les derniers mots de l'échange et s'avança en traînant les pieds, méfiant, regardant avec suspicion le nouvel enthousiasme d'Ektos tout en appréhendant cette nouvelle corvée qu'il croyait sentir à plein nez.

« Quoi encore ? gémit-il en se mettant à boitiller. Je te préviens : je ne peux pas partir en éclaireur, je me suis foulé la cheville dans une ornière.

– Ah bon ? Ça tombe mal alors : la Hiérarque voulait qu'on rentre au Siège plus tôt pour prévenir leur arrivée... »
Ektos fit demi-tour, comme à regret, regardant autour de lui, cherchant quelqu'un d'autre vers qui se retourner pour l'accompagner dans ce nouveau voyage.

« Tant pis... Je crois que je vais demander à Roan, alors...

– Attends, attends ! s'affola Kleptos, qui voyait là s'envoler une belle occasion de rentrer plus tôt. Roan est un imbécile, et... Attends... »
Le petit homme éprouva son mal, assurant sa cheville. Le boitillement disparut et Kleptos se permit même un petit saut.

« Mmm, après réflexion, je crois qu'elle va mieux. Je ferai mieux de t'accompagner : on ne sait jamais à quels dangers tu peux avoir affaire. Deux paires d'yeux valent mieux qu'une, et je serai un appui solide pour toi...

– Ton sens du devoir t'honore, camarade, approuva sérieusement Ektos. Je suis heureux que ta cheville aille mieux ! Allons-y ! »
Kleptos hocha vigoureusement la tête et tous deux allèrent informer Daïna de leur départ. La Hiérarque leur apprit qu'un guide était à leur disposition dans une auberge à la sortie de la ville. Deux chevaux les attendaient. Limane avait également prévu de la nourriture pour quelques jours : ils se ravitailleraient dans les villages qu'ils croiseraient et changeraient au besoin les chevaux dans les relais prévus à cet effet. Daïna

leur avait aussi remis une modeste bourse pour subvenir à leurs besoins. Ektos l'avait empochée sans commentaire : il la trouvait bien trop plate, mais elle était le prix de la liberté. Sans même un remerciement et sur un salut à peine valable, les deux compères prirent la poudre d'escampette, trop heureux d'abandonner cet ennuyeux convoi et leur intraitable chef. Ils avaient trouvé sans difficulté le guide et les chevaux à l'auberge mentionnée, et bientôt, Émeraude ne fut plus pour eux qu'un lointain souvenir qu'ils laissèrent derrière eux sans regret.

Une fois ses deux soldats disparus derrière le pâté de maisons, Daïna s'était sentie tranquillisée. Il ne lui était plus maintenant besoin de s'assurer que ses ordres seraient exécutés sans grincement de dents. Autant d'énergie en plus à employer pour accomplir au mieux sa tâche principale : la surveillance et l'escorte à bon port des deux prisonniers. Et voilà qu'à présent le voyage touchait à sa fin. Elle récapitula mentalement ces derniers jours : Béroc ne s'était toujours pas réveillé et, durant tout ce temps, Théïa s'était enfermée dans un profond mutisme, toute son attention concentrée à veiller sur son père.

Daïna avait bien essayé d'interroger la jeune fille, mais elle s'était heurtée à un mur de silence et des regards chargés de ressentiment et d'hostilité. La Hiérarque n'avait pas insisté et haussé les épaules : les bourreaux du Siège avaient tout le matériel et la patience nécessaires pour leur arracher toutes sortes de renseignements, à elle et son père. Elle avait chargé trois des soldats d'Émeraude de les surveiller de jour comme de nuit, et de rapporter chacun de leurs faits et gestes, même durant leur sommeil. D'un côté, impliquer les soldats d'Émeraude flatterait les relations entre Élithios et le Siège ; d'un autre, elle serait au courant de leurs moindres mouvements, y compris quand elle aurait le dos tourné. Il s'avéra au final que leurs rapports ne se réduisaient surtout qu'à trois mots : rien à signaler.

Pendant toute la durée du voyage, Daïna avait chevauché silencieusement, Limane à ses côtés, n'échangeant que quelques rares mots avec son bras droit et portant davantage sur l'organisation des tours de garde que sur les derniers évènements. Le ravitaillement se faisait comme prévu lors des passages dans les petites bourgades qui jalonnaient leur route. Daïna put ainsi vérifier qu'Ektos et Kleptos étaient bien passés, les devançant de quelques heures au début, puis bientôt de douze jours sur la fin du voyage. Prévenus par les deux soldats, les marchands présentaient leurs marchandises déjà préparées quand le convoi arrivait. Daïna gagnait ainsi un temps précieux sur la négociation des biens et ne restait rarement plus de quelques heures, juste le temps de faire boire les chevaux et d'octroyer un peu de repos à ses hommes, pendant qu'elle ou Limane s'occupait de charger les vivres. Les habitants ne manquaient pas de regarder avec curiosité les prisonniers du chariot, mais n'osaient s'aventurer plus près d'eux : l'air peu avenant des gardes d'Émeraude décourageait les plus téméraires.

La Hiérarque rendait régulièrement visite à ses prisonniers, s'assurant de leur bonne santé et qu'aucune velléité d'évasion ne les prenait. Mais elle s'aperçut bien vite que leur meilleur gardien était l'inconscience de Béroc. Celui-ci était toujours inanimé, hormis un sursaut musculaire qui venait parfois troubler l'impression de tranquillité peinte sur son visage. Théïa veillait constamment sur lui, prenant juste quelques heures de repos d'un sommeil agité, essuyait le front trempé de sueur de son père, ou bien le faisait boire goutte d'eau par goutte d'eau, chacune patiemment posée sur ses lèvres. La jeune fille mangeait à peine et restait assise, étirant parfois les crampes de ses jambes enchaînées dans cet espace trop petit. Elle se taisait, n'adressait jamais un regard à la soldate, se contentant d'ignorer ses geôliers sans autre forme de procès. Daïna s'en moquait : elle voulait seulement que les prisonniers arrivassent au Siège en état de parler et à peu près en bonne santé. La conversation ne faisait pas partie de ses prérogatives.

Cinq jours auparavant, ils avaient dépassé la large bande de terre reliant le continent d'Émeraude au Siège, prise entre la Mer Septentrionale et le Couloir des Deux Continents, plus à l'ouest. Au dernier jour, comme d'habitude, les soldats se levèrent de bonne heure en se lançant des œillades complices : pas de doute, ils dormiraient ce soir dans un bon lit et en agréable compagnie ! Dès les premières lueurs de l'aube, le convoi avait repris la route avec une nouvelle énergie : le moment de détente arriverait avec le soir, quand ils passeraient la haute porte du Siège et s'assiéraient à la grande table de la salle des gardes, où leur serait servi un bon repas chaud, mijoté des heures durant dans la marmite, et une bière fraîchement tirée du fût. Même la végétation, qu'ils trouvaient habituellement hostile, semblait revêtir une nouvelle robe pour les accueillir, leur annonçant une arrivée imminente dans le centre de Terra : à de hauts et grands arbres qui bordaient la route, offrant une ombre bienvenue lors des grandes chaleurs, leur avaient succédé petit à petit des arbres touffus, au feuillage épais, dans lesquels bruissaient des nuages d'insectes qui faisaient la joie des oiseaux affamés et le malheur des peaux découvertes, où surgissaient comme par enchantement des plaques rouges ou d'immondes furoncles purulents. Le convoi s'en trouva heureusement préservé grâce au savoir des soldats d'Émeraude, qui eurent tôt fait de débusquer une fleur jaune et malodorante, en forme d'étoile, cachée dans des fourrés tout proches. Ils montrèrent à Daïna et aux soldats comment s'en frotter la peau avec les pétales, un répulsif naturel qui s'avéra fort efficace puisque les vrombissements des ailes à côté de leurs oreilles se muèrent en un silence rassurant.

Et pendant que s'écoulait lentement cette dernière journée, Daïna envoya comme à son habitude un éclaireur pour sonder les environs. Celui-ci avait pour tâche de reconnaître les éventuelles difficultés du terrain, de signaler un tronc d'arbre en travers de la route, ou bien les passages où le chariot pouvait s'embourber. Auxquels cas, Daïna envoyait d'autres soldats lui prêter main-forte pour dégager le chemin afin de ne pas perdre de temps. Si la mission de l'éclaireur était principalement de repérer les embûches, il n'en devait pas moins observer les environs pour détecter les possibles embuscades de bandits. Sur ce dernier point, Daïna était à peu près tranquille. Les convois militaires étaient rarement attaqués, et encore moins sur les terres du Siège : les représailles étaient grandes et les peines capitales aussitôt prononcées à l'encontre des voleurs. Mais ça n'était pas ce détail qui était le plus dissuasif. Ce genre de convoi était trop souvent escorté de Gardes ou d'Élites de toutes sortes, redoutables soldats au combat et guère entraînés à la pitié. C'était donc avec l'esprit relativement apaisé – elle ne se déplaçait que très rarement tranquillement – qu'avait voyagé Daïna. Les routes continentales étaient passablement sûres, et d'autant plus depuis l'introduction du Sceau de Pourpre sur Terra.

« L'éclaireur revient… »

Daïna tendit l'oreille. Limane l'avait arrachée à ses pensées. Le cheval du vieux soldat marchait au pas, à côté du sien. Son subordonné n'en finissait pas de la surprendre. Malgré son âge, son ouïe était encore fine. Un galop étouffé lui parvint un petit temps après, son oreille faisant le tri parmi les nombreux bruits de la forêt. Enfin, au détour d'un arbre, le cavalier surgit. Exceptionnellement, Daïna avait choisi un éclaireur monté. Elle le trouvait plus adapté qu'une Sentinelle Ours ou une Sentinelle d'Éther, et semblait plus à même de repérer les obstacles de terrain. Le

cheval, qu'elle avait acheté à peine deux jours après son départ d'Émeraude, était un animal résistant, plus rapide qu'un Ours et se faufilait aisément entre les obstacles terrestres, sans se soucier des branches et des
basses frondaisons auxquelles aurait été confrontée la Sentinelle-Aigle,
obligée de se concentrer davantage sur son vol et les branches à éviter,
et non sur un environnement qui n'était pas forcément dénué de dangers.

Le cavalier s'arrêta à quelques pas de sa supérieure, tirant doucement sur les rênes de sa monture. L'homme entre deux âges salua la
Hiérarque d'un bref signe de tête, avant d'entamer son rapport d'une
voix neutre, avec précision et concision :

« Hiérarque. La route est dégagée sur environ quatre lieues. Ensuite,
la forêt se fait moins épaisse et tout est calme. Nous devrions arriver au
Siège en fin d'après-midi.

– Bien. Prends quelque repos. Tu repartiras après notre halte de midi
pour annoncer notre arrivée et t'assurer que toutes les dispositions ont
été prises concernant nos prisonniers.

– À vos ordres, Hiérarque. »

Le soldat descendit de cheval et regagna le reste du convoi où ses compagnons lui tendirent une outre remplie d'eau. Le cheval fut, quant à lui,
attaché au chariot. Malgré le bon déroulement du voyage, Daïna ne pouvait s'empêcher d'éprouver un peu de nervosité en cette fin d'expédition.
Quelque chose dans l'air la gênait. Elle ignorait quoi, et c'était ce qui l'inquiétait. Limane se pencha vers elle. Les deux cavaliers devançaient le
convoi de quelques pas, leur offrant un peu de discrétion. Ils conversè-
rent malgré tout à voix basse.

« Vous avez l'air nerveuse, Hiérarque. Votre mission a pourtant été
accomplie avec succès… »

Daïna regarda fixement le chemin qui se déroulait devant elle.

« Ce que tu m'as dit l'autre jour et ce qui s'est passé à Émeraude… Limane… Je ne sais pas… Je devrais être satisfaite, mais quelque chose…

– …vous préoccupe », acheva doucement le vieux soldat.

Daïna opina du chef. Limane hocha la tête. À son tour, il s'absorba pensivement dans la contemplation de la route de terre bordée d'ornières.

« Cela vaudra pour ce que cela vaudra, mais pour ne rien vous cacher,
j'ai un mauvais pressentiment dont je n'arrive pas à me défaire… »

Daïna glissa un bref regard vers Limane. L'air sombre du vieux soldat
n'était pas fait pour l'encourager.

« Théïa… »

La jeune fille sursauta. Son prénom avait été prononcé dans un souffle, à peine audible. Elle avait cru rêver. Le voyage avait été éprouvant et avait mis ses nerfs à mal. Depuis le départ d'Émeraude, elle avait caché sa peur et son inquiétude dans un mutisme, qu'aucune question ou menace de Daïna n'avait pu briser. Toutes ses pensées s'étaient concentrées sur son père, car il était la seule chose, la seule personne à laquelle elle pouvait se raccrocher de toutes ses forces. Elle avait obéi à tous les ordres, enduré les insectes qui n'avaient cessé de la piquer, accepté sans un mot ou un remerciement onguents et nourriture que lui donnaient les soldats à travers les barreaux : elle n'avait rien fait pour leur déplaire, avait été docile pour ne pas subir les colères des militaires et de la Hiérarque. Tout ce qu'elle endurait, c'était dans un seul but : ne pas se montrer faible et faire face. Même si elle n'avait pas faim, elle picorait, se nourrissant du bout des lèvres. Manger, c'était garder des forces. Se taire, c'était ne pas se trahir. Accepter tout cela, c'était survivre.

De toute façon, qu'aurait-elle pu faire ou leur dire ? Elle-même avait tellement de questions à poser à son père. Même cette femme semblait savoir plus de choses qu'elle, alors que Béroc était son père ! Elle ignorait tout de ce qui se passait ici en ce moment. Elle en saurait peut-être plus à leur arrivée. Mais dans quelles circonstances ? Théïa frissonna. Elle n'osait imaginer les moyens avec lesquels ils l'interrogeraient. Car toutes ces manœuvres durant le voyage n'avaient que pour seul et ultime but de les préserver, de les garder en bonne forme, afin de les livrer à des séances d'interrogatoire qui seraient nettement moins accommodantes que les questions préliminaires de la Hiérarque. Le voyage était déjà difficile à supporter et était en soi une torture morale. Théïa était soumise en permanence aux regards conciliants ou concupiscents de ces hommes : elle savait qu'ils la regardaient quand elle dormait, quand elle mangeait ou quand elle urinait dans le seau à aisances. Sans compter le peu d'espace dans le chariot qui torturait ses muscles en leur infligeant de douloureuses crampes. Mais elle ne disait rien. Elle avait essayé de ne prêter aucune attention à tout ça, mais elle n'ignorait pas que cet orgueil ne durerait pas éternellement. Surtout si son père restait inconscient.

Depuis qu'il avait sombré dans les limbes de son esprit, là-bas sur la plage, pas une seule fois Béroc ne s'était réveillé, n'avait ouvert les yeux ou prononcé un seul mot. La seule preuve qu'il était encore en vie était ses traits qui se déformaient par moment, sans crier gare, dans ce qui ressemblait volontiers à de la douleur. Plus rarement, les muscles de son torse puissant se contractaient à intervalles irréguliers, comme si cette mystérieuse Pierre propageait des ondes d'une telle intensité que Béroc parvenait à peine à lui résister. Dans ces moments-là, il transpirait abondamment, et Théïa était obligée de le faire boire presque de force, épongeant son front dégoulinant. Puis les crises cessaient sans prévenir. Et l'attention de Théïa se reportait de nouveau sur la Pierre, cachée sous la chemise. D'où provenait-elle ? Qu'était-elle ? Les questions se bousculaient dans sa tête, mais aucune réponse ne parvenait à elle. La Pierre restait aussi imperméable que l'inconscience de son père.

« Théïa… »

Cette fois, elle n'avait pas rêvé. Son père l'appelait faiblement, faisant un immense effort pour rassembler ses forces et prononcer le simple nom de sa fille. Théïa était assise, adossée aux barreaux du chariot, la tête de Béroc posée sur ses genoux. Elle se pencha discrètement vers lui, tendant l'oreille pour mieux saisir la preuve que son père vivait, s'accrochant à l'espoir d'entendre à nouveau la voix de Béroc, osant croire qu'il se réveillât enfin.

« Père ? »

Elle avait articulé ce mot d'une voix faible, prête à fondre en larmes. Sa carapace se fendillait, s'émiettait comme un roc fatigué sous les assauts des éléments.

« Fuis, Théïa… »

Théïa eut un hoquet de surprise.

« Ne rate pas… cette occasion… »

La jeune fille n'en croyait pas ses oreilles. Son père sortait à peine de sa léthargie qu'il lui demandait de fuir !

« Obéis… ! »

Béroc avait mis toute sa persuasion dans ce dernier mot, mais pour Théïa, l'ordre lui fit l'effet d'un coup de tonnerre. Elle regarda nonchalamment autour d'elle, surveillant les gardes, évitant soigneusement leurs regards comme à son habitude. Leur conversation passait inaperçue. Parfait. Elle se pencha vers son père et continua de parler à voix basse, bougeant à peine les lèvres. Elle se retenait pour ne pas crier. Ce qu'il lui demandait était impossible, elle ne pouvait pas l'abandonner comme ça. Et cet ordre… Béroc lui donnait rarement des ordres : quand il le faisait, ceux-ci n'en avaient que davantage de poids. Comme en ce moment précis. Théïa ne savait quoi faire, mais si son père lui *ordonnait* de fuir… La fuite sur la plage avait été un échec. Elle avait refusé d'obéir. Cette fois, elle se plierait à sa volonté. Sa décision prise, elle se prépara à… à quoi ? Elle eut un temps d'arrêt, décontenancée. Puis elle se rappela : Béroc avait parlé d'une *occasion*. Qu'entendait-il par là ?

« …Mais les Loups ne peuvent être la cause d'une nouvelle guerre ! » Limane parlait avec une véhémence que Daïna ne lui connaissait pas. Depuis qu'elle avait demandé à Limane ce qui le tracassait, il lui avait fait à nouveau part de ses inquiétudes sur le Loup-Sentinelle qui s'était échappé du Siège. Et réfutait toutes les hypothèses, selon lesquelles les Loups seraient à l'origine d'un nouveau Bouleversement.

« Cela n'a pas de sens ! répondit-elle doucement. Eux seuls ont une raison suffisante pour la déclencher… »
Elle essaya de le résonner, s'animant à son tour, pointant les faiblesses des arguments du vieux soldat :

« Et ce que tu dis me paraît invraisemblable : tu oublies la Prophétie : "Quand le Loup reviendra […], le Bouleversement sera révélé." Et dans le cas contraire, qui voudrait d'une nouvelle guerre, si ce n'est eux ?

– Prendre des raccourcis ne vous ressemble guère, sourit Limane, mi-figue mi-raisin. La Prophétie affirme "Les Cinq reviendront, et Un enflammera Terra." Elle n'apporte pas plus de précisions quant à son identité. Plus sérieusement, la Prophétie me semble peu fiable : il n'y a jamais eu de Lune Argentée sur Terra, en éclipse ou dans le ciel, même dans les plus anciennes histoires du monde. Ce sont des affabulations d'un autre temps, auxquelles on ne peut guère prêter de crédit. Par contre… »
Limane se rembrunit :

« … Et là, je ne peux que vous rejoindre, je trouve cela inquiétant que quelqu'un veuille rompre ce précaire équilibre pour nous précipiter dans la guerre… Contre qui ou contre quoi nous devons combattre, voilà ce que je trouve terrifiant… Cette incertitude…

– Mais Terra vit en harmonie ! argua Daïna d'une voix calme. Grâce au Grand-Prêtre qui a su préserver notre terre de tous les conflits. Les tensions ont toujours existé, soit, mais le dialogue a toujours prévalu.

– Vous êtes bien plus au point que moi sur ces questions, Hiérarque, ironisa gentiment Limane en faisant implicitement référence au statut

d'ambassadrice de la jeune femme. Mais pour combien de temps ? »
Daïna balaya d'un geste la petite moquerie. Limane maniait toujours la plaisanterie avec parcimonie, connaissant parfaitement les limites que la jeune femme tolérait, et il ne plaisantait jamais en présence de la soldatesque : leur amitié pouvait mettre la Hiérarque en porte à faux vis-à-vis d'eux, et il était à craindre que cette familiarité n'encourageât d'autres soldats à faire de même. Et elle n'y tenait absolument pas à sévir pour se faire respecter. Limane non plus, et il le comprenait tout à fait. De toute façon, il avait passé l'âge de rester une semaine à moisir dans une cellule puante.

« Ce Loup était-il seul ? C'est surtout cette question qui m'inquiète, repartit Daïna. Même si tu penses tes sources fiables, tout semble désigner ceux qui ont trahi au dernier Bouleversement. Et malgré les faiblesses que présente la Prophétie, les Loups sont potentiellement les plus à même de briser l'équilibre de Terra. Si tel est le cas, combien sont-ils ? Et comment cette Sentinelle a-t-elle trouvé le moyen de quitter Saphir ? Et à qui aurait-elle donné cette information ? Quels moyens pour le savoir et les trouver ? Si une seule de ces questions trouve une réponse, nous avons du souci à nous faire. Le Grand-Prêtre a raison, Limane : pour notre bien, il convient de détruire… »
La Hiérarque s'interrompit brusquement. Limane la regarda avec surprise. D'un coup, Daïna n'entendait plus rien, tout bruit avait cessé. Le temps s'était brutalement arrêté. Elle voyait la scène dans laquelle elle s'était figée. Limane l'observait d'un air étonné, la bouche ouverte ; les chevaux avançaient au pas, une jambe curieusement suspendue en l'air ; les prisonniers calmes, la jeune fille veillant toujours sur son père ; deux soldats du Siège mangeaient un biscuit ou buvaient de l'eau ; un oiseau immobile sur sa branche ; une feuille qui tombe légèrement. Le calme absolu. Daïna ne voyait plus et voyait tout. Dans son cerveau, une bulle éclata en mille éclats : *Danger !*

Chapitre 17

L'homme eut un mince sourire, découvrant des canines pointues qui lui donnaient l'air d'un carnassier, d'un charognard. Une chevelure blanche, quoiqu'elle commençât à jaunir à cause du manque de soin et d'hygiène, des sourcils tout aussi blancs et quelques rides aux coins de ses yeux bruns faisaient de lui un homme dans la force de l'âge. Un homme ordinaire en somme, si ce n'était cette drôle de lueur qui brillait ardemment dans son regard : l'excitation du combat mêlée à la soif de sang. Deux choses que seule une mise à mort rapide et brutale saurait apaiser. Deux curieuses taches de vin parcouraient ses joues, à l'image d'une pieuvre déroulant ses tentacules pour mieux étreindre sa proie. L'homme respirait lentement, calme et serein. Tout était en place et le prédateur était prêt à se mettre en chasse. Le sourire de l'homme s'étira encore un peu. Tout se déroulait comme prévu.

Un matin, la veille de leur départ, un oiseau leur avait apporté ce message lapidaire, on ne peut plus explicite : « Maintenant ». Le signal qu'ils attendaient : leur plan devait se mettre en place dans les plus brefs délais. L'écriture déformée dénotait une certaine tension chez son auteur. Les phraseurs étaient vraiment tous les mêmes : habiles à manier les mots, mais dès qu'il s'agissait d'agir… Le sourire du chasseur se transforma en rictus méprisant. Ils ne l'avaient pas attendu pour être prêts. Certes, c'était plus tôt que prévu, mais lui n'attendait que ça. Cela faisait déjà trois jours que ses hommes étaient prêts. Autant dire qu'ils avaient tous eu le temps de se regrouper et de se préparer soigneusement depuis belle lurette.

Tous ses pandours obéissaient au doigt et à l'œil. Il leur avait minutieusement réparti les tâches et expliqué les rôles pendant de longues heures, à l'aide de cartes et de schémas. Tous étaient pour la plupart illettrés, mais il était patient. Son commanditaire lui avait laissé carte blanche. Et il ne s'en était pas privé : hommes, lieu, armes, jour, techniques, il n'avait pas lésiné sur les moyens et tout avait été réuni pour que l'opération réussisse.

Tous ses hommes avaient une plus ou moins grande expérience du combat. Pour la majorité d'entre eux, ils n'étaient que des repris de justice, sans réelle expérience militaire, mais ils connaissaient l'art de tendre des pièges dans les ruelles et de trancher la gorge là où le sang ne mettait guère de temps à s'écouler. Quand il les avait recrutés, celui qui était devenu le chef des brigands n'avait pas omis de leur préciser leur adversaire. Tous avaient accepté avec joie, excepté un lâche. Celui-ci gisait maintenant quelque part dans la forêt, en train de nourrir les vers : le secret ne devait pas être divulgué. Pour les autres, l'idée de planter des soldats leur avait paru réjouissante : certains comptes avaient besoin d'être réglés. À la réflexion, cette embuscade n'était finalement qu'une répétition de grande envergure de ce qu'ils connaissaient déjà. Il ne leur demandait pas de livrer un combat à la loyale, juste de les prendre en traître.

Sitôt le message reçu, le chef des brigands avait rassemblé ses hommes. Ils étaient arrivés quelques heures auparavant, par petits groupes, sur le lieu choisi. Un endroit arboré, où la visibilité était réduite pour les voyageurs : les buissons y étaient touffus, les arbres feuillus et tous offraient le camouflage idéal pour une embuscade. Quelques arrangements avaient toutefois été nécessaires, afin d'installer confortablement ses fantassins et ses archers, d'une part en commençant par les enduire de répulsif contre les insectes ; d'autre part, en vérifiant les positions qu'ils prenaient de chaque côté du chemin : il ne s'agissait pas non plus qu'ils s'entretuent par maladresse. Ils s'étaient ainsi postés à la place qui leur avait été désignée – les archers en hauteur dans les arbres, les fantassins couchés ou accroupis dans les buissons environnants et derrière le tronc des arbres, l'épée hors du fourreau, prête à trancher. Lui-même s'était posté en hauteur avec le meilleur archer du groupe. Il avait regardé les préparatifs se faire d'un œil critique, modifiant d'un mot ou d'un geste un buisson mal agencé, des traces mal dissimulées, ou le vêtement trop voyant d'un homme peu soigneux. Il avait examiné chaque détail, méticuleusement.

Il connaissait son affaire : dans une autre vie, avant qu'il ne sombre dans l'enfer du jeu et ne tue pour l'argent, il avait étudié la stratégie militaire dans une très bonne école d'Émeraude. Un matin, il en avait été arrêté par les autorités pour avoir passé à tabac un homme qui lui avait réclamé de l'argent. Suite à ce malheureux épisode, son addiction au jeu avait été découverte et il avait été exclu de son école. Plus personne n'avait voulu l'intégrer dans une autre institution. Il avait continué à jouer et, pour rembourser ses innombrables dettes, était devenu l'homme de main de l'un de ses propres créanciers. Pour lui, il avait tué plus d'une fois. Mais un soir, des gardes l'avaient arrêté, trahi par son maître, qui avait pris peur de lui. Il devenait dangereux, incontrôlable. Il avait été condamné à la Pourpre, condamné à la douleur, à survivre lamentablement, faiblement, mendiant sa nourriture ou partageant celle des bêtes. Il était revenu vers ses parents, qui, voyant les marques rouges sur sa peau, l'avaient renié. Quand il avait été contacté par celui qui deviendrait son commanditaire, il n'arrivait même plus à marcher, il rampait comme un ver, traînant dans ses propres excréments et les déchets qu'on voulait bien lui donner à manger, c'est-à-dire ce que même les animaux ne voulaient pas. Une vague de rage l'emplit. Il était tombé si bas. *On* l'avait fait tomber si bas. Ce jour qui arrivait serait le jour de sa revanche, de sa vengeance ! Tous paieraient : ses professeurs qui l'avaient rejeté, ses créanciers qui l'avaient dépouillé, ses parents qui l'avaient abandonné, les femmes qui l'avaient repoussé, les hommes qui l'avaient abusé, ceux qui l'avaient accueilli à coups de pieds quand il mendiait, ceux qui riaient de le voir se battre avec un chien pour un morceau de mauvais gras. C'est pourquoi, aujourd'hui, tout devait être parfait.

Et tout était fin prêt, exactement au moment qu'il avait prévu, et même un peu plus tôt. Il s'était félicité : il n'avait pas perdu son sens du temps et de l'organisation. Le convoi ne tarderait plus, maintenant. Un de ses éclaireurs l'avait averti peu de temps auparavant que le propre éclaireur du convoi s'était avancé jusqu'au lieu de l'embuscade et était tranquillement reparti, sans donner le moindre signe d'inquiétude. Cela augurait une double bonne nouvelle : d'un, ils n'avaient laissé aucune trace visible ; de deux, le convoi passerait exactement à l'endroit prévu, sans emprunter une des voies secondaires qui bordait cette route. Le convoi prenait tout simplement le chemin le plus court pour arriver au Siège. Les tensions qu'ils devaient éprouver depuis le début du voyage leur avaient fait perdre prudence. Mais surtout, ils ne s'attendaient pas être attaqués : comme toutes les huiles du Siège, la Hiérarque accordait trop de confiance à son statut couvert par l'immunité diplomatique octroyée par le Grand-Prêtre, et au fait que personne n'oserait l'attaquer si près de la forteresse du Siège au dernier jour de leur voyage.

Le temps s'égrenait lentement, fardeau toujours plus pesant sur les épaules à un moment où l'attente devenait toujours plus oppressante, jusqu'au moment de l'assaut où chacun bondirait en avant, se sentant libéré grâce au torrent d'adrénaline déversé dans ses veines, ne lui faisant plus craindre ni épées, ni griffes et ni crocs effilés. Ni la flèche ou la plume qui se ficherait dans sa poitrine, le faisant sursauter, puis s'effondrer dans la poussière en se demandant encore ce qui lui arrivait, pendant que son sang abreuverait la terre de flots rouges. Le stratège des bandits avait maintes fois vu cette surprise dans les yeux de ses victimes, et il la verrait encore dans les yeux de ses hommes qui tomberaient, les yeux levés vers le ciel. Mais l'attente persistait. Une monotonie seulement brisée par le piaillement d'oiseaux insolents qui criaient leur bonheur de voler, ou par un animal rampant discrètement parmi les brindilles et les feuilles à la recherche de la proie qui servirait à nourrir ses petits.

« Et cette proie, ce sont leurs cadavres qui lui fourniront ».

Cette féroce ironie du sort lui donna presque envie de rire. Il étira ses jambes quelque peu ankylosées et observa une nouvelle fois le chemin à travers les frondaisons. Bien que son champ de vision fût légèrement diminué par les feuilles devant lui, il avait une vue imprenable sur la route. Il observa avec attention les buissons et autres petits arbustes qui bordaient la route. Tout était tranquille. Tous ses hommes étaient invisibles. Parfait. Il s'apprêtait à reprendre sa position initiale, quand il tendit l'oreille.

Son ouïe ne l'avait pas trompé. Un très léger grincement avait retenti au détour d'un des virages que formait le chemin. Le grincement provenait certainement de l'essieu du chariot, mal huilé. Puis, il reconnut le bruit caractéristique d'une roue de bois ferrée butant contre un caillou. Il en avait maintenant la certitude : ils arrivaient ! Son rythme cardiaque s'accéléra. L'excitation l'envahit. Il se força au calme et regarda en direction de l'archer, à sa gauche. Il hocha la tête et serra un peu plus fermement son arc dans sa main. Il avait entendu lui aussi. Le chef des brigands apprécia : il se concentrait déjà sur son tir prochain. Le grincement se fit un peu plus fort. Lentement, le convoi se rapprochait. Le moment d'attaquer aussi. Jusqu'à voir enfin se profiler les cavaliers de tête. Une femme habillée de rouge, la chevelure noire ; et un homme plus âgé, barbe et cheveux blancs. Probablement la Hiérarque Daïna, et son second. Les ordres résonnèrent dans sa tête, dansèrent devant ses yeux. : « Décimez le convoi ! ». Il aimait les ordres simples et on ne pouvait pas faire plus clair.

Un rictus de satisfaction se dessina sur ses lèvres. Le moment tant attendu arrivait enfin. Il fit signe à l'archer de se préparer. Vêtu d'une tunique à manches courtes, celui-ci portait des protections de cuir aux avant-bras, qui ne dissimulaient pas les marques sur ses mains et ses bras, semblables à celles qui rongeaient le visage de son supérieur. Tranquillement, sans bruit, l'archer déroula une flèche protégée par un tissu, dont l'extrémité présentait une curieuse forme arrondie. Avec précaution, il extirpa du chiffon un trait dont l'embout était terminé par une petite fiole de verre, laquelle adhérait au bois grâce à de la cire fondue. La cire recouvrait soigneusement le goulot pour l'accoler au fût et le rendre hermétique, empêchant ainsi le liquide de se répandre, un alcool extrêmement inflammable distillé par ses soins. Tenant toujours la flèche, ses mains calleuses grattèrent d'un mouvement précis un briquet de silex. Le bruit sec se perdit dans le piaillement des oiseaux de la forêt. La petite étincelle enflamma la fine mèche enduite de poix qui sortait de la fiole. Elle s'embrasa sans effort, sans flamme, à peine une légère fumée. Elle émit une brève lueur orangée, que l'archer cacha bien vite derrière une main. Quand la flèche serait tirée, la poix empêcherait la mèche de s'éteindre tout en continuant de se consumer, et l'air attiserait l'œil rougeoyant de la braise. Lorsque la fiole de verre se fracasserait, l'alcool s'enflammerait instantanément. Le but n'était pas de déclencher un incendie, mais bel et bien de donner un signal pour tous. Et quel meilleur moyen que le feu ? Visible de tous, il créerait en outre un effet de surprise non négligeable qui leur permettrait de balayer tous ces cloportes. Une brillante stratégie, de son avis.

Le convoi continuait d'avancer, sans se douter de rien, s'approchant de l'arbre dans lequel patientait le chef des brigands. Pas un bruit ne venait troubler l'atmosphère. Tout était calme, et la vie de la forêt continuait, sans se soucier de ce qui pouvait bien se passer en son sein. Le stratège retenait son souffle. Tout se jouait maintenant. Il n'avait pas le droit à l'erreur. Le chariot s'avança sous leurs yeux, tiré par les deux chevaux bais. L'archer banda son arc, sans un bruit, sans un effort. Le chef des bandits ne le connaissait guère, seulement de réputation. Un très bon tireur, condamné pour une malheureuse histoire de viol. Quel gâchis de talent ! Il l'avait vu à l'œuvre, c'était un pur génie dans son domaine.

L'archer visait soigneusement le toit du chariot. Il eut une moue réprobatrice. L'angle de vision ne permettait pas de tirer la flèche à l'intérieur du chariot : celui-ci s'était légèrement décalé vers la bordure du chemin pour éviter une profonde série d'ornières de l'autre côté de la voie. Il aurait pourtant aimé voir les corps grésiller et gesticuler dans une fournaise, se tordre de douleur jusqu'à s'effondrer comme des poupées de chiffons. Tant pis. La rôtissoire serait pour une autre fois.

« Envoie le signal. »

Trois mots dictés par un geste explicite. L'archer relâcha la corde de son arc.

*
*   *

Le temps se réaccéléra brutalement pour Daïna. Elle entendit à peine la fiole éclater contre le bois du chariot. En même temps que Limane, elle sentit une vague de chaleur jaillir dans son dos. Les chevaux se cabrèrent, apeurés. Fermement maîtrisés par leurs cavaliers, ils furent pourtant forcés de faire volte-face dans un même mouvement.

Devant les yeux de Limane et Daïna se découvrit alors un spectacle surréaliste : le toit du chariot s'était subitement enflammé comme un feu de paille. Des flammes jaunes et bleues montaient vers les cimes des arbres et éclairaient les alentours d'une nouvelle lumière d'horreur, tandis que des ombres se mouvaient sur les arbres comme des spectres. Daïna vit soudainement une nuée de flèches surgir de part et d'autre du chemin et s'abattre comme des insectes d'apocalypse, terrassant ses hommes totalement pris au dépourvu. Les pointes des flèches brillaient furtivement avant de s'enfoncer dans les chairs. En quelques instants, les militaires du Siège furent décimés. Dans les arbres, le chef des brigands souriait, se repaissant du sang qui coulait hors de ces infâmes pourceaux. Vraiment simple. Il était presque déçu que tout cela se terminât aussi rapidement. Mais son sourire s'élargit à nouveau quand il vit les cavaliers de tête se précipiter vers le chariot. Ils n'avaient aucune chance.

Les prisonniers. Il fallait sauver les prisonniers. Au risque de périr, ceux-ci devaient absolument être mis hors de danger. La réussite de sa mission en dépendait. Avec un grand cri, Daïna avait enfoncé sans ménagement ses talons dans les flancs de sa monture, aussitôt imitée par Limane, à côté d'elle. Le cheval avait henni de douleur et était parti ventre à terre vers le chariot, manquant de tomber à chaque pas entre les ornières et les cadavres.

Comme elle s'y était attendue, elle devint aussitôt la cible des archers. Avec légèreté, elle bascula sur le côté droit de sa selle et se mit en équilibre sur un étrier, s'accrochant au pommeau de la selle pour présenter le flanc vide de sa monture à la forêt. Limane fit de même sur le côté gauche, avec une souplesse encore étonnante pour son âge. Les deux cavaliers se retrouvèrent de telle sorte qu'ils n'avaient qu'à tendre le bras pour se toucher. Se servant de leur monture comme d'un bouclier contre les flèches venant des arbres, les deux cavaliers poussèrent les bêtes vers le chariot. Les traits sifflaient à leurs oreilles. Certains même les frôlèrent, déchirant leurs vêtements pour finalement se planter dans le sol fraîchement battu par les sabots des chevaux. Presque aussitôt, les bêtes hennirent une nouvelle fois de douleur, d'un cri strident qui se perdit dans un gargouillement. Leur robe brune se couvrit d'un sang rouge, épais et poisseux. Les traits plantés dans leurs poumons rendirent leur respiration difficile et les commissures de leurs lèvres prirent une teinte rosée, bientôt aussi rouge que le sang qui s'écoulait de leurs innombrables blessures. Les dards meurtriers continuèrent de se planter dans les organes et les muscles, déchirant la peau et les tissus, hérissant le flanc des animaux comme une pelote d'épingles. À chaque nouveau trait qui se plantait sur son côté, l'animal sursautait, sa démarche se faisait plus titubante, tandis que la vie le quittait.

Daïna sentit sa monture sur le point de s'écrouler. Elle serra les dents. Elle devait tenir encore un peu, jusqu'au chariot. Ce genre d'attaque ne durait pas longtemps. Tout était dans l'effet de surprise et les moyens étaient limités. Si l'embuscade avait bien été préparée – probablement par quelqu'un qui connaissait la stratégie –, ceux qui l'exécutaient n'étaient pas des soldats. Les flèches tirées étaient hésitantes, beaucoup finissaient à côté de leur cible. Certains de leurs assaillants ne devaient pas avoir l'habitude d'un arc de combat, s'ils en possédaient seulement un. Tout cela, la Hiérarque le vit en un instant, mais ne put pousser plus loin son analyse. Son cheval trébucha, manqua de tomber et fit un écart pour essayer de rattraper une chute qui s'annonçait inévitable. Sans vergogne, elle poussa l'animal dans ses derniers retranchements.

Limane, de son côté, l'imitait, tentant d'exciter la bête du verbe et du geste, de retenir encore quelques bribes de vie dans cet amas de chairs sanguinolentes avant qu'elle ne s'écoulât entièrement et définitivement au-dehors de ce corps.

Le chef des brigands vit les deux cavaliers – ou plutôt les deux chevaux – filer ventre à terre vers le chariot des prisonniers. Son sourire carnassier ne le quittait plus. Il allait assister en direct à la mort de la Hiérarque Daïna ! Et ce, grâce à son plan ! Les chevaux furent littéralement criblés de traits et achevèrent leur course dans un sursaut d'agonie. Puis, la pluie de flèches se fit moins drue et s'arrêta.

L'ancien stratège haussa un sourcil, mécontent. Déjà ? Il grommela. Ces coupe-jarrets étaient des incapables, ils n'avaient fait que gaspiller leurs munitions. Il avait eu beau les former et leur répéter pendant un court entraînement que chaque flèche devait avoir un but précis, ils s'étaient laissé déborder par l'enthousiasme de la bataille. Certes, il les comprenait, mais ça n'était pas professionnel ! Il regarda le carquois de l'archer qui l'accompagnait. Il était à peine entamé. Le chef des brigands apprécia : au moins un qui connaissait les fondamentaux. Il reporta son attention sur l'embuscade.

Les montures de Limane et Daïna s'étaient écroulées. Daïna se rétablit d'un léger saut et dégaina aussitôt son épée, tandis que le vieux soldat fit un roulé-boulé pour amortir sa chute et l'imita. La Hiérarque s'assura des prisonniers d'un coup d'œil. La jeune fille regardait tout autour d'elle, terrifiée, et l'Aïrétion était toujours inconscient : ils étaient indemnes pour le moment. Les flammes sur le toit s'étaient déjà plus que réduites et ne tarderaient pas à s'éteindre. La jeune femme et son second reculèrent rapidement vers le chariot, dos à dos, chacun surveillant un côté de la forêt, à l'affût du danger. Les prisonniers devaient absolument rester en vie. Les yeux du chef stratège flamboyèrent : il ne s'arrêterait pas en si bon chemin ! Les prisonniers mourraient aussi : il ne ferait qu'obéir aux ordres ! Et puis soudainement, le sourire du brigand se figea, la stupéfaction se peignit sur ses traits. Une stupéfaction teintée de haine et de fureur. Ce qui se déroulait sous yeux n'était, mais alors, absolument pas prévu.

Au pied du chariot immobilisé, un garde portant l'uniforme vert d'Émeraude, percé de plusieurs flèches dans le torse, commença à se relever. Avec une grimace de douleur, il mit un genou à terre, se redressa ensuite sur ses jambes, chancelant, mais tenant bon. Autour de lui, d'autres gardes se relevèrent à leur tour, arrachant les traits plantés dans leur armure de cuir dissimulée sous leurs vêtements. Elle les avait protégés, mais n'avait pu totalement empêcher les nombreux carreaux d'acier de la traverser et de pénétrer leur chair. Leurs bras et leurs jambes n'avaient pas été épargnés. Sur les douze gardes d'Émeraude, trois restèrent à terre, la gorge transpercée par des flèches.

Sans aucun signe avant-coureur, l'armure de cuir et les vêtements des survivants se fissurèrent, pour éclater sur une épaisse fourrure. Les hommes se mirent à grandir, leur menton et leur nez s'allongèrent, et de leurs ongles jaillirent des griffes tranchantes. Sous les yeux éberlués des bandits qui avaient entrepris de sortir de la forêt pour détrousser les cadavres, quatre Élites menaçants, des Ours monstrueux, poussèrent un rugissement de défi à la face de leurs adversaires beaucoup moins rassurés qu'auparavant. Les cinq autres soldats grandirent à leur tour et, sous les yeux effarés de leurs ennemis, ils découvrirent une tête d'Ours et des griffes tout aussi meurtrières que celles de leurs compagnons. À la différence de leurs compagnons, ils étaient plus petits et ne développèrent pas cette épaisse fourrure, gardant leur armure sur le torse pour se protéger des épées et autres poignards rouillés qui faisaient l'apanage de ces bandits. Leurs corps saignaient de nombreuses blessures, et seule la trop grande perte de sang qui les avait affaiblis les avait empêchés de mener la Transformation à son terme. Ils n'en demeuraient pas moins redoutables.

Ces hommes massifs à tête d'Ours poussèrent eux aussi un hurlement propre à glacer les sangs et firent face à leurs adversaires. Le combat serait finalement un peu moins désespéré. Daïna regarda vers les soldats du Siège. Eux, par contre, gisaient tous à terre, à l'état de cadavre. Aucun d'entre eux n'était doté de Capacités. Le Grand-Prêtre n'avait pas jugé utile d'envoyer des Élites pour cette simple ambassade. Daïna aurait agi de même, elle ne pouvait pas en lui en vouloir. Se détournant de ce spectacle morbide, la jeune femme se ressaisit et hurla ses ordres en brandissant son épée pour couvrir les cris des hommes et les hennissements terrifiés des chevaux qui tiraient le chariot :

« Élites, protégez la charrette ! Gardes, neutralisez les archers ! »
Pendant que les premiers encadraient le chariot et ouvraient les tripes de leurs assaillants qui essayaient malgré tout d'accomplir leurs basses besognes, les Ours-Gardes s'enfoncèrent dans les bois à la poursuite des agresseurs, avec une vélocité surprenante malgré leurs blessures et leur corpulence. Limane les suivit, fauchant les hommes de son épée avec une adresse meurtrière, bondissant par-dessus les buissons, parant les longs coutelas pointés vers lui avec aisance et déchiquetant les chairs en de

brefs, mais dévastateurs moulinets d'acier.

Les bandits tentèrent de résister, mais face à ces semi-hommes entraînés et dotés de Capacités qu'aucun d'entre eux ne possédait, leur soif de sang et de combat fut très vite calmée. Leur récompense avait beau être mirobolante, ils s'aperçurent finalement que leur vie avait peut-être encore un peu de valeur. Un certain nombre de fantassins décidèrent ainsi de laisser le champ libre aux soldats et à la Hiérarque, et de battre en retraite pour fuir à travers bois, stratégie qui leur offrait de bien meilleures chances de survie.

Près du chariot, une pluie de flèches clairsemée avait recommencé à s'abattre sur les guerriers Élite. Les flèches venaient se briser en plein vol contre leurs griffes ou rebondissaient contre leur épaisse fourrure. Les guerriers faiblissaient, mais résistaient vaillamment. Cependant, peu à peu, la puissance de l'Élite les consuma. La Transformation réclamait une incroyable énergie et ils en payaient le prix. Les soldats métamorphosés faiblirent, et les blessures déjà ouvertes suintèrent un peu plus leur liquide vermeil, se firent plus visibles, là où la fourrure disparaissait progressivement. Un trait trouva le chemin des chairs, le défaut dans la cuirasse, et déchira sans pitié le ventre du soldat. Le soldat se plia en deux, tenant la flèche à deux mains comme pour essayer de retenir le dard qui s'enfonçait inexorablement dans ses intestins. Puis un autre trait s'enfonça dans le rein découvert. L'Élite rendit l'âme, percé de cinq flèches.

Dans son excitation et la joie de voir le sang bouillonnant s'épandre, le chef des brigands se mordit la lèvre inférieure. Une goutte de sang perla et se mit à couler le long de son menton. L'ancien stratège tira la langue et cueillit avec délectation le liquide pourpre qui tombait. Il savoura goulûment sa victoire.

« Vous avez de la ressource, belle Daïna… »
Son sourire s'étira un peu plus.

« Mais vous avez perdu… ! »
Son soulagement était perceptible, sa jubilation encore plus. À ses côtés, l'archer renégat ne disait rien, contemplant avec une joie morbide le spectacle qui se déroulait sous ses yeux. Il avait eu ordre de ne pas bouger, mais ne se réjouissait pas moins du sang qui ruisselait et maculait la terre. Son chef voulait garder leur position discrète et celle-ci ne devait en aucun cas être trahie par une flèche mal placée avertissant par la

même occasion l'ennemi de leur emplacement. Son supérieur l'avait prévenu : la Hiérarque était redoutable et possédait un sens du combat remarquable, il était extrêmement difficile de l'attaquer, de front ou par surprise. Il lui avait parlé de certains combattants aguerris possédant une espèce de prescience du danger ou quelque chose comme ça. Il ne s'agissait pas de se mettre en danger inutilement. En fait, il s'en moquait, il ne voyait qu'une chose : sa flèche pénétrant son œil, sa gorge, son cou, ou toute entrée qui lui permettrait de lui ôter la vie en un battement de cils. Il ne voyait plus sa cible, mais ses points d'impact potentiels. Un trait suffirait : il n'aimait pas le gaspillage. Une seule flèche et la Hiérarque ne serait plus qu'un souvenir.

En contrebas, le combat se poursuivait. Les Gardes et Limane s'étaient dispersés dans les bois pour faire la chasse aux brigands. Ces pleutres n'offrirent que peu de résistance face aux assauts meurtriers de soldats pourtant bien mal en point. Les flèches avaient définitivement cessé de pleuvoir sur le chariot. Les carquois étaient vides. Il ne restait maintenant plus que deux Élites à défendre les prisonniers. Ils repoussaient avec de plus en plus de difficultés les assauts répétés des derniers bandits plus aguerris que les autres et qui s'enhardissaient davantage à chaque attaque. Les deux Ours monumentaux avaient beau redoubler d'ardeur et de férocité, eux aussi faiblissaient. Leurs blessures entravaient leurs mouvements qui se faisaient saccadés et manquaient de précision, le sang fuyait leur corps et ils sentaient l'Ours en eux faiblir lui aussi, et avec lui, la force de la Transformation. Ils ne pourraient tenir ce rythme encore bien longtemps. Daïna en était consciente. Ils devaient se dégager de cette situation au plus vite.

La Hiérarque se précipita sur le chariot. Du haut de son arbre, l'ancien stratège la vit prendre la place du conducteur, saisir les rênes et houspiller les chevaux. Les flammes, qui s'étaient brusquement déclarées sur la carriole, avaient mis les bêtes en panique et elles n'avaient été ralenties que par le frein du lourd chariot, malencontreusement mis par le conducteur, tué d'une flèche en plein cœur. Celui-ci s'était écroulé sur le frein à pied, stoppant net l'élan des chevaux, avant de s'échouer mollement par terre. Depuis, et même si l'incendie s'était réduit à quelques flammèches, les chevaux n'avaient cessé de se cabrer, de ruer dans tous les sens, essayant à tout prix de s'arracher à leur propre entrave pour fuir les cris et le sang. Ils avaient ainsi réussi à avancer de quelques mètres :

sous leur effort, les roues bloquées du chariot avaient creusé de profonds sillons dans la terre du chemin. Ils n'avaient toutefois pu continuer plus loin : le corps du conducteur effondré en travers de la route faisait à présent obstacle à une des roues. Des craquements écœurants témoignaient des os malmenés qui s'affaissaient sous la puissante poussée des bêtes. Mais l'amas de chair restait immobile, flasque montagne insurmontable.

Lorsque Daïna s'en aperçut, elle débloqua rapidement le frein et reprit fermement les rênes en mains : plus rien maintenant ne s'opposait à une fuite en bonne et due forme pour sauver les prisonniers. Le chariot fit une embardée quand elle passa sur le cadavre et s'arrêta aussitôt. Encore fallait-il que ces maudits canassons acceptassent d'avancer, à présent bloqués par les cadavres de leurs congénères, en l'occurrence son cheval et celui de Limane ! Certainement trop tourmentés au point d'essayer de passer par-dessus – opération rendue impossible avec un chariot derrière –, les chevaux ne répondaient en rien à toutes ses injonctions !

La jeune femme jetait de brefs regards autour d'elle. Elle devait entre-temps surveiller ses flancs pour ne pas se faire déborder par des assaillants. Heureusement, malgré leur faiblesse et leurs plaies, les Élites ne cessaient de renouveler leurs efforts pour maintenir les bandits à distance et permettre à la Hiérarque de manœuvrer. Elle s'apprêtait à donner un ordre de repli quand un de ces malandrins tenta au même instant de grimper sur le chariot. Daïna réagit en une fraction de seconde, sans réfléchir. Son fouet claqua violemment, la lanière de cuir s'enroula autour de la tête de l'attaquant, et son extrémité percuta l'œil avec une telle violence qu'il éclata. Assailli par la douleur, l'agresseur lâcha prise d'emblée tandis que ses hurlements résonnèrent, aussitôt étouffés par la botte de la Hiérarque qui s'aplatit contre ses dents. Il retomba par terre en se tenant la tête à deux mains contre l'intense souffrance qui avait pris possession de son crâne. Au moins un qui ne reviendrait pas de sitôt.

La Hiérarque se retourna vers les chevaux qui maintenant voulaient partir chacun de leur côté. Elle entreprit de nouveau de les sermonner du verbe et du fouet, sans résultat. Exaspérée, Daïna opta pour un moyen plus radical. Les chevaux sursautèrent : un cinglant coup de fouet vint leur brûler la croupe. Ils sursautèrent et hennirent de surprise. Le cheval de gauche se montra soudainement plus dégourdi que son collègue et se décida à contourner le cadavre de son compagnon. Le second animal résista un peu, mais un second coup de fouet fort obligeant le convainquit d'aller dans la même direction que son binôme. Non sans réticence, il accepta enfin le détour de trois mètres. Poussant un cri de victoire, Daïna s'apprêta à faire claquer une dernière fois son fouet dans les airs pour encourager les chevaux à se lancer en avant. Elle suspendit brusquement son geste en l'air et se figea. Une nouvelle bulle éclata dans sa tête. *Danger !*

Le chef des brigands grinça des dents. Non seulement, ses hommes supérieurs en nombre avaient décidé d'abandonner le terrain, mais en plus, les seuls qui auraient absolument dû mourir étaient encore bien trop vivants. Il poussa un juron à voix basse. Il coula un regard vers son archer, qui le fixait d'un air interrogateur. Lui aussi voyait la triste tournure que prenaient les évènements. Mais lui, le stratège, n'avait pas dit son dernier mot. Son ordre grinça, à voix basse, tout en désignant ostensiblement sa cible d'un signe de tête :

« Tue la Hiérarque. »

Un sourire éclaira la face tachée de l'archer. Ses dents se découvrirent en un lugubre sourire. Ce n'était pas un ordre, mais une faveur qu'on lui accordait. Pour la Hiérarque, il lui offrirait sa meilleure flèche. C'était la première fois qu'il voyait la jeune femme, mais elle représentait tout ce qu'il abhorrait le plus : l'autorité et la justice qui l'avaient mis en prison et condamné à la Pourpre. Tuer sa suprême représentante était un honneur qu'il ne pouvait point dédaigner.

L'archer porta la main à son carquois et en tira une flèche à empennage noire. Celle des occasions spéciales, pour lesquelles il apportait un soin tout particulier quant à son élaboration. Il apprécia sa ligne, droite et entièrement lisse, sans rugosité, taillée dans un bois dur et léger à la fois. Il caressa brièvement du bout des doigts les plumes légères de ce grand corbeau noir qu'il avait abattu d'une flèche bien placée, afin d'en recueillir les pennes pour l'empennage. Il les avait prélevées sur son cadavre, les cueillant délicatement sur les ailes, souvent moins usées que les rectrices. En plus d'être elles aussi légères et solides, elles étaient du plus beau noir qui fut. À leur esthétique s'alliait une efficacité redoutable : elles maintenaient ainsi une tenue impeccable à la flèche qui s'envolait vers sa victime. Mais ce qu'il préférait, c'était cette douce ironie qu'il aimait à se rappeler : les plumes dont il se servait provenaient d'un oiseau qu'on associait volontiers au malheur ou au mauvais présage à cause de sa couleur noire. L'archer sourit. *Il était leur malheur.* Une funeste plaisanterie pour ses victimes, qu'il savourait tout particulièrement quand il voyait la vie quitter leurs yeux.

Le chasseur coula son regard à l'autre extrémité du trait, passant délicatement son doigt sur la pointe dentée, sentant le métal froid mordre sa peau. Pour elle, il choisissait un métal dur, fait d'un alliage conciliant solidité et légèreté. La flèche pénétrait les corps avec une facilité déconcertante... Et si, par le plus grand des hasards, une victime un peu plus robuste que les autres survivait à sa flèche, la pointe dentée ôtait toute possibilité de soin : si on essayait de l'enlever, les dents déchiraient les chairs et provoquaient encore davantage de dommages. Si elle n'était pas soignée, la blessure avait de grandes chances de s'infecter, condamnant la victime à la gangrène. Une mort plus lente, mais tout aussi efficace.

L'archer soupesa son chef-d'œuvre avec un plaisir non dissimulé et ajusta enfin l'encoche sur la corde de l'arc. Il étira sans effort le filin, visant soigneusement sa cible en contrebas. Il sentit l'empennage contre sa joue. Sa douceur le fit saliver d'envie. Sa flèche serait mortelle dès le premier tir. L'archer ralentit sa respiration, stabilisa son bras. Guetta le moment propice. La jeune femme ne cessait de bouger, essayant de dégager les chevaux. Elle ne lui facilitait pas la tâche, mais il était patient. Enfin, elle réussit à dévier les bêtes qui s'entêtaient à vouloir aller tout droit. Elle leva son bras pour armer le fouet. L'archer sourit, un éclair passa dans son regard. *Maintenant.* Elle lui offrait son cœur. Alors, il le cueillerait. Il bloqua sa respiration et lâcha la corde. La flèche plongea dans le grand jour.

Intuition. Réflexe. Deux armes plus tranchantes qu'une épée. Deux armes maniées à merveille par la chef des armées du Siège. Son instinct l'avait averti. Ses réflexes prirent la suite. Avant même de voir la flèche, elle l'avait sentie. Quelque part en elle, elle avait vu le trait d'acier. Le temps d'un battement de cœur qui lui parut une éternité, elle ne vit qu'elle-même, debout sur le chariot, le fouet à la main et ce bout de bois mortel qui jaillissait des frondaisons, au ralenti. Elle le vit se rapprocher de son cœur, inexorablement. Rien ne semblait pouvoir l'arrêter. Puis ses doigts se desserrèrent. Elle se vit lâcher le fouet. De son dos poussèrent deux ailes immenses de rapace. D'abord, moignons, elles se mirent à pousser avec célérité, se recouvrant d'abord de plumes petites et fines, puis de grandes et solides rémiges. Dans le même temps, ses articulations naquirent, ses os grandirent, les pennes prirent leur place, longues et larges à la fois. Les ailes crûrent encore et se déployèrent de toute leur taille, jusqu'à dépasser la taille humaine de Daïna. Mais la Hiérarque voyait cette flèche qui continuait à se rapprocher d'elle. Le trait de mort avait déjà parcouru plus des trois quarts du chemin. La jeune femme distingua sa pointe d'acier solidement fixée au bois dur, faite de dents luisantes et tranchantes, son empennage noir reflétant une lumière sombre, de mauvais augure. La flèche continua d'avancer vers elle, grignotant encore un peu plus la distance qui les séparait. Mais elle ne la toucherait pas. Elle n'aurait pas sa vie. Elle sentit ses ailes bouger, fendre l'air. Lentement, elle les vit se rabattre devant ses yeux, se rejoindre, se croiser et former un rempart. Daïna sentit à peine l'impact de la flèche sur ses plumes dures, indestructibles. Le trait ricocha avec un bruit sourd et tomba par terre. Une brindille portée par le vent, heurtant un mur de pierres.

Pour les deux hommes en planque dans l'arbre, la scène s'était déroulée en un éclair. Jamais ils n'avaient vu une Transformation avec une vitesse d'exécution aussi foudroyante. L'incrédulité se peignit sur les traits de l'archer : rares étaient les cibles qu'il avait manquées, Élites compris. Sa consternation et sa frustration étaient d'autant plus grandes qu'il n'avait jamais envisagé l'échec. Ce trait, il l'avait préparé pour des occasions aussi solennelles que celle-ci, et cette infâme Hiérarque venait de tout gâcher ! Elle l'avait privé de sa jouissance de sang ! Serrant les dents pour contenir sa colère, il porta de nouveau la main à son carquois. Il en tira une nouvelle flèche d'un geste rapide et fluide. Un battement de cœur plus tard, il avait ajusté la Hiérarque et décoché son trait visant cette fois-ci l'œil. Comme la précédente, la flèche se heurta de nouveau au rempart de plumes.

« Mais qu'attends-tu pour l'abattre ?! »
Le reproche de son chef sonna sourdement à l'oreille de l'archer. L'ancien stratège lui avait fait confiance et il avait trahi cette confiance. Il ne pardonnerait pas à cette femme, en bas, de l'avoir humilié, lui, le meilleur archer d'Émeraude. Les remontrances de son supérieur, son orgueil blessé de ne voir aucune de ses flèches toucher son but et la colère de s'être vu repoussé une nouvelle fois lui firent perdre toute prudence. Il tira une troisième flèche de son carquois.

À la première flèche, Daïna avait déjà repéré la position de l'archer caché dans le feuillage des arbres. À la seconde flèche, il avait signé son arrêt de mort. Et tandis que les doigts de l'archer glissaient vers son carquois pour en saisir une troisième, la Hiérarque avait bondi dans les airs. Ses ailes appuyèrent sur les couches d'air, comme des mains sur un mur, et elle s'éleva brusquement. Dans le même temps, la fibre de ses vêtements s'étira et laissa passer les plumes sur son corps. Elle sentit ses os craquer, quand ses bras et ses jambes diminuèrent, quand sa cage thoracique augmenta. La douleur sourdit dans ses membres et elle grimaça. À l'inverse d'une Transformation lente, la Transformation rapide était source d'inconvénients douloureux qu'elle avait appris à maîtriser très tôt. Le picotement agréable se muait en une douleur aiguë qui courait dans tous ses os. Les plumes qui poussaient trop vite la démangeaient, au point qu'elle avait envie de s'arracher la peau pour pouvoir mieux les laisser sortir. Il en était de même pour les serres qu'elle sentait croître beaucoup trop vite, au point de croire que ses orteils explosaient. Mais elle savait que cette sensation aussi désagréable puisse-t-elle être n'était que passagère : à chaque fois qu'elle avait eu recours à cette technique de Transformation, elle s'accrochait à l'idée de pouvoir la mener jusqu'à son terme et ressentir la plénitude de l'Aigle.

Aujourd'hui, le déchirement de ses muscles qui se déformaient et hurlaient de douleur était noyé dans l'adrénaline du combat. Daïna flottait à quelques mètres au-dessus du chariot, entièrement métamorphosée en Élite, somptueux Aigle noir, aux plumes bordées de blanc. Les chevaux effrayés par la présence de cet immense rapace s'agitèrent et piaffèrent, cherchant à fuir cet oiseau sorti ils ne savaient d'où. Ils tirèrent sur les courroies qui les retenaient au chariot, sans succès : Daïna avait bloqué le frein d'un coup de pied, juste avant de quitter le siège du conducteur pour les airs. Les chevaux étaient condamnés à patiner sur la terre meuble et à hennir d'impuissance.

Suspendue dans les airs, la Hiérarque battait frénétiquement des ailes pour se maintenir en vol stationnaire. Elle fit voler un nuage de poussière, tandis qu'elle prenait un peu d'altitude. Les violentes bourrasques d'air eurent tôt fait d'éteindre les dernières flammèches sur le toit du chariot.

Sa vue perçante sonda les branches touffues des arbres, tâchant de repérer plus précisément son adversaire et d'apercevoir le détail qui trahirait sa présence. Son regard balaya les écorces, s'imprégnant de son environnement dans ses moindres aspects. Ses yeux voyaient absolument tout : entre les écorces brunes de ces arbres, parfois blanches ou rendues vertes par les lichens qui y poussaient, elle aperçut une vie grouillante dans et sur la rugosité de cette enveloppe. Des fourmis rampaient en colonie vers le pied de l'arbre, les mandibules chargées de nourriture faisandée ; les élytres des grillons se frottaient l'un contre l'autre, avec ce mouvement saccadé qui produisait cette sonorité si particulière ; elle croisa les yeux d'une araignée qui bondissait sur sa proie si vulnérable, tandis que sur une autre branche, une chenille rampait paresseusement en laissant derrière elle la traînée brillante de son mucus qui servirait bientôt à construire son cocon. Le regard de l'Aigle remonta encore, perça à travers les rainures des feuilles abîmées par de gourmands et minuscules pucerons, traversa les espaces des frondaisons et… s'arrêta sur l'œil brun d'un homme.

L'homme bougea, nerveux, et parla à un compagnon invisible, d'une voix brève, rendue inaudible dans le bruit ambiant. Elle remarqua à peine les taches rouges de sa joue et suivit des yeux la direction de celui qui semblait être le chef. Les feuilles gênaient sa vision, mais elle put s'assurer d'une chose : le donneur d'ordres était là. Un peu plus loin sur sa droite, la lumière se refléta sur une pointe de métal qui lui sembla de bonne facture, propre, à l'empennage noir, identique à celles qu'on lui avait destinées quelques secondes auparavant. Elle remonta le fût du trait, vit des bras velus protégés par des bandes de cuir souillées de transpiration et de marques plus sombres rappelant furieusement du sang. Une épaule musclée, habituée à tenir un arc, une barbe en broussaille, des lèvres déformées en une grimace de dépit, des yeux fixes et concentrés mais qui perdaient peu à peu patience. Un deuxième homme, un archer, toute sa concentration tendue vers sa cible. Sur elle.

Soudain, Daïna en eut assez. Assez de ce voyage, assez d'une mission qui ne se déroulait absolument pas comme prévu, assez de ces hommes qui se croyaient plus malins que les autres pour la tuer. La jeune femme laissa éclater sa colère. Ses ailes se déployèrent de toute leur envergure, recouvrant de leur ombre chariot et chevaux paniqués. Au-dessus d'elle, les deux derniers combattants de l'embuscade commencèrent à relever la tête quand ils entendirent l'imposant rapace pousser un cri strident. Sans savoir comment, ils surent qu'un orage était sur le point d'éclater. Une peur irraisonnée vint les saisir à la gorge et leur étreignit la poitrine. Quelque chose se préparait. Quelque chose qui ne présageait rien de bon pour eux. Dans les yeux de Daïna, sa rage et sa détermination explosèrent.

L'ancien stratège eut tout à coup un mauvais pressentiment. La Hiérarque s'était transformée en Aigle et avait subitement déployé ses ailes. Une sueur froide lui paralysa l'échine. Il avait commis une erreur. Il avait sous-estimé la femelle. Fébrilement, il récapitula mentalement toute l'opération. Il avait suivi toutes les directives à la lettre ! Même lui avait dû reconnaître la finesse de cette stratégie quand on lui avait transmis ce brillant traquenard. Il avait seulement eu à le mettre en œuvre. Comme cela avait été décidé, il avait organisé ce guet-apens spécialement dans les arbres, pour empêcher la jeune femme de faire appel à ses Capacités. Trop d'arbres, pas assez d'espace, une vision de l'adversaire gênée par l'abondance de la végétation, un chariot encombrant, des hommes fatigués par le voyage. Tous les paramètres avaient été pris en compte pour maximiser ses chances de réussite. Il avait minutieusement préparé le plan, tout exécuté dans les moindres détails. L'opération était parfaite. Il n'avait eu qu'à choisir le meilleur emplacement, en suivant les recommandations de temps et les ordres de son commanditaire : il avait obéi, mais il était en train d'échouer ! On ne lui laisserait pas la vie sauve, il pouvait en être certain. Cette Hiérarque avait causé sa perte !

Le stratège commença à tâtonner du pied pour chercher un peu plus bas une branche suffisamment solide pour supporter son poids. Un léger sifflement s'échappa de ses lèvres, en direction de l'archer. L'homme le regarda d'un air étonné, puis voyant l'air grave de son supérieur, comprit aussitôt et s'apprêta à abandonner son poste avec regret. Lui-même ne décolérait pas de son propre échec, mais les ordres étaient les ordres. Il enfila précipitamment son arc sur ses épaules et entreprit à son tour de descendre agilement de l'arbre. Le chef des brigands trouva enfin une branche solide et y posa ses pieds avec prudence. Comme pour se rassurer de la marge de manœuvre qui lui restait face à la Hiérarque en colère, il coula un regard vers cette dernière. Et ce qu'il vit lui glaça les sangs. Son intuition ne l'avait pas trompé. Elle les avait repérés. À travers un trou dans la frondaison, il croisa son regard et y lut sa mort. Affolé, il poussa un cri vers l'archer. La discrétion n'était plus de mise, seule comptait leur vie.

« Attention ! »

Son avertissement vint trop tard. Avec un hurlement de terreur, incapable de l'éviter, le chef des brigands vit la mort fondre sur lui.

L'Aigle referma brutalement ses ailes et déchaîna sa furie : des plumes destructrices jaillirent de ses rémiges, propulsées par l'implacable volonté de Daïna. Elles fendirent l'air et se précipitèrent vers l'arbre qui abritait l'archer et son supérieur. Ce dernier ne vit rien d'autre qu'une myriade de points noirs fondre en un éclair sur leur refuge. Une demi-seconde de silence, puis un déchaînement de violence.

Par dizaines, les plumes meurtrières s'abattirent, déchirèrent feuilles et ramures, et firent voler l'écorce en éclats. La puissance d'impact était telle que l'arbre tout entier sembla pris de convulsions moribondes, tressautant, saisi d'un tremblement d'agonie. Les deux hommes furent criblés de ces traits plus effilés qu'une épée et plus puissants que leurs propres flèches. Une rémige plus longue et plus large que les autres traversa le chef de l'embuscade de part en part et l'empala contre le tronc de sa cachette. La plume le maintint contre l'arbre, fiché comme un échalas empêchant la plante de tomber. Le sang de l'homme s'écoula de ses multiples blessures, rouge et brillant, pour nourrir le bois blessé.

L'archer n'eut guère plus de chance : les plumes le transpercèrent de la même manière que ses flèches transperçaient ses victimes, réduisant ses membres et ses organes en lambeaux. Sous l'assaut de ces dizaines de dards, l'homme fut projeté en arrière et tomba comme une pierre, entraînant dans sa chute les branches fragilisées par la brutalité de l'attaque. Son âme l'avait déjà quitté avant qu'il ne touche le sol. Il atterrit avec un bruit mat, ponctué par les craquements mélangés des brindilles et de ses os brisés. Les feuilles déchiquetées retombèrent légèrement et le recouvrirent comme un linceul, tandis que le rideau de branches touffues s'écartait devant le chef des brigands, le découvrant en héros tragique d'une sinistre pièce de théâtre.

Quand les derniers bandits découvrirent leur chef empalé, exhibé dans cette funeste mise en scène, ils abandonnèrent le chariot et les Élites qui le défendaient encore pour fuir à travers les bosquets et s'enfoncer dans les bois, loin d'une mort brutale et de la traque que menaient Limane et les Gardes encore debout.

Daïna jeta un regard tout autour d'elle. Les prisonniers étaient saufs et la victoire acquise. Elle aurait dû être satisfaite, mais un détail avait attiré son attention. Un détail qui la troublait et remuait en elle une angoisse indescriptible. Battant doucement des ailes pour se poser en douceur sur le sol, son œil de rapace continuait de fixer les joues sales de cet homme qui avait lancé l'embuscade. Les taches pourpres lui firent l'effet d'un coup de poignard dans l'estomac. Des… *Parias !?* Une totale incompréhension s'abattit lourdement sur ses convictions, fendillant le socle de ses certitudes. Elle vacilla, n'osant croire ce qu'elle voyait. Quand ses pieds nus touchèrent le sol, le contact frais de la terre humide résonna avec cette sueur glacée qui l'enveloppait maintenant comme un manteau d'effroi.

Dans un dernier sursaut, l'Ours-Garde planta ses griffes déjà ensanglantées dans les gorges des deux bandits qui s'échinaient à le larder de coups, trop terrifiés pour sortir les longues lames qui pendaient à leur ceinture. Voleurs ils étaient, et voleurs ils restaient, plus habitués à manier le coutelas que l'épée. Ils glissèrent à terre dans un gargouillement sanguinolent, émettant un dernier son d'incrédulité aussitôt noyé dans le torrent de sang qu'ils vomissaient. Le Garde contempla ses deux victimes. Il respirait difficilement. Il se sentait vidé de ses forces. Tout son corps le faisait horriblement souffrir. Son dos devait ressembler à celui d'un hérisson. Il avait perdu le compte des impacts après quatre flèches. Maladroitement, ses griffes essayèrent d'arracher un des traits planté dans son thorax, un de ceux qui avait traversé son armure de cuir. Il ne réussit qu'à le rompre. La flèche brisée bougea dans ses entrailles. Le Garde toussa. Sa gueule garnie de crocs éructa un liquide rosâtre, mélange de salive et de sang – le sien aussi bien que celui de ses ennemis. Puis le sang se mit à jaillir, une pointe avait dû toucher son poumon. Il s'effondra dans un râle, aussitôt interrompu par un cri de douleur quand sa chute enfonça un peu plus les dards acérés des flèches dans sa chair, déchirant davantage ses intérieurs. Le guerrier d'Émeraude mourut, et son corps reprit peu à peu forme humaine. Un homme valeureux s'était éteint. Du moins était-ce ainsi que le vit Limane.

Il avait vu l'Ours terrasser ses adversaires, malgré des blessures qu'aucun homme sans Capacité n'aurait pu supporter. De son côté, il avait cloué au sol un autre de ces bandits. C'était le dernier. Avant lui, il en avait tué d'autres, faisant virevolter son épée avec une grâce et une précision que lui envièrent ses compagnons de combat. Le vieil homme avait l'expérience du combat, l'entraînement quotidien du militaire et la volonté d'un jeune homme. Certes, il fatiguait plus vite, mais il essayait de compenser cette faiblesse par la fluidité de ses mouvements, l'économie de gestes inutiles et la rapidité des coups portés. Un mélange qui avait parfaitement démontré son efficacité contre cet homme jeune et vif, armé d'une courte épée. Limane avait porté un coup du haut vers le bas que l'homme s'était empressé de parer en plaçant sa lame devant lui. Limane saisit tout de suite son opportunité : son adversaire avait omis de sortir de l'axe de son épée pour absorber l'onde de choc. Puisque son coup avait manqué de puissance et plutôt que de retirer sa propre lame pour porter un nouvel assaut, le vieux soldat s'était servi du coutelas comme un appui et avait aussitôt fait glisser son long tranchant sur l'arme courte de son adversaire. L'épée avait pénétré sans effort dans la gorge du brigand, surpris par une botte qui lui avait fait comprendre son immense ignorance dans les subtilités de l'escrime. Le malandrin tomba en arrière, laissant choir son arme dans les feuilles mortes, son corps mou avachi contre les racines protubérantes d'un arbre. Limane imprima une rotation à sa lame et sectionna la carotide. Le bandit expira dans un dernier grognement. Il s'attarda un instant sur le cadavre. Non pas que le vieux soldat éprouva un quelconque regret à tuer un homme, mais il sentit une terrible appréhension l'envahir. Il regarda le torse de son adversaire moribond. Celui-ci portait une simple tunique, sans manche, ouverte sur le torse. Il écarta le tissu de la pointe de son épée et un profond malaise s'empara de lui. Sur la poitrine du bandit, une marque d'un rouge profond, irrégulière, s'étalait sur la peau blanche, de même nature que celle qui tachait les joues de son chef. L'incrédulité se peignit sur les traits de Limane. La Pourpre. Cette couleur qui révélait la vraie nature des hommes qui la portait. *Les Parias*. L'avenir s'annonçait d'une noirceur terrifiante…

D'un air sombre, Limane observait la scène du guet-apens. Les combats étaient terminés. Mais pouvait-il parler de victoire ? Le sol était jonché de cadavres des deux camps. Un grand nombre de Parias étaient morts et presque tous les soldats d'Émeraude gisaient sur le même sol. Les autres devaient être étendus sous le couvert des arbres, avec la forêt pour seul linceul. Il s'approcha des deux derniers Élites encore en vie qui agonisaient un peu à l'écart du chariot, entourés de multiples cadavres. Ils l'avaient défendu jusqu'au bout. Maintenant, ils étaient des hommes qui se vidaient de leur sang. L'un avait déjà expiré le temps que Limane arrivât à lui. Pour l'autre, ce n'était qu'une question de minutes. Il poussait des râles, à l'agonie, cherchant sa respiration avec difficulté. Son regard se posa sur Limane. Ses yeux emplis de douleur passèrent un message. Le vieux soldat s'agenouilla près du soldat, tira un couteau de sa botte et lui trancha la gorge. Le regard reconnaissant, le soldat d'Émeraude rendit son dernier soupir.

Limane soupira. Il était triste. Il leur devait la vie, à eux tous ainsi qu'à son cheval dont il s'était servi comme bouclier. Tous ces soldats avaient accompli leur devoir de militaire et s'étaient sacrifiés. Sans le renfort impromptu des soldats d'Émeraude doués de Capacités, il serait lui-même à leur place, soit trépassé, soit en train d'agonir et d'attendre cette mort qui tardait, occupée à faucher ses compagnons. Quant aux soldats du Siège, aucun n'avait survécu aux flèches. Le vieux soldat était dur au mal, mais les années passant, il avait développé une sensibilité que les plus jeunes prenaient pour de la faiblesse. Non, il comprenait simplement mieux que la vie que les dieux leur octroyaient était bien trop précieuse pour être gaspillée. Mais cela, tout le monde le comprenait lorsqu'il était trop tard, lorsque tous étaient au crépuscule de leur existence. Cette embuscade était un gâchis d'existences. Même la terre avait du mal à absorber tout le sang qui avait coulé tellement elle en était gorgée, comme si elle rejetait ce trop-plein de liquide, gluant et indigeste.

Limane regarda Daïna. La jeune femme avait retrouvé sa forme humaine et terminait de remettre rapidement ses bottes de cuir qu'elle avait dû laisser tomber durant la Transformation trop rapide. Son visage était dur. Il la connaissait : rien ne transparaissait, mais intérieurement, elle bouillonnait. Elle ne se laissait pas affecter pour le moment, parce que sa mission primait. Quiconque ne la connaissait pas voyait en elle un être sans cœur, sans âme. En réalité, elle se tenait pour responsable de la vie de ses hommes, et chaque vie perdue était pour elle une défaite qu'elle encaissait à chaque fois douloureusement. Limane s'approcha doucement.

« La mort a moissonné un grand nombre d'hommes aujourd'hui… »
Le ton était amer, triste. La Hiérarque hocha la tête, l'esprit ailleurs. Elle voyait quelque chose d'incohérent :

« C'est étrange, tu ne trouves pas ?…

– Oui. C'était plus qu'une simple embuscade. Et sur les terres du Siège qui plus est… », approuva le vieux soldat.
Il fit un geste vers les cadavres :

« Trop d'organisation, trop de moyens… Trop de… *Parias*… Depuis quand peuvent-ils se mouvoir comme ils le font ? »
Limane secoua la tête avec véhémence.

« Non, décidément, quelque chose ne va vraiment pas. »

Daïna se figea. Limane remarqua tout de suite son air inquiet.

« Qu'y a-t-il ?

– La prisonnière… »

Le vieux soldat se retourna précipitamment et dut se rendre à l'évidence : la jeune fille enfermée dans le chariot avait disparu. Enjambant les cadavres et manquant de trébucher dans les ornières, ils se hâtèrent promptement vers la prison roulante. Le colosse n'avait pas bougé, toujours inconscient, étranger au monde qui l'entourait. Ils ne purent que mieux constater que la fille de l'Aïrétion avait fui, en laissant derrière elle un chariot éventré. Les épais barreaux de bois avaient littéralement éclaté, découvrant un trou béant hérissé d'échardes. Daïna ramassa un des morceaux par terre et l'examina. Ils ne portaient aucune trace de sang, ou bien d'un quelconque détail qui aurait pu déterminer l'origine de ce dégât. Elle jeta un coup d'œil aux chevaux. Ils étaient nerveux, mais cela aurait pu tout aussi bien être l'entêtante odeur de sang, les cris ou… autre chose. Elle regarda de nouveau attentivement l'épais barreau, cherchant à comprendre ce qui l'avait fracassé. Mais une seule évidence s'imposa à eux :

« Ils ont été brisés par une force incroyable, et… »

Le regard de Daïna remonta vers les barreaux.

« …De l'intérieur… ? »

Cette pensée la frappa de toutes ses forces. Limane avait suivi son regard et leurs yeux se posèrent en même temps sur Béroc. Il avait conclu la même chose qu'elle.

Sans ajouter un mot, Daïna fit un signe impérieux à Limane. Il comprit tout de suite et dégaina promptement, à peine entendit-on la lame sortir du fourreau, glissa sa lame entre deux barreaux et pointa d'estoc sur la gorge de Béroc, prêt à lui trancher les artères s'il manifestait la moindre réaction suspecte.

Sans plus de cérémonie, la Hiérarque se hissa sur le bord du chariot et frappa le prisonnier à toute volée. Le bruit sec de la gifle se perdit dans la forêt. Aucune réaction. Elle approcha prudemment la main du visage de Béroc. Elle attendit un instant, mais ne fut pas sûre de sentir l'air expiré sortir du nez de son prisonnier. Limane retint son souffle. Daïna avança encore sa main, retenant sa respiration, prête. Elle voulait en avoir le cœur net. Elle se pencha dans le chariot et se mit sur la pointe des pieds. Limane serra plus fermement la garde de son épée. La jeune femme tâtonna un instant. Elle toucha du bout des doigts la gorge de son prisonnier inconscient. Aucune réaction. Elle déplaça ses doigts sur le côté du cou, où se trouvait la carotide saillante. La jeune femme appuya légèrement, tâchant de sentir une palpitation qui trahirait Béroc : un battement accéléré dû à une peur, une excitation ; ou bien un battement plus modéré, qui témoignerait d'une parfaite maîtrise de ses émotions, d'un homme plus dangereux encore. Mais elle ne sentit rien. Elle appuya un peu plus fortement sur la jugulaire, guettant un signe. Et là, tout doucement, du bout des doigts, elle sentit une pulsation ténue. Six ou sept secondes s'écoulèrent, puis le petit battement reprit. Elle attendit un instant, puis secoua la tête. Non, décidément, il était inconscient. Daïna retira ses doigts, Limane, son épée. La jeune femme était aussi incrédule que furieuse.

« Non, c'est elle ! C'est la gamine ! J'en suis sûre ! »
Daïna se précipita vers les chevaux attelés – épargnés par miracle –, distribuant ses ordres en même temps qu'elle se démenait à détacher l'un des deux animaux. Le vieux soldat se hâta de l'aider.

« Limane ! Le Siège n'est plus très loin. Rentre avec le prisonnier et ne ménage pas le cheval !

– À vos ordres, Hiérarque. Mais vous ? »

Limane ôta adroitement les attaches qui maintenaient un des chevaux au chariot.

– Je pars à sa recherche ! Elle n'a pas pu aller bien loin. Je te rejoindrai dès que je l'aurai trouvée. »
Le vieux soldat acquiesça sans grand enthousiasme. L'idée de laisser partir Daïna, dans la forêt, avec des Parias pour seule compagnie ne l'enchantait pas plus que ça.

« Soyez prudente. Cette jeune fille ne semble pas ordinaire.

– En effet. Assure-toi que son père trouve sa place dans nos cachots.

– N'ayez crainte, je m'en occuperai personnellement. »
Daïna monta lestement sur sa nouvelle monture, à cru et piqua des talons dans ses flancs. Le cheval de trait fit un bond en avant. Elle s'enfonça dans la forêt sans un regard, ni un mot en arrière. Dès qu'elle eut disparu, Limane rectifia rapidement les attaches sur le cheval restant, monta prestement sur le chariot, desserra le frein et fit claquer le fouet sur la croupe de l'animal. Avec un hennissement, celui-ci bondit à son tour sur le chemin. Le chariot disparut au premier détour du chemin, laissant derrière lui une scène de massacre déjà envahie par des charognards de toutes espèces.

*
*   *

Daïna galopait à vitesse modérée. Elle s'était enfoncée dans la forêt en essayant de trouver le signe qui pourrait la mener directement à la jeune fille. Mais tout ce qu'elle voyait pour le moment était une multitude de pistes désordonnées, prenant la forme de branches brisées dans des courses incohérentes trahissant les signes d'une fuite, d'une panique ; d'empreintes de pas laissées dans la terre meuble, entrecroisées, mélangées, s'éloignant dans différentes directions par groupes de deux, trois ou plus ; de traces de sang aussi, et de cadavres mutilés par les griffes et les crocs des Ours d'Émeraude. Rien qui ne pouvait l'aider. Elle ralentit sa monture, observa attentivement les environs, mais ne trouva rien. Elle devait faire vite. Chaque seconde qui passait lui faisait perdre un peu plus sa cible.

Elle commença à décrire des cercles toujours plus larges à sa monture, scrutant chaque détail de la forêt qui pourrait l'amener sur la piste de sa prisonnière, isolant chaque bruit, chaque craquement qui retentissait dans ces bois, essayant d'identifier une bête ou un homme, une fuite ou… une traque ? Daïna tira sur les rênes de sa monture, qui s'arrêta. Elle mit pied à terre et, intriguée, se pencha sur des empreintes qui s'éloignaient du chemin. Une empreinte de sandale en cuir était imprimée dans la boue d'une flaque à peine asséchée. Petite et fine, elle se différenciait des autres empreintes qui l'entouraient, faites par des chaussures de cuir grossier, évoquant des articles rudimentaires et bon marché ou réparés de manière sommaire faute de moyens. Ce qui inquiétait la jeune femme, c'était que ces empreintes grossières – d'hommes, assurément – partaient dans la même direction que l'empreinte qui l'intéressait. Était-elle en fuite ? En fuite ET poursuivie ? Rien n'était moins sûr. Une jeune fille constituait une proie de choix pour les coupe-jarrets de cette espèce, Paria ou non.

Et si c'était bien le cas pour ce dernier point, cette pensée ne l'amusait pas du tout. Non pas qu'elle eut peur de ces hommes tachés de pourpre, mais son intuition lui disait de se méfier. D'une part, ces Parias étaient inhabituellement vivaces et maîtres de leur corps. D'autre part, la jeune fille ne paraissait pas aussi frêle qu'elle en avait l'air. Elle-même devrait progresser avec précaution. Daïna remonta sur son cheval, donna un léger coup de talons et sa monture repartit au petit trot.

Les traces continuaient de s'éloigner du chemin et progressaient à travers les bois sur plusieurs dizaines de pas. Elle aperçut une petite tache bleue sur un bosquet de ronces. Elle se remémora la robe de la jeune fille. Ce bout de tissu la convainquit qu'elle était sur la bonne piste. Les empreintes allaient tout droit, puis elles disparurent quand la terre se fit plus dure. Le cheval progressait à présent avec plus de difficultés. La végétation se faisait plus dense et la Hiérarque était obligée de progresser le plus souvent couchée sur l'encolure de l'animal. Daïna ne quittait pas la piste des yeux. Elle savait à présent avec certitude que la prisonnière était poursuivie. Et les hommes qui la traquaient n'avaient pas ménagé leurs efforts : des branches avaient été brisées, d'autres arrachées, des lambeaux de vêtements déchirés avaient été laissés sur les ronces et quelques menues traces de sang marquaient même la verdure. Par moment, la jeune femme ne voyait même plus les empreintes laissées par la jeune fille : les poursuivants avaient écrasé de tout leur poids l'herbe et les différents obstacles sur le chemin. La Hiérarque progressait sur un boulevard d'indices. De temps à autre, elle tendait l'oreille, essayant de surprendre un bruit, un son, qui trahirait une présence dans les environs. Seuls les oiseaux lui répondaient par de joyeux trilles, ou bien le vent dans les arbres, faisant siffler les ramures et craquer les troncs.

Daïna avait à présent parcouru plusieurs centaines de mètres sur un terrain devenu légèrement ascendant, quand elle arrêta brutalement sa monture. Elle tira sur le licol de la bête écumante et tourna légèrement la tête sur la droite. Quelque part, un peu plus loin, étouffé par le rideau d'arbres et de feuilles, venait de résonner un cri de terreur qui lui fit froid dans le dos. Un cri aigu, brusquement étranglé, coupé net. La Hiérarque lança son cheval au galop, forçant la pauvre bête à travers les branches enchevêtrées qui lui griffaient le poitrail et les ronces qui lui piquaient les paturons, s'enfonçant dans la chair tendre de ses jambes. Sa robe baie fut bientôt maculée d'un sang noir, se confondant presque avec le brun foncé de son pelage. Le cheval avait beau protester, hennir de douleur, renâcler sans cesse, Daïna l'aiguillonnait sans pitié vers l'avant. Elle avait conscience qu'elle le poussait dans ses dernières limites, mais elle devait à tout prix arriver sur les lieux avant qu'il ne soit trop tard. Le Grand-Prêtre ne lui pardonnerait certainement pas la mort de la fille de cet Aïrétion de malheur.

La jeune femme pesta une dernière fois contre cette végétation trop luxuriante, en se promettant d'y mettre plus tard un coup de rabot, lorsqu'elle émergea soudainement dans une grande clairière. Elle en eut presque un haut-le-cœur. Elle avait beau avoir l'estomac bien accroché, ce qu'elle vit la révulsa. Le spectacle qui s'offrait à elle était tout simplement sanglant. Elle s'était attendue à voir une jeune fille en prise à plusieurs hommes, mais elle tomba sur un amas de chairs sanguinolentes, viscères fumants, jambes, bras et troncs épars ; bref, tout ce qui avait dû autrefois former des hommes. Voir du sang ne la dérangeait guère, cependant ces tripes ouvertes, répandues en tas luisants sur une herbe à présent rouge, ces membres déchirés et séparés des corps avec une violence inouïe, lui soulevaient le cœur. Elle mit une main devant son nez et sa bouche pour freiner cette puanteur qui s'insinuait dans ses narines et lui remuait l'estomac.

« Par tous les dieux… »

Cette pensée déferla en elle comme une vague déchaînée. Avec elle, un doute. Elle se força à regarder, mais dut bien se rendre à l'évidence : il n'y avait nulle trace de la jeune fille. Poursuivait-elle vraiment une prisonnière ? Ou bien un monstre ? Daïna n'était plus sûre de rien. Si sa prisonnière était vraiment ce monstre, pourquoi ne s'était-elle pas enfuie lorsqu'elle les avait faits prisonniers sur la plage, avant même que Limane n'arrive en renfort ? La jeune femme n'eut pas le temps de s'appesantir sur la chose et tourna brusquement la tête : un craquement venait de retentir. Tout proche.

Chapitre 18

Théïa sursauta quand la fiole explosa sur le toit. Son père n'avait pas bronché, retombé depuis dans une torpeur devenue habituelle ces derniers jours. Une vague de chaleur envahit la petite prison et une inquiétante odeur de roussi se faufila jusqu'à ses narines. Aussitôt, et à sa grande frayeur, elle aperçut une nuée de flèches s'abattre tout autour du chariot, transperçant les soldats d'Émeraude et du Siège sans distinction. Effarée, elle vit s'amonceler les cadavres. Puis, la pluie de flèches cessa. Par chance, aucune n'avait traversé les barreaux, seulement ricoché ou – plus effrayant – s'était plantée dans un barreau, le traversant de part en part en éclatant le bois. Soudain, des cris sauvages retentirent et des hommes – des monstres ? – portant des peintures de guerre rouges surgirent de la forêt, avec des intentions on ne peut plus claires sur la manière dont ils envisageaient l'avenir du convoi.

Théïa serra son père dans ses bras, observant autour d'elle l'issue d'un combat meurtrier qui paraissait nettement tourner à l'avantage des assaillants. Elle allait mourir, ils allaient lui faire subir mille tourments avant de la tuer, à moins que… Théïa regarda son père inconscient. *L'occasion.* Il avait parlé d'une occasion qui lui aurait permis de fuir. Parlait-il de cet instant ? Les muscles tremblants et le cœur battant la chamade, elle patienta.

La tension qu'elle éprouvait ne cessa de grandir. Elle regarda autour d'elle, plusieurs minutes s'écoulèrent. La Hiérarque et son bras droit, un vieux militaire, revinrent au galop vers le chariot, leurs chevaux criblés de flèches et sur le point de s'effondrer d'une seconde à l'autre. À sa grande surprise – fascination aussi –, les gardes près du chariot qu'elle avait cru tout d'abord morts se relevèrent, changeant progressivement de forme. Ils se mirent aussitôt à repousser les bandits qui se précipitaient vers elle et son père. Le choc des lames et des griffes retentit avec force.

La jeune fille se tourna vers Béroc. Son père ne réagissait toujours pas. Il avait pressenti ces combats. Il lui avait donné un ordre. Jamais il n'aurait exigé quelque chose qui mette sa vie en danger. Combien de fois l'avait-il sermonnée quand elle jouait trop près des cours d'eau qu'il jugeait dangereux ? Non, il la sauvait. S'enfuir faisait partie des règles de survie que son père lui avait enseignées. « Au cas où », disait-il. Béroc avait-il déjà imaginé une situation comme celle-là ? Aucune idée. Pourtant, rester enfermée serait se condamner. À la torture ou à la mort. Le choix était restreint et, dans les deux cas, ni envisageable, ni convaincant. Théïa se blottit contre lui. Elle avait besoin de se rassurer. Mais elle obéirait. Dans le fracas des cris et de l'acier, elle serra la main de son père. Une nouvelle résolution s'empara d'elle. Dans ses yeux verts brilla une larme fugitive, vite écrasée d'un revers agacé. Elle devait être forte. Malgré sa peur, elle se força à observer les évènements, son environnement.

Son regard se posa sur les assaillants. Elle les regarda attentivement, cherchant à comprendre. Pourquoi les attaquaient-ils ? Théïa sursauta. Ce qu'elle avait d'abord pris pour des peintures de guerre était en fait des marques rouges, parfois crevassées ou accompagnées de croûtes, lisses ou rugueuses, similaires à des taches de sang irrégulières et indélébiles. Non, pas indélébile. Elle plissa les yeux. Cette espèce de couleur rouge se confondait dans leur peau. Elle n'avait jamais vu ça. Après un effort de mémoire, elle se rappela vaguement quelques bribes de conversations, quand certains des étudiants qu'elle avait côtoyés en discutaient d'un ton méprisant, s'amusant à les chasser à coup de pierres quand ils osaient s'aventurer trop près des maisons. Ces *Parias*… Elle ne se rappelait pas d'avoir lu quelque part qu'ils étaient aussi dangereux…

La jeune fille secoua la tête. Il fallait qu'elle arrête de penser à ça : elle devait se concentrer sur sa fuite, et guetter le moment propice pour s'échapper. Sa peur n'avait d'égale que sa résolution. Elle réussirait. Puis l'odeur du sang frais arriva jusqu'à elle, entêtante et portée par le vent. Théïa en eut un haut-le-cœur. Cette fragrance douceâtre lui donna envie de vomir. Comment les hommes pouvaient-ils aimer verser le sang et se battre à ce point ? Elle raffermit sa volonté et continua d'observer.

De chaque côté du chariot, les Élites versaient les entrailles de leurs adversaires de leurs larges griffes ou leur déchiquetaient la gorge avec les crocs, peu importe la manière pourvu que le résultat soit là. Mais les soldats d'Émeraude faiblissaient. Leur fourrure était à présent poisseuse de leur propre sang, leurs mouvements se faisaient plus lents, les flèches plantées dans leur corps se faisaient plus pesantes dans les blessures, et les Parias, malgré leurs nombreuses pertes, redoublaient d'ardeur, se rapprochant de plus en plus du chariot. Théïa était prête à vendre chèrement sa vie pour défendre son père, quand un mouvement de recul des assaillants et leur regard terrifié l'intriguèrent. Elle sentit dans son dos un violent courant d'air qui fit voler ses cheveux. Elle se retourna et eut un hoquet de surprise : un Aigle gigantesque se tenait maintenant en lieu et place de la Hiérarque ! Il volait à basse altitude, battant frénétiquement des ailes avec une colère à peine contenue. Théïa frémit : l'Aigle allait attaquer ! Le cœur battant la chamade, elle continua de surveiller les alentours. Les Élites continuaient de batailler ferme pour rester en vie, pendant que les derniers Gardes encore debout et le vieux soldat repoussaient les Parias dans la forêt. Plus personne ne faisait maintenant attention à elle. C'était le moment. La jeune fille murmura un adieu silencieux à son père. Elle reviendrait. Son regard vert se durcit. *Maintenant !*

*

* *

Théïa courait à perdre haleine. Ses pieds paraissaient à peine toucher le sol. Depuis qu'elle avait quitté le chariot quelques instants auparavant, elle avait livré une course effrénée, voulant mettre le plus de distance possible entre elle et ses ravisseurs avant même qu'ils puissent comprendre qu'elle s'était échappée. Elle courait, sautant par-dessus les obstacles avec agilité ; ses cheveux volaient dans le vent de sa fuite, s'accrochant parfois à une branche, sitôt arrachés sans une grimace de douleur, laissant derrière elle une mèche blonde. Quelques feuilles volaient après son passage, retombant ensuite mollement sur le sol. Son cœur battait à tout rompre, cognait dans sa poitrine, donnant le rythme de sa course folle. Elle avait peur, mais elle était déterminée. Elle réussirait, c'était tout ce qu'elle savait et c'était tout ce qui comptait.

Elle courut encore quelques mètres, puis ralentit. Elle avait laissé le chemin loin derrière elle, loin des cris et du sang. Loin de son père, aussi. Et cette épuisante échappée avait mis ses muscles endoloris à rude épreuve. Sa longue période d'enfermement les avait malmenés et ils protestaient contre cet effort soudain qu'elle leur imposait. Elle avait déjà le souffle court et un point de côté commençait à faire sa désagréable apparition. Elle ralentit encore le pas, respirant doucement pour calmer la douleur sur son flanc. À son grand soulagement, celle-ci disparut rapidement. Elle fit encore quelques pas, essayant de relâcher un peu de cette tension qui l'accablait depuis son départ d'Émeraude. Lorsqu'un bruit de cavalcade retentit derrière elle.

Des rires bruyants résonnèrent à ses oreilles, gras et vulgaires. Terrifiants. Théïa sentit une sueur glacée l'envelopper. Sans se retourner, elle se remit à courir de plus belle. Elle se fraya un chemin à travers la végétation, bondissant à nouveau par-dessus les souches ou les trous du terrain, se faufilant ou glissant souplement sous les branches que la foudre ou le vent avait abattues. La jeune fille risqua un regard en arrière, brièvement. La sueur glacée se transforma en fièvre brûlante. Trois hommes couraient, tachés de cette pourpre qu'elle avait déjà remarquée sur les lieux de l'embuscade. Ils avaient dû faire partie du guet-apens, mais ces couards avaient dû fuir dès qu'ils avaient vu les soldats d'Émeraude se transformer en Élite. Ils avaient peut-être observé la scène de loin, prêts à revenir si la situation s'arrangeait. Puis ils avaient probablement surpris son échappée dans les bois, quand elle avait pénétré dans la forêt. Maintenant, ils la pointaient du doigt, s'esclaffant. Cette petite course ne leur déplaisait pas, surtout à la vue du joli trophée qu'ils gagneraient s'ils la rattrapaient.

Habillés de vestes et de pantalons défraîchis, salis par la crasse d'une nourriture grasse, de transpiration et d'immondices, ils empestaient la mort à plein nez. Leurs trognes étaient toutes aussi répugnantes, vérolées, les yeux rendus chassieux par l'excès de mauvais alcool ; leurs lèvres décharnées s'étiraient en un rictus cruel, dévoilant des dents – ou ce qu'il en restait – noircies et jaunies par un manque patent d'hygiène, qui leur pourrissait maintenant la mâchoire. La jeune fille n'osa imaginer l'haleine putride qu'ils devaient exhaler, tout comme devait sûrement être putréfié leur vit, décomposé par les infections vénériennes contractées dans des entrailles souillées par la gangrène.

Elle croisa le regard d'un de ses poursuivants. Ses intentions ne lui firent aucun doute : ils l'attraperaient, ils la violenteraient et la tueraient dans des souffrances qu'elle se força à ignorer. Elle devait surtout se concentrer sur les obstacles qui jonchaient son chemin et qu'elle n'évitait parfois que de justesse. Elle maintint son rythme effréné, ne se souciant plus des branches qui lui fouettaient le visage, des ronces qui lui écorchaient les mains. Elle sentait la peur l'envahir, comme un serpent sinueux et implacable qui n'attendait plus qu'un moment d'inattention de sa proie pour fondre sur elle.

« Sus à la pucelle ! »

C'était un homme maigrelet, aux bajoues tombantes, qui avait beuglé ces paroles dans un gros rire. Ses yeux puaient le vice et Théïa en eut la nausée. Elle essaya d'accélérer encore. Les brigands se rapprochaient d'elle, petit à petit. Elle faiblissait, mais elle s'accrochait à sa peur, seule drogue capable de la faire tenir. Elle émergea brusquement dans une grande clairière, assez grande pour accueillir le campement d'une dizaine d'hommes. Elle eut un instant de surprise, ralentie, éblouie par le soleil qui frappait cet espace découvert, fleuri d'une herbe verte semée de champignons blancs. Elle reprit rapidement ses esprits et sa fuite de plus belle. Les bandits se rapprochèrent encore : dans cette clairière sans obstacle, ils gagnèrent du terrain sans difficulté. Elle entendait presque leur souffle rauque dans son cou, leur haleine fétide recouvrir sa peau de longs effluves poisseux et méphitiques, la chaleur moite de leurs mains sales et empressées sur ses hanches. Théïa essaya d'accélérer encore, mais la douleur à son côté rejaillit comme un coup de poignard. Elle hoqueta, autant de frayeur que de douleur.

« Non ! Pas maintenant ! »

La souffrance se fit plus intense. La jeune fille paniqua, jetant des regards frénétiques sur ses poursuivants. Il fallait qu'elle atteigne l'autre bout de la clairière au plus vite ! Affolée, elle jeta un nouveau coup d'œil en arrière. Et trébucha dans un creux du terrain dissimulé par des herbes un peu plus hautes.

Théïa tomba en avant de tout son poids. Elle amortit sa chute sur ses coudes et s'égratigna les genoux. La course avait rendu sa respiration difficile, le choc lui coupa le souffle. La fille de Béroc ne ressentit aucune douleur. La peur lui noyait le cerveau, inhibant ses sens. Elle ne pensait qu'à une chose : fuir. Et cette pensée s'évanouit, remplacée par une autre, plus immédiate encore : ses ravisseurs. Elle commença à ramper. Ces derniers avaient ralenti et s'approchaient, un sourire cruel plaqué sur leurs lèvres. L'un jouait avec son coutelas taché de sang, l'autre commençait à délacer la corde de son pantalon lui servant de ceinture.

« Eh ! Il ne faut pas avoir peur, jeune fille ! » avança l'homme de gauche.

L'expression de ses yeux fous et ses mains tendues prêtes à attraper sa proie sans défense assurèrent Théïa du contraire.

« On ne te veut aucun mal, lui marmonna, sur la droite, son compagnon dans un rire de gorge étouffé.

– Au contraire, on va juste passer un moment agréable ensemble… »,
susurra l'homme du milieu, en se frottant le bas-ventre.

Théïa avait les larmes aux yeux, paralysée. Elle ne voulait pas. Elle ne
voulait pas finir comme ça, entre les mains de ces soudards qui ne pensaient qu'à la souiller. Le Paria à droite acheva de dénouer la corde grossière pour exhiber une entrejambe des plus répugnantes. Ce n'était pas
ce spectacle révulsant qui terrifiait Théïa, mais cette lueur de folie qui
brillait dans ses yeux malades. Elle ne voulait pas. Elle s'était promis de
revenir et de retrouver son père. L'ombre des trois brutes la recouvrit
peu à peu comme un manteau de ténèbres. Elle était tétanisée par cette
peur tellement… absolue. Elle ne voulait pas. Elle ne voulait pas. Elle ne
survivrait pas.

*

*   *

Elle voulait vomir. L'odeur du sang lui donnait la nausée. La vue
et la sensation du liquide poisseux et tiède sur ses mains, son visage, ses
cheveux, ses vêtements lui soulevaient l'estomac. Le goût douceâtre du
sang sur sa langue mettait ses entrailles au supplice : elles se tordaient
en tout sens comme un serpent à l'agonie, cherchant désespérément le
remède qui soulagerait ses maux. Pourtant Théïa refusait, se forçait à
courir de nouveau dans cette robe maculée de ce sang impur, l'alourdis-
sant et lui claquant dans les jambes comme un tissu saturé d'eau. Les
premiers pas avaient été difficiles, encore sous le choc de ce qui s'était
passé. Elle avait traversé la clairière en chancelant, comme un somnambule. Tout s'était déroulé si vite. Elle s'était à nouveau enfoncée dans la
forêt, se griffant la peau dans la végétation touffue. Elle accueillit la douleur avec reconnaissance. Ces épines la ramenaient à la réalité, à la raison
aussi. La jeune fille les laissa s'enfoncer dans sa peau, essayant de purger
ce sang qui brouillait ses sens. Elle perçut au loin le bruit étouffé d'un
cours d'eau dévalant les méandres de son lit. Parfait. Elle devait se purifier, sans attendre.

Théïa prit la direction pentue d'une petite falaise, sur laquelle la
végétation semblait avoir moins de prise. Les arbres se clairsemaient, et
les ronces laissaient place par endroits à des parterres d'herbe vivace. À
mesure qu'elle s'éloignait de la clairière, son pas s'affermissait. Elle reprenait doucement conscience. Une branche lui barra le passage. Sans
réfléchir, elle marcha dessus. Le bruit sec retentit avec clarté quand elle

la brisa. Sa conscience enregistra le bruit et la tira un peu plus vers le monde sur lequel elle marchait. Le cri qui éclata derrière elle finit de la ramener brutalement à la réalité :

« Halte ! »

Encore hagarde, Théïa se retourna. Et son cœur s'arrêta : la Hiérarque arrivait, montée sur un gros cheval au galop, bien décidée à la rattraper et à la ramener dans son horrible chariot vers les geôles du Siège. Une nouvelle fois, Théïa repartit en courant. Elle était épuisée, mais la jeune fille se contraignit à avancer encore plus vite, ignorant ses muscles qui gémissaient et protestaient contre ce nouvel effort.

Elle trébucha, se rattrapa. Elle avait un peu d'avance, mais celle-ci se réduisait comme peau de chagrin : bien que le cheval fût fatigué, il était trop rapide et elle était trop éreintée. Néanmoins, le fracas de l'eau bouillonnante se rapprochait, l'appelait. La jeune fille sortit enfin de la forêt et se précipita vers ce bruit qui s'amplifiait à mesure qu'elle avançait et qu'elle gravissait cette petite falaise du plus vite qu'elle pouvait. Le sang battait à ses tempes au même rythme que les sabots de la monture qui la pourchassait. Théïa sentait presque la main de Daïna se poser sur son col, l'attraper par les cheveux, la tirer durement en arrière et la plaquer contre terre de tout son poids. Le souffle haletant, elle serait sûrement ligotée ou assommée, puis ramenée vers un destin peu enviable. Toutes ces images défilèrent devant ses yeux. Encore une fois, elle ne voulait pas. Alors, elle continua de courir de toutes ses forces, encore, vers la falaise, vers son salut.

Daïna grogna de dépit. Décidément, ces derniers jours, il fallait qu'elle coure après tous ses prisonniers. Impossible de les faire se tenir tranquille ! Dès qu'elle avait entendu cette branche se casser, elle avait aussitôt lancé sa monture en avant et plongé dans la forêt. Rapidement, elle avait vu cette petite silhouette grandir au fur et à mesure qu'elle se rapprochait de la fugitive. Et son étonnement était allé croissant. La jeune fille était couverte de sang et paraissait marcher comme dans un rêve, lentement, petit pas après petit pas, en fixant au loin un point invisible qui paraissait n'exister que pour elle, absente. Daïna était abasourdie. *Elle avait tué les Parias ?* Elle avait du mal à y croire, mais sa robe ensanglantée tendait à prouver le contraire. Il fallait qu'elle l'arrête à tout prix. Elle avait crié un ordre d'un ton péremptoire. La prisonnière s'était figée et avait semblé se réveiller. Quand la fugitive l'avait vue, elle avait pris la fuite, grimpant à toutes jambes la petite falaise. Avec un cri rageur, la Hiérarque enfonça ses talons dans les flancs de son cheval. L'animal eut un sursaut et n'eut d'autre choix que de bondir en avant malgré la fatigue qui le tenaillait lui aussi.

La cavalière gagnait rapidement du terrain. Théïa courait sans cesse de se retourner, jetant des regards affolés à sa poursuivante. Elle était trop fatiguée. Trop usée. Mais la Hiérarque n'avait que faire de son état : elle continuait de se rapprocher à une vitesse vertigineuse, portée par un cheval maculé de sang, comme elle. Elle regarda en avant, ne voyant toujours pas venir le moment où elle arriverait au sommet de la falaise. Elle essaya encore d'allonger sa foulée. Son côté la faisait horriblement souffrir. Encore un pas. Elle entendait les sabots frapper le sol, à un rythme infernal, bien plus rapide que le sien. Encore un pas. Bientôt, ces sabots seraient sur elle et la broieraient impitoyablement, piétinant ses os sans discontinuer. Encore un pas. Théïa ne put s'empêcher de se retourner une nouvelle fois. Encore un pas. Elle croisa le regard de cette Hiérarque infernale et ce qu'elle vit la fit frémir : l'envie de tuer était là, mais le pire pour Théïa était de voir la détermination que la jeune femme mettait à vouloir la prendre vivante, pour lui faire souffrir mille tourments, assurément.

Ses pensées furent brutalement interrompues par une douleur au pied. Le caillou faucha sa course, réduisant à néant ses espoirs de sauver son père. Théïa se sentit basculer en avant. Trop fatiguée, elle se laissa tomber. Ses réflexes s'étaient émoussés, la fatigue avait fait son œuvre. Cette course épuisante se terminait enfin. Elle ferma les yeux, s'attendant à heurter durement le sol, puis à se laisser aller, se coucher pour se reposer. Son pied lui faisait mal, mais elle n'aurait plus besoin de courir. Mais le sol tardait à venir. Et pour une raison inconnue, la chute s'accéléra. Théïa ouvrit les yeux et vit le fleuve au-dessous d'elle se rapprocher à toute allure. L'eau, les rochers. De nouveau, elle se blottit dans l'obscurité. Désormais, elle ne pouvait plus rien faire, sinon tomber et se laisser engloutir par les eaux bouillonnantes. La délivrance, enfin.

Daïna tira fermement sur les rênes de sa monture. Le cheval freina des quatre fers et eut même la force de se cabrer devant le précipice, apeuré. Daïna maîtrisa sans peine l'animal, le calmant par quelques mots chuchotés d'une voix douce, d'une voix mécanique, quelques flatteries sans tendresse. Elle ne pouvait détacher son regard de la falaise où avait chuté la prisonnière. Elle descendit du cheval et, le tenant par le licol, s'approcha prudemment de l'endroit dangereux. Elle scruta les eaux du fleuve en contrebas. Rien. Mais que s'était-elle attendue à voir ? Un corps flottant à la surface ? Ou bien un corps plein de vie se débattant pour ne pas se noyer ?

Daïna resta quelques minutes, agenouillée, à observer les tourbillons de l'eau, cherchant à apercevoir un signe que la jeune fille était encore en vie. Mais elle dut se rendre à une évidence : la fille de l'Aïrétion était sans doute morte, brisée contre les rochers, ou noyée dans ce fleuve tumultueux. Elle ordonnerait des recherches en aval. Pour être sûre.

Mais à présent, elle n'aurait plus aucun moyen de pression sur l'Aïrétion pour le faire parler. Pire, cela pourrait même avoir l'effet inverse. Dépitée, et après un dernier regard en bas, elle tourna les talons, remonta à cheval et l'éperonna avec mauvaise humeur en direction du Siège. Elle devait se dépêcher de rentrer pour y arriver le plus tôt possible. Elle devait parler au Grand-Prêtre. Une pensée effleura la Hiérarque. Pourvu que Limane ait pu sauver l'Aïrétion. Elle pouvait lui faire confiance. Mais si même les Parias se mettaient à faire des embuscades, elle ne pouvait pas jurer sur le fait qu'il arrivât à bon port avec le moribond. Pour l'heure, elle devait ménager sa monture. Il ne manquerait plus qu'elle rentrât à pied…

Chapitre 19

Le Siège

Le Siège résonnait de son habituelle activité bourdonnante, ponctuée par les cris des hommes se hélant ou se disputant, les gémissements des bêtes de trait qui protestaient contre les lourdes charges qu'elles devaient charrier jusqu'à l'immense forteresse où régnait le Grand-Prêtre. Les routes encombrées ne désemplissaient pas et l'intensité des jurons ne faiblissait aucunement. Tout allait donc pour le mieux.

Au sommet du Siège, les quatre statues des Aïrétions veillaient sur la ville avec ce regard implacable que donnait la pierre : ainsi, l'Aigle d'Éther déployait ses ailes, entre l'aiguillon redoutable du Scorpion des Sables et la puissance sans commune mesure de l'Ours d'Émeraude. Devant eux, le Saurien dominant les eaux d'Aigue-Marine saluait les oiseaux de sa gueule ouverte, dévoilant des rangées de dents pointues, tandis qu'il présentait à la caresse du soleil ses écailles de marbre poli. Cette œuvre monumentale avait été commandée par les cinq souverains des cinq peuples de Terra avant l'un des nombreux Bouleversements qui menaçait cycliquement l'Équilibre. Ils avaient chargé les meilleurs sculpteurs de chaque peuple de donner vie au marbre blanc et de représenter ceux qui portaient l'espoir, afin que tous puissent voir l'Union des Cinq. Mais quand le dernier Bouleversement avait failli faire tomber Terra à cause de la traîtrise des Loups, le représentant de Saphir fut enlevé et démoli sur décision unanime des quatre peuples restants. Un traître n'avait pas sa place, ni sur le toit du Siège, ni sur Terra. En conséquence, les Loups furent condamnés à ne jamais revoir le soleil, caché par la Porte Interdite, un voile de brouillard si dense qu'aucun rayon de l'astre céleste ne parvenait à le percer. Saphir fut également condamné à l'oubli, effacé des livres et des mémoires. Des légendes firent leur apparition, toutes plus effroyables les unes que les autres, dressant le portrait de créatures déformées et assoiffées de sang. Et la simple évocation des Loups ne fut bientôt plus que le synonyme d'une peur viscérale, terrifiante. Le Peuple Maudit était né. Quant aux quatre autres peuples qui étaient sortis vainqueurs du combat, ils s'employèrent à créer et à maintenir un nouvel Équilibre pour Terra. Amputé d'un organe mais débarrassé de sa maladie, ce nouveau corps devait donc réapprendre à vivre et à créer une nouvelle symbiose, profitable à tous.

Mais depuis, des dizaines de générations avaient passé et nombreux étaient ceux qui craignaient encore la rupture de cet Équilibre. Car le ciel dégagé de tout nuage ne laissait que mieux apparaître les Lunes de Terra, disques irréguliers dans l'espace, qui habillaient de leurs couleurs des cieux sillonnés par les oiseaux et les légendes. Et de plus en plus fréquemment, les habitants de Terra levaient le nez vers le ciel pour apercevoir avec peur ou curiosité mêlée de crainte le mince croissant d'une Lune plus foncée que le ciel, sombre, du bleu profond de Saphir. Les astronomes s'arrachaient les cheveux sur cette subite réapparition, cherchant dans des livres volumineux une quelconque explication rationnelle qui n'existait pas. Tous ces scientifiques finissaient alors par refermer leurs livres avec un soupir désespéré et se retourner vers la seule explication possible sur cet étrange phénomène, du moins la seule qu'ils aient : la Prophétie, cette légende du fonds des âges, dont le Grand-Prêtre lui-même ignorait les origines. Et tous sans exception, souverains et peuples des différents continents de Terra, s'en remettaient aveuglément à celui qui, autrefois, avait sauvé Terra. Pour cette raison, les habitants continuaient à vivre sans panique, plaçant une confiance sans faille, une foi inébranlable en leur sauveur, préservant par là même cet Équilibre si cher à Prodotès.

Perdue dans cette immensité, debout quelque part derrière un des nombreux balcons qui surplombaient la gigantesque citadelle du Siège, se tenait une femme. Au-dessus de toute cette agitation, ces présomptions, ces peurs, ces désirs, ces larmes, ces joies, ces malheurs et ces rires, cette femme observait. Miarah. La Grande-Prêtresse. Elle affectionnait ces positions culminantes, ces positions que le commun des mortels n'atteindrait et ne connaîtrait jamais, hors de leur portée. Elle était au-dessus de ces fourmis aux préoccupations ridicules et sans intérêt. Elle était Grande-Prêtresse de Terra depuis longtemps déjà, grâce à Prodotès. Mais, contrairement à lui, elle n'affectionnait guère les jeux de pouvoirs auxquels il se livrait avec délectation. Elle le laissait faire, s'amuser, parce que tout ceci était devenu une force nécessaire pour mieux asseoir sa propre autorité.

Pour sa part, elle préférait la solitude et délaissait bien volontiers les ennuyeuses réunions et mondanités auxquelles la conviait régulièrement le Grand-Prêtre. Car elle était adulée elle aussi, aux mêmes rang et titre que Prodotès. Elle était vénérée comme Grande-Prêtresse, gardienne de Terra, à l'égale d'une déesse. Sa beauté glaciale effaçait l'éclat de la plus belle des femmes et charmait les hommes les plus insensibles. Ce dernier point l'amusait un peu, mais guère plus : le sexe qui se disait fort était si aisément manipulable qu'il en devenait lassant.

Avec le temps, Prodotès avait cessé de l'importuner, à l'exception de quelques grandes cérémonies incontournables pour lesquelles elle daignait faire une rapide apparition. Mais Miarah s'était de plus en plus repliée dans sa tour d'ivoire. Les grandes personnalités de ce monde – enfin, du moins celles qui se considéraient comme telles – avaient observé cet isolement et l'avaient mis sur le compte de ce traumatisme qu'elle avait vécu pendant le Bouleversement. Ces imbéciles la regardaient avec un mélange de concupiscence et de pitié qui l'insupportait, mais qui, au final, l'arrangeait et l'éloignait des intrigues et des arcanes de ce qu'ils appelaient *pouvoir*. En fait, de petits complots sans intérêt portant sur des postes administratifs et des privilèges sans intérêt, pour finalement obtenir des pouvoirs sans intérêt. Un pathétisme affligeant.

Les pensées de Miarah vagabondaient au gré de ce qu'elle voyait, mais en conclusion, une pensée, un sentiment finissait par surclasser tous les autres. L'indifférence. Une indifférence totale. Elle recula d'un pas et ferma la fenêtre. Le bruit s'éteignit. Elle ne se sentait en rien concernée par ces petites vies qui grouillaient comme des insectes. Elle ne sentait nulle empathie pour ceux qui la considéraient comme un des sauveurs de Terra. Rien. Elle s'en moquait éperdument. Elle trouvait sans intérêt ces gens sans intérêt. Elle était au-dessus de tout ça. Au-dessus de tout.

Trois coups légèrement frappés à sa porte résonnèrent dans le vide de la pièce. Puis le silence retomba. Miarah attendit un instant, sans bouger, se noyant dans ce calme absolu. Le silence était une denrée rare en ces lieux. Les coups résonnèrent une nouvelle fois sur le bois, plus fermement. Elle se détourna de la grande fenêtre et replongea dans la pénombre de la pièce. La porte se découpait à peine dans le mur, un rectangle à peine plus clair que les autres. Quelqu'un était de l'autre côté de cette paroi. Un autre insecte sans intérêt. Elle n'était pas contrariée, elle n'était pas ravie. Juste indifférente.

« Entrez ! »

Sa voix claire résonna étrangement. Ce bureau sans âme, presque vide de meubles, sembla déformer les mots qu'elle prononçait, les broyant le temps qu'ils traversent la pièce. Elle aimait presque.

La porte s'ouvrit doucement et un jeune garçon passa timidement la tête à travers l'entrebâillement. Son front était recouvert de sueur et ses cheveux y adhéraient en de longues mèches poisseuses, lui faisant un drôle de casque. Soufflant comme un phoque, il la salua en bégayant, tout autant intimidé par la personnalité imposante de Miarah que par l'effort qu'il avait fourni pour monter jusqu'ici, dans les bureaux les plus reculés du Siège. Le jeune garçon poussa un peu plus la porte et entra complètement. Il était maigre, habillé de l'uniforme rouge du Siège adapté au page, culotte bouffante et surcot rouge foncé, rehaussé de fil doré sur les coutures. Ses jambes tremblaient, flageolantes, vidées de toute l'énergie qu'il avait employée à gravir les nombreux escaliers de la forteresse pour tenter de trouver la Grande-Prêtresse dans les plus brefs délais. Et pour cause : un oiseau voyageur venait d'arriver, porteur d'un message scellé de vert. Autrement dit, un message directement adressé aux souverains du Siège, et émanant d'une personne très haut placée sur autre continent. Une urgence en fin de compte. Sauf que le Grand-Prêtre était introuvable. Le jeune page avait même entendu dire que ses plus proches collaborateurs ignoraient où il se trouvait. Il en avait fait part à son maître, qui lui avait alors suggéré une idée de génie : remettre le message à la Grande-Prêtresse Miarah. Il avait solennellement accepté sa mission et il était alors parti d'un pas guilleret, en se félicitant grandement de ses aptitudes à échafauder de brillants stratagèmes. Il ne doutait aucunement de sa propre intelligence !

Il s'était donc sauvé, serrant contre lui la précieuse missive. Et s'était arrêté au premier croisement de couloirs : il avait stupidement réalisé qu'il n'avait en fait aucune idée de l'endroit où pouvait être Miarah. Paniqué, il avait écumé tous les bureaux et la patience des administratifs pour tenter de retrouver la Grande-Prêtresse. Après s'être perdu un nombre incalculable de fois et fait moult détours, il avait finalement trouvé celle qu'il cherchait dans un de ses lointains bureaux, sur les indications d'un serviteur aussi usé que les pierres qu'il gardait. À présent, il accomplissait sa mission avec brio. Le garçon réprima un soupir de contentement malgré sa fatigue : il pouvait à présent dire qu'il était habitué à accomplir ce genre de prouesse et qu'il se trouvait tout à fait qualifié pour exécuter les missions les plus capitales pour le Siège et Terra.

Le sourire du jeune garçon s'accentua : il était surtout le messager personnel de cette sublime créature pour laquelle son cœur brûlait en secret. Se félicitant non seulement d'avoir trouvé l'élue de son cœur, il pourrait même se vanter devant ses jeunes pairs d'être au cœur des intrigues du Siège, au cœur de ce pouvoir mystérieux que peu de gens connaissaient et avaient accès, mais que lui maîtrisait. Déjà, il y avait quelques jours, il avait eu la chance de rencontrer le Grand-Prêtre, et hormis cette malheureuse histoire de salade indésirable – il avait depuis enfoui très profond cet affreux souvenir –, il avait été intimement convaincu que cet entretien aurait un immense impact sur sa jeune carrière, se voyant déjà à la place de son maître, le chambellan, ou bien devenant ambassadeur de Terra. Mieux encore : lui-même pouvait dès à présent intriguer – à son niveau – pour obtenir de substantiels avantages, une miche de pain supplémentaire, ou un verre de vin réservé aux soldats, et ce, grâce à une chose : il connaissait les bonnes personnes ! Un sourire niais s'esquissa sur son visage. Tirer les ficelles dans l'ombre ne lui déplaisait pas. Son sourire s'effaça et il plissa un instant les yeux, se donnant un air de conspirateur passé maître dans l'art de l'espionnage.

« Comptez-vous me dire ce que vous faites ici ? »

Le ton cassant ramena brutalement le jeune garçon sur terre. Celui-ci s'aperçut qu'il s'était laissé aller béatement à ses rêves d'ambitions démesurées et grimaçait bêtement au fil de ses pensées, passant du sourire idiot à la grimace expressive, censée lui donner un air terrifiant, mais le faisant surtout loucher. Il sentit ses joues prendre feu. Puis ses yeux se posèrent sur le cylindre de bois qu'il tenait à la main. Il était en train de le brandir dans sa main droite comme un bâton de commandement, tout abandonné à ses rêveries. Il le ramena prestement à lui, puis s'aperçut qu'au contraire, il devait s'en défaire. Sa température monta un peu plus. Il fit un pas en avant puis se rétracta. Ça n'était pas le protocole ! Il devait attendre l'autorisation ! Le page sentit finalement le sol se dérober sous ses pieds, la chaleur se mua en un terrible tremblement incontrôlable, sa mâchoire se mit à trembler, et il se retrouva incapable d'articuler un seul mot.

« Euh… Je…Je… Jaja… »

Des monosyllabes. Il n'arrivait pas à sortir autre chose que des monosyllabes ! La Grande-Prêtresse le transperça du regard. Il était vraiment mal en point.

« Vous apportez un message, peut-être ? »

Elle pointait du doigt le petit tube de bois qu'il tenait à la main. Le jeune garçon avala sa salive avec difficulté :

« O… Oui… P… Pou…Pour… Le Grand-Prêtre…

– J'irai lui porter. »

La Grande-Prêtresse laissa passer un instant. Elle le regardait avec impatience, paraissant attendre quelque chose qui ne venait pas. Le jeune messager se demandait bien quoi.

« Qu'attendez-vous pour me le donner ? »

Le ton de Miarah était glacial. Elle matraquait ses syllabes comme une massue. Elle n'admettait ni les imbéciles, ni les incapables. Et il était en train de lui prouver qu'il était les deux. Le jeune messager ne put articuler un mot et, raide comme un piquet, cramoisi et la gorge trop desséchée pour pouvoir émettre le moindre son, il s'avança vers elle, mécaniquement. Arrivé à deux pas d'elle, il lui tendit le message, sans pouvoir faire plus que ce geste. La Grande-Prêtresse le saisit d'un geste précis, avec une pointe d'agacement, et lui tourna le dos, sans plus un mot, sans le considérer davantage. Elle s'éloigna de quelques pas, et décacheta adroitement le petit tube. Elle prit rapidement connaissance du message, toujours silencieuse, sans se préoccuper du jeune garçon, qui ne savait plus où se cacher, ni ne savait quoi faire, mais n'en profita pas moins pour admirer avec la plus grande indiscrétion les courbes discrètement dissimulées de la puissante chef du Siège. Il sursauta. Miarah avait bougé. Sans un bruit ni un mot, elle traversa la pièce à petits pas rapides et disparut par une porte dérobée.

Elle laissa là le jeune garçon désemparé et dépité. Il se maudissait. D'une part, parce que sa prestation en tant que messager avait été lamentable. Il avait vraiment tout gâché ! D'autre part, parce que la Grande-Prêtresse était partie avant même qu'il ait terminé d'estimer ses chances auprès d'elle. Ça n'était donc pas aujourd'hui qu'il lui déclarerait sa flamme. Contrarié par sa propre bêtise, il tourna les talons et quitta à son tour le bureau de la Grande-Prêtresse pour laisser l'endroit désert. Trois pas plus tard, il se consolait déjà de sa déconvenue en pensant aux autres lieux d'intrigues qui l'attendaient et à l'admiration qu'il susciterait quand il ferait part aux autres du succès de sa mission. Le Pouvoir l'attendait et il le cueillerait ! Et Grande-Prêtresse ne lui résisterait plus !

Miarah descendait les escaliers sans hâte, légèrement, semblant à peine poser les pieds sur les marches de pierre. Elle tenait dans sa main le minuscule rouleau de papier. Elle avait jeté en sortant le petit tube de bois contenant la missive : il ne lui était d'aucune utilité. Pas d'excitation, uniquement de la mesure. La hâte ne précipiterait pas les prochains évènements. Des hauteurs du Siège, elle descendit dans ses profondeurs, esquivant les passages fréquentés, suivant les escaliers de service peu usités qu'elle connaissait par cœur. Quand elle croisait un serviteur par hasard dans ces quartiers souvent déserts, elle ne lui accordait pas un regard. Elle n'avait rien à faire avec eux. Eux, par contre, se raidissaient à son approche, ne s'attendant pas à voir une personnalité aussi importante dans des couloirs et des passages d'ordinaire ignorés par les grands de ce monde et davantage fréquentés par le personnel. Les hommes se tenaient tout droit contre le mur, dans une posture quasi militaire et la regardaient passer dans l'attente et la crainte d'un ordre impossible à exécuter ; ou bien ils s'empressaient de prendre un chemin de traverse en essayant de rester le plus naturel possible. Mais Miarah poursuivait son chemin sans se préoccuper d'eux et disparaissait dans un froissement de vêtements imperceptible. Les femmes, quant à elles, travaillant souvent en groupes de deux ou trois, s'arrêtaient brusquement de discuter, comme prises en faute, et se rangeaient sur le côté pour la laisser passer en la regardant nerveusement, avec appréhension, toujours dans l'expectative d'une remontrance ou d'un ordre menaçant qui pouvait s'abattre sur l'une d'entre elles, avec la perspective d'une punition si elle échouait. Comme à son habitude, la Grande-Prêtresse passa à côté d'elles sans leur prêter la moindre attention. Elle continuait simplement de descendre les escaliers souvent poussiéreux qui sinuaient dans le Siège. Elle n'en avait cure. Tout ceci n'était que matériel. Les toiles d'araignées et la poussière sur la bordure de sa robe n'étaient rien. Ces choses du bas monde ne faisaient pas partie de son dessein.

Après avoir suivi un dernier couloir, Miarah ouvrit une porte qui donnait sur un nouvel escalier s'engouffrant dans le sol. L'obscurité régnait, mais elle s'engagea sans hésitation dans les degrés. Les marches de pierre grisâtre étaient inégales, presque glissantes par endroit, mais son pied était sûr et dénotait l'habitude de ces lieux. Au fur et à mesure qu'elle descendait, l'atmosphère changeait peu à peu. L'air se chargeait d'une humidité ambiante qui favorisait le développement de petites moisissures sur les murs. Ceux-ci avaient beau être lavés, ces petits champignons revenaient sans cesse, appelés à s'approprier ces lieux sombres, tout juste parfois éclairés par quelques torches de poix qui brûlaient paresseusement en dégageant une lourde fumée noire. Une fumée qui peinait à s'évacuer par les conduits naturels et marquait les murs et le plafond de traces sombres, ne faisant qu'obscurcir un peu plus ce lieu sans soleil.

Miarah arriva au bas de cet escalier en colimaçon, au niveau des cachots. Ces geôles sous le Siège étaient d'un accès strictement contrôlé, et les personnes à y avoir accès se comptaient sur les doigts d'une main. Les passages étaient gardés par deux équipes de gardiens muets qui se relayaient sans relâche et obéissaient à un chef des gardiens. Ce dernier faisait directement son rapport au Grand-Prêtre et au Hiérarque, était indépendant dans la gestion des geôles et pouvait choisir ses propres collaborateurs avec l'aval du Grand-Prêtre. En ayant toutefois l'obligation de respecter certaines contraintes sanitaires afin de ne pas dispenser les maladies à travers le Siège. Pour l'heure, et depuis la mort de son précédent titulaire, feu Mirck tué durant l'évasion du Loup-Sentinelle, cette place demeurait vacante et n'avait toujours pas trouvé preneur. La lumière n'avait toujours pas été faite sur l'emprisonnement de ce dernier hôte, d'ailleurs.

Toute cette course à travers les escaliers ne l'avait aucunement essoufflée. La Grande-Prêtresse marchait sans bruit, toujours du même pas, sans accélérer, ni ralentir. Elle traversa un dernier petit corridor en quelques pas et se retrouva dans une petite salle éclairée par huit torches brûlant doucement. Les torches dispensaient un éclairage mesuré qui mettait en relief la pauvreté de l'endroit, très chichement meublé d'une chaise et d'un tabouret à trois pieds. Deux billots complétaient l'ensemble. Sur une table de bois grossier traînaient un jambon à peine entamé et une miche de pain rassis, que trempait méticuleusement son possesseur dans un verre ébréché et rempli d'un liquide rougeâtre qui ressemblait fort à un mauvais vin, tiré d'un pichet taché par le tannin de ses liquides successifs.

Le gardien releva la tête à l'approche de Miarah, la regarda d'un air absent, l'identifia et retourna à son activité sans mot dire. Il ne prit absolument pas la peine de noter son nom sur le grand registre, posé sur le pupitre à l'entrée du souterrain. Il la connaissait et elle venait régulièrement pour il ne savait quelle obscure raison. De toute façon, ce qu'elle avait à faire ici ne le regardait pas. Il n'était pas bon de se mêler des affaires de la haute cour. Et puis d'ailleurs, pourquoi la noter ? Elle était la Grande-Prêtresse du Siège, l'un des chefs incontestés de ce lieu. Elle était là chez elle. Il croqua dans son quignon de pain et entreprit de lécher consciencieusement sur ses doigts et sa paume le vin qui avait coulé. Miarah le dépassa sans un mot, sans un regard. Elle entra d'un pas vif dans un nouveau dédale de couloirs et prit une nouvelle direction sans hésitation.

L'Éminence poursuivit son chemin à travers des couloirs bordés de torches allumées ou éteintes, sur lesquelles il restait plus ou moins de poix selon le bon vouloir des gardiens : certaines brûlaient allègrement quand d'autres pendaient, tristement noircies. Mais toujours, une lumière existait, claire ou plus nuancée, jaune ou mâtinée d'orange, avec la constante préoccupation d'éviter que ce lieu ne sombre définitivement dans l'obscurité. Miarah enfilait les couloirs avec l'aisance d'une personne qui connaissait admirablement les lieux, passant devant les cachots creusés dans la roche qui s'alignaient de chaque côté de ces couloirs. Ces prisons étaient fermées de solides portes de bois, cadenassées par d'épais verrous, avec pour unique ouverture un judas fermé de barreaux d'acier. Certaines de ces oubliettes étaient vides, déjà peu utilisées avant l'introduction du Sceau de Pourpre, puis désertées définitivement de leurs locataires quand l'usage de ce sceau avait été étendu à l'ensemble de Terra. Quelques-unes de ces cellules accueillaient encore par moment et temporairement des prisonniers qui attendaient de passer en jugement, tandis que d'autres avaient été "oubliés" dans les entrailles les plus profondes du Siège, pour des raisons aussi obscures et solennelles que la sécurité du Siège et de Terra, et que rien, pas même la Pourpre, ne ferait sortir.

De ces cellules jaillissait de temps en temps une main décharnée, aux phalanges brisées par les pinces et aux ongles longs et cassés, quand ils n'avaient pas été simplement arrachés par le bourreau. Un gémissement misérable sortait d'une gorge usée par les hurlements, vite étouffé par une quinte de toux rauque augurant une maladie de poumons à un stade déjà avancé. La Grande-Prêtresse avançait sans y prêter une quelconque attention, ignorant les plaintes d'agonie des rares suppliciés, passant sans ciller à travers les odeurs pestilentielles de ces corps vivants, malgré le nettoyage mensuel des cellules et du seau d'aisances deux fois par semaine. Contrairement à l'esprit faible, les cellules du corps avaient compris l'inutilité de rester ici-bas et s'en allaient une par une. Le corps pourrissait sur pied, maintenu en lambeaux par un esprit imbécile. L'ordre des choses n'était pas évident pour tout le monde...

Miarah ne paraissait guère gênée par ce lugubre environnement, qui suintait de douleur comme un abcès purulent peinant à s'écouler. D'aucuns diraient que cet endroit était déplaisant, détestable, qu'il n'inspirait qu'horreur et répulsion. Mais la Grande-Prêtresse n'était pas de cet avis. Cet endroit était pour elle un lieu de plénitude, loin des agitations du protocole et des intrigants en tous genres. C'était un lieu d'apaisante obscurité, où la douleur exprimait la vie, et le silence la mort. Ce lieu était une frontière entre ces deux états. Au milieu, c'était le secret. Le secret qui gardait en vie, le secret qui condamnait à la perdre. Prodotès et elle étaient précisément sur cette frontière, mais une frontière inconnue de tous, insoupçonnée même. Exceptée d'une personne. Mais celle-ci mourrait bientôt.

Miarah tendit l'oreille. Des cris arrivèrent jusqu'à elle de manière ténue. Sans cesser de marcher, elle concentra son attention sur ces cris. Ils étaient lointains, traversaient l'espace glauque du labyrinthe, parvenant jusqu'à elle comme un souffle. Elle se laissa guider par ces cris qu'elle reconnut comme féminins, plutôt jeunes. Elle se rapprocha peu à peu du point le plus sordide des cachots, passant devant les salles de torture où, derrière des barreaux, s'alignaient toutes sortes d'outils tranchants, dentés, recourbés, pointus, contondants, grands ou petits ; d'appareils à poulies, roues, manivelles et braseros qui déclinaient une infinie de possibilités quant aux moyens de persuasion des bourreaux. Comme les outils, toutes ces salles étaient propres, bien entretenues. Prêtes à l'emploi. Mais Prodotès n'y était point. Pas cette fois-là. La Grande-Prêtresse poursuivit son chemin, suivant les cris de douleur quelquefois brusquement interrompus, puis qui reprenaient de plus belle et rebondissaient contre les parois de pierre, cherchant eux aussi à s'échapper. Peine perdue, ils mourraient dans le silence, sans écho pour leur répondre.

Enfin, elle arriva à une dernière intersection et tourna à droite dans un dernier couloir. Une seule torche éclairait l'endroit, au début du couloir, et dégageait un petit halo de lumière, vite noyé dans l'obscurité du lieu. De même que précédemment, ce couloir était bordé de cachots. Mais les portes qui d'habitude les barricadaient étaient ouvertes, soit en mauvais état, soit sans porte aucune. Ces vieilles oubliettes avaient été abandonnées en raison de la trop grande humidité ambiante et de l'insalubrité chronique qui y régnait. Les prisonniers qui avaient séjourné ici en étaient morts ou étaient ressortis avec toutes sortes de maladies de peau ou de poumons. Les autorités avaient préféré condamner ces cellules à cause des menaces épidémiques qui menaçaient la santé du Siège, et par conséquent l'Équilibre de Terra. Les prisonniers avaient été soignés ou exécutés suivant leur état de santé et leurs crimes, et tout était rentré dans l'ordre. Les cachots avaient été nettoyés et l'accès y avait été interdit. Seul un gardien faisait un tour une fois dans l'année pour surveiller l'état de dégradation du lieu. Et chaque année, le rapport était le même : les lieux étaient d'une grande humidité, mais l'état de la roche était stable.

Miarah s'avança entre des murs suintants d'eau et parmi des flaques d'humidité vers la seule porte fermée du couloir. Les cris qui retentissaient depuis tout à l'heure s'étaient faits perçants et prenaient leur origine exactement derrière ce battant. Ils alternaient avec des pleurs congestionnés quand peur et douleur diminuaient pour laisser un peu de répit à la victime, puis devenaient hystériques quand terreur et souffrance reprenaient leurs droits. Miarah écoutait, impassible. Ces cris ne lui faisaient ni chaud, ni froid. Un homme ou une femme normale aurait senti ses poils se hérisser, son estomac se nouer et son souffle se bloquer ; leur corps se serait recouvert d'une dégoulinante couche de sueur et se serait mis à trembler, au point de perdre le contrôle de leur vessie ; une terreur immense les aurait écrasés de tout son poids, et cet homme ou cette femme serait tombé à genoux, demandant la grâce ou la mort pour que cessent ce tourment et ce cri qui leur lacérait les tympans. Pauvres humains. Si pitoyablement fragiles.

La Grande-Prêtresse attendit quelques instants, immobile, devant la porte. Ce serait bientôt fini. Un nouveau hurlement déchira violemment l'air, monta crescendo et s'interrompit brusquement dans un gargouillement écœurant. Miarah ne bougea pas. Un silence plana brièvement, morbide. Ce silence glacé, qui succède à l'exécution, le temps que l'âme s'évapore hors d'un corps. Un instant particulier pour qui sait écouter et apprécier. Puis, silence et cris cédèrent la place à des grognements bestiaux, les grognements d'un animal qui s'acharnait sur sa proie. La Grande-Prêtresse jugea qu'elle avait assez attendu et frappa trois coups secs contre la porte. Les grognements s'interrompirent.

« Prodotès ? » appela Miarah d'une voix neutre.
Miarah resta immobile. Prodotès devait reprendre ses esprits. Il lui fallait toujours un peu de temps après ses crises. Le silence plana de nouveau en maître. Un bruit imperceptible le brisa légèrement. Un pied qui glisse

sur le sol, qui s'avance en silence, craintif et suspicieux à la fois. Une respiration mesurée avait remplacé la respiration saccadée. Un loquet joua, bruit métallique d'un mécanisme bien entretenu qui coulissa sans grincer. Exception étonnante dans cet endroit humide où la rouille mangeait le métal comme un chien mange la viande. La porte s'entrouvrit. Un œil brilla furtivement, curieux, effrayé aussi.

« Miarah ? »

La voix avait doucement percé le silence, presque enfantine. Prodotès ne paraissait pas rassuré et ressemblait à un enfant égaré, venant chercher le réconfort auprès de sa mère. Cette petite voix avec laquelle il avait parlé tranchait étrangement avec les hurlements suraigus entendus quelques instants auparavant, sous les coups d'une terrifiante bestialité.

Prodotès ouvrit un peu plus la porte, juste assez pour montrer son visage. Sa crainte disparut peu à peu devant la bienveillance affichée de la Grande-Prêtresse. Il se tenait en retrait dans l'obscurité, se cachant en elle, repaire rassurant d'une bête sauvage craignant le jour et les hommes. Ses yeux brillaient encore d'une lumière folle que le carnage avait à peine réussi à calmer. Miarah bougea légèrement pour mieux le regarder et un faible rai de lumière tomba sur son pied. Un pied nu, couvert d'un sang frais, encore tiède, un sang qui s'écoulait en sillon derrière lui, provenant du centre de la geôle. Au fur et à mesure qu'il ouvrait sa porte, il restait soigneusement calfeutré dans l'obscurité de la cellule, préférant se blottir dans son manteau protecteur. L'odeur ne se fit pas attendre : un bref courant d'air remua l'air immonde de la cellule et un effluve de sang tiède en sortit. Un parfum doucereux, à l'arôme de fer, si entêtant qu'il en devenait nauséeux, saisissant à la gorge d'une poigne moite, remuant tripes et boyaux d'un estomac fragile ou, au contraire, rassasiant celui qui y plongeait goulûment dents et langue.

« N'aie pas peur... »

Miarah parlait d'une voix douce, suave et persuasive.

« C'est moi, Miarah... »

Prodotès la regarda sans comprendre. Puis baissa enfin complètement sa garde. Il n'avait aucune crainte à avoir. C'était bien Elle. Pour une raison qu'il n'expliquait pas, et comme à chaque fois, il se sentait soulagé de la voir. Il s'avança d'un pas vers celle qui l'appelait, celle qui lui rendait son esprit quand ses crises le prenaient. Miarah ne prêta aucunement attention au sang qui maculait le Grand-Prêtre, ni à sa nudité. Elle voyait juste un homme, simplement Prodotès. Quand celui-ci leva le pied pour s'avancer, un horrible bruit de succion se fit entendre lorsqu'il l'arracha du sol. Toujours impassible, la Grande-Prêtresse tira de sa robe le petit morceau de papier qu'on lui avait remis peu de temps auparavant. Elle parla lentement, laissant le temps à Prodotès de revenir à lui. Les crises le laissaient souvent dans un état second.

« Un message m'a été remis pour toi… »
Prodotès lâcha la porte. Il était rassuré, mais ses yeux brillaient encore de folie dans l'obscurité. Son visage et son corps restaient toujours plongés dans la pénombre. Malgré Sa présence, il préférait encore pour le moment le voile des ténèbres. La lumière de la torche ondoya sous un léger courant d'air provenant d'on ne savait où, et balaya d'une faible lueur l'intérieur du cachot. La lumière n'éclaira rien. Elle refléta toutefois la forme d'un corps allongé, diminué, violemment démembré, baignant dans ce précieux liquide qui, autrefois, lui donnait vie. Les murs aussi étaient plus foncés qu'à l'ordinaire, maculés d'un sombre liquide qui gouttait lentement sur le sol. Et il semblait que pour cette fois l'humidité de l'air ambiant n'y était pour rien.

Celui qui était le Grand-Prêtre pour le monde de Terra n'avait pas encore répondu. Miarah gardait la main tendue, regardant Prodotès droit dans les yeux. Puis, elle vit la lumière folle se calmer pour de bon et la raison reprendre ses droits sur cet esprit perturbé.

« Tu as terminé ? »
Lentement, Prodotès hocha la tête. Il redevenait maître de lui-même.

« Oui. »
Son regard se riva enfin sur le message. Il s'abstint de le prendre : sa main était poisseuse de sang. Si poisseuse, que le liquide tombait au goutte-à-goutte sur le sol en pierre. Il désigna la missive d'un signe du menton, énergique et décidé. L'homme était revenu.

« Ce message, quel est-il ? »
Sans le quitter des yeux, Miarah lui en relata le contenu, brièvement, sans émotion apparente :

« Khélion. L'embuscade a échoué. Et le prisonnier est sauf… »
Prodotès leva un sourcil interrogateur :

« Ce fameux prisonnier dont m'a fait part Ektos ?

– Oui. L'Aïrétion d'Émeraude. »
La réponse de Miarah tomba sur Prodotès comme la foudre. Le Grand-Prêtre se figea. Sa surprise n'eut d'égale que sa rage, sa soif de vaincre et sa soif de sang. La folie se raviva dans ses yeux en un instant.

« L'Aïrétion d'Émeraude ?! » répéta-t-il furieusement.

Miarah acquiesça. Dans l'obscurité, la mâchoire du Grand-Prêtre se contracta violemment en un rictus de joie sauvage. La folie se transforma en ouragan. Il éclata d'un rire tonitruant, dément. Soudain, la geôle devint trop exiguë. Il avait besoin d'un nouvel espace qui ne souffrait aucune frontière. Son temps était enfin venu ! Il s'avança d'un pas, nu, dans ce couloir, apparaissant à la lumière de la torche. Le spectacle qu'il offrit était d'une somptueuse horreur. Ça n'était pas que ses pieds qui baignaient dans le sang de sa victime lacérée, mais son corps tout entier ! Le sang le recouvrait comme une seconde peau sur ses cuisses, son ventre, son torse, ses bras, son cou et son visage. Il paraissait avoir plongé dans les entrailles de sa victime pour se repaître non pas de sa chair, mais de sa vie, de cette vie qui prenait la forme rouge du soleil couchant, qui circulait, brûlante, dans les veines et donnait la chaleur au corps. Il s'en était repu, il s'en était gorgé, et il apparaissait maintenant dans toute sa démence. Son rire progressa le long des couloirs de ce labyrinthe de prisons, dépassa les portes gardées, s'engouffra dans les pièces du Siège tel un vent sinistre, s'échappa par les fenêtres, monta vers les cieux et finit par envelopper la citadelle d'un voile lugubre. Les gens, les bêtes, tous frissonnèrent sans raison apparente d'un froid plus profond que celui de l'hiver. Miarah approuva doucement. Prodotès avait raison. Leur temps était venu…

Chapitre 20

Une rondelle de saucisson nonchalamment plantée sur son couteau, Kleptos savourait cet instant imminent qui allait consister à déguster ce mets délicat, séché et suspendu depuis bientôt deux ans dans les cuisines du Siège, et échangé contre une gourde contenant un reste de bière d'Émeraude. Un échange des plus honnêtes, selon lui. Il avait seulement omis un détail : sa bière était éventée. En lieu et place d'une mousse blanche onctueuse sur une belle robe dorée, trois bulles peinaient à éclater sur un liquide devenu aussi plat que de l'eau. Quand le cuisinier s'était aperçu que Kleptos s'était joué de lui, il était entré dans une colère noire, avait retrouvé l'aigrefin et, dans son juste courroux, l'avait plaqué au mur. Le voleur avait dû déployer des trésors d'imagination pour expliquer et persuader le cuisinier que son saucisson avait déjà été revendu à son supérieur, que la bière était tout à fait normale, peut-être un peu légèrement passée en goût, mais tout à fait buvable si on ne faisait pas trop de difficultés. Le chef cuistot l'avait relâché en maugréant et était reparti dépité vers les cuisines, en jurant – mais un peu tard – qu'on ne l'y reprendrait plus. En tout cas, et pour le moment, tandis que Kleptos était en extase devant son saucisson et se délectait par avance de ce goûteux petit plaisir, Ektos à côté de lui observait d'un air maussade le chemin qui menait vers le continent d'Émeraude. Pour sa part, il mangeait sa portion sans se soucier du goût, pourvu que cela le nourrisse.

Depuis la fin de cette mission sur le continent vert, il se morfondait, s'ennuyait, n'arrivant pas à se résoudre à l'oisiveté. Le Grand-Prêtre avait refusé de donner une nouvelle mission aux deux hommes et les avait mis en congé forcé, le temps que ses compagnons et Daïna reviennent. Cela faisait ainsi douze jours qu'Ektos rongeait son frein, en attente d'actions militaires, d'une sortie exceptionnelle, d'un maintien de l'ordre, d'une escorte, d'une patrouille, bref, en attente de n'importe quelle chose qui puisse le sortir de cette torpeur qu'il abhorrait. Point de vue qui n'était absolument pas partagé par Kleptos, trop heureux de se relaxer toutes les nuits dans une taverne sans penser au devoir du lendemain.

Le voleur l'avait donc traîné dehors et, faute d'avoir autre chose à faire, Ektos s'était accoudé avec lui aux remparts du Siège, sur le mur nord-ouest, pour profiter du ciel clément et du soleil encore radieux pour casser la croûte au grand air. Mais rien de tout cela n'arrivait à égayer le soldat.

« Mais qu'est-ce qu'on s'ennuie… ! bougonna encore une fois Ektos en mordillant sans entrain son morceau de viande, pourtant consciencieusement et affectueusement découpé par son compagnon.

– Ne dis pas de bêtises ! lança joyeusement son compère en croquant dans le saucisson à pleines dents. Il n'y a pas de meilleurs moments que les plaisirs les plus simples. »
Kleptos leva un doigt, comme le professeur enseignant à son élève :

« N'oublie pas cette règle : profite du moment présent ! Et tout sera plus facile ! »
Ektos haussa un sourcil perplexe.

« Depuis quand tu fais dans la philosophie, toi, maintenant ?

– Mais vivre est tout un art, mon cher ! énonça doctement le voleur. Sans un peu de sagesse, où irait-on ? Et il faut bien que l'un de nous deux garde son optimisme pour l'autre ! »
Ektos ne dit rien, mais une moue peu convaincue se peignit sur ses traits. Vivre, d'accord, mais que ce soit au moins intéressant. L'inaction lui pesait, c'était tout ! Pas besoin d'une maxime, dont la sagesse fallacieuse – d'ailleurs, d'où diable Kleptos l'avait-il sortie ? – était empreinte d'une naïveté, à laquelle seul le petit voleur pouvait se plier.

Agacé par tant de mièvrerie qu'il jugeait déplacée, Ektos préféra reporter son attention sur le paysage lointain qui se déroulait devant ses yeux, pourtant tout aussi ennuyeux que le reste. Il balaya l'espace devant lui d'un air morne, sans rien regarder de particulier. Il soupira. Cela devait être à peu près aujourd'hui que rentrait le convoi. Il ne savait pas s'il devait se sentir content ou malheureux. Car cela signifiait aussi le retour de Daïna et les corvées à merci. Mais d'autre part, il serait sorti manu militari de son ennui par une Hiérarque qui serait sûrement aussi irascible que d'habitude. Peut-être une bonne chose en somme. Cela mettrait de l'ambiance dans cette ville finalement ennuyeuse.

Au loin, un petit nuage de poussière se souleva, emporté par un vent qui courait au sol. Sur le coup, Ektos n'y prêta pas attention. Quand ses yeux balayèrent à nouveau l'endroit, le nuage avait progressé, se rapprochant à vue d'œil de la forteresse. Intrigué, le soldat arracha la lunette d'un de ses subalternes qui passait non loin de lui – et qui ne protesta pas, étant donné l'humeur massacrante de son supérieur. Ektos observa attentivement ce mouvement aérien qui provenait de la direction d'Émeraude, ignorant Kleptos qui déblatérait sur les bienfaits de la gastronomie du Siège. Rapidement, le nuage de poussière se mit à grossir et, bientôt, une vague silhouette, massive, en émergea, provoqué par la course effrénée d'un chariot.

Le chariot des prisonniers ! Ektos leva un sourcil surpris. Le chariot roulait à vive allure, comme s'il avait tous les démons infernaux à ses trousses, obligeant les personnes sur la route à dégager prestement le chemin s'ils ne voulaient pas se faire écraser. La prison sur roues se rapprochait à une cadence endiablée et Ektos distingua bientôt le cheval malmené par son conducteur. Le compagnon de Kleptos mâchonna songeusement son saucisson et avala ce qu'il en restait avec une rasade de bière. Si son souvenir était bon, le chariot était à l'origine tiré par deux chevaux. Il n'avait pas la vue d'un Aigle, mais la lunette aidant, il n'apercevait aucun des soldats qu'il avait côtoyés durant l'expédition. Il sentit l'excitation le gagner. Il avait certainement dû se passer quelque chose. Et sur ce dernier point, il en était convaincu : Daïna était absente du convoi…

« Regarde donc qui voilà… »

Kleptos releva à peine la tête, toujours trop occupé à manger pour s'affoler de ce qui se passait au-delà des trente centimètres qui séparaient la boustifaille de sa bouche. Il préféra s'informer auprès de son compagnon : il voyait tout, et de cette manière, rien ne l'obligeait à quitter son activité gustative du regard et des papilles.

« Qu'est-ce qu'il y a ? »

Un sourire se dessina lentement sur les lèvres d'Ektos.

« Limane… »

Kleptos jeta finalement un coup d'œil un peu contrit en direction du nouveau venu, histoire de s'assurer que son compagnon ne lui racontait pas que des bêtises.

« …Trop loin… » fit-il, sarcastique, en retournant aussitôt à son activité favorite.

Ektos ne répondit rien. Théoriquement, Daïna ne devait pas être loin. Conséquence, sa période de repos allait sûrement prendre fin sous peu et, à l'évidence, dans les heures à venir.

Le vieux soldat malmenait le cheval. Il l'encourageait et le maudissait tour à tour, de la voix et du fouet qu'il faisait bruyamment claquer dans l'air, forçant l'animal épuisé à garder une allure soutenue. Depuis qu'il était parti seul en laissant Daïna derrière lui, Limane n'avait cessé de penser à cette embuscade et aux Parias. C'était bien plus qu'un simple guet-apens.

Ces hommes, condamnés à la malédiction de Pourpre, ne pouvaient ignorer la douleur qui les rongeait. C'était la première fois qu'il voyait ça. Aussi loin qu'il s'en souvienne, il n'y avait pas de précédent et cela lui faisait froid dans le dos. D'autres forces étaient à l'œuvre, il en était certain. Il avait l'impression que le monde s'emballait tout d'un coup, sans crier gare : le Loup, et maintenant les Parias. Des évènements inhabituels, étranges, inexplicables. Quelle serait leur suite ? Il avait peur de l'imaginer. Il repensa à Daïna. Il avait laissé la Hiérarque seule, avec une certaine appréhension. Elle était forte, mais les Parias étaient nombreux. Il espérait que la jeune fille qu'elle poursuivait ne se jetterait pas dans la gueule du Loup, l'entraînant par la même occasion dans un piège pour le moins fatal.

C'était avec ces sombres pensées en tête que Limane avait poursuivi le voyage. Il avait lancé au trot son cheval désormais sans compagnon. L'animal était robuste et suffisamment fort pour tirer le chariot seul, mais il s'épuisait vite. Limane avait donc alterné marche et trot pour économiser les forces de la bête et, à peine quatre heures plus tard, il atteignait déjà l'orée de la forêt qui marquait l'arrivée à la montagne du Siège. Il croisait des paysans ou de jeunes enfants que l'on envoyait chercher du bois ou des champignons dans la forêt. Ceux-ci lancèrent des regards craintifs à Limane quand ils virent son uniforme taché de sang, la saleté sur son visage et son air bougon ; et des regards curieux sur cet homme prisonnier qui semblait dormir et dont la tête dodelinait lorsqu'un cahot un peu plus brusque faisait tressauter le chariot. Puis les arbres se firent plus rares, et la route s'élargit, s'ouvrant largement pour le mener à la citadelle qui le surplombait.

Le vieux soldat se sentait un peu plus rassuré. On n'oserait certainement plus l'attaquer sur cette partie-là du Siège : les soldats patrouillaient régulièrement aux abords de la forteresse et s'ils attaquaient, les assaillants se découvriraient et devraient ainsi craindre une protection du ciel, coordonnée par les Élites et les Gardes d'Éther.

Limane se concentra sur le chemin qui lui restait à parcourir : il lui faudrait encore une bonne heure d'ascension pour atteindre la forteresse avec le chariot. Encore trop de temps en présence du colosse. Il jeta un coup d'œil en arrière. Le prisonnier était toujours inconscient. Bien que malmené, et parfois même brutalement, celui-ci n'avait toujours pas ouvert un œil. Il était précipité contre les barreaux dans les virages que Limane prenait parfois un peu sèchement et tressautait lorsque le chemin était inégal, jonché de cailloux ou jalonné de trous. Malgré tout cela, le prisonnier persistait dans son inconscience. Ce qui, d'un certain point de vue, rassurait Limane : s'il venait à se réveiller, il ignorait comment lutter contre cette force de la nature. En outre, les barreaux cassés de sa prison ne l'empêcheraient nullement de s'échapper, et le vieux soldat serait trop fatigué pour le poursuivre : le combat l'avait épuisé et il sentait ses membres protester, ses articulations grincer à chacun de ses mouvements. Il n'aimait pas se l'avouer, mais même s'il avait beau s'entretenir, il prenait de l'âge. Il n'avait plus la force et la vigueur de ses vingt printemps ! Il préféra se concentrer sur le chemin. Ce n'était ni l'endroit, ni le moment de penser au crépuscule de son existence.

Dans la dernière lieue, Limane n'y tint plus et força le cheval à galoper, l'obligeant à tenir un rythme infernal. Il serra les dents. Il n'avait pas envie que sa bête crève aux portes du Siège, mais il avait tellement hâte de rentrer qu'il en prendrait le risque. À son grand soulagement, l'animal poursuivit vaillamment sa course à travers les faubourgs au pied de la ville et fit encore preuve d'une vélocité étonnante dans la côte qui menait au Siège. Par un hasard bienvenu, il se trouva que la route était exceptionnellement dégagée, et Limane arriva sans encombre dans la basse cour du Siège. Soulagé, le vieux soldat tira doucement sur le mors. Le cheval avait tenu le coup et il l'en remerciait. L'animal se figea au milieu de la cour, écumant, sa robe trempée de sueur, les jambes tremblantes, tétanisé par la fatigue. Malgré la sienne, Limane sauta à terre, pressé. Il vit un palefrenier qui s'avançait vers lui et la pauvre bête éreintée.

« Toi ! l'apostropha Limane. Prends soin de cette bête, elle a fait une longue et rude course ! Je passerai vérifier ! »
Le jeune homme acquiesça sans discuter, surpris de ces directives péremptoires. Il savait ce qu'il avait à faire, mais lorsqu'il vit l'air peu aimable de Limane, il s'abstint de tout commentaire et obéit docilement. Quant au vieux militaire, il regarda autour de lui et vit un groupe de

quatre soldats se diriger prestement vers lui. Son arrivée en trombe n'était pas passée inaperçue et les Sentinelles d'Éther les avaient déjà prévenus de son arrivée. Parfait, il gagnerait du temps. Il ne prit même pas la peine de reprendre son souffle et désigna le chariot :

« Vous ! Occupez-vous de ce prisonnier et mettez-le au cachot ! Deux gardes devant sa porte. Attention, il est dangereux ! »

Les hommes eurent un instant d'hésitation, reconnurent un de leurs supérieurs et obéirent aussitôt sans discuter. Quand il les vit s'exécuter, Limane s'estima brièvement satisfait. Il avait paré au plus pressé. À présent, le plus difficile restait à faire : solliciter un entretien auprès du Grand-Prêtre. Il n'avait vraiment pas de temps à perdre, la situation était très préoccupante : ça n'était pas le jour de lui mettre des bâtons dans les roues, et surtout pas des tracasseries administratives. Limane s'arma de courage et se précipita vers une entrée du Siège, celle qui menait vers les salles d'audience et les bureaux. Sa croisade n'était pas terminée, loin s'en fallait.

Du haut des remparts, deux compères n'avaient perdu aucune miette de toute la scène qui s'était déroulée en contrebas.

« Ben dis donc, l'est vraiment pressé, l'ancêtre ! s'étonna Kleptos.

– Tu connais la vieillesse : moins elle a de temps à vivre, moins elle aime attendre… », sourit son compagnon sardonique.

Limane monta quatre à quatre les escaliers menant à la haute cour, la traversa en courant, passa la très grande porte d'entrée du nouveau bâtiment et… tomba nez à nez avec un des hauts dignitaires chargé de prendre les audiences du Grand-Prêtre, étape obligatoire pour un passage devant son Éminence. Il regarda rapidement autour de lui. Le Chambellan qu'il connaissait était hors de vue et le chercher prendrait trop de temps. N'ayant pas le grade de Hiérarque et le privilège d'avoir l'oreille de Prodotès, Limane dut se résoudre à passer par ce dignitaire. Il détestait ce genre de personnage, souvent pompeux et arrogant, qui prenait prétexte de sa fonction pour regarder les gens de haut, eu état à sa soi-disant proximité avec le Grand-Prêtre. Certains profitaient même délibérément de leur petit pouvoir pour s'assurer des faveurs plus ou moins recommandables auprès de gens plus ou moins fréquentables. En réalité, le dignitaire des audiences ne voyait quasiment jamais le Grand-Prêtre et, après avoir fait un tri dans les requêtes, soumettait les demandes d'audiences au Chambellan qui les validait, ou non. Et à l'air suffisant avec lequel celui-ci le jaugea, Limane devina que ce dignitaire n'échappait pas à la règle. Tant pis si son odeur et sa tenue crasseuse lui déplaisaient, il n'avait pas de temps pour les ronds de jambe.

« Je suis Limane, second de la Hiérarque Daïna, attaqua d'emblée le vieux soldat. Annoncez-moi au Grand-Prêtre, s'il vous plaît : je dois lui parler de toute urgence ! »

L'homme lui jeta un regard peu amène, engoncé dans sa propre importance. On n'exigeait pas une audience, on la demandait. Et il n'avait d'ordre à recevoir de personne, surtout pas d'un militaire crotté, encore sali par la poussière du voyage et qui n'avait même pas pris le temps de faire un brin de toilette pour se présenter à lui. Mais comme cela était son travail, il daignerait lui répondre, aussi puant soit-il :

« Les demandes doivent être faites par écrit et adressées au Grand-Prêtre en indiquant les raisons de votre demande par un bref exposé de votre situation. »

Le ton condescendant hérissa tout de suite Limane. En plus d'être un parfait exemple du procédurier dans toute son horreur, ce dignitaire s'autorisait à le traiter comme un vulgaire paltoquet. Limane se força à garder son calme. Il n'avait pas fait tout ce chemin pour être bloqué par un gratte-papier :

« Je n'ai pas été assez clair, peut-être : la situation est *urgente* et ne souffre *aucun* délai !

– Pour ma part, je pense l'avoir été. Mais je me ferai un plaisir de vous simplifier les instructions nécessaires à l'aboutissement de votre demande : pas de demande écrite, pas d'audience ! »

Le dignitaire le toisa avec arrogance, un petit sourire supérieur plaqué sur les lèvres. Limane vit rouge et se retint de lui coller son poing sur le nez. Ces bureaucrates étaient une plaie. Tant pis pour la diplomatie. Il le saisit au col, le fit pivoter d'un quart de pas et le plaqua violemment contre le mur le plus proche. Le dignitaire en eut le souffle coupé. Limane plongea ses yeux noirs dans ceux de son interlocuteur, approcha son visage du sien et parla doucement, la voix lourde de menaces :

« Écoute-moi bien, imbécile : la situation actuelle exige une audience *immédiate* – j'insiste sur le terme *immédiat* – auprès du Grand-Prêtre. Dislui bien que c'est la Hiérarque Daïna elle-même qui m'envoie. Si je ne suis pas reçu dans l'heure qui suit, je m'arrange avec le Chambellan, un *très bon ami,* pour qu'il te mette à récurer les latrines pour le restant de ta carrière. Ai-je *clairement* exposé la situation ? »

Le visage du dignitaire avait pâli au fur et à mesure du discours de Limane. Si cet homme disait vrai à propos du Chambellan et des latrines, il pouvait faire une croix sur ses ambitions et dire adieu à son poste, aussi rentable que confortable. Mais cet homme n'était qu'un militaire : il ne pouvait donner d'ordre à un civil ! Et puis, ça n'était pas dans le protocole ! Il remplissait son devoir et il le faisait bien. Et personne n'avait le droit de lever la main sur lui ! Car il était *le* représentant du Grand-Prêtre dans sa maison ! Il était intouchable : un simple militaire ne pouvait le menacer, lui, un représentant de la plus haute autorité de Terra ! Rassemblant ce qui lui restait de courage ou d'inconscience, il essaya de raffermir sa voix, de prendre un ton qui se voulait plein d'assurance, sans réplique :

« Molestez-moi et je vous promets la cour martiale... Quant à votre entretien... »

Le choc contre le mur lui coupa le souffle. Sa tête cogna la paroi et il en vit trente-six chandelles.

« MAINTENANT ! »

Limane n'avait pu s'empêcher de crier. Des regards surpris se tournèrent vers lui, mais il n'en eut cure. La bêtise de ces dignitaires l'écœurait : beaucoup de ces nantis se croyaient supérieurs et n'avaient plus aucun respect pour les militaires. Ça le mettait hors de lui. Il relâcha l'insolent qui s'adossa au mur pour ne pas tomber, encore sous le choc. Limane compta trois secondes le temps que les idées du dignitaire se remettent en place dans ce qui lui servait de cervelle, le prit par le col, lui fit faire un demi-tour réglementaire et l'emmena – le traîna – comme un enfant pris en faute la main dans le sac. L'officiel essaya vainement de protester, de trouver une excuse qui lui permettrait de sauver la face et de lui éviter le récurage des latrines, mais il ne réussit qu'à articuler quelques sons étranglés, étouffé par son propre col qui le prenait en otage à la gorge.

Quelques instants plus tard, après avoir renvoyé le dignitaire mortifié, Limane patientait dans une antichambre, marchant nerveusement en rond, faisant des allées et venues entre la fenêtre et son siège, s'asseyant, puis repartant de plus belle, taraudé, assailli par de nombreuses pensées et incohérences qui avaient émaillé son retour au Siège. Sa nervosité ne faisait que s'accroître avec une attente qui n'en finissait plus. Il sentit une douleur au menton. Le vieux soldat s'aperçut que son vieux tic avait réapparu. Sa barbe peu soignée du voyage était torturée par ses doigts qui tiraient dessus sans vergogne, se prenant dans les nœuds qu'il essayait malhabilement de démêler sans même s'en rendre compte.

Ses pensées lui faisaient l'effet d'un tourbillon. Son esprit volait de détail en détail, s'attardant sur des choses qu'il n'avait pas remarquées au premier abord. Il échafaudait des hypothèses qu'il trouvait saugrenues, mais qui revenaient malgré lui. Parias, Loups. Loups, Parias. Une alliance entre les deux était impossible. Il en était persuadé. Mieux, il le savait.

Mais tout d'abord, les Parias. Comment avaient-ils pu échafauder un tel traquenard ? Leur chef était un Paria, Daïna et lui l'avaient vu. Leurs assaillants étaient des Parias. Lui-même en avait tué. Aucun doute n'était permis sur ça. Mais surtout, comment avaient-ils contré la malédiction de la Pourpre ? Limane jeta un coup d'œil par la fenêtre. Tout était calme. Trop calme. Il sentait que quelque chose se tramait dans l'ombre, mais il n'avait absolument aucune idée de quoi exactement. C'était seulement un sentiment. Il se rappela brusquement une remarque de Daïna. Durant le voyage de retour, en discutant, la conversation avait une nouvelle fois porté sur ce Loup qui avait mystérieusement surgi au Siège :

« Un espion, soutenait Daïna. Les Loups ne peuvent être des boucs émissaires… Qui voudraient d'une nouvelle guerre, si ce n'est eux ? »

Le raisonnement se tenait si on envisageait le fait que les habitants de Saphir tenaient à se venger des décennies d'exclusion. Mais des raisons poussaient Limane à envisager une solution tout autre, le contre-pied même de la Hiérarque :

« Et si les Loups étaient effectivement des boucs émissaires ? Et s'ils étaient manipulés ?...

– Mais dans quel intérêt ?... » avait-elle rétorqué.

Ou plutôt *dans l'intérêt de qui ?* C'était bien là que le bât blessait. Il n'en avait aucune idée. Juste cette mauvaise sensation dont il n'arrivait pas à se défaire. La sensation que les choses n'étaient pas aussi simples qu'elles le paraissaient. Elle était là, il la sentait, mais elle lui glissait entre les doigts, insaisissable. Il soupira : une sensation n'était pas suffisante pour étayer des preuves. Contrarié, Limane se força au calme.

Il décida de laisser cette question en suspens pour le moment et se mit à examiner un autre détail qui le tracassait : quelle était la cible des Parias et pourquoi ? Pour la cible, il ne voyait que cet homme fait prisonnier par Daïna, mais Limane avait rapidement écarté la thèse du grand bandit en cavale. Le vieux soldat les avait trouvés tous les trois sur la plage : Daïna, cet homme et une jeune fille, la sienne a priori. Si dangereux soit-il, un brigand a toujours une cour de malandrins en tous genres pour l'aider ou le protéger, mais aussi pour asseoir son pouvoir. Chose vraie dans toutes les strates de la société, soit dit en passant. De plus, Limane voyait mal le Grand-Prêtre affréter une expédition pour appréhender un simple bandit : des traités avec les souverains existaient pour ce genre de situation et mettaient en œuvre un principe de coopération pour arrêter les brigands dans les meilleures conditions.

Puis la Hiérarque lui avait avoué qu'il était en fait l'Aïrétion d'Émeraude. Il en avait éprouvé un sacré choc. Bien qu'il n'ait pas cette haine des Élus comme pouvait l'avoir sa supérieure, Limane était méfiant vis-à-vis d'eux. Par leur faute, Terra avait bien failli basculer dans la destruction. Certes, il pouvait être l'Aïrétion, mais rien n'indiquait ce statut. Alors comment Daïna avait-elle pu le reconnaître en tant que tel ? Et comment les Parias avaient-ils pu connaître la nature de leur cible, en admettant que ce soit ce colosse qu'ils visaient ? Quelque chose n'allait vraiment pas : ou bien il lui manquait la moitié des informations, ou bien il était réellement devenu aveugle avec l'âge. Le fait était qu'il n'avait aucune réponse pour le moment.

À défaut d'explications, Limane prolongea sa réflexion. À la lumière de cet élément qu'était la découverte de l'Élu, le voyage prenait à présent une tout autre tournure. Pourquoi ce périple sur Émeraude si ce n'était pour trouver l'Aïrétion, et dans quel but ? Daïna avait tenu à le ramener personnellement. Pourquoi ne l'avait-elle tout simplement pas remis aux autorités de la ville, et plus simplement au roi Élithios ? La Hiérarque, qui lui avait d'ailleurs parlé d'une mission d'ambassade. Ambassade à propos de quoi ? Dès qu'elle avait capturé cet homme, Daïna avait aussitôt pris le chemin du retour, remuant ciel et terre pour partir le plus vite possible : abandonner une mission d'ambassade spécialement décidée par le Grand-Prêtre relevait de l'incongru, de l'inconcevable. Cette mission d'ambassade n'aurait été qu'une mission de couverture pour capturer ce prisonnier d'exception ? Quel était donc l'intérêt de cacher cette capture de prestige, à moins de déclencher un incident diplomatique ? Tout le monde savait que la découverte de l'Aïrétion était un évènement en Émeraude, en particulier depuis que le roi Élithios avait accédé au pouvoir, et faisait tout pour que son fils soit reconnu comme tel. Limane se morigéna. Il baissait. Et même bigrement. Comment n'avait-il pas pu voir toutes ces incohérences qui, finalement, sautaient aux yeux dès qu'on se donnait un peu la peine de réfléchir ? Vingt ans plus tôt, jamais il n'aurait suivi sa supérieure sans se poser des questions comme celles-ci.

Limane fit mentalement son bilan. Bien peu de choses, à vrai dire : beaucoup de questions, pas de réponses, et peut-être deux certitudes. Première chose : Daïna avait dû recevoir une mission d'un ordre particulier et l'ambassade n'avait fait que servir de couverture. Deuxième chose : tout semblait tourner autour de ce prisonnier, qui semblait avoir été le but de ce voyage. Mais pour quelle raison ? *Quelles raisons*, rectifia Limane. Cela dépassait son entendement, et seul le Grand-Prêtre en connaissait tous les tenants et aboutissants. Limane soupira. Il ne pouvait qu'espérer être mis dans la confidence, mais rien ne permettait d'affirmer que Prodotès le ferait. En conclusion, un seul vrai problème se posait sans qu'aucune explication ne puisse être avancée : le guet-apens des Parias et leur soudaine liberté de mouvement.

« Le Grand-Prêtre vous attend. »

Un serviteur en livrée bleue l'interrompit dans ses pensées. Il avait passé la porte sans un bruit et le regardait avec un air indifférent, blasé. Limane ne le connaissait pas. Décidément, il ne connaissait plus beaucoup de monde ces derniers temps. Il était vrai qu'il avait déserté les couloirs de l'administration du Siège depuis un moment, passant plus de temps dehors à former les nouvelles recrues, à courir les ports du Siège pour surveiller les livraisons destinées au Grand-Prêtre, ou à récolter des informations concernant les problèmes de contrebande. Limane se leva précipitamment, s'attirant le regard désapprobateur du serviteur quand celui-ci vit l'état lamentable de ses vêtements, s'en moqua, et fut prêt :

« Je vous suis. »

Le serviteur ne répondit rien et se contenta de précéder le soldat vieillissant dans la pièce où se trouvait le Grand-Prêtre de Terra. Sans pouvoir se départir de son air soucieux et de la fatigue de la journée, Limane lui emboîta le pas et fut introduit dans le bureau de Prodotès.

« Entrez, Limane ! »

La voix bienveillante du Grand-Prêtre l'accueillit comme une bouffée d'oxygène, reconnaissable à la sensation de plénitude qui en émanait et s'emparait du visiteur, emmenant avec elle toute fatigue et tout tracas.

Limane s'ébroua intérieurement. Non, il ne devait pas céder à cette sensation de bien-être. Il devait garder tous ses sens bien clairs afin d'expliquer la grave situation dans laquelle Terra risquait d'être plongée, tout en n'omettant aucun détail. Il salua le Grand-Prêtre sans plus tarder, inclinant légèrement le buste.

« Mes respects, Éminence…

– Vous me voyez heureux de vous revoir ! »

Prodotès tendit les bras vers lui comme à un vieil ami. Il avait l'air sincèrement heureux de le retrouver.

« Cela fait bien longtemps depuis notre dernière rencontre. »

Le Grand-Prêtre fronça les sourcils, tentant de se rappeler.

« Cela doit bien faire deux ans. Depuis la nomination de cette chère Daïna au poste d'Hiérarque…

– Vous avez une excellente mémoire, Éminence, approuva Limane. C'est tout à fait cela…

– Alors, dites-moi, Limane : quelles nouvelles urgentes m'apportez-vous au point de malmener l'un de mes aides ?

– Sauf votre respect, Éminence, je ne l'ai pas brutalisé, juste réprimandé, répondit Limane d'un ton égal. Son insolence et son manque de respect devaient être corrigés. »

Prodotès eut un sourire mi-figue, mi-raisin et balaya l'objection d'un geste. Cette question ne paraissait pas l'intéresser outremesure.

« Qu'importe. Vous n'êtes pas venu ici pour discuter discipline et éducation. Ce sont malheureusement des valeurs que le rang a tendance à faire oublier. Dites-moi tout sur ce qui vous tracasse. »

Limane s'exécuta. Pendant qu'il parlait, Prodotès s'avança jusqu'à son meuble en coin où étaient rangés verres et liqueurs. Il l'ouvrit, en retira deux verres, choisit une liqueur violette et en versa un généreux contenu dans chacun des verres en cristal des Sables.

« Lors du voyage sur Émeraude, un homme et une jeune fille ont été capturés par la Hiérarque. Si le prisonnier que j'ai escorté est bien arrivé dans les geôles du Siège, la Hiérarque Daïna a pris en chasse la seconde prisonnière qui s'est échappée. Elle devrait arriver d'ici peu, mais j'ignore si elle a pu la rattraper. Pour le reste, les nouvelles sont, hélas, bien plus mauvaises… »

Prodotès l'incita à poursuivre son récit d'un bref regard, tandis qu'il rangeait la bouteille parmi les autres liqueurs. Assuré d'avoir l'attention de son interlocuteur, Limane reprit :

« Avant de partir, la Hiérarque m'a chargé de vous faire un rapport préliminaire sur une embuscade, qui nous a été tendue ce matin, sur les terres même du Siège... »

Prodotès fronça les sourcils.

« Une embuscade ? Et sur les terres du Siège ? Ce sont effectivement de fâcheuses nouvelles que vous me contez là… »

Il revint lentement vers Limane, attentif. Il lui tendit le verre plein ; le soldat s'en saisit délicatement, remerciant le Grand-Prêtre d'un léger signe de tête.

« Effectivement. Mais ce qui est plus fâcheux encore, c'est le fait que nos assaillants étaient des Parias. Tous ceux que j'ai vus. Y compris leur chef. »

À la mention des Parias, le Grand-Prêtre avait levé un sourcil interrogateur, le regard quelque peu incrédule.

« Des Parias, dites-vous ?

– Oui, Éminence. Aussi étrange que cela puisse paraître. Leur embuscade était préparée, réfléchie, organisée dans les moindres détails. Ils ont tué tous nos hommes, y compris le renfort d'Élites d'Émeraude…

– Un renfort… d'Élites ? »

Prodotès parut surpris. Limane acquiesça.

« Oui. La Hiérarque avait jugé bon de mettre les prisonniers sous bonne escorte au vu de leur dangerosité. Finalement, ces hommes se sont battus contre un tout autre danger et, sans leur courage, je ne serais pas là pour vous rapporter la situation.

– Et ce danger, ce sont des… Parias ? »

Le Grand-Prêtre paraissait extrêmement sceptique. *Et il y avait de quoi,* songea Limane.

« Je les ai vus comme je vous vois, Éminence. Beaucoup ont été tués, ainsi que leur chef, grâce à la Hiérarque elle-même ; d'autres ont pris la fuite…

– Êtes-vous en train de me dire que la malédiction de Pourpre n'opérerait plus ? » coupa brusquement Prodotès.

Limane ne cilla pas. Ils touchaient à présent le fond du problème. Le ton tout à l'heure cordial du Grand-Prêtre s'était fait plus froid, plus distant. Le vieux soldat comprenait parfaitement que cela ne lui plût pas et qu'il montrât des réticences à y ajouter foi : c'était Prodotès lui-même qui était à l'origine de cette punition. Dans les faits, Limane remettait en cause une des plus grandes réussites du Grand-Prêtre, établie sur Terra depuis plusieurs centaines de cycles. Qu'importe, il ne pouvait se permettre de ménager les susceptibilités, le problème était trop grave. Même s'il devait appuyer là où cela faisait mal, il devait absolument rendre compte de ce qu'il avait observé.

« Il semblerait en effet que la Pourpre ait cessé d'agir. Ils étaient tout à fait autonomes, dynamiques. Et j'ai pu constater par moi-même que les taches de Pourpre sur le corps étaient bien réelles, et non une vulgaire peinture ou un quelconque artifice. »

L'Éminence resta silencieuse. Limane ne savait que penser. Non seulement il se taisait, mais il semblait également peu disposé à le croire. Il s'y était attendu, mais voir de ses propres yeux que sa parole était mise en doute était beaucoup plus difficile à souffrir. Limane sentit qu'il épuisait l'intérêt et la patience de Prodotès. Le bras droit de Daïna devait rapidement conclure avant que le Grand-Prêtre n'en prît davantage ombrage et ne l'invitât à partir. Il enfonça le clou :

« Il s'agit pour l'instant d'un acte isolé, mais cette attaque ne peut rester ignorée, et surtout au Siège. Cela est d'autant plus grave que nous pouvons craindre qu'ils aient réellement trouvé un moyen de figer la malédiction qui les ronge… Ce qui les rendrait plus forts, plus dangereux… Plus imprévisibles aussi… »

Limane se tut. Il était inquiet. Prodotès ne disait toujours rien. L'Éminence s'éloigna de quelques pas pour observer le passage d'un oiseau dans le ciel tout en méditant sur ce que venait de lui rapporter le militaire. Il fit tourner la liqueur dans son verre, pensivement. Pour se donner de la contenance, Limane trempa le bout de ses lèvres dans le liquide fruité. La saveur sucrée lui donna envie de vomir et l'odeur de l'alcool lui fit tourner la tête. Il préféra garder le verre à la main et attendit.

« Vous rendez-vous compte de ce que vous avancez ? »

Le ton était calme, mais Limane ne put s'empêcher de frissonner. Bien que d'apparence il se savait plus vieux que le Grand-Prêtre, il se sentait tout petit devant cet homme au passé si long qu'une année ne suffirait pas à relater seulement les grands épisodes de sa vie. Et lui, Limane, simple militaire, le remettait en cause ! Il avala péniblement sa salive :

« Cela semble absurde, mais les faits sont là. »

Prodotès se retourna vers lui et plongea son regard de braise dans les yeux de Limane. Le vieux militaire sursauta. Un bref instant, il avait cru y voir un flamboiement de violence. Puis l'apaisement était subitement revenu et le Grand-Prêtre lui parlait maintenant d'un ton calme. Froid, mais calme.

« Il y a une chose que vous devez bien saisir, Limane : le Sceau de Pourpre, que ses détracteurs appellent *"malédiction"*, a été conçu de manière persuasive et dissuasive. Il avait pour tâche de remplacer les mesures coercitives inefficaces qui régissaient jusqu'alors la vie judiciaire de Terra. »

Limane approuva docilement. Il connaissait déjà tout cela pour l'avoir lui-même appris et enseigné. Néanmoins, rien ne semblait pouvoir arrêter Prodotès dans son exposé.

« Et le moins que l'on puisse dire, c'est que cela fut une réussite. »

Les traits du Grand-Prêtre se durcirent. Il marcha à sa bibliothèque et se mit à chercher un volume dans sa bibliothèque, ne s'interrompant dans ses explications qu'un bref instant pour retirer le livre qu'il cherchait.

« Dans les faits, la tache de Pourpre s'étend sur le corps de manière proportionnelle à la gravité du crime… Les symptômes se caractérisent par une faiblesse physique générale, cette tache pourpre sur le corps, ainsi qu'une propagation de la douleur, dont l'intensité varie également en fonction du crime. Ces facteurs ont pour but de rappeler continuellement au condamné sa faute jusqu'à son expiation ou sa mort. »

Prodotès posa le livre qu'il avait retiré du rayonnage sur son bureau. Sans cesser ses explications, il se mit à tourner les pages de l'ouvrage, cherchant un passage précis :

« Voyez-vous, la Pourpre est un châtiment on ne peut plus juste, qui prend en compte crime, punition et douleur… Tenez. »

Prodotès arrêta de tourner les pages et tendit à Limane l'épais ouvrage qu'il tint ouvert sur une double page illustrée. Chacune des pages représentait un dessin différent, richement illustré, détaillé, aux couleurs lumineuses. Presque vivant. Chaque illustration était surmontée d'un phylactère ondoyant, orné de caractères gothiques cursifs noirs. À gauche était indiqué le *Voleur*, tandis que l'inscription de droite faisait référence à un *Meurtrier*. Le Voleur était debout, le torse dénudé. À ses pieds traînait une bourse d'argent débordant de pièces, fruit de son larcin. L'homme se tenait debout, chancelant, tenant sa main tachée, et sur laquelle la Pourpre continuait de ramper le long de son bras. Son visage souffrait, implorant vers le ciel, implorant vers ce sceau d'un rouge profond créé par le Grand-Prêtre, et qui pendait juste au-dessus de lui, rayonnant de justice.

Sur l'illustration de droite, le Meurtrier était à genoux, essayant en vain de se relever pour fuir le crime qu'il avait commis : le cadavre d'une femme gisait à ses pieds, la poitrine ornée d'un œillet rouge, trace sanglante d'un poignard souillé que tenait à la main son assassin. Le sang de la lame coulait le long de l'acier, du manche, de la main et du bras, se confondant avec la tache de Pourpre qui le dévorait littéralement sur tout le corps, aspirant son énergie, l'irradiant d'une douleur ravageuse. L'homme voulait se relever, mais la Pourpre le rivait à terre et consumait ses forces sous l'œil flamboyant du Sceau. Limane avait pris le livre. Les deux dessins étaient saisissants de réalisme. Le vieux soldat sentit son estomac se serrer quand il lut la détresse sur les visages des condamnés. La mort n'était-elle finalement pas un châtiment plus clément que la souffrance ?

Plongé dans ses pensées, Limane écoutait d'une oreille distraite le Grand-Prêtre, qui continuait de lui dispenser des explications qui eussent été passionnantes, s'il ne les connaissait déjà. Toutefois, il n'osa l'interrompre et préféra donner le temps au grand homme de conclure sans le perturber de nouveau. Le soldat craignait de l'offenser et, finalement, de ne pas s'en tirer à si bon compte que ça. Il avait beau connaître le Grand-Prêtre depuis de longues années, il n'en était pas pour autant un de ses proches. Prodotès tapotait les deux images d'un doigt maigre, ramenant dans le même temps Limane à ses explications :

« Regardez. De cette manière, et bien qu'il soit voleur ou meurtrier, le coupable sera dissuadé de persister dans son erreur, et ses pairs seront tout aussi dissuadés de désobéir aux lois de Terra sous peine de subir le même châtiment. S'il y a récidive, le fautif s'expose à une aggravation de ces trois symptômes : tache, souffrance, faiblesse. »
Le Grand-Prêtre s'interrompit, soupçonneux.

« Mes explications sont-elles claires ?

– Parfaitement claires », répondit doucement Limane.
Le vieux soldat s'exhorta à la patience. Prodotès ne lui apprenait rien. Et il avait autre chose à faire que de recevoir une leçon de droit sur les châtiments corporels. Il cacha son empressement. Il n'avait pas voulu vexer l'Éminence, et il ne faisait que recevoir le juste retour des doutes qu'il avait semés : un nettoyage doctrinal en règle destiné à assainir ses propres croyances. Il ne pouvait qu'approuver. Il regarda le Grand-Prêtre. Prodotès le fixait de son regard ardent, perçant. Limane comprit qu'il ne souffrirait aucune nouvelle contradiction.

« Ceci, poursuivit Prodotès, était la partie qui devait vous démontrer qu'un Paria est incapable d'exercer une action d'envergure aussi importante qu'une embuscade ou un combat. Tout juste a-t-il normalement seulement la force de se nourrir. Certainement pas de tuer. Ensuite… » Prodotès reprit le livre des mains de Limane et le referma avec un claquement sec.

« …Pour ce qui concerne la condamnation de ces Parias, le Sceau de Pourpre n'est autorisé et n'est utilisé qu'après jugement des autorités compétentes. C'est-à-dire la Grande-Prêtresse Miarah et moi-même… » Limane se raidit, mal à l'aise. Ses craintes ne faisaient que se confirmer : en remettant en cause le Sceau de Pourpre et son action sur les Parias, il avait indirectement accusé Prodotès. Et cela, le Grand-Prêtre ne le tolérait pas :

« … Par conséquent, nul ne peut contrôler ces Parias sans passer par mon intermédiaire, et uniquement le mien ou celui de la Grande-Prêtresse. Ce que vous dites nous impliquerait donc en totalité. Et cette accusation, je ne peux l'admettre au vu de notre dévouement qui, je l'espère, apparaît encore intègre à vos yeux et à ceux de Terra. » Limane déglutit avec difficulté. Il reconnaissait son erreur. Mais il ne pouvait nier le fait que c'étaient des Parias qu'il avait affrontés dans la forêt. Il ne pouvait remettre en cause le Grand-Prêtre, mais, de toute évidence, il y avait une incohérence quelque part. Il allait devoir retourner sur les lieux de l'embuscade, examiner à nouveau les corps, ramener les preuves de ce qu'il avançait, faire appel à ses contacts pour savoir si quelque chose n'était pas en train de se tramer en cachette, trier et faire des recoupements de tout ce qui serait dit. Bref, essayer de comprendre. Cependant, pour le moment, il devait avant tout faire amende honorable. Il s'inclina avec humilité devant le Grand-Prêtre :

« Je vous demande humblement pardon, Éminence. Il n'était nullement dans mon intention de vous offenser… » Le Grand-Prêtre se radoucit, un peu.

« Vous êtes pardonné, Limane… » Le vieux soldat s'inclina un peu plus bas, remerciant sans un mot le Grand-Prêtre de sa magnanimité.

« Mais vous êtes fatigué de votre voyage, ajouta Prodotès d'une voix suave. Un peu de repos vous fera le plus grand bien. » Limane ne s'y trompa point. Il n'était pas seulement congédié, mais surtout écarté. Il se releva, cachant au mieux son dépit, et remercia le Grand-Prêtre de ce qu'il devait prendre comme une faveur :

« Merci de votre sollicitude, Éminence. »

Le Grand-Prêtre inclina brièvement la tête. L'entretien était terminé, il n'y avait rien à ajouter. Limane regagna la porte, amer et préoccupé. Ce n'était pas de ce côté-ci qu'il trouverait du soutien. Il devait prévenir Daïna au plus vite. En tant que Hiérarque, le Grand-Prêtre devrait l'écouter. Sa parole pèserait peut-être plus que la sienne. Pour le moment, il décida d'écouter les conseils de Prodotès. L'antichambre dépassée, il opta pour la direction des quartiers militaires. Et des bains.

*
*   *

Sitôt Limane parti, Prodotès grogna, mécontent. Depuis quand son autorité était-elle mise en doute ? Il allait devoir corriger ça. Prodotès connaissait Limane : c'était un homme consciencieux, qui ne laissait pas de place à l'incertitude. Il vérifierait de son propre côté, le Grand-Prêtre en était sûr. Il devait le consigner quelque temps dans ses quartiers : il ne fallait pas qu'il parle. Il était encore trop tôt. S'il s'avisait de fouiller là où il ne devait pas, tout effet de surprise serait éventé. C'était déjà une chance que ces imbéciles de Parias aient tué tous les soldats du convoi. Venant de la part de Daïna, il s'était attendu à une manœuvre de ce genre-là, mais réquisitionner des Élites avait été inattendu. La mise au point de l'embuscade avait été un exercice de haute volée, et il eût été dommage de le gâcher par trop de survivants indésirables. Trouver les hommes n'avait pas été très difficile : ils pullulaient comme de la vermine sur un mendiant. Les convaincre n'avait pas été difficile non plus : lequel aurait refusé une amnistie totale pour ses crimes passés ? L'absolution pour une cible : le marché avait été rapidement conclu. Tout s'était passé par l'intermédiaire du Bossu, un homme de main dont la discrétion n'avait d'égal que sa laideur. Prodotès n'était jamais intervenu directement : personne ne remonterait jusqu'à lui, et le Bossu ne parlerait jamais. Cette dégénérescence ambulante avait le mérite d'être fidèle – terrifié, surtout – et il pouvait endurer mille morts sans qu'il ne parlât. Ça, il le savait. Un atout précieux dans un monde de bavards. Prodotès avait décidé du lieu et laissé le reste des détails à cet ancien stratège militaire : celui-ci pouvait avoir une dernière utilité. Il n'avait pas précisé de cible, juste un ordre lapidaire. Moins de questions, plus d'efficacité.

Durant des années, ces Parias avaient accumulé haine et rancœur contre soldats et toute autre personne non tachée de Pourpre. Prodotès leur avait simplement donné un exutoire, dans lequel leur violence avait pu trouver un refuge. Il leur avait donné une chance et ils avaient échoué. La seule cible qui aurait dû mourir était encore en vie. Prodotès eut un geste d'humeur : heureusement qu'il avait paré à toutes les éventualités… Le Grand-Prêtre respira profondément et se calma instantanément. Le moment n'était pas venu de perdre son sang-froid. Il avait trop attendu pour ça. De toute façon, et bien qu'elle ait raté, l'attaque des Parias n'était pas qu'un coup d'épée dans l'eau. Prodotès avait simplement avancé son premier pion. Quelques coups retentirent à la porte, l'arrachant à ses pensées. Décidément, on ne lui accorderait jamais quelques minutes de répit !

« Entrez ! »

Le Grand-Prêtre avait aboyé. Un homme entre deux âges ouvrit timidement la porte. Un serviteur. Qui avait compris que Son Excellence n'était pas aujourd'hui de très bonne humeur. Il lui délivra son message d'une voix précipitée :

« La Hiérarque vient de franchir l'enceinte du Siège…

– Bien. Qu'elle vienne dès que possible. Je l'attendrai dans ce bureau.

– À vos ordres, Éminence. »

Le serviteur s'apprêtait à se retirer quand le Grand-Prêtre l'arrêta d'un geste. Le messager se raidit.

« …Et une dernière chose… »

Le serviteur se retira sitôt l'ordre reçu, aussi silencieux et discret qu'un courant d'air. Prodotès se dirigea vers sa fenêtre, regarda les Lunes dans le ciel de l'après-midi, quartiers irréguliers de couleurs pâles. Il ne lui restait plus qu'à attendre. Mais attendre était devenu une seconde nature chez lui.

Chapitre 21

Il distingua un léger froissement de tissu derrière lui, à peine audible. Prodotès ne bougea pas. Ne se retourna pas. Un pas feutré s'avança vers lui, glissant imperceptiblement sur les épais tapis qui recouvraient le sol de son bureau. Elle était entrée discrètement, sans un bruit Comme à son habitude. À peine savait-il d'où elle venait. Dans un souffle, Miarah s'arrêta à quelques pas de lui, ange ou démon, il ne savait plus trop. Sûrement ange. Car sa présence le rassurait aussi sûrement que sa froideur en éloignait d'autres. Elle veillait sur lui, l'assistant dans toutes ses tâches par sa simple présence. Elle lui donnait la volonté de continuer, de toujours aller de l'avant. Dans les moments difficiles surtout. Comme maintenant. Il frissonna.

« Ta soif de sang s'est-elle apaisée ? »
Elle avait murmuré, doucement. Un souffle réconfortant, qui eût été tiède si cela avait été une autre femme. Mais le sien était… autre. D'aucuns auraient dit glacé. Peut-être parce que les autres hommes ne la connaissaient pas comme lui la connaissait. Elle avait tout de suite compris. Prodotès resserra ses bras autour de lui, essayant de retenir une chaleur qui le fuyait.

« En partie… Mais elle se réveille de plus en plus fréquemment… »
La soif de sang. Une soif dévorante, qui lui rongeait les entrailles plus sûrement qu'un fer chauffé à blanc plongé dans ses intérieurs. Cette soif était un serpent sinueux, qui se cachait dès que Prodotès trempait sa langue et ses lèvres dans le précieux liquide, et ressurgissait quelque temps plus tard, brusquement, quand il croyait l'avoir apaisée, en sifflant sa colère, tordant ses anneaux dans le corps de son hôte et réclamant une nouvelle part de vie palpitante. Cette violence le vidait de ses forces autant qu'elle l'enivrait lorsqu'il donnait libre cours à sa rage. Habituellement, cette soif de sang ne se réveillait que rarement. L'année passée, Prodotès n'avait tué que deux fois. Ses victimes, des vagabonds ou des orphelins ramassés sur le bord de la route, suffisaient à calmer le serpent.

Inconnus de tous, personne ne les réclamait. Et si tel était le cas, l'indésirable disparaissait à son tour. Mais cela avait changé. Depuis l'apparition de la Lune de Saphir.

Le mince croissant aux couleurs sombres de la nuit avait surgi dans le ciel. Surprise des astronomes, surprise des populations, affolement aussi. Cela signifiait le retour des Loups, le retour du Bouleversement. Mais Prodotès était là, comme il l'avait déjà fait par le passé. Et contre le Bouleversement, le monde devait découvrir les Aïrétions et les amener au Grand-Prêtre, qui les reconnaîtrait comme tels. Des épreuves étaient ainsi organisées sur tous les continents pour désigner ceux qui seraient les nouveaux Élus, à l'instar d'Émeraude. Pour l'instant, sans succès. Cependant, pour le Grand-Prêtre, cet objectif était secondaire.

Son objectif principal était autre, bien plus remarquable. Il avait juste voulu river l'attention des foules et la verrouiller sur un thème commun, qui puisse attirer leur attention sur quelque chose d'incontournable. Promettre une gloire facile, gagner de l'argent, le pouvoir des forts sur les faibles : voilà tout ce qu'il leur avait promis. Flattez l'ego d'un homme ou de mille hommes, et ils feraient tout ce que lui voudrait. Des promesses, juste des promesses. Il les tenait juste un peu pour les satisfaire dans un subtil équilibre de jeux de pouvoirs, qu'il prenait soin de toujours garder à son avantage. Manipuler les masses avait toujours été pour lui d'une facilité déconcertante.

Mais cette soif inextinguible, qui renaissait, le privait du sentiment de jouir de ce pouvoir. Le plaisir qu'il en éprouvait s'évanouissait sous les coups de boutoir que lui assenait le serpent. Alors il l'apaisait en tuant, éprouvant paradoxalement une satisfaction et un désir de sang toujours plus grand. Chaque fois, il devait lutter encore davantage pour ne pas perdre le contrôle. Là était le danger.

La Grande-Prêtresse se rapprocha. Prodotès frissonna de nouveau.

« Maîtrise tes instincts : il n'est pas l'heure de les libérer…

– J'essaye… Mais l'appel du sang est fort…, marmonna sombrement Prodotès.

– Et c'est ce qui fait ta force, le rassura Miarah. Contrôle-toi et tu deviendras plus puissant encore. »

Prodotès acquiesça. La voix de la Grande-Prêtresse était froide. Son réconfort n'apparaissait que sur ses lèvres. Son cœur était balayé par les vents glacés de la raison. L'intuition était une notion étrangère pour elle.

Elle planifiait, ne laissait aucune émotion transparaître, ne se laissait guider que par une logique connue d'elle seule. Et Prodotès la suivait, mû par la puissante volonté de cette femme.

« Pour ce qui est de tes ordres, sache qu'ils ont été exécutés. »

La voix de Miarah le ramena sur Terra. Égaré dans ses pensées, il s'aperçut que son regard s'était posé sur la Grande-Prêtresse et n'en bougeait plus, comme hypnotisé. Miarah le regardait sans sourciller, sans bouger, nullement gênée par ce regard, attendant qu'il revienne à lui. Prodotès s'arracha à sa vision, cherchant dans sa mémoire les dernières directives qu'il avait données. Les ordres. Ses ordres. Il y était, ça lui revenait. Il hocha la tête, satisfait.

« Bien. Il ne nous reste plus qu'à attendre… »

Trois coups clairement frappés à la porte de son bureau résonnèrent. Prodotès s'interrompit et se tourna vers le bruit.

« …Et elle vient d'arriver… Parfait. »

Prodotès eut un petit sourire à l'attention de la Grande-Prêtresse.

« Je crois que nous pouvons la faire entrer, chère Miarah…

– Laissez-moi faire, Grand-Prêtre. »

Il la remercia courtoisement d'un signe de tête. Il était rare que Miarah se déplaçât pour ce genre de chose. Était-ce un signe d'impatience ? Prodotès l'ignorait, mais cela y ressemblait fort. La Grande-Prêtresse se dirigea vers la porte, habituellement ouverte par un serviteur, mais renvoyé pour l'occasion par Prodotès : il n'avait pas besoin d'oreilles indiscrètes pour cette fois-ci. Les affaires qui s'y discuteraient dans les prochaines minutes seraient tout particulièrement sensibles. Miarah ouvrit le battant et Daïna apparut dans l'encadrement de la porte, droite et fière.

*
*   *

La Hiérarque avait les traits tirés : les dernières heures n'avaient pas été de tout repos. Depuis l'embuscade sur Émeraude et la course dans les bois pour essayer de rattraper sans succès la fugitive, elle avait poussé son cheval dans ses derniers retranchements pour rentrer au Siège au plus vite. La bête avait failli s'écrouler à plusieurs reprises, mais Daïna l'avait tenue d'une main de fer, jusqu'au bout. À son arrivée, à peine une heure après Limane, elle avait donné les rênes à un palefrenier qui avait accouru et avait ordonné une double ration d'avoine pour la courageuse bête. Elle n'avait même pas pris le temps de passer à ses appartements et s'était tout de suite dirigée vers les somptueux bureaux du Siège, vers le bureau du Grand-Prêtre.

La jeune femme se sentait crasseuse, fatiguée, n'osa même pas se regarder dans un des miroirs qui décoraient les murs des couloirs, pour ne pas voir son visage au teint cireux. En outre, ses yeux devaient briller de fatigue, enfoncés dans leurs orbites creuses, soulignées par des cernes de plus en plus violets et bordés de noir. Ses cheveux devaient être encore parsemés de brindilles, témoignage de la poursuite acharnée qu'elle avait livrée dans la forêt. Malgré tous ses efforts, elle n'avait pas réussi à se rendre aussi présentable qu'elle le voulait. Un vrai masque d'épouvante ! Coup de chance, le début de ce printemps avait été clément et lui avait épargné les pluies battantes qui auraient dû la détremper et maculer ses chausses d'une boue collante. Daïna poussa un soupir : au moins, elle avait quelque chose de presque convenable à présenter si on ne prêtait pas attention à la poussière qui recouvrait le cuir de ses bottes.

Elle grimpa les escaliers d'un pas rapide, ignorant les regards désapprobateurs ou moqueurs des femmes qu'elle croisait, salua d'un signe de tête les soldats de sa connaissance et chassa d'un geste les serviteurs qui se précipitaient vers elle pour s'enquérir de ses exigences. Toute son attention restait fixée sur sa destination et sur les points essentiels de son rapport, qu'elle repassait dans sa tête pour les présenter au Grand-Prêtre. Elle en avait terminé avec ce petit exercice quand elle arriva au quatrième étage de la citadelle : elle avait monté tous les escaliers en un temps record et dut marquer un temps d'arrêt. Les parois du mur dansèrent devant ses yeux. Les jambes tremblantes, elle se tint au mur pour ne pas tomber. Son cœur cogna douloureusement dans sa poitrine. Daïna sentit les pores de sa peau laisser perler une fine couche de sueur. Instantanément, elle ressentit une vague de froid l'envahir. Elle frissonna. La sensation de vertige se dissipa au bout de quelques instants, se retirant lentement. La Hiérarque ne put s'empêcher d'en éprouver un sentiment désagréable, indéfinissable. Elle s'empressa de le chasser de son esprit et releva la tête. Les battements de son cœur s'étaient calmés et les murs étaient redevenus immobiles, ses jambes un peu plus solides. Daïna se redressa et recommença à marcher, d'abord doucement, puis d'un pas plus ferme. La jeune femme repartit de plus belle, en laissant derrière elle les regards curieux qu'un groupe de riches marchands lui jeta, mi-surpris, mi-grivois.

Après un dernier couloir, la Hiérarque tourna à gauche et arriva dans un large couloir, blanc, décoré de somptueuses peintures, alternant oriflammes du Siège et paysages de Terra. De hautes et larges fenêtres agrémentaient les parois et laissaient tomber une lumière claire, une lumière de sérénité dans laquelle Daïna aimait volontiers se plonger lors de ses rares excursions solitaires, quand elle sentait le soleil chauffer ses plumes et faire circuler son sang de la façon la plus revigorante qui soit. Mais aujourd'hui, elle ne volerait pas, elle ne se baignerait pas dans cette lumière solaire qu'elle aimait tant. Le cœur n'y était pas, ni les circonstances. Des circonstances d'autant plus graves qu'elles pouvaient menacer l'Équilibre de Terra.

Daïna respira à fond. Elle avança doucement, prenant soin de marcher les pieds bien à plat, de sentir le sol dur sous sa semelle, sous ses orteils. Une manière pour elle de se détendre, d'accéder au calme intérieur dont elle avait besoin pour se protéger et se parer contre le tumulte qui ne manquerait pas de survenir. Elle n'ignorait pas que Limane avait déjà dû essuyer les plâtres avec le rapport préliminaire qu'elle l'avait chargé de faire à Prodotès. Et ce premier exposé avait déjà dû faire son petit effet. Cette fois-là, elle n'aurait pas l'effet de surprise et le Grand-Prêtre l'attendrait de pied ferme. Il ne serait pas nécessairement hostile, mais réclamerait des explications plus complètes, des arguments pesés que lui-même ne manquerait probablement pas de lui opposer. Limane l'avait précédée d'environ une heure, c'était autant de temps que Prodotès avait certainement mis à profit pour réfléchir sur les nouveaux problèmes qui se posaient actuellement.

Elle regarda droit devant elle. Comme à l'habitude du Grand-Prêtre, deux soldats gardaient la seconde entrée du bureau qu'il occupait. Sans marque distinctive particulière hormis un petit insigne sur l'épaule représentant les armes personnelles du Grand-Prêtres, leur uniforme était trompeur. Ces deux soldats étaient deux Élites, deux hommes surentraînés, tant mentalement que physiquement, et sélectionnés selon les durs critères de l'armée du Siège. Critères qu'elle avait elle-même subis en son temps. Elle connaissait l'origine de ces soldats, et savait que leurs Capacités étaient tactiquement complémentaires suivant les déplacements ou les évènements qui pouvaient se dérouler au Siège ou à l'étranger. Ce qu'ignorait le visiteur. Car cette organisation avait deux buts : d'une part, créer un effet de surprise si un danger venait à se présenter en opposant aux assaillants des combattants aux Capacités différentes et inhabituelles des leurs ; d'autre part, protéger le Grand-Prêtre de la manière la plus efficace possible en combinant des Capacités d'élite pour un effet des plus dévastateurs, une des nombreuses missions qui lui incombaient.

Daïna s'avança. Elle avait dépassé l'entrée principale et l'antichambre dans laquelle devaient normalement attendre les nouveaux venus avant d'être reçus par le Grand-Prêtre. En tant que Hiérarque et chef des armées du Siège, elle était dispensée de ce protocole qui consistait à réclamer une audience auprès du Chambellan ou d'un de ses aides. Ce qui lui faisait gagner un temps précieux : elle avait horreur de faire les cent pas en attendant qu'une huile veuille bien se décider à venir la chercher. C'était un privilège qu'elle ne se privait pas d'utiliser. Elle salua les Élites d'un signe de tête. Ceux-ci reconnurent leur supérieur et lui répondirent discrètement, d'un même geste. Devant l'imposante porte, elle frappa trois légers coups de heurtoir, qui résonnèrent distinctement dans l'air. Elle attendit. À peine une minute plus tard, la grande porte s'ouvrit sans un bruit.

« Donnez-vous la peine d'entrer, Hiérarque. »
Daïna releva la tête, surprise. Être accueillie par la Grande-Prêtresse Miarah était chose pour le moins inhabituelle. Mais le plus inhabituel était… ce qui ressemblait vaguement à un sourire sur ses lèvres.
Elle s'inclina, comme le voulait l'usage, prononçant la formule rituelle de politesse :
« Éminence. Grâce vous soit rendue. »
La Grande-Prêtresse accueillit sans un mot le salut de la jeune femme. Elle referma lentement la porte derrière elle, sans un bruit. Le visage de Miarah resta de marbre et Daïna ne put définir si sa propre fragrance la gênait : elle ne semblait prêter aucune attention aux effluves malodorants que dégageaient les vêtements de la jeune femme. La Hiérarque avança d'un pas dans le bureau, mal à l'aise.

Sans qu'elle comprenne pourquoi, son malaise s'accentua. Une nouvelle sensation entreprit de s'insinuer pernicieusement en elle, désagréable, parcourant ses omoplates, son dos, sa nuque… Il y avait quelque chose de… décidément étrange. Pourtant, rien, hormis la présence de Miarah, ne semblait avoir changé dans la pièce. Pour ce qu'elle en vit, tout était à sa place. Les meubles n'avaient pas bougé et Prodotès l'attendait près de son bureau. La sensation s'accentua. Son regard se riva sur le Grand-Prêtre. C'était lui qui avait changé. Depuis sa dernière visite dans ce même bureau, le Grand-Prêtre n'était pas accueillant. Il était distant, inamical mais sans hostilité, presque froid. Cette réserve, le Grand-Prêtre la maintenait avec tous ses visiteurs, quels qu'ils soient, afin qu'il garde, d'après lui, une meilleure objectivité dans ses rapports aux hommes.

Il ne s'impliquait ainsi jamais émotionnellement. Sauf avec elle. Du moins, c'était ce qu'elle avait cru jusqu'à présent. Daïna avait été recueillie par cet homme et, sans dire qu'une complicité s'était installée entre eux, une espèce de lien presque affectif s'était établie entre lui, l'homme solitaire, accaparé par ses devoirs et le devenir de Terra, et elle, l'orpheline recueillie sur une plage, qui était devenue un des personnages les plus respectés du Siège à force de persévérance et de ténacité. Et maintenant, cette réserve qu'elle ne lui avait jamais connue envers elle surgissait comme un rempart invisible. Sa sensation de malaise s'étoffa encore, tel un manteau inconfortable, trop grand, trop lourd, trop froid.

Daïna avança jusqu'au milieu de la pièce, un endroit dégagé de tout mobilier, éclairé par une lumière flamboyante, un espace aménagé exprès par le Grand-Prêtre pour amener le nouveau visiteur à se découvrir, à se sentir étranger dans cet environnement inconnu. Voire même à se sentir mal à l'aise, menacé, dans le but de faire baisser la garde de son interlocuteur et de le pousser à l'erreur, qu'il ne soit plus en possession de tous ses moyens lorsque la rencontre commencerait pour de bon et donnerait lieu à des négociations tendues. Lors de tractations difficiles, le Grand-Prêtre poussait parfois même le vice à ne convoquer les personnes qu'à certaines heures du jour : la lumière tombant ainsi par les fenêtres éclairait et aveuglait son hôte qui perdait ainsi beaucoup de sa contenance et de son assurance, laissant à Prodotès tout le loisir de mener la conversation comme bon lui semblait. À la connaissance de Daïna, peu de personnes connaissaient ces petits subterfuges que le Grand-Prêtre n'utilisait aussi qu'avec parcimonie. Trop utilisés, ils perdaient de leur valeur et, surtout, ne permettaient pas d'instaurer une saine relation de confiance, à privilégier pour maintenir le sacro-saint Équilibre de Terra.

Prodotès savait aussi au contraire mettre son interlocuteur en confiance, à un point tel qu'il pouvait amener son invité à faire des confidences qu'il n'aurait jamais faites sous la contrainte. À jongler avec ces différentes techniques de persuasion, de charme, de menace ou de compromis, le Grand-Prêtre était passé maître dans l'art d'influencer depuis bien longtemps. De l'extérieur, cela semblait presque amusant pour Daïna. Elle avait ainsi beaucoup appris auprès du Grand-Prêtre, et bien qu'elle ait souvent envisagé et imaginé de se retrouver face à lui, dans la position du convoqué, jamais elle n'aurait pensé s'y retrouver pour de bon. Et finalement, cela ne lui plaisait pas du tout.

La jeune femme fit un dernier pas et s'arrêta, gardant soigneusement sa tête dans l'ombre pour ne pas être aveuglée. Prodotès n'avait pas bougé. Elle le salua à son tour, s'inclinant une nouvelle fois.

« Éminence.

– Hiérarque. »

La voix de Prodotès était monocorde, désertée de toute émotion. La sensation de Daïna s'intensifia. De froide, elle devint glacée ; et d'inconfortable, elle devint insupportable, lorsque le Grand-Prêtre poursuivit :

« Votre présence est devenue plus que souhaitable depuis que des évènements pour le moins défavorables m'amènent à vous demander des éclaircissements sur une situation réclamant votre comparution en justice. »

Daïna fut estomaquée. Un direct dans l'estomac ne lui aurait pas fait plus d'effet.

« Ma… ? »

La sentence était tombée de nulle part, comme un couperet, sans qu'elle s'y soit attendue le moins du monde. Prodotès la fixait. Son regard s'était encore durci. Derrière elle, Miarah ne fit pas un geste, mais la Hiérarque sentit le regard de la Grande-Prêtresse peser sur sa nuque. Elle résista à l'envie de se retourner pour se concentrer uniquement sur le Grand-Prêtre. Il était celui qui la connaissait le mieux. Il la comprendrait. *Mais la comprendre pour quoi ?* réalisa-t-elle soudainement. En quoi avait-elle failli ? En quoi avait-elle mécontenté son mentor ? Elle n'en avait absolument aucune idée. Elle revenait tout juste de mission ! Elle essaya de réunir ses souvenirs qui avaient précédé son voyage, mais n'y parvint pas. Ils la fuyaient, se cachant dans les méandres de son cerveau, jouaient avec elle. Elle avait envie de crier pour qu'ils cessassent leur manège et se soumettent à elle. Mais elle resta silencieuse, incapable d'émettre le moindre son.

Tout d'un coup, une lumière se fit jour dans sa tête : elle n'arrivait pas à se rappeler, pour la bonne raison qu'elle n'en avait pas de souvenirs : aucun de ses actes ne pouvait être sujet à répréhension. Elle n'avait rien à se reprocher. Elle ne pouvait être que sereine. Alors pourquoi cette mauvaise impression persistait-elle ? Pourquoi continuait-elle à sentir son estomac se serrer ? Lorsqu'elle prit enfin conscience que le Grand-

Prêtre avait ouvertement ordonné sa comparution en justice… et qu'elle en ignorait totalement la raison…

« Mais pour quel motif ?! »
La question avait aussitôt fusé, vive, véhémente. Prodotès avait souri intérieurement. Elle ne se laisserait pas démonter. Il la connaissait trop bien pour ça, et il n'en attendait pas moins d'elle. Il avait vu dans ses yeux un éclair d'incompréhension, dans lequel il avait vu une foule d'émotions se succéder : surprise, doute, fierté… Il avait suivi le déroulement de son raisonnement comme dans un livre ouvert, et cette question de la Hiérarque venait clôturer un questionnement intérieur qui reflétait une assurance à peine entamée par la première surprise passée. Prodotès savourait ce moment qu'il avait tant attendu, tant préparé. Il arrivait à son aboutissement et son couronnement.

Il attendit quelques instants, ménageant un silence qu'il savait pénible pour son interlocutrice, tiraillée entre l'espoir d'être crue et la peur d'être mise en doute. Derrière la Hiérarque, Miarah restait immobile, observant une scène qui devait paraître irréelle pour Daïna. « Et encore, elle n'avait rien vu », songea le Grand-Prêtre avec délectation. Miarah était pour lui comme un soutien maternel. Il n'avait pas besoin d'elle pour accomplir sa mission, mais il aimait l'avoir à ses côtés. Il était uni à elle. D'un lien si fort. Il se sentait posé dans le creux de sa main, comme un enfant, blotti contre la tiédeur de sa peau. Il savait que la main ne se refermerait pas. Pas comme la sienne sur cette femme debout devant lui, qu'il allait écraser de la manière la plus magnifique qui soit. La Hiérarque soutenait son regard, certaine d'être victime d'une erreur, persuadée que le Grand-Prêtre l'accusait à tort. Son sourire intérieur s'élargit. Prodotès reprit la parole lentement, froidement, incisif :
« Une comparution en justice a été ordonnée au motif que vous êtes accusée de régicide sur la personne du roi Élithios, souverain d'Émeraude… »
Daïna le regarda fixement, abasourdie. Implacable, Prodotès poursuivit :
« Et en tant que votre supérieur direct, je vous somme de m'expliquer votre geste aussi effroyable qu'insensé. Vous avez assassiné un roi, le souverain d'un peuple, un des piliers de l'Équilibre sur Terra ! »

Prodotès avait martelé ses mots comme un forgeron sur son enclume. Daïna se sentit assommée. Un immense gourdin venait de s'abattre sur sa tête, la faisant voler en éclats. Le Grand-Prêtre la regardait sans sourciller, sans une once d'émotion. Elle fit deux pas en avant. S'arrêta. Chercha des mots qui ne vinrent pas. Elle était totalement interloquée. Élithios. Ce petit roi arrogant, qui lui avait barré la route dans sa recherche de l'Aïrétion. Elle n'avait rien fait ! Même au plus haut degré de sa colère, jamais elle n'aurait levé la main sur lui. Elle avait une bien trop grande considération de la hiérarchie et plaçait l'Équilibre de Terra plus haut que tout le reste ! Pour le salut de Terra, elle se serait agenouillée devant Élithios si le Grand-Prêtre le lui avait demandé. Mais l'assurance de Prodotès lui fit froid dans le dos. Il ne l'accuserait pas sans preuve, elle en était certaine. Il savait qu'elle n'aurait jamais accompli un tel crime. Elle lui était entièrement dévouée ! Tout comme elle était entièrement dévouée à Terra. Jamais, elle ne les trahirait ! Quand elle avait été nommée Hiérarque, elle en avait fait le serment solennel, devant le Grand-Prêtre, Limane, et tous ses soldats, jurant qu'elle serait fidèle à toutes les valeurs du Siège et de Terra. Elle n'avait jamais trahi, se répéta-t-elle ! Ce n'était pas possible ! C'était forcément une erreur. Daïna essaya de se ressaisir, inspira, se força au calme. Elle plongea ses yeux dans ceux du Grand-Prêtre.

« Je ne l'ai pas tué », fit-elle simplement.
Elle ne pouvait pas dire chose plus pénétrable, plus vraie.

« J'aimerais vous croire, assurément, soupira Prodotès. Pourtant, des preuves viennent corroborer ces faits... »
Nouveau coup de poing dans l'estomac. Daïna chercha de l'air. Elle étouffait. Quelque chose n'allait pas. N'allait *vraiment* pas.

« C'est faux ! articula-t-elle pourtant clairement, d'une voix assurée. On vous a menti ! Ces preuves n'en sont pas !

– J'aimerais en être aussi convaincu que vous, répondit sombrement Prodotès. Malheureusement, il en est autrement, et j'en suis le premier marri... »
En son for intérieur, Daïna vacilla dangereusement. Elle était accusée d'un régicide qu'elle n'avait pas commis et, mieux encore, il y avait des preuves qui la mettaient en cause en lui donnant le beau rôle. La jeune femme raffermit sa volonté dans un sursaut de fierté : des preuves contre elle ? Un ramassis de bêtises, oui ! Non seulement elle ne se laisserait pas détruire, mais en plus, elle prouverait son innocence. Elle lutterait contre... Mais contre qui au juste ? Ou quoi ?

Elle savait recevoir les coups. Prodotès devait au moins lui reconnaître ça. Malgré des nouvelles pour le moins funestes, elle tenait encore debout. Sa voix restait relativement ferme, même si elle n'arrivait pas à cacher un imperceptible tremblement. Daïna bougea. Un reflet de lumière accrocha son front, humide. Elle transpirait. Un bon signe. La tension montait inexorablement. Ménager des plages de révélations et de silences était une tactique qu'affectionnait particulièrement Prodotès. Une révélation fracassante – vraie ou fausse – agissait comme un électrochoc : l'interlocuteur était pris au dépourvu et perdait tous ses moyens. Une plage de silence lui donnait le temps d'assimiler l'information, puis de comprendre toutes les conséquences qui en découleraient. Un silence encore prolongé, et l'individu prenait conscience de sa vulnérabilité sous le regard ardent de son juge. Il planait ainsi comme l'Aigle Noir d'Éther, une menace prête à fondre sur lui à tout instant. Et qui s'abattait tout aussi irrémédiablement sous la forme d'une autre révélation brutalement assenée, elle-même suivie d'un autre silence tout aussi long, tout aussi pesant et menaçant. Le silence déstabilisait, usait aussi sûrement que l'eau impitoyable sur la roche. L'interlocuteur perdait ses repères, paniquait, s'affaiblissait. Insupportable, le silence s'insinuait dans l'esprit des faibles pour mieux les ravager en provoquant un profond désarroi. Et bien souvent, ces simples silences les faisaient craquer. Ils avouaient tout. Ils avaient besoin de combler cet abîme de vide sonore par le bruit. Et le seul bruit qui leur restait était leur voix. Alors, ils parlaient, dans l'espoir de faire cesser cet épouvantable silence. Et parlaient encore.

Mais d'autres, comme Daïna, avaient une parfaite maîtrise d'eux-mêmes. Ils planaient au-dessus du silence, plus difficiles à atteindre, mais non hors de portée. Ils élaboraient instantanément leur défense, par réflexe. Et dans le cas de la Hiérarque, cette défense était d'autant plus difficile à percer qu'elle était motivée par son innocence. C'était aussi plus excitant, car il était ainsi beaucoup plus difficile de trouver cette faille qui ferait s'écrouler sa victime. Contrairement au premier type de personnes, ce n'était pas le désarroi qui les saisissait, mais le doute. Un doute qui s'insinuait, lézardait le mur de leur volonté et pénétrait les fondations de leur conviction. Si l'esprit se laissait happer, alors son interlocuteur n'avait plus d'échappatoire et s'effondrait. À présent, Daïna était en proie à ce doute. Elle subissait presque sans broncher les violents assauts de Prodotès, mais ses défenses s'affaiblissaient, il le voyait. Des sentiments contradictoires se disputaient dans ses yeux, des sentiments aussi violents qu'une tempête sur une mer déchaînée. Prodotès restait immobile, devant son bureau, l'observant comme un prédateur à l'affût de sa proie. Il porta une nouvelle estocade :

« Vous me décevez beaucoup, Daïna… »

Un imperceptible tressaillement parcourut la jeune femme. Il avait fait mouche. Il ne lui laisserait pas le temps de se ressaisir. Il se détourna d'elle, l'ignorant un bref instant, ostensiblement :

« Faites entrer, Miarah.

– Bien. »

Daïna suffoquait. *Vous me décevez beaucoup.* Quatre mots. Quatre mots qui la détruisirent presque aussi sûrement qu'un coup d'épée en plein cœur. La jeune femme réussit à garder son sang-froid au prix d'un immense effort, mais ne put empêcher un tremblement de parcourir son corps. Elle tenta d'aspirer de grandes goulées d'air pour s'éclaircir les idées et échapper à cette asphyxie qui l'aveuglait. En pure perte. Elle se sentait peu à peu céder, lâcher du terrain. Elle, d'habitude si vindicative, se retrouvait démunie de ses moyens, rejetée par une des personnes qu'elle considérait le plus sur Terra. Elle voulut parler, mais ne parvint même pas à articuler le moindre son. Sa gorge était bloquée. Son esprit s'était irrémédiablement figé sur ces quelques mots. *Vous me décevez beaucoup.* Elle n'aurait pu imaginer de pire désillusion, de pire châtiment. Décevoir le Grand-Prêtre, c'était décevoir Terra. Consacrer une vie entière à son devoir militaire, passer tant d'années à vivre pour le Siège et par le Siège, avoir souffert quantités d'épreuves pour mieux se surpasser, avoir été guidée et mue par la seule volonté de satisfaire à l'Équilibre de Terra et de servir Prodotès, tout ceci avait maintenant été détruit en quatre mots, dans un souffle.

Daïna restait immobile au milieu de la pièce tandis que son esprit se débattait violemment dans les tourbillons contradictoires de ses pensées. Une part d'elle s'était débattue, incrédule, stupéfaite, criant à l'injustice, au mensonge, que tout cela n'était pas vrai, qu'elle avait toujours tout fait pour ne pas le décevoir. Une autre part d'elle avait culpabilisé, se demandant quel méfait elle avait bien pu perpétrer pour déplaire au Grand-Prêtre, quelle erreur elle avait bien pu perpétrer pour mettre le Siège et Terra en danger. Elle n'en avait rien su et c'était cette incertitude qui l'avait paralysée face à cette première accusation. À présent, le

Grand-Prêtre lui annonçait qu'elle était une régicide et qu'il avait des preuves contre elle…

Si elle avait fait une faute, elle était prête à en accepter toutes les conséquences. Elle était une soldate. Elle reconnaîtrait ses torts et se soumettrait à la loi martiale. Mais là, être mise devant le fait accompli, se faire accuser, juger sans savoir ce qu'on lui reprochait, et présenter contre elle des preuves pour un délit, un crime dont elle ignorait l'objet, voilà qui était tout à fait irréaliste. Elle connaissait les procédures. Pour qu'une enquête soit ouverte, une plainte devait être déposée. La question s'imposa alors à elle, évidente : *qui avait déposé plainte contre elle ?* Daïna se morigéna. Pourquoi n'y avait-elle pas pensé plutôt ? La porte de l'antichambre s'ouvrit, actionnée par Miarah. La jeune femme nota ce détail, inhabituel : le Chambellan était absent. Il avait donc reçu l'ordre de ne pas les déranger. L'affaire se passerait à huis clos. Pas de public, pas de témoins. Le Grand-Prêtre voulait donc que le litige se terminât rapidement et, à défaut, étouffer l'affaire. Pas de vagues et la réputation du Siège serait laissée intègre.

« Le Grand-Prêtre souhaite vous rencontrer… »
La Grande-Prêtresse invitait les nouveaux venus à entrer dans le bureau de Prodotès. Quelques mots aimables prononcés sans plus de cordialité. Une formule polie d'usage, simple. Froide. La Hiérarque fixait encore le Grand-Prêtre sans comprendre. *Il l'ignorait.* Elle en éprouva une profonde meurtrissure dans l'âme. À ses yeux, elle ne comptait ainsi pas plus qu'une vulgaire criminelle ? Puis elle entendit un pas lourd entrer dans la pièce. Non, deux pas. Elle se retourna. Pour constater avec surprise que deux Gardes d'Éther s'étaient placés devant la porte par laquelle elle était entrée. Leurs ailes étaient repliées dans leur dos, les belles têtes de rapace, droites et altières, l'observaient de leurs yeux perçants. Les becs crochus étaient fermés. Daïna sentit un frisson se faufiler entre ses omoplates. Étant elle-même une Aigle, elle savait que ces becs étaient une arme redoutable, capable pour les moins durs de briser un solide fémur ; ou, pour les plus durs d'entamer, une épaisse carapace de Scorpion, là où une épée aurait glissé comme de l'eau sur un rocher. Les deux Gardes étaient solidement campés sur leurs jambes et leurs mains enserraient une arme haute comme un homme, terminée par une pique d'acier et sur le côté de laquelle naissait une fine lame en forme de crochet. Une arme tout autant capable de trancher que de percer et d'agripper, au sol ou dans les airs. Une arme pour les Aigles, contre les Aigles. Contre elle. Le

Grand-Prêtre la croyait alors capable d'échapper à ses responsabilités et de fuir devant la justice. Daïna se sentit réellement humiliée. Ce sursaut de fierté contre le fait qu'on puisse la suspecter de se défiler lui donna une nouvelle force. Et s'y accrocha *in extremis* sous le choc. Dans l'encadrement de la porte venait d'apparaître le Prince Karès, fils d'Élithios, défunt roi d'Émeraude.

Prodotès jubilait. Il ne bougeait pas, paraissait seulement préoccupé par ce qui se passait dans la pièce. Un air soucieux, mélangé à un soupçon de juste colère et d'accablement, ainsi qu'une pointe de tristesse, faisaient de lui un Grand-Prêtre confronté au poids de sa charge qui pesait lourdement sur ses épaules, en plus d'être abattu d'apprendre qu'un de ses meilleurs éléments l'avait trahi. Alors, dignement, dans l'adversité, il se dressait contre les obstacles et faisait front. En son for intérieur, c'était un volcan bouillonnant qui menaçait d'entrer en éruption à tout moment. Il avait observé Daïna sans discontinuer, sans s'arracher un seul instant à sa contemplation. Pour ceux qui la connaissaient mal, elle semblait à peine affectée. Mais Prodotès savait qu'une lutte sans merci se déroulait dans l'esprit de la jeune femme. Un autre homme, ou une autre femme se serait écroulé depuis longtemps sous les assauts pernicieux du Grand-Prêtre. Mais elle, elle était exceptionnelle.

Jusqu'ici, la Hiérarque avait reçu les coups sans broncher, néanmoins il savait qu'elle était au bord de la rupture. Prodotès n'avait pas attaqué sur l'innocence de Daïna, mais sur sa sensibilité : sa faille. Contre le premier il ne pouvait rien, Prodotès pouvait truquer les preuves et la culpabilité de la jeune femme, mais il ne pouvait truquer l'innocence de son esprit. Et de fait, la briser totalement. Aussi avait-il concentré ses attaques sur son affect. Des liens émotionnels qu'il avait patiemment tissés durant toutes ces années, des sentiments affectifs sincères qu'il avait fait semblant de nourrir à son égard en profitant de son traumatisme. Il en tirait maintenant le fruit. Un fruit empoisonné dont il savourait maintenant les arômes du venin, aussi doux qu'une de ses liqueurs. Il la détruisait de l'intérieur avec une délectation jouissive. Le goût de la trahison lui laissait un goût de sang dans la bouche, un goût ferreux, doux-amer, qu'il trouva exquis. Il la regarda se débattre dans son propre esprit, tentant de s'accrocher à la seule chose que son peuple lui avait transmise : sa fierté. Mais elle aurait beau s'y agripper de toutes ses forces, elle tomberait. Le poids de la trahison l'entraînerait au fond de ce gouffre que le

Grand-Prêtre avait creusé pour elle. Pour l'heure, elle s'accrochait encore et attendait, parce qu'elle était persuadée d'être face à une erreur. Elle attendait que soit justifié ce soudain procès pour prouver son innocence. Ou sa culpabilité. Prodotès ricana sous cape. Elle ne serait pas déçue.

Karès entra dans le bureau du Grand-Prêtre d'un pas leste, sûr. Sa large carrure, sa grande taille, l'assurance que ses traits arboraient, tout en lui respirait cette arrogance que Daïna avait trouvé exécrable. Il marqua un temps d'arrêt et salua la Grande-Prêtresse selon l'usage :
« Grâce vous soit rendue, Éminence. »
Miarah accepta son salut d'un signe de tête, referma la porte et le Prince continua son chemin. Il avança encore, passa devant la Hiérarque sans lui adresser un regard, et s'arrêta à quelques pas du Grand-Prêtre, répétant les mêmes paroles :
« Grâce vous soit rendue, Éminence. »
Daïna fulminait. Mais qu'est-ce que cela signifiait ? Elle ne comprenait plus rien. Était-ce le Prince d'Émeraude qui devait apporter ces fameuses preuves ? Il l'avait complètement ignorée, pas même un regard. Cette marque d'indifférence ne l'affectait aucunement, mais quelque chose en lui ne lui plaisait pas. Un mélange de condescendance et de brûlante hostilité envers tout ce qui n'était pas militaire, et surtout, tout ce qui n'était pas mâle. Daïna devait être une aberration pour lui : elle était chef de ce que lui devait considérer comme un apanage masculin, et ce concentré de pouvoir entre les mains d'une femme devait le brûler dans sa fierté aussi sûrement qu'un charbon ardent roulant sur sa peau. Une femme n'était bonne qu'à le servir, dans et hors de son lit.
Quand Karès s'exprima d'une voix théoriquement neutre, l'hostilité et la menace étaient aussi vibrantes que l'envie et la férocité d'en découdre. Elle n'aurait pas été un personnage officiel, il aurait réglé l'affaire dans le sang. Elle en était persuadée.
« Je vous suis gré d'avoir bien voulu me recevoir, Ô Très Éminent… »
Daïna dissimula une grimace de dégoût. Cet homme savait aussi bien manier le poing que le langage des courtisans pour arriver à ses fins. À la grande surprise de la jeune femme, Prodotès, qui détestait ce genre de manifestation mielleuse, approuva :
« C'est nous qui vous remercions de votre dévouement, prince Karès. »
Le ton était tout ce qui avait de plus officiel, mais quelque chose la dé-

rangeait. La présence de cet homme, la distance qu'avait prise Prodotès avec elle, les Gardes derrière elle. Tout paraissait avoir été déjà orchestré.

« Prince Karès, reprit le Grand-Prêtre, vous avez officiellement requis la justice du Siège. Vous avez de fait déposé une épreuve écrite dûment scellée de votre plainte. Mais, au vu des circonstances exceptionnelles et de l'extrême gravité des faits, je jugerai moi-même des décisions et des sanctions à prendre comme l'autorisent nos institutions. Pouvez-vous à présent nous exposer l'objet de votre plainte à l'encontre de la Hiérarque Daïna, ici présente ?

– Certainement, Éminence. »

Karès répondait avec théâtralité, conscient d'être au centre de toutes les attentions, jouant d'une solennité excessive.

« Grand-Prêtre, je suis venu demander justice et réparation contre la Hiérarque Daïna. »

Depuis que le Prince était entré dans la pièce, Daïna n'avait cessé de tomber des nues à chaque parole prononcée. Elle allait de surprise en surprise. *Mais que se passait-il réellement ici ?!*

« Mais qu'est-ce que cela veut dire, bon sang… ?

– Silence, je vous prie ! » la rabroua sèchement Prodotès.

Il se retourna vers Karès :

« Prince, veuillez poursuivre, je vous prie.

– Merci de votre compréhension, Grand-Prêtre, susurra le Prince, en jetant un regard mauvais à la jeune femme. Comme je vous l'annonçais, je veux porter plainte contre la Hiérarque. Pour le meurtre de mon père, Élithios, roi d'Émeraude. »

Daïna avait eu beau s'attendre à l'accusation, l'entendre de la bouche même de son accusateur lui fit un choc. Son esprit vacilla, et quelques secondes lui furent nécessaires pour se remettre d'aplomb. Puis, au choc de la surprise succéda immédiatement la colère. Elle se tourna avec véhémence vers Prodotès :

« Grand-Prêtre ! J'exige de savoir ce qui se passe ici et de quel droit le prince Karès ose m'accuser de régicide ! Je réfute toute accusation portée contre moi pour le meurtre du souverain d'Émeraude !

– Je vous prie de modérer vos propos, Hiérarque ! la tança raidement le chef du Siège. Et de laisser le Prince Karès terminer ce qu'il a à dire.

– Merci de votre intérêt pour cette triste nouvelle, Éminence », répondit l'intéressé d'un ton tragique, avec une humilité feinte.

Le Prince lança un regard peu amène à la soldate, savourant une victoire et une position contre lesquelles elle ne pouvait rien. Daïna bouillonnait intérieurement. Elle était donc obligée de rester là, à écouter ce ramassis de bêtises proférées par un Prince vaniteux et mensonger. Elle avait envie de crier son innocence, de hurler sa rancœur. Elle n'avait que le choix du silence. Prodotès s'adressa de nouveau au Prince d'Émeraude, en désignant la jeune femme de la main. Il insista :

« Mais êtes-vous certain de la reconnaître, Prince ?

– Oui. Je suis formel ! », fit Karès en hochant vigoureusement la tête.

Mais qu'est-ce qu'ils racontaient ?! Daïna eut soudainement l'impression d'être plongée dans un bain d'eau glacée. Elle tressaillit. *Ils s'étaient déjà parlé.* L'assurance du Prince et du Grand-Prêtre, cette sensation que tout était joué d'avance… Elle ne l'avait pas vue au début, mais la mise en scène était criante : elle était placée en tant qu'accusée dans un procès sans témoins indépendants, sans avoir fait l'objet d'une plainte publique et, contrairement aux dires de Prodotès, à l'encontre des institutions et de tout protocole. *Et pour un meurtre qu'elle n'avait pas commis !* À sa rage se mêla une crainte insidieuse qu'elle s'efforça aussitôt de garder à distance. Sans succès. Celle-ci l'enserra aussitôt de ses tentacules, comme une puissante pieuvre capturant sa proie.

« Je n'ai pas tué le Roi votre Père ! assena-t-elle d'une voix encore ferme en tentant de protester une nouvelle fois. Jamais je ne lui ai manqué de respect ! Nos paroles furent certes parfois vives, mais pas au point d'attenter à sa vie !

– Vous mentez ! rugit le Prince. Après l'avoir menacé, vous l'avez tué ! Preuve est faite de votre culpabilité sur le corps de mon défunt Père !

– Une preuve sur… »

Daïna était interloquée. Ils avaient des… *preuves ?!* Elle eut la désagréable impression de nager dans une eau tumultueuse avec un boulet accroché aux jambes. Autant dire que ses chances de survie étaient minces. Elle digéra la nouvelle, trop déconcertée pour pouvoir articuler un mot. Karès en profita pour se tourner vers Prodotès, un horrible sourire obséquieux sur ses lèvres :

« Puis-je apporter… ?

– Très certainement, Prince. »

Pendant que Karès se dirigeait à grandes enjambées vers la porte par laquelle il était entré, Daïna regarda attentivement le Grand-Prêtre. Elle n'avait pas son mot à dire, les révélations fallacieuses se succédaient, et, comble de tout cela, Prodotès ne lui apportait nul soutien et paraissait même l'ignorer. Pas un regard, le visage fermé, il restait immobile, juge attentif. La rage de l'impuissance assaillit la jeune femme comme une mer furieuse. Elle serra les poings. Elle ne pouvait rien faire d'autre qu'attendre. Et observer.

Le Prince Karès repassa la porte suivi de quatre hommes. Au grand étonnement de la Hiérarque, les quatre valets portaient un brancard recouvert d'un drap blanc. Ils avançaient avec précaution, sous l'œil sévère du Prince. Daïna fronça le nez : une vague odeur d'alcool se répandit à travers la pièce, légère et entêtante, parvenant à peine à dissimuler les relents caractéristiques de la décomposition de la chair. Miarah referma la porte derrière les cinq hommes et se plaça devant elle.

Le colosse fit un signe aux porteurs qui posèrent leur charge avec douceur. Un autre signe, et les quatre hommes firent un pas en arrière, laissant la place libre autour de la civière. Le drap blanc recouvrait une forme cylindrique, allongée, plus longue qu'un homme de taille moyenne et qui paraissait être d'un poids suffisamment conséquent pour être soutenu par quatre porteurs. Daïna regardait avec appréhension le drap blanc. Elle savait déjà ce qu'il y avait dessous, mais elle refusait de le croire. Parce qu'elle n'avait pas tué sur Émeraude. Parce qu'elle n'avait rien à se reprocher. Elle était innocente. Ses espoirs furent balayés comme fétus de paille par grand vent lorsque Karès s'adressa de nouveau à Prodotès, solennellement :

« Je demande la permission de dévoiler la dépouille de mon père…

– Faites, répondit doucement le Grand-Prêtre.

– Je répète que je n'ai pas tué votre Père ! ne put s'empêcher d'insister lourdement Daïna, plantant ses ongles dans ses paumes pour empêcher ses mains de trembler.

– Hiérarque ! Il suffit ! Tenez votre rang ! »

Le ton froid et brutal de Prodotès paralysa la jeune femme. Une évidence se fit jour, déchirant le brouillard de ses pensées enchevêtrées : *il ne voulait pas qu'elle se défende.* Elle se sentit blessée. Pire : *trahie.* Daïna serra les dents. Dans un sursaut d'orgueil, elle se releva mentalement et s'accrocha à la seule chose qui lui restait : sa fierté. Elle ne se rendrait pas sans se battre. En d'autres temps, elle l'aurait fait pour son honneur d'Hiérarque, mais à présent, même celui-ci lui paraissait vide de sens devant tout ce qui se passait. Elle ne se laisserait pas vaincre sans combattre ce qu'ils avaient ourdi contre elle.

Pendant que Daïna s'affirmait dans cette nouvelle résolution, le Prince d'Émeraude ôta le drap blanc avec un respect calculé et même exagéré, le pliant au fur et à mesure qu'il découvrait ce qu'il y avait dessous. La Hiérarque horrifiée vit apparaître un cercueil de verre et, à l'intérieur, un cadavre rigide, aussi blanc que le second drap qui le couvrait jusqu'aux épaules. Une silhouette de petite taille, des cheveux longs et la moustache tombante, elle reconnut sans peine celui qui, quelques jours auparavant, lui avait donné le sceau qui lui avait permis d'accéder bien malgré lui aux archives d'Émeraude.

Depuis que le Prince d'Émeraude était entré dans la pièce, Prodotès avait vu le visage de Daïna se modifier de façon tangible. À présent, une tension indicible se lisait sur ses traits. Elle jetait par moments des coups d'œil dans sa direction, oscillant entre incrédulité, incompréhension et suspicion. Incrédule d'être au centre de l'attention, de se retrouver accusée de régicide ; incompréhension d'être aux prises d'une situation qu'elle devait sûrement juger totalement irréaliste, voyant le Grand-Prêtre s'éloigner d'elle alors qu'elle s'attendait à un soutien sans faille tout comme son dévouement envers lui ; et enfin suspicion, avec cette douloureuse prise de conscience quand elle s'aperçut qu'elle n'était que le jouet de volontés, qui, pour d'obscures raisons, voulaient l'écarter du Siège dans un but inconnu, mais avec pour principale conséquence son éviction et sa disparition. Peut-être espérait-elle encore qu'ils se trompent ! Prodotès cachait son excitation sous le masque imperturbable du juge. Ce but qu'il chérissait depuis tant d'années approchait immanquablement, et ce qui se déroulait sous ses yeux en était la première étape. Immobile, il restait debout devant son bureau, écoutant avec délectation la plaidoirie du Prince Karès.

C'était un bon acteur, indiscutablement. Pas assez pour convaincre Daïna d'un crime qu'elle n'avait pas commis, bien sûr, mais tout à fait convaincant pour l'exécution publique qui ne manquerait pas de s'ensuivre. Preuves à l'appui, évidemment. L'attention de la Hiérarque était fixée sur le cadavre que venait de dévoiler le Prince. Lentement, sans geste brusque, détachant les yeux de la scène pour ne pas éveiller cette sensation de surveillance qui surgissait dès qu'un regard se faisait trop insistant, Prodotès contourna doucement son bureau et se pencha sur le tiroir en bas à gauche. D'un geste fluide, avec une exaltation contenue, il tira le casier déjà déverrouillé et en saisit délicatement son contenu. Il posa en douceur le coffret contenant les Pierres de Lunes sur son bureau. Comme il l'avait déjà fait en présence de Daïna, il tira la clef qu'il cachait dans son aube et déverrouilla la serrure. Sans l'ouvrir, il rangea sa clef qui se perdit dans les plis de son vêtement. La scène n'avait duré que quelques secondes, furtive. Personne ne l'avait remarqué. Parfait. Le Grand-Prêtre se mit alors à marcher en traînant un peu les pieds, reportant son attention d'un air las sur Daïna, glissa vers Karès qui dévoilait avec précaution le corps de son père décédé. Il fit quelques pas, puis demi-tour. Un brin nonchalant, il recommença son manège, mimétisme parfait de l'homme ennuyé, connaissant déjà la suite de la démonstration et attendant son dénouement, impatient. Prodotès glissa un regard en coin vers la Hiérarque figée. Oh oui, il était impatient, mais impatient de voir cette femme être déchue de son rang, de sa vie, et de voir s'éteindre dans ses yeux cette lumière qui la donnait libre et vivante. Cachant la flamme excitée dans ses propres yeux, Prodotès s'arrêta, puis regarda Karès, attendant qu'il en termine avec la charogne qui lui avait servi de père. Au fond de lui, sa satisfaction ne connaissait plus de bornes. Le moment tant attendu approchait toujours un peu plus.

Le Prince d'Émeraude avait fini de retirer le drap blanc. Le roi Élithios, feu souverain des Ours, était apparu dans le cercueil en verre. Celui-ci était habituellement utilisé aux fins de préserver le corps des agressions extérieures, notamment lors d'une présentation mortuaire. Le corps était embaumé, habillé de somptueux vêtements et présenté à la foule en deuil venue se recueillir sur la dépouille du défunt. Cette présentation permettait aussi au peuple de constater la mort de son souverain et d'organiser ses funérailles avant les nouvelles élections, qui devaient permettre l'avènement d'un successeur. Dans d'autres cas et plus rarement, la justice recourait à cet artifice en attendant que les médecins puissent examiner le corps, en particulier lorsqu'elle se trouvait en présence d'une mort suspecte, lorsque celle-ci ne paraissait pas naturelle. La loi exigeait que le corps soit conservé en attendant d'être plus amplement examiné par des médecins de la justice ou des médecins royaux. Pour cela, la dépouille était alors conservé dans un cercueil avec un socle en bois spécialement traité et recouvert d'un couvercle en verre enduit de répulsifs naturels. La décomposition du corps était quant à elle ralentie grâce à un procédé chimique créé par les savants d'Émeraude, mélange subtilement dosé d'alcool végétal distillé et de substances tirées de nombreuses plantes qui poussaient dans les serres. Outre le corps, le drap qui recouvrait Élithios était également imprégné de ce fameux mélange.

Le roi défunt avait ainsi bénéficié de ce procédé de conservation dans l'optique de confondre son meurtrier. Allongé dans cette bière temporaire, il paraissait curieusement plus petit ; son teint pâle était bien celui d'un cadavre, et il n'avait pas été maquillé comme cela se faisait pour l'embaumement. Victime de meurtre, le corps devait rester en l'état. La Hiérarque ne pouvait détacher ses yeux de ce spectacle. Le roi mort lui paraissait seulement endormi. Mais d'un sommeil cauchemardesque, le visage tordu dans une grimace que ne venaient pas apaiser ses yeux fermés. Daïna ne put s'empêcher de remarquer avec répulsion que les cheveux du roi étaient toujours aussi gras que sa moustache. Pour un peu, elle en aurait presque plaint les embaumeurs qui seraient chargés de nettoyer la dépouille royale : le travail serait conséquent et nul doute que le roi Élithios ne sera jamais aussi propre qu'à ce moment-là. Dommage que ce ne fut que dans sa mort. Elle scruta encore son visage. Sous les yeux fermés de l'ancien monarque, Daïna percevait sans peine qu'ils avaient été remplis de surprise de voir la mort fondre sur lui. En cela, elle ne l'enviait nullement, bien qu'elle eût donné très cher pour répondre à sa question pressante du moment : *qui* lui avait donné la mort, puisque ce n'était pas elle ?

Et c'était exactement pour apporter cette réponse que, sur un signe du Prince d'Émeraude, les quatre valets se rapprochèrent du cercueil et se penchèrent pour saisir le couvercle de verre. Lentement, avec délicatesse, ils le soulevèrent dans un même effort et firent un pas de côté pour le déposer à terre, sans un bruit. Une écœurante odeur de chair en sursis assaillit Daïna, mélange improbable de la décomposition organique alliée à l'odeur entêtante des plantes broyées ou distillées. La jeune femme fronça les sourcils et réprima une grimace de dégoût. Les embaumeurs ne semblaient pas avoir eu le temps d'ôter les intestins. Les valets reculèrent comme un seul homme, apparemment insensibles à l'odeur de putréfaction qui émanait du cadavre. Quant au Prince Karès, il s'avança, faussement recueilli. Daïna ne savait plus si elle devait ressentir dégoût ou colère devant cette hypocrite mise en scène d'un corps qui avait été celui d'un roi misérable et sans autorité, et que tous avaient pourtant craint au nom de l'Équilibre.

« Regardez les blessures, Éminences ! »

L'exclamation théâtrale du colosse arracha brusquement Daïna à ses pensées contradictoires, reportant son attention sur le Prince, qui présentait d'un geste étudié le torse nu du défunt roi à ses auditeurs. Il avait ôté le drap blanc qui recouvrait le corps d'Élithios, le dévoilant pudiquement jusqu'à la taille. Des plaies béantes ouvraient leurs lèvres sur son torse comme des bouches assoiffées. Elles ressortaient d'autant mieux que les blessures avaient été nettoyées pour être mises bien en évidence. La chair blanche, blafarde, jurait avec ces larges entailles oscillant entre le rouge et le noir des tissus nécrosés. La Hiérarque était immobile. Un poids s'abattit sur son ventre et lui coupa la respiration : toutes ces blessures avaient été faites par des plumes. Indéniablement. Elle plissa les yeux pour mieux les étudier. La jeune femme comprit d'emblée. Il y avait trois blessures : une au cœur, une au poumon et une au foie. Trois organes vitaux. La mort avait été immédiate. L'intention de tuer était plus que visible. Un geste efficace pour un résultat certain. Daïna eut un imperceptible tressaillement. Ses craintes les plus profondes se réalisèrent aussitôt, immédiatement confirmées par un Karès grandiloquent. *En aurait-il pu seulement être autrement ?* songea-t-elle amèrement devant cette grotesque parodie de justice.

« Regardez, Éminences ! Regardez le torse de mon cher Père ! Ces blessures ne sont-elles pas uniques ? Reconnaissez-vous les marques faites par une arme sans nul autre pareil ? »

Karès scruta son assemblée. Prodotès donna son assentiment d'un léger signe de tête, à peine perceptible.

« Oui ! Vous les avez reconnues ! reprit le Prince véhément. Vous les reconnaissez comme moi, sans le moindre doute, et les meilleurs médecins du palais me l'ont confirmé à leur seule vue : ces blessures ont été faites par les plumes d'un Aigle d'Éther ! »

Un silence de mort tomba sur la petite assemblée et tous les regards convergèrent vers la Hiérarque, pointée du doigt accusateur de son détracteur, qui ajouta avec un petit air entendu :

« Vous conviendrez avec moi qu'il n'y a que les Aigles pour avoir des plumes, n'est-ce pas ? »

Le Grand-Prêtre dissimula un nouveau rictus. Le Prince était implacable. Daïna lutta pour ne pas crier. Cette ironie mordante la rongeait comme de l'acide. Elle voyait bien où il voulait en venir et elle n'avait d'autre choix que d'écouter : l'affaire avait été trop bien orchestrée. Pourtant, bien malgré elle, Daïna ne pouvait que s'accorder à cette conclusion : les blessures étaient aisément reconnaissables et se répartissaient en trois points distincts du torse, rapprochés à équidistance, formant de cette manière une diagonale parfaitement meurtrière. Le Prince avait raison, ces blessures étaient sans équivoque. Elles se différenciaient sans commune mesure des lésions faites à l'arme blanche. Une lame d'acier laissait une marque nette lorsqu'elle pénétrait les chairs. Or, sur ces blessures, les bordures extérieures des chairs étaient finement déchiquetées, marques caractéristiques infligées par les barbes qui constituaient les bordures à la fois souples et dures de la plume.

Quant au second point, il ôtait chaque doute qui pouvait encore subsister. La distance absolument identique et l'aspect analogue de chaque blessure ne laissaient plus aucune place à l'incertitude. En admettant qu'une épée ébréchée ou mal entretenue puisse passablement imiter la marque d'une plume, il était toutefois humainement impossible qu'un guerrier puisse exécuter trois fois la même lésion, sous le même angle et à la même distance entre chaque plaie. Car ces deux derniers aspects étaient l'empreinte même de l'Aigle. Quand un Aigle lançait une attaque similaire à celle que Daïna avait perpétrée lors de l'embuscade des Parias, les plumes étaient projetées en cercles concentriques et, particularité des Aigles, l'espace entre les plumes était si régulier qu'il était tout à fait faisable pour un pisteur chevronné de retrouver la position exacte de l'assaillant, en prenant en compte l'angle et l'écart entre les plumes dispersées. Mais dans le cas qui préoccupait actuellement Daïna, toutes ces considérations ne l'aidaient pas à résoudre le point crucial de cet interrogatoire aussi soudain qu'injuste.

Cachant la pointe d'anxiété qui menaçait de poindre dans sa voix, elle parvint tout de même à répliquer d'un ton glacé, :

« J'ai beau être d'Éther, je ne suis pas la seule à être de cette origine ! Alors, je vous le répète, je n'ai pas tué votre père. »

Elle avait martelé ces derniers mots. Karès riva son regard sur la Hiérarque. Un sourire perfide se dessina lentement sur mes lèvres.

« Dites-vous. Mais vous êtes la seule à posséder ceci. »

Sur le côté du mort, le prince d'Émeraude saisit un petit objet que Daïna n'avait pas remarqué, caché par Karès sous le drap du défunt. Le colosse le présenta bien en vue à la salle et Daïna sentit le nœud de ses intestins se liquéfier. Le rayon de lumière était tombé sur une plume noire aux extrémités blanches, que Daïna aurait reconnue entre mille. La plume que tenait le Prince n'était autre qu'une des siennes !

La Hiérarque ne comprenait plus. Elle avait devant elle le corps d'un homme – un roi ! – tué par l'une de ses plumes. Elle était arrivée en courant, sans prendre le temps de faire un détour par ses appartements, pour faire un rapport sur la réussite de sa mission et les dangers que les Parias représentaient et, au lieu de tout cela, au lieu de cette gratitude qu'elle avait escomptée et qui l'aurait encouragée à poursuivre dans sa charge de Hiérarque, elle était accueillie et traitée en criminelle, dans un procès sans queue ni tête, jugée et salie dans son honneur de militaire par l'homme même qui lui avait donné ses fonctions et qu'elle estimait plus que tout. La tête lui tournait. Le coup était monté, mais comment le prouver ? Elle ne savait plus quoi penser, ni quoi faire. Tous ses repères basculaient. Elle ne savait plus à quoi se raccrocher, ni à qui se fier. Son univers s'écroulait. Ou s'était même déjà écroulé quand elle contemplait d'un air égaré l'indifférence du Grand-Prêtre et cette plume qui était sup-posée avoir tué le roi Élithios. Tout à coup, elle se sentait épuisée. Elle se sentait… perdue.

Penché sur le corps du petit roi, Karès continuait d'expliquer pa-tiemment le meurtre de son père, désignant les lésions du doigt, sans les toucher, expliquant sur le ton docte du guerrier aguerri, avançant ses ar-guments les uns après les autres, solidement étayés et qui, devant une cour de justice, auraient été immanquablement approuvés par le collège de médecins et de magistrats compétents. À commencer par le Grand-Prêtre. Daïna observa le colosse et, pendant qu'il palabrait sur le seul coupable possible à ses yeux, elle croisa son regard un bref instant. Au-cune tristesse, aucune compassion dans les yeux du Prince. Au contraire, ils brillaient d'une excitation contenue, presque bestiale. Elle frissonna malgré elle. Cet homme était un chasseur, songea la jeune femme. Non, un prédateur, corrigea-t-elle. La chasse, la traque et le sang étaient une passion pour lui. Ce colosse n'avait rien du fils dévoué et aimant que son père se plaisait à voir. Comment tout cela allait-il se terminer pour elle ? Fuir devant ses responsabilités ne lui ressemblait pas, mais en cet instant précis, elle aurait préféré ne jamais le savoir.

« Maintenant que nous avons la certitude que ce sont des plumes qui ont causé le décès de mon père, je vais dès à présent vous présenter les circonstances de sa mort et vous confirmer la culpabilité de la Hiérarque ici présente... »

Le Prince marqua une pause. Prodotès l'invita à reprendre d'un petit signe de tête. Karès ne se fit pas prier pour poursuivre avec une nouvelle emphase :

« Mon père a été découvert mort à Béryl, dans sa chambre, peu de temps après la visite de la Hiérarque Daïna. Et il a été abattu depuis sa fenêtre, au sommet du château. »

Karès coula un regard victorieux mâtiné de haine vers la Hiérarque, mélange parfait de la vengeance sur le point de s'accomplir. Le ton du Prince se fit doucereux, suintant le venin :

« Vous me direz certainement que plus d'un Aigle peut accéder à la fenêtre qui se situe dans les hauteurs. Cependant, un seul élément suffit à dissiper les doutes... ! »

Daïna cherchait en vain cet élément, quand son regard se posa sur sa plume. Karès avait suivi le regard de la Hiérarque et trancha brutalement :

« C'est exact, Hiérarque. Vos plumes. »

La salle resta silencieuse, suspendue aux lèvres du Prince :

« Je dois toutefois admettre qu'une plume n'est pas une preuve suffisante pour vous accuser. Même s'il est tout à fait certain que celle-ci vous appartienne, il doit sûrement exister quelque part sur Éther un pennage qui pourrait fort ressembler au vôtre. Malgré une différence notable que vous tous, ici, connaissez ! »

Le Prince d'Émeraude se tourna de nouveau vers son auditoire.

« Ces plumes, qui ont transpercé mon père, ont été retrouvées encastrées dans les murs derrière lui ! Ces personnes – le Prince désigna les quatre porteurs, impassibles – peuvent en témoigner. J'insiste particulièrement sur ce point... »

Karès d'ajouter d'un ton effrayé :

« Car, pour tout vous dire, j'ai vu les murs déformés... La violence de l'impact a dû être terrifiante...

– Or, il n'y a qu'une personne sur Terra dont les plumes sont assez puissantes pour transpercer un corps... »

Daïna se retourna. Le Grand-Prêtre avait braqué sur elle un regard de braise. Sa voix glacée avait traversé la pièce comme un courant d'air balayant tout sur son passage :

« Oui, vous, Hiérarque. J'en suis témoin. »

La Hiérarque regarda Prodotès, pétrifiée. Elle pensait que la tension qu'elle éprouvait était arrivée à son comble, mais elle augmenta encore d'un cran. Le Grand-Prêtre ajouta :

« Et je le regrette d'autant plus que je me sens trahi de la confiance que j'avais placée en vous… »

La jeune femme sentit un poing s'emparer de son cœur et le saisir pour l'empêcher de battre. Il devait la défendre ! Pas l'incriminer ! Mais non, rien ne se passait, pas de soutien, aucune parole n'intercédait en sa faveur hormis sa propre voix qui s'éteignait peu à peu, solitaire, perdue dans le bruit des innombrables accusations qui pleuvaient sur elle. Karès tourna le corps de son père, doucement, pour mettre à jour les blessures qui transparaissaient dans son dos. Celles-ci surgirent comme autant de taches sur la peau laiteuse du cadavre, effroyables cratères rougeâtres. Daïna était paralysée. Comment cela était-il possible ? Puis le courant d'air de paroles se mua en blizzard, quand Prodotès trancha impitoyablement, terrassant Daïna avec une violence inouïe :

« Karès, fils d'Élithios et Prince d'Émeraude, a démontré votre culpabilité. Vous êtes une meurtrière. En tant que Grand-Prêtre de Terra et chef du Siège, je vous démets de vos fonctions de Hiérarque. Vous serez condamnée pour régicide après que les derniers honneurs aient été rendus au roi d'Émeraude. »

La sentence était tombée. Condamnée pour le meurtre d'un autre, sans autre choix que de ne rien pouvoir faire. Car le Grand-Prêtre avait donné l'évidente preuve de sa culpabilité. *Parce qu'il n'y avait qu'une personne sur Terra dont les plumes étaient assez puissantes pour transpercer un corps.* Les mots résonnaient encore dans sa tête. Oui, *Elle*. Elle seule était capable de cet exploit sur Terra. À plusieurs reprises, lors de visites diplomatiques sur Éther, elle s'était mesurée à des Gardes et à des Élites, et s'était admirablement distinguée durant des concours organisés en l'honneur du Grand-Prêtre. Déjà, à cette époque, elle l'accompagnait partout. Elle avait développé des compétences uniques d'Élite et, dès le début de son Initiation, avait battu des guerriers beaucoup plus expérimentés qu'elle, tant dans les épreuves d'adresse et de précision que dans les épreuves de force. En son temps, elle avait eu son heure de gloire quand, sous les regards ébahis des juges et de l'assemblée, elle avait perforé de manière spectaculaire le sac de sable qui lui servait de cible. Si cet exploit lui avait paru naturel, elle n'avait pas eu conscience à ce moment-là du prodige qu'elle venait d'accomplir. Toutes les études de savants étaient formelles : les plus grands guerriers s'y étaient essayés et avaient tous échoué à cette prouesse qui consistait à perforer un sac de sable, épais d'environ un pied et demi – la profondeur moyenne d'un corps humain, à une distance de trente mètres. Certes, la plume infligeait des dégâts considérables aux sacs, mais chaque échec était dû au même problème : la plume était trop souple et pas assez dure pour transpercer le sac. Peu importait sa taille, sa vitesse de lancement, tous les guerriers s'y étaient cassé les dents et leurs plumes s'étaient seulement contentées de se planter profondément dans la matière sans parvenir à la transpercer. Sauf Daïna. Les savants avaient eu beau examiner ses plumes, ils n'avaient vu aucune différence avec toutes celles qu'ils avaient vues auparavant. Celle qui n'était pas encore Hiérarque s'en était moquée et avait repris sa vie au Siège aux côtés du Grand-Prêtre, comme elle l'avait toujours fait. Mais voilà que cette qualité la trahissait. Sans parler, bien évidemment, de sa plume qu'ils avaient retrouvée – placée, rectifia-t-elle – aux côtés du roi Élithios.

Daïna regardait fixement la dépouille, puis la plume, et enfin Karès, goguenard. Et ses yeux recommençaient le même ballet. Elle était perdue. Prodotès l'avait trahie, sans hésitation. Elle luttait pour ne pas sombrer, s'accrochant à un morceau de son monde qu'elle espérait encore réel. Son corps refusait de bouger. Sa vue se voilait. Son ouïe s'amenuisait. Peu à peu, elle se sentit privée de sensations physiques et devenir étrangère à elle-même. À peine percevait-elle les gouttes de sueur glisser le long de sa colonne vertébrale ou ses artères frapper ses tempes avec force. Dans le brouillard de ses pensées, elle entendit vaguement Prodotès lancer un ordre :

« Gardes ! Saisissez-la ! »

Les Gardes posèrent leurs mains sur les épaules de la Hiérarque. Leur contact agit sur Daïna comme un électrochoc. Elle sursauta violemment. La jeune femme se sentit brutalement ramenée à la réalité. Elle regarda une nouvelle fois vers le Grand-Prêtre devant son bureau, à quelques pas de là. Il l'observait, le visage dur. Était-ce de la déception qu'elle lisait sur son visage, ou bien – elle frémit – une sauvage satisfaction, qui brilla fugitivement dans ses yeux ? Tout à coup, Daïna se sentit déchirée, anéantie par cette trahison qu'elle ne comprenait pas. Mais une partie d'elle protestait, refusait de se rendre et se rebellait contre cette injustice. Elle avait trop de fierté pour accepter de se laisser enchaîner pour un meurtre – un régicide ! – qui n'était pas le sien, d'être traitée comme une vulgaire criminelle, qui serait honnie et désavouée publiquement devant le peuple de Terra, et pire, devant ses propres soldats ! Devant Limane ! Ceux qui la connaissaient depuis tant d'années et qui, même s'ils la croiraient innocente, n'oseraient la défendre par peur de lui tenir compagnie auprès du bourreau.

Daïna comprit qu'elle ne pourrait pas s'en tirer. Prodotès avait décidé de sa fin, c'était aussi simple que cela. L'Aigle au fond d'elle poussa un cri perçant. Lui se refusait à capituler. Il acceptait le combat et la défaite mais, tout comme la Hiérarque, il était un Aigle fier d'Éther et il n'acceptait pas une décision d'une telle injustice, d'être vaincu sans s'être battu. Il poussa un second cri, plus perçant encore que le premier. Cet appel toucha Daïna au plus profond d'elle-même, claqua, résonna comme le gong marquant le début d'un nouveau combat.

L'Aigle prit la décision et le dessus sur sa propre volonté. Daïna réagit en un éclair, mue par le rapace et, réalisa-t-elle brièvement, par son propre instinct de survie. Cette dernière pensée fut instantanément noyée, emportée par un violent flot d'adrénaline. Daïna pivota sur elle-même, sur sa gauche, fléchissant souplement sur ses jambes. Dans le même temps, ses ailes jaillirent, se déployèrent dans son dos à une vitesse prodigieuse. Daïna ne sentit même pas la douleur habituelle qui accompagnait la Transformation. Son esprit était fixé sur les deux Gardes derrière elle. Elle s'était arrachée à leur étreinte et se retournait vers eux. Ils eurent un bref moment de surprise et elle en profita aussitôt. Ils étaient entraînés et ils réagiraient très vite, sans lui laisser l'ombre d'une chance. Ses ailes frappèrent sans coup férir les soldats, les heurtant de toutes ses forces avec les couvertures de ses rémiges primaires. Pris au dépourvu et sous la violence du choc, les deux hommes trébuchèrent, perdirent l'équilibre et s'écroulèrent lourdement par terre, sonnés. Daïna ne prit même pas la peine de les regarder tomber. Elle avait répété ce geste des centaines de fois en entraînement. Elle fit un saut en arrière, quelques pas de côtés, avec légèreté, repliant ses ailes autour d'elle, dissimulant et protégeant ses bras et son torse. Elle ne devait pas se laisser encercler. D'un bref coup d'œil, elle embrassa la pièce. Son cerveau analysa et classa les informations en un battement de cils. Les Gardes qu'elles venaient de faire chuter se relevaient déjà et étaient devant la porte qu'elle avait franchie, il lui semblait déjà une éternité. Cette sortie était condamnée. Miarah se tenait devant le battant donnant sur l'antichambre. Et devant elle, le Prince Karès et les quatre porteurs. Six adversaires à combattre, autant de temps donné aux soldats d'élite pour leur prêter main-forte. Son regard se posa sur le Grand-Prêtre. Puis les larges fenêtres derrière lui. Sa sortie.

Prodotès suivit son regard. Puis il planta ses yeux dans ceux de la Hiérarque. Daïna sentit un voile de tristesse s'abattre sur elle. Elle résistait, il ne lui pardonnerait pas, mais le Grand-Prêtre ne lui donnait plus le choix :

« Je suis innocente… »

Une faible protestation, un murmure étouffé avait franchi ses lèvres, comme la plainte d'un enfant. Le regard que lui retourna Prodotès la fit frémir. Ce n'était plus de la colère, mais une haine intarissable qui se ficha en elle comme des poignards acérés. Les lèvres du Grand-Prêtre s'étirèrent en un sourire mauvais, qui démentit ses paroles de regret :

« J'aurais aimé le croire… »

Daïna ne comprit pas tout de suite. Pourquoi souriait-il ainsi ? Puis elle réalisa un détail. Le coffret. Prodotès tenait le coffret rouge dans ses mains. Elle ne l'avait pas vu le prendre. D'ailleurs, que voulait-il faire avec ? Subitement, un flot d'images passa devant ses yeux. Ce même lieu quelques jours auparavant, le Grand-Prêtre, sa mission. *Le coffret*. Puis son malaise. Y avait-il eu un lien ? En tout cas, le Grand-Prêtre semblait le croire. Daïna entendit un léger bruit de tissu froissé. Elle tourna rapidement la tête, vit Karès qui se déplaçait lentement, mais lestement derrière elle pour lui bloquer la retraite, et reporta son attention sur Prodotès.

« Rendez-vous, Hiérarque. »

Il avait prononcé ces mots lentement. Pas une supplique, juste un ordre, non contraint, mais sec comme une gifle.

« Je ne peux pas… »

Daïna avait articulé plaintivement ces mots, presque suppliante. L'Aigle se débattait furieusement en elle. Il sentait sa résistance et tentait de lui faire lâcher prise pour les sauver. Un danger imminent les guettait. Il ne savait pas quoi, mais c'était tout proche. Terriblement proche et dangereux. Prodotès haussa brièvement les épaules, comme s'il n'avait cure de sa réponse :

« Alors, tant pis. »

Puis, doucement, avec une jubilation teintée d'un faux-semblant de fatalisme, le Grand-Prêtre ouvrit le coffret. La Pierre de Lune d'Éther apparut, scintillant d'une douce lumière rouge, palpitant comme un cœur.

Daïna se figea. La lumière palpita une fois, deux fois. Elle sentit son propre cœur s'arrêter, se reprenant à battre ensuite doucement comme s'il attendait quelque chose. Sans qu'elle en prenne vraiment conscience, il se mit à palpiter au même rythme que la Pierre de Lune. Ses yeux se posèrent sur la lumière de sang, hypnotisés. Puis la tête lui tourna. Son corps s'amollit et elle eut peine à garder ses ailes autour d'elle. Ses pensées se brouillèrent, se mélangèrent les unes aux autres, incohérentes. Elles ne furent bientôt plus qu'un maelström incontrôlable qui heurtait son crâne sans but, la mettant au supplice dans sa propre tête. Une seule pensée bourdonnait encore vaguement, un peu plus forte que les autres, emplie d'une rage bouillonnante. Une douleur lui zébra si violemment le cerveau, qu'elle en hoqueta. L'Aigle venait de lui infliger cette pensée sans douceur, extirpée de ce tourbillon insaisissable : *Fuis !*

« Je… »

Elle articulait péniblement. Sa langue lui semblait si lourde à bouger…

« …suis… »

La pièce dansait devant ses yeux. Elle répéta ce mot qui pour elle était une évidence, mais qui n'avait de signification que pour elle :

« …innocente… »

Elle trébucha, envahie de vertiges, essayant de garder un équilibre précaire. Dans les brumes de son esprit, l'Aigle se fraya un chemin avec difficulté, porteur d'un message : partir, s'en aller au plus vite. Mais ses muscles refusaient de bouger. Elle aurait voulu se précipiter vers la fenêtre, passer au travers et se jeter dans le vide pour sentir l'air gonfler ses ailes. Un genou se déroba sous son corps devenu trop lourd. Les rémiges primaires de ses ailes se plantèrent dans le sol pour la soutenir. L'Aigle hurlait dans son crâne, lui vrillant les tympans. Elle aurait voulu le faire taire, mais il continuait de plus belle. Elle essaya d'avancer d'un pas, mais se heurta à la volonté farouche du Rapace et à une autre barrière, irréelle, qui semblait surgir devant elle. Pas par ici. Elle était sur le point de s'évanouir, quand, brutalement, une lumière l'aveugla. Un grondement suraigu l'inonda. L'Aigle se tut et une pensée éclata violemment dans son crâne. *Danger !* L'Aigle s'envola.

Sur un signe discret de Prodotès, Karès avait bondi. Ses deux mains étaient devenues de redoutables pattes d'ours. Les griffes noires luisirent dans la lumière. Ses quatre valets avaient senti l'atmosphère devenir électrique et s'étaient craintivement écartés des protagonistes en voyant l'entretien glisser vers une issue plus agressive. Depuis le début de l'entrevue, Karès attendait impatiemment le moment de la confrontation avec une seule idée en tête : tuer la Hiérarque et accomplir sa vengeance. Ce moment était enfin venu. Libérant sa rage, il frappa la Hiérarque de toutes ses forces, voulant lacérer et marquer son dos qui se présentait découvert devant lui. Il ne frappa que le vide. Sans même avoir eu le temps de comprendre comment la Hiérarque avait deviné son attaque, Daïna avait bondi avec la légèreté et la grâce d'un oiseau. La jeune femme se détendit et s'élança en arrière. Ses ailes se déployèrent légèrement, bloquant la vision de Karès. Elle effectua un saut périlleux arrière avec une facilité déconcertante et les griffes du Prince d'Émeraude passèrent dans le creux de son dos sans la toucher. Daïna se reçut sur les mains derrière le Prince, et continua sur sa lancée.

Peu à peu, son corps se réveilla. Daïna laissa l'Aigle s'emparer d'elle. Des salves d'énergie traversèrent ses muscles, les aiguillonnant de piques acérées qui les forçaient à réagir promptement. Son cerveau ne réfléchissait plus : le Rapace avait pris les commandes de son corps, un corps habitué à être sollicité promptement, au plus fort de ses capacités. De toute façon, elle était trop sonnée après la trahison de celui qu'elle considérait comme un père. Son instinct animal avait pris le dessus sans hésitation. Pour elle. Pour lui. Pour survivre.

Daïna se vit bouger comme dans un songe, esquivant l'attaque de Karès avec la virtuosité et la grâce d'un rapace. Ailes repliées pour se protéger, elle continua de progresser vers la porte, à nouveau barrée par les deux Gardes. Elle enchaîna ce même mouvement d'esquive qui l'avait sauvée, mais, juste au moment de sauter à nouveau en arrière, elle modifia sa trajectoire vers le haut avec une rapidité presque irréelle, bloquant ses ailes contre elle. Les deux gardes abattirent leur pique, leur bec claqua dans l'air avec fureur. Les piques frappèrent le sol avec violence et ne firent que trouer le magnifique tapis d'un grand artisan du Siège. Quand les soldats virent que leur proie leur avait échappé, ils ne s'attardèrent pas et réagirent d'emblée. D'un même geste, ils relevèrent les piques vers le ciel pour contrer une attaque aérienne. Quand leurs yeux perçants repérèrent la jeune femme, ce fut pour s'écarquiller de surprise.

Daïna connaissait par cœur leur enchaînement. Leur frappe avait été destinée à lui couper les ailes. Elle avait paré à cette éventualité en gagnant les airs, mais sans s'envoler. Elle avait senti le métal froid frôler ses plumes et entendit le choc étouffé du métal sur le tapis. Daïna déploya de nouveau ses ailes. Les Élites regardèrent vers le haut et, juste avant qu'elle ne s'abatte sur eux, elle vit la surprise traverser leurs pupilles. La Hiérarque rabattit soudainement ses ailes et se propulsa en piqué vers les deux gardes. Ses poings tendus percutèrent violemment les soldats au visage et ils s'écrasèrent au sol, foudroyés par l'éclair rouge, le bec ouvert sur un cri de douleur silencieux. La scène n'avait pris que quelques secondes. Quelques précieux instants que mit à profit Daïna pour s'échapper du bureau de Prodotès. Elle tira énergiquement sur la lourde porte, tandis que Karès bondissait à sa poursuite. Dans le bureau retentit le cri rageur du Grand-Prêtre, furieux de voir la Hiérarque lui échapper :

« Capturez-la ! »

Le cri rebondit sur les murs du couloir et se perdit entre les tapisseries. Et elle était déjà loin quand Prodotès ajouta :

« À n'importe quel prix ! »

Chapitre 22

Les vociférations enragées qui s'échappaient du bureau de Prodotès s'éteignirent dès qu'elle tourna à l'angle du couloir. Daïna courait, se dirigeant au hasard, encore trop troublée pour prendre une direction précise. Elle tournait à chaque embranchement qu'elle voyait pour essayer de semer ses poursuivants et de brouiller les pistes. Karès voulut la prendre en chasse, mais fut rapidement distancé et perdu dans les méandres du Siège. Des bruits de cavalcade se firent entendre devant et derrière elle. Les soldats. Elle ne fut guère surprise. L'alerte avait déjà été donnée. Quel prétexte Prodotès leur avait-il servi pour traquer celle qui, quelques minutes auparavant, était encore leur supérieure ? Trahison ? Régicide ? Les deux ? L'ancienne Hiérarque secoua la tête : ça n'était pas le moment d'y penser. Elle devait les éviter à tout prix.

Elle avait fait disparaître ses ailes qui la gênaient pour sa course. L'Aigle était toujours tapie au fond d'elle, la poussant d'un gentil coup de tête quand il la voyait hésiter sur la direction à prendre. Lui n'hésitait pas. Il connaissait le Siège tout aussi bien qu'elle, de l'intérieur comme de l'extérieur. Dans la forteresse, les couloirs ne recelaient aucun mystère pour lui et l'existence de chaque passage ou pièce était gravé dans sa mémoire. Dehors, il savait quels courants aériens entouraient la citadelle et lequel emprunter pour monter vers les cieux ou descendre vers la terre, selon les saisons. Les arbres et les gargouilles, les nids et les perchoirs dans la forêt ou dans les pierres, aucun de ces espaces n'avaient de secrets pour lui.

Avec elle, il s'enfonça sans hésiter dans les dédales du Siège, prenant soin d'en éviter le cœur. Trop de monde. Il lui préféra les couloirs secondaires, empruntés par les serviteurs qui s'écartaient sur son passage, surpris de voir la Hiérarque courir dans leurs couloirs, une expression décidée et peu amène sur ses traits. Ce visage qu'elle arborait était celui de l'Aigle scrutant les alentours, aux aguets de tous les pièges ou mauvaises rencontres, concentré et guère aimable vis-à-vis de ces gêneurs qui bloquaient le passage. Daïna constata toutefois une chose : les airs inquiets ou étonnés montraient que personne n'avait encore eu connaissance de ce qui se tramait dans ces murs. Cela ne durerait pas. Très vite, les soldats du Siège envahiraient tous les couloirs. Ils mettraient la puce à l'oreille de ces hommes et femmes au service de Prodotès qui deviendraient, sans le savoir, ses espions. Elle devait donc disparaître au plus vite. Mais où ? Elle avait beau connaître le Siège et repasser dans sa tête tous les abris discrets, aucun ne lui paraissait fiable. Toutes les cachettes qu'elle connaissait, le Grand-Prêtre les connaissait également. Tôt ou tard, il la trouverait. Il le savait aussi bien qu'elle. Peu à peu, Daïna retrouva quelque lucidité. L'Aigle la réconfortait, la pressait sous son aile tiède pour la rassurer. Il était confiant et le lui faisait savoir. Elle l'en remercia dans un souffle.

La Hiérarque arriva au bout d'un couloir de service désert. Elle entendait des bruits causés par des soldats, quelque part derrière elle. Ils se pressaient sur ses pas, interrogeant tous ceux qui auraient pu la croiser. Ils seraient là dans peu de temps. Calmement, ou du moins tentant d'apaiser au mieux les battements précipités de son cœur, elle franchit une porte de service dissimulée en trompe-l'œil, vit sur sa droite que les grandes portes richement décorées de ce nouveau couloir étaient fermées et donnaient sur sa gauche sur un nouveau corridor débutant par un large coude. Elle s'avança de cinq ou six pas, longeant le coude et s'y adossa. Cachée derrière cet abri pour le moins précaire, elle tendit l'oreille, guettant le moindre bruit de pas ou la moindre respiration. L'ouïe très sensible de l'Aigle percevait le frottement des souris galopant dans les murs, le bourdonnement d'une mouche prise dans une toile d'araignée oubliée, mais point de course lourde et précipitée dans le couloir ou de l'autre côté de la porte, point de pas étouffés par les épais tapis qui garnissaient le sol de la galerie.

La jeune femme glissa furtivement un œil vers le couloir, ne vit personne, mais eut une moue de désapprobation. Le couloir était en fait une longue, une très longue galerie. Bien que peu fréquentée et située dans les riches appartements réservés aux invités – désertés de tout convive en ce moment –, cette galerie surplombant les montagnes était large et garnie de grandes fenêtres, par lesquelles elle put apercevoir un imposant morceau de ciel bleu qui semblait presque la narguer. *Le reverrais-je seulement un jour ?* songea-t-elle amèrement. Un doux piaillement de l'Aigle lui répondit, attristé pour elle, mais aussitôt suivi d'un sifflement assuré. Elle le reverrait. En attendant ce moment, ce couloir posait un problème : il était très – trop – long.

À l'affût de la moindre alerte, elle analysa la situation. Ces appartements étaient situés dans les hauteurs du Siège. Depuis sa fuite, elle n'avait cessé de monter et descendre des escaliers, longer les couloirs, pour finalement se rendre compte qu'elle cherchait inconsciemment les sommets. Un fugitif sous la panique aurait fait cette erreur stupide pour la simple raison qu'il ne pouvait faire autrement : les soldats stationnaient au rez-de-chaussée, il n'avait alors d'autre choix que de se diriger vers les étages supérieurs, se coupant ainsi de toute retraite. Toutefois, ces lieux peu fréquentés pouvaient faire de bonnes cachettes si la fouille n'était pas trop minutieuse. Dans le cas de Daïna, elle pouvait être assurée que le Grand-Prêtre retournerait toutes les pierres de la citadelle pour la retrouver. Mais les hauteurs étaient aussi sa meilleure chance. Aigle d'Éther, elle pourrait fuir par la voie des airs et gagner rapidement des cieux plus cléments. Cependant, pour cela, elle devrait attendre la nuit. Prodotès avait certainement prévu cette éventualité et des patrouilles d'Aigles étaient sûrement déjà déployées pour surveiller le ciel du Siège.

En outre, des gardes pouvaient aisément surgir d'un côté ou de l'autre du couloir, voire des deux en même temps et la prendre en tenaille, réduisant à néant toutes ses chances d'évasion. Elle jeta un coup d'œil au plafond. Celui-ci était haut et large : elle pouvait au besoin se servir de cette hauteur pour attaquer ou se ménager une sortie par la voie des airs. Mais elle serait tout de même rapidement arrêtée par la première porte ou le premier archer venu. Quant aux huisseries qui bordaient le couloir, elles devaient être fermées à clef, verrouillées en l'absence d'invités sur les lieux. Restaient les fenêtres, alternative que Daïna écarta presque aussitôt : il faudrait qu'elle en brise une, ce qui attirerait immanquablement les Gardes et les Élites d'Éther qui sillonnaient les airs. Et elle était maintenant trop épuisée par le voyage et les dernières tensions pour mener un combat aérien, duquel elle était à peu près sûre de ne pas s'en tirer vivante. Tout ceci ne lui donnait pas d'autre choix que de traverser cette maudite galerie sans se faire repérer. Sacrée gageure.

Daïna inspira profondément et, soutenue par l'Aigle, se lança. Elle dépassa vivement le coude et se mut silencieusement sur les tapis, glissant sous les fenêtres pour ne pas être vue de l'extérieur par les guerriers d'Éther qui volaient au-dehors. Un quart du couloir. Presque la moitié. Elle s'immobilisa brusquement. Des cris avaient retenti derrière elle. Pire : ils se rapprochaient. La Hiérarque accéléra. Elle devait absolument atteindre l'autre extrémité avant qu'ils n'arrivent. Elle courait à présent avec légèreté, la respiration haletante, prêtant toujours attention aux bruits qui l'environnaient. Presque les trois quarts du couloir, maintenant. Les voix des gardes derrière elle s'étaient dispersées. Ils avaient pris un autre chemin. Daïna en éprouva un petit soulagement. Avant de se raidir aussitôt. Une porte venait de claquer. *Devant elle.* Des bottes de cuir martelèrent le sol. La jeune femme jura silencieusement. Ils devaient au moins être quatre ou cinq hommes. Trop pour qu'elle puisse les affronter seule sans bruit. Nouveau juron. Elle avait trois, peut-être quatre secondes pour trouver une cachette. Ses yeux balayèrent le couloir. Pas d'issue. Plus que deux secondes. Des voix se rapprochaient à présent. Son regard se posa sur la poignée d'une porte, juste sur sa gauche. Sans réfléchir, elle se précipita dessus. Une seconde. Daïna activa la poignée. Comme par enchantement, la porte s'ouvrit. Un soldat émergea du couloir. Il ne l'avait pas vue, trop occupé à plaisanter avec son compagnon derrière lui, invisible. Sans oser croire à une chance qui n'avait fait que la fuir jusqu'à maintenant, elle se précipita silencieusement dans la pièce et referma doucement l'huis. Juste avant que le battant ne se referme complètement, elle entendit les gardes s'arrêter et le tintement clair de clefs tirées d'une poche. Sa chance ne durait pas : les soldats vérifiaient aussi les chambres. Elle avait juste quelques minutes pour trouver une échappatoire. Elle regarda rapidement la chambre. Immense, elle était meublée d'un lit plein, d'un coffre, d'un bureau de toilette, de deux armoires fermées à clef, d'une commode et d'un secrétaire. Aucun endroit pour se cacher. Avec un grognement de dépit, elle se précipita vers les fenêtres. Pas moyen de faire autrement : elle n'avait que les toits pour seule issue. Après, advienne que pourra.

Un grognement rauque l'arrêta net sur sa lancée :

« D…Daïna… »

La jeune femme se retourna d'un bloc et se figea. Pressée par l'arrivée imminente des soldats et toute à sa fuite, elle ne l'avait pas remarqué. Elle reconnut tout de suite la barbe blanche de Limane, encore agrémentée de la poussière de son voyage. Mais son cœur s'arrêta, quand ses yeux se posèrent sur la hampe de bois qui sortait de son torse :

« Limane ! »

Son vieil ami gisait derrière la porte qu'elle venait de pousser, adossé au mur, en train d'agoniser, le corps transpercé d'une lance que ses mains sans force agrippaient encore. Son uniforme bleu était auréolé d'une large et épaisse tache de sang, qui s'évadait le long de ses côtes. L'étoile blanche de sa tunique s'était évanouie pour devenir une étoile de sang. Sa tête reposait sur son épaule et, quand la Hiérarque se tourna vers lui, il la releva avec difficulté, heureux de la voir, avant de s'affaisser de nouveau, épuisé. Il luttait pour ne pas perdre connaissance, tentant vainement d'articuler quelques mots compréhensibles. Daïna se précipita vers lui, trébuchant, les jambes coupées par la peur et la surprise. Elle se laissa tomber à ses côtés, se blottissant près de lui pour le prendre dans ses bras, faire reposer sa tête dans le creux de son épaule. La jeune femme n'arrivait pas y croire. Limane était tombé lui aussi.

« Pourquoi… ? Pourquoi ?

– Daïna… »

La voix chevrotante du blessé lui parvint comme dans un rêve étrange. Les larmes lui montèrent aux yeux.

« Non, Limane, je t'en prie, ne parle pas…, l'implora-t-elle.

– Écoute… moi… »

Daïna secoua la tête. Elle ne voulait pas entendre. Mais pouvait-elle résister aux dernières volontés d'un mourant, qui avait été – elle le réalisa soudainement – son plus proche ami ?

« Méfie… toi…

– Arrête, ne parle pas », répéta-t-elle, suppliante.

Elle caressa la chevelure blanche du vieil homme, son front, ses joues et cette barbe qu'elle s'amusait à tirer quand elle était gamine. Elle n'admettait pas qu'il puisse mourir, mais rien n'y faisait : la vie fuyait ce corps vieillissant, pourtant plein de vigueur il y avait encore seulement quelques heures. Une salive rougeâtre déborda de ses lèvres et glissa le long de la commissure, s'écoulant dans sa barbe hirsute.

« Pas toi, Limane », murmura doucement Daïna d'une voix étranglée.

Le vieux soldat faisait la sourde oreille. Son esprit vagabondait, retraçant le chemin qui l'avait mené jusqu'à la mort. Après cette audience désastreuse avec le Grand-Prêtre, on l'avait appelé, prétextant qu'un invité nouvellement venu avait immédiatement réclamé ses services. Il s'y était rendu avec un soupir, sans même prendre le temps de faire un brin de toilette. Il était épuisé, mais apparemment le service en question ne souffrait aucune attente. Limane avait soupiré de nouveau, las. Peut-être que le temps était enfin venu pour lui de se retirer. Juste avant de rentrer dans cette chambre qui lui avait été indiquée par le Chambellan, il avait essayé de mettre de l'ordre dans ses vêtements, d'enlever un peu de la poussière accumulée durant son voyage sur Émeraude. Puis, il s'était redressé. Face à cette porte, il avait mis de côté ses tracas et sa décision, se promettant d'y revenir plus tard.

Le vieux soldat avait frappé trois coups distincts. Une voix claire, masculine, lui avait répondu. Il avait poussé la porte, était entré et avait avancé de quelques pas dans la chambre rangée, propre, déserte au premier coup d'œil. Un raclement de gorge avait retenti derrière lui. Il avait pivoté, surpris. Presque aussitôt, une violente douleur avait explosé dans son ventre. Il avait senti une lame froide pénétrer brutalement sa chair, se frayant un chemin glacé à travers ses entrailles. Il avait voulu crier, mais de sa bouche n'était sorti qu'un gargouillis. Il avait essayé de saisir le manche de la lance pour le sortir de son ventre, mais son agresseur le tenait fermement. Limane avait levé les yeux vers lui. Sa vue brouillée ne lui avait renvoyé qu'une image floue, informe. Son agresseur l'avait attendu, caché derrière la porte. La lance avait percé sa petite cuirasse de cuir qu'il gardait cachée sous son uniforme. La pointe de fer avait perforé le poumon, le noyant dans son propre sang. Dans son cerveau inondé de douleur, une conviction s'était imposée à lui, tout aussi brutale que la lame du tueur : le Grand-Prêtre l'avait tué. Il avait voulu le faire taire. Un assassin, une lance qui lui évitait le corps à corps et l'incertitude d'une confrontation directe, une chambre vide pour le crime : pas de traces, pas de bruit, une disparition sans histoire. On retrouverait sûrement son corps plus tard, sur les docks ou dans les bas-fonds du Siège, soi-disant victime d'un règlement de compte ou d'une vengeance.

Limane avait cligné des yeux, aveuglé, cherchant dans sa mémoire défaillante ce qui l'avait condamné. Il avait dû mettre le doigt sur quelque chose qu'il n'aurait pas dû savoir. Ironiquement, il ne savait déjà plus quoi. Peut-être les Parias. Peut-être pas. Sa mémoire vacillait. Tout chancelait en lui. Il avait mis un genou à terre pour ne pas tomber. Le sang avait inondé sa bouche. Quel goût infect. Nouvel éclair de douleur, foudroyant, insoutenable. Un gémissement s'était échappé de ses lèvres. Tenant fermement la lance, l'assassin l'avait contourné et forcé à se relever pour ensuite le faire reculer, si bien que Limane s'était retrouvé à son tour derrière la porte. Son agresseur lui avait offert sa place, invisible au regard de celui qui rentrait. Un choc avait résonné dans sa tête, sourd et bruyant à la fois. Il s'était cogné le crâne contre le mur. Ses jambes fla-geolantes s'étaient écroulées et il avait glissé à terre contre la paroi. L'homme avait semblé le regarder avec mépris. Un bruit avait retenti, mais sans qu'il en soit sûr. Le bourdonnement dans ses oreilles l'avait empêché d'entendre clairement. La pression dans son ventre s'était relâ-chée, et Limane avait senti le fer de la lance tressaillir, puis s'immobiliser. Son assassin s'était enfui, mais précipitamment, prenant quand même soin de refermer doucement la porte. L'avait-il fermée à clef ? Encore une fois, il n'en était pas sûr. Mais surtout, pourquoi son assassin n'avait-il pas achevé son travail ? « Pour te faire souffrir… » avait-il songé avant de sentir son esprit glisser dans une torpeur bienvenue. Non. Il ne voulait pas. Pas maintenant. Il avait lutté pour garder une conscience pourtant presque éteinte. Mais pourquoi luttait-il ? Il ne le savait même plus lui-même. Il lui semblait qu'il lui restait encore quelque chose à faire. Mais quoi ? Il l'ignorait.

Limane avait rouvert les yeux. Était-il mort ? Il avait essayé de bouger. Un éclair blanc était passé devant ses yeux. La douleur avait éclaté, encore. La lance était toujours là, bien plantée en lui, le saignant doucement, mais sûrement. Depuis combien de temps était-il là ? Le vieux soldat commençait à avoir du mal à respirer. Il se sentait de plus en plus faible. Son temps viendrait bientôt à terme. Il sentait son flanc détrempé par son sang qui s'enfuyait, gouttait, glissait à terre et s'échap-pait, emmenant sa vie avec lui. Le voile devant ses yeux s'était quelque peu déchiré. Suffisamment pour percevoir un mouvement sur le côté. Il n'avait pas bougé la tête. Il ne voulait plus avoir mal. Une forme s'était profilée devant ses yeux. Une forme humaine, vaguement féminine. Un rai de lumière avait glissé sur sa tunique rouge. *Daïna*. Limane avait cli-gné des yeux encore plusieurs fois. Sa vue était redevenue un peu plus nette, autant que pouvait l'être celle d'un mourant. La forme vague qu'était la jeune femme s'était précisée. Il l'avait observée. Il la voyait en panique. Il ne comprenait pas pourquoi. Il avait tenté de l'appeler. De sa gorge n'était sorti qu'un faible son, à peine audible pour lui-même. Il avait appelé, plus fort. À son grand bonheur, elle s'était retournée, puis la jeune femme s'était précipitée vers lui, l'avait pris doucement dans ses bras. Il avait senti son parfum, la douceur de sa peau contre la sienne. Le vieil homme se sentit apaisé. Elle était là, il était heureux.

Il était maintenant à l'article de la mort. Daïna était à ses côtés pour ses derniers instants. Limane réalisa brusquement que c'était ce moment qu'il avait attendu, qui l'avait empêché de mourir plus tôt. De sa longue vie de soldat, cette jeune femme avait finalement été pour lui sa seule famille. Il voulait la protéger. Il fallait qu'il la mette en garde. Il rassembla ses dernières forces :

« Daïna… »

Il toussa. Une salive rouge inonda sa barbe.

« …Méfie…toi…Grand…Prêtre… »

Pendant qu'il parlait, il sentit une humidité saline glisser le long de sa tempe et arriver à ses lèvres. Limane comprit que la jeune femme pleurait. Il aurait voulu la prendre ses bras, lui dire que tout irait bien, mais comment la réconforter avec une lance dans le ventre et la mort sur le pas de la porte ?

« Tu… m'étais… »

Limane inspira. Il avait tellement mal. Mais il voulait aller jusqu'au bout.

« …comme… une fille… »

Daïna étouffa un nouveau sanglot. Elle caressait tendrement la joue de son vieux compagnon d'armes, de son mentor. Il l'avait mise en garde contre le Grand-Prêtre. Qu'avait-il découvert pour devoir mourir de la sorte ? Il avait été plus clairvoyant qu'elle et cela lui avait coûté la vie. Mais cette dernière confidence la brisait. Les souvenirs affluèrent, défilèrent en quelques secondes. Elle se revit, enfant, apprendre le maniement des armes, l'équitation, la stratégie, le commandement auprès d'un seul homme qui, finalement, avait été le seul toujours présent à ses côtés. Limane. Limane, craint de ses adversaires, et pourtant vulnérable par la seule tendresse qu'il lui avait portée. Elle s'était trompée de père. Elle n'avait pas su voir, ni comprendre. Il n'avait toujours été pour elle que Limane. Limane le soldat. Limane le bras droit. La culpabilité et le remords s'emparèrent d'elle comme des vagues furieuses. Finalement, le seul père qu'elle avait cru avoir l'avait trahi, et le seul père qu'elle aurait dû avoir mourait. Par sa faute.

Dans un effort surhumain, Limane leva une main tremblante vers le visage de Daïna. Les larmes de la jeune femme sillonnaient ses joues encore couvertes de poussière. Elle se saisit aussitôt de cette main ridée et la pressa contre sa joue. Elle, la Hiérarque, crainte de ses soldats, fondit en sanglots douloureux, incontrôlables. Limane lutta encore quelques instants, cherchant à contempler ce visage aimé dont il allait bientôt devoir se séparer. Daïna sentit les doigts du vieil homme frotter faiblement sa joue, dans une ultime caresse. Une larme se détacha et glissa le long de la main ridée. Ses lèvres s'étirèrent en un mince sourire, triste. Heureux aussi. Limane ferma les yeux, un peu soulagé. Finalement, la mort était moins douloureuse qu'il n'y paraissait. Il s'en allait apaisé, aux côtés de celle qui avait le plus compté pour lui.

La main que tenait Daïna se fit molle, perdit toute consistance. Daïna regarda le visage de Limane. Son vieil ami – ce père – s'en était allé. Il ne souffrirait plus. Ses yeux s'étaient fermés sur une vie pour s'ouvrir sur une autre vie. Daïna suffoquait. Elle tint la tête de Limane dans ses bras, prostrée, refusant une mort pourtant déjà passée. Les larmes glissèrent sur ses joues. *Limane.* Elle ne garderait plus que son souvenir. Ses lèvres se posèrent une dernière fois sur son front. Puis, la rage monta en elle. Une rage sourde, dangereuse, que la tristesse ne fit qu'accroître et gonfler. Elle serra un peu plus fort contre elle le corps de cet homme maintenant éteint.

La porte s'ouvrit brutalement. Des gardes firent irruption dans la chambre, épées dégainées et flèches encochées, prêts à en découdre. Daïna releva la tête. Elle n'était pas surprise, ne sursauta pas à cette entrée fracassante. Aujourd'hui, plus rien ne la surprendrait : on l'avait déjà trop sollicitée pour ça. Seule la colère répondrait. Elle resta cachée derrière la porte. Ils ne l'avaient pas vu.

« Elle n'est pas là ! lança un des gardes.

– Elle n'a pas pu aller bien loin, bon sang : le Siège est bouclé ! » s'agaça son compagnon.

Silencieusement, les ailes de la jeune femme se mirent à croître une nouvelle fois. Rapidement et avec douceur, elle reposa à regret la tête de son ami contre le mur. Elle s'en sortirait. Et elle le vengerait. Les soldats étaient devant elle et lui tournaient le dos. Un doute la saisit à peine un instant : elle connaissait tous ces soldats, ils avaient été sous ses ordres. Les tuerait-elle ? Un soldat se retourna, ses yeux s'écarquillèrent de surprise :

« Derrière la... ! »

Il fut brutalement interrompu par le poing gauche de la Hiérarque qui s'écrasa sur son nez, en même temps que sa main droite écartait l'épée. Le craquement de l'os brisé résonna sous les phalanges de Daïna.

« Ta garde ! » le morigéna-t-elle silencieusement.

Tout aussi rapidement, elle pivota, fléchissant sur ses appuis, et percuta puissamment la porte de ses ailes. Elle se rabattit violemment sur les deux autres soldats derrière elle, qui chancelèrent sous le choc. Profitant du désordre, elle sauta légèrement par-dessus son premier adversaire. Tandis que les soldats s'égosillaient à donner l'alerte, elle courut vers la fenêtre. Elle n'avait plus le choix. Sa sortie ne se ferait pas aussi discrète qu'elle l'avait espéré. Aux cris qui s'étaient déclenchés, d'autres soldats arriveraient très vite et lui rendraient la tâche encore plus difficile. Il allait lui falloir jouer serré si elle voulait s'en sortir vivante. Elle serra les dents. Une flèche la doubla sur sa droite, mal ajustée. Daïna jeta un bref coup d'œil derrière elle. L'archer était encore mal campé sur ses jambes : impatient, il avait tiré sans asseoir une posture stable, engendrant son manque de précision. Il ne referait pas la même erreur. Il tira une nouvelle flèche de son carquois, l'encocha et visa. Avant de pousser un grognement de dépit. Daïna avait pris son élan et venait de traverser la fenêtre dans un éclat de verre lumineux.

Elle avait sauté, laissant derrière elle Limane dans son dernier repos. *Je reviendrai.* La promesse se forma naturellement sur ses lèvres, scellée par une implacable volonté. Elle plongea dans le vide. Ses ailes se déployèrent et la suspendirent entre deux airs, avant de prendre subitement de la hauteur en quelques furieux battements d'ailes. Daïna balaya l'espace devant elle, embrassant la situation d'un regard. Le nouveau décor qui s'étalait en contrebas n'était guère rassurant, et même franchement défavorable. Comme elle le craignait, elle se retrouvait maintenant au-dessus de la haute cour du Siège, réservée aux invités, magistrats, et à toute personne ayant affaire administrativement avec le Siège. Quelques serviteurs la traversaient, porteurs d'un message à l'attention d'un conseiller, quand d'autres nettoyaient les pavés à grands seaux d'eau tirés du puits central. Au loin, un second rempart séparait la haute cour de la basse cour, dans laquelle se faisaient tous les déchargements de marchandises, les arrivées de coursiers ou délégations, et où se situaient les écuries de la forteresse. La caserne des soldats prenait place en face des écuries. À côté se trouvaient les cuisines, qui avaient un accès autant sur la haute cour que la basse cour, afin de porter les plats chauds et bouillonnants dans les grandes salles à manger, ou bien directement dans les bureaux de grands personnages, privilège réservé à certains comme les juges, les invités, et bien sûr le Grand-Prêtre. Et tout ce petit monde fourmillait, ignorant le désastre en train de se dérouler au-dessus de leurs têtes, vaquant tranquillement à ses occupations et ne se souciant de nulle autre chose que de ses affaires courantes, bien loin des actuelles intrigues politiques et des drames de Terra. Daïna, autrefois, aimait regarder ce spectacle de fourmis que l'Aigle lui permettait de distinguer sans mal. Bien qu'il lui inspirât de temps à autre un certain mépris pour les intérêts égoïstes que chacun mettait en avant, elle les enviait maintenant de ne se soucier que d'eux, sans craindre dans leur ignorance bénie d'être les objets des manipulations des pouvoirs. Sans avoir conscience d'en être de simples pions. Elle se demandait encore : pourquoi elle ? Pourquoi l'avoir manipulée ? Restait à déterminer les raisons de la trahison de Prodotès et de ses mensonges. L'Aigle glatit doucement en elle. Il avait raison. Aujourd'hui, ça n'était pas cela qui intéressait la Hiérarque. Ses yeux s'étaient rivés sur les formes qui se dressaient déjà devant elle : des Aigles-Gardes et d'Élites se dressaient devant elle.

« Rendez-vous et il ne vous sera fait aucun mal ! »
L'injonction venait d'un Aigle à tête blanche et aux plumes brunes, encore loin devant elle. Il battait lentement des ailes, se maintenant en vol stationnaire avec légèreté. Ses serres s'ouvraient et se fermaient nerveusement : elles étaient assez puissantes pour l'agripper et l'entraîner à terre dans une chute vertigineuse. Quant aux deux Gardes à ses côtés, ils tenaient dans leurs mains la lance typique d'Éther et ils n'hésiteraient pas à s'en servir. Leurs muscles étaient raidis par une tension palpable : on leur demandait d'arrêter ni plus ni moins l'ancienne Hiérarque, l'un des meilleurs guerriers d'Éther ! Si Daïna refusait, ils ne lui feraient aucun cadeau, non sans pertes. Un faible battement d'ailes la fit glisser sur un léger courant d'air. Un bref coup d'œil derrière elle : deux autres Élites et une Sentinelle s'étaient positionnées derrière elle. La partie allait vraiment être serrée. Ces six guerriers étaient pour l'heure les plus proches d'elle. Mais c'était sans prendre en compte les autres soldats d'Éther qui commençaient déjà à approcher et les archers au sol. Le Grand-Prêtre avait vraiment déployé les grands moyens pour l'arrêter. Cette dernière remarque renforça sa détermination. Il fallait qu'elle agisse, et vite ! Pour constater avec dépit qu'elle n'avait aucune idée sur la manière de l'action. Les soldats remarquèrent son hésitation. Ils fondirent sur elle en un éclair. Leurs lances s'abattirent. Mais ne trouvèrent que le vide.

D'un puissant battement d'ailes, Daïna avait piqué vers le sol. Au moment où elle s'attachait encore à choisir la meilleure option stratégique de fuite dans les dernières secondes avant l'attaque, le chef des Élites s'était trahi par un imperceptible mouvement de tête. Le signal de la meute. Si elle avait tardé ne serait-ce qu'une seconde de plus, elle se serait retrouvée amputée de ses ailes et amenée pieds et poings liés devant le bourreau. Peut-être ne faisait-elle, finalement, que reculer l'échéance. L'air tiède du printemps et les effluves de nourriture pour le souper lui fouettèrent le visage avec violence. Sa descente en piqué était vertigineuse. S'ils la capturaient, demain, elle serait morte. Si elle s'écrasait sur le pavé, au moins abrégerait-elle ses souffrances. Des plumes la frôlèrent. L'une déchira sa tunique, entamant sa chair. Elle ne sentit rien. La Hiérarque ne put empêcher un frisson désagréable lui parcourir l'échine. Ils n'hésitaient pas à envoyer leurs pennes, quitte à blesser les personnes qui s'affairaient dans la cour en contrebas. Terrifiant. Qu'avait pu dire Prodotès pour les autoriser à mettre la vie des civils en danger ? Les plumes se mirent à pleuvoir de toutes parts.

Daïna maintint son piqué et regroupa ses ailes autour d'elle pour se protéger. Elle les sentit rebondir sur sa carapace de plumes, certaines ne faisant que l'effleurer, d'autres entamant légèrement son pennage. Elle partit en vrille, tournant sur elle-même à une vitesse prodigieuse. Déviées par le tourbillon d'air qu'elle avait créé, les plumes se dispersèrent autour d'elle et tombèrent au sol de tous les côtés, se fichant dans le sol ou dans les murs. La Hiérarque grimaça. Malgré sa manœuvre, elle ne put empêcher les plumes trop nombreuses de passer à travers le rempart qu'elle s'était conçu, déchirant sa tunique, entaillant sa peau. Elle sentit le sang couler, mais elle serra les dents avec rage. La jeune femme se refusait à crier : elle ne montrerait aucune faiblesse à ses adversaires. Elle resserra davantage ses ailes contre elle et regarda droit devant elle, cherchant une issue.

Les gens levaient la tête, étonnés de voir ce combat aérien se dérouler juste au-dessus d'eux. Quand les plumes commencèrent à tomber, coupantes et perforantes, ils se dispersèrent avec des cris effrayés, cherchant un refuge sous lequel s'abriter. Les traits fauchèrent sans pitié un groupe de notables et un page qui n'avaient pas couru assez vite. Touchés à la jambe ou au bras pour les moins graves, les blessés s'agglutinèrent sous les chariots, criant leur douleur dans une cacophonie de hennissements apeurés. Daïna n'en avait cure. Elle aussi jouait sa vie. Elle chercha frénétiquement autour d'elle une quelconque sortie de secours. Elle se rapprochait dangereusement du sol et bientôt viendrait le moment de rouvrir ses ailes pour freiner sa chute. En cet instant, elle constituerait une cible de choix. C'est pourquoi elle devait absolument trouver une échappatoire si elle ne voulait pas se faire clouer comme de la volaille sur la planche du boucher. Ses yeux balayèrent l'espace devant elle. Les soldats du Siège, archers et lanciers équipés de casques et d'armures légères ainsi que de grands boucliers, se tenaient prêts à l'assaillir dès qu'elle serait à leur portée. La mort dans l'âme, Daïna s'apprêtait à rouvrir ses ailes pour reprendre de l'altitude, se préparant à effectuer une multitude d'esquives et de feintes, quand ses yeux se posèrent sur un détail de la haute cour. La petite structure de pierre émergeait devant elle comme un salut. *Le puits.*

Le puits duquel était tirée l'eau pour les cuisines trônait au milieu de la cour. Un vieux souvenir afflua, surgissant brusquement des tréfonds de sa mémoire. Daïna jura entre ses dents. Évidemment ! Elle était là, sa sortie ! Elle sursauta. Elle sentit une brûlure à la base de son cou, un liquide chaud couler, et une plume s'écrasa sur le sol, à peine quinze mètres devant elle. Elle fouetta violemment l'air de ses ailes et bondit en avant, redressant un peu sa trajectoire. Ce rebond surprit ces adversaires au sol et dans les airs. Les plumes des premiers la poursuivirent impitoyablement, tandis que les seconds se terrèrent derrière leurs longs boucliers et s'agrippèrent à leur lance. Ils n'avaient pas prévu que la Hiérarque se servirait d'eux comme bouclier.

Mais le chef des Élites n'en avait cure. Les ordres du Grand-Prêtre avaient été clairs : « Employez tous les moyens pour l'arrêter ! » Tant pis pour ceux qui étaient en dessous. Un bref coup d'œil lui apprit qu'il n'y avait pas de victimes. Du moins, pas dans l'armée. Cette garce était vraiment rusée…

Daïna n'avait qu'une idée en tête : sauver sa peau. Elle vit le sol se rapprocher à grande vitesse. *Je vais trop vite !* Elle devrait négocier un virage très serré pour entrer dans le puits. Elle avait beau garder dans sa ligne de mire la bouche du puits, elle descendait trop rapidement et compromettait ses chances d'entrer directement en piqué. Sa trajectoire trop horizontale allait lui faire percuter la margelle de plein fouet. Plus le temps d'angoisser : elle devait tenter le tout pour le tout. Elle sentit la résolution de l'Aigle se joindre à la sienne. La Hiérarque resserra ses ailes encore un peu plus contre elle pour offrir le moins possible de résistance à l'air. Elle piqua encore plus vite, redressant à peine sa trajectoire. Nouveau battement d'ailes. Elle accéléra encore. Son cœur battait à tout rompre. Elle n'aurait pas droit à une seconde chance.

« Mais qu'est-ce qu'elle fait ?! »

Au sol, les soldats du Siège ne comprenaient pas. Ils voyaient l'ancienne Hiérarque accélérer à une vitesse démente et se précipiter vers le sol.

« Elle va s'écraser !

– Non ! »

Le chef des Élites venait de comprendre. Il se tourna vers un des Gardes :

« Elle se dirige vers le puits ! Concentrez toutes vos attaques sur le puits ! »

Le Garde le regarda, éberlué. Son bec claqua dans l'air, abasourdi :

« Mais… Les soldats en dessous…

– Ils ont des armures ! Faites ce que je vous dis ! »

Sans attendre la réaction de ses subordonnés, le supérieur des Aigles déploya largement ses ailes et les rabattit brutalement. Les plumes fusèrent, précipitées vers leur cible en un splendide tir groupé. Sans plus tarder, Gardes et Élites l'imitèrent aussitôt. Du sol, un nuage de plumes apparut, noir et menaçant, obscurcissant le ciel comme de l'orage. Il s'abattit sur le puits en une pluie trépidante et un grondement s'éleva lorsque les plumes percutèrent les pavés de la cour. Un soldat fut happé par la pluie et hurla, le bras transpercé de cinq ou six plumes. Il s'effondra par terre et son cri fut brutalement interrompu par une dizaine de traits qui s'enfoncèrent en lui. Il s'éteignit dans un soubresaut.

Daïna sentit ses ailes trembler lorsque les plumes s'abattirent en une furieuse cascade. Elle replia ses jambes et rentra la tête. Ses ailes formèrent autour d'elle une protection presque hermétique. La jeune femme sentit les traits vibrer sur elle. Elle était frappée de toutes parts, avec une force inouïe qui la poussait inexorablement vers le sol. Elle essaya de résister, pour ne pas vaciller et tomber. Elle ne tiendrait pas longtemps. Déjà, elle sentait les rachis se fissurer et se désagréger sous les chocs répétés. Et les plumes tombaient encore sans discontinuer. Puis, ce qu'elle redoutait le plus arriva. Un trait vint percer sa carapace. L'Aigle cria de douleur, sa chair la fit souffrir. D'autres frappèrent encore. Ils s'enfoncèrent, ouvrirent un peu plus son corps ; son sang coula, sombre, pâteux, se mêlant à ses plumes noires qui devinrent plus lourdes, plus pesantes. Mais l'Aigle s'accrocha. Ce soutien galvanisa la jeune femme. Elle leva légèrement la tête. Le puits était là ! Devant eux ! Au dernier moment, Daïna déploya ses ailes, juste assez pour freiner sa course, elle s'éleva encore de quelques centimètres et plongea de justesse par-dessus la margelle. En un instant, elle avait disparu dans la bouche du puits. Les soldats à terre, assignés au combat au sol, restèrent immobiles. Malgré leurs boucliers, ils hésitaient à se précipiter au beau milieu d'une grêle meurtrière qui peinait à s'éteindre. La mort anticipée ne faisait pas partie de leurs attributions.

« Assez ! »

Un des soldats au sol à l'abri sous un porche faisait de grands gestes vers les Élites et les Gardes d'Éther en les invectivant. Responsables des unités de Gardes et d'Élites fantassins, il était furieux de voir la fugitive leur échapper sous prétexte que la fierté des Aigles n'admettrait pas d'être mise en cause dans l'échec d'une telle évasion. En continuant d'arroser la fugitive de cette manière, non seulement les soldats dans la cour ne pouvaient rien tenter sans être abattus aussitôt, mais ils les empêchaient de se rendre clairement compte de la situation dans laquelle s'était mise l'ex-Hiérarque. Avec un grognement de dépit, le chef des Élites d'Éther fit arrêter l'attaque. Sitôt les derniers traits tombés, les fantassins du Siège se précipitèrent pour scruter le puits. Ils s'arrêtèrent à quelques pas, puis avancèrent prudemment. Nul ne savait comment réagirait la Hiérarque acculée. Sur un signe de leur supérieur, ils bondirent vers la margelle, épées pointées vers le fonds. Le puits était vide. Le chef des fantassins poussa un juron.

« Amenez une torche, sacré bon sang ! »

Une torche enduite de poix et allumée fut promptement apportée. D'un geste sûr, le soldat qui la tenait la jeta dans le puits. La flamme tournoya, auréolant de lumière les parois circulaires de pierre. Elle tournoya encore, s'éloignant toujours un peu plus de la lumière du jour et de ces soldats pointant arcs et flèches vers le fond, en quête d'un bruit, d'un signe. Il y eut le bruit d'une éclaboussure et la lumière s'éteignit. La Hiérarque avait disparu.

Son corps la faisait atrocement souffrir. Elle avait mal calculé sa trajectoire. En essayant de se protéger des pointes, elle avait modifié son approche. Elle avait réussi à atteindre le puits, mais au lieu de s'y présenter à peu près verticalement pour y plonger sans perte de vitesse et sans dommage, elle était arrivée sur une trajectoire mal négociée. Elle était quand même rentrée dans la bouche devant elle, mais, à cause de sa trop grande vitesse, avait percuté la paroi presque immédiatement, sans avoir eu le temps de plonger correctement dans l'embouchure. Le choc l'avait sonnée et elle avait dégringolé de manière interminable le long du conduit, en rebondissant contre les murs. Les ailes, endommagées, se tordaient et perdaient leurs plumes, arrachées par les frottements brutaux contre la pierre. Péniblement, elle les avait fait disparaître, dévoilant l'étoffe de ses vêtements déchirés par endroits, dévoilant sa peau, aussitôt durement frappée par un nouveau rebond ou égratignée par l'arête de la roche, mettant ses muscles à vif. Sans comprendre ce qu'il lui arrivait, elle sentit un nouveau choc à la tête, en vit trente-six chandelles et se retrouva soudainement prisonnière de la glace.

« Non… L'eau… », rectifia-t-elle machinalement.

Elle venait d'atteindre le fond du puits et le choc sur l'eau l'avait encore un peu plus assommée. Daïna sombra lentement. Le froid l'envahit sans perdre un instant. Des douleurs qui l'avaient meurtrie dans sa chair et dans ses os, elle s'en retrouva anesthésiée. La froidure fit disparaître toutes ses souffrances mais, pernicieusement, l'emprisonnait dans une étreinte glacée qui endormait ses sens et son jugement. Une vaguelette passa sur son visage. L'eau entra dans ses poumons. Daïna toussa et la recracha, les larmes aux yeux, les bronches brûlées par le froid. Elle essaya de se débattre, faiblement, avec les dernières forces qu'il lui restait. Mais l'eau glacée l'entraînait immanquablement vers les profondeurs. Elle coula. L'eau la recouvrit totalement. Elle s'enfonça un peu plus. Dans une demi-conscience, elle vit un rond de lumière, loin au-dessus d'elle. Quelque chose tomba à la surface de l'eau, une sorte de brindille. Puis le rond de lumière disparut. Elle se sentit emportée. Pourquoi lutter ? Elle était fatiguée. L'Aigle aussi. Il poussa un dernier petit glatissement de réconfort, se roula en boule, et s'endormit. Daïna aussi avait envie de s'endormir. Loin du tumulte de la surface. Loin des douleurs de son corps. Puis, l'image de Limane apparut, dansa devant ses yeux. *Limane.* L'image lui sourit, puis elle disparut. *Pourquoi ?* Elle avait envie de pleurer, mais aucune larme ne coula, sinon pour se noyer dans les eaux noires où elle-même s'enfonçait. Elle mourrait comme ça. *Quelle tristesse… de…* Sa pensée ne put aller plus loin. La flamme de sa conscience s'éteignit.

CHAPITRE 23

Ailleurs

La nuit était noire, piquetée d'étoiles. Quelques nuages passagers assombrissaient l'éclat déjà sombre du ciel. La forêt était silencieuse. Les oiseaux de nuit volaient, planaient sans bruit, osant à peine faire un battement d'ailes de peur d'attirer l'attention sur eux. Les rongeurs nocturnes sortaient le museau de leur trou, craintivement. Le goupil marchait à pas feutrés, évitant les brindilles sèches qui craqueraient facilement sous son poids pourtant faible. L'oreille aux aguets, tous guettaient le danger. Un danger qui ne paraissait toujours pas. Étrange. Le renard s'enfonça dans un buisson, toujours sans bruit. Le rapace nocturne se posa sur sa branche, guetta un instant les bruits de la forêt tout autour de lui. La martre posa le mulot qu'elle tenait dans sa gueule. Elle aussi guetta le frémissement de chaque feuille poussée malicieusement par le vent et reniflant les odeurs de verdure en décomposition qui planaient vers elle. Mais elle ne sentait pas l'odeur de ce qui faisait un danger. Elle reprit le produit de sa chasse entre ses dents et s'éloigna, rassurée.

Le renard glissa sans un bruit entre les arbres, s'enfonçant dans cette forêt trop silencieuse. La forêt était aux aguets de quelque chose. Et cette chose n'était pas encore là. Il s'arrêta sur le qui-vive, puis changea d'avis et opta pour une nouvelle direction. Curieux, il voulait en avoir le cœur net. Le goupil poursuivit sa course, fébrile. Pour l'instant, son instinct lui soufflait que tout était paisible. Il arriva enfin à destination. À travers les arbres, il distingua ce qu'il était venu voir. Sur le flanc de la colline, en contrebas de là où il se trouvait, il l'aperçut. Une petite chaumière solitaire, silencieuse elle aussi, se dressait au milieu des arbres. Une vague lumière, ténue, intangible et furtive dansait. Un feu. Mais y avait-il toujours son occupant ? Tous ses sens étaient déployés. La forêt était toujours aussi étrangement calme : pas de hurlement, pas d'oiseau qui s'envole, à peine un craquement et le murmure des feuilles bercées par le vent. Il resta quelques instants, puis tourna soudainement les talons : il n'était pas bon de rester trop longtemps à cet endroit. Pressé, il ne vit pas une brindille cachée sous un tas de feuilles. Un craquement sonore résonna. Ses oreilles pointues se redressèrent. Il attendit un moment, frémissant. Rien. Mais il avait déjà trop tardé en ces lieux où, finalement, il n'aurait jamais dû venir. Il s'enfuit.

Était-ce le craquement d'une branche brisée par le vent, tombant lourdement par terre, qui l'avait réveillé ? Il n'en savait rien. Dans l'unique lit de la chaumière, le jeune homme se réveilla en sursaut, en sueur, le corps tremblant. D'une vingtaine d'années, le visage fin, le nez droit, il était pâle. Cette pâleur était renforcée par des cheveux étonnamment blancs, surprenants pour son jeune âge. Il avait peur. Il était seul, mais ça n'était pas la solitude qui l'effrayait. Au contraire, elle le rassurait. Mais là, quelque chose avait changé. Ses yeux bleus firent le tour de la pièce, inspectant la pénombre qui régnait dans l'unique pièce. Dans un coin, une cheminée. Le feu dans l'âtre s'endormait lui aussi, les dernières flammes crépitaient et les braises rougeoyantes brillaient faiblement, illuminant doucement l'intérieur d'une lumière orangée. La pièce était sommairement meublée, avec en tout et pour tout un simple tabouret à trois pieds et une table, sur laquelle reposaient une écuelle et un verre en bois. Sur un autre côté de la chaumière, des étagères couvrant deux pans de mur étaient couvertes de pots en terre cuite contenant un grand nombre de poudres et de plantes séchées, sagement rangées dans un ordre connu de lui seul, et sur laquelle trônaient plusieurs mortiers et pilons propres. Tout en bas d'une étagère, dans un placard fermé, étaient gardés alambics, huiles, pommades et autres onguents destinés à purifier les infections de la chair, diverses blessures cutanées, fièvres et remèdes pour soigner les maux et les humeurs capricieuses du corps. Rien n'avait bougé, tout était à sa place.

Pourtant, il n'était pas rassuré. Il essuya son front d'un brusque revers de manche. Il se sentait oppressé. Son cœur battait un peu vite, mais rien d'anormal. Il battait surtout fort. De plus en plus fort. La cadence n'accélérait pas. Non, c'était autre chose, plus terrifiant. Il le sentait vibrer, résonnant dans tout son corps. *La puissance de son battement cardiaque augmentait.* La résonnance grandit encore. Son corps entier tressaillait à chaque impact, à chaque contraction de ce muscle. Il frissonna.

Il avait froid, mais son drap était trempé de sueur. Un doute l'assaillit. Se pouvait-il que le moment soit déjà venu ? Tourmenté, il regarda par l'unique fenêtre. Tout d'abord, il ne vit rien. Puis, lentement, les nuages s'écartèrent. Un instant plus tard, entre les brumes, apparut ce qu'il redoutait le plus. Un quartier de lune, ascendant, blanc comme neige, dardait sur lui ses rayons d'argent.

« Non… »

Le cauchemar recommençait.

TABLES DES MATIERES

Dépôt légal : Août 2020

www.ingramcontent.com/pod-product-compliance
Lightning Source LLC
Chambersburg PA
CBHW060813030726
47503CB00002B/472